Für Don

I

Jedes Tor zum Park wird von Eisenspitzen gekrönt, an manchen Toren sind es bis zu siebenundzwanzig, an anderen nur achtzehn oder elf. Der Park selbst ist zum größten Teil von Dornenhecken umgeben, doch daneben gibt es Hunderte von Metern dieser schmiedeeisernen, lanzenartig geformten Gitterstäbe. An einigen sind die Spitzen stumpf, wie an dem Gitter um die Gartenanlage am Gloucester Gate, andere sind reich verziert und wieder andere in der Mitte gebogen. Vor einer der Villen haben die Spitzen an den hohen Eisengittern je sechs klauenförmige Auswüchse, gebogen und scharf wie Krallen. In einer bestimmten Zeile von Stadthäusern tragen die Säulen gespreizte Spitzen, die wie blühende Dornenbäume wirken. Würde man alle Eisengitterspitzen im Park und in seiner Umgebung zusammenzählen, käme man auf einige Millionen. Die Spitzen passen gut zu der Architektur des 18. Jahrhunderts.

Nachts ist der Park für den Publikumsverkehr geschlossen. Die Lebewesen, die bleiben dürfen, sind hauptsächlich Zootiere und Wasservögel. Das ganze Jahr über öffnen sich die Gittertore allmorgendlich um sechs und schließen abends bei Sonnenuntergang, im Winter also um halb fünf, im Mai jedoch nicht vor halb zehn. Der Park erstreckt sich kreisförmig über eine Fläche von vierhundertvierundsechzig Acre Land. Parallel zum umgebenden Straßenring verläuft ein zweiter Ring, der Outer Circle. Darin liegen, weit voneinander abgesetzt, das gleichschenklige Dreieck des Londoner Zoos, der See mit seinen drei Armen und vier Inseln und um die Ziergärten herum eine weitere Straße, die auf dem Stadtplan wie ein Rad mit zwei vorspringenden Speichen aussieht, der Inner Circle.

Der Park ist bei Nacht wie ausgestorben. Jedenfalls wird dies angestrebt. Bei ihren Patrouillen zwischen Sonnenuntergang und Morgengrauen wirft die Parkpolizei ein besonders wachsames Auge auf die Restaurantzugänge – potentielle Unterkünfte –, auf die parknahen Wohnhäuser, Villen und teuren Anwesen sowie auf Winfield House, die Residenz des amerikanischen Botschafters. Kein Obdachloser könnte unbehelligt auf der windgeschützten Seite eines Pavillons oder des Musikpodiums schlafen, aber da es unmöglich ist, jede Nacht die ganze Gegend abzusuchen, bleiben als Versteck immer noch das Kanalufer, die weitläufigen Rasenflächen und im Sommer das hohe Gras unter den Bäumen.

An der Nordseite des Parks, hinter dem Zoo und der Prince Albert Road, liegen die Viertel Primrose Hill und St. John's Wood; dort befinden sich die Kirche von St. John's Wood, Lord's Cricket Ground und südöstlich davon die Londoner Moschee. Die Park Road verläuft in Richtung Baker Street und Sherlock Holmes Street an der Londoner Wirtschaftshochschule und der anglokatholischen Kirche St. Cyprian vorbei, in deren weißgoldenem Inneren es nach Weihrauch duftet. Weiter geht es über die Marylebone Road, das Planetarium und Madame Tussauds Wachsfigurenkabinett – diese beliebteste aller Londoner Touristenattraktionen zählt mehr Besucher als der Tower oder Buckingham Palace – zur Königlichen Musikakademie, zum Park Crescent und Park Square mit der abgeschiedenen Gartenanlage und dem unterirdischen Tunnel, der den halbmondförmigen Straßenzug mit dem Garten verbindet. Hier grenzt der Park an die Albany Street, die von der U-Bahnstation Great Portland Street schnurgerade wie eine römische Heeresstraße in nördlicher Richtung verläuft und weiter oben auf die Albert Road und die Gloucester Avenue stößt. In Primrose Hill bilden die Straßenzüge die Form eines Tennisschlägers, wobei Gloucester Avenue den Griff darstellt. Und überall ragen die Eisengitter mit ihren geraden und scharfen, rechtwinklig gebogenen oder verzierten und stumpfen Spitzen empor.

Albany Street ist nicht so begrünt und abgeschieden wie die meisten anderen Straßen in unmittelbarer Nachbarschaft des Parks, sondern breit, grau und baumlos. Auf der einen Seite der Straße stehen Mietskasernen, auf der anderen, etwas zurückversetzt, die hochherrschaftlichen, großzügig angelegten Häuserzeilen von Cambridge, Chester und Cumberland Terrace mit ihren Kolonnaden, Ziergiebeln und Statuen – und ihren wohlhabenden Bewohnern. Hinter den Mietskasernen auf der anderen Seite wirkt die Gegend plötzlich weniger respektabel, wenngleich noch lange nicht so heruntergekommen wie Somers Town zwischen den Bahnhöfen Euston und St. Pancras. Aus einer dieser Straßen – in der Nähe von St. James' Gardens – kam ein junger Mann und überquerte den Munster Square in Richtung Albany Street.

Er wurde allgemein mit Hob angesprochen, den Anfangsbuchstaben seiner beiden Vornamen und seines Familiennamens. Ansonsten unterschied er sich von seinen Mitmenschen hauptsächlich durch die Größe seines Kopfes. Sein Körper war zwar kräftig, trotzdem wirkte sein Kopf im Verhältnis zu groß. Falls er, was fraglich schien, einmal die Fünfzig erreichen sollte, würden ihm seine Hängebacken bis auf die Schultern reichen. Das helle, etwa zwei Zentimeter kurz geschorene Haar auf seinem riesigen Schädel glänzte im gelblichen Licht der Neonlampen. Die Mischung aus hellem Haar und braunen Augen war ungewöhnlich. In seinen Augen, die eine seltsame Maserung hatten, wie Schokoladenmousse, weiteten sich die Pupillen manchmal wie bei einer Katze und zogen sich dann wieder auf die Größe eines Punktzeichens auf der Schreibmaschine zusammen.

Hob hatte einen Job zu erledigen, für den er soeben die Hälfte des Honorars von fünfzig Pfund erhalten hatte, also fünfundzwanzig. Diese Summe wollte er mit seinen übrigen Ersparnissen zusammenlegen, um sich den Stoff zu kaufen, ohne den er überhaupt nichts zuwege brachte. Oft wünschte er sich, eine Frau zu sein, denn Frauen konnten schnell und – soweit er es beurteilen konnte – leicht Geld verdienen. Er dachte an eine der ersten Bemerkungen, die er von einem Erwachsenen – einem dieser Onkel, ein Freund seiner Mutter – gehört hatte: Jede Frau sitzt auf einem Geldsack.

Hob hatte einen Affen. Mit diesem Ausdruck bezeichnete er seinen gegenwärtigen Zustand. Als ihm eine seiner Stiefschwestern einmal ihre Panikanfälle beschrieb, erkannte er darin seinen eigenen Zustand wieder. Nur daß er bei ihm länger dauerte und *schlimmer* verlief. Dieser Zustand war allumfassend und ging so weit, daß er sich vor allem fürchtete, was er sah oder hörte, aber auch vor dem, was er nicht sehen konnte, und vor der Stille. Wenn dieser Zustand sich verstärkte, fühlte er sich in einer riesigen Blase aus Angst wie in einer gläsernen Kugel eingeschlossen und wollte auf sie einschlagen und ihre gekrümmten Wände zertrümmern. Manchmal tat er es auch, sogar auf offener Straße wie jetzt. Dann wechselten die Leute auf die andere Straßenseite hinüber, um dem Verrückten aus dem Weg zu gehen, der in die leere Luft boxte.

Noch hatte er dieses Stadium nicht erreicht. Er hatte weder Schmerzen noch Ekelgefühle. Doch mehr als zielstrebig diese breite, graue Straße entlangzugehen, auf der sich momentan keine herüberglotzenden oder ausweichenden Leute aufhielten, hätte er nicht zuwege gebracht, und schon gar nicht den Job, für den er das halbe Honorar bekommen hatte. Seine Füße bewegten sich wie von selbst. Sogar auf Entzug glaubte er manchmal, ewig weiterlaufen zu können, immer weiter, über die dunklen Rasenflächen, die grüne Anhöhe, die Hügel im Norden der Stadt bis zu den weit dahinterliegenden Feldern und Wäldern.

Doch so weit zu laufen war gar nicht nötig. Gupta oder Carl oder Lew standen bestimmt schon auf der anderen Seite der Cumberland Gate bei den Gingkobäumen. Er ging weiter über die Bodensenken und Durchgänge den Abhang hinauf auf die Häuserzeile von Cumberland Terrace zu. Sein Schatten schleppte sich schwerfällig dahin, ein Scherenschnitt auf dem verwitterten Kopfsteinpflaster. An Außenwänden und hinter üppigen Laubkaskaden leuchteten Lichter auf.

Die ringförmige, tagsüber dichtbevölkerte Straße am äußeren Parkrand, der sogenannte Outer Circle, war nachts völlig ausgestorben. Kein einziger Wagen parkte auf der glänzenden Fläche. Die herrschaftlichen Stadthäuser, eigentlich eher von Bäumen umstandene Paläste, schlummerten tief hinter dem dichten Blattwerk, und obwohl die meisten ihrer Fenster hinter Rolläden verschwunden waren, leuchtete allenthalben noch orangegelbes Licht. An den Gehwegen brannten auf jeder Seite Straßenlampen, so weit das Auge reichte. Dazwischen schimmerte die Dunkelheit. Er überquerte die Straße. Das Cumberland Gate war schon seit fast drei Stunden abgesperrt.

Oben auf dem Gittertor saßen Eisenspitzen, achtzehn auf jedem Torflügel. Wenn er gut drauf war – so nannte er es, wenn er keinen Affen hatte –, wäre er mühelos über das Tor geklettert. Nun aber kämpfte er sich wie ein Greis auf die andere Seite hinüber, mit der gleichen Behutsamkeit und Angst vor Fleischwunden und Knochenbrüchen wie ein alter Mann. Jenseits des Tores erstreckte sich im Halbdunkel eine freie Fläche aus grauem Rasen, blaß erleuchteten Fußwegen und schwarzen Bäumen, den dünngliedrigen Gingkobäumen, bei deren Anblick er an Skorpione denken mußte.

Die Polizei patrouillierte in Streifenwagen, zu Fuß, auf Fahrrädern, und manchmal auch mit Hunden. Einer von Hobs – und Carls – Leitsätzen besagte, daß die Polizei nicht überall gleichzeitig sein konnte, und meistens war sie tatsächlich nicht da, wo Carl oder er sich gerade aufhielt. Er ging auf die

Bäume zu. Eigentlich wollte er kein Geräusch verursachen, doch als ein junger Skorpion sich vom elterlichen Rücken löste, Flügel bekam und sich in einen Flugsaurier verwandelte – eine Taube hatte sich aus einer Baumkrone erhoben –, schrie er erschrocken auf.

Eine Hand legte sich von hinten über seinen Mund. Er hatte keine Angst, denn er wußte, wem sie gehörte.

Gupta fragte: »Bist du verrückt?«

»Ich bin nicht gut drauf.«

Sogar im Dunkeln konnte er Guptas blutige Zähne beim Sprechen sehen. Es sah aus, als hätte er von einem rohen Steak abgebissen, tatsächlich hatte er aber Betel im Mund. Hobs gesamte Barschaft wechselte für das, was Gupta daraufhin hervorzog, den Besitzer: ein Säckchen mit Reißverschluß, in dem sich ein kleiner Klumpen befand, eine Art weißer Kieselstein, jedoch rauh und unregelmäßig, nicht vom Meer glattgewaschen. Nicht zum erstenmal dachte Hob an seine eigene Kraft und an Guptas Zierlichkeit und an die vielen anderen weißen Steinchen in dem Joghurtbecher, mit denen er lange gut drauf sein würde. Doch er verwarf den Gedanken sofort wieder. Die Vergeltung würde auf dem Fuße folgen. Er hatte sie für die anderen ein paarmal selbst ausgeführt, wußte also Bescheid. Als erstes würden sie ihm die Beine brechen. Er bezweifelte, daß er über den ersten Faustschlag in Guptas schmächtigen Bauch hinauskommen würde.

Seltsam, aber er hatte es aufgegeben, die Sache verstehen zu wollen: Wenn sein Zustand so entsetzlich war, weshalb wollte er ihn dann verlängern? Immer war es das gleiche. Irgend so ein Onkel von damals hätte gesagt, es ist, als schlüge man den Kopf gegen die Wand. Es tut so gut, wenn man damit aufhört! Aber das traf es nicht ganz. Eher so, daß der Schmerz des Entzugs, die Panik und die totale Sinnlosigkeit sich in Wohlgefühl verwandelten, sobald er wußte, daß er ein Mittel hatte, dem Ganzen ein Ende zu setzen. Dann empfand er seinen Zustand fast als angenehm, während er in die Glaskugel eingeschlossen weiterging, den Kopf dabei hin und her rollte und den Mund zu einem schiefen Lächeln verzog.

Wenn er in Richtung Chester Road zur inneren kreisförmigen Straße, dem sogenannten Inner Circle, ging, würde er mit Sicherheit der Polizei begegnen, also machte er kehrt. Doch anstatt wieder über das Cumberland Gate zu klettern, hielt er sich auf dem Grasstreifen dicht an der Hecke und merkte plötzlich, daß ihm kalt war. Es war eine typische kühle Aprilnacht. Der Schweiß brach ihm wiederholt im Gesicht und am Oberkörper aus und trocknete kalt und salzig an. Als er sich mit der Zunge über die ausgedörrte Oberlippe fuhr, schmeckte sie nach Salz.

Wenn sich sein Zustand noch länger hinzog, würde bald dieses Zittern einsetzen, das Ekelgefühl und eine große Schwäche, als ob er in wenigen Minuten um Jahre alterte. Es kam darauf an, sich in der goldenen Mitte zu halten. Wieder erklomm er ein spitzengekröntes Eisengitter, diesmal am Gloucester Gate, und diesmal fiel es ihm schwerer, denn er war ein noch älterer Greis mit noch schlimmerer Arthritis und noch furchtsameren Knochen.

Er schaffte es auf die andere Seite und blieb am oberen Ende der Albany Street an der Ampel stehen. Es dauerte einige Sekunden, vielleicht eine Minute, bevor er merkte, daß die Ampel von Rot auf Grün und wieder auf Rot geschaltet hatte. Ein einsames Auto blieb stehen und wartete. Er überquerte die Straße und hielt sich an der Brückenbrüstung fest – für die anderen Passanten wieder nur so ein Betrunkener –, bog dann abrupt in die Park Village East ein und stieß das Törchen zu dem verwahrlosten Garten auf.

Das Haus, das in der Dunkelheit vor ihm aufragte, wurde gerade renoviert. Von den Fenstern waren nur noch schwarze Löcher übrig. Überall lag Baumaterial herum, Holz, Ziegel, eine Leiter. Beinahe wäre er über eine Betonmischmaschine gestolpert, ein riesiges bleiches Tier mit schwerem Hinterteil und einem winzigen, dümmlichen Kopf. Unten am Hang lag die Grotte, rabenschwarz bis auf das schimmernde Wasser in ihrer Tiefe. Beim Hinunterstolpern zerkratzte er sich die Hände an den Dornbüschen, als er versuchte, den Stacheldrahtrollen auszuweichen. Unten angekommen, hockte er sich zitternd und zusammengekrümmt in den schmalen Lichtstrahl, der von einer Laterne auf der Brücke auf die Mauerkrone fiel, und kramte in seiner Jackentasche nach den Utensilien.

Er bewahrte sie in einem kleinen roten Samtbeutel auf, wie sie beim Juwelier für Ringschatullen oder Halsbänder verwendet werden. Er hatte den Beutel oben an der York Terrace, wo selbst der Abfall von hoher Qualität ist, in einem Mülleimer gefunden. Als erstes zog er jedoch sein anderes Fundstück hervor, die metallene Brause einer verzinkten Gießkanne, dann einen Blechdeckel, nach dem er ziemlich lange hatte suchen müssen und der genau auf den Rand der Brause paßte, dann den Schraubverschluß einer Wodkaflasche mit der roten Aufschrift *Hoflieferant des russischen Zaren 1887–1917*, sodann einen noch originalverpackten Strohhalm, den er sich im Park nicht weit vom Broad Walk an einem Imbißstand von der Theke genommen hatte, und ein Feuerzeug.

Zunächst nahm er die von Gupta erstandene weiße, kristalline Substanz zwischen Daumen und Zeigefinger. Seine Hand zitterte zwar, doch das machte nichts, denn er mußte die Substanz nur zerbröseln. Dann ließ er sie behutsam durch den Hals der Gießkannenbrause fallen, in den er im Abstand von etwa einem Zentimeter zwei Löcher gebohrt hatte. Er wickelte den Strohhalm aus und schnitt ihn mit einer Nagelschere in zwei gleiche Hälften, die er bis auf eine Länge von ungefähr drei Zentimetern in die Löcher steckte. Es war noch hell genug, um es zu sehen, doch er hätte es auch im Stockfinstern bewerkstelligen können.

Nachdem er sich durch Betasten vergewissert hatte, daß die

beiden Strohhalmhälften bis zur richtigen Länge eingeführt waren, was sehr wichtig war, steckte er das Feuerzeug an und hielt die Flamme an die Löcher, auf denen der Klumpen lag. Sobald dieser Feuer gefangen hatte, schloß er den Deckel über der Brause, nahm die Halme in den Mund und inhalierte tief. Bei diesem ersten Zug entwich ihm jedesmal ein Laut. Es war eigentlich ein Freudenschrei, voll orgastischem Glücksgefühl, andere jedoch hätten es eher für verzweifeltes Stöhnen gehalten.

Keiner hatte ihn gehört. Es war keiner da, der ihn hätte hören können. Als Lew ihn damals eingearbeitet hatte, hatte er ihm erklärt, daß Jumbo bloß zehn Sekunden braucht, um ins Gehirn zu gelangen. Er hatte behauptet, Jumbo würde einen anderen Menschen aus ihm machen, und er hatte recht gehabt. Hob grunzte zufrieden. Als ein Wagen über die Brücke fuhr, zitterten die Bäume leicht. Wie ein Monster im Traum, das durch eine Tür fortgesogen wird, verflüchtigte sich der schlimme Zustand allmählich, wehrte sich zwar zunächst, doch dann schlug die Tür zu, und wohlige Wärme, süßer Gesang und Hoffnung erfüllten den Raum. Hob schloß die Augen. Früher hatte er die Brause einfach umgedreht und direkt durch die Löcher inhaliert, dann aber festgestellt, daß man auf diese Weise eine Menge verschwendete. Und Verschwendung war ein Verbrechen.

Nach einer Weile entfernte er den Schraubdeckel von der Gießkannenbrause, schüttelte beides aus, steckte es wieder in das Schmucksäckchen und warf die Strohhalme ins Gebüsch. Er fühlte sich stark und selig vor Glück. Dabei war das erst der Anfang.

Der Verkehr war jetzt am schwächsten, keine Schwertransporter oder Containerlastzüge, nur der übliche Personenverkehr. In der Camden High Street, einer der Hauptgeschäftsstraßen, sind zu jeder Uhrzeit Leute. Nach Mitternacht pulsiert London nur noch leise, doch es pulsiert weiter. Neonlichter verleihen der Dunkelheit ein grünlichweißes und matt orangefarbenes Licht, und die Ampeln an den oft menschenleeren Straßen springen stumm von Grün über Sattgelb auf Rot um und wieder auf Sattgelb und Grün. An einer solchen sinn- und zwecklos umschaltenden Ampel überquerte Hob die verlassene Straße in Richtung Prince Albert Road und Parkway. Wenn er gut drauf war, war er ein anderer Mensch, und sein Schritt wurde federnd.

Dieser andere Mensch, der keinen Affen hatte, witzelte herum, war ein Spaßvogel, der in einem ulkigen Slang daherredete. Alles konnte ihn zum Lachen bringen. Er war stark, er konnte alles, auf jeden Fall aber konnte er den Auftrag erledigen, für den er die Hälfte des Honorars erhalten hatte. Die Armbanduhr, die er schon so oft um ein Haar verkauft hätte, zeigte zwölf Minuten nach eins.

Sein markiertes Opfer sollte mit dem Neun-Uhr-Fünfundzwanzig-Zug aus Shrewsbury um ein Uhr vierzehn in der Euston Station ankommen. Euston, der nächstgelegene Londoner Endbahnhof, war weniger als eine Meile entfernt. Falls der Zug pünktlich ankam und schon ein Taxi wartete, hatte er gerade genug Zeit, um es bis zu St. Mark's Crescent zu schaffen – reichlich Zeit eigentlich. Das war auch wieder komisch: ein *markiertes* Opfer, das in St. *Mark's* Crescent wohnte. Er kicherte leise in sich hinein.

Nachdem er die Gloucester Avenue entlanggegangen war, bog er in die Regent's Park Road ein und nahm die Abzweigung nach rechts. Vom Park, der nur wenige Meter hinter den von Bäumen überschatteten Mauern lag, war nichts zu sehen. Die Blätter an den dunklen Bäumen raschelten leicht. Hinter den Mülleimern, die auf die nächste Leerung warteten, schlich eine Katze lautlos durch die Stille, horchte, blieb abrupt stehen, witterte oder spürte seine Anwesenheit und flitzte flink wie ein Wiesel über die Mauer.

In den Häusern brannte nur vereinzelt Licht. Das Haus, auf

das er zusteuerte, lag völlig im Finstern. In dem verwilderten Vorgarten stand büschelweise Unkraut. Er merkte, daß auch Dornen darunter waren, denn sie verfingen sich in seinen Sachen, als er sich zwischen sie fallen ließ. Dorniges Gestrüpp ziepte an seinem Handrücken und zerkratzte ihm die Haut. Es sah aus wie ein blutiger Reißverschluß.

So still war es, daß er das Taxi bereits in der Regent's Park Road hören konnte. Er war seelenruhig und glücklich und bedauerte nur, daß keiner da war, mit dem er reden und herumalbern und vor dem er vielleicht seine Killernummer aus dem Fernsehfilm abziehen konnte. Das Taxi bog um die Ecke und hielt vor dem Garten. Die Scheinwerfer waren direkt auf ihn gerichtet und schienen ihm in die Augen. Er duckte sich so tief wie möglich und lauschte dem Wortwechsel.

»Hier sind drei Pfund.«

»Schönen Dank, Sir.«

Das Gartentor ging auf. Das Taxi fuhr an, um zu wenden. Er hätte nicht gewußt, was er tun sollte, falls der Fahrer gewartet hätte, bis die Haustür aufging. Ein Koffer wurde auf den Gartenweg geschoben, dann fiel das Tor hinter dem Gepäck und seinem Besitzer leise ins Schloß. Die Rücklichter des Taxis wurden schwächer, bis sie ganz verschwanden, und das pochende Motorengeräusch verebbte.

Er stand auf und ging mit bloßen Händen ans Werk, erst mit den Händen, dann mit den Füßen. Eine Hand von hinten über den Mund halten, ihn mit dem anderen Arm im Schwitzkasten zu Boden zwingen und dort mit den Füßen bearbeiten. Nicht um das Opfer umzubringen oder zum Krüppel zu machen, nur genug, um es zu verletzen, ihm ein paar Rippen zu brechen und die Zukunftsaussichten seiner Milz nicht gerade zu verbessern. Höchstwahrscheinlich wäre auch etwas zahnärztliche Zuwendung vonnöten.

Es machte ihm Spaß. Hob staunte über sich selbst, wie geschickt und vor allem wie lautlos er seine Aufgabe ausführte.

Jahrelange Übung und die Tatsache, daß er die bloßen Hände benutzt hatte, hatten dafür gesorgt, daß dem Mund, aus dem nun ein dünnes Rinnsal Blut tropfte, kein Laut entwichen war. Seine Anweisungen sahen zwar nicht vor, daß er den Mann beraubte, doch im Grunde genommen war sein Honorar so lachhaft, daß er ein Anrecht darauf hatte. Als er dem Mann in die Jackentasche griff und herumfühlte, fand er eine Brieftasche. Kreditkarten nützten ihm nichts, denn er wollte nur eins kaufen, und weder Carl noch Gupta akzeptierten Visa. Zehn Pfund, zwanzig und noch einmal zwanzig ... Ein wohliges Gefühl durchströmte seinen ganzen Körper. Achtzig Pfund! Hastig stopfte er die Scheine zu dem roten Samtsäckchen in die Tasche.

Dann – weil er immer zu einem Scherz aufgelegt war und gute Laune hatte – öffnete er den Koffer und warf einen Blick hinein. Kaum überraschend, war er voller Kleidung. Das Überraschende war, daß es sich um Frauenkleider handelte, vor allem um Damenunterwäsche. Hob fiel wieder ein, daß jemand gesagt hatte, mit dem Opfer stimme irgend etwas nicht, doch er hatte schon wieder vergessen, was es war.

Er machte sich daran, die Sachen an den Büschen aufzuhängen: rote Seidenschlüpfer, französische Höschen, einen schwarzen Büstenhalter, ein schwarzes Spitzennachthemd. Es sah aus, als hätten ein paar Mädchen dort gezeltet und ihre Sachen vor dem Schlafengehen noch schnell gewaschen. Wie dieses schwarze, durchsichtige Ding hieß, eine Art Einteiler, das man zwischen den Beinen zumachte, wußte er nicht. Er drapierte es über das Gartentor und warf noch ein paar Hüftgürtel über den ausgestreckt daliegenden Körper des Opfers.

Das schwache Stöhnen aus dem halbgeöffneten Mund bedeutete, daß es gefährlich wurde, noch länger zu bleiben. Er verließ den Garten und leckte sich das Blut von dem Kratzer auf seinem Handrücken, während er mit raschen Schritten in die entgegengesetzte Richtung auf Primrose Hill zusteuerte.

Seine Laune verschlechterte sich zusehends. Lew hatte ihm zwar vom Zehnsekundeneffekt erzählt, aber daß man nach einer halben Stunde wieder Depressionen bekam, hatte er nicht erwähnt. Jetzt war es zu spät. Gupta war bestimmt nicht mehr bei den Gingkobäumen, aber vielleicht fand er Carl oder Lew auf dem Hill oder an der Macclesfield Bridge. Seine Beute in den Hosentaschen verstaut, steuerte er darauf zu.

»Jumbo, Jumbo«, brummte Hob, dann sang er es laut, um sich bei Laune zu halten. »Jumbo, Jumbo...«

2

Der Brief kam an dem Tag, als sie auszog. Die Post brachte eine Ansichtskarte von ihrer Großmutter, die Wasserrechnung und besagten Brief in einem braunen Umschlag mit dem Harvest-Trust-Logo, das einem knallroten Pilz ähnelte, was es natürlich nicht war, sondern etwas völlig anderes. Sie würde ihn später öffnen. Die Karte von ihrer Großmutter kam aus einem Ort namens Jokkmokk in Nordschweden. Sie schrieb: *Liebe Mary, nächsten Donnerstag bin ich wieder in London. Bis dahin hast Du Dich bestimmt im Haus in Park Village eingelebt. Ich rufe Dich an. Hier herrscht eine ungewöhnliche Hitze, und die Mitternachtssonne scheint. Alles Liebe . . .*

»Ich kriege noch einen Scheck für deinen Wasseranteil«, sagte Alistair verdrossen. Er klang schlechtgelaunt und trotzig vor Groll.

Mary hielt ihm nicht vor, daß sie die gesamte Stromrechnung bezahlt hatte. Er hatte den Briefumschlag entdeckt und betrachtete das rote Symbol.

»Kann ich bitte meinen Brief haben?«

Er reichte ihn ihr widerstrebend. »Die wollen wahrscheinlich noch mehr.«

»Glaube ich nicht.« Sie bemühte sich um einen sachlichen, höflichen, gleichmütigen Ton. Auseinandersetzungen gehörten der Vergangenheit an. »Es ist bestimmt bloß der aktuelle Bericht. Die halten mich immer auf dem laufenden.«

»Hoffentlich steht drin, daß er tot ist«, entgegnete Alistair gehässig.

Es fiel ihr schwer, gelassen zu bleiben. »Bitte, sag so etwas nicht.«

»Dann würdest du ein für allemal kapieren, daß du deine Zeit verschwendet und deinen Körper versaut hast.«

»Ich muß noch zu Ende packen«, sagte sie.

Er folgte ihr ins Schlafzimmer. Auf dem Bett lagen zwei geöffnete Koffer, der eine bereits halb voll mit ihren Kleidern. Sie legte den Brief und die Postkarte auf ein blaues T-Shirt und darauf ihren in Seidenpapier eingeschlagenen Hosenanzug. Eine Woche war vergangen, seit sie zum letztenmal mit ihm in diesem Bett geschlafen hatte. Er hatte hier geschlafen und sie auf dem Sofabett im Wohnzimmer. Es war leichter so, wenn sie die restliche Zeit mit ihm in Ruhe und Frieden verbringen wollte. In einer Schublade fand sie ihr Scheckheft und schrieb ihm einen Scheck über die Hälfte der Wasserrechnung aus.

Ein Nicken, kein Lächeln, kein Dankeschön, als er ihn in seine Tasche steckte. »Wenn du die schicke Bude nicht gefunden hättest, würdest du hierbleiben, stimmt's? Wenn es, sagen wir, bloß ein möbliertes Zimmer wäre? Oder würdest du wieder zu Grandma ziehen?«

»Das hatten wir doch alles schon durch, Alistair.«

»Und wenn die von ihrer ultralangen Reise wiederkommen und dich aus dem Glitzerpalast rausschmeißen – was dann? Dann kommst du angekrochen und sagst, du hättest einen Fehler gemacht und ob du bitte dein altes Bett wiederhaben könntest.«

»Kann sein, obwohl ich es nicht glaube. Es soll doch eine Trennung sein.«

»Ein Trennung *auf Probe*.«

»Wenn du meinst.« Warum wurde sie immer schwach und gab klein bei? »Vielleicht denken wir in vier Monaten beide anders darüber.«

»Das räumst du immerhin ein, ja? Daß *ich* anders darüber denken könnte. Daß ich dich vielleicht nicht mehr heiraten will? Das ist allmählich futsch, meine Liebe, das hat sich schön langsam verflüchtigt, seit du mich mit dieser Knochenmarkgeschichte hintergangen hast, von der ich nicht reden soll. Seit du dich wegen nichts krank gemacht hast, bloß um dir ganz toll vorzukommen, wie eine Märtyrerin, die ›auf dieser Welt Gutes getan hat‹ – das war doch der Slogan!«

»Meiner nicht«, entgegnete sie und merkte, wie sie die Fassung verlor, gleich einem Ball, der einem entgleitet und den Abhang hinunterrollt. Sie streckte die Hand danach aus, umklammerte den Ball. »So etwas habe ich nie gesagt.« Ein Glück, daß ich dich nicht geheiratet habe, dachte sie. Es könnte alles noch schlimmer sein, ich hätte dich ja heiraten können.

Sie klappte den Kofferdeckel zu und begann, den anderen Koffer vollzupacken. Er sah ihr zu, den Mund zu einer fast tierischen Grimasse verzerrt, ein Ausdruck, den sie früher nie an ihm gesehen hatte. »Wenn meine Großmutter anruft, gibst du ihr bitte diese Nummer? Ich bin sicher, sie hat sie, aber für alle Fälle.«

Die Adresse hatte sie ebenfalls aufgeschrieben: Charlotte Cottage, Park Village West, Regent's Park, London NW1.

»Cottage!« höhnte er.

»Als das Haus damals gebaut wurde, galt es als klein.«

»Wie protzig«, sagte er. »So eine Art *Petit Trianon*.«

»Es ist nicht weit bis zu meiner Arbeit«, sagte sie. »Ich kann zu Fuß gehen.« Als ob sie deswegen hinzöge, als ob die Nähe zum Museum der Grund wäre.

Er hatte die unheimliche Gabe, solche Dinge zu bemerken, sich an einem Schwachpunkt festzumachen. Sein Gesichtsausdruck wurde schmeichlerisch. Das kannte sie gar nicht an ihm. »Du lädst mich doch mal ein, ja? Überhaupt – ich sehe eigentlich keinen Grund, weshalb ich nicht auch dort einziehen sollte.«

»Es gibt einen Grund«, entgegnete sie ruhig. Sie hatte ihre Fassung wieder, die nie besonders unabhängig von ihr war, fast nie verlorenging, scheu war wie ihre Besitzerin und nicht besonders durchsetzungsfähig. Sie zurrte den zweiten Koffer zu, nahm ihre Tasche und legte sie gleich wieder weg, um in die Jacke zu schlüpfen. »Es gibt sogar mehrere Gründe, Alistair, aber darüber zu reden hat doch keinen Sinn.«

»Du glaubst doch nicht im Ernst, ich würde dich jemals wieder...« – er zögerte, suchte nach einem Wort, einem witzigen Wort vielleicht, einem Babywort, das Gewalt in ein Spiel verwandelte – »hauen, ich würde dich wieder hauen, oder?«

Doch, das glaubte sie. Er hatte es zwar nicht oft getan, aber oft genug. Oft genug, um sie, die typische, normale Frau, die behauptet: *Der schlägt mich nicht noch mal*, die von mißhandelten Frauen sagt: *Warum bleiben sie dann bei ihm?*, in eine Frau zu verwandeln, die ergeben meint: *Es war ja nur dies eine Mal*, die sogar sagt: *Er fühlte sich eben provoziert.* Mit dem Unterschied, daß sie nicht blieb, es nicht akzeptierte und aushielt, sondern auszog.

Er stand in der Tür und verstellte ihr den Weg in den Flur. Was habe ich mir nur gedacht, fragte sie sich in dem Moment, was habe ich mir eigentlich dabei gedacht, auch nur fünf Minuten bei einem Mann zu bleiben, der mir angst macht? Bei einem jähzornigen Kerl, der mich mit Leib und Seele als sein Eigentum betrachtet?

Sie nahm in jede Hand einen Koffer und ging an ihm vorbei, mit angespannten Muskeln und angehaltenem Atem. Statt ihr Platz zu machen, blieb er stur stehen, so daß sie sich an ihm vorbeizwängen mußte. Er faßte sie nicht an. Einmal, erinnerte sie sich, hatte er den Fuß vorgestellt und sie stolpern lassen. Es war in den ersten Tagen nach ihrer Knochenmarkspende, als er es gerade entdeckt hatte. Er hatte den Fuß ausgestreckt, so daß sie der Länge nach hinfiel, und als sie sich wieder aufgerappelt hatte, hatte er gesagt: »Das war nicht ich, das waren deine Knochen. Du hast sie geschwächt, du hast eine alte Frau aus dir gemacht.«

Doch diesmal berührte er sie nicht. »Leb wohl, Alistair«, sagte sie aus sicherer Entfernung.

Er streckte eine Hand aus, dann beide Hände und legte den Kopf etwas schief. »Bekomme ich einen Kuß?«

Und wenn er sie nun packte, ihr mit der einen Hand ins Gesicht schlug, dann mit der anderen, sie schüttelte, sie zu Boden warf, seine Fäuste nahm...? So etwas hatte er nie getan, nicht in der Größenordnung, und doch merkte sie, wie sie den Kopf schüttelte. Sie öffnete die Wohnungstür. Draußen am Aufzug wartete jemand. Gott sei Dank... Alistair sagte mit seiner alten weichen Stimme: »Leb wohl, Liebling. Laß mal was von dir hören«, doch ob es ihr galt oder für den Zuhörer am Aufzug bestimmt war, konnte sie nicht sagen.

Sie hatte ganz vergessen, ein Taxi zu rufen, das sie bis zur U-Bahn fahren sollte. Also schleppte sie die Koffer um die Ecke bis zu einer Stelle, die man von den Wohnungsfenstern nicht mehr sehen konnte, und setzte sich auf das Mäuerchen vor dem Maklerbüro, um auf ein Taxi zu warten.

Ruby, der Beagle, lebte von allen Hunden, die Bean betreute, in der am weitesten südlich gelegenen Ecke, in der Devonshire Street. Der nächste war Boris, der Barsoi oder russische Windhund, in Park Crescent. Beide gehörten reichen Leuten, waren gut genährt, wurden tierärztlich erstklassig versorgt, waren schlank, stolz und verwöhnt. Doch das traf auf alle von Beans Hunden zu, andernfalls hätte er sie nicht genommen. Es wäre für ihn undenkbar gewesen, ein gemischtrassiges Tier oder gar eine Promenadenmischung spazierenzuführen.

Mit Boris und Ruby an der Doppelleine ging er den Hang hinunter auf den Nursemaids' Tunnel zu, der die Park Crescent Gardens im Süden mit dem Park Square auf der Nordseite verbindet. Der Tunnel verläuft über der Jubilee-U-Bahn-Linie und unter der Marylebone Road hindurch. Tag und Nacht donnert der starke Verkehr hier in Richtung Westway zur Autobahn und östlich zu den Bahnhöfen Euston und King's Cross. Er ebbt eigentlich nie ab, nicht einmal morgens um drei oder vier. In den frühen Morgenstunden oder am späten Nachmittag, wenn Bean seine Hunde ausführte, war er am stärksten. Laut dröhnte er über das Tunneldach hinweg und erschütterte den unterirdischen Gang, dessen bräunliche Wände und feuchter Steinboden vom natürlichen Licht an den Zugängen auf beiden Seiten erhellt wurden.

Die andere Möglichkeit, die Straße zu überqueren, war zu jeder Tageszeit mit Schwierigkeiten verbunden. Das grüne Männchen leuchtete so kurz auf, daß Bean es mit zwei Hunden an der Leine, die beide ohne Vorwarnung zum Schnüffeln stehenbleiben wollten, nicht bis auf die Verkehrsinsel und von dort bis zur anderen Seite schaffte. Als Bewohner der Crown Estates besaß Bean einen eigenen Schlüssel zum Garten und damit zum Tunnel. Früher war der Garten von Liebespaaren und Kindermädchen mit ihren jungen Schützlingen bevölkert gewesen. Bean bezweifelte, daß außer ihm heute noch jemand den Tunnel benutzte.

Seine Route hatte Bean sorgfältig ausgeklügelt, so daß die sportlichsten Hunde den größten und die kleinen, kurzbeinigen den kürzesten Auslauf hatten. Er fing mit dem Beagle um Viertel vor vier an, fünf Minuten später kam der Barsoi dazu, und dann holte er in St. Andrew's Place den Golden Retriever Charlie und in Cumberland Terrace den schokoladenbraunen Pudel Marietta ab und führte sie alle über die Durchgänge zwischen den eleganten Häuserzeilen auf die Albany Street hinaus.

Es war ein sonniger, nicht besonders warmer Nachmittag Ende April, und ein kühler Wind trieb die Wolken über den blauen Himmel. Die Bäume trugen zartes Frühlingslaub, und in den Fensterkästen sprießten bereits Blumen. Mit seinen siebzig Jahren war Bean ein kräftiger, drahtiger, wenn auch kleiner Mann, der von weitem wie fünfundfünfzig aussah. Als er sich 1986 um seine letzte Stelle beworben und sein Alter mit neunundvierzig angegeben hatte, hatte man ihm geglaubt. Er kleidete sich jugendlich, jedoch nicht so, daß er lächerlich wirkte. Obwohl er mehrere Anzüge des verstorbenen Maurice Clitheroe besaß, die er sich hatte umändern lassen, trug er im Winter gewöhnlich gebügelte Bluejeans, einen Rollkragenpullover und eine blaue gefütterte Jacke. Wie hieß es so schön: Mach dich nicht frei vor dem Monat Mai, und der April war ja noch nicht vorbei. Sein Haar hatte Bean immer militärisch kurz getragen, inzwischen rasierte er sich aber den Schädel, um einen dichten weißen Stoppeleffekt zu erzielen.

Bean hatte sich ausbedungen, keine alten oder zu fetten Hunde auszuführen oder Hunde mit körperlichen Gebrechen. Sechs war sein Maximum, und er nahm nie Hunde, die per Gesetz einen Maulkorb tragen mußten. Mit dieser Tätigkeit verdiente er mehr als nur ein Zubrot zur Rente und hatte eine Menge strenger Regeln aufgestellt, wie er einer gewissen Mrs. Goldsworthy in der Albany Street erklärte, deren Scotchterrier er zum erstenmal ausführte.

»Eine Woche im voraus ist mitzuteilen, wenn der Hund in Ferien fährt, Madam«, sagte er zu ihr, »und einen Monat im voraus, falls der Vertrag gekündigt wird. Außer natürlich, es kommt eine Krankheit dazwischen. Und falls jemand anders oder Sie selbst den Hund Gassi führen, ist das Ihre Sache und für mich unerheblich, wenn Sie verstehen.«

»O ja, natürlich.«

»Und das ist also McBride! Geschickte Hundchen sind das, diese Scotties, aber ein bißchen kurz in den Beinen. Ich nehme ihn in den mittleren Auslauf zusammen mit dem Shih-Tzu von Lady Blackburn-Norris.« Bean scheute sich nicht, mit der Erwähnung erlauchter Namen Eindruck zu schinden, das war gut fürs Geschäft. »Wir sehen uns dann in einer Dreiviertelstunde wieder.«

Bean war (wie er selbst sagte) durch das viele Spazierengehen gut in Form, die alte Pumpe funktionierte so gut wie vor dreißig Jahren, und er legte auf der langen, leicht ansteigenden geraden Straße ein strammes Tempo vor. Er war Vegetarier und genehmigte sich nur Freitag abends etwas Stärkeres als Coca Cola. Gesundheitsbewußt betrachtete er die Straßen nur als Übungsgelände für sich und »seine« Hunde und hatte weder Augen für Geschichte und Architektur seiner Umgebung noch für den Park selbst. Lasdun's Royal College of Physicians, die medizinische Fachschule, ein imposantes Gebäude aus den sechziger Jahren, bemerkte er kaum, und nie fiel ihm auf, daß er gewöhnlich direkt vor der dänischen Gemeindekirche St. Katherine, einer nicht ganz geglückten Kopie der Kapelle von King's College in Cambridge, die Straße überquerte.

Das Halbrund von Park Village West wird – besonders von den Anwohnern – als schönste Straße Londons bezeichnet. Sie zweigt auf der Seite von Camden Town von der Albany Street ab, einer vielbefahrenen Durchgangsstraße, die lediglich nachts und am Sonntagmorgen frei von Schwerlastverkehr ist. Park Village West dagegen ist eine kleine Oase des Friedens mit ländlichem Charme, eine Mischung aus Landsträßchen und Kirchhof, wo es im Frühling nach blühenden Bäumen, Narzissen und Goldlack duftet.

Bean bog mit seinen Hunden in die dicht von Bäumen gesäumte Straße ein. »Die freundlichen Villen« hatte man diese Häuser im Stil der Zeit um 1840 genannt, »Meisterwerke aus der Nash-Schule«. Eingebettet in einen Garten, steht jedes Haus für sich und unterscheidet sich im Stil seiner klassischen Ornamente, blanken Fensterscheiben, reich verzierten Urnen, Kaiserbüsten, Della-Robbia-Medaillons, Gartenpavillons, Wetterfähnchen und als olympische Tempel kaschierten Garagen von den anderen.

Das Haus, dem Beans nächster Besuch galt, war durch einen großzügigen Vorgarten und ein niedriges Mäuerchen vom Gehsteig getrennt, frisch gestrichen und trug, in den Stuck eingraviert, die Inschrift »Charlotte Cottage«. Bean befestigte die Leine an einem Torpfosten, ermahnte seine Schützlinge zur

Ruhe und ging auf dem Gartenweg zum Haus. Rote Tulpen verloren ihre letzten Blütenblätter, und die rußschwarzen Kelche kamen zum Vorschein. Stiefmütterchen und Aurikeln waren schon aufgeblüht, der Goldregen würde bald folgen. Eine Klematis mit flachen Blüten wie aus mattblauem Satin rankte sich über die helle, leicht glänzende Fassade. Zu beiden Seiten der blauen Eingangstür standen kannelierte Säulen. Sie wurden von einem Dreiecksgiebel gekrönt, auf dem sich Nashs Götter und Göttinnen als cremefarbiges Relief auf blauem Grund tummelten. Aus einem offenen Fenster im Erdgeschoß streckte eine Frau etwa in Beans Alter oder älter den Kopf heraus.

»Ist es schon soweit?« fragte sie. »Ich hätte gedacht, es ist erst kurz nach drei.«

»Es ist bereits vier Uhr sechzehn, Lady Blackburn-Norris«, entgegnete Bean höflich. Er war immer höflich, denn gute Manieren kosteten ja nichts.

Sie verschwand und öffnete ein paar Sekunden später die Haustür, auf dem Arm den Shih-Tzu, das goldgelockte Hündchen. Gushis flusige goldene Stirnmähne, die ihm immer wieder in die Augen wehte, ähnelte dem rotblonden Haar seiner Besitzerin, nur daß deren Fransen von einer blaugerahmten, verspiegelten Sonnenbrille gehalten wurden. »Was um alles in der Welt treibt denn der Beagle mit dem Barsoi da?«

»Einfach ignorieren, Madam«, meinte Bean. Wenn sie es immer noch nicht kapiert hatte, war es jedenfalls nicht seine Aufgabe, sie aufzuklären. Er nahm ihr den Shih-Tzu ab und gerade als er ein freies Stück Leine am Halsband des Hündchens befestigen wollte, wobei er Rubys Annäherungsversuche abwehrte, bog ein Taxi um die Ecke und hielt vor Charlotte Cottage.

Die junge Frau, die ausstieg und zwei Koffer vom Beifahrersitz hievte, war bestimmt die neue Haussitterin von Sir Stewart und Lady Blackburn-Norris. Bean erschien sie recht jung, allerdings mußte er zugeben, daß ihm der größte Teil der Bevölkerung jung vorkam und er nicht mehr sagen konnte, ob jemand achtzehn oder dreißig war. Diese Frau – eigentlich ein Mädchen, dachte er – hatte etwas Zerbrechliches an sich, fast als könnte der Wind sie umblasen. Mit ihrer schmalen Gestalt, dem langen Hals, der weißen Haut und dem weizenblonden Haar ließ sie ihn unwillkürlich an eine Lilie denken. Sie sah nicht so aus, als würde sie Gushi stundenlang spazierenführen, und das sollte ihm recht sein.

Er nickte ihr grüßend zu. Viele hätten sie als attraktiv, ja sogar schön bezeichnet, doch er fand sie nicht besonders anziehend. Was immer er – insbesondere in den letzten Jahren – mit Sex zu tun gehabt hatte, war ihm bestenfalls grotesk und schlimmstenfalls beängstigend vorgekommen. Als Maurice Clitheroe starb, hatte Bean jeden Gedanken an dieses Thema mit einem mehr als erleichterten Seufzer ein für allemal aus seinem Kopf vertrieben. Er überlegte kurz, ob er der jungen Dame vielleicht mit den Koffern bis zur Haustür helfen sollte, verwarf die Idee aber gleich wieder. Er hatte mit den Hunden alle Hände voll zu tun. Und im übrigen sollte sie keine so schweren Koffer mitbringen, wenn sie nicht selbst damit fertig wurde. Als Trinkgeld würden für ihn bestimmt nicht mehr als die bei Frauen üblichen lächerlichen zwanzig oder höchstens fünfzig Pence herausspringen.

Inzwischen zerrten die Hunde ungeduldig an der Leine und wollten endlich los, auf ihren richtigen Ausflug. Bean überquerte die Straße und den Outer Circle und führte die Tiere durch das Gloucester Gate in den Park. Auf der weiten Grünfläche südlich vom Zoo machte er sie los und ließ sie frei laufen.

In einiger Entfernung sah er die Frau, die immer ein Dutzend Hunde ausführte und ihre Schützlinge mehr wie ein Kindermädchen behandelte, mit drei Labradors und einem Boxer Ball spielen. Bean warf ihr einen grimmigen Blick zu, doch sie war viel zu weit weg und bemerkte es nicht.

»Von Brasilien aus geht es los«, sagte Lady Blackburn-Norris, »dann weiter nach Mexiko und Costa Rica. Später Kalifornien, dann Utah mit den großen Nationalparks oder wie die heißen und schließlich Neuengland. Im September sind wir dann wieder hier, nicht wahr, Liebling?«

Ihr Mann ähnelte vom Gesicht und der Figur her dem Barsoi, den Mary draußen am Gartentor gesehen hatte, hatte sogar dessen dürre Beine, gebeugte Schultern und einen Rüssel wie ein Ameisenbär. »Wenn wir bis dahin nicht kaputt sind«, sagte er. »Sie denken wahrscheinlich, wir wären viel zu alt für so eine Reise, Miss Jago. Recht haben Sie, ich bin zweiundachtzig, und Madam ist neunundsiebzig.«

»Meine Großmutter ist noch viel älter und reist immer noch gern«, entgegnete Mary.

»Ach, die liebe Frederica! Wenn sie uns doch begleiten könnte! Aber sie ist ja noch in Schweden, außerdem hat sie den Trattons schon vor langem zugesagt, nächsten Monat mit ihnen nach Kreta zu fahren. Ich kann Ihnen gar nicht sagen, wie dankbar wir sind, daß sie Sie uns vermittelt hat, Miss Jago. Ohne jemand so Zuverlässigen wie Sie im Haus könnten wir überhaupt nicht wegfahren, habe ich recht, Liebling?«

Sir Stewart pflichtete ihr in seiner etwas trockenen, reservierten Art bei. In den letzten Wochen hatte er Frederica Jago gegenüber, der besten Freundin seiner Frau, häufig Mordgedanken gehegt, weil sie diese ausgedehnte Reise ermöglicht hatte. Die Polizei von ihrer Abwesenheit zu unterrichten war ja schön und gut, und sie hatten schließlich einen Hund – falls man Gushi so bezeichnen konnte –, doch es ging nichts über »jemanden im Haus«. Ohne »jemanden im Haus« hätte es sich sogar seine Frau zweimal überlegt wegzufahren. Er hatte natürlich keine Lust, wie er seinen engsten Freunden anvertraute. Er wollte hierbleiben, jeden Morgen gemächlich in seinen Klub in der Brook Street schlendern und dort zu Mittag essen, nachmittags dann mit dem Taxi zurück zum Park Square fahren, um mit seinem Freund, dem Leiter der Crown Estates, in dessen Privatresidenz, einem tempelartigen Gebäude neben dem Nursemaids' Tunnel, ein Schwätzchen zu halten, und jeweils dreimal pro Woche bei Odette oder Odin und sonntags im Mumtaz zu Abend essen.

»Es hat nicht sollen sein«, sagte er laut, ließ sich aber nicht weiter darüber aus, als Fredericas Enkelin ihn fragend ansah.

Er zeigte ihr, wie die Heizung funktionierte, und von seiner Frau erfuhr sie, wie man den Videorecorder bediente. Dann gaben sie ihr eine Liste mit den wichtigsten Telefonnummern und nützlichen Anlaufstellen und schärften ihr ein, unter keinen Umständen morgens zwischen acht und neun und nachmittags zwischen Viertel nach vier und Viertel nach fünf mit Gushi spazierenzugehen. Das sei Beans Aufgabe, aber natürlich könne sie ihn sonst jederzeit ausführen, falls sie – oder er – dazu Lust oder Energie hatten.

»Wahrscheinlich nicht«, sagte Mary. »Tagsüber bin ich ja in der Arbeit.«

»Ach natürlich, Sie arbeiten ja!« sagte Sir Stewart, als hörte er zum erstenmal, daß Frauen einer dermaßen abartigen Beschäftigung nachgehen, als könnte sich höchstens eine von tausend unter irgendeinem abnormen Zwang oder aufgrund einer seltenen charakterlichen Absonderlichkeit dazu bereit finden. »In dem Sherlock-Holmes-Haus unten in der Baker Street, stimmt's?«

Mary lachte. »Nein, nein, nicht Sherlock Holmes. Irene Adler. Ich arbeite im Irene-Adler-Museum in der Charles Lane.« Sie dachte, der Name würde ihnen vielleicht etwas sagen, doch offenbar irrte sie sich. »Das ist in St. John's Wood. Ich kann von hier aus gut zu Fuß zur Arbeit gehen.«

Sir Stewart ließ es sich nicht nehmen, in seinem Londoner Stadtatlas nachzusehen. Er war gerade dabei, die Entfernung auszurechnen und abschließend wohl festzustellen, daß der Weg zu weit war, insbesondere für ein so zart wirkendes Persönchen wie sie, als Bean den Hund zurückbrachte. Man machte sich gegenseitig bekannt, und Bean sagte: »Dann also bis morgen früh Viertel nach acht, Miss.«

Noch nie hatte jemand »Miss« zur ihr gesagt. Sie kam sich vor wie die höhere Tochter in einem viktorianischen Roman. Weil sie ihn gleich am Hals kraulte und etwas Nettes sagte, sprang Gushi an ihr hoch, leckte sie und schmiegte sich wie ein Strauß Chrysanthemen in ihre Arme.

»Runter mit dir, blödes Vieh«, sagte Sir Stewart.

»Wieso heißt er eigentlich Gushi?« wollte Mary wissen. »Woher kommt der Name?«

»Gushi Khan war im 17. Jahrhundert Herrscher von Tibet, nicht wahr, Liebling?«

»Weiß der Himmel!« erwiderte Sir Stewart. »Den Namen hat ihm sein früherer Besitzer verpaßt. Ich hätte ihn Sam genannt.«

Mary schlenderte durch die Zimmer, während Sir Stewart und Lady Blackburn-Norris letzte Hand ans Kofferpacken legten. Es war ein hübsches Haus, gemütlich und elegant. Das reizende Mobiliar unterschied sich jedoch in nichts von der Inneneinrichtung tausend anderer Häuser und Wohnungen am Rand des Parks: Chintz, Samt, Wilton-Teppiche, chinesisches Porzellan, Silber aus dem 18. Jahrhundert, Mohnblumen und Pfauenfedern, Polstersessel, Chaiselongues, Beistelltischchen, Hope-Stühle und vielleicht sogar ein echter Duncan Phyfe. Sie kannte sich mit diesen Sachen aus und hoffte manchmal sehnsüchtig, auf eine etwas andere Inneneinrichtung zu stoßen, die sie überraschte oder entzückte. Eines Tages könnte sie sicher einmal ihr eigenes Haus einrichten.

Die Rolläden vor den Fenstern boten zusätzliche Sicherheit. Nirgends kaschierten Spitzengardinen die Fenstergitter oder verhängten die Aussicht. Sie sah auf die Pergola und den Zierteich im Garten und die dahinterliegende Grünfläche hinaus, die die Anliegerstraße in zwei Hälften teilte. Zu dieser Jahreszeit grünten die Bäume und Sträucher üppig, blühende Kletterpflanzen rankten sich über jede Mauer und Erhebung, das Mauerwerk lag unter einem dichtgewobenen Laubteppich verborgen, so daß der Eindruck entstand, man befinde sich mitten auf dem Lande. In frisches Goldgrün und Jadegrün gehüllte Bäume verdeckten die irgendwo weit in der Ferne aufragenden Wohntürme. Die durchbrochenen Kondensstreifen der Flugzeuge am blauen Himmel sahen aus wie Federwolken.

Im Garten schob der weiße Flieder seine Blütendolden zwischen die späten Forsythien und das schneeige Geflecht einer Spiräe. Die Schönheit dieses Anblicks ließ bei Mary plötzlich ein Gefühl von Einsamkeit aufkommen. Sie hatte lange nicht mehr allein gelebt, und in einer halben Stunde würde sie nun ganz für sich sein. Bis auf Gushi natürlich, doch Mary gehörte nicht zu den Leuten, die die Gesellschaft eines Tieres der eines menschlichen Wesens gleichsetzen. Sie strich dem Hund über den Kopf, denn der Gedanke schien ihr ein wenig unfair.

Das Taxi kam früher als erwartet, und Mary ließ den Fahrer herein. Sir Stewart und Lady Blackburn-Norris waren noch oben, doch als Sir Stewart Stimmen hörte, rief er dem Fahrer zu, er solle heraufkommen und ihm mit den Koffern helfen. Für einige Minuten herrschte Chaos, während der Fahrer protestierte und etwas von Rückenschmerzen brummte. Lady Blackburn-Norris flatterte nervös im Kreis herum und gab Mary plötzlich und unerwartet einen Abschiedskuß, und Sir Stewart wollte Mary ausgerechnet in diesem letzten Moment erklären, wie die Fensterverriegelung funktionierte.

Dann waren sie fort. Der Hund hatte sich schlafen gelegt. Mary sah immer noch aus dem Fenster, als das Taxi schon längst verschwunden war. Es war sehr still, so still wie auf dem Land, und obwohl sie angestrengt horchte, war vom Lärm und Getöse der Großstadt nichts zu hören. Alistair fiel ihr ein, und sie dachte darüber nach, was es bedeutete, sich vor jemandem zu fürchten, den man einst geliebt und bewundert hatte. Heute abend würde er wahrscheinlich anrufen. Sie fragte sich, was passieren würde, wenn sie sich einfach nicht meldete und es weiterklingeln ließ und der Anrufer ein Freund von Sir Stewart und Lady Blackburn-Norris war.

Die Vorstellung, mit Alistair zu sprechen, kam ihr plötzlich schrecklich vor. Vielleicht sollte sie auf einen kleinen Spaziergang oder ins Kino gehen. Nicht weit von der U-Bahnstation Baker Street war ein Kino und noch eins in der Baker Street. Aber wäre es nicht verantwortungslos, gleich nach der Ankunft das Haus und den Hund allein zu lassen? Sie ging nach oben und begann, ihre Sachen auszupacken.

Ihr Zimmer hatte einen Ausblick auf den Garten und die Grünanlage von Park Village East und über die Gleise der Mornington-Crescent-Linie. Hoch über dem Bahnhof Euston schwebte ein rot-gelb gemusterter Gasballon am Himmel. Sie packte den ersten Koffer aus und hängte ihre Kleider in einen Wandschrank aus Mahagoniholz mit Klauenfüßen. Die Sachen, die im zweiten Koffer obenauf lagen, wurden in Schubladen verstaut. Als sie den Hosenanzug herausnahm, entdeckte sie darunter die Ansichtskarte aus Jokkmokk und den Brief vom Harvest Trust.

Mary setzte sich aufs Bett und betrachtete nachdenklich den Umschlag in ihren Händen, bevor sie ihn schließlich öffnete. Das machte sie jedesmal, wenn sie Post vom Trust bekam. Einerseits wollte sie wissen, was darin stand, andererseits scheute sie sich davor, und so zögerte sie jedesmal, wappnete sich, bereitete sich innerlich vor. Aber konnte man sich darauf vorbereiten? Wäre es, wenn ihre schlimmste Befürchtung eintrat, nicht doch ein Schock, egal, wie sehr sie damit gerechnet hatte?

Alistair hatte gehofft, der Mann, den sie nur als »Oliver« kannte, sei tot. Bestimmt hatte er es nicht so kategorisch gemeint, er war unlogisch, unvernünftig gegenüber allem, was mit ihrer Knochenmarkspende zu tun hatte, aber vielleicht war »Oliver« tatsächlich tot, und nun stand es in diesem Brief.

Wann hatte sie das letztemal vom Trust gehört? Sie überlegte. Vor Weihnachten, im Oktober oder November, vor über einem halben Jahr. Doch das war ganz normal. Sie hatte den Trust gebeten, ihr nach drei Monaten Mitteilung zu machen, und dann nach sechs, neun, zwölf und achtzehn Monaten. Inzwischen mußten über achtzehn Monate vergangen sein, eher zwanzig, seit man ihr die Spende entnommen hatte.

Vielleicht war er tot. Die Erfolgsquote lag bei nur zwanzig bis fünfzig Prozent. Es war sogar wahrscheinlicher, daß er tot war, als daß er noch lebte. Kurzentschlossen öffnete sie den Umschlag, riß die Klappe mit ihrem Daumennagel auf. Der Brief war von der Spenderbetreuungsreferentin des Harvest Trust und erinnerte sie daran, daß »Sie darum gebeten hatten, die Anonymität nach anderthalb Jahren aufzuheben, falls alles gut verlaufen ist«. Daher werde nun, gegenseitiges Einverständnis vorausgesetzt, »Oliver« ihren Namen und ihre Adresse erhalten und umgekehrt. Sie könne aber auch selbst mit »Oliver« Kontakt aufnehmen, sobald sie seine Anschrift erhalten habe. Es sei für beide Parteien ratsam, erst einmal miteinander zu korrespondieren, bevor ein persönliches Treffen vereinbart wurde. Die Spenderbetreuerin erklärte sich bereit, auf jede erdenkliche Weise zu helfen. Sie hoffte, »Helen« würde sich an sie wenden, falls es irgendwelche Probleme gäbe, und unterzeichnete mit Deborah Cox.

Mary las den Brief noch einmal. Sie hatte etwas bekommen, das sie an ihrem ersten Abend vollauf beschäftigen würde.

3

Irene Adler, Abenteurerin, Schönheit, einstige Mätresse des Königs von Böhmen, residierte, nach Angaben von Conan Doyle, in Briony Lodge an der Serpentine Avenue in St. John's Wood. Doch da es sich bei diesen Angaben um pure Fiktion handelt und die einzige, »Serpentine« genannte Straße in London im Distrikt West Zwei und nicht in Nordwest Acht liegt, mußten sich die Gründer des Museums, das ihren Namen trägt, mit einem Haus in einer Seitenstraße von St. John's Wood High Street zufriedengeben.

Das Museum beherbergt keine Irene-Adler-Memorabilien. Wie könnte es auch? Die einzige Frau, die Sherlock Holmes je liebte – oder zumindest bewunderte –, kommt lediglich in einer einzigen Geschichte vor. Kaum hatte Holmes sie zu Gesicht bekommen, heiratete sie auch schon einen gewissen Mr. Norton und hinterließ Holmes nichts weiter als ein Foto, das er anhimmeln konnte. Die im Museum ausgestellten Stücke sind jedoch von der Art, wie sie sie besessen haben könnte: eine Sammlung von Kleidern aus dem späten 19. und frühen 20. Jahrhundert, Gemälde der Präraffaeliten, zahllose Jugendstilskizzen, Möbel im Stil der Einrichtung von Sir Stewart und Lady Blackburn-Norris, Schmuckstücke aus Silber und Achat, Talmi, Rauchquarz und Mondstein, ein paar wohlgehütete Exemplare des *Yellow Book*, Werke von Swinburne und Watts-Dutton, zahlreiche Zeichnungen von Beardsley und eine Erstausgabe von *Zuleika Dobson*.

Mary Jago machte bald nach ihrem Abschluß an der Kunstschule Bekanntschaft mit der Sammlung, als sie sich mit der Restaurierung von Kostümen selbständig machte. Dies war zwar kein besonders einträgliches Geschäft gewesen, verschaffte ihr jedoch den Kontakt zu Dorothea Borwick, der Leiterin des Irene-Adler-Museums, die ihr später eine Teilhaberschaft anbot. Das Museum, das von der einheimischen Bevölkerung weitgehend ignoriert wurde, war nämlich bei Touristen, vor allem bei Amerikanern, ein großer Erfolg. Manchmal sahen sich Mary und Dorothea sogar gezwungen, den Zutritt zu beschränken und den Eingang für eine halbe Stunde mit einem Seil abzusperren, hocherfreut über den Anblick der Menschenschlange, die sich bis um die Ecke zu der Häuserzeile von St. John's Wood Terrace hinzog.

Montags kam Dorothea nie zur Arbeit, und Mary hatte dafür an den Samstagen frei. Als sie nun ankam, war es erst zwanzig nach neun, und Stacey, die immer am Kartenschalter saß und im Museumsshop bediente, war noch nicht eingetroffen. Kurz nachdem Gushi von Bean wieder abgeliefert worden war, war Mary von Charlotte Cottage aufgebrochen. Sie wußte nicht genau, wo sie ihren Antwortbrief an den Harvest Trust einwerfen konnte, hatte aber an der Ecke Park Village West und Albany Street gleich einen Briefkasten gefunden.

Der Brief war das Ergebnis sorgfältigen Nachdenkens und behutsamer Überlegungen und hatte fast den ganzen Abend in Anspruch genommen, weshalb sie die Idee eines Kinobesuchs wieder verworfen hatte. Ob sie dem Harvest Trust ihre neue Adresse zukommen lassen sollte? Hatte das überhaupt einen Sinn, da sie doch nur vorübergehend dort wohnte? Sir Stewart und Lady Blackburn-Norris kamen Anfang September zurück, und dann mußte sie sich eine eigene Wohnung suchen, falls sie ihre Meinung bis dahin nicht grundlegend geändert und beschlossen hatte, zu Alistair zurückzukehren.

Die Antwort auf ihren Brief war ihr sehr wichtig, denn endlich würde sie »Olivers« Identität erfahren. Fast hätte sie schon beim Trust angerufen; aber ob sie es ihr am Telefon sagen würden? Natürlich nicht, sie könnte ja irgendwer sein, eine

Enthüllungsjournalistin oder Spionin. Beim Trust würde niemand ihre Stimme erkennen. Also zurück zu dem Brief, dem leeren Blatt Papier, auf das sie noch nicht einmal die Adresse geschrieben hatte. Wenn sie Chatsworth Road, Willesden, angab, obwohl sie dort nicht mehr wohnte, würde Alistair ihr das Antwortschreiben des Trust nachschicken? Oder würde er sich einen Spaß daraus machen, es zu zerreißen?

Die einfachste Lösung wäre, die Adresse ihrer Großmutter auf den Briefkopf zu schreiben. Sie besaß einen Hausschlüssel, und im übrigen kam Frederica in ein paar Tagen zurück. Nach diesem Brief würde höchstwahrscheinlich keine Post mehr vom Trust kommen, die Auskünfte über »Olivers« Gesundheitszustand bekäme sie dann direkt von ihm. Rechts oben in die Ecke schrieb sie »bei Mrs. F. M. Jago, Lamballe House, Belsize Park Gardens, London NW3«. Der Inhalt ihres Briefes war im Grunde nur die Bitte um »Olivers« richtigen Namen und seine Adresse. Auf diese Weise hätte Alistair keinen Zugriff darauf. In den vergangenen anderthalb Jahren hatte er ihr Tun mit wachsendem Mißfallen betrachtet und zunehmend verärgert reagiert. Irgendwie schien er sich an diesem Mann rächen zu wollen, den sie beide noch nie gesehen hatten und dessen einziges Vergehen darin bestand, an akuter myeloischer Leukämie zu leiden. Auf ihrem Weg durch den Park über den Broad Walk und an der Südseite des Zoos entlang mußte sie wieder an Alistairs unerklärliches Verhalten denken. Was sie getan hatte, schien ihn verändert zu haben, er war unvernünftig und bisweilen direkt grausam geworden.

Beim Trust empfahlen sie einem, sich mit der Familie zu beraten, bevor man sich endgültig für eine Knochenmarkspende entschied. In ihrem Fall bestand die Familie aus Alistair und ihrer Großmutter, andere Angehörige hatte sie nicht, doch während ihre Großmutter sie nach anfänglichen Befürchtungen unterstützt hatte, waren von Alistair nur Zorn, Skepsis und Ablehnung gekommen.

Schon wenn der Name des Trust erwähnt wurde, war Alistair aufgebraust. Er schien eine Gabe dafür zu haben, jeden auch nur entfernt bedrohlich klingenden Punkt aus der Informationsbroschüre herauszupicken.

»Harvest, das heißt doch abernten, abzapfen – so nennen die das, was sie treiben. Das spricht doch Bände, oder? Die zapfen dir das Mark aus den Knochen ab.«

Und weiter: »Sie versichern dich für eine Viertelmillion Pfund. Da, hier steht es. Glaubst du, das täten die, wenn es nicht gefährlich wäre?«

»Ich bin jung und gesund«, hatte sie entgegnet. »Die würden mich nicht nehmen, wenn ich nicht geeignet wäre. Ich bin gar nicht so zart, ich sehe bloß so aus.«

Damals hatte man sie noch gar nicht um die Spende gebeten, sondern nur ihren Namen in die Kartei eingetragen. Alistairs, wie ihr schien, unvernünftiger Aufforderung nachzugeben wäre ihr schwach und völlig verkehrt vorgekommen. Sie wußte, daß sie zu den typischen Opfern gehörte: eine stille, sanftmütige Person, die um des lieben Friedens willen nachgibt und beschwichtigend lächelt und bei der ein brutaler Kerl sich von seiner schlimmsten Seite zeigt. Dieser Rolle hatte sie sich in letzter Zeit entgegenzustellen versucht. Doch als der Trust sich mit einem potentiellen Empfänger wieder bei ihr meldete und sie zur medizinischen Untersuchung in die Klinik bat, hatte sie sich nicht selbstbewußt behauptet.

In ihrer Mittagspause ging sie zur Untersuchung. Alistair sagte sie nichts davon. Natürlich hatte sie vor, es ihm später zu sagen. Es war paradox: Wenn es zwischen ihnen gekriselt hätte, hätte sie ihn vielleicht informiert, hätte sich durch seine negative Haltung noch bestärkt gefühlt, doch ihre Beziehung befand sich gerade in einer harmonischen und glücklichen Phase – warum sollte sie es also verderben? Trotzdem beschloß sie, es ihm rechtzeitig vor der Knochenmarkentnahme zu sagen. Denn sagen mußte sie es ihm, das war klar.

Dann schickte seine Bank ihn nach Hongkong. Während der Woche, die er verreist war, sollte die Spende erfolgen. Die Spender sollten, so wurde angeraten, vom Krankenhaus abgeholt und nach Hause begleitet werden. Darauf würde sie entweder verzichten oder ohne Alistair auskommen müssen. Dorothea könnte sie abholen, sie war diskret und würde den Mund halten. Vielleicht brauchte Alistair es nie zu erfahren. Trotz aller Fortschritte, die sie gemacht hatte, war inzwischen ihr altes Selbst wieder durchgebrochen, da half es auch nicht, daß sie sich sagte, sie sei feige und idiotisch. All dies durchlebte Mary noch einmal in Gedanken, während sie durch den Park zum Monkey Gate ging und von dort über den Kanal in die Charlbert Street. Ein Tag wie heute war es gewesen, sonnig und ein wenig windig, allerdings im Herbst statt im Frühling, als sie damals zur Knochenmarkentnahme ins Krankenhaus gegangen war. Entgegen Alistairs Annahme war der einzige Risikofaktor die Vollnarkose. Etwa zwei Stunden war sie »weg vom Fenster«, während man ihr einen Liter Knochenmark und Blut entnahm, fünf Prozent der Gesamtmenge in ihrem Körper.

Als sie wieder zu sich kam, verspürte sie zunächst eine freudige Erregung. Es war vorbei, sie hatte es geschafft. Sie hatte ihren gesunden Körper zur Verfügung gestellt, um einem kranken Menschen zu helfen, um einen Irrtum der Natur zu korrigieren. Selbst wenn sie bis dahin nichts zuwege gebracht hatte, selbst wenn sie in den kommenden Jahren nie etwas Gutes täte, so konnte sie durch diese eine gute Tat ihre Existenz doch rechtfertigen. Das hätte sie natürlich keiner Menschenseele so gesagt. Bei Dorotheas Besuch spielte sie es herunter und sagte, es sei nichts Besonderes gewesen, ein Klacks. Innerlich verspürte sie jedoch eine tiefe Zufriedenheit. Auch wenn es mißglückt wäre, auch wenn die Transplantation nichts nützte, hätte sie es doch versucht, hätte getan, was alle philosophischen und religiösen Lehren als Zweck unseres Daseins weisen: seinen Nächsten zu lieben und Gutes zu tun.

Dieses Hochgefühl hielt nicht lange an. Die Worte, die sie – wenngleich im stillen und unausgesprochen – benutzt hatte, waren ihr jetzt peinlich. Rasch kehrte sie zu den praktischen Dingen des Lebens zurück. Dorothea begleitete sie im Taxi nach Hause, kochte ihr etwas und leistete ihr beim Essen Gesellschaft. Dann sagte sie, Mary solle sich ausruhen und erst in der darauffolgenden Woche wieder ins Museum kommen. Mary war zwar müde und etwas steif, fühlte sich ansonsten aber gut. Sie aß dreimal täglich eine Mahlzeit, machte kleine Spaziergänge, nahm die Eisentabletten, die man ihr verschrieben hatte, und wartete auf Alistairs Rückkehr.

Sie hatte sich nie recht erklären können, weshalb sie sich die Stelle an ihrem Körper, an der das Knochenmark entnommen worden war, nicht genau angesehen hatte. Zwar wußte sie genau, wo sie saß, nämlich in der Kuhle an der Hüfte, dem sogenannten Beckenkamm. Es wäre das Normalste, Natürlichste gewesen, die Einstiche in der glatten, blassen Haut eingehend zu betrachten, obwohl man ihr versichert hatte, daß sie keine Narben hinterließen. Eine gewisse Abscheu, aber auf keinen Fall Reue, war schuld, daß ihr Blick beim Ausziehen oder in der Dusche nie auf die Stelle fiel. Lag es daran, daß sie nicht sehen wollte, was Altruismus einem bis dahin perfekten, makellosen Körper angetan hatte?

Alistair sah die Einstiche. Er sah sie, als sie miteinander schliefen und das Schlafzimmer von der Herbstsonne durchflutet wurde, als das weiche goldene Licht auf ihre weiße Nacktheit fiel und auf ihren einzigen Makel…

Die ersten Besucher steuerten geradewegs auf den Museumsshop zu, wo ihnen Stacey Kalender und Postkarten mit Lillie Langtry und Eleonora Duse verkaufte, ledergebundene Neuausgaben der Romane von Ada Leverson, bemalte Fächer, perlenbestickte Täschchen, Batiken, Applizierarbeiten und sündhaft teure Knossos-Schals im Pseudo-Fortuny-Stil. Mary machte sich im Hutsaal an die Arbeit, besserte hier eine seidene Krempe aus und steckte dort ein paar Straußenfedern wieder fest. »Krabbe im Fischbeinpanzer«, so hatte Aldous Huxley die Damenwelt zu King Edwards Zeiten beschrieben und ihre federgeschmückten Hüte als »französische Beerdigung erster Klasse« bezeichnet. In diesem Raum befanden sich mehr als zwanzig Hüte dieser Art, alles riesige, tortenförmige Gebilde in Perlweiß, Pink, Blau, Gelb und Schwarz, üppig geschmückt mit Rosen, Bändern und Federn. An einer Wand hing ein Vogue-Plakat von 1909, auf dem eine winzige Frau mit einem Hut so groß wie ein Regenschirm abgebildet war, an dessen Krempe ein Kaninchen saß, das einen Kohlkopf verzehrte.

Wenn sie sich hier oder im Korsettzimmer aufhielt, erschienen Mary Irene Adlers gelegentliche Ausbrüche in die Welt der Männerkleidung – zum Beispiel in der Szene, in der sie Holmes in der Baker Street »eine gute Nacht« wünscht – durchaus verständlich. Die Krabbe in Fischbein hatte Bequemlichkeit wahrscheinlich bloß bei Nacht im Bett gekannt, niemals tagsüber im S-förmig geschwungenen Fischbeinkorsett, im schnallenbesetzten, ausgesteiften Mieder mit gepanzerten Stoffschichten oder diesen mit Firlefanz behangenen Wagenradhüten. Andere Bilder an den Wänden zeigten Frauen Anfang des Jahrhunderts, die sich abmühten, Treppen hinaufzusteigen, Trambahnen zu erklimmen oder an windigen Tagen ihre Hüte zu bändigen.

Als die ersten Besucher ihren Rundgang begannen, legte Mary ihre Arbeit beiseite. Die amerikanischen Museumsbesucher waren in der Überzahl und stellten die meisten Fragen. Sie hatte sich auf einen ganz normalen ruhigen, gemächlichen Montag eingestellt, ohne zu berücksichtigen, daß die Touristensaison sich ihrem Höhepunkt näherte.

»Wie sind sie eigentlich bei Regen mit diesen Schleppenröcken fertig geworden?« wollte jemand wissen. Es war eine Standardfrage, auf die sie aber keine genaue Antwort wußte.

»Und die einfachen Frauen?« lautete eine andere Frage, die immer häufiger gestellt wurde. »Was haben die Armen gemacht? Leute, die sich keine Kammerdienerinnen und Kutschfahrten leisten konnten? Wie sind die denn zurechtgekommen?«

Und immer wieder: »Wer war eigentlich Irene Adler?«

Sie verkauften mehr Exemplare der Geschichte *Skandal in Böhmen* von Arthur Conan Doyle (mit Irene als federgeschmückte Krabbe vorn auf dem Umschlag und in Jackett und Reithose auf der Rückseite) als von sämtlichen Katalogen und Broschüren zusammen. Besonders beliebt war das Faksimile von Irenes Salon, wie er in Briony Lodge gewesen sein mußte; das Feld der Wandtäfelung neben dem Kamin, hinter dem sich das Geheimfach mit dem Foto verbarg, war beiseite geschoben, damit der Mechanismus deutlich zu sehen war. Gustav Klimt hatte sie zwar nicht gemalt, denn er war echt und Irene nur Fiktion, doch das Porträt im Klimtschen Stil, auf dem Irene in paillettenbesetztem Kleid und Perlen an einem mit Blattgold belegten Wandschirm lehnt, hing in seinem schmalen vergoldeten Holzrahmen wohl in so mancher Eigentumswohnung im Mittelwesten der Vereinigten Staaten.

Um die Mittagszeit war im Museum so viel Betrieb, daß Mary nicht wegkonnte. Nachmittags sah es einmal sogar so aus, als ob man den Zutritt für eine halbe Stunde beschränken müßte. Gegen fünf beruhigte es sich wieder, doch bis dahin waren im Shop auch sämtliche Kalender und Knossos-Schals ausverkauft, und Stacey bestellte beim Verkaufsvertreter telefonisch bereits neue. Mary machte sich ein bißchen Sorgen um Charlotte Cottage. Ob Bean um Viertel nach vier ohne Schwierigkeiten ins Haus gekommen war, Gushi gefunden und ihn inzwischen wieder zurückgebracht hatte? Ob er die Haustür hinter sich wieder zugemacht hatte?

Sie spielte mit dem Gedanken, ein Taxi nach Hause zu nehmen, da sie heute schon einmal einen langen Spaziergang gemacht hatte. Doch weil die Sonne so schön schien und der Wind sich gelegt hatte, vergaß sie beim Betreten des Parks ihr Zögern, vergaß Charlotte Cottage und Gushi und schlug den südlichen Weg über die weite, offene Rasenfläche ein. Merkwürdig, als sie noch in Willesden gewohnt hatte, war sie selten in den Park gegangen; obwohl sie im Museum arbeitete, war sie kaum einmal über den Kanal oder in die Gegend südlich der Prince Albert Road gekommen.

Auf dem Pfad zum Bootsteich hinunter fiel ihr zum erstenmal auf, wie weitläufig der Park war und daß relativ wenig Bäume in seiner Mitte standen. Eine weite Grünfläche, die von den Türmen und Wahrzeichen Londons umgeben war – die goldene Kuppel der Moschee mit ihrem schlanken Minarett, das Jugendstilgebäude der Abbey National in der Baker Street, der Post Office Tower und hinter ihr die Mappin Terraces am Zoo befanden sich alle in Parknähe. Das nördliche Seeufer war von Bäumen gesäumt, und am seichten Rand zankte sich ein Grüppchen Tafelenten, Mandarinenten und ein schwarzer Schwan um ein paar weggeworfene Brotscheiben. Sie überquerte die Long Bridge und blieb stehen, um den Reiher zu betrachten, der auf der Insel auf einem Baum hockte. Eigentlich hätte links ein Weg zum Cumberland Gate abgehen müssen, doch es gab keinen Durchgang.

Dies war ein charakteristisches Merkmal des Parks und bei einem Grundriß, der auf zwei nicht konzentrischen ineinanderliegenden Kreisen beruhte, vielleicht sogar unvermeidlich. Die Gehwege führten selten in die erwartete Richtung, und es konnte einem besonders in dieser Gegend leicht passieren, daß man sich in der richtigen Richtung wähnte, nur um dann festzustellen, daß man wieder auf dem Rückweg zum Zoo und nach St. John's Wood war. Es war wie bei Alice hinter den Spiegeln, als Alice beim Blick durch den großen Spiegel bemerkt, daß der Pfad nicht wie erwartet direkt in den Garten führt, und sich scheut, durch den Spiegel in ihr altes Zimmer zurückzukehren. Ich werde jedenfalls nicht ins alte Zimmer zurückkehren, dachte Mary und trat am Freilichttheater auf den Inner Circle hinaus.

Von dort war es nur ein kurzes Stück durch das goldene Tor die Chester Road entlang bis zum Broad Walk. Die neuen Wasserspiele waren in Betrieb, und Blumen rankten sich üppig über die Ränder der Zierschalen und römischen Vasen. Die in säuberlichen Rechtecken angelegten Beete rechts und links des breiten Gehwegs waren mit blühenden Schlüsselblumen, Stiefmütterchen und gelben Narzissen bepflanzt. Auf beiden Seiten des Weges vom Park Square bis zur Chester Road und darüber hinaus, wo keine Blumen mehr wuchsen, nur noch Bäume und wildes Gestrüpp, standen Parkbänke, auf denen meist Grüppchen von zwei oder drei Personen saßen. Nur auf der Bank neben der Kreuzung von Chester Road und Broad Walk saß ein einzelner Mann.

Leute wie er saßen immer allein, außer es setzte sich einer von ihrer Sorte dazu. Sonst würde sich niemand auf derselben Parkbank niederlassen wollen. Während Mary sich von der westlichen Seite her näherte, suchte sie wie so oft nach dem korrekten Ausdruck für Leute wie ihn. Penner? Berber? Stadtstreicher? Bettler – nein, er bettelte ja nicht. Tippelbruder oder Wanderbursche auch nicht, so hatte man zu Großmutters Zeiten gesagt. Vielleicht gab es gar kein Wort, und vielleicht sollte es auch gar keins geben.

Er war mit Lesen beschäftigt. Das machte ihn anders, hob ihn von den anderen ab. Er schien seine Umgebung überhaupt nicht wahrzunehmen, so sehr war er in die Lektüre vertieft. Der kleine Karren mit seinen Habseligkeiten stand an der metallenen Armlehne der Bank. Von dem Tuch, das um seinen Hals geschlungen war, bis zu den Stiefeln an seinen Füßen waren seine Kleider aus abgewetztem Jeansstoff, zerknüllter Wolle und fadenscheinigem Polyester. Er trug eine dunkle Steppweste. Sein Haar war dunkel, und der dichte, buschige

Bart, der sein Gesicht fast vollständig überwucherte, war stahlgrau. Sie glaubte, ihn schon einmal gesehen zu haben, wußte aber nicht mehr, wo. Der Anblick seiner Hände hatte sie darauf gebracht, daß sie ihm schon einmal begegnet war. Es waren lange, schmale, schöne Hände, sonnengebräunt, aber glatt, und an der linken steckte ein goldener Ehering.

Als sie vorüberging, sah er auf, und für einen winzigen, flüchtigen Augenblick trafen sich ihre Blicke. Seine Augen waren blau, von einem kräftigen Meerblau. Er schlug sie jedoch gleich wieder nieder und heftete sie auf sein Buch, während er die Seite mit einer knappen, beherrschten Geste umblätterte. Sie versuchte sich zu erinnern, wo sie ihn zum ersten Mal gesehen hatte – in der Baker Street? Vor Madame Tussauds Wachsfigurenkabinett? Doch sie kam gar nicht oft in diese Gegend. Mary setzte ihren Weg fort, an den Ginkgobäumen vorbei in Richtung Cumberland Gate. Hatte er sie damals um Geld gebeten? Hatte er vielleicht die Obdachlosenzeitung verkauft?

Als Gushi sie die Haustür aufschließen hörte, bellte er dreimal kurz, und als sie seinen Namen rief, kam er sofort angerannt. Falls er von seinem Ausgang ermüdet war, ließ er sich jedenfalls nichts anmerken. Sie hockte sich nieder, und er sprang ihr auf den Arm, schmiegte sich an sie und vergrub sein chrysanthemenfarbenes Gesichtchen an ihrer Schulter.

Mary Jago mochte sich nicht mehr erinnern, wo sie ihm schon einmal begegnet war, Roman Ashton hatte dagegen keine Schwierigkeiten, sie einzuordnen. Sie war die junge Frau, die einmal zwei Stunden früher als gewöhnlich am Museum in der Charles Lane angekommen war und ihn geweckt hatte, als er dort vor der Tür geschlafen hatte. »Irene Adler« hieß das Museum, und es hatte eine glasgedeckte Veranda vor dem Eingang, die über einen kleinen Vorplatz bis an den Gehsteig hinaus reichte. Dort hatte er ein paarmal im Trockenen und windgeschützt übernachtet, war dann aber nicht mehr hingegangen, nachdem sie ihn entdeckt hatte.

»Entschuldigen Sie«, hatte sie gesagt, weil sie nicht über ihn steigen wollte. Vielleicht war sie auch etwas ängstlich. Viele Leute fürchteten sich vor ihm und seinesgleichen. »Jetzt habe ich Sie aufgeweckt. Ich wußte nicht, daß hier jemand schläft.«

Eine seiner Grundregeln war, nie mit »der Öffentlichkeit« zu sprechen, nur mit seinen Kumpanen, obgleich das seine eigenen Probleme mit sich brachte und er sich dabei schuldig fühlte. Es gab für ihn keinen Grund, mit den Leuten zu sprechen, er brauchte nicht zu betteln und tat es auch nie. Wenn ihn jemand ansprach, nickte er nur, zuckte die Achseln oder tat so, als hätte er nichts gehört. Dieses zarte, schmale Mädchen, das so freundlich und irgendwie feenhaft wirkte, verdiente dagegen mehr Beachtung. Sie hatte ihn höflich angesprochen, wie einen respektablen Bürger. Er stand also nickend auf, rollte mit einer geschickten Bewegung rasch sein Bettzeug zusammen und trat beiseite, um ihr Platz zu machen.

»Entschuldigung«, sagte er. »Ich gehe schon.«

Es mußte sich wie ein Brummen, ein leises Knurren angehört haben. Sie konnte nicht wissen, daß es seit einem Jahr die ersten Worte waren, die er zu jemand gesagt hatte – wenn man von den anderen Obdachlosen einmal absah –, der erste Satz aus seinem Mund, seit er sein Haus abgeschlossen und mit dem Leben auf der Straße begonnen hatte. Und nun hatte er sie erneut gesehen. Für einen Augenblick rechnete er damit, daß sie ihn ansprechen würde, und überlegte, wie er antworten sollte, wenn überhaupt, ob er sich so geben sollte, wie er früher gewesen war, ein sympathischer, zuvorkommender, lässiger Mann, oder so, wie er heute war, abweisend, ernst, mürrisch. Doch sie hatte nichts gesagt, sie hatte ihn nicht wiedererkannt. Auch gut. Unterhaltungen mit normalen Leuten waren nicht seine Sache, sie sprachen eine andere Sprache als er.

Eine Weile setzte er seine Lektüre von *Die toten Seelen* fort, versuchte es wenigstens, doch konnten ihn die Unternehmungen Tschitschikows nicht mehr fesseln. Er war abgelenkt worden, nicht so sehr vom Anblick des blassen, hellhaarigen Mädchens mit dem beschwingten Schritt als von den Gefühlen und Reflexionen, die die Erinnerung an jene frühere Begegnung in ihm hervorgerufen hatte.

Er legte das Buch in seinen Karren, ein hölzernes Gefährt mit vier Rädern und einem Handgriff, der wie ein Spatenstiel geformt war, und schlenderte, den Wagen vor sich herschiebend, in westlicher Richtung davon. Er hatte kein bestimmtes Ziel vor Augen, für ihn gar kein ungewöhnlicher Zustand, denn einer der Vorteile seiner Situation bestand in totaler Freiheit.

Es war ein warmer, windstiller Nachmittag, eine Wohltat nach den stürmischen letzten Wochen, dem kalten Frühjahr und dem langen, feuchten Winter. Mochte Glück ihm auch für immer versagt und ausschließlich für andere reserviert sein, so konnte er doch Freude empfinden, manchmal sogar intensiver und sinnlicher als diejenigen, die ein Dach über dem Kopf hatten und in einem Bett schliefen. Dankbar genoß er die Sonne auf seinem Gesicht und die weiche, milde Luft. Fast mußte er lächeln.

Eine andere seiner Grundregeln war, nie schon am Nachmittag oder Abend festzulegen, wo er die Nacht verbringen würde, denn das hätte seine Freiheit eingeschränkt, und Freiheit war sein einziges Gut. Alles andere war ihm weggenommen worden, oder er hatte es sich selbst versagt. Über eine Schlafstelle würde er sich Gedanken machen, wenn es dunkel war und die Straßen sich geleert hatten, die Autos verschwunden waren, die Pubs zugemacht hatten und Leute wie er die Stadt für sich hatten.

Er überquerte die York Bridge und betrat den abgeschiedenen Teil des Parks am südlichen Seeufer. Hier auf den Parkbänken waren seinesgleichen oft zu finden: Effie mit ihren in grüne

Plastiktüten zusammengeschnürten Bündeln, Dill in Begleitung seines Hundes, aber sonst mit herzlich wenigen belastenden Habseligkeiten, nur einem Nylonrucksack und ein paar Mänteln, die er sich an den Ärmeln um die Mitte geschlungen hatte. Heute war jedoch niemand da. Er wußte, daß Dill so leben konnte, weil er meistens ein Bett im Übernachtungsheim in der Marylebone Road oder in der Edgeware Road bekam. Roman würde sich das wegen seines Schuldgefühls, ein Schwindler und Heuchler zu sein, nie gestatten. Wer von den anderen hatte schließlich einmal ein Haus besessen, es dann verkauft und das Geld auf einem Bankkonto deponiert?

Den größten Teil des Tages lebte Roman in der Vergangenheit. Das war Absicht, so erforschte er jene glückliche Zeit, durchlebte sie noch einmal. Mitunter war er stundenlang mit seinen Träumereien beschäftigt und wanderte dabei durch die Straßen, die sich gleich einem Nest um die Mitte des Parks woben. Meistens suchte er sich ein bestimmtes Ereignis aus der Vergangenheit aus und versetzte sich wieder hinein, etwa die Geburt eines seiner Kinder und was er und Sally damals zueinander gesagt hatten, oder noch früher, als er Sally an der Universität begegnet war.

Früher war er dazu nicht fähig gewesen, hatte sich davor gescheut, sogar entsetzlich davor gefürchtet. Beim Anblick des zierlichen, netten Mädchens fiel ihm wieder ein, daß er zur Zeit ihrer ersten Begegnung mit dem Erinnerungsprozeß begonnen hatte. Als er sich mit dem Bettzeug im Karren von ihr entfernt hatte, fand er, die Tatsache, daß er mit einer normalen Person gesprochen hatte, einer Bewohnerin jener Welt, die er verlassen hatte, sollte ihm als Zeichen dienen, und so hatte er an Ort und Stelle beschlossen, seiner Verweigerung ein Ende zu setzen. Die totale Veränderung, die absolute Umstellung seiner Lebenssituation, die völlige Loslösung von der Vergangenheit – all das hatte seinen Zweck erfüllt. Nun war es Zeit, weiterzugehen und sich dem Schmerz zu stellen. Er würde die

Narbenkruste von der Wunde reißen und etwas Kaltes an die offene Stelle legen. Er hatte nichts zu verlieren. Es mußte sein, und nun war die Zeit gekommen, damit anzufangen.

Mit einer Art Meditation hatte er begonnen, die Augen auf den Ehering geheftet, jenes Symbol für das Gewesene und nun Verlorene. Seither hatte er in seiner selbstgewählten Welt, die gleichzeitig unwirklich war und doch wirklicher als jede ihm bekannte Realität, jeden Tag seiner schönen Vergangenheit wiedererlebt, ein Kapitel oder einen Teil davon, doch es hatte den Schmerz nicht gestillt oder auch nur gelindert. Etwas anderes geschah. Ihm wurde mehr denn je bewußt, was es bedeutete, Mensch zu sein, und es kam ihm so vor, als hätte er es in all seinen frohen und zufriedenen Tagen nie wirklich gewußt. Sein aufreibendes, verzehrendes Selbstmitleid war völlig verschwunden. Er war der unbehauste Mensch geworden, war vielleicht sogar geworden, was die Existentialisten vom Menschen forderten: frei, leidend, allein und Herr des eigenen Schicksals.

Diesmal wählte er für seinen Ausflug in die Vergangenheit einen Urlaub, den er mit Sally und Elizabeth in Kreta verbracht hatte. Es war elf Jahre her, knapp elf Jahre. Elizabeth war damals fünf oder sechs gewesen. Sie hatten sich für Mai entschieden, weil zu der Jahreszeit die ganze Insel mit blühenden Wildblumen bedeckt ist und die Sonne noch nicht allzu heiß brennt. Von diesem Urlaub waren ihm vor allem die Farbe des Meeres in Erinnerung, das Blau von Elizabeths Augen und die süße, schläfrige Trägheit, mit der er und Sally miteinander schliefen, so gut wie seit ihren Flitterwochen nicht mehr. Sie waren wieder die jungen, leidenschaftlichen Verliebten von vor acht Jahren gewesen, und in jenen zwei Wochen war Daniel empfangen worden. Vor Schmerz nach Luft ringend, erinnerte sich Roman an das Bett und wie er morgens nackt aufwachte, ohne Bettdecke, Sally nackt neben sich. Wie Götter waren sie, vom Morgenlicht enthüllt.

Während er den Park durch das Clarence Gate verließ, fiel ihm wieder ein, was sie damals zueinander gesagt hatten, und sogar der Ausdruck in Sallys Augen, die friedliche Stille und manchmal die Leidenschaft. Er erinnerte sich an die Strandspaziergänge mit seiner Tochter, als er sie tragen mußte, weil der Sand unter ihren kleinen, zarten Fußsohlen zu heiß brannte. »Daddy, Daddy«, hatte sie gesagt und ein Füßchen hochgehoben, »meine Seele brennt!« So hatte es sich jedenfalls angehört, und sie hatten gelacht, er und Sally, denn was wußte er damals schon von brennenden Seelen und Höllenqualen?

Quer über den Gloucester Square gelangte er bis in die Gegend hinter der U-Bahnstation Marylebone, wo die heruntergekommenen Straßen einen krassen Gegensatz zu Nashs hochherrschaftlichen Villenvierteln bilden. Er nahm die Treppe zum Boston Place hinunter und über den Blandford Square in die Harewood Avenue. Beim Anblick des Lädchens an der Ecke fiel ihm ein, daß er sich noch etwas zum Abendessen kaufen mußte. Doch die Läden in dieser Straße waren ja durchgehend geöffnet. An der Lisson Grove wandte er sich in die südliche Richtung. Als er sich Elizabeths Gesicht vorstellte, so unschuldig und verzückt, traten ihm wie so oft Tränen in die Augen und rollten ihm übers Gesicht.

Kein Mensch beachtete ihn. Alle erwarteten, daß er anders war als sie, schwachsinnig, im Drogenrausch, betrunken, unflätig, verrückt. Denn deswegen war jeder an seinem Platz, er an seinem und sie an ihrem. Nur Pharao, der an einer bereits geschlossenen Ladentür lehnte, betrachtete ihn mit einer gewissen Verbundenheit und hielt ihm die Flasche, aus der er gerade getrunken hatte, mit den Worten hin: »Na, Kumpel, willst du einen Schluck?«

Roman machte sich schon lange keine Gedanken mehr darüber, ob er sich beim Trinken aus anderer Leute Flaschen etwas holte, und obwohl er von dem dubiosen Zeug eigentlich nichts wollte, nahm er einen Schluck. Rioja und Methylalkohol, dachte er. Er wischte sich den Mund mit dem Ärmel ab, wie er es bei Dill und Effie abgeschaut hatte, setzte sich auf die Steinstufe und sah zu Pharao hoch. Er gab die Hoffnung nie auf, eine Veränderung im Gesicht des Mannes zu entdecken, irgendeine Besserung. Damit meinte er, daß der Irrsinn weniger offenkundig zutage trat, der Verstand nicht weiter abbaute, so daß etwas Menschliches blieb, ein freundliches Leuchten in den wilden, blutunterlaufenen Augen, ein entspannter Zug um den Mund statt der gebleckten Zähne oder weiß zusammengepreßten Lippen.

Doch es war keine Veränderung zu erkennen, und die menschenfreundliche Geste, mit der Pharao einem weinenden Mann einen Schluck offeriert hatte, war selten. Bald würde auch das aufhören. Er hockte sich hin und streckte Roman sein gequältes Gesicht entgegen, so daß sein dunkelblau gesträhnter Bart den von Roman berührte.

»Hast du einen Schlüssel für mich?« fragte er.

Roman schüttelte den Kopf. Beim näheren Hinsehen – doch wer sah schon näher hin? – hätte man entdeckt, daß er Hunderte von Schlüsseln an sich herumhängen hatte, aufgereiht auf einem Stück Schnur, das ihm als Gürtel diente, oder mit Sicherheitsnadeln an seine Kleidung geheftet: Schlüssel aus Messing, Stahl oder Chrom, Yale-Sicherheitsschlüssel und Banham-Schlüssel, Haustürschlüssel und Hintertürschlüssel, Kofferschlüssel und welche für Hängeschlösser. Aus den unregelmäßigen Ausbuchtungen an seiner Kleidung schloß Roman, daß seine Taschen ebenfalls mit Schlüsseln gefüllt waren. Es klingelte und klapperte, wenn er herumlief oder in Hauseingänge schlurfte. Immer den Stimmen folgend, die ihn auf die Suche nach dem ultimativen Schlüssel schickten.

Woher stammten sie? Wem hatten sie gehört? Pharao verriet es nicht, und Roman fragte auch nie.

»Die Schlüssel zum Königreich«, sagte Pharao.

Er rollte die schwarzen Augen, blickte wild umher und vollführte dabei abrupte, schreckhafte Gebärden. Eine seiner Stimmen redete ihm ein, Christus habe mit den Worten »Ich will dir des Himmelreichs Schlüssel geben« Petrus tatsächlich einen richtigen Schlüsselbund gegeben. Diese Schlüssel seien seit zweitausend Jahren verschollen, und es sei nun Pharaos Mission, sie wiederzufinden. Ständig rätselte er herum, wie sie wohl beschaffen waren und wie sie aussahen.

»Bestimmt aus Gold, was? Aus reinem Gold? Nur Gold kann die Himmelspforten aufschließen.«

Ein Außenseiter wie Pharao sollte eigentlich gar nicht hier draußen auf der Straße sein, sondern an einem jener Orte, wie es sie heute gar nicht mehr gab, einem behaglichen, sauberen und zivilisierten Ort, wo er menschenwürdig leben konnte, wo sich fürsorgliche Menschen um ihn kümmerten und mit seinem tragischen Schicksal wohlvertraute Ärzte ihn mit einer ausgewogenen Mischung an Medikamenten versorgten. Roman hatte keine Ahnung, ob er autistisch oder schizophren oder geistig behindert war. Ihm gefiel der Ausdruck »irrsinnig« am besten, denn er wußte, daß auch er irrsinnig war und daß Irrsinn die Vorbedingung für das war, was ihn zum Außenseiter gemacht hatte.

Nach einem freundschaftlichen Klaps auf Pharaos Schulter – woraufhin der Mann mit dem blaugestromten Bart aufschreckte, zurückwich und wie eine Katze fauchte, die man mit einem Stock gestoßen hatte – stand Roman auf und setzte seinen Weg in Richtung Marylebone Road fort und von dort zurück zum Gloucester Place. Der Gedanke amüsierte ihn, daß es ihm früher einen gehörigen Schreck versetzt hätte, von Pharao angesprochen zu werden. Er hätte sich gefürchtet, auch wenn er es nicht zugegeben hätte, und so getan, als hörte er ihn nicht. Sich mit einem solchen Geschöpf auf ein Gespräch einzulassen wäre undenkbar gewesen. Inzwischen war er selbst so ein Geschöpf oder jedenfalls nicht weit davon entfernt.

Bevor er an der Ecke Crawford Street auf die andere Seite überwechselte, blieb er stehen und wartete, bis der rotweiße Lebensmittel-Lieferwagen vorbeigefahren war. Wie sie bei Tikka & Pizza-Expreß wohl reagieren würden, wenn er von einer Telefonzelle aus anrief und einmal Hühnchen Marsala zum Broad Walk Ecke Chester Road, dritte Parkbank von links bestellte? Mit der verbalen Entsprechung des Blicks wahrscheinlich, den er in der Sandwichbar beim Bestellen von Käse und Pickles erntete. Man wandte zwar den Blick ab, aber man bediente ihn. Roman wußte, daß es an seinem Akzent lag; sie dachten, sie hätten sich geirrt und er sei überhaupt kein Penner, sondern ein Exzentriker, ein zerstreuter Professor, der vergessen hatte, ein Bad zu nehmen. Er hätte seinen Akzent gern abgelegt, doch seine diesbezüglichen Versuche hörten sich wie lächerliche Parodien an. Morgen, schärfte er sich ein, mußte er sich von Kopf bis Fuß waschen, irgendwo in einer öffentlichen Bedürfnisanstalt. Reinlichkeit, also nicht gerade wie ein Schmutzfink herumzulaufen, gehörte zu den erbarmungslosen Problemen des Außenseiterlebens, die sich ein Normalbürger nie bewußtmachte.

Als er in die Quebec Street einbog und gerade überlegte, wo er sich zum Abendessen hinsetzen sollte, stand er plötzlich vor der Talisman Press, dem Verlag für Umweltbücher. Er trug keine Uhr, sondern rechnete sich die Zeit immer nach Licht, Verkehr und der Menge der Passanten aus und riet nun, daß es sieben war. Die Mitarbeiter waren also vor einer Stunde nach Hause gegangen. An der Eingangstür war das Talisman-Logo angebracht, das Blatt des Leierbaums, mit dem Verlagsnamen und dem seines Cheflektors Tom Outram. Früher hatte sein Name ebenfalls dort gestanden, doch das war – wie so vieles in seinem früheren Leben – Schnee von gestern und floß ins Meer seiner Erinnerungen.

4

Wer außer Alistair würde so früh anrufen? Telefonanrufe vor neun Uhr morgens hatten immer etwas Dringliches.

Bean war dagewesen und hatte Gushi abgeholt. Es war halb neun. Mary glaubte zu wissen, wer der Anrufer war, und zögerte, bevor sie den Hörer abhob. Doch sie mußte an ihre Großmutter denken, die gesund und munter, aber sehr alt war.

»Hast du dich gut eingelebt?«

So hatte er noch nie mit ihr gesprochen. Es klang wie die Frage, die ein greiser Vater in einem besorgten, aber verdrossenen und gekränkten Ton äußern würde. Sie bemühte sich, munter und fröhlich zu klingen.

»Gut«, sagte sie. »Mir geht's gut. Es ist schön hier. Ich gehe viel zu Fuß.«

Kaum hatte sie es gesagt, war ihr klar, daß die Bemerkung unklug gewesen war, denn er erwiderte sofort, sie solle es nicht übertreiben. Sie sei nicht kräftig, sondern ein zerbrechliches Wesen. Ohne es direkt auszusprechen, gab er ihr zu verstehen, daß sie durch ihr unvernünftiges und unbekümmertes Verhalten ihre Gesundheit gefährdet hatte.

»Wann darf ich dich besuchen kommen?«

»Alistair«, entgegnete sie, »wir haben uns doch getrennt, weißt du nicht mehr?«

»*Auf Probe*.«

Sie nahm einen zweiten Anlauf. »Ich habe dich verlassen. Es ist aus zwischen uns. Wir haben darüber gesprochen und uns so entschieden. Daß ich hierhergezogen bin, sollte den Beginn unserer Trennung markieren.«

»Ach, hör auf«, sagte er, »das ist doch bloß so eine Redensart. Es war mein Fehler, den ganzen Kram zu glauben. Mit der Entfernung wächst die Liebe, das ist es doch, stimmt's?«

Seine oder ihre? Die Frage war müßig. Er wollte damit sagen, daß die Trennung ihre Zuneigung zu ihm steigern würde. Zuneigung – was für ein zahmer Ausdruck. Selbst davon verspürte sie herzlich wenig. Wenn jemand so empfänglich war wie sie, so darauf bedacht zu gefallen – alles Euphemismen für passiv und einschmeichelnd, sagte sie sich –, fiel es einem schwer zu verstehen, wie jemand glauben konnte, Liebe sei mit Einschüchterung zu gewinnen. Jetzt verlegte er sich darauf, sie einzuschüchtern.

»So leicht kommst du nicht davon, Mary. Ich werde nicht zulassen, daß die Laune einer Frau zwei Menschenleben zerstört. Habe ich dir nicht in der Vergangenheit bewiesen, daß ich weiß, was für uns beide am besten ist?«

Sie hätte widersprechen sollen, fürchtete sich aber vor dem Sturm der Entrüstung, der folgen würde. Aber hatte sie ihn nicht verlassen? Der große Schritt war gemacht, sie brauchte sich nicht mehr zu wehren. Sie sagte, sie sei in Eile und müsse gleich weg.

»Na gut. Den Ton kenne ich. Aus dir ist nichts herauszukriegen, wenn du mal eingeschnappt bist. Aber das gibt sich. Ich komme bald mal vorbei.«

Als ob sie ihn eingeladen hätte ...

»Nein«, brachte sie gerade noch heraus. »Bitte nicht.« Ihm etwas abzuschlagen war jedesmal anstrengend und ermüdend. Sie fühlte sich dann so zerbrechlich, wie sie wirkte.

»Ich komme abends mal vorbei«, erwiderte er, als hätte sie nichts gesagt. »Dann gehen wir miteinander aus.«

Mary ging in die Küche und schenkte sich noch eine Tasse Kaffee ein. Von ihm loszukommen würde wahrscheinlich schwerer werden als erwartet. Dazu wäre viel Willenskraft nötig, die sie sich hoffentlich gerade aneignete, doch wie stand es mit der Art Kraft, die eine Frau niemals erreicht? Körperlich wäre sie ihm niemals gewachsen. Wie Stigmata, die durch gewisse Ereignisse ausgelöst werden, brannten ihre Wangen plötzlich von dem Schlag, den er ihr damals versetzt hatte, als er die Einstichstellen entdeckte. Sie sah in den Spiegel und bemerkte die leuchtende Rötung, rechts kräftiger als links. Alistair war Linkshänder.

Sie hatten miteinander geschlafen. Er rückte etwas von ihr weg und streckte die rechte Hand aus, um die Stellen mit den Fingerspitzen zu berühren.

»Was ist das?« fragte er. An seinem Tonfall merkte sie, daß er es wußte. »Hat dich da ein Skorpion gebissen? Ist es Nesselfieber? Oder von einem Stacheldraht?«

Es ist schrecklich, wenn die zärtliche, sehnsüchtige Stimmung bei der Liebe, so einzigartig weich und atemlos erregend, von einer scharfen Stimme, einem bissigen Tonfall, kaum unterdrücktem Zorn gebrochen wird. Nichts flammt so rasch auf wie sexuelles Verlangen, und nichts verebbt so schnell wie sexuelle Bereitschaft. Es fühlte sich an, als hätte ihr jemand kaltes Wasser über den Körper geschüttet.

Sie wandte sich ab. »Die Knochenmarkspende«, sagte sie. »Ich habe dir doch gesagt, daß ich mich dazu entschlossen habe.«

»Du hast mich hintergangen«, sagte er und nahm ihr Gesicht in seinen eisernen Griff, grub die Finger ein und schlug ihr mit der flachen Hand hart auf die Wange. Es war der schlimmste Schlag, den sie je erhalten hatte – und bis dahin der *einzige*. Er verprügelte sie nicht direkt. Ins Gesicht geschlagen, durchgeschüttelt, noch einmal geschlagen, hochgerissen und zu Boden geworfen zu werden, konnte man kaum verprügeln nennen. Sie war mühsam weggekrochen und hatte sich im Bad eingeschlossen. Am nächsten Tag war ihre Wange geschwollen, und beim Fallen hatte sie sich das Bein aufgeschürft.

Er entschuldigte sich, er lag ihr zu Füßen, er wußte nicht, was über ihn gekommen war, nur, daß er es nie wieder tun würde. Wie vorherzusehen gewesen war, kehrte er nun die andere Seite des Tyrannen hervor. Sein unseliger Jähzorn sei schuld, redete er sich heraus, seine Liebe für das körperlich Vollkommene, seine Vergötterung des Idealen.

»Du bist so makellos, ich ertrage es einfach nicht, daß man sich an deinem Körper vergriffen hat, ihn ausgeplündert hat.« Nun weinte er fast. »Ich ertrage es nicht, diese Schönheit gefährdet zu sehen.«

Außer durch dich, dachte sie sich später, außer durch dich. Als er ihr geschwollenes Gesicht berührte, hatte er Tränen in den Augen...

Wie dem auch sei, es würde nie wieder vorkommen, alles war vorbei. Sie war gegangen, lebte nun unter einem anderen Dach und konnte jede Attacke abwehren. Oben betupfte sie sich die Wange mit hellem Puder, als wäre sie immer noch rot von Alistairs Schlag. Ihre Augen hatten diesen panischen Blick, den er in letzter Zeit bei ihr hervorgerufen hatte, doch als sie tief durchatmete, glättete sich ihr Gesicht, und ihre Schultern entspannten sich.

Als sie gerade aus dem Haus gehen wollte, wurde Gushi gebracht. Sie zeigte ihm seinen frisch gefüllten Wassernapf, streichelte ihm noch einmal zärtlich übers Fell und lief los, um Bean einzuholen, der mit seiner Truppe schon an der Ecke Albany Street stand: mit Boris, dem Barsoi, Charlie, dem Golden Retriever, Marietta, dem schokoladebraunen Pudel, und McBride, dem Scotchterrier. Nur Ruby, der Beagle, fehlte.

»Die ist auf Urlaub in Ilfracombe«, sagte Bean. An einem Riemen um den Hals trug er eine Kamera, wie ein Tourist. »Der Park wird ihr fehlen. Solche Jagdhunde brauchen viel Auslauf.«

»Kann sie denn nicht am Strand laufen?«

Fragen beatwortete er nie. Sie wußte nicht, wieso sie eigentlich gefragt hatte. Bean konterte Fragen ebenso kompetent wie ein mediengeschulter Politiker mit einer Behauptung oder Ge-

genfrage. Manchmal waren seine Behauptungen relevant, manchmal nicht.

»Ein Jagdhund kann zwanzig Meilen laufen und denkt sich nichts dabei«, sagte er.

Sie hätte gern gefragt, ob denn Jagdhunde denken können? Statt dessen machte sie eine anerkennende Bemerkung über Beans Geschicklichkeit, mit so vielen Hunden fertig zu werden. Mit einem zustimmenden Nicken nahm er das Lob an, als stünde es ihm zu, und sagte dann in einem verächtlich klingenden Ton, der aber wohl nicht so gemeint war: »Ich verabschiede mich dann, Miss. Wir möchten Sie nicht aufhalten.«

»Auf Wiedersehen.«

»Passen Sie auf, wenn Sie über die Straße gehen. Der Verkehr hier in der Gegend ist ziemlich heimtückisch.«

Ob er wohl früher Butler gewesen war? Vielleicht. Seine Haltung war die eines höhergestellten Dieners – oder besser, eines höhergestellten Dieners in einem Film aus den fünfziger Jahren. Mit echten Butlern kannte sie sich nicht aus. Ihre Großeltern, bei denen sie aufgewachsen war, hatten sich lediglich zweimal pro Woche eine Putzfrau leisten können.

Sie schlug den unteren Weg ein, der direkt am Zaun der Abika Paul Memorial Gardens entlang verläuft, damit man die Kühe und Hirsche besser sehen kann. Als Kind war sie mit ihrer Großmutter hierhergekommen, und einmal hatten sie mit einer Freundin, die in Primrose Hill wohnte, den Zoo besucht. Eine behütete Kindheit und Jugend, dachte sie. Ihre Großeltern waren diskret wohlhabend gewesen, »gut situiert«, wie sie es nannten. Seltsame Begriffe: »wohlsituiert«, »gut situiert« – wo denn situiert? Jedenfalls bestimmt nicht in einer Schlange vor der Suppenküche!

Ihr Einkommen war nie ein Thema gewesen, über Geld sprach man nicht. Bis heute hatte Mary keine Ahnung, wieviel Frederica besaß, ob sie reich war oder arm, aber immer noch elegant. Alistair hatte einmal Interesse daran bekundet, aber ihre Großmutter, die Alistair nie recht hatte leiden können, war ihm gegenüber nicht sehr mitteilsam gewesen. Wenn sie mit Alistair überhaupt in irgend etwas übereinstimmte, dann bezüglich der Knochenmarkspende. Doch ihre Ablehnung war vergleichsweise milde gewesen. Sie hatte lediglich Bedenken wegen der »unnötigen« Narkose gehabt und war überzeugt, Mary müsse – trotz aller gegenteiligen Beweise – so verletzlich sein, wie sie aussah.

Das Wesen des Menschen ist voll subtiler Gegensätze. So gefügig, schwach und unsicher Mary auch war, ihren Entschluß hatte sie durchgesetzt. Sie war hartnäckig geblieben. Der Empfänger, hatte sie vom Harvest Trust erfahren, war knapp zweiundzwanzig Jahre alt und litt unter akuter myeloischer Leukämie. Er sollte die Spende hier im Land empfangen, sagten sie, aber nicht, ob er Brite war oder eine andere Staatsangehörigkeit besaß.

Nach der Transplantation gaben sie ihm die Karte, die Mary ihm geschrieben hatte, und ihr seinen Brief. Beide waren unverschlossen, beide waren überprüft worden, um sicherzugehen, daß die Anonymität von Spenderin und Empfänger gewahrt blieb. Er hieß Oliver, doch als sie es ihr sagten, lächelten sie, es war also ein Pseudonym. Der Name, den sie auf die Karte schreiben sollte, war Helen, und sie hatten ihm gesagt, daß sie achtundzwanzig Jahre alt und vollkommen gesund sei. Sie hatte sich für »Helen« entschieden, den Namen ihrer verstorbenen Mutter, und überlegte, weshalb er sich »Oliver« ausgesucht hatte oder ob andere für ihn gewählt hatten.

Sie hatte nicht recht gewußt, was sie auf die Karte schreiben sollte, also hatte sie ihn einfach mit »Lieber Oliver« angesprochen, ihm baldige gute Besserung gewünscht und mit »Besten Grüßen, Helen« unterschrieben. Es war eigentlich ziemlich lächerlich. Was konnte es schon für ihn bedeuten? Sein Brief war etwas unbeholfen mit der Maschine geschrieben. Er klang förmlich und nichtssagend. »Liebe Helen, ich möchte Ihnen danken für das, was Sie für mich getan haben« – doch am Schluß schien das Gefühl mit ihm durchgegangen zu sein: »In unsterblicher Dankbarkeit, Oliver«. Sie wunderte sich, daß sie nichts gegen diese etwas unglückliche Wortwahl einzuwenden gehabt hatten, denn wahrscheinlich würde er trotz der Spende sterben.

Danach kamen regelmäßig Berichte aus »Olivers« Transplantationszentrum. Nach drei Monaten ging es ihm gut und nach einem halben Jahr auch. Es folgte eine Pause, und sechs Monate lang hörte sie gar nichts und war sich schon sicher, daß er einen Rückfall gehabt hatte und im Sterben lag. Dann kamen der Neunmonats- und der Jahresbericht gleichzeitig. »Oliver« machte weiterhin Fortschritte. Sie versteckte die Berichte vor Alistair, ließ aber versehentlich verlauten, daß es »Oliver« blendend ginge.

Alistair behauptete, seit der Spende habe sie gesundheitlich abgebaut und ihr Aussehen habe sich verschlechtert. Sie erklärte, es gehe ihr prächtig und sie sähe doch genauso aus wie immer. Ihre Großmutter habe trotz der anfänglichen Ablehnung sogar eine Bemerkung über ihr gutes Aussehen gemacht. Vielleicht hätte sie Frederica nicht ins Spiel bringen sollen, denn nun rastete er aus. Er packte sie an den Schultern.

»Dich sollte man mal gründlich schütteln, damit du endlich vernünftig wirst«, hatte er gesagt und es prompt getan, erst ganz leicht, dann rasend vor Wut.

Sie stürzte gegen einen Tisch und warf dabei eine Glasvase um, die herunterfiel, zerbrach und sie ins Bein schnitt. Er mußte sie ins Krankenhaus fahren, in die Unfallstation, und als ihr Bein genäht und verbunden war, jammerte und heulte er über den Verlust ihrer Schönheit, das Auslaufen ihres »Lebenssaftes«.

»Warum mußtest du auch so ein blödsinniges Opfer bringen? Warum hast du deine Gesundheit und dein Aussehen zerstört? Jetzt siehst du, wohin es führt.«

Das war der Anfang vom Ende. Mit am schlimmsten war für

Mary die Erkenntnis ihrer mangelnden Urteilskraft. Wir hatte sie ihn bloß lieben oder auch nur glauben können, sie liebte ihn? Warum hatte sie dieses Verhaltensmuster nicht schon früher an ihm endeckt? Plötzlich fiel ihr das leichte Unbehagen ein, das sie immer dann verspürt hatte, wenn er andere anscheinend bloß nach ihrer äußeren Erscheinung beurteilte. Als sie seine Mutter kennenlernte, stellte sie fest, daß diese alternde Frau das gleiche tat. Wie Sir Walter Elliot in Jane Austens Roman *Überredung* beschwerte sich Marina Winter ständig über die Tendenz ihrer Mitmenschen, »etwas von ihrem angenehmen Äußeren zu verlieren, wenn sie das Jugendalter hinter sich lassen«, und machte abfällige Bemerkungen über »Sommersprossen, vorstehende Zähne und dickliche Handgelenke«.

Die Entdeckung, woher Alistair diese Eigenart hatte, entschuldigte ihn in Marys Augen eine Zeitlang, doch später fragte sie sich, wie es wohl wäre, wenn sie zusammenblieben und sie gleichfalls älter wurde und ihr gutes Aussehen verlor. Würde er sie dann auch eine Vettel nennen, wie sie ihn ein paarmal schockiert eine ältere Frau hatte nennen hören? Würde alles andere, was ihre Persönlichkeit und ihre Beziehung ausmachte – ihre Zuneigung zu ihm, der gemeinsame sexuelle Genuß, ihre sanfte, friedliche Art, ihr handwerkliches Talent –, würde all dies nichts mehr gelten, wenn die ersten Falten in ihrem Gesicht auftauchten und die Schwerkraft sie zu Boden zog?

Sie hatte es früher herausgefunden als erwartet. Er bestrafte körperlichen Abbau nicht mit Worten, sondern mit Schlägen. Bei der Erinnerung daran spürte sie, wie ihr das Blut in die Wange stieg, an die Stelle, wo er sie geschlagen hatte. Sie fühlte, wie es sich dort festsetzte und ihr die Haut verbrannte.

5

Mit Gushi auf dem Schoß sagte Frederica Jago: »Und wohin gehst du, wenn die Blackburn-Norris wiederkommen?« Ohne die Antwort abzuwarten, fuhr sie fort: »Du kannst ja wieder bei mir wohnen.«

Mary lachte: »Das ist ja ein recht voreiliges Angebot. Vielleicht komme ich darauf zurück.«

»Es ist doch dein Zuhause, Liebling. Was wäre denn naheliegender?«

»Eine eigene Wohnung.«

»Mein Haus ist zwar viel größer, aber mit diesem hier kann ich es nicht aufnehmen. Wer könnte das schon? Jedenfalls könntest du bei mir schalten und walten, und du hättest das Haus auch oft für dich. Du weißt ja, daß ich ständig verreist bin.«

Das stimmte. Als Mrs. Jagos Mann noch lebte, hatten sie England nie verlassen, denn Lucian Jago hatte Angst vorm Fliegen und wurde leicht seekrank. Seit seinem Tod und Marys Auszug hatte Frederica, wenn auch nicht den ganzen Erdball bereist, so doch jede verfügbare Pauschalreise gemacht, ob nach Indien, Taschkent oder Samarkand, in die rosenrote Stadt Petra, den Jangtsekiang hinauf oder den Nil hinunter, nach Kalifornien oder Neuengland. In den letzten Jahren, jenseits der Achtzig, hatte sie ihre Reisen auf Europa beschränkt, wobei sie die Empfehlungen ihres Reisebüros in den Wind schlug und abgelegene Plätzchen besuchte.

Frederica Jago war eine schmale, hübsche kleine Person mit einem Vogelgesicht und weißer, sanft gewellter Haarkrone, sie hatte dieselben grünen Augen wie ihre Enkelin – überhaupt würde Mary ihr einmal sehr ähneln –, zarte, durchscheinende Knochen und eine immer noch erstaunlich mädchenhafte Figur.

Nachdem sie mit einem Geschenk für Mary aus Lappland und einer Flasche Champagner im Taxi am Charlotte Cottage vorgefahren war, frischte sie erst einmal ihre Freundschaft mit Gushi auf. Sie hatte einen Kauriegel für ihn, der, wie sie ihm versicherte, aus Rentierhaut gemacht war. Sie kramte in ihrer Tasche danach herum und brachte erst ihn und dann einen Briefumschlag zum Vorschein.

»Fast hätte ich es vergessen. Das hier ist für dich gekommen.«

Mary nahm den Umschlag. »Ich wollte dich schon danach fragen, aber dann dachte ich, es ist vielleicht noch zu früh.«

»Zu früh wofür?« Frederica gab Gushi den Kauriegel, und er rollte sich auf dem Teppich auf den Rücken und hielt dabei das Ding leise knurrend in den Pfoten. »Worum geht es denn? Wieder um deinen Freund mit dem Knochenmark?«

»Ich hoffe, sie schreiben mir seinen Namen und seine Adresse.« Sie zögerte wie bei der letzten Nachricht vom Trust, drehte den Umschlag zwischen den Fingern herum, betrachtete das Logo, die Briefmarke, den Poststempel. »Endlich erfahre ich es. Ich bin ziemlich aufgeregt.«

»Nur keine Aufregung. Soll ich ihn aufmachen?«

»Nein, nein, schon gut.«

»Mary, mein Liebling, ich bin nicht beleidigt, wenn du ihn nicht gleich aufmachst. Warte, bis ich wieder weg bin.«

Mary schüttelte den Kopf. »Ich mache ihn jetzt gleich auf.«

Schließlich war es nur ein Name. Wahrscheinlich ein ganz gewöhnlicher Name, eine Telefonnummer und eine Adresse irgendwo auf dem Land, in einer Stadt oder auf einem Dorf. Auf den Britischen Inseln, hatte man ihr gesagt, und inzwischen hatte sie auch erfahren, daß er Brite war.

Diesmal brauchte sie sich nicht innerlich vorzubereiten.

Ihre Ängstlichkeit kam ihr lächerlich vor, der Umschlag konnte doch unmöglich eine Bedrohung enthalten. Frederica reichte ihr einen Brieföffner vom Schreibtisch, der einen Elfenbeingriff und eine lange, schmale Klinge hatte. Sie hatte wahrscheinlich die Besitzer des Hauses damit hantieren sehen. Mary schlitzte den Umschlag auf und nahm das Schreiben heraus.

Es war ein kurzer Brief: *Liebe Ms. Jago, nachdem Sie uns nicht darum gebeten hatten, Ihren Namen und Ihre Adresse an ›Oliver‹ zu übermitteln, nehmen wir an, daß Sie dies selbst tun möchten. ›Oliver‹ ist nun bereit, seine Identität offenzulegen. Er heiß Leo Nash, und seine Adresse lautet: Wohnung 24, Redferry House, Plangent Road, London NW1. Ich möchte dieses Schreiben zum Anlaß nehmen, Ihnen eine angenehme und lohnende Begegnung mit Mr. Nash zu wünschen. Mit besten Grüßen, Deborah Cox.*

Mary las es laut vor. Dann sagte sie: »Es ist doch eigenartig. Plangent Road kann gar nicht weit von hier sein. Es ist der gleiche Distrikt.«

»Möglich, aber das ist auch alles«, entgegnete Frederica trokken. »Das liegt doch in Somers Town. Mehr weißt du nicht über ihn? Nur daß er zweiundzwanzig Jahre alt und männlich ist?«

»Dreiundzwanzig inzwischen«, sagte Mary. »Weißt du, all die Monate habe ich mir gewünscht, ihn kennenzulernen, und jetzt, wo es möglich ist, bin ich mir gar nicht mehr sicher, ob ich es überhaupt will. Es ist doch nicht richtig, Menschen unter solchen Umständen kennenzulernen, oder? Man ist immer enttäuscht.«

»Keine Ahnung, Mary. Mit solchen Umständen kenne ich mich nicht aus. Was ich jetzt sage, hört sich vielleicht altmodisch an, aber ich bin nun mal altmodisch. Wie sollte es anders sein?«

»Was denn?«

»Ich würde sagen, nein, ich *sage*, es ist immer am besten, man lernt jemanden über Freunde oder die Familie kennen. Oder auf der Arbeit, aber weil ich nie eine Arbeitsstelle hatte, weiß ich da nicht Bescheid. Dieser junge Mann steht sehr in deiner Schuld, er hat eine große Verpflichtung dir gegenüber, und das ist wohl nicht gerade die beste Ausgangsbasis für eine Freundschaft.«

»Freundschaft!« rief Mary. »Vielleicht antwortet er ja nicht mal auf meinen Brief. Wenn er sich so verpflichtet fühlt, will er mich wahrscheinlich gar nicht erst kennenlernen.«

»Ist es nicht oft so, daß wir Menschen, die uns einen Gefallen erwiesen haben, nicht leiden können?« fragte Frederica. »Wenn ja, dann ist die Ablehnung vielleicht um so stärker, je größer der Gefallen ist. Und einen größeren Gefallen, als einem anderen Menschen das Leben zu retten, kann man sich wohl kaum vorstellen. Vielleicht denkt er, er schuldet dir mehr, als er dir je zurückzahlen kann. Und wenn er dann sieht – wie soll ich sagen? Mary, du bist sehr hübsch und – sympathisch, liebenswürdig, du bist offensichtlich gebildet und begabt, du wohnst in einem wunderschönen Haus. Meinst du nicht, daß ihn das belasten könnte? Einen armen, kranken, chancenlosen jungen Mann, der anscheinend in irgend so einem Sozialbau hinter der Euston Station wohnt?«

Mary sah sie an. Plötzlich bekam sie es mit der Angst zu tun. »Wärst du bloß nicht verreist gewesen«, sagte sie. »Ich wollte, wir hätten darüber sprechen können, bevor ich um seine Adresse gebeten habe.«

»Hättest du meinen Rat denn angenommen? Natürlich nicht.«

»Es ist noch nicht zu spät«, sagte Mary nachdenklich. »Ich habe mich noch nicht bei ihm gemeldet. Ich weiß bloß seinen Namen und seine Adresse. Was würdest du mir denn raten?«

Frederica lachte. »Schiebst du mir jetzt den Schwarzen Peter zu und machst mich verantwortlich?«

»Ich weiß nicht. Vielleicht. Das habe ich doch immer getan, jedenfalls bisher. Gib mir einen Rat.«

»Zerreiß den Brief und gib mir die Schnipsel, dann werfe ich sie auf dem Nachhauseweg in einen Abfalleimer.«

»Damit ich sie nicht herausfischen und wieder zusammensetzen kann? Ich fürchte, das würde nichts nützen. Ich weiß seinen Namen und die Adresse schon auswendig. Meinst du nicht, es würde mir später leid tun, ihm nicht geschrieben zu haben? Vielleicht antwortet er ja gar nicht.«

Frederica lachte. »Er wird schon antworten.«

Auf der Treppe vor ihrem Haus in der Albany Street teilte Edwina Goldworthy Bean offiziell mit, daß sie in zehn Tagen in Urlaub fahren und McBride ins Tierheim bringen würde. Da Bean Tierheime ablehnte, wurde seine Haltung frostig. Doch mußte er, nachdem er seine Hunde an einem Laternenpfahl festgebunden hatte, zur Erledigung der schriftlichen Formalitäten mit ins Haus, was ihn zeitlich in Verzug brachte.

»Wundern Sie sich nicht, wenn er dort abnimmt, Madam«, sagte er und fügte nach einem kritischen Blick auf Mrs. Goldworthys mächtige Rundungen hinzu: »Kummer wirkt besser als jede Diät, sage ich immer.«

Da sie von ihm abhängig war, konnte sie darauf nicht viel erwidern. Das konnte keiner von ihnen, sie standen alle unter seiner Fuchtel. Wenn er nicht wäre, müßten sie alle eine Stunde früher aus dem Nest, ihr Cocktailstündchen opfern, von ihren Hintern hochkommen und sich die Schuhe schmutzig machen. Bean lächelte vor sich hin. Während seiner Dienstjahre bei Anthony Maddox und Maurice Clitheroe hatte er nie persönlich Machtgefühle verspürt, doch nun holte er das Versäumte nach. Absolute Zuverlässigkeit, dazwischen immer mal wieder ein »Madam« oder »Sir« eingestreut, echte Hundeliebe und peinliche Pünktlichkeit, das alles machte ihn unentbehrlich. Er verspätete sich höchst ungern auch nur um fünf

Minuten, denn das schmälerte seine Macht. Daher beschleunigte er mit seinen Hunden nun das Tempo in Richtung Cumberland Terrace, dem Zuhause von Marietta, dem schokoladebraunen Pudel.

Die Schauspielerin Lisl Pring hatte nicht auf die Uhr gesehen. Sie küßte Marietta und ließ sich von ihr die Schminke ablecken. Bean hatte noch nie ein so dünnes Geschöpf gesehen wie diese Frau, außer auf Fotos von Hungersnöten. Im Fernsehen sah man immer dicker aus, hieß es, und zweifellos war das der Grund. Er fragte sich, wie sie es schaffte. Bestimmt lebte sie nur von Salat, oder vielleicht hatte sie wie dieses Fotomodell, von dem er gelesen hatte, nur eine Zitrone im Kühlschrank.

Er erinnerte sie daran, daß man ihm mindestens eine Woche vor einem geplanten Urlaub Mitteilung mache müsse, und sie kreischte, sie hätte sowieso nie Zeit, irgendwohin zu fahren, mein Süßer. Wenn sie nicht gerade drehte, hätte sie von morgens bis Mitternacht Proben, ob er es glaube oder nicht. Bean nickte. Er glaubte es eigentlich nicht. Sie mußte ziemlich reich sein. Hier oben im rückwärtigen Teil der eleganten Stadthäuser kam man sich vor wie in einem Kurort im 18. Jahrhundert, in Leamington oder Cheltenham, alles war in zartgetöntem, efeuüberwachsenem Stein gehalten, die Blumen blühten üppig, die Farne entrollten ihre Blätter, und es roch wie auf dem Lande kräftig nach Gras. Er hätte gar nichts dagegen, hier zu wohnen, dachte Bean, doch wie die Dinge lagen, würde er es sich nie leisten können. Er mußte seine Macht noch mehr ausweiten.

Als er aus der Cumberland Terrace trat, sah er die Pennerin mit den grünen Plastikbündeln gemächlich den Outer Circle hinaufschwanken. Er wußte, daß sie Effie hieß, doch in Gedanken nannte Bean sie eine eklige Kuh. Boris und Charlie und die anderen wollten andauernd an ihr schnüffeln. Ihre Neigung, bisweilen übelriechende Menschen den wohlduftenden vorzuziehen, war sein einziger Vorbehalt gegen Hunde. Mit einem übertriebenen Schaudern riß er die Leinen weg. Die Pennerin rief ihm nach, er solle sich verpissen, und erteilte ihm Instruktionen über die Art von sexuellen Aktivitäten, die er mit seinen Hunden unternehmen sollte. Bean bedauerte, daß sich die großangelegte Reinigungsaktion, mit der man vor etwa drei Jahren in London begonnen hatte, nicht auch auf die Säuberung der Straßen von Pennern, Bettlern und ordinären Schlampen erstreckt hatte.

Bevor er Charlie zu Mr. und Mrs. Barker-Pryce am St. Andrew's Place zurückbrachte, machte Bean noch ein Foto von dem Golden Retriever. Es war ein schöner Hund und bot mit seinem hoch erhobenen Kopf und der aufgestellten Rute im Sonnenlicht einen beeindruckenden Anblick. Charlies Besitzer kam selbst an die Tür, die Zigarre in der Hand. Mr. Barker-Pryce saß für irgendeinen Londoner Wahlbezirk als Abgeordneter im Parlament, und es war ein Wunder, daß er es im Unterhaus überhaupt aushielt, wo er manchmal zwei geschlagene Stunden ohne seine Zigarre auskommen mußte. Bean und der Barsoi setzten daraufhin ihren Weg zum Park Square allein fort. Hier angekommen, schloß Bean das Tor zur Gartenanlage in der Mitte des Platzes auf.

Von der Straße aus wirkt der Garten eher unscheinbar – Maschendrahtzaun, eine kümmerliche (jedoch undurchdringliche) Hecke und Baumwipfel darüber –, aber im Innern ist er ein richtiger kleiner Park. Mit dem grünen Rasen, den geschwungenen Blumenbeeten, hohen Bäumen und blühenden Büschen und in seiner friedlichen Ruhe erinnert er an die Ländereien um einen Gutshof. Von seiner Schönheit merkte Bean zwar nichts, schätzte aber seine Abgeschiedenheit. Er schätzte alles, was ihn zur Elite erhob und ihm Privilegien und Freuden gestattete, in deren Genuß nur die wenigsten kamen. Hier ergab sich noch einmal die Gelegenheit für einen Schnappschuß, denn der feuerrot blühende Busch würde vielleicht eine hübsche Weihnachtskarte abgeben.

Der Pfad zum Nursemaids' Tunnel verläuft zwischen Backsteinmauern in einer sanft abschüssigen Kurve auf den Portikus zu, der den Eingang zum Tunnel bildet. Bean bekam einen Schreck, als er feststellte, daß er nicht allein im Tunnel war. Ein Stück vor ihm war noch jemand. Er hätte sich nichts weiter dabei gedacht, wenn die Gestalt sich bewegt hätte, auf ihn zugekommen oder von ihm weggegangen wäre, doch wer immer es war, lehnte reglos an der linken Tunnelwand am Ausgang zum Park Crescent und hielt sich eine Flasche an die Lippen. Ein Obdachloser. Einer von Effies Sorte. Wie die meisten Menschen fürchtete Bean sich vor Obdachlosen, insbesondere wenn er sich mit einem von ihnen auf engem Raum befand. Er war ziemlich klein, alles andere als jung, und ein Barsoi war zwar ein großer, zur Wolfsjagd abgerichteter Hund, aber feingliedrig und selten aggressiv.

Bean hätte umkehren können. Er hätte zurückgehen und an der Kreuzung bei der U-Bahnstation Regent's Park über die Marylebone Street gehen können. Doch er wollte nicht, daß der Kerl mit der Flasche sah, wie er den Schwanz einklemmte; der würde sich natürlich denken können, weshalb er sich verdrückte. Denn er, Bean, war ein machtgewohnter Mensch, und wäre er umgekehrt, hätte er die Macht an dieses schmutzige Subjekt abgetreten, dieses Stück Strandgut, gerade noch gut für die städtischen Abwasserkanäle. Er konnte sich das brüchige, betrunkene Gelächter vorstellen, hörte fast, wie es von den feuchten Wänden im Durchgang widerhallte.

Er hatte zwar nicht viel Geld bei sich, doch die Kamera wollte er auf keinen Fall verlieren. Es war eine Pentax, die – wie so vieles in Beans Besitz – einmal Maurice Clitheroe gehört hatte. Wäre es ihm fünf Minuten früher eingefallen, hätte er sich die Kamera noch schnell unter die Jacke schieben können.

Wie war der Mann hier hereingekommen? Bei den Crown Estates achtete man genau darauf, wer einen Schlüssel bekam. Dazu mußte jemand am Square oder Crescent wohnen, oder in einem der angrenzenden Stadthäuser oder den Luxuswohnungen. Er faßte kurz an die Kamera wie an ein Amulett und nahm die Hand rasch wieder weg. Er ging weiter, etwas langsamer, wie wenn der Mann mit der Flasche nicht dort gestanden hätte, aber nicht so langsam, daß es aussah, als hätte er Angst. Der Barsoi machte seine normalen, zierlichen Schritte, ein federnder, regelmäßig voranschreitender Gang.

Im Licht am anderen Ausgang sah Bean die hagere Gestalt mit langem, schwarzblauem Haar und bläulich geflecktem Bart. Eine plötzliche Erinnerung führte ihn um sechzig Jahre zurück in seine Dorfschule im Hampshire, als der Lehrer ihnen erzählt hatte, daß sich die Bewohner dieser Inseln einst am ganzen Körper mit Färberwaid bemalt hatten. Vielleicht handelte es sich bei dem blauen Zeug im Bart und Haar dieses grimmigen Gesellen um Färberwaid. Bean beschloß, beim Vorbeigehen nicht hinzusehen, mit gleichmäßigem Schritt an ihm vorüberzugehen, als ob der Kerl Luft wäre oder er seine Anwesenheit einfach nicht bemerkt hätte. Er nahm die Leine kurz, so daß Boris dicht an seinem rechten Bein war. Bei der Art Schlägertyp mußte man damit rechnen, daß er nach dem Hund treten würde.

Der Mann wandte den Kopf um, als Bean etwa zwei Meter von ihm entfernt war. Bean mußte hinsehen, er mußte diesen starren Blick eine einzige Sekunde lang erwidern, bevor er sich abrupt losriß. In dieser Sekunde erkannte er etwas metallisch Glitzerndes, als wäre der Mann mit lauter Metallplättchen bedeckt. Der Anblick erinnerte ihn – unangenehm, aber unausweichlich – an Maurice Clitheroes Hang zu S/M (Bean hatte keine Ahnung, was diese Abkürzung bedeutete, wußte aber sehr wohl, worum es sich dabei handelte) und an gewisse Leute, die damals in Mr. Clitheroes Wohnung gekommen waren. Jede Menge Leder, Reißverschlüsse, durchstochene Körperteile und Metall in allen möglichen Formen und Gestalten, meistens scharf geschliffen.

Dies alles fiel Bean wieder ein, während er es mit dem Hund an dem Mann vorbei, die Treppe hoch und ans Licht schaffte. Er war genau zum richtigen Zeitpunkt abgelenkt worden. Nachdem er sich und die Kamera unbehelligt in Sicherheit gebracht hatte, gab er sich einen Augenblick einem Gefühl hin, das der verstorbene Anthony Maddex *l'esprit de l'escalier* genannt hatte, und malte sich aus, was er hätte sagen können, hätte sagen sollen. Zum Beispiel: »Sind Sie befugt, diesen Tunnel zu benutzen?« Oder: »Mit wessen Erlaubnis halten Sie sich in diesem privaten Durchgang auf?«

James Barker-Pryce, Ordensträger und Parlamentsabgeordneter, hätte das gefragt. Bertram Cornell auch. Die hatten den passenden Akzent, waren auf den richtigen Schulen gewesen, wo man einem beibrachte, sich für ein hohes Tier zu halten. Geld hatte den gleichen Effekt. Als Bean die Gartenanlage verließ und über die Straße zum Bürgersteig am Park Crescent ging, fiel ihm plötzlich ein, was die Metalldinger waren. Es waren Schlüssel. Der Mann hatte überall an sich Schlüssel hängen, und zweifellos war darunter auch der Schlüssel zum Garten. Da mußte etwas geschehen.

Boris wohnte nicht in dem Haus, an dem eine blaue Gedenktafel verkündete, daß Marie Tempest einmal hier gewohnt hatte, sondern ein paar Türen weiter. Die Haushälterin der Cornells öffnete Bean wie jedesmal die Tür am Seiteneingang im Souterrain. Wieso eigentlich nicht die Haustür? Falls sie es noch nicht wußte – die Tage, in denen er wie ein Dienstbote behandelt wurde, waren vorbei. Ihrer dummen Marotte hatte er es zu verdanken, daß er jedesmal um die Ecke zum Portland Place und dann die Eisentreppe hinuntergehen mußte.

Der Barsoi trottete hinein, ohne die Haushälterin eines Blikkes zu würdigen, und ließ Bean einfach stehen, ohne sich noch einmal umzudrehen. Mit seiner langen Schnauze stieß er eine Tür auf und verschwand im dahinterliegenden Zimmer – ein kaltschnäuziges Vieh ohne Gefühlsregungen!

»Er ist eben ein Russe«, sagte die Haushälterin, als ob das alles erklärte.

Bean nickte zustimmend. »Sind Mr. und Mrs. Cornell verreist, Valerie?«

Die Haushälterin erwiderte, ihre Arbeitgeber seien in Frankreich und kämen am nächsten Tag wieder. Selbst sie sagten Miss Conway zu ihr. Abgesehen von ihren Freundinnen, nahm nur Bean es sich heraus, sie mit dem Vornamen anzureden. Sie wollte sich schon lange einmal dazu aufraffen, es ihm zu untersagen, war aber noch nicht soweit. Aus Rache ließ sie ihn die Treppe hinuntersteigen und natürlich auch wieder hinauf. Sie teilte ihm mit, in der Nachbarschaft sei wieder eingebrochen worden, zweimal sogar, das eine Mal im Haus nebenan.

»Sie müssen ganz schön nervös sein, so allein hier«, sagte Bean.

Das stimmte zwar, doch sie wurde ungern daran erinnert. »Ich habe ja den Hund.«

Bean lachte leise und schüttelte den Kopf. »Diesen Hasenfuß«, sagte er. »Hier laufen ein paar recht rauhbeinige Kerle herum. Gerade eben im Tunnel ist mir so ein Marsmensch begegnet. Am besten machen Sie niemandem auf.«

»Herzlichen Dank auch«, sagte Valerie und knallte die Tür zu.

Bean zuckte ein wenig zusammen, um eventuell herübersehenden Passanten zu zeigen, wie empfindsam er war. Mit einem flüchtigen Blick streifte er das Standbild von Queen Victorias Vater Prinz Edward, dem Herzog von Kent, das von seinem Sockel am unteren Ende der Gartenanlage aus den Portland Place überblickte. Seitdem einmal jemand zu Bean gesagt hatte, er gleiche dem Herzog aufs Haar, ging er nie an der Bronzefigur vorbei, ohne ihr einen Blick zuzuwerfen.

Er wohnte noch ein Stück weiter an der York Terrace East. Normalerweise wäre er durch den Tunnel zurückgegangen, aber er wollte dem Kerl mit den Schlüsseln nicht noch einmal begegnen. Lieber wagte er sich auf die Marylebone Road, wartete gute zwei Minuten, bis die Ampel umschaltete, und rannte dann hinüber, bevor es wieder Rot wurde. Ohne die Hunde, die ihn wie beim Wagenrennen voranzogen, war es einfacher.

Er schloß die Tür zu seiner Wohnung auf. Sie war tadellos aufgeräumt, pieksauber geputzt und noch genauso möbliert wie zu Zeiten von Maurice Clitheroe, dem früheren Besitzer – schwere, auf Hochglanz polierte Stücke aus dem späten 19. Jahrhundert, rot und blau gemusterte Perserteppiche und eine relativ neue hellbraune Ledergarnitur im Wohnzimmer. Diese und der riesige Fernseher mit Videorecorder spiegelten Beans Geschmack wider. Seine Küche war sorgfältig auf die Tiefkühl- und Mikrowellenkultur ausgerichtet. Es gab weder einen Herd noch Töpfe. Dieser ganze Kram war am Tage von Maurice Clitheroes Beerdigung ausrangiert worden, zusammen mit dem Klavier, der Peitschen- und Schußwaffensammlung und den beiden Bildern von zwei Heiligen, die ganz besonders abscheuliche Martyrien erleiden mußten.

Maurice Clitheroe hatte Bean seine doppelstöckige Etagenwohnung als Anerkennung für treue Dienste hinterlassen. Diese Dienste waren bisweilen recht beschwerlich gewesen, besonders auf dem Gebiet der Bestrafung, obwohl Bean dabei immer der Ausführende und nie der Empfänger gewesen war. Er hatte gewußt, wo er die Grenze ziehen mußte, zum Beispiel als er Mr. Clitheroes Aufforderung ablehnte, wie dieser ein dornenbesetztes Hundehalsband anzulegen, wenn sie zu Hause unter sich waren. Trotz seiner damaligen Weigerung hatte er die Wohnung geerbt. Mr. Clitheroe hatte es ihm häufig versprochen, doch Bean hatte es nie ganz ernst genommen. An dieser Etagenwohnung – er nannte sie eine Maisonnette –, die er liebte und in der er sich jetzt zufrieden ein vegetarisches Gericht der Marke Linda McCartney in die Mikrowelle schob, bedauerte Bean nur eins: Nie hatte er Gelegenheit, mit der feinen Adresse bei seinen Kunden Eindruck zu schinden, konnte ihnen nie Rechnungen mit der Anschrift York Terrace, NW1 auf dem Briefkopf vorlegen. Da die Besitzer seiner Hunde sein Honorar nicht bei der Einkommensteuer geltend machen konnten, bekam er jeden Penny schwarz, auf die Hand, in Form von Bargeld. Seine Einkünfte von Mr. Clitheroe waren beim Finanzamt nie bekanntgeworden, denn er bekam alles gestellt: Verpflegung, Unterkunft, sogar Kleidung. Sicher glaubte man bei der Finanzbehörde, er sei tot oder – was wahrscheinlicher war – gar nicht erst geboren worden.

Er besah sich die Kamera und stellte fest, daß noch drei Bilder auf dem Film waren.

Während der dritten Woche in Charlotte Cottage wurde Mary zweimal zum Abendessen eingeladen. Ihre Großmutter gab ihr zu Ehren eine ziemlich aufwendige Dinnerparty. Neun Gäste ließen sich bei Frederica Jago gebackenen *Crottin de Chavignol* mit Preiselbeersauce, gebratenes Perlhuhn und französische Apfeltorte mit extra dicker Sahne munden. Ein schweres Essen, das zu den altmodischen alten Herrschaften paßte. Da bis auf Mary und ihren Tischnachbarn alle Anwesenden steinalt waren, war es offensichtlich, daß der junge – oder verhältnismäßig junge – Mann ihretwegen eingeladen worden war.

Ähnlich verhielt es sich mit der anderen Dinnerparty in der Charles Lane bei Dorothea, die mit ihrem Gatten Gordon das Haus neben dem Irene-Adler-Museum bewohnte. Alle acht Gäste waren jung, und so gab es einen Rucola-Mais-Salat mit Orangen-Walnuß-Dressing, Seebarbe mit Couscous und fritierten Salbeiblättern und zum Nachtisch ein Cherimoya-Sorbet mit Kaktusfeigenpüree. Die Paare waren entweder verheiratet oder lebten schon lange zusammen; Mary war also klar, daß man den einzelnen (geschiedenen) Mann neben ihr ihretwegen eingeladen hatte.

Von diesen beiden, Fredericas Schützling und Gordons

Freund, rief ersterer Mary am darauffolgenden Tag an und fragte, ob sie Lust hätte, mit ihm ins Kino zu gehen, um sich *The Madness of King George* anzusehen. Sie lehnte ab. Nicht nur, weil sie den Film schon gesehen hatte, sondern auch, weil ihr von allen Aktivitäten, die zwei Leute unternehmen konnten, um einander besser kennenzulernen, ein Kinobesuch am ungeeignetsten erschien. Man traf sich im Foyer, saß nebeneinander im Dunkeln, trank danach noch etwas und verabschiedete sich. Ihr lag nicht unbedingt daran, ihn besser kennenzulernen, und ihm offensichtlich auch nicht, denn er schlug keine Alternative vor. Der andere Mann, den sie bei Dorothea kennengelernt hatte, ließ überhaupt nichts von sich hören.

»Es ist so demütigend«, sagte Mary am nächsten Tag in Irene Adlers Salon zu Dorothea. »Das hättest du dir schenken können. Und meine Großmutter auch.«

»Ach, komm schon. Was habe ich denn gemacht? Der arme Kerl versucht gerade darüber hinwegzukommen, daß seine Frau mit dem Steuerprüfer durchgebrannt ist. Gordon und ich bemühen uns, ihn so oft wie möglich einzuladen.«

»Und da dachtest du dir, das arme Mädchen versucht gerade darüber hinwegzukommen, daß ihr Freund sie verprügelt hat, und die würden doch gut zueinander passen, stimmt's? Na, er denkt das jedenfalls nicht, er hat nämlich nichts von sich hören lassen. Und das ist demütigend, Dorrie.«

Beinahe so demütigend wie die Tatsache, daß sie Leo Nash geschrieben und immer noch keine Antwort erhalten hatte. Sie war sich so sicher gewesen, daß er prompt zurückschreiben würde. Wie dumm von ihr zu meinen, der Mann lechzte nur danach, von ihr zu hören, wartete mit angehaltenem Atem auf eine Chance, mit ihr Kontakt aufzunehmen!

»Du bist überreizt«, sagte Dorothea und trat einen Schritt zurück, um zu prüfen, ob die gerahmte Aufnahme von Irene Adler besser auf dem Kaminsims oder halb im offenstehenden Geheimfach versteckt zur Geltung kam. Diese Frage trieb sie seit der Neugestaltung des Salons in den heutigen Zustand um. »Wahrscheinlich ist er im Moment so unglücklich, daß er an niemand anders denkt.«

»Kann schon sein. Aber mir kommt es so vor, als hätte er sich danach gesagt, die sollen bloß nicht glauben, daß sie mich so leicht kriegen. Ich lasse mich doch nicht verschaukeln. Und dann hat er mich vergessen.«

Bestimmt hatte sich Leo Nash beim Anblick der Adresse von Charlotte Cottage und dem feinen Briefpapier gefragt, welche Formen ihr gönnerhaftes Benehmen wohl annehmen würde.

»Paß auf, wenn er dir gefällt, könnten wir vielleicht etwas arrangieren ...«

»Er gefällt mir überhaupt nicht. Dann gehe ich eben weiter allein ins Kino.«

Daß sie sich einsam fühlte, sagte sie Dorothea nicht. Dorothea hätte sie sonst jeden Abend zu sich nach Hause eingeladen und jede Woche eine Dinnerparty für sie gegeben. Schulfreundinnen und Studienkollegen hätten sich um sie geschart, wenn sie sich bei ihnen gemeldet hätte. Ihre Cousine hatte sie übers Wochenende zu sich nach Surrey eingeladen, doch wegen Gushi hatte sie abgelehnt. Allein zu sein und sich dagegen zu sträuben war nicht unbedingt das beste Training, wenn man stark und unabhängig werden wollte.

Die Wochenenden waren am schlimmsten. Sie hatte zwar erst drei davon in dem neuen Haus verbracht, doch die waren schlecht verlaufen. Sie stand morgens spät auf, las viel, führte Gushi spazieren, bis er völlig ermattet war und getragen werden mußte, wanderte im West End herum, besichtigte die Sammlung Wallace und das Planetarium. Abends arbeitete sie an dem neuen Katalog und der Broschüre, die sie für das Museum zusammenstellte.

An den Wochentagen war es etwas besser. Sie saß mit Gushi vor dem Fernseher oder hörte die CDs von Sir Stewart und Lady Blackburn-Norris an. Inzwischen sperrte sie Gushi vorm

Schlafengehen nicht mehr in die Küche, wo sein Körbchen stand, sondern nahm ihn mit nach oben und ließ ihn neben sich auf dem Bett schlafen. Während der Nacht rückte er immer näher ans obere Bettende, und morgens beim Aufwachen fand sie sein zotteliges Gesicht auf dem Kissen neben sich und hatte manchmal sogar die Arme um ihn geschlungen.

In der ersten Woche hatte sie morgens immer auf die Post gewartet, doch außer Wurfsendungen, Annoncen für Mietwagen oder Taxi-Service und Reklamezetteln von einem Speiselieferdienst kam gar nichts. Weil auf dem Briefpapier auch ihre Telefonnummer angegeben war, rechnete sie jedesmal, wenn das Telefon klingelte, mit einer zaghaften, scheuen Männerstimme. Doch die einzige, überhaupt nicht zaghafte Stimme, die an ihr Ohr drang, war die von Alistair.

Nach jenem frühmorgendlichen Anruf hatte er sich dreimal gemeldet, beim ersten Mal, um sich für den darauffolgenden Abend anzukündigen und sie zum Essen auszuführen. Ihre Einwendungen, ihr Hinweis darauf, daß sie sich getrennt hätten, zeigten keinerlei Wirkung. Wenn nicht morgen, dann eben einen Tag später, sagte er. Schließlich willigte sie in den zweiten Vorschlag ein und durchlebte die nächsten beiden Tage ziemliche Qualen. Sie überlegte, wie sie damit umgehen sollte, falls er danach mit ins Haus kam und dort übernachten wollte.

Es wurde sieben, dann halb acht, und um fünf nach halb acht rief er an und sagte ab. Sie war erleichtert und gleichzeitig aufgebracht. Sie ärgerte sich nicht nur über ihn, sondern auch über sich selbst, denn sie hatte zwei schreckliche Tage verbracht. Nachmittags war sie dermaßen zerstreut gewesen, daß sie einem amerikanischen Touristen erzählt hatte, Irene Adler habe in St. John's Wood Terrace gewohnt und sei mit dem König von Serbien liiert gewesen.

Alistair rief ein drittesmal an, um zu sagen, daß er sich wegen ihrer Gesundheit Sorgen mache und für sie einen Termin beim Arzt vereinbart habe.

»Für Donnerstag früh um halb neun.«

»Alistair, du weißt doch, daß ich kein Auto habe. Glaubst du im Ernst, ich komme so früh nach Willesden?«

»Du übernachtest natürlich hier.«

»Mir geht es blendend. Ich brauche keinen Arzt.« Sie bemühte sich um einen freundlichen Ton, versuchte höflich, aber bestimmt mit ihm zu reden, doch als sie sich verabschiedete, zitterte sie, weil er so wütend in den Hörer geschrien hatte.

Inzwischen zweifelte sie an der Richtigkeit ihrer Entscheidung, sich auf dieses Haus- und Hundhüten einzulassen. Mit Alistair hätte sie nicht zusammenbleiben können, das war klar, aber vielleicht hätte sie vorerst zu ihrer Großmutter ziehen und sich dann mit ein paar Leuten eine Wohnung teilen sollen. Mit anderen zusammensein ...

Dafür war es jetzt zu spät. Draußen schien wieder die Sonne, es war ein warmer, windstiller Abend. Zwei Passanten gingen engumschlungen in Richtung Albany Street. An schönen Abenden war die Einsamkeit noch schlimmer, wenn die rote Sonne am Firmament der Großstadt unterging und der Nachthimmel sich violett färbte, ohne daß Sterne zu sehen waren. Sie nahm Gushi auf den Schoß und setzte sich vor den Fernseher.

Der kleine Hund war gerade mit Bean und den anderen unterwegs, als am anderen Morgen die Post kam: Reklame von einer Trampolinfirma und vom Tikka & Pizza-Expreß und ein Umschlag, der hier im Distrikt abgestempelt worden war. Sie gebot sich, ihr gewöhnliches Zögern beim Brieföffnen ein für allemal aufzugeben. Kühl und selbstbeherrscht ging sie ins Wohnzimmer, nahm den Brieföffner und schlitzte den Umschlag auf.

Zuerst sah sie sich das Foto an. Es war eins dieser Paßfotos, die man in Automaten in U-Bahnstationen oder Supermärkten machen konnte, und zeigte einen Mann mit einem blassen, schmalen Gesicht vor einem gefältelten Vorhang. Anämisch, fiel ihr spontan ein, bevor sie sich klar wurde, was sie damit sagte. Natürlich war er anämisch. Seine Blutarmut hätte ihn beinahe das Leben gekostet... Er hatte helle, klare Augen, blondes, fast weißes Haar und regelmäßige, klassische Züge: schmale Lippen, eine gerade Nase und eine glatte, sehr hohe Stirn. Es war ein handgeschriebener Brief aus der Plangent Road.

Liebe Mary Jago, las sie, *Sie kennen mich bisher nur als Oliver. Ich bin der Mann, dem Sie mit Ihrer überaus großzügigen Spende das Leben gerettet haben. Nicht nur gerettet, durch Sie ist mein Leben wieder gut und lebenswert geworden. Ich möchte Ihnen sagen, daß ich wieder gesund bin. Das habe ich Ihnen zu verdanken.*

Vom Harvest Trust habe ich Ihren Namen und Ihre Adresse bekommen. Da man sie von dort nur mit Ihrer Erlaubnis an mich weitergeleitet hat, nehme ich an, Sie möchten, daß wir Kontakt aufnehmen. Ich hoffe, Sie finden es nicht anmaßend, wenn ich sage, daß ich Sie ebensogern kennenlernen würde wie Sie mich.

Bitte machen Sie sich nicht die Mühe, mich anzurufen oder mir zu schreiben. Ich muß gestehen, daß ich gar kein Telefon habe. Diesen Brief schreibe ich am Montag, Sie sollten ihn also bis spätestens Mittwoch erhalten haben. Falls ich nicht von Ihnen höre, daß Sie ein Treffen ablehnen, werde ich am Freitag von halb sechs bis sechs Uhr abends im Regent's Park draußen vor dem Restaurant am Rosengarten an der nördlichen Seeseite an einem Tisch sitzen.

Ich sage nicht, bitte kommen Sie. Doch ich hoffe es.

Ihr ergebener

Leo Nash

6

Die meisten Obdachlosen, Penner, Aussteiger und Fuseltrinker lebten auf der Straße, weil sie sonst nirgends hinkonnten. Sie hatten kein eigenes – oder gemietetes – Dach über dem Kopf. Auf Roman traf dies nicht zu. Er hatte sehr wohl ein Dach gehabt, hatte ein eigenes Haus besessen, lebte aber auf der Straße, weil er wie die anderen keine Wahl gehabt hatte, weil das Leben unter freiem Himmel seine einzige Alternative war, wenn er weiterleben wollte. Wenn er das überhaupt wollte. Eine Alternative hatte es gegeben, die, die jedem offensteht. Wenn er sich am Kanalufer zum Pennen hingehauen hatte, hatte er oft mit dem Gedanken gespielt, eines Nachts einfach ins kalte Wasser zu gleiten, nachdem er sich zuerst Kopf und Verstand mit der Methylalkoholmixtur zerfetzt hatte, jenem trüben weißen Gesöff, das die Fuseltrinker »Milch« nannten. Sein längst verlorengegangener Glaube hatte ihn daran gehindert. Seine polnische Mutter hatte ihn im katholischen Glauben erzogen, und obwohl davon nichts geblieben, alles von Vernunft und Wissenschaft verscheucht worden war, blieb ihm doch ein Rest an Furcht, eine absurde Ehrfurcht vor der Sünde wider den Heiligen Geist.

Also blieb ihm nur die Straße. Denn sein Zuhause war unerträglich geworden, ein ausgehöhlter Ort, der ihm »leer, leer« entgegenbrüllte, der nie wieder mit Leben erfüllt sein würde. So unheimlich war es ihm dort geworden, daß er sein Gesicht vor den starr blickenden Wänden verbergen und sich das Bettzeug in den Mund stopfen mußte, um nicht laut herauszuschreien. Und nicht nur in seinem Haus, in allen Häusern, Hotels und Übernachtungsheimen würde es ihm so gehen.

Fast so, als wäre mit dem Verlust eine nie gekannte Klaustrophobie einhergegangen, zusammen mit der Unfähigkeit, zu arbeiten und sich unter gewöhnlichen Leuten aufzuhalten. Er mußte sein bisheriges Leben aufgeben, um zu überleben, um sich nicht irgendwo wie ein Fötus zusammenzurollen, die Augen zuzukneifen und das Gesicht zwischen den Händen zu verstecken. Nur im Freien würde es ihm gelingen, wo man ihn wie einen Außenseiter behandelte und ihn in gewissem Sinn für verrückt hielt. Und so sollte es sein, er war der Wandernde Jude, er war Ödipus, mit dem Unterschied, daß er sich nicht geblendet und seine Tochter nicht als Gefährtin bei sich hatte.

Möglicherweise war er eben zu glücklich gewesen. Das wußte er jetzt, und weil er sich am Anfang, gleich nach dem Unfall, über sein Glück beklagt und gewünscht hatte, seine Ehe wäre schlecht oder zerrüttet, seine Kinder wären häßlich oder dumm gewesen – wegen dieser unverzeihlichen Gedanken hatte er sich von allem abgeschnitten, seine Familie aus dem Gedächtnis gestrichen und schließlich alles übrige aus seinem Leben verbannt. Sein Ziel war es, durch nichts an sein früheres Leben erinnert zu werden, alles zu verändern: kein Dach mehr über dem Kopf, keine Arbeitsstelle, keine Freunde, kein geselliges Leben, keine vertrauten Dinge um ihn herum. Wenn er tatsächlich weglaufen wollte, und das wollte er, mußte er sein bisheriges Leben vollständig und absolut und in jeder Hinsicht abstreifen.

Bis das nette Mädchen ihn ansprach und er ihr antwortete.

Er war oben in Primrose Hill gewesen, wo die Nonnen nachmittags um fünf Tee und Butterbrote an die Obdachlosen ausgaben. In einem Roman von Graham Greene war er auf den Ausdruck »ein Schwindler und ein Heuchler« gestoßen und verwandte ihn seither oft für sich selbst. Denn er hatte ein Haus besessen und es einem Makler übergeben und verkauft.

Der Erlös hielt ihn davon ab, Pensionen und Wärmestuben in Anspruch zu nehmen. Andere hatten darauf mehr Anrecht als er. Er wollte auch kein Geld von Passanten annehmen, doch für die Teestunde bei den Nonnen machte er eine Ausnahme. Er trank den Tee und aß die Butterbrote und ließ dafür ein Einpfundstück auf dem Tisch liegen.

Zahlreiche Iren aus der düsteren viktorianischen Obdachlosenunterkunft in Camden Town hatten sich ebenfalls dort eingefunden. Ihre Lebenserwartung, hatte er in seiner Zeit bei der Talisman Press gelesen, lag bei siebenundvierzig Jahren. Dafür sorgten schon der Fusel, die Kälte und die schlechte Ernährung. Was man nicht alles lernte nach dem Ausstieg aus dem normalen Leben! Roman schlenderte die Regent's Park Road entlang und nahm die St. Mark's Bridge über den Kanal. Er zählte sieben Hausboote, die nebeneinander vertäut im Cumberland Basin lagen, und ein weiteres vor dem chinesischen Teehaus. Auf dem Oberdeck lag eine Frau im grünen Bikini und sonnte sich.

Das Minarett ragte wie ein Finger in den blaßblauen Himmel, an dem sich winzige Wölkchen zu einem Netz formten. Dabei dachte er an Omar Khajjam und das sich in einer Lichtschlinge verfangende Sultanstürmchen. So grell schien die Sonne auf das goldene Dach der Moschee, daß man gar nicht hinsehen konnte. Er überquerte den Outer Circle und gelangte auf den Broad Walk. Hier oben wuchsen die Bäume dicht und wild durcheinander, es gab keine Blumenbeete, und der ordentlich gestutzte Rasen lag weit entfernt.

Roman wollte sich ein Weilchen auf eine Parkbank bei Sir Cowasjee Jehangirs Trinkbrunnen setzen. Auf einer Tafel eingraviert stand, daß der Brunnen aus Dankbarkeit für die milde Gnade des Radschas gegenüber den Parsen hier errichtet worden war. Oberhalb der Inschrift blickte ein steinernes Männerantlitz von der Säule herunter. Wie viele Tausende von Menschen hatten seither wohl hier Wasser getrunken, wie viele

Pferde sich aus dem Trog erfrischt? Die Parsen legten ihre Toten auf Türme des Schweigens, damit die Geier sie holen konnten. Genauso war auch er hingelegt worden, und nun erwartete er sein Schicksal.

Aus dem Zoo hinter ihm erscholl Tiergeschrei, ein lautes Grunzen oder Trompeten. Sally und er hatten ihre Kinder nie mit in den Zoo genommen, nur nach Woburn und Longleat ins Wildgehege, wo die Großkatzen frei herumliefen. Er verfiel erneut in eine nachdenkliche Stimmung und erinnerte sich an den Tag in Longleat, an dem Elizabeth bei herrlichem Wetter ihren Skizzenblock hervorgeholt und eine Löwin mit ihren Jungen gezeichnet hatte. Allerdings hatte ihm seine lächerliche Ängstlichkeit das Ganze ziemlich verdorben.

Die Autoscheiben waren nicht zum Herunterkurbeln, sondern öffneten sich automatisch auf Knopfdruck. Er hatte schon gehört, daß solche Fenster kaputtgehen konnten und entweder in geöffneter oder geschlossener Position steckenblieben. Falls nun eins der Kinder das Fenster aufmachte und nicht wieder zukriegte? Wenn Löwen den Wagen umzingelten oder sie eine Panne hatten ... Später, als sie wieder zu Hause waren, erfuhr er, daß Sally genau die gleichen Ängste ausgestanden hatte. Das kam oft vor. Sie hatten dieselben Ängste, dieselben Glücksgefühle, konnten gegenseitig ihre Gedanken lesen.

Deshalb wunderte es ihn, daß er nicht hatte vorhersagen können, was seinen Kindern und seiner Frau zugestoßen war. Seine Ängste waren nur Phantasien gewesen oder sollten eine Vorsehung besänftigen, an die er nicht glaubte. Nie hatte er die reale Katastrophe tatsächlich vorausgeahnt und die logischen Folgefragen gestellt: Was tue ich, wenn sie mir weggenommen werden? Wie wird mir zumute sein? Wie werde ich überleben können? Und als es dann geschah, hatte er schon einige Zeit ohne Angst gelebt, machte sich lediglich die ganz normalen elterlichen Sorgen um die mittlerweile fünfzehnjährige Elizabeth und den achtjährigen Daniel.

Normalerweise dachte Roman nicht an diesen Tag. Nie erlebte er den Moment wieder, in dem ihm die Nachricht überbracht worden war. Er konnte sich auch kaum erinnern, welche Gefühle er damals gehabt hatte. Eine plötzliche Gedächtnisschwäche hatte ihm nur die Erinnerung an das Vorausgegangene und die entsetzlichen, lähmenden zwölf Stunden danach gelassen. Die verlorenen Stunden dazwischen versuchte er sich nicht mehr zu vergegenwärtigen.

Doch manchmal – wie jetzt, als er wieder aufstand und sich von der Steinsäule, dem Turm des Schweigens, entfernte – dachte er an die Geschehnisse danach, an die immer wiederkehrende Fassungslosigkeit, an den Schlaf, der ihn mit Leichtigkeit übermannte und in dem er alles vergraben konnte, dem er jedoch widerstehen mußte, denn beim Aufwachen stand die Wahrheit wieder so frisch und neu vor ihm wie damals, als er sie gerade erfahren hatte. Der Schlaf, eigentlich ein Segen, der »Balsam kranker Seelen«, konnte auch ein Fluch sein. Wer will schon ein schmerzstillendes Mittel einnehmen, das bei nachlassender Wirkung den Schmerz noch verschlimmert?

Jetzt war es anders. Das Verleugnen hatte er hinter sich, und das Vergessen kam nie auf. In voller Akzeptanz des Geschehenen legte er sich vor irgendeinen Hauseingang schlafen, und mit der nackten Erkenntnis, daß seine Lieben verloren und er selbst seinem Schicksal überlassen war, wachte er wieder auf. Für Illusionen war kein Platz mehr. Am Anfang, bevor er sich für das Leben auf der Straße entschieden hatte, drehte er sich morgens nach dem Aufwachen oft zu dem anderen Kissen hinüber und wunderte sich, daß Sally schon so früh aufgestanden war. Doch dann kehrte die Erkenntnis wie das langsame, vor einer Explosion allmählich anschwellende Dröhnen wieder zu ihm zurück, und er stöhnte in seinem ununterdrückbaren Schmerz laut auf. Wimmernd und stöhnend durchlebte er noch einmal seine Heimkehr an jenem Abend, die Ankunft der Polizei, ihre Freundlichkeit und absolute Unfähigkeit, den –

wie sie sagten – »Schock« zu mildern. Damals hatte er beschlossen, alles zu leugnen, von sich zu stoßen, zu begraben, sich etwas vorzumachen.

Mittlerweile hatte er bei seiner Überlebensstrategie einen Punkt erreicht, an dem er seine Erinnerungen kontrollieren konnte. Er war ihnen nicht länger ausgeliefert, wenn sie das Gewebe seiner allumfassenden Traurigkeit durchdrangen und durchbrachen. Sie waren immer da, die Auslöser seines Wahnsinns, doch er brauchte sie nicht mehr zu durchleben oder sich innerlich vor Augen zu führen, was er in Wirklichkeit nie gesehen hatte, die Explosion beim Aufprall, metallisch, schwarz und rot. Er konnte sie von sich stoßen und statt dessen an etwas Fröhliches denken, an Daniels letzte Geburtstagsparty bei McDonald's, wo sie mit fünfzehn Kindern gefeiert und danach im Kino *Die Schöne und das Biest* angeguckt hatten. Sogar Elizabeth war mitgekommen, ein beachtliches Zugeständnis, eine nette Geste, die ein Teenager seinem kleinen Bruder da erwies...

Roman bog in die Chester Road ein und betrat den Inner Circle durch das goldene Tor. Sally war immer gern im Rosengarten gewesen, aber etwa einen Monat später als jetzt, wenn die Rosen Knospen hatten und ihr Duft als zarter Hauch in der Luft lag. Der akkurat angelegte, ordentliche Garten hatte ihr gefallen, die geschmackvolle Sorgfalt, die auf seine Gestaltung verwendet worden war. Er verließ den Garten durch das Tor beim Freilichttheater. Als er gerade die lange Brücke über den nördlichen Arm des Sees überquerte, hörte er hinter sich Schritte und drehte sich um. Es war das nette Mädchen. Sie war in Eile, und er fragte sich, ob sie vielleicht eine Verabredung hatte.

Er war sehr überrascht, als sie ihn ansprach. Dies war ihre dritte Begegnung, und unter anderen Umständen wäre das einen Gruß wert gewesen. Doch Roman hatte inzwischen gelernt, daß Obdachlose überhaupt nichts wert sind und daß selbst Leute, die ihnen täglich begegnen, immer noch den Blick abwenden. Tausende von Passanten nehmen sie gar nicht zur Kenntnis, nicht mehr jedenfalls als den überall herumliegenden Abfall. Als sie ihm daher lächelnd einen guten Tag wünschte, war er zu überrascht für eine Anwort und starrte sie nur an.

»Ein wunderschöner Tag heute«, sagte sie.

Er fand die Sprache wieder. »Ja«, erwiderte er. »Ein schöner Tag.«

Anstatt weiterzugehen, blieb er stehen und lehnte sich ans Brückengeländer. Sie sollte nicht denken, er folge ihr, und Angst bekommen. Für einen kurzen Augenblick hatte sie ihm das Gefühl vermittelt, wieder ein Mensch zu sein, einer, der dazugehörte, und er war sich nicht sicher, ob ihm das behagte.

»Restaurant am Rosengarten« klang recht romantisch. Es stellte sich als Ansammlung kleiner Gebäude mit kuppelförmigen Dächern heraus, wie eine Gruppe von Pilzen. Auf einer Terrasse standen sechseckige Tischchen. Mary achtete darauf, nicht aus der Richtung zu kommen, aus der er sie erwartete. Sie wollte ihn sehen, bevor er sie sah. Sie dachte zwar nicht im Traum daran umzukehren, falls dort ein unsympathisch aussehender Mensch saß, doch sie wollte gewappnet sein.

Diese innerlichen Vorbereitungen waren ein fester Bestandteil ihres Lebens. Sie bereitete sich seelisch darauf vor, wenn sie Umschläge öffnete, wenn sie ans Telefon ging oder wenn sie fremden Menschen zum erstenmal begegnete. Sie wollte sichergehen. Sie wollte ein bestimmtes Gesicht, ein bestimmtes Lächeln aufsetzen. Vielleicht saßen an mehreren Tischen einzelne Männer und warteten auf Frauen. Sie kannte ihn nur vom Foto und wußte, daß er über sechs Jahre jünger war als sie.

Er würde damit rechnen, daß sie vom Inner Circle her kam oder über den Weg am Kiosk bei Holme Green vorbei. Statt dessen kam sie aus der Gartenanlage. Die meisten Tische im Freien waren von Paaren oder Verierergrüppchen besetzt, zwei

Männern, drei Frauen, einem einzelnen Mann, doch der war über vierzig. Sie war stehengeblieben und ließ den Blick über die Tische schweifen. Dann sah sie ihn. Sie hatte einen Jungen erwartet, doch es war ein Mann, allerdings unverkennbar der Mann auf dem Foto. Unwillkürlich schoß ihr das Blut in den Kopf, und sie spürte, wie ihre Wangen sich röteten. Wie sie sich gedacht hatte, hielt er den See und die andere Straßenseite im Auge, wandte dann aber den Kopf, als hätte er gespürt, wie sie errötete. Sie setzte sich in Bewegung und ging auf seinen Tisch zu. Der hochgewachsene, sehr schmale Mann stand auf und streckte ihr beide Hände entgegen.

»Mary Jago«, sagte sie.

»Leo Nash«, erwiderte er. »Oder Oliver.«

Er hatte den linken Arm wieder gesenkt, als fände er es zu dreist, ihre beiden Hände zu ergreifen, was er offensichtlich vorgehabt hatte. Als er seine Hand in die ihre legte, fühlte sie sich kalt an. Er wirkte älter, als er war, und sah etwas abgespannt aus, kein Wunder nach einer so schweren, mit Streß und sicher auch großen Sorgen verbundenen Krankheit. Abgesehen von seiner Blässe, hätte man seine Züge fast schön nennen können. Hellgraue Augen blickten in ihre grünen, und fast erschrocken stellte sie fest, daß sie sich so ähnlich sahen, als wären sie Geschwister.

»Da sind wir also«, sagte er, »und ich weiß nicht, was ich sagen soll. Das ist lächerlich, ich habe es nämlich so oft geprobt. Ich habe mir Reden ausgedacht, mit denen ich Ihnen meine Dankbarkeit ausdrücken wollte, aber jetzt hat mir Ihre Gegenwart einfach die Sprache verschlagen.«

»Eigentlich nicht.« Atemlos versuchte sie zu lachen. »Ich finde Sie ganz schön wortgewandt.«

»Bloß mit Allgemeinplätzen. Zumindest kann ich Sie fragen, ob Sie gern einen Tee hätten? Oder lieber was Alkoholisches? Oder vielleicht Tee mit Gebäck? Was möchten Sie?«

Er hatte kein Telefon, war also wirklich arm. Seine Kleidung verriet nichts, es waren die üblichen Sachen, die junge Männer so trugen: Jeans, T-Shirt, ein um die Schultern geschlungener Pullover.

»Gern einen Tee«, sagte sie.

Während er bei der Kellnerin bestellte, saß sie schweigend da und betrachtete ihn. Alles mögliche hatte sie erwartet, nur das nicht. Sein Aussehen schon, aber nicht ihre Gefühle. Zu wissen, daß in diesem zarten, dünnen, bleichen Männerkörper Mark aus ihren eigenen Knochen war, ein heilendes Elixier, das seine Gesundheit wiederhergestellt hatte, nahm sie dermaßen mit, daß sie fast ohnmächtig zu werden glaubte.

Sie beugte sich nach vorn und schloß die Augen. Ihr war zumute, als hätte sie letzte Nacht zum erstenmal mit ihm geschlafen – nein, mehr noch, fast als wäre sie in ihn verliebt...

Er fragte leise: »Ist Ihnen nicht gut?«

Sie hatte sich die Hände vor die Augen gelegt. Nun ließ sie sie sinken und sah ihn an. Seine Miene war ernst, beinahe ein wenig befremdet.

»Entschuldigen Sie«, sagte sie. »Sie halten mich bestimmt für sehr dumm.«

Er schüttelte den Kopf. »Haben Sie jemanden anders erwartet?«

»Komischerweise nein. Ich kann nicht sagen, daß ich Sie erwartet habe, aber es ist keine Überraschung. Ich hatte ja Ihr Foto.«

Sie nahm sich zusammen. »Ich war schon auf unser Treffen vorbereitet und konnte mir ganz gut vorstellen, wie Sie sein würden, aber jetzt, wo Sie wirklich hier vor mir sitzen – es ist ein seltsames Gefühl.«

»Seltsam, aber gut. Für mich jedenfalls.«

»Bitte, erzählen Sie mir – wie es für Sie war, Ihre Genesung. Oder trete ich Ihnen damit – zu nahe?«

Er lachte leise. Es fiel ihr schwer, den Blick von diesen

klaren, grauen Augen loszureißen. Der Zauber wurde durch die Ankunft des Tees gebrochen. Für ihn gab es Obstkuchen und Sahnecremehörnchen.

»Ich soll viel essen«, erklärte er. »Essen Sie tüchtig, heißt es immer. Ich nehme an, damit ist Obst und Gemüse gemeint, und nicht Cremetorten.«

Diesmal brachte sie ein Lächeln zustande. »Erzählen Sie mir davon?«

»Von der Transplantation, meinen Sie?«

»Ja, die ganze Geschichte. Ihre Krankheit, die Transplantation, alles. Ich will es hören. Von Ihnen.«

»Wäre das nicht ein bißchen selbstsüchtig?«

Sie fühlte sich immer sicherer. »Betrachten Sie es als einen selbstlosen Gefallen, den Sie mir erweisen.«

»Also gut, dann fällt es mir leichter.«

Er zögerte und widmete sich zunächst mit kindlichem Vergnügen dem Sahnecremegebäck. Amüsiert sah sie zu, wie er sich die Sahne von den Fingern leckte, dann aufblickte und sie offen anlächelte.

»Ich hatte gerade die Universität abgeschlossen«, sagte er, »und war auf Arbeitssuche. Ich machte mir ziemliche Sorgen und dachte, ich würde nie etwas finden, und zuerst hielt ich die Schmerzen für – na ja, nervlich bedingt. So hat es angefangen, mit diesen entsetzlichen Schmerzen.« Bei der Erinnerung daran kniff er die Augen zusammen. »Mit heftigem Seitenstechen. Erst dachte ich, es wären die Nerven, und dann, es wäre vielleicht Blinddarmentzündung. Ich ging zum Arzt, und der sagte, es sei eine Magen-Darm-Entzündung. So was hatte ich noch nie gehabt, ich konnte einfach nicht glauben, was er sagte. Dann wurden die Schmerzen immer schlimmer. Wollen Sie das wirklich alles wissen?«

»Natürlich.«

»Ich habe noch einen älteren Bruder, an dem ich sehr hänge – er ist sozusagen mein bester Freund. Als ich es ihm sagte, hat er mich sofort in die Notaufnahme gebracht. Dort stellten sie fest, daß meine Milz dreimal so groß war wie normal. Die hatte ganz schön zu schaffen, sie mußte nämlich die Funktion meiner weißen Blutkörperchen übernehmen. Sie haben es zuerst meinem Bruder gesagt und dann mir.«

»Es muß ein riesiger Schock für Sie gewesen sein.«

»Ich war wie vor den Kopf geschlagen, damit hatte ich nicht gerechnet. Eben war ich noch ein ganz gesunder Mann gewesen, dachte ich jedenfalls, der nur Bauchschmerzen hatte, und dann so etwas! Sie haben mich gleich dabehalten und die Milz herausoperiert. Sie sagten, ich hätte AML – akute myeloische Leukämie. Ich dachte schon, das ist mein Todesurteil.«

»Aber dann sind Sie zum Harvest Trust gegangen?«

»Nicht gleich. Es hieß, man müßte eine Knochenmarktransplantation machen. Bei Geschwistern steht die Wahrscheinlichkeit eins zu vier, daß das Gewebe übereinstimmt, ich hoffte also verzweifelt, daß es mit meinem Bruder klappte. Er war einverstanden.« Sie sah, wie er die Hände ineinander verkrampfte. Mit eindringlicher Stimme fuhr er fort: »Er war mehr als einverstanden. Er wünschte sich inständig, mir helfen zu können. Wir hängen sehr aneinander.«

»Aber sein Gewebe hat nicht gepaßt?«

»Wie gesagt, ich fühlte mich wie zum Tode verurteilt. Als sie mir sagten, die Chancen stünden eins zu vier, wurde alles anders. Ich war so sicher, daß alles gut werden würde. Wissen Sie, wenn man operiert werden muß und erfährt, es stehe eins zu vier, daß man nicht mehr aus der Narkose aufwacht, dann rechnet man doch damit zu sterben, oder? Mir würde es so gehen. Nun, ich war überzeugt, eins zu vier bedeutet, das Gewebe meines Bruders würde zu meinem passen. Ich vertraute so fest darauf, daß ich gar nicht weiter nachdachte. Er war mein Bruder, wir hatten die gleichen genetischen Anlagen, die gleiche Haar- und Augenfarbe, sahen gleich aus. Ich wußte, alles würde gut werden.

Dann haben sie ihn getestet, und er war nicht kompatibel. Erst konnte ich es gar nicht glauben. Ich dachte, sie hätten einen Fehler gemacht. Hatten sie aber nicht.« Er seufzte, dann hellte sich seine Miene auf. »Na ja, wenn mein Bruder gespendet hätte, wären wir uns nie begegnet.«

»Das hätten Sie aber wohl verschmerzt, denke ich«, sagte Mary. »Sie hätten ja gar nicht gewußt, daß es mich gibt.«

Er legte den Kopf ein wenig schief, als dächte er über ihre Worte nach.

»Mein Bruder versuchte, einen Spender zu finden. Er ließ Flugblätter drucken und verteilte sie überall in der Gegend in den Briefkästen. Können Sie sich das vorstellen? Die meisten Leute reagierten nicht darauf, aber viele meldeten sich doch und ließen sich testen. Einer hätte gepaßt, aber dann stellte sich heraus, daß er nicht geeignet war. Ich wußte, wenn kein Spender gefunden wird, muß ich sterben. Das ist kein angenehmes Gefühl; es versetzt einen in Panik, wenn man weiß, man hat etwas, was geheilt werden kann, oder zumindest gebremst, und das Medikament, das Serum oder wie auch immer, ist überall, ist vielleicht ganz verbreitet, aber man findet es nicht. Es ist vielleicht in ganz vielen Leuten versteckt, die einem auf der Straße begegnen, aber man kommt nicht heran. Dann erfuhren wir im Krankenhaus von dem Trust.«

»Und wie ging es dann weiter?«

Er erzählte von dem Tag, an dem der Harvest Trust ihm mitteilte, sie hätten eine Spenderin, wie glücklich er über diese gute Nachricht gewesen sei, wie aufgeregt und später froh, noch einmal davongekommen zu sein.

»Ich hatte mit der Angst gelebt, meinen zweiundzwanzigsten Geburtstag wohl nie erleben zu dürfen. Und jetzt gab es ein paar Leute, die das Gegenteil behaupteten. Ich hatte mich schon fast an die Verzweiflung gewöhnt und mich in mein Schicksal ergeben. Jetzt mußte ich mich wieder an die Hoffnung gewöhnen.«

Einen Dämpfer hatte es gegeben, als man befürchtete, sein Zustand habe sich bereits so verschlechtert, daß eine Transplantation nicht mehr in Frage kam. Doch sein Zustand schien stabil, und man entschied sich für die Operation. Während der ganzen Zeit, sagte er, habe er an sie gedacht.

»Ich dachte an ›Helen‹. Vielleicht habe ich ja einen Hang zur Heldenverehrung. Bis heute verehre ich meinen Bruder, und auf einmal gab es da eine unbekannte Frau, die ich anbetete. Sie waren für mich die Retterin, eine Art Heilige.«

Es mißfiel ihr, wie leicht sie errötete. Noch nie hatte sie so viel Grund gehabt, rot zu werden. Ihr Gesicht wurde von der Farbe überflutet.

»Aber das war doch *nichts*«, wehrte sie mit einer Heftigkeit ab, die sie selbt überraschte. »Es war wirklich *gar nichts*.«

»Ich bin mir nicht so sicher, ob *ich* es getan hätte«, sagte er. »Während ich mich von der Transplantation erholte, hatte ich viel Zeit zum Nachdenken. Ich habe mich oft gefragt, ob ich an Ihrer Stelle gespendet hätte. Ich glaube nicht, ich hätte Angst gehabt.«

Seine Augen leuchteten jetzt vor Bewunderung. Peinlich berührt, verlegen, aber unfähig, den Blick von ihm abzuwenden, wollte Mary das Thema wechseln, dem Gespräch eine andere Richtung geben.

»Und Ihre Arbeit? Sie konnten doch die ganze Zeit über gar nicht arbeiten. Wovon haben Sie denn gelebt?« Wieder war sie vielleicht zu weit gegangen. »Entschuldigung, ich hätte nicht fragen sollen ...«

»Sie dürfen mich alles fragen.«

Er sagte es ganz ruhig. Seine vollkommene Offenheit war beinahe beängstigend. Ein Gefühl von Intimität ließ sie leicht erschaudern: Obwohl sie noch keine halbe Stunde dort saßen, kam es ihr so vor, als würde sie ihn schon sehr lange kennen.

»Nein, es tut mir leid«, wandte sie schwach ein. »Ich habe kein Recht, Sie so auszufragen.«

»*Sie* dürfen mich alles fragen. Schließlich gehöre ich Ihnen, oder nicht?«

»Wie meinen Sie das?«

»Sie brauchen nicht so – ängstlich dreinzuschauen. Sie wissen doch, wenn man jemandem das Leben rettet, gehört er einem, nicht wahr? Wie ein Diener. Im wahrsten Sinn des Wortes, meine ich. Einer, der Ihnen hingebungsvoll dient.«

Ihre Hände lagen auf der Tischplatte, und er bedeckte sie mit den seinen. Diese Hände, die er vorhin ausgestreckt und dann aus Schüchternheit oder Anstand wieder zurückgezogen hatte, legte er nun mit beharrlichem Druck auf ihre. Die Berührung hatte etwas außerordentlich Tröstliches.

»Mein Bruder hat mich finanziell unterstützt«, sagte er. »Inzwischen habe ich aber Arbeit. Nur Teilzeit, es bringt nicht viel ein. Ich arbeite für ihn, für meinen Bruder. Es ist nicht gerade das, was ich mir vorgestellt habe. Ich war auf einer guten Universität, hatte große Hoffnungen für die Zukunft, aber immerhin – es ist Arbeit. Mir war alles recht, als ich erfuhr, daß ich weiterleben würde.«

Sie wartete und wollte hören, um welche Art von Arbeit es sich handelte, doch er erzählte es ihr nicht. Dann kam die Rechnung. Als er sie der Kellnerin aus der Hand nahm, sagte Mary: »Nein, das erledige ich.«

Diesmal lachte er. Die Bedienung stand da und hörte alles, doch das schien ihn nicht zu stören. »Jetzt erinnern Sie sich wieder, daß ich gesagt habe, ich hätte kein Telefon. Damit habe ich nur gemeint, ich habe kein eigenes. Seit ich krank bin, wohne ich bei meinem Bruder. Es mußte sein, allein habe ich es nicht geschafft.«

Ihre Hände fühlten sich kalt an, nachdem er die seinen weggenommen hatte. Sie merkte plötzlich, daß sich die Luft beim Herannahen des Abends abgekühlt hatte, und stand auf.

»Ich begleite Sie noch bis Park Village, ja? Ach, machen Sie nicht so ein Gesicht. Ich fühle mich ganz gut. Das ist Ihr

Verdienst, wissen Sie das nicht mehr? Ich kann ziemlich weite Strecken laufen, Mary.«

Es war das erstemal, daß er ihren Namen aussprach, und auf das freudige Gefühl, das es in ihr hervorrief, war sie nicht vorbereitet. Sie bogen in den Broad Walk ein und gingen in Richtung Norden. Der bärtige Mann, dem sie vorhin begegnet war, saß wieder lesend auf einer der Parkbänke. Sie wollte ihn schon lächelnd grüßen, doch er hielt den Blick auf die Seite geheftet. Leo begann über den merkwürdigen Zufall zu sprechen, daß sie so nah beieinander wohnten. Er nannte sie wieder Mary und verlieh dem Namen einen so hübschen Klang, wie sie ihn noch nie gehört hatte.

Als sie sich noch einmal umdrehte, war der Mann von der Parkbank verschwunden.

7

Zu keiner Zeit hatte er sich über ihren Verbleib Gedanken gemacht, hatte angesichts ihres unerklärlichen Ausbleibens und des stummen Telefons weder Sorgen noch Zweifel, noch wachsende Befürchtungen verspürt. Er wußte ja Bescheid, glaubte es zumindest. Sie waren in Woodbridge bei seiner Schwiegermutter. Es war schulfrei, Herbstferien, und Sally war mit Elizabeth und Daniel nach Suffolk gefahren, um ihre kranke Mutter zu besuchen. Sie hatten über Nacht bleiben wollen.

Später – wild besessen von Zahlen, Daten, Summen – hatte er versucht nachzurechnen, wie oft Sally diese Reise im Lauf der letzten fünfzehn Jahre gemacht hatte, wie oft die ganze Familie sie gemacht hatte. Zweihundertmal? Öfter? Rückblickend konsultierte er seinen Kalender und kam auf genau zweihundertdreiundzwanzigmal, nur um sich abzulenken, um sich, wenn auch nur für wenige Augenblicke, mit der trockenen Emotionslosigkeit von Maßen und Zahlen zu beschäftigen.

So oft war sie die Strecke ohne besondere Vorkommnisse, ja fast völlig ereignislos gefahren, nie hatte etwas auch nur auf ein knappes Entrinnen hingedeutet. Er hatte sich keine Sorgen gemacht, natürlich nicht. Kein einziges Mal war er versucht gewesen, ans Telefon zu gehen und sich zu erkundigen. Sie waren ja bei Sallys Mutter. Vielleicht riefen sie später an, vielleicht auch nicht. Nach dem Essen würde er vielleicht Sallys Mutter anrufen und sich nach ihrem Befinden erkundigen.

Doch später bezweifelte er, daß er sich damals überhaupt solche Gedanken gemacht hatte. Er hatte überhaupt nicht an die anderen gedacht, sondern war mit den Gedanken ganz woanders gewesen, bei dem Manuskript, bei dem es sich angeblich um das Tagebuch eines flüchtigen Sklaven handelte, der eine Havasupai-Frau geheiratet hatte. Talisman wollte das Buch eventuell kaufen, falls es sich als authentisch erwies und der Preis nicht zu hoch war. Er hatte sich ein Exemplar mit nach Hause genommen, das, auf Seite vier aufgeschlagen, auf dem Küchentisch lag. Komisch, inzwischen erinnerte er sich nicht einmal mehr daran, ob Tom Outram das Buch schließlich gekauft hatte oder nicht.

Er hantierte in der Küche, um sich etwas zu essen zu machen. Keine aufgetaute Pizza, sondern Bohnen in Tomatensauce aus der Dose, das war ihm lieber als etwas aus der Mikrowelle. Beim Dosenöffnen las er noch einen Absatz durch. Im Kühlschrank stand eine halbvolle (oder halbleere, falls man Pessimist war, was er nie gewesen war) Flasche Meursault, die mit einem von diesen Spezialverschlüssen verkorkt war. Er hatte sich ein Glas eingeschenkt, während er die Bohnen heiß machte. Das Sklaventagebuch war höchstwahrscheinlich nicht echt, sondern Fiktion, würde sich aber gerade deswegen womöglich besser zur Veröffentlichung eignen...

Eine Minute vor sieben klingelte es an der Haustür. Er dachte, jemand käme für einen wohltätigen Zweck sammeln. Auf dem Weg zur Tür griff er in die Hosentasche nach dem Geldbeutel.

Die Polizeibeamten teilten ihm zunächst keine Einzelheiten mit, das kam später. Den ganzen Hergang erfuhr er später. Zu dem Zeitpunkt – eine Minute vor sieben, mit dem halb ausgetrunkenen Wein und den Bohnen, die auf dem Herd anbrannten, bis die Polizistin die Platte abschaltete – sagten sie, er solle sich doch hinsetzen, sprachen von einem schweren Unfall, dann von ernsten Folgen, dann vom tödlichen Ausgang. Er hatte sie nur ungläubig angestarrt und gebeten, das Gesagte zu wiederholen, so sicher war er sich, daß sein Gehör ihm einen

Streich gespielt hatte – das *konnte* er nicht gehört haben, so etwas *konnte* ihm nicht passieren.

Lange danach noch assoziierte er den Geruch von angebrannter Tomatensauce mit dem Zusammenbruch seines Lebens, dem Verlust all dessen, was sein Lebensglück ausgemacht hatte. Einmal hatte es in einem Arbeiterimbiß in Camden Town so gerochen, und ihm war so schlecht geworden, als hätte er Gift geschluckt.

Einen Tag nachdem die Polizei dagewesen war, erfuhr er, daß Sally vorsichtig gefahren war, alle Verkehrsregeln beachtet und die Geschwindigkeitsbegrenzung nicht überschritten hatte. Elizabeth saß neben ihr auf dem Beifahrersitz, Daniel auf dem Rücksitz. Der Wagen hatte an einem Bahnübergang der Eastern Region Line irgendwo bei Ipswich angehalten. Der Übergang lag am Fuß eines Hügels. Der Lastwagen hinter ihr, ein Zwanzigtonner, ein Containerlaster von den Dockanlagen in Felixstowe, war mit defekten Bremsen viel zu schnell den Hügel heruntergekommen, hatte das Auto von hinten gerammt und es durch die geschlossene Schranke auf das Gleis des herannahenden Zuges geschoben.

Alle drei waren sofort tot gewesen. Der Zugführer erlitt Verletzungen, doch den Passagieren war nichts geschehen. Was den Lastwagenfahrer betraf, so kam er mit einer Beule am Kopf und aufgeschürften Handknöcheln davon. Zweihundertdreiundzwanzigmal war alles gutgegangen, und die ganze Zeit hatte das zweihundertvierundzwanzigste Mal auf seine Chance gewartet, war mit der unausweichlichen Macht des Schicksals näher gerückt. Vorausgesetzt, man glaubte an solche Dinge. Roman tat es nicht.

Zur gerichtlichen Untersuchung der Todesursache ging er nicht, nur zur Beerdigung. Er *war* die Beerdigung. Sallys todkranke Mutter und ihre Schwester waren da, doch sonst hatte er niemanden dabeihaben wollen und die Leute gebeten, nicht zu kommen. In jener Nacht schlief er tief und fest und wachte im Glauben auf, Sally sei früh aufgestanden und käme gleich mit dem Tee für ihn herein. Die Gewißheit und der langsam zurückfließende Schmerz entrissen ihm wilde Schreie der Auflehnung.

Zwei Wochen später, nachdem er bei Talisman gekündigt hatte, bot er sein Haus zum Verkauf an und lebte von nun an auf der Straße.

Beim Begräbnis, dachte er, bei jener surrealen Angelegenheit hatte er die Schwelle zum Irrsinn übertreten. Oder wie man den Zustand auch nennen mochte, der sich bei ihm entwickelt hatte und in dem er nun lebte. Der Anblick der drei Särge, die von Männern in schwarzen Mänteln durch den Mittelgang des schmucklosen Krematoriums getragen wurden, wirkte wie ein Gemälde von Max Ernst oder Magritte. Immer wieder sah er die Szene als Gemälde vor sich, jenseits der Wirklichkeit fixiert in einer Welt aus bösen Träumen und von Drogen hervorgerufenen Halluzinationen.

Seltsam, seit er die Vergangenheit an sich heranließ, tauchte sie immer wieder unverhofft auf und zeichnete sich vor seinen Augen ab. Wie in diesem Moment, als er die Prince Albert Road überquerte und auf den »Kirchgarten« genannten Friedhof von St. John's Wood zusteuerte. Seinetwegen waren die Autos am Fußgängerüberweg stehengeblieben, doch er sah sie kaum. Eins hupte, um ihn zur Eile anzutreiben. Vor seinen Augen zogen die drei Särge vorbei, von kräftigen jungen Männern getragen, jener Art von jungen Männern, die man nur bei Beerdigungen so gekleidet sieht, die frischen Gesichter in kummervolle Falten gelegt, die Augen zu Boden geschlagen.

Es hatte keine Blumen gegeben. Natürlich nicht, wie hätte jemand auf eine derart lächerliche Idee kommen können? Nun, niemand war darauf gekommen. Sein ganzes Leben, seine Vergangenheit, seine Gegenwart und seine Zukunft, lag in diesen drei Holzkisten. Er saß teilnahmslos in einer Kirchenbank und blickte auf die Kisten, während ein sehr junger Mann mit einem auf- und abhüpfenden Adamsapfel, der wie ein verschlucktes Karamelbonbon aussah, in einer dialektgefärbten Stimme über die Auferstehung und das Leben redete.

Das Bild verschwamm, als er den gegenüberliegenden Bürgersteig erreichte. Inzwischen schwand das Tageslicht ebenso wie die grausame Vision. Bald wurde der Friedhof abgeschlossen. Vor und nach der Schließstunde patrouillierte die Polizei im Park, um die Nichtseßhaften zu vertreiben, doch Roman hatte festgestellt, daß er ihnen manchmal an diesem dunklen Plätzchen außerhalb der Tore entwischen und sich zwischen den alten Gräbern ein Nachtlager bereiten konnte.

Er zwinkerte, bis er nur den grünen Rasen, die Blumenbeete und die Stämme der Platanen sah, deren Rinde sich an manchen Stellen wie graue Haut abschälte und die zitronengelbe Farbe darunter hervorscheinen ließ. Die Blätter der Platanen, Buchen und Mehlbeerbäume wirkten im Dämmerlicht bleich und zart. Alles, was weiß war, leuchtete merkwürdig strahlend auf.

Obwohl er bei dem schönen Wetter meilenweit gelaufen war, ging Roman noch ein Stück weiter. Wie jedesmal, wenn er auf dem Kirchhof war, stattete er auch diesmal dem Grab von John Sell Cotman einen Besuch ab, dem vor hundertfünfzig Jahren verschiedenen Aquarellmaler, und Joanna Southcott, der religiösen Visionärin, die vor der Schlacht bei Waterloo gestorben war und eine mysteriöse Schachtel hinterlassen hatte. Durch die Einflüsse der Witterung war die Inschrift auf den meisten grauen Grabsteinen unleserlich geworden. Die Glockenblumen waren fast verblüht, doch der Borretsch ahmte ihre Farbe nach, und der Wiesenkerbel schimmerte wie am Rand eines Feldwegs.

Er setzte sich auf ein Bänkchen, legte den Kopf in den Nacken und schloß die Augen. Früher hatte er immer sehr auf Komfort geachtet, hatte seine Matratzen sorgfältig ausgewählt und dabei keine Kosten gescheut. Lehnsessel mußten weich sein und Fußstützen haben. Doch auf seinen Streifzügen hatte er mittlerweile jegliches Interesse an Komfort verloren und merkte kaum noch, ob er sich auf Pflastersteinen schlafen legte oder auf der vergleichsweise luxuriösen Oberfläche eines Rasens.

Nach einiger Zeit spürte er, daß außer ihm noch jemand im Kirchgarten war. Polizei war es nicht, das erkannte er am Schritt. Es waren Effies Schritte, die er da hörte. Er schlug die Augen auf. Sie kam auf die Bank zu und ließ sich am anderen Ende nieder. Dabei warf sie ihm einen scheuen Seitenblick zu und wandte sich dann schweigend ab. Nur ein Penner setzt sich zu einem anderen Penner auf die Bank.

Sie war eine ziemlich junge Frau, jünger als er, obwohl er sie auf den ersten Blick für alt gehalten hatte. Das lag an ihrer gebückten Haltung, den runzligen Händen und ihren dick verbundenen Beinen. Doch wenn sie die alte Mütze abstreifte und den Wollschal von ihrem Kopf wickelte, kam ein rundes, faltenloses Gesicht zum Vorschein, mit einem vollen, sensiblen Mund und den Kuhaugen der griechischen Göttin Hera.

In seinem ersten Winter hier draußen war er ihr zum erstenmal begegnet, denn sie lebte noch nicht so lange auf der Straße wie er. Ein milder März war es gewesen, aber nachts noch recht feucht und kalt wie immer im März. Auf diesem Friedhof, allerdings nicht auf dieser Bank, hatte sie neben ihm gesessen, und als es dunkel geworden war – es schien wie Nacht, war aber erst sechs –, hatte sie ihre Hand erst auf sein Knie gelegt und ihm dann ihre Finger zwischen die Beine geschoben. Früher hätte ihn das schockiert. Er wäre vor ihr zurückgewichen und eilig weggegangen. Doch damals fühlte er nur ein gelindes Interesse, Neugierde und ein bißchen Verwunderung darüber, daß sein Körper nach langer Keuschheit, nachdem er fünf Monate jeden Gedanken an Sex verbannt hatte, auf die Berührung dieser Stadtstreicherin reagierte und sie auf einmal eine volle Erektion in ihrer warmen und überraschend femininen Hand hielt.

Selbst dann noch hatte er sein altes, tief verwurzeltes Überlegensheitsgefühl nicht ablegen können, das Gefühl, zu einer Elite zu gehören, und während er sich mit ihr im Gras auf ihrer Decke niederließ, die sie in einer dunklen Kuhle zwischen den Grabsteinen ausgebreitet hatte, kam es ihm so vor, als täte er ihr einen Gefallen. Er war freundlich zu ihr. Großmütig ertrug er ihren starken, fischigen Geruch, ihre wühlenden Hände. Der unbekannte, dunkle und klebrige Ort, in den er glitt, wurde durch ihn geehrt. Weiß Gott, was er durch sein gnädiges Wohlwollen alles riskierte.

Doch als es vorbei war und er sie zum erstenmal lächeln sah, als ihn die Arme, die ihn umspannt hatten, zärtlich drückten, begriff er schlagartig, daß *sie* glaubte, *ihm* gegenüber großmütig gewesen zu sein. Sie trug ein stolzes Lächeln zur Schau, und ihre Umarmung hatte beinahe etwas Mütterliches. Aus Mitleid oder Mitgefühl hatte sie ihm das einzige gegeben, was sie besaß. Es war ihm eine Lehre: Er schämte sich. Erst später, als sie, ihre Bündel hinter sich herziehend, den Friedhof verlassen hatte, erinnerte er sich mit einem Schauer der Erleichterung, daß er sich gerade noch davor zurückgehalten hatte, sie zu bezahlen, ihr mit einem Wort des Dankes eine Zehnpfundnote zu überreichen.

Nun saß Effie wieder neben ihm, und er fühlte nichts von dem, was er vor seiner Heirat gespürt hatte, wenn ihm eine Frau zufällig und allein wiederbegegnet war, mit der er ein einziges Mal geschlafen hatte: Verlegenheit, Beklemmung, Bedrohung durch ihre Gegenwart. Das Leben auf der Straße und die anderen Obdachlosen hatten ihn verändert. Feine Manieren und gesellschaftliche Hemmungen waren verschwunden und mit ihnen die Angst vor dem, was andere sagen oder denken mochten. Er würde mit Effie keinen Sex mehr haben, doch es war ihm nicht peinlich, ihr das zu sagen oder zu verstehen zu geben. Er wandte sich lächelnd zu ihr hinüber, griff in die Tasche auf seinem Karren und fragte: »Möchtest du was trinken? Ich habe aber nur Cola.«

Sie schüttelte den Kopf. Sie hatte ihre schlechten und, was seltener vorkam, ihre guten Tage. An der Art, wie sie ihre Hände betrachtete, die Handflächen nach oben kehrte, dann wieder umdrehte und dabei leise vor sich hin murmelte, merkte er, daß es ein schlechter Tag war. Was sie an ihren Händen sah – vielleicht Blut oder einen Ausschlag, Brandmale oder unablösbaren Schmutz –, konnte er nicht erkennen. Für ihn sahen sie wie ganz gewöhnliche Frauenhände aus, allerdings rauh und vorzeitig gealtert. Immer wieder drehte sie sie um und begutachtete sie immer eingehender.

»Ich lege mich jetzt hin«, sagte er. »Ich will schlafen.«

Die Hände hin und her wendend, besah sie sich ihre schmutzigen Fingernägel mit der Konzentration einer Frau, die sie gerade frisch lackiert hat und nun ihr Werk bewundert.

»Gute Nacht, Effie.«

Es hätte ihn erstaunt, wenn sie geantwortet hätte. Sie legte sich die Hände erst auf die Knie, dann schob sie sie unter ihre Schenkel. Angeekelt versetzte sie einem ihrer Bündel einen gezielten Fußtritt, als verabscheute sie sein Gewicht, die Notwendigkeit, es ständig mit sich herumtragen zu müssen, die häßliche schlammgrüne Farbe des Plastiksacks. Das Bündel rollte ein Stück den Weg entlang. Manchmal erschien Roman die Straße wie eine einzige, wild wuchernde Irrenanstalt, in der er ebenso wie die anderen einsaß.

Er stand auf und ging ein Stück weiter, bis er zwischen zwei flachen Granitplatten, auf denen die Inschrift verblaßt war, einen Schlafplatz fand. Das Rasenstück bestand zu gleichen Teilen aus kurzgeschnittenem Gras und Moos. Hinter dem schmiedeeisernen Zaun, der inzwischen vom gelblichen Schein der Laternen beleuchtet wurde, erhoben sich riesige Wohnblocks im byzantinischen Stil, mit weiß und ziegelrot gemusterten Fassaden.

Der Verkehr, der auf der Westseite in Richtung Hampstead entlangbrandete, hörte sich an wie das Meer, wie die Flut, die über groben Sandkies hereinkommt. Hier drinnen war es jedoch so ruhig und freundlich wie auf einem ländlichen Friedhof, mit jener undefinierbaren Atmosphäre von Ergebenheit, Stille und tiefem Frieden, der jedem Ort mit Grabstätten eigen ist. Roman breitete vorsorglich seine Isoliermatte aus, denn er hatte die Erfahrung gemacht, wie es war, wenn er es unterließ. Dann schlüpfte er in seinen Schlafsack, blieb entspannt liegen und betrachtete zwischen den langen, schlanken Stengeln der Friedhofsgräser hindurch das rote Backsteingemäuer mit dem weißen Stuck. Ein Kissen benutzte er schon lange nicht mehr. Weil es gerade so gut paßte, zitierte er die Stellen aus Grays Elegie, die ihm noch einfielen.

»Vielleicht ruht hier an dem vergess'nen Ort
Ein Herz, einst angefüllt mit Himmelsfeuer;
Hände, die eines Reichen Szepter schwangen,
Oder zum Jubelspiel erweckten eine Leier.«

Nachdem er die nächste Strophe halb aufgesagt hatte, schlief er ein.

Mitte Mai hält die Dunkelheit nicht sehr lange an, und um fünf beginnt es bereits zu dämmern. Als es gerade hell wurde, die Sonne aber noch nicht aufgegangen war, wurde er von Effie geweckt, die ihn an den Schultern rüttelte und ganz nah an ihn herankam. Erst hielt er es für einen neuerlichen Annäherungsversuch, wenngleich ihr Gebaren selbst für die rauhen Verhältnisse auf der Straße ziemlich grob war.

»Nein, Effie«, wehrte er ab. »Nein.« Weil jede Ausrede oder Erklärung falsch und ausweichend geklungen hätte, fügte er hinzu: »Das war bloß das eine Mal. Schluß damit.«

Statt einer Antwort krallte sie sich in seinem T-Shirt und seinem Pullover an der rechten Schulter fest und deutete mit der rechten Hand in Richtung Norden zum Wellington Place hinüber. Es war eine melodramatische, in ihrer Intensität fast gespenstische Geste. Ihr Gesicht war in Aufruhr. Sie hatte immer Schwierigkeiten beim Sprechen – vielleicht eine natürliche Behinderung oder das Ergebnis einer traumatischen Erfahrung – und brachte nun lediglich hervor: »Auf dem Gitter! Da, auf dem Gitter!«

Er brachte es sofort mit dem Bahngelände in Verbindung. Bestimmt meinte sie die Jubilee Line, die auf dem Weg nach St. John's Wood direkt unter ihnen durchfuhr. Er stand auf und reckte seine steifen Arme und Beine. Das Übernachten im Freien tat manchmal ganz gut, hinterließ jedoch ein gewisses taubes Gefühl in den Knochen. Man bekam zwar einen klaren Kopf, aber auch Glieder- und Rückenschmerzen. Er rieb sich die Augen und folgte Effie, die auf dem Pfad vorausging, bis ihre Schritte erlahmten und sie schließlich ganz stehenblieb.

»Wo ist es, Effie?«

Sie schüttelte den Kopf, nicht um ihn abzuwehren, sondern wie um das, was sie gesehen hatte und ihm zeigen wollte, abzuleugnen.

»Wohin soll ich gehen?«

Sie deutete in die Richtung. Ihr rundes, verletzliches Gesicht, das sie ihm inständig flehend entgegenstreckte, war voller Kummer. Der ausgestreckte Finger bebte. Spontan ergriff er ihre Hand und hielt sie fest in der seinen.

Der Himmel hellte sich auf, doch hier unter den Bäumen im buschigen Dickicht war es noch dunkel, und die Schatten waren noch schwärzer als tagsüber. Effie schien ihn zum nördlichen Rand des Friedhofs führen zu wollen. Dort war kein Verkehrslärm zu hören, kein Lüftchen regte sich, es herrschte nur bleierne Stille. Roman sah selten das frühe Tageslicht, denn in den Stunden vor und nach der Morgendämmerung schlief er immer besonders fest. Staunend sah er in den Himmel: Er zeigte ein klares, wolkenloses Smaragdblau.

Effie packte ihn am Ärmel und zerrte ihn auf den Haupteingang am Wellington Place direkt gegenüber der Cochrane Street zu. Dort auf dem Eisengitter links neben dem Tor sah er es. Das Gitter, hatte sie gesagt, das Gitter. Jetzt begriff er, was sie gemeint hatte.

Die Leiche schien auf den spitzen Gitterstäben aufgespießt zu sein. Der Oberkörper hing kopfüber auf die andere Seite, und eine klauenartig verkrampfte Hand war zu erkennen. Der untere Teil des Körpers hing auf ihrer Seite in den Friedhof herein. Füße in Stiefeln baumelten schlaff herunter, und unter den ausgefransten Säumen einer schmutzigen Jeans waren dünne, knochige Fesseln zu sehen. Effie begann, schnatternde Geräusche zu machen und mit den Händen herumzufuchteln. Er zögerte, und sein Herz jagte. Dann ging er auf den Gitterzaun zu, griff zwischen die Stäbe und berührte die kalte Hand des Toten. Daran erkannte er, daß der Mann tot war, denn die Hand war eiskalt.

Das Gesicht kam ihm irgendwie bekannt vor, aber er war sich nicht ganz sicher. Die Kleider, die eher Lumpen ähnelten, deuteten darauf hin, daß es einer von den Obdachlosen war. An den Kleidern merkte man es immer.

Als er die Stelle, an der die Eisenspitze in den Körper eingetreten war, und das inzwischen angetrocknete, schwarze Blut sah, das Stangenspitze, Lumpen und Wunde überkrustete, wandte er sich von diesem Turm des Schweigens ab und blickte statt dessen in den klaren, blauen, ungerührten Himmel hinauf.

8

Die meisten Museumsbesucher an jenem Tag und den beiden darauffolgenden Tagen kamen, um sich nach dem Weg zum Schauplatz des Mordes zu erkundigen. Zwar lösten sie Eintrittskarten, doch die wenigsten hielten sich länger auf. Auf den Tatort hatten sie es abgesehen und verschwendeten keine Zeit, um dort hinzugelangen.

»Biegen Sie links in die St. John's Wood Terrace ein, dann wieder links auf die High Street, und nehmen Sie die erste Abzweigung rechts. Sie erkennen es an den Absperrbändern.«

Mary und Dorothea hätten ihren Spruch im Schlaf hersagen können, obwohl keine von beiden sich die Stelle angesehen hatte. Und wenn schon, zumindest belebte die Geschichte das Geschäft! Abgesehen von den Leuten, die nach dem Weg fragten, war auch eine Touristengruppe vom Wellington Place herübergekommen und wollte sehen, was in der Gegend sonst noch alles geboten wurde: zuerst die Boutiquen in der Hauptgeschäftsstraße, dann eine kleine Erfrischung in einem der Cafés, danach ein Besuch im Irene-Adler-Museum und schließlich zum Ausklang der Schauplatz des Mordes.

»Wenn mir noch einmal jemand erzählt«, sagte Dorothea, »daß der arme Teufel an Messerstichen gestorben ist und erst nachträglich über den Eisenspieß drapiert wurde, muß ich mich übergeben.«

Mary war empfindlich und wollte es gar nicht erst hören, nicht einmal in indirekter Rede, doch auf die Idee, sich vor dem Gang durch den Friedhof oder Park zu fürchten, war sie noch nicht gekommen. Die Besucher bemühten sich nach Kräften, ihr Angst einzuflößen.

»Keinen Fuß würde ich jetzt in den Park setzen«, meinte eine Frau im Hutsaal. »Egal, ob allein oder in Begleitung. Nicht mal mit meiner dänischen Dogge. Was für ein Leichtsinn, diese Abkürzung zu nehmen!«

»Es ist doch gar nicht im Park passiert«, wandte Mary ein.

»Diesmal nicht. Aber wer weiß denn, was beim nächstenmal ist?« Die Frau begann einen rosa Hut zu inspizieren, auf dem sich pinkfarbene Straußenfedern türmten. »Ja, damals waren die Frauen noch sicher, nicht wahr? Blieben eben zu Hause, wohlbehütet, von den Männern respektiert, fuhren immer in der Kutsche.«

Nicht wenn sie zur Arbeiterklasse gehörten, und was war übrigens mit Jack the Ripper, wollte Mary einwenden, sagte aber nichts. Es war höchst unwahrscheinlich, daß sich der Mörder eines Obdachlosen vom Kanalufer ausgerechnet sie als nächstes Opfer aussuchen würde. Als sie von dem Mord erfahren hatte, war ihr sofort der Mann eingefallen, dem sie im Park begegnet war, und sie erinnerte sich wieder, daß sie ihn einmal morgens vor dem Museum entdeckt hatte, als er gerade aufgewacht war. Es war absurd, aber plötzlich hoffte sie inständig, daß es sich bei der Leiche auf dem Eisengitter nicht um ihn handelte. Das Foto in der Abendzeitung brachte sie nicht viel weiter. Dunkelhaarige, bärtige Männer sehen alle ziemlich gleich aus, und der unscharfe Abdruck bot nicht mehr Hinweise auf seine Identität als der Name: John Dominic Cahill.

»Ein Ire«, sagte die Frau, die inzwischen einen schwarzen Hut begutachtete, auf dem ein Reiher zu schweben schien. »Aber man soll ja keine Vorurteile haben.«

Mary fragte sich, ob sie oder ein anderer Museumsbesucher versehentlich oder mit hinterhältiger Absicht ein Blatt Papier mit einer Liste sämtlicher Verbrechen, die in den letzten beiden Jahren im Park angezeigt worden waren, liegengelassen hatte. Stacey hatte das Papier auf der Ladentheke neben den Museumsführern entdeckt.

»Einmal schwere Körperverletzung, dreimal Körperverletzung«, las Dorothea laut vor. »Zwei tätliche Angriffe auf Polizisten, zwei Sexualverbrechen, viermal Erregung öffentlichen Ärgernisses durch unsittliches Entblößen – hört, hört! –, neun Fälle von Sachbeschädigung, sieben Fälle von Drogenmißbrauch, sechzehn Einbrüche. Dafür gab es letztes Jahr keine Körperverletzungen oder Angriffe auf Polizisten und nur fünf strafbare Sachbeschädigungen, aber *dreizehn* Fälle von Drogenmißbrauch.«

»Scheint mir nicht besonders viel für ein Jahr«, meinte Mary.

Sie nahm ihren üblichen Weg nach Hause. Wie am vorangegangenen Abend hoffte sie auch heute, dem Mann zu begegnen, dem sie den Namen Nikolai gegeben hatte. In der Zeitung hatte sie in den vielen Geschichten, die nun über Penner und Bettler erschienen, unter anderem auch gelesen, daß die Obdachlosen alle Spitznamen hatten. Ob das stimmte, wußte sie nicht, doch seit sie den bärtigen Mann bei der Lektüre von *Die toten Seelen* beobachtet hatte, nannte sie ihn Nikolai, weil das Gogols Vorname war.

Seine Stimme fand sie interessant. Es war vielleicht etwas snobistisch, doch bei einem Mann wie ihm hätte sie diese Stimme und diesen Akzent nicht erwartet. Den Lesestoff im übrigen auch nicht. Auf dem Nachhauseweg hielt sie nach ihm Ausschau und hoffte, daß er nicht John Dominic Cahill war, der, wie in der Zeitung zu lesen war, mit Spitznamen Decker hieß. Sie hoffte sehr, daß Decker und Nikolai nicht ein und derselbe waren.

Doch er war nirgends zu sehen. Sie nahm sogar den längeren Weg über die Brücke und den Inner Circle. Da es trübe und ziemlich windig war, würde er wohl kaum auf einer Bank am Broad Walk sitzen. Sie machte einen Umweg über die schattigen Büsche in der südöstlichen Ecke, fand ihn dort aber auch nicht. Zeitverschwendung, sagte sie sich. Wie peinlich wäre es gewesen, wenn er sich doch dort aufgehalten hätte und sie sich auf dem dunklen Pfad plötzlich von Angesicht zu Angesicht gegenübergestanden hätten.

Leo Nash wollte sie zum Abendessen ausführen. Vor zwei Tagen hatte er abends angerufen und sie gefragt. Mary freute sich, sie hatte schon befürchtet, daß ihre vorsichtige Zurückhaltung ihn abgeschreckt haben könnte. Inzwischen wußte sie gar nicht mehr, woher diese kühle Haltung gekommen war oder was sie damit bezweckt hatte.

Er war mit ihr durch den Park zum Gloucester Gate gegangen und hatte sie bis nach Hause begleitet. Er schien sich gut auszukennen, und als sie ihn danach fragte, erfuhr sie, daß er schon immer in der Nähe des Parks gewohnt hatte und bereits als kleiner Junge die eleganten Stadthäuser und Villen, den See und den Anblick der wilden Tiere hinter den Zoogittern geliebt hatte.

»Und dann heißen Sie auch noch Nash!« hatte sie gesagt.

Er sah sie verständnislos an. »Stimmt.«

»John Nash«, erläuterte sie. »Der hat doch den Park entworfen.«

»Ach so. Daran habe ich nie gedacht. Das ist mir noch nie aufgefallen.«

»Vielleicht war er einer Ihrer Vorfahren.«

Er lachte, doch sie fand, er sah etwas verstört aus. »Das Telefonbuch ist voll von uns.«

Sie gingen an der Grotte vorbei und bogen an der längeren Seite des Halbrunds in die Park Village ein. Der Flieder war bereits verblüht, und für die Rosen war es noch zu früh. Leuchtend roter und goldener Cheiranthus und orangefarbener sibirischer Goldlack verströmten ihren Duft. Jemand mähte einen Rasen, und der brummende Motor machte ein ländliches, vorstädtisches Geräusch. Hier dufte es wie in einem Blumenladen, meinte er, als wäre er noch nie in einem Garten gewesen und kannte nur Schnittblumen oder Gewächshausblumen in Töpfen und Kästen. Vor dem Tor zu Charlotte Cottage blieb Mary stehen. Der Steingarten quoll über von weißen, blauen und gelben Alpenblumen, und in den Trögen sprießten die ersten Geranien.

»Was für ein schöner Garten«, sagte er.

»Das Haus ist auch sehr hübsch.«

Sie bildete sich ein, daß er ihr einen etwas merkwürdigen Blick zuwarf, verwirrt, als wüßte er plötzlich nicht mehr so recht, wie ihm geschah. Sie war drauf und dran gewesen, ihn auf einen Drink oder eine Tasse Kaffee hereinzubitten. Wir brauchen solche Vorwände, dachte sie, jedenfalls wir Frauen. Aber etwas hinderte sie daran, ein plötzliches Gefühl von Distanz. Das bisherige harmonische Verhältnis war verschwunden, und ihr fiel ein, daß er für sie ein Fremder war. Schließlich kannte sie ihn überhaupt nicht. Sie hatten sich gerade erst kennengelernt. Was verband sie eigentlich miteinander außer dem gemeinsamen Mark in ihren Knochen?

»Ich habe mich sehr gefreut, Sie endlich kennenzulernen«, sagte sie, wie um mit diesen warmherzigen Worten ihre abweisende Haltung zu mildern. Sie klangen in ihren eigenen Ohren kalt, förmlich und steif. Sie streckte die Hand aus und machte es dadurch noch schlimmer. »Ich hoffe, wir sehen uns wieder.«

Sie merkte, daß sie ihm weh getan hatte. Er schürzte die Lippen wie jemand, der glaubt, einen Fauxpas begangen, etwas Falsches gesagt zu haben, ohne zu wissen, wo oder wie.

»Das hoffe ich auch. Darf ich Sie anrufen?«

»Natürlich.«

»Das werde ich tun. Bald.«

»Danke, daß Sie mich begleitet haben«, sagte sie, schloß die Haustür auf, nahm Gushi mit hinein und drückte ihn zärtlich an sich, kaum daß sie im Haus war.

Als er später anrief, war sie sehr erleichtert. Sie konnte den Schaden wiedergutmachen, das Vorgefallene bereinigen. Sie hatte seinen Anruf erwartet, wäre aber nicht überrascht gewesen, falls er nicht angerufen hätte. Dann hätte sie sich überlegen müssen, wie sie mit ihm Kontakt aufnehmen sollte. Doch er hatte sich gemeldet, und zwar bei nächster Gelegenheit, ohne daß es zu aufdringlich gewirkt hätte. Seine Stimme hatte warm und freundlich geklungen und bei ihr eine ebenso herzliche Reaktion hervorgerufen.

Offensichtlich bewog der Anruf sie, etwas mitteilsamer über ihn zu werden. Als ihre Cousine Judith anrief, erzählte sie ihr von ihrem neuen Freund, dem Empfänger ihrer Knochenmarkspende. Dorothea sagte sie es, die gleich wissen wollte, ob er »sympathisch« sei, ob »man sich in ihn verlieben« könne, wann sie ihn wiedersehen würde?

»Das geschieht dem alten Alistair ganz recht.«

»Dorrie! Ich war gerade einmal eine halbe Stunde mit ihm zusammen.«

Ihrer Großmutter erzählte sie es auch. Frederica Jago hatte vor, am nächsten Tag mit ihren alten Freunden, den Trattons, die dort ein Haus besaßen, nach Kreta zu reisen.

»Man soll zwar nie sagen, ich habe es ja gleich gewußt, aber ich habe dir doch gesagt, er würde antworten. Er hat sich nur ein bißchen Zeit gelassen. Ist er nett?«

»Ich glaube schon. Ich finde ihn sehr nett.«

»Kein – wie sagt man – kein Prolet? Meine liebe Mary, mach doch nicht so ein Gesicht. Wir beurteilen die Menschen nun mal danach, aus welcher Gegend sie kommen.«

»Er ist ein intelligenter, gebildeter, stiller und – wie ich finde – ziemlich sensibler Mann.«

»Und das hast du alles in – in einer Stunde herausgefunden?«

Mary lachte. »Sogar noch weniger. Vielleicht kannst du ihn ja mal kennenlernen, wenn du aus Kreta zurück bist. Ich muß jetzt gehen. Ich bin schon viel länger hier, als ich eigentlich vorhatte.«

Frederica bestand darauf, ihr ein Taxi zu rufen. Sie sollte auf keinen Fall draußen auf der Straße warten. Der Mord war schließlich in beunruhigender Nähe passiert.

»Und fahren Sie sie bitte bis vors Haus«, schärfte sie dem Fahrer ein. »In die Seitenstraße hinein und bis vor die Tür, nicht bloß bis zur Ecke Albany Street.«

Mary gab ihr einen Kuß. Ihre Großmutter duftete zart nach Vanille. Als das Taxi anfuhr, hatte Mary noch einen letzten Blick auf das Haus geworfen, den großen, stuckverzierten, viktorianischen Klotz, dessen rote Dachziegel und Kacheln im gelben Schein der Straßenlaternen glänzten, und Frederica zugewinkt, der zierlichen kleinen Gestalt auf den Stufen unter dem ausladenden, schwülstigen Portikus.

Leo war ein wenig früh dran. Er hatte das Taxi warten lassen und kam nur bis in die Eingangshalle, während Mary Gushi noch schnell im Salon einschloß. Er trug einen Anzug, was sie an Alistair erinnerte, der sich meist formell kleidete. Als sie wiederkam, begutachtete er gerade eingehend einen gerahmten Druck der Christ Church in Oxford unter einer Reihe von Stichen, die an der Wand in der Eingangshalle hingen.

»Ich habe als Student im ›House‹ gewohnt«, sagte er. »Es sieht immer noch genauso aus.«

Hieß Christ Church immer noch »House«? »Ja, Sie sagten, Sie seien gleich nach Ihrem Abschluß krank geworden.«

Er lächelte sie an. Das Lächeln durchzog sein Gesicht mit einem Netz von strahlenden Linien. Sie fand, er sehe krank aus, plötzlich gealtert, blaß wie ein kränklicher Greis.

»Geht es Ihnen nicht gut?«

»Doch, warum? Ich bin nur von Natur aus ein bißchen blaß. Das Schicksal von besonders hellhäutigen Menschen.«

Er führte sie in ein italienisches Restaurant in der Paddington Street, nicht weit von der Marylebone High Street. Die Strecke hätte man gut zu Fuß gehen können. Aber war er überhaupt in der Lage, eine halbe Meile zu laufen? Sie hätte ihn gern gefragt, wie es ihm inzwischen ging. Würde er gesund bleiben? War er *wirklich* geheilt? Sie bezweifelte, daß dies möglich war.

Sobald sie das kleine, einfache Restaurant betreten hatten, wußte Mary, daß das Essen gut und die Bedienung aufmerksam und diskret sein würde. Es war ein nettes Lokal mit Holztischen und bequemen Stühlen statt der üblichen wackeligen Dinger aus Glas mit den schmiedeeisernen Gestellen. An den Wänden hingen Spiegel und Bilder, und auf allen Tischen standen Blumen und brennende Kerzen.

Während des Essens erzählte er ihr von dem ersten Spender, der in Frage gekommen war. Ihr Gewebe war kompatibel gewesen. Es hatte sogar perfekt gepaßt, wie bei Geschwistern. Doch der Mann litt selbst an einer leichten chronischen Krankheit und wurde als Knochenmarkspender für medizinisch ungeeignet befunden.

»Es war eine furchtbare Enttäuschung. Ich war sicher, daß ich sterben müßte. Ich versuchte mich damit abzufinden, schrieb sogar Instruktionen auf, wie ich meine Beerdigung haben wollte.«

»Und Ihre Mutter war nicht kompatibel?«

Sein Gesicht wurde ausdruckslos, er wich ihrem Blick aus. »Meine Mutter wurde gar nicht getestet. Sie – sie hatte Angst vor der Narkose, davor, nicht mehr aufzuwachen. Kann ich verstehen, sie hat noch nie eine Vollnarkose bekommen.«

Ihre Großmutter hatte die gleiche Befürchtung gehabt. Vielleicht war diese Angst ganz verbreitet – die Angst, das Bewußtsein zu verlieren, die Kontrolle zu verlieren, die Angst vor der kurzen Todeserfahrung. »Und andere Angehörige gab es nicht?«

»Nur Cousinen. Zwei hat man getestet, aber es war zwecklos. Und dann kamen Sie.« Er lächelte. »Im letzten Moment.«

»Man hätte sicher noch andere gefunden.«

»Nein, das glaube ich nicht. Sie waren die einzige auf der ganzen Welt.«

Die Art, in der er es sagte, hatte etwas Eindringliches, und als er sie ansah, wandte sie sich ab. Er schien ihre Verlegenheit zu spüren und begann von Nebensächlichkeiten zu sprechen, vom Geschäft seines Bruders, einem ihr nicht bekannten Handelsunternehmen, von der Wohnung, die er seit dem Auszug ihrer Mutter mit ihm teilte und aus der er möglichst bald ausziehen wollte. Doch ein Dach über dem Kopf gab man nicht so einfach auf.

Die Rechnung kam, und sie bot an, sie sich mit ihm zu teilen. Sein Gesicht wurde streng und etwas ungeduldig. »Nein, bitte sprechen Sie nicht mehr davon.«

Sie fuhr zusammen. Seine Heftigkeit kam unerwartet, und da sie selbst sanftmütig war, traf sie Schroffheit bei anderen sehr schmerzlich. Es war fast wie ein Schlag ins Gesicht. Sie hielt sich die Hand an die Wange und mußte an Alistair denken. Vor verbalen Attacken fürchtete sie sich fast genauso wie vor körperlichen. Leos warmes und fast verschwörerisches Lächeln, so leicht und vertraulich, versöhnte sie jedoch wieder.

»Die einzige auf der ganzen Welt«, wiederholte er. »Die Vorstellung behagt Ihnen vielleicht nicht, aber ich habe irgendwie das Gefühl, dadurch wird unser Verhältnis etwas ganz Besonderes.«

Sie zögerte und sagte dann leise, als sie auf die Straße hinaustraten: »Oh, mir geht es ähnlich. Ich kann mir nicht vorstellen, wie einem in unserer Situation anders zumute sein sollte.«

»Gehen wir zu Fuß zurück?«

Sie hatte kein Recht zu unterstellen, daß er zu einem Fußmarsch nicht in der Lage war. Doch aus der, wie sie erst gedacht hatte, halben Meile bis zur Park Village wurde nun bei einer etwas realistischeren Berechnung mindestens eine Meile.

»Wenn Sie möchten.«

Sie versuchte, es in einem widerwilligen Tonfall zu sagen, um ihm den Eindruck zu vermitteln, daß ihr an einem Spaziergang nichts lag. Falls er es merkte, ignorierte er es jedoch, und sie gingen nebeneinanderher in Richtung Marylebone Road und York Gate.

Zu ihrer großen Erleichterung brachte er den Mord nicht zur Sprache. Er war der einzige, mit dem sie in den letzten drei Tagen gesprochen hatte, der nicht von dem Mord anfing. Sogar ihre Großmutter hatte mit der Anweisung für den Taxifahrer an das Thema gerührt. Sie fragte Leo nach seinen Eltern und erfuhr, daß sein Vater schon tot war und seine Mutter nach dessen Tod wieder geheiratet hatte und in Schottland lebte. Sein Bruder Carl war gut zehn Jahre älter als er, ein intelligenter, begabter Mann, sagte Leo und fügte mit einem Lächeln hinzu, er sei fast genauso sein Lebensretter wie sie. Obwohl Leo nichts sagte, vermutete Mary, daß Carl schwul war. Leo sagte nur, er sei ein ziemlicher Einzelgänger und verrate nicht viel von seinem Leben.

Bei dem Wort »Leben« streckte Leo die Hand aus, um sich an einer Ladenfront abzustützen. Im künstlichen Licht war es zwar schwer zu erkennen, doch Mary glaubte, er sei blasser geworden. Vorsichtig atmend stand er da und ließ sich dann auf einem etwa hüfthohen Mäuerchen nieder.

»Sie sollten doch nicht zu Fuß gehen«, sagte sie. »Es ist zu weit. Es ist zuviel für Sie.«

Er nickte. »Ich fürchte, Sie haben recht. Aber es geht gleich wieder.« Sein Lächeln beruhigte sie. »Das passiert mir immer mal wieder. Man hat mich gewarnt, daß es gelegentlich vorkommt.« Er schien erst zu überlegen, ob er es sagen sollte, doch dann brach es aus ihm heraus: »Sie haben mich auf niedrig dosierte Chemotherapie gesetzt. Es ist so ...« – er suchte nach einem Ausdruck – »lästig!«

»Wir nehmen ein Taxi.«

Es dauerte ziemlich lang, bis eines kam. Inzwischen war es fast elf, und Mary, die beschlossen hatte, ihn diesmal hereinzubitten, ihm Kaffee zu machen, ihre Wohnsituation zu erklären und ihm das Haus zu zeigen, war klar, daß dies alles verschoben werden mußte. Er hielt ihr die Taxitür auf, und sie hörte, wie er den Fahrer bat, sie erst in die Park Village West zu bringen und ihn dann allein in die Plangent Road weiterzufahren.

»Können wir uns morgen sehen?« fragte er. »Ich möchte es doch wiedergutmachen, daß ich mich heute abend danebenbenommen habe. Indirekt haben Sie mir ja auch zu verstehen gegeben, daß ich nicht zu Fuß gehen sollte, nicht wahr?«

»Sie sollten denken, *ich* hätte keine Lust dazu. Mehr nicht.« Er wandte sich ab und murmelte: »Sie machen alles ganz perfekt.«

Ihre Wangen brannten, als sie in der Dunkelheit errötete. Sie wollte ihm sagen, wie froh sie war, daß er den Mord nicht erwähnt hatte, aber damit hätte sie den Zweck der Bemerkung zunichte gemacht. Als das Taxi in die Park Village West einbog, ergriff er ihre beiden Hände. Diesmal fühlten sich seine Hände wärmer an. Ihr Druck war kräftig, gar nicht wie der eines Kranken.

»Also, bis morgen dann.«

»Morgen ist Samstag«, sagte sie.

»Um so besser. Könnte ich schon morgens kommen? Vielleicht um zehn?«

»Natürlich.« Es schien alles recht schnell zu gehen, aber warum nicht? Was konnte es schon schaden? Was hatte sie zu verlieren? »Passen Sie gut auf sich auf«, sagte sie. »Ruhen Sie sich aus. Und schlafen Sie gut.«

Sie spürte die kühle Nachtluft, als sie noch einen Augenblick draußen stehenblieb. Inzwischen blühten alle Blumen; gleichförmig glänzten sie im blassen, kalten Licht der Straßenlampen. Aus einem Haus in der Nähe tönte leise Musik, doch dann hörte sie, wie ein Fenster geschlossen wurde, und alles wurde still.

Im Haus war es warm. Sie vergrub die Hände in Gushis goldenem Fell, das sich wie ein weicher, kuscheliger Muff anfühlte. Das bevorstehende Wochenende wäre das erste, das sie nicht einsam und allein zu Hause verbringen würde. Sie nahm Gushi mit zu sich ins Bett und träumte von Leo Nash. In dem Traum begegnete sie ihm im Park. Er saß vor einer Staffelei und zeichnete gerade einen Bauplan von Sussex Place mit den zehn orientalischen Kuppeln und zahlreichen reichverzierten Säulen. Als sie sich näherte, riß er das Blatt vom Zeichenblock und übergab es ihr mit den Worten: »Sehen Sie sich mal diese kompatiblen Gewebeproben an.«

Das dünne Papier fühlte sich eisig an, und bevor sie einen Blick auf die Zeichnung werfen konnte, war das Blatt wie Schnee weggeschmolzen und tropfte von ihren Fingern.

Von irgendwoher war gerade der zehnte Glockenschlag zu vernehmen, als er ankam. Er streckte ihr wie zu einem förmlichen Gruß die Hand hin, doch als er ihre ergriffen hatte, legte er seine andere in einer warmen, vertrauten Geste darüber. Der kleine Hund kam herausgesprungen, und Leo hob ihn ohne zu zögern auf den Arm.

»Genau so einen Hund habe ich mir bei Ihnen vorgestellt.«

»Warum?«

»Klein, aber kräftig, freundlich und liebenswert, anhänglich, kindlich. Nicht *wie* Sie, aber wie die Dinge, die Sie mögen. Habe ich recht?«

»Meinen Sie die Dinge, die ich mag, oder ob das mein Hund ist?«

Inzwischen hatten sie im Wohnzimmer Platz genommen. Er hatte einen kurzen Blick auf die Museumsbroschüre geworfen, an der Mary gerade arbeitete, und sie hatte gedacht, er würde sie danach fragen, doch er meinte statt dessen etwas verwirrt: »Gehört er Ihnen denn nicht?«

Ein erstaunter Blick, ein leichtes Lächeln, die Hand tief ins Hundefell vergraben. Sie hatte noch nie so klare Augen gesehen, sie waren wie Glas, wie Wasser in einem getönten Glas. Diesmal trug er Jeans, ein kariertes Hemd und eine Jeansjacke. In den knabenhaften Sachen sah er wieder ganz jung aus.

»Inzwischen wünsche ich mir fast, es wäre meiner«, erwiderte sie. »Er ist mir sehr ans Herz gewachsen.«

»Hüten Sie ihn für jemanden?«

»Für die Besitzer dieses Hauses. Dachten Sie etwa, das Haus gehört mir, Leo?«

Er sah sich im Zimmer um, sein Blick blieb an einer Vase hängen, einem Schrank, und kehrte dann zu ihr zurück.

»Eigentlich ja. Ist es denn nicht Ihres?«

»Ich hüte es für ein Ehepaar, Freunde meiner Großmutter.«

Er lächelte. »Was man sich so alles vorstellt!«

»Sie machen gerade eine Reise durch Mittelamerika. Sie sind kinderlos und haben niemanden, der nach dem Haus und dem Hund sehen könnte. Meine Großmutter ist auch verreist, aber nur für ein paar Wochen. Sie wohnt in Hampstead und könnte nicht jeden Tag herkommen. Sie ist schon über achtzig.«

»Ich bin froh, daß Ihnen das Haus nicht gehört.«

»Warum?«

Er war ernst geworden. Zwischen seinen Augenbrauen bildeten sich zwei nachdenkliche Falten.

»Sie haben nicht gesehen, wo ich wohne. Ich dachte schon, Sie könnten reich sein. Wissen Sie was – als ich Ihre Adresse auf dem Brief sah, hätte ich fast nicht geantwortet.«

»Haben Sie sich deswegen so lange Zeit gelassen?«

Die Frage, das begriff sie plötzlich, hatte ihr seit Wochen zu schaffen gemacht. Wieso hatte er so lange gewartet, wieso hatte er sie dazu verdammt, ungeduldig auf die Post zu warten, ans Telefon zu eilen, wenn es klingelte? Beinahe wäre ihr ein »Also deshalb!« herausgerutscht.

»Ich wollte mich ja melden, ich wollte Sie unbedingt kennenlernen. Ihnen ist, glaube ich, immer noch nicht klar, wie dankbar ich Ihnen bin. Doch als ich die Adresse sah, war ich – tief enttäuscht. Bestürzt ist vielleicht ein besserer Ausdruck. Ich war sogar einmal hier. Eines Abends bin ich hergekommen und habe mir heimlich das Haus angeschaut.«

»Wie hinterhältig«, sagte sie leichthin.

»Ich schloß daraus, daß Sie reich und privilegiert sind. Das habe ich ganz automatisch angenommen. Reich und deshalb unerreichbar – für mich.«

»Für *Sie*?« Die Farbe schoß ihr ins Gesicht.

»Verzeihung, das war bloß so eine Redensart«, erwiderte er. »Ich fühle mich Ihnen schon – so nah. Ich kann nichts dafür. Sie wissen ja, wie man früher sagte, Bein von meinem Beine und Fleisch von meinem Fleische.«

»Damit waren aber Mann und Frau gemeint. Das war der alte Trauungsspruch ›Und sie werden *ein* Fleisch‹.«

»Damals gab es noch keine Transplantationen.« Sein schelmisches Lächeln zerstreute ihr Unbehagen. »Heute ist so ein schöner Tag. Wohin gehen wir essen?«

»Diesmal lade aber ich Sie ein.«

»Warum nicht? Jetzt, wo ich weiß, daß Sie nicht reich sind, habe ich nichts dagegen.«

9

Romans Kinder waren immer gern ins Britische Museum gegangen. Elizabeths Vorliebe für das Museum hatte sich anscheinend auf Daniel übertragen, und so begleiteten ihn die beiden ein paarmal, wobei sie sich besonders für die altägyptischen Schaustücke interessierten. Später, wenn er das Gefühl hatte, sich für ein paar Tage von seinen üblichen Stammplätzen absetzen zu müssen, zog es ihn immer wieder zum Museum, und er ließ sich auf einer Treppe in der Russell Street häuslich nieder.

Die Temperatur war gesunken, und es war fast winterlich kalt geworden. Er hielt sich häufig in Coram Fields auf und las Bunins Geschichten, die er in einem Secondhandshop in der Theobald's Road erstanden hatte. Einmal ging er, nachdem er sich vorher in der Badeanstalt ein bißchen feingemacht hatte, ins Museum, ein andermal sogar ins Kino. Seine Flucht aus dem Regent's Park war der Entdeckung von Deckers Leiche gefolgt, obwohl er damals noch nicht gewußt hatte, daß es sich um Decker handelte.

Ein paar Minuten hatten Effie und er nur dagestanden, ohne hinzusehen, obwohl ihnen die Gegenwart der Leiche überdeutlich bewußt war. Unwillkürlich und trotz jener vermeintlichen neuen Hartgesottenheit, die er sich durch sein Leben auf der Straße angeeignet zu haben glaubte, spürte Roman plötzlich ein Würgen im Hals, und jener schreckliche schwarze Schwindel, der dem Erbrechen vorausgeht, überkam ihn. Doch er hatte den Blick schon von der Hand mit den klauenartigen Fingern, den Füßen in Stiefeln und dem schwarzgewordenen Blut an den Gitterstäben abgewandt und sah hinauf in die kalte

Reinheit des Morgenhimmels. Während er Effie noch umarmte, die sich verängstigt an ihn klammerte, war die Übelkeit allmählich vorübergegangen. Was immer Effie gefühlt haben mochte, als sie zitternd und bleich hilfesuchend zu ihm hochblickte, verflog ebenfalls, und er hörte sie einen kehligen Seufzer ausstoßen.

Die Straße war immer noch menschenleer, und der Platz lag still da. Allmählich schwoll der Verkehr in der Wellington Road an, und sein gedämpftes Dröhnen drang an ihre Ohren. Ein Lieferwagen fuhr vorbei, doch der Fahrer starrte stur geradeaus.

»Geh jetzt, Effie«, sagte er. »Geh in den Park. Geh durch den Friedhof in den Park. Und sag keinem was. Du hast es nicht gesehen. Du warst gar nicht hier. Sag keinem was.«

Das stand nicht zu befürchten. Sie konnte zwar sprechen, ließ aber selten mehr als ein Stammeln verlauten oder einen Fluch, vor dem die Vorübergehenden erschrocken zurückwichen. Er sah in ihr Gesicht. Es war ausdruckslos, stupsnasig, die runden Augen standen hervor, und ihre rosigbraune Haut war weich wie bei einem Kind. Der Wollschal, den sie um den Kopf gewickelt trug, roch nach feuchten, alten Schafen.

Seine tief verwurzelte Bürgerlichkeit, seine Bildung, seine vornehme Wohlerzogenheit machten es ihm unmöglich, einer Frau gegenüber noch dasselbe zu empfinden, nachdem er mit ihr geschlafen hatte. Zwar war dieser Ausdruck etwas unpassend für das, was zwischen ihm und Effie vorgegangen war, doch wie sonst sollte er es nennen, ohne sich gleichzeitig in seiner Bürgerlichkeit dagegen zu sträuben? Er und Effie hatten, wenn auch unter grotesken Umständen, jenen Akt vollzogen, daher würde er sich dieser Frau wohl immer irgendwie verbunden fühlen. Er konnte nicht anders, als sich dieser Nähe bewußt zu sein, obwohl sie nicht einmal seinen Namen ausgesprochen hatte, ihn wahrscheinlich gar nicht kannte.

Nach einer herzhaften Umarmung schickte er sie mit einem

sanften Schubs auf den Weg. Dann verließ er ebenfalls den Kirchhof, unschlüssig, was er tun sollte, ob er überhaupt etwas unternehmen sollte. Er war sich beinahe sicher, daß das, was er und Effie dort auf dem schmiedeeisernen Gitter entdeckt hatten, noch keine andere Menschenseele gesehen hatte. Ausgenommen natürlich derjenige, der die Tat begangen hatte.

Er marschierte die St. John's Wood High Street entlang – die wahre Bedeutung des Wortes Tippelbruder war ihm im Laufe der letzten anderthalb Jahre klargeworden –, bis er an eine Telefonzelle kam. Dort wägte er sein Risiko genau ab. Anrufe ließen sich sicher rasch zurückverfolgen, doch seine Stimme war sein Vorteil. Ein anonymer Anrufer mit Eliteschulakzent würde die Polizei kaum auf den Obdachlosen mit Handkarren bringen.

Er tätigte seinen Anruf und meldete eine Leiche, aufgespießt auf Eisengitterstäben am Wellington Place. Als sie das zweitemal nach seinem Namen fragten, legte er auf.

Er hatte schon ein paarmal auf der Treppe unter dem korinthischen Portikus der Connaught Chapel übernachtet. Die ehemalige Kirche beherbergte heute ein Filmstudio – o tempora, o mores! –, war ihm nun aber zu offen, zu einsehbar. Stattdessen ließ er sich im Garten eines leerstehenden Hauses in Ordnance Hill, an dessen Fenstern keine Vorhänge hingen und vor dem ein »Verkauft«-Schild stand, auf ein paar Betonstufen nieder und rollte sich in seinen Schlafsack ein. Fröstelnd und plötzlich hungrig, konnte er nicht einschlafen und hörte nach etwa zehn Minuten die Polizeisirenen heulen.

Später machte er sich auf und ging über die Macclesfield Bridge in den Park. Die Gehwege hier am Kanal entlang waren nur schmal, denn die Uferböschung war so überwuchert, daß es aussah, als würde das Gebüsch bis ins Wasser reichen. Dort wuchsen Platanen, Linden und Weißbuchen, deren Stämme sich unter dem grünen Dickicht und dem weißen, fransigen Wiesenkerbel verbargen. Vor knapp zwei Jahren war er mit seinen Kindern einmal hiergewesen und hatte ihnen erzählt, daß die ehemalige Brücke zerstört worden war, als 1874 ein mit Schießpulver beladenes Boot unter ihr explodiert war. Nun stand er auf der mittleren der drei Bogenstreben und blickte auf den schmalen Weg hinunter, auf dem die Polizei gerade die Fuseltrinker befragte. Die Beamten waren zwar nicht in Uniform, doch er konnte sehen, daß es Polizisten waren. Ihre Jeans waren gebügelt, und die Lederjacken glänzten, sie waren gut genährt und würden bestimmt nicht mit siebenundvierzig sterben.

Roman fand es eigentlich dumm, sich über die Polizei lustig zu machen oder sie zu verunglimpfen, andererseits war er ihr aber auch nicht besonders zugetan. Seit er auf der Straße lebte, hatte er sich von der gesetzestreuen Gesellschaft entfernt, auf deren Seite die Polizei steht, und sich zu den Außenseitern geschlagen, die die Polizei als ihren Feind betrachten. Er sah, wie einer der Fuseltrinker, ein dünner, graugesichtiger Ire, mit dem er sich ein paarmal unterhalten hatte, mit den beiden Polizisten zu deren Wagen schlurfte, der in der Prince Albert Road parkte. Zweifellos, um ihnen bei ihren Ermittlungen zu helfen, um so lange verhört zu werden, bis sein vom Fusel zerfressenes Hirn an einen Punkt gelangte, wo nur noch heilloses Durcheinander herrschte.

Würden sie mit ihm, Roman, sprechen, wäre ihnen bald klar, daß er anders war. Ein Spinner, ein Aussteiger, und daher verdächtig. Seine Stimme würde sie auf seine exzentrische Haltung aufmerksam machen, während seine Kleidung und der Karren ihn als Nichtseßhaften auswiesen. Er setzte seinen Weg durch den Park in südlicher Richtung fort, überquerte auf der anderen Seite die Marylebone Road und gelangte in eine Gegend, die Charles Dickens einmal »die abscheuliche Perspektive von Wimpole Street, Harley Street und ähnlich grimmig blickende Distrikte« genannt hatte. Vier oder fünf Tage sollten genügen, dann würde er zurückkehren. Der Himmel war grau wie die trutzigen Mauern der hohen Häuser aus dem 19. Jahrhundert. Kein Baum war zu sehen, und wie ein Fluß aus schimmerndem Metall toste der Verkehr zum Cavendish Square hinunter.

Am Samstag kehrte er zurück. Im frühen Junisonnenlicht betrat er über das York Gate den Park und wandte sich gleich nach links zum Seeufer mit den Taucherenten, den schattigen Rasenflächen und den Parkbänken, auf denen manchmal Effie saß. An diesem Morgen war sie nicht da, nur der Mann mit dem Barsoi, dem Beagle und dem Golden Retriever, die alle drei heftig an ihrer Leine zerrten.

Sie waren inzwischen zum Mittagessen ausgegangen. Er hatte sie bezahlen lassen und dabei seine Bemerkung wiederholt, es sei in Ordnung, denn sie sei ja nicht reich. Danach spazierten sie in der Sonne nach Covent Garden, wo ein Studentenorchester ein Mozart-Konzert gab. Konzert für Flöte und Harfe, sagte Leo, das einzige, das Mozart für diese Instrumente geschrieben hat, ein Duo für einen reichen Gönner und seine Tochter. Als die Musik zu Ende war und die Musiker ihre Instrumente einpackten, hatte er ihre Hand ergriffen, nicht um sie zu schütteln, sondern wie um sie sanft anzuheben und an seine Lippen zu führen.

Sie sah ihm in die Augen und fragte sich mit einem leichten Schauer der Erregung, was nun folgen würde. Was sagt er als nächstes? Was sollen wir tun?

Er drückte ihre Hand und ließ sie dann sinken.

»Ich verabschiede mich jetzt.«

Sie glaubte, sich verhört zu haben.

»Ich muß gehen«, sagte er. »Ich bin mit meinem Bruder verabredet.«

Meinte er damit, sie sollte mitkommen? »Wir können mit der U-Bahn fahren, wenn Sie möchten.«

Sie glaubte, eine Spur von Ungeduld in seinem Ton zu hören.

»Nein, ich sage doch, ich bin mit meinem Bruder verabredet. Allein.« Dann setzte er hinzu: »Finden Sie sich zurecht?«

»Natürlich.«

Erst danach kam die Enttäuschung. Zunächst war sie nur verblüfft über den plötzlichen Abschied. Sie erwartete einen Kuß auf die Wange, doch vergeblich. Sie sah ihm nach, als er in Richtung Floral Street zur U-Bahn ging, sein lässiger, schlaksiger Gang, die schmale Gestalt, an der sich die Knochen durch die Kleidung abzeichneten, sein hell schimmerndes Haar. Er drehte sich nicht um, um zu winken.

Ihr blieb nichts anderes übrig, als zur schlimmsten Zeit der ganzen Woche – am Samstagnachmittag um fünf – allein nach Hause zu gehen. Auf dem Rückweg nahm sie schließlich doch noch die U-Bahn, und ihr fiel ein, daß er nicht erwähnt hatte, ob sie sich wiedersehen würden, ob sie sich bald wiedersehen würden oder ob er anrufen würde. In einer Zeit, in der sich selbst flüchtige Bürobekanntschaften beim zweiten Treffen küßten, hatte er sie nicht geküßt.

Sie überlegte, ob sie etwas gesagt, getan, angedeutet haben könnte, was ihn beleidigt hatte. Ihr fiel nichts ein.

Bisher war es mir nicht klar, dachte sie, aber ich will ihn wiedersehen. Ich will ihn sehr gern wiedersehen.

10

Noch nie hatte ihr ein Mann Blumen mitgebracht. Sie hatte gedacht, daß dieser Brauch aus der Mode gekommen war. Wieso mußte ausgerechnet Alistair damit anfangen? Der Strauß bestand aus Nelken und diesem weißen Zeug mit den unzähligen kleinen Blüten, dessen Namen sie sich nie merken konnte.

Alistair war ohne Vorwarnung aufgetaucht. Er hatte nicht mehr angerufen. Sie hatte sich sogar eingeredet, er würde nicht mehr anrufen. Er hat es aufgegeben, hatte sie geglaubt, vielleicht hatte er eine andere kennengelernt.

»Man muß von einem Mann schon ganz schön die Schnauze voll haben«, sagte Dorothea, »wenn man hofft, daß er eine andere kennengelernt hat.«

»Mir würde ein Stein vom Herzen fallen. Ich glaube, ich würde es nicht im mindesten bedauern.«

Auf ihrem Weg durch den Park stellte sie sich eine nette, energische Frau für Alistair vor, einen kühlen, sachlichen Typ, attraktiv, eine, die über ihn lachen und sich gegen ihn durchsetzen würde. Das Schwierige daran war, sich Alistairs Reaktion vorzustellen. War es vielleicht die traurige Wahrheit, daß er ein brutaler Kerl war, der keine ebenbürtige Gegenspielerin, sondern ein Opfer brauchte?

Mit diesen Gedanken näherte sie sich dem Haus. Als sie ihn auf der Treppe stehen und durch den Briefschlitz spähen sah – er glaubte wohl, sie verstecke sich vor ihm – kam es ihr daher so vor, als hätten ihre Gedanken auf mysteriöse und unerfreuliche Weise Gestalt angenommen. In seinen dunklen Anzug gezwängt, den Blumenstrauß in der Hand, das kurze schwarze

Haar streng zurückgekämmt, wirkte er wie eine Illustration zu P. G. Wodehouse.

Und im Tonfall von dessen komischer Figur Bertie Wooster sagte er: »Willst du uns denn nicht aufmachen?«

»Ach, Alistair...«

Sie war so verdattert, daß sie kaum wußte, was sie sagen sollte.

Eigentlich hatte sie gehofft, Leo würde heute abend kommen. An Alistair hatte sie zwar gedacht, aber Leo wollte sie sehen, Leo, der seit dem vergangenen Samstag nicht hatte verlauten lassen, ob er sie besuchen wollte. Trotz dieser Funkstille wartete sie gewissermaßen auf ihn und wartete immer noch. Ein Mann konnte doch unmöglich solche Dinge zu ihr sagen, sie so ansehen und sich dann mit einer flüchtigen Handbewegung aus ihrem Leben verabschieden.

Es blieb ihr gar nichts anderes übrig, als Alistair hereinzubitten. Die Frau in ihrer Phantasie hätte ihm vielleicht die Tür vor der Nase zugeknallt, doch das brachte sie nicht fertig. Sie nahm ihm die Blumen ab und trat ein Stück zur Seite, um ihn hereinzulassen.

»Du hättest vorher anrufen können«, brachte sie gerade noch heraus.

»Müssen Leute in unserer Situation wirklich anrufen und einen Termin vereinbaren?«

Sie wollte fragen, in was für einer Situation denn? Wir sind doch in überhaupt keiner Situation. Wir sind auseinander, wir haben uns getrennt, und der Ausdruck »auf Probe« diente uns doch bloß als Beschwichtigung. Doch sie schwieg. Er warf staunende Blicke in die Eingangshalle, die Treppe hoch und ins Wohnzimmer.

»Geh schon mal rein«, sagte sie. »Ich stelle die Blumen gleich ins Wasser.«

Welche Vasen durfte man benutzen, und welche waren nur zur Zierde? Die chinesischen sahen wertvoll und zerbrechlich aus. Sie öffnete Schränke und fand einen Keramikkrug und eine Glasvase, in denen sie die Blumen zu arrangieren versuchte. Irene Adler hätte es vielleicht hingekriegt, doch heutzutage war es eine vergessene Kunst. Sie trug Vase und Krug ins Wohnzimmer.

Alistair saß auf dem Sofa und war gerade dabei, Gushis Annäherungsversuche mit der Schuhspitze abzuwehren. Es war ein so klassischer Anblick – der ehemalige Liebhaber in der Rolle des Bösewichts, der seine Nichtswürdigkeit unter Beweis stellt, indem er den Hund mit Fußtritten traktiert –, daß sie sich das Lachen nicht verkneifen konnte. Gushi hatte gerade erst Bekanntschaft mit Alistairs Schuh gemacht. Sie wußte sehr gut, daß Alistair Hunde nicht leiden konnte. Beim Lachen mußte sie an Leo denken, der bereits Gushis bester Freund war, und durch die Szene gewann Alistair einen Augenblick ihre Zuneigung.

»Was ist denn so komisch?« fragte er.

»Nichts. Armer Gushi. Soll ich ihn rauslassen?«

Er zuckte gleichmütig die Achseln. »Da hast du dir ja ein schickes Domizil erobert.«

»Das wohl kaum, Alistair. Im September kommen die Besitzer zurück.«

»Sagtest du nicht, sie hätten keine Kinder oder überhaupt irgendwelche Verwandten?«

»Soviel ich weiß, nein.« Der Anflug von Zärtlichkeit, den sie eben noch für ihn empfunden hatte, verschwand. »Möchtest du etwas trinken?«

»Ich hatte eigentlich vor, dich zum Essen auszuführen«, erwiderte er etwas verdrossen.

Sie befand sich in einer Zwickmühle. Mit Alistair essen zu gehen war nicht gerade das, was sie sich für den Abend vorgestellt hatte. Andererseits wollte sie auch nicht, daß Leo anrief, während Alistair im Haus war. Falls er anrief, würde er vielleicht gleich herüberkommen wollen. Es war nicht so sehr die

Vorstellung von den beiden Männern als Rivalen – Leo war nur ein Freund, sie hatten sich während des ganzen Wochenendes kaum an den Händen berührt – als vielmehr die peinliche Situation, ihn Alistair als »Oliver«, den Empfänger ihres Knochenmarks, vorzustellen. Was würde Alistair tun? Leo beleidigen? Ihn beschimpfen? Ihn *schlagen*?

»Ich rufe in einem Restaurant an und bestelle uns einen Tisch«, sagte Alistair. »Hast du eine Idee? Du wohnst schließlich hier.«

Eine rasche Entscheidung war vonnöten. Sie durfte sich nicht in Ausreden, Intrigen, Strategien flüchten, sondern sich die Wahrheit eingestehen, daß sie nämlich nichts zu verbergen hatte. Wäre es nicht wunderbar, wenn Leo käme, egal, wer sonst noch da war und was dabei herauskam? Es war doch Unsinn zu glauben, Alistair könnte jemanden schlagen. Sie hatte seine leichte Aggressivität zu einer regelrechten Neigung zu unprovozierter Gewalttätigkeit hochstilisiert.

»Wir bleiben hier«, entschied sie. »Ich koche uns etwas.«

Er legte den Hörer auf. »Das hatte ich gehofft. Ich meine, daß du sagst, wir sollen hierbleiben. Mir egal, was wir essen. Brot und Käse reicht mir vollkommen, vielleicht eine Flasche Wein dazu. Hast du Wein da?«

Sie nickte. Plötzlich wußte sie nicht mehr, was sie mit ihm reden sollte. Ihr fiel kein Gesprächsthema ein. Die Vorstellung, einen ganzen Abend mit ihm zu verbringen, war schrecklich, er kam ihr vor wie ein Fremder, als hätten sie nicht fast drei Jahre zusammengelebt. Worüber hatten sie sich unterhalten? Wie hatten sie diese unzähligen Abende verbracht? Sie ertappte sich dabei, wie sie ihn verzweifelt anblickte.

Offensichtlich sah man ihr ihr Elend nicht an, denn er sagte jovial: »Du weißt gar nicht, wie sehr du mir gefehlt hast.« Er warf ihr einen Seitenblick zu. »Diese Wohnung in Willesden«, fügte er dann hinzu, als ginge es um einen Ort, von dem er einmal gehört hatte, nicht um eine Wohnung, in der sie beide so lange gelebt hatten, »ist das reinste Loch. Du kannst dir nicht vorstellen, wie die einen deprimiert. Jetzt, wo du nicht mehr da bist, ist es natürlich noch viel schlimmer.«

»Wenn sie dir so gegen den Strich geht, dann zieh doch aus.« Erfreut hörte sie den munteren Ton ihrer Großmutter in ihrer Stimme.

»Ja, du hast recht«, erwiderte er. »Es ist bloß so, Liebling, ich hätte von Anfang an darauf bestehen sollen ...«

»Ich hole den Wein«, unterbrach sie ihn. »Der Salat ist schon fertig, ein bißchen Lachs habe ich auch. Reicht dir Wein, oder möchtest du Gin oder etwas anderes?«

»Ich hätte darauf bestehen sollen«, wiederholte er, als hätte sie nichts gesagt, »mit dir zusammen hier einzuziehen.«

Die Konfrontation, die sie hatte vermeiden wollen, rückte immer näher, war fast schon da. »Darüber möchte ich lieber nicht reden. Ich hole uns den Wein.«

Sie entkorkte die Flasche in der Küche, damit er sie ihr nicht wegnahm, um seine männlichen Fähigkeiten unter Beweis zu stellen. Dabei fiel ihr Leo ein, der ihnen vor dem Mittagessen an jenem Samstag auch so eine Flasche Wein geöffnet hatte. Er hatte sein Glas erhoben und gesagt: »Auf Ihr Wohl!« Sie fragte sich, wie so viel Wärme plötzlich in Gleichgültigkeit umschlagen konnte, in das Bedürfnis, sich von ihr zu entfernen. Wieviel davon bildete sie sich ein, und wieviel war echt? Jedesmal, wenn das Telefon klingelte, glaubte sie, er wäre es, doch es klingelte nur selten, und ein paarmal ertappte sie sich bei dem Wunsch, das Klingeln möge die drückende Stille durchbrechen.

Sie stellte die Flasche und zwei Gläser auf ein Tablett, nahm das Essen aus dem Kühlschrank, füllte Gushis Napf mit frischem Wasser und wusch sich die Hände. Alistair streifte durch das Wohnzimmer und betrachtete gerade eingehend das Porzellan der Hausbesitzer.

»Wo steckst du denn?« sagte er. »Du warst wohl im Keller unten und hast uns einen edlen Tropfen ausgesucht?«

»Ich trinke nicht ihren Wein, ich kaufe meinen eigenen.«

Er machte sie immer mürrisch. Er brachte ihre schlechtesten Seiten zum Vorschein. Mit einem gezwungenen Lächeln reichte sie ihm ein Glas. Er erhob es und sagte: »Auf unser Wohl!«

»Uns« gibt es nicht, dachte sie, sagte aber nichts, sondern nahm schweigend einen Schluck. Leo hatte gesagt: »Auf Ihr Wohl!«, doch es hatte, wie Alistairs Toast, nichts bedeutet...

»Vor allem«, sagte er, »will ich nicht, daß du hier allein bist, noch dazu, wo hier in der Nähe Leute ermordet werden.«

»Ein Mensch. Ein Mann. Irgend so ein armer Penner. Und St. John's Wood ist ja wohl kaum ›hier in der Nähe‹.« Sie mußte aufhören, taktvoll, diskret und schüchtern zu sein. Es war zwar schwer, aber irgendwo mußte sie anfangen. »Alistair, das ist doch bloß eine Ausrede. Warum sagst du nicht einfach, was du denkst? Du willst wieder mit mir zusammenleben. Tja, leider will ich das nicht.«

Er sah sie ungläubig an. Nicht beleidigt oder wütend, sondern einfach ungläubig. »Warum hast du es dann getan?«

»Das war vor drei Jahren«, sagte sie. »Man verändert sich doch, ich habe mich verändert. Bei dir weiß ich es nicht. Ich glaube schon, aber vielleicht habe ich dich nie richtig gekannt. Und du mich vielleicht auch nicht.«

Seine Antwort wurde vom Klingeln des Telefons unterbrochen.

Mary fuhr zusammen, eine Reaktion, mit der sie schon gerechnet hatte, doch als das Telefon schließlich klingelte, konnte sie es nicht verhindern. Ihr Herz begann wie wild zu klopfen. Es war bestimmt Leo. Leo, der sich seit Samstag nicht gemeldet hatte, rief nun an, um mit ihr auszugehen oder ihr sogar mitzuteilen, er sei schon auf dem Weg zu ihr. Alistair war aufgestanden und wollte gerade nach dem Telefonhörer greifen.

»Laß!«

In der ganzen Zeit ihres Zusammenlebens hatte sie ihn nie so harsch angefahren. Sie hatte kaum je so gebieterisch mit jemandem gesprochen. Er hielt inne und sah sie verblüfft und indigniert an.

Sie nahm den Hörer ab und meldete sich leise mit ihrer Nummer.

Es war nicht Leos Stimme, sondern eine ältere, gebildete, sanfte Frauenstimme. Zuerst verspürte Mary nur eine immense Enttäuschung, fast hätte sie frustriert aufgeschrien. Sie hatte keine Ahnung, wer die Anruferin war. Der Name Cecilia Tratton sagte ihr nichts.

»Wir sind uns vor ein paar Jahren mal begegnet. Bei Frederica. Bei Ihrer Großmutter.«

»Ach ja, natürlich.« Sofort fiel es ihr ein. »Jetzt erinnere ich mich wieder. Entschuldigen Sie. Meine Großmutter ist bei Ihnen, nicht wahr?«

»Mary, ich habe eine sehr schlimme Nachricht für Sie. Es tut mir sehr leid.«

»Eine schlimme Nachricht? Ist sie krank?«

»Nun, ja – sie war krank. Das war sie wohl.«

Mary sagte tonlos: »Sie ist tot.«

»Ja, heute nachmittag. Sie kann es nicht geahnt haben. Wir saßen draußen auf der Terrasse im Schatten. Im einen Moment hatte sie noch mit uns gesprochen, und im nächsten war sie tot. Ein Schlaganfall. Es geschah so plötzlich, es ist ein furchtbarer Schock ...«

Sie hatte ihr so nahe gestanden wie die eigene Mutter. Mary sagte die üblichen formellen Floskeln. Dann legte sie langsam und bedächtig auf und verschob den Hörer etwas, um sicherzugehen, daß er richtig auf der Gabel lag. Ihr Kopf war auf einmal leer, und sie fror. Sie merkte, daß Alistair ihr den Arm um die Schulter legte und seine heiße Wange an ihr Gesicht drückte. Gushi kam herüber und schmiegte sich dicht an ihr Bein. Alistair versuchte, ihn mit der Fußspitze wegzuschubsen.

»Ach, hör auf!« schrie Mary ihn an. »Laß ihn in Ruhe. Das ist doch wieder mal typisch!« Sie fing an zu lachen und gleichzeitig zu weinen und rechnete damit, daß er sie ohrfeigte, was er aber nicht tat.

»Entschuldige«, sagte er. »Ich wollte nicht, daß er dich stört.«

»Meine Großmutter ist gestorben. Ist dir das überhaupt klar?«

»Ja.«

Sie rückte von ihm ab und nahm seinen Arm von ihrer Schulter.

»Liebling«, sagte er, »sie war alt. Sie hatte ihr Leben hinter sich. Sie wäre doch sowieso bald gestorben.«

Mary dachte, ich würde jetzt gern aufstehen, auf die Tür deuten und ihm sagen, er soll abhauen. Ich hätte gern die Kraft und den Nerv dazu. Statt dessen lehnte sie sich zurück, schloß die Augen und sah ihre Großmutter lebhaft vor sich, ihr heiteres Gesicht voller Fältchen, die jugendlich blitzenden grünen Augen, und dachte, sie kann nicht tot sein, es kann nicht wahr sein, es muß ein Irrtum sein.

»Sie war bestimmt schon über fünfundachtzig«, sagte Alistair und führte seine Troststrategie weiter. »Sie hatte keine Schmerzen. Sie ist einfach ausgegangen wie ein Kerzenlicht. So ein Glück sollten wir alle haben, wenn unsere Zeit naht.«

»Ja, ja, schon gut.«

»Stell dir vor, sie hätte noch monatelang dahinsiechen müssen. Was hättest du alles durchgemacht, du hättest dich doch um alles kümmern, sie pflegen müssen. Sie hatte ja außer dir niemanden.«

»Schon gut, Alistair. Ich weiß.«

»Sie hatte ein schönes Leben, und viele würden sagen, ein gnädiges Ende.«

Ich bin ein armes, sanftmütiges Geschöpf, dachte Mary, und ich mag stille, sanftmütige Menschen wie mich. Ich hatte meine Großmutter gern, ich *liebte* sie; sie hat die Gefühle ihrer Mitmenschen behandelt, als wären sie aus zerbrechlichem Glas, hat sie mit feinen, geschickten Fingern angefaßt. Ich mag Leute, die sich langsam und behutsam ihren Weg suchen, die ihre Worte diskret und mit Bedacht wählen, zartfühlende Menschen, die auf niemandes Träumen herumtrampeln. »Zivilisiert« ist mein Lieblingswort. Aber wie konnte ich denn dann drei Jahre mit diesem Mann zusammenleben? Und warum schaffe ich es nicht, ihm zu sagen, daß er gehen soll?

Alistair brachte ihr ein Glas Wein, und sie trank in kleinen Schlucken. Er ermunterte sie zum Essen, und als sie ablehnte, sagte er, *er* würde aber etwas essen.

»Ich habe Hunger, das gebe ich offen zu. Das Leben geht nun mal weiter.«

Er holte sich einen Teller mit Lachs und Salat und dazu eine dicke Scheibe Vollkornbrot. Während er aß, erzählte er ihr von seinem Arbeitstag, um sie »abzulenken«. Sie hörte ihm nicht zu, stellte sich an seiner Stelle Leo vor und überlegte, was Leo wohl sagen würde, wenn er jetzt hier wäre: sicher etwas Einfühlsames, nur wußte sie nicht, in welcher Form.

Nach einer Weile entschuldigte sie sich und ging nach oben. Ihre Tür war abschließbar, und sie drehte den Schlüssel um, falls Alistair nach oben käme. Dann fand sie es absurd und schloß wieder auf. Sie legte sich auf ihr Bett und dachte, wenn nur Dorothea oder Judith hier wären! Ich hätte gern jemanden bei mir. Am liebsten Leo. Ich kenne ihn zwar kaum, habe erst ein paar Stunden mit ihm verbracht, aber ich hätte ihn jetzt trotzdem gern bei mir. Jeden, nur nicht Alistair. Warum mußte es ausgerechnet Alistair sein?

Sie *kann gar nicht tot sein.* Aber selbstverständlich kann sie. Sie war alt, sehr alt.

Das Alter eines verstorbenen Menschen ist für die Hinterbliebenen ohne Bedeutung. Für sie macht es keinen Unterschied, ob sie einen Menschen mit fünfundachtzig verlieren oder mit fünfundvierzig oder fünfundzwanzig. Leo würde das verstehen. Er kannte den Tod, und sie brauchte jemanden, der ihn kannte. Als sie wieder nach unten ging, saß Alistair vor dem Fernseher. Er sah herüber.

»Na, fühlst du dich besser?«

Sie nickte teilnahmslos.

»Du brauchst gar nichts zu machen. Meinen Teller und die Gläser habe ich schon gespült.«

Es fiel ihr schwer, sich nicht bei ihm zu bedanken, doch sie schaffte es.

»Ich übernachte hier bei dir, Mary. Du solltest jetzt nicht allein sein.«

»Das ist wirklich nicht nötig, Alistair.«

»Ich bleibe heute nacht hier. Ich könnte es mir nie verzeihen, dich jetzt allein zu lassen.« Listig sagte er, ganz als rechnete er damit, daß sie ihm versicherte, er bräuchte kein Extrazimmer, er könnte ja bei ihr schlafen: »Hier gibt's doch bestimmt irgendwo ein Gästezimmer?«

Plötzlich fiel ihr wieder ein, daß sie ihrer Großmutter gesagt hatte, nach ihrem Urlaub müßten sie und Leo einander kennenlernen. Tränen traten ihr in die Augen. Sie wünschte Alistair gute Nacht, nahm Gushi auf den Arm und ging mit ihm nach oben ins Bett. Sie schloß ab, und diesmal blieb die Tür verschlossen. Kurz darauf hörte sie Alistair auf der Suche nach einem Wäscheschrank herumtappen und dann nach Bettzeug stöbern.

Sie lag lange wach, bis sie schließlich doch einschlief.

II

Als er noch Diener des verstorbenen Anthony Maddox am Bryanston Square gewesen war, hatte Bean mit der Zeit einen richtigen Haß auf seinen Arbeitgeber entwickelt. Anthony Maddox hatte einen Hund, einen Spaniel, den er nie besonders freundlich behandelte, obwohl es ein anhängliches Tier war, und als der ihn eines Tages beim Herumbalgen biß, wurde Bean von seinem Herrn mit ihm zum Tierarzt geschickt, um ihn einschläfern zu lassen.

Obwohl Bean nicht zur Selbstkritik neigte, machte er sich später oft Vorwürfe, Maddox' Anordnung Folge geleistet zu haben. Er hätte sich weigern sollen. Statt Philidor einschläfern zu lassen, hätte er kündigen sollen. Gehorsam, doch schweren Herzens hatte er den Spaniel in die Tierarztpraxis gebracht und um das Unvermeidliche gebeten. Danach jedoch übte er langsame – wenn auch größenteils heimliche und unsichtbare – Rache. Unter Anwendung von Methoden, von denen Maddox bis zum Tag vor seinem Tod nichts ahnte, machte Bean ihm das Leben zur Hölle.

Maddox erriet nie, daß Bean in jeden Teller Suppe spuckte, bevor er ihn seinem Dienstherrn brachte. Auch nicht, daß jede Tasse Tee oder Kaffee mit einem Teelöffel von Beans Urin angereichert wurde. Die Raupen, die Bean von den Pflanzen im Park aberntete (und gegen die Maddox eine Phobie hatte), bemerkte er zwar, aber Bean erklärte ihm, daß er wegen zunehmender Kurzsichtigkeit nicht mehr in der Lage sei, den Kopfsalat von diesen Kreaturen sorgfältig zu säubern. Obwohl Maddox ein großer Salatesser war, hörte er danach damit auf. Dreimal wurde er wegen Nichtbezahlens der Kommunalsteuer aufs

Amt zitiert, weil sein Diener die Zahlungsaufforderungen an sich genommen hatte, bevor Maddox sie zu Gesicht bekam.

In der City of Westminster stellte er seinen Wagen immer rechtmäßig auf dem Anwohnerparkplatz ab, doch fuhr Bean ihn oft nächtens ins absolute Halteverbot. Wertvolle Bücher, die Maddox aus der Stadtbibliothek entliehen hatte, verschwanden auf unerklärliche Weise. Seine elektrische Heizdecke fing Feuer. Bean vergiftete seine Gänseleberpastete mit einer Bakterienkultur von einem Schinken-Käse-Kräcker, den er im Park aus einem Abfalleimer gezogen hatte, woraufhin Maddox an einer Magen-Darm-Entzündung erkrankte. Als der Arzt zunächst Salmonellen diagnostizierte, bekam Bean Muffensausen. Er wollte den Kerl ja nicht umbringen und wegen Mordes hinter Gitter kommen.

An seinem sechsundsechzigsten Geburtstag erlitt Anthony Maddox einen Schlaganfall, der sein Sprechvermögen stark beeinträchtigte. Bean pflegte ihn hingebungsvoll, doch am Tag vor der endgültigen Überführung seines Dienstherrn in ein Pflegeheim offenbarte er sich ihm.

Maddox war gerade beim Mittagessen. Besser gesagt, es war Essenszeit, und Bean wollte eben anfangen, ihn mit Suppe und danach einem Pfirsichjoghurt zu füttern. Die Suppe von leicht blaßgrüner Farbe hatte Bean aus frischem Aldeburgh-Spargel, Hühnerbrühe und Sahne zubereitet. Er war sich im klaren darüber, daß die vierte Zutat überhaupt nicht mit den anderen drei harmonierte. Solche Abartigkeiten hatten für ihn Unterhaltungswert. Er nannte es seinen Sinn für Humor.

Eine Damastserviette, von Bean gewaschen, gestärkt und gebügelt, war Anthony Maddox über den verschrumpelten Hals, den eingefallenen Brustkorb und vorstehenden Bauch gebreitet. Der Mundwinkel des Alten hing auf einer Seite herunter, und die Augen traten hervor. Sie schienen – was aber eher unwahrscheinlich war – auf den prächtigen Ausblick gerichtet, den man durch das hohe Altbaufenster auf Sir Robert

Smirkes Kirche von St. Mary am Wyndham Place hatte, mit ihrem Ziergiebel, den Säulen und den achteckigen Kapitellen. Die Sonne schien auf die Kuppel und verwandelte den bräunlichen Stein in kräftiges Kupfergold.

Seinem Arbeitgeber den Löffel an die geöffneten Lippen führend – die in letzter Zeit immer geöffnet waren –, sagte Bean: »Ich habe beim Heißmachen in die Suppe gespuckt, Sir. Das habe ich mir in den letzten fünfzehn Jahren zur Gewohnheit gemacht.«

Maddox' Augen traten noch mehr hervor, und er wich vor dem Löffel zurück. Sein Mund mahlte.

»Morgens habe ich manchmal ziemlich viel Schleim hochgewürgt, Sir. Der kam auch in Ihre Suppe.« Bean sprach in seinem üblichen untertänigen Ton. »Kriecherisch« hatte es einer von Maddox' Freunden genannt. »Ich habe Ihnen in den Tee und in den Kaffee gepißt. Nicht in jede Tasse, vielleicht in jede dritte. Sie nehmen recht viel von diesen Getränken zu sich, Sir, da bin ich kaum nachgekommen.«

Maddox erbrach die Suppe, die er bereits geschluckt hatte. Sein Gesicht war weiß wie Papier. Bean kümmerte sich rührend um ihn, wusch ihn im Krankenbett, machte es ihm bequem, doch Maddox bekam einen Herzinfarkt und starb noch in der folgenden Nacht.

Die wenigsten Leute hielten sich in den achtziger Jahren noch einen Diener. Alleinstehende Männer ließen alle zwei Wochen eine Putztruppe kommen, bestellten sich etwas zum Essen oder aßen Fertiggerichte aus der Mikrowelle, gaben die Wäsche weg und brauchten nie ihre Betten zu machen, weil sie Steppdecken benutzten. Bean stand bei der Vermittlungsagentur monatelang auf der Liste und lebte in einem Zimmer über einem Zeitungsladen in Lisson Grove von seinen Ersparnissen. Anthoy Maddox hatte ihn in seinem Testament nicht bedacht, weswegen Bean noch mehr Genugtuung darüber verspürte, ihm das mit der Spucke und dem Urin gestanden zu haben.

Eines Tages wurde ihm eine Stelle angeboten. Der Mann, der das Vorstellungsgespräch mit ihm führte, war – wie Bean sich ausdrückte – »ein komischer Vogel«. Er war plump und kahlköpfig bis auf einen dünnen, rötlichen Haarkranz um die nackte Platte, und obwohl es erst zehn Uhr morgens war, trug er einen schwarzen Seidenanzug und ein Hemd mit Rüschenjabot. In dem Appartement – ein zweistöckiges Domizil konnte man nicht als Wohnung bezeichnen – hingen überall an den Wänden Waffen, hauptsächlich Peitschen, aber auch Gewehre mit verziertem Schaft. Ein Gemälde zeigte einen fast nackten Jüngling mit einem Heiligenschein, dessen Körper mit Pfeilen durchbohrt war, und ein etwas größeres Bild einen weiteren Mann mit Heiligenschein, der wie ein Steak auf einem Grill gebraten wurde. Bean aß zwar nie Steak, hatte es jedoch manchmal für Anthony Maddox gebraten – und bespuckt.

Sein Gesprächspartner hieß Maurice Clitheroe und war Börsenmakler, obwohl er Bean bei ihrem ersten Treffen davon noch nichts erzählte. Er hatte eine hohe, säuselnde Stimme, und seine Sprechweise verwirrte Bean etwas, denn alles schien bei ihm »schmerzhaft« und »so zum Leiden«.

»Ich bin mir *schmerzlich* bewußt, daß ich jemanden brauche, der für mich *sorgt*«, sagte er. »Ich weiß natürlich, daß Sie zu meinem *Leiden* noch beitragen werden, *ertrage* es aber gleichmütig, ja *resigniert*. Ich fürchte, Sie werden an mir ziemlich viele *wunde Punkte* finden.«

Bean hatte keine Ahnung, was das alles heißen sollte, nahm die Stelle jedoch an. In der Not frißt der Teufel Fliegen, und in seiner Gegend um Lisson Grove herum sah er ziemlich viele arme Teufel. An schlechten Tagen stellte er sich vor, einer von ihnen zu sein, in einem Hauseingang zu sitzen, den Hut auf dem Bürgersteig, vielleicht einen Hund neben sich, der ihm Gesellschaft leistete und dem Ganzen eine mitleiderregende Note verlieh. Anfänglich bedauerte er, daß Maurice Clitheroe keinen Hund hatte, später jedoch, als er begriff, was es mit den

Peitschen, den Besuchern und Clitheroes seltsamem Geschwafel auf sich hatte, war er froh darum. Weiß Gott, was in all der Aufregung, die in York Terrace so oft an der Tagesordnung war, aus dem armen Tier geworden wäre.

Die jungen Männer, die ins Haus kamen, verstanden ihr Prügelhandwerk, und manche waren sich ihrer Kraft gar nicht bewußt. Bean mußte Clitheroe des öfteren mit einem Arnikawickel auf den wunden Stellen und Kortisonsalbe auf den Striemen ins Bett packen. Die jungen Damen waren etwas feinfühliger, legten Clitheroe Sattel und Zaumzeug an und ritten ihn die Treppe hinauf und durch die Schlafzimmer. Seit Bean nach dem frühen Tod seines Dienstherrn seine Erbschaft angetreten hatte, war er einer dieser Besucherinnen ein paarmal auf der Straße begegnet. Er war viel unterwegs, da ließ es sich nicht vermeiden.

Sie ging in äußerst minderwertigen Schlauchstiefeln und einem Minirock mit kaputtem Reißverschluß auf der Baker Street anschaffen. Bean hatte seine neue Bomberjacke an und eine Baseballmütze auf dem Kopf. Da sie ihn für einen Amerikaner hielt, fragte sie mit einem transatlantischen Akzent, ob er ihr einen Drink spendierte. Als Antwort erntete sie einen seiner berühmten Blicke: Er stierte sie an und entblößte dann abrupt seine Zähne. Sie wich zurück, bevor sie ihm sagte, er solle sich verpissen. Bei diesem Blick zuckten die Leute jedesmal zusammen, und die wenigsten erholten sich von dem Schreck so rasch wie dieses Mädchen.

Er betrat den Supermarkt, der länger geöffnet hatte, kaufte sich Fertignudeln, ein Glas gehackte, sonnengetrocknete Tomaten, Champignons in Tunke, einen fettarmen Blaubeer-Mandel-Joghurt und eine Dose Sprite. Die einzige Bekannte, die er auf dem Nachhauseweg traf, war die Haushälterin der Cornells mit ihrem Begleiter. Sie sahen aus, als wären sie auf dem Weg ins Kino in der Baker Street, in die Acht-Uhr-Fünfzehn-Vorführung. Bean erinnerte sich, wie sie ihn vor vier

Stunden die Hintertreppe hinauf- und heruntergehetzt hatte und dann vor drei Stunden noch einmal, und sagte laut und vernehmlich: »Guten Abend, Valerie. Schöner Abend heute, nicht?«

Am Kiosk gegenüber der U-Bahnstation Marylebone Road kaufte er sich einen *Evening Standard*. Er war zwar kein großer Zeitungsleser, eigentlich überhaupt kein großer Leser, doch im Fernsehen schoß immer alles so schnell an einem vorbei, daß man die Einzelheiten manchmal gar nicht richtig aufnehmen konnte. Die Geschichte mit dem aufgespießten Typ auf dem Friedhofszaun war inzwischen auf die inneren Seiten verwiesen worden. Die gerichtliche Untersuchung der Todesursache hatte ergeben, daß John Dominic Cahill, genannt Decker, an Stichwunden gestorben war, vor allem an einer Stichwunde, die die linke Herzkammer durchdrungen hatte. Daß die Leiche auf den Gitterstäben steckte, war lediglich ein künstlerischer Touch gewesen, den der Ermittlungsrichter als Beweis für den »fiesen und entarteten Humor« des Täters anführte.

Bean las die Story, während er sein Nudelgericht mit der Trockentomaten-Champignon-Mischung in der Mikrowelle erhitzte. Die Anklage lautete auf Mord. Kein langes Fackeln, stellte Bean zufrieden fest, von wegen »ungesetzlicher Tötung« oder Totschlag. Er persönlich war ein hundertprozentiger Verfechter der Todesstrafe. Wenn es nach ihm ginge, gäbe es öffentliche Hinrichtungen, ganz zu schweigen vom Pranger für weniger schwere Vergehen.

Während er sein Sprite trank, das zur schnellen Kühlung fünf Minuten im Tiefkühlfach gestanden hatte, las er ein Interview mit Cahills Schwester, einer gewissen Bernadette Casey aus der County Offaly, die zwar einräumte, ihren Bruder seit achtundzwanzig Jahren nicht mehr gesehen oder mit ihm gesprochen zu haben, ihn aber als »reizenden Menschen« beschrieb, dessen Tod sie und seine übrigen acht Geschwister tief erschüttert hatte. Sie konnte es einfach nicht fassen, daß Johnny in London als Penner gelebt haben sollte, und sie hoffte und betete immer noch, daß es ein Irrtum war.

Die Polizei war noch nicht sehr weit damit gekommen, den Täter ausfindig zu machen. Das konnte man zwischen den Zeilen lesen. Aber wahrscheinlich war es ihr – wie ihm und jedem anderen gesetzestreuen Bürger – einfach schnurzegal, wer es getan hatte. Denn war das Opfer nicht bloß ein Stück menschlicher Abfall, von der Straße gekehrt und weggeworfen wie Unrat?

Bean schaltete den Fernseher ein. Es war Zeit für die Nachrichten, doch der Mord wurde in den landesweiten Nachrichten nicht mehr erwähnt. Er lehnte sich in seinem Sessel zurück und überließ sich seinen Träumen: von einem eigenen Hund, den er sich sehnlich wünschte und eines Tages auch anschaffen würde, sobald er sich für eine Rasse entschieden hatte und sich ein reinrassiges, von einem Zuchtsieger gezeugtes Tier finanziell leisten konnte; von Möglichkeiten, sein Einkommen aufzubessern – ob er eine dritte Runde Hundeausführen schaffen würde?

An dieser Stelle wandten sich Beans Gedanken seiner Kundschaft zu: Barker-Pryce, Blackburn-Norris, Mrs. Goldsworthy, Lisl Pring und den anderen. Als er damit angefangen hatte, die Hunde dieser Leute auszuführen, hatte er gehofft, irgendwelche Geheimnisse aus ihrer Vergangenheit zu entdecken, Vorfälle, die nicht ans Licht geraten sollten und für deren Geheimhaltung sie zahlen würden. Doch sie ließen ihn kaum je einmal in ihre Häuser, zogen ihn nie ins Vertrauen, boten ihm nur eine blanke, untadelige Fassade. Manchmal dachte er, er hätte durch die acht Jahre mit Maurice Clitheroe vielleicht eine etwas übertriebene Vorstellung vom häuslichen Leben eines durchschnittlichen Bewohners vom West End gewonnen. Womöglich waren sie ja wirklich alle unschuldige und glücklich verheiratete (oder glücklich zölibatäre), keusche, unbestechliche, mustergültige Bürger.

Und was die Geheimnisse betraf, die ihm bekannt waren – falls es überhaupt Geheimnisse waren –, so war es zwecklos, dem Mädchen, das ihn in der Baker Street angesprochen hatte, mit Enthüllung zu drohen, denn sie würde es höchstwahrscheinlich als willkommene Reklame betrachten und hatte im übrigen sowieso kein Geld. Seine Laune hellte sich etwas auf, als ihm einfiel, daß Lisl Pring eventuell an Bulimie litt. Sie spielte gerade in einer erfolgreichen *Comedy show* mit und wäre bestimmt nicht sehr begeistert, in der *Sun* zu lesen, wie sie sich erst vollstopfte und dann einen Finger in den Schlund steckte. Bean ging in die Küche, um sich seinen Joghurt zu holen. Wenn er Marietta das nächstemal abholte, würde er gründlich nach Erbrochenem schnuppern.

Die Hamburgerbude vor Madame Tussauds Wachsfigurenkabinett roch nach menschlichem Schweiß. Nach starkem menschlichen Schweiß. Bean kannte sich damit aus. Zu Maurice Clitheroes Zeiten hatte es oft so gerochen, besonders wenn einer von den jungen Männern zu Besuch kam. Die Hamburgerbude fand er daher in doppelter Hinsicht abstoßend, aus dem genannten Grund und weil der Geruch von Fleisch herrührte. Er fragte sich, was ihn eigentlich bewogen hatte, diesen Weg zu wählen, statt durch das York Gate oder über den Park Square zu gehen. Während er sich am Imbißstand vorbei durch die wogende Menge von Jugendlichen aus ganz Europa schob, hielt er sich ostentativ ein Taschentuch vor Mund und Nase. Niemand bemerkte es, oder die Leute dachten, er wollte sich dadurch vor den Autoabgasen in der Marylebone Road schützen.

Das Wachsfigurenkabinett. Bean wußte eigentlich nicht, was das Ganze sollte. Mit Maurice Clitheroe war er dort einmal im Gruselkabinett gewesen – wo sonst? –, um sich einen am Haken Aufgehängten anzusehen und den französischen Kerl, den sie in der Badewanne erstochen hatten. Maurice

Clitheroe, der ein Faible für derartige Dinge hatte, war häufig Gast bei Madame Tussaud. Bean bildete sich ein, daß es vor sieben oder acht Jahren dort nicht so zugegangen war. Heutzutage kam man auf dem Bürgersteig kaum durch, doch er ließ sich nicht auf die Straße schubsen und nahm seine Ellbogen zu Hilfe. Eine junge Frau mit drei Steckern im linken Ohr und zwei im rechten wollte ihm ein Exemplar der Obdachlosenzeitung andrehen, verzog sich nach dem stieren Blick mit den gebleckten Zähnen aber recht schnell.

Der Bettler mit Hund – so nannte Bean ihn bei sich – saß an seinem Stammplatz zwischen Wachsfigurenkabinett und York Gate. Eine Plastikschachtel, die einmal eine Videokassette enthalten hatte, lag geöffnet auf dem Gehweg und wartete auf Almosen, während der Hund zusammengerollt, die Schnauze in einer Jackentasche, auf dem Knie des Mannes lag und schlief. Den Hund identifzierte Bean fachmännisch als Beagle, zitronenfarbig mit weiß, zweifellos reinrassig.

Vor dem Mann bleckte Bean ebenfalls die Zähne. Die Grimasse erzielte immer wieder eine durchschlagende Wirkung, vielleicht weil sie so unvermittelt kam. Die Leute schreckten jedesmal zurück. Wie üblich mit seiner Kamera bewaffnet, trat Bean an den Rand des Bürgersteigs und machte ein Foto. Als der Bettler die Hände vors Gesicht schlug, war es schon zu spät.

Boris, der Barsoi, wurde diesmal als erster abgeholt. Wie üblich mußte Bean wegen Valerie Conway wieder die ganze Treppe zum Souterrain hinuntersteigen. Sie habe eine Nachricht für ihn, sagte sie, von Mr. und Mrs. Cornell. Er solle einen klaren Kopf behalten, in der Gegend seien in letzter Zeit viele Hunde gestohlen worden.

»Die Penner klauen nämlich Hunde, wissen Sie«, sagte Valerie. »Damit sie sie nachts schön warm halten, und dann ist da ja noch der Mitleidsfaktor.«

»Der was?« fragte Bean.

»Na, uns Briten tut doch ein Hund mehr leid als ein Mensch, oder nicht?«

Bean speicherte alles, was er erfuhr, für den Fall, daß es einmal nützlich sein würde, und als er zu der Wohnung in der Devonshire Street kam, um Ruby, den Beagle, abzuholen, gab er die Neuigkeit gleich an Erna Morosini weiter.

»Auf Beagles haben sie es besonders abgesehen«, sagte er. »Der Tippelbruder draußen vor Madame Tussauds hat zum Beispiel einen Beagle. Steht bestimmt im Zuchtregister, das sieht man.« Nun kam seine Erfindungsgabe zum Tragen. »Sie betäuben sie, damit sie den ganzen Tag stillhalten. Vorzugsweise mit Valium, aber Largaktil wird auch sehr gern verwendet.«

»Ach, hätten Sie bloß nichts gesagt«, sagte Mrs. Morosini.

»Wir müssen den Tatsachen doch ins Auge sehen, Madam, nicht wahr? Nächste Woche mache ich ein paar Fotos von Ruby. Wenn Sie Interesse haben, überlasse ich sie Ihnen zu einem sehr vernünftigen Preis.«

Als er wieder auf den Park Crescent hinaustrat, kreuzte sich sein Blick mit dem des Herzogs von Kent, und Bean setzte eine ähnlich finstere und überhebliche Miene auf. Er schloß die Gartenanlage auf und ging mit den zwei Hunden den geschwungenen Pfad zum Nursemaids' Tunnel hinunter, der an diesem milden Nachmittag im diesigen Sonnenschein wie immer menschenleer dalag. Von dem Kerl mit den Schlüsseln war nichts zu sehen. Der Garten am Park Square war ebenso verlassen bis auf die Tauben und Spatzen im sonnenbeschienenen Gras und einem Eichhörnchen, das den Stamm eines hohen, grünen Baumes herunterkam und an einem anderen wieder hinauflief. Da Samstag war, war es im Park selbst bestimmt recht voll.

Bean erzählte Mr. Barker-Pryce von den Obdachlosen, die Hunde stehlen, wobei er diesmal von Golden Retrievers statt von Beagles sprach. Barker-Pryce raunzte ihn an, da Charlie ja nur zweimal täglich und dann immer mit Bean draußen sei, läge es an ihm, dafür zu sorgen, daß er nicht abhanden komme.

Bean sagte: »Recht haben Sie, Sir«, kochte innerlich jedoch vor Wut. Von einem Foto von Charlie erwähnte er nichts, und bei Lisl Pring war es offensichtlich nicht der richtige Moment, Fotos von Marietta zur Sprache zu bringen. Als er ihr nämlich erzählte, Pudel seien gegenwärtig die Lieblingsbeute der Bettler, reagierte sie unerwartet.

»Na, die können sie haben. Die hat mir gerade meinen ganzen Kelim vollgeschissen.«

»Das ist doch nicht Ihr Ernst, Miss Pring.«

Bean war schockiert über ihre Gefühllosigkeit und ihren Ton. Während sie Marietta holte, wartete er in der Eingangshalle. Wie ein Jagdhund schnüffelnd, öffnete er eine Tür, hinter der er einen Ankleideraum vermutete, es war jedoch nur ein Schrank. Ein langes, besticktes Kleid auf einer Schneiderpuppe und eine Ritterrüstung, die dastand, als ob ein Mensch darin steckte, versetzten ihm einen solchen Schreck, daß er die Tür schnell wieder zuschlug. Lisl Prings Worte brachten ihn davon ab, Mrs. Goldsworthy gegenüber etwas über Scotties als begehrtem Mitleidsfaktor oder Bettwärmer verlauten zu lassen.

Auf der Albany Street begegnete ihm der hochgewachsene Penner mit dem Bart und dem Eliteschulakzent. Wenigstens hatte der keinen Geruch an sich. Eines Morgens, als er spät dran war, hatte Bean seine Hunde am Geländer festgebunden und war kurz in die öffentliche Toilette am Broad Walk gegangen, wo sich der große Kerl mit entblößtem Oberkörper gerade gewaschen und seine Haare unter einem Haartrockner gefönt hatte. Damals wie heute hatte Bean ihn nicht angesprochen, sondern sich abgewendet. Diese Leute waren ein Hygienerisiko. Weiß Gott, warum der sich gewaschen hatte!

Die junge Dame in Charlotte Cottage, die Haussitterin, kam ihm heute ein bißchen spitznasig vor. Sie trug Schwarz, was an und für sich nicht viel zu sagen hatte, doch es war jemand bei ihr, den Bean als Mitarbeiter des Bestattungsinstituts in der Marylebone Road erkannte. Seine ohnehin ständig wache Neugier verstärkte sich noch.

Während er Gushi in Empfang nahm, erkundigte er sich in seinem respektvollsten Tonfall: »Doch hoffentlich keine schlimmen Nachrichten von Sir Stewart und Lady Blackburn-Norris, Miss?«

Sie war nicht von der gesprächigen Sorte, und ihre liebenswürdige Sanftheit war ihm direkt zuwider.

»O nein, nein«, erwiderte sie etwas zerstreut. »Denen geht es sicher gut. Ich habe eine Karte aus Costa Rica bekommen.«

Bean beschloß, nicht weiter zu fragen. Ihre persönlichen Tragödien interessierten ihn nicht. Er trieb die Hunde zum Gloucester Gate und ließ sie auf der weiten Rasenfläche hinter dem Parsenbrunnen frei laufen. Wie erwartet war es im Park sehr voll. Junge Leute lagen in unterschiedlichen Stadien der Enthüllung im Gras, obwohl es alles andere als heiß war und die Sonne immer wieder hinter den Wolken verschwand. Charlie war von allen Hunden der freundlichste und zutraulichste, und amüsiert sah Bean ihn auf ein paar engumschlungene Pärchen zugehen und ihnen die Schnauze zwischen Beine und Hintern stecken. Sie kreischten und stießen wüste Verwünschungen aus. Gushi und Marietta entdeckten eine Picknickgruppe, und Marietta rannte mit einer halben Biskuitrolle ins Gebüsch. Bean war es lieber, wenn der Park menschenleer war, doch so bevölkert gefiel es ihm hier auch ganz gut, denn die meisten Leute fühlten sich von dem Treiben der Hunde irritiert und belästigt.

Selbst der Anblick der Frau mit dem ordentlichen Hundetrüppchen, die gerade den langen Pfad heraufgeschlendert kam, der den Park in zwei Hälften teilt, konnte seine heitere Laune nicht ganz zerstreuen. Heute war Zahltag. Auf dem Rückweg würde er wie an jedem Samstag bei allen Kunden sein Geld abholen.

Als er Gushi zurückbrachte, war der Bestattungsmensch bereits gegangen. Die Augen der jungen Frau waren rot. Entweder hatte sie geweint, oder sie litt an Bindehautentzündung. Er erinnerte sie an sein Geld, und sie entschuldigte sich doch tatsächlich, als sie ihm die Scheine aushändigte. Mit einer Hand zog Mrs. Goldsworthy McBride ins Haus, mit der anderen streckte sie Bean achtlos das Geld hin. Es hörte sich an, als fände drinnen gerade eine Cocktailparty statt, was Bean für Viertel nach fünf an einem Sommernachmittag denn doch ziemlich dekadent fand. Lisl Pring hätte er gern seine entblößten Zähne gezeigt, wenn er nicht auf ihre Wohlgesonnenheit als Kundin und das Geld, das sie ihm schuldete, angewiesen wäre. Sie kam in Shorts und Hemdchen an die Tür, um die Mitte herum nackt, wie Gott sie schuf; der Kerl hinter ihr, ebenfalls in Shorts, hatte den Arm um ihre Taille gelegt.

Mr. Barker-Pryce stank so erbärmlich nach Zigarre, daß sogar der Hund entsetzt zurückwich. Er zählte Bean langsam das Geld hin und wiederholte den Vorgang dann wie ein Kassierer auf der Bank noch einmal. Bean mußte ihm die Scheine buchstäblich aus den nikotinfleckigen Fingern reißen.

Er sagte: »Besten Dank, Sir«, worauf ihm die Tür forsch vor der Nase zugeknallt wurde.

Er kramte den Schlüssel unter dem Bündel neuer Scheine hervor und schloß das Tor zur Parkanlage auf. Ein Eichhörnchen lief keine anderthalb Meter vor ihm über den Pfad, und Ruby zog heftig an der Leine und wollte hinterher. Fast hätte sie Bean umgeworfen. Der Barsoi knurrte sie an und fletschte die Zähne ähnlich wie Bean, wenn ihm ein Anblick mißfiel.

Obwohl eine stattliche Anzahl von Schlüsseln zur Grünanlage im Umlauf sein mußte, waren die Rasenflächen und Wege verlassen und die Sitzbänke leer. Der Wind hatte sich zumindest hier an dieser sonnenbeschienenen Stelle zwischen den hohen Bäumen gelegt. Der Duft von Blumen, die Bean nicht identifizieren konnte, erfüllte die Luft und überlagerte fast den Abgasgestank, der von der Marylebone Road herüberwehte. Irgendwo zwitscherte eine Amsel.

Hier war das Gras nicht niedergetrampelt, und kein Müll verschandelte die Gehwege oder quoll aus den Abfallkörben. Ein Jammer, daß Hunde hier nicht frei herumlaufen durften. Sonst würde er nie mehr in den Park gehen. Er ging den von Mauern eingegrenzten Pfad zum Tunnel hinunter. Vor ihm trotteten Boris und Ruby einträchtig nebeneinander her.

Jedesmal, wenn er diesem Weg folgte, verspürte er eine gewisse Anspannung. Seine Muskeln härteten sich, und er mußte seine Hände zwingen, sich nicht zu Fäusten zu ballen. Doch der Kerl mit den Schlüsseln war nirgends zu sehen, und wie meistens zu dieser Stunde war der Tunnel leer. Um diese Tageszeit war es nie völlig dunkel, nicht einmal in der Mitte des Gangs; der Tunnel wurde immer ausreichend vom natürlichen Licht an beiden Ausgängen erhellt. Die gemeine Vorstellung beschlich ihn, der Mann mit den Schlüsseln könnte draußen um die Ecke am anderen Ausgang warten und plötzlich glitzernd und klirrend hervortreten und dem herannahenden Bean die Tunnelöffnung versperren.

Da er weder die Schritte noch den angehaltenen Atem hörte, verschwendete er keinen Gedanken an das, was möglicherweise hinter ihm lauerte, und hatte schon fast das andere Ende erreicht, als ihn plötzlich etwas am Schädel traf. Es fühlte sich an, als hätte er den Kopf gegen einen niedrigen Deckenbalken oder Türsturz geschlagen. Nur viel schlimmer, denn er stolperte und fiel zu Boden, erst auf die Knie, dann der Länge nach auf den Rücken. Es folgte ein Augenblick Dunkelheit – benommen sah er vor sich Sterne, geschweifte Kometen und über einen schwarzen Himmel schießende Satelliten –, in dem er die Leine losgelassen haben mußte.

Bean war, als ob eine Hand in der Tasche seiner Bomberjacke herumstöberte. Stöhnend versuchte er ein paar schwache Bewegungen. Dann hörte er tatsächlich Schritte, jemand rannte weg, zurück in die Grünanlage. Er setzte sich auf. Seine Baseballmütze war heruntergefallen, doch bei dem Schlag auf den Kopf hatte er sie noch aufgehabt, und Bean war überzeugt, daß sie ihn vor schlimmerem Schaden bewahrt hatte. Vorsichtig befühlte er seinen Schädel und besah sich die Finger. Kein Blut. Voller Schreck überlegte er, ob er sich bei dem Sturz womöglich etwas gebrochen hatte. Osteoporose beschränkte sich nicht auf alte Damen, hatte er einmal in einem Gesundheitsmagazin gelesen.

Die Kamera! Sie war weg. Einen kurzen Moment glaubte er, er hätte sie ausnahmsweise einmal zu Hause gelassen, doch da fiel ihm ein, daß er ja den Tragriemen um den Hals gehabt hatte, als er bei Barker-Pryce das Geld in Empfang genommen hatte. Und die Schlüssel... In der Hosentasche seiner Jeans hatte er seine Wohnungsschlüssel, die Schlüssel zu Charlotte Cottage und Lisl Prings Wohnung und die Schlüssel zur Grünanlage gehabt. Nach Metallkanten tastend, fuhr er mit der Hand an seinem Hosenbein entlang und schob dann die Hand in die Tasche. Sämtliche Schlüssel waren da, doch die Tasche seiner Bomberjacke war leer. Das Bündel Geldscheine von vier seiner Kunden war verschwunden und damit der größte Teil von zwei Wochen Pensionsgeld. Bean drehte sich der Magen um. Ihm war, als wäre sein Magen zu Boden gefallen und hätte sich in einem Purzelbaum überschlagen.

Immerhin war er in der Lage aufzustehen. Seine Beine waren noch ganz. Und sehen konnte er auch. Der Schlag hatte ihm nicht die Netzhäute abgetrennt, was – wie er ebenfalls bei seiner medizinischen Lektüre erfahren hatte – auch hätte passieren können. Die beiden Hunde waren weg. Bean sagte sich, daß sie sowieso nicht aus dem Garten laufen konnten, und verwarf sogleich seine wilden Phantasien, in denen er die beiden schon unter den Rädern eines Containerlasters in der Marylebone Road sah. Vergeblich rief er mit schwacher, schriller Stimme nach ihnen.

Natürlich mußte er selbst los und sie suchen. Boris fand er, wie er sich wohlig auf einem verwesenden Taubenleichnam wälzte, und Ruby, die durch die Leine immer noch mit dem Barsoi verbunden war, umkreiste ihn wütend. Ermattet und mit pochendem Schädel hob Bean die Leine vom Boden auf.

Eins war sicher: Diesmal würde er sich weigern, die Außentreppe hinunterzusteigen. Sobald die Haushälterin der Cornells im Souterrainvorhof auftauchte, würde er ihr zurufen, wenn sie nicht sofort die Haustür aufmachte, würde er Boris einfach am Gartenzaun festbinden und stehenlassen.

»Was ist denn mit Ihnen los?« fragte sie.

»Ich bin überfallen worden, das ist mit mir los. Machen Sie die Haustür auf, Valerie. Mir ist überhaupt nicht gut. Wahrscheinlich habe ich eine Gehirnerschütterung.«

Nach geraumer Zeit wurde die Haustür geöffnet. Bean sah einen weißen Teppichboden, goldglänzende Möbel und rote Lilien in einer Vase aus Muranoglas. Er machte die Leine los, und als ginge er nie einen anderen Weg, trabte Boris lautlos ins Haus und stieß mit seiner langen Schnauze eine Tür auf.

»Ich brauche Sie wohl nicht daran zu erinnern, daß mein Lohn noch aussteht, Valerie?«

Es war entsetzlich, an den Betrag zu denken, der ihm abgeknöpft worden war. Nun würde er seine Ersparnisse plündern müssen. Und die Kamera! Warum war er bloß nie auf die Idee gekommen, den Apparat zu versichern? Er hob die Hand, um sich die Stelle zu massieren, an der sein Schädel bereits mächtig anschwoll. Die Haushältern kam mit seinem Geld in einem Umschlag zurück. Sie schien sich gerade darauf einzustimmen, etwas Unangenehmes loszuwerden.

»Dann sehen wir uns also morgen früh«, sagte Bean.

»Ja, und dann darf ich Sie auch bitten, mich Miss Conway zu nennen!«

Sie war vor lauter Anstrengung puterrot angelaufen. Mit einem Achselzucken schob Bean den Umschlag in die Tasche und ging nach Hause. Wenn man bewußtlos wurde, egal wie kurz, handelte es sich um Gehirnerschütterung, und man mußte zum Arzt. Aber war er überhaupt bewußtlos geworden? Wahrscheinlich eher nicht. Sobald er in der Wohnung war, rief er bei der Polizei an und meldete, daß er überfallen worden war und man sein ganzes Geld gestohlen hatte.

Ein Beamter würde vorbeikommen, sagten sie. Inzwischen solle er zum Arzt gehen.

»Ich weiß, wer mich überfallen hat«, sagte Bean.

»Haben Sie ihn gesehen?«

»Nicht direkt, aber ich kenne ihn. Es ist ein Penner, ein Obdachloser, rennt über und über mit Schlüsseln bedeckt rum.«

»Ihre eigenen Schlüssel fehlen?«

Bean mußte verneinen, doch er hatte die Nase voll von dem gelangweilten, gleichgültigen Ton des Beamten und sagte, er käme gleich persönlich auf die Wache.

12

Mary hatte eigentlich gedacht, die Leute würden den Verlust einer Großmutter weniger erst nehmen als etwa den eines Elternteils, doch das war nicht der Fall. Dorotheas Mann hatte noch eine Woche Resturlaub und vertrat sie im Museum. Die Trattons kümmerten sich auf Kreta um die Formalitäten für die Überführung von Frederica Jagos Leichnam. Die Leute vom Bestattungsinstitut waren hilfsbereit, wenngleich etwas übertrieben kummervoll. Alistair kam vorbei und nahm sie unter seine Fittiche, als der Todesfall auf dem Amt gemeldet, die Blumen bestellt und die Nachricht an die Anwälte übermittelt werden mußten.

»Es ist, als hättest du deine Mutter verloren«, sagte er, im krassen Gegensatz zu seiner Haltung am Abend der Todesnachricht. »Es ist die gleiche Art von Trauer. Wir irren uns, wenn wir die Gefühle von Trauernden am Verwandtschaftsgrad messen.«

Das war also derselbe Mann, der ihr erst vor einer Woche geraten hatte, dankbar zu sein, daß sie ihre Großmutter nicht während eines langen Siechtums pflegen mußte. Geld oder den Verkauf des Hauses in Belsize Park hatte Alistair mit keiner Silbe erwähnt. Er hatte auch nicht von Sex gesprochen oder daß er über Nacht bleiben wollte. Und von der Transplantation und dem Harvest Trust war ebenfalls nicht die Rede gewesen.

Von Leo hatte sie nichts gehört. Obwohl sie sich erst dreimal mit ihm getroffen hatte, fehlte er ihr. »Schrecklich« fehlte er ihr, das war der Ausdruck. Sie ermahnte sich, nicht so extrem, ja fast hysterisch zu sein. Wie konnte sie sich so sehnsüchtig nach jemandem verzehren, den sie kaum kannte? Inzwischen hatte sie auch von ihm geträumt, einmal sogar in einem erotischen Liebesszenario, und war erschrocken davon aufgewacht.

Fleisch von meinem Fleische, erinnerte sie sich, und Bein von meinem Beine. Diese Worte hatte er in einem besonders emotionalen Augenblick ausgesprochen, in dem sie das Gefühl gehabt hatte, Jahre der Intimität lägen bereits hinter ihnen. War es unnatürlich oder vermessen von ihr gewesen, daraufhin zu glauben, Jahre der Vertrautheit lägen vor ihnen? Er hatte sich in Luft aufgelöst. Am Tag nach ihrem Traum, in dem er sie umarmt, geküßt und liebkost hatte, beschlich sie das merkwürdige Gefühl, daß ihr, auch wenn sie ihn nie wieder sehen würde, wenn er ebenso schnell aus ihrem Leben verschwunden war, wie er hereingetreten war, die wenigen Stunden, die sie zusammen verbracht hatten, doch für immer unauslöschlich im Gedächtnis bleiben würden.

Die Trauer über den Tod ihrer Großmutter lag mit den Emotionen, die Leo in ihr geweckt hatte, im Widerstreit, konnte ihn jedoch nicht aus ihren Gedanken vertreiben. Wäre er zu ihr gekommen, hätte sie mit ihm über Frederica Jago sprechen können. Er hätte ihr zugehört, hätte es erfahren wollen. Alistair unterbrach sie, wenn sie von ihrer Großmutter erzählte. Erinnerungen waren nicht seine Sache.

»Ich kannte deine Großmutter doch auch, Liebling. Sogar viel besser als meine eigenen Verwandten.«

Und Dorothea behauptete, ständig über die Vergangenheit zu reden würde sie nur unnötig mitnehmen. Sobald die Beerdigung vorbei war, sollte sie das alles hinter sich lassen.

»Ich bin gar nicht dafür, immer alles zu besprechen. Das macht es nur schlimmer. Sieh dir doch die Leute an, die alles besprechen und dann feststellen, daß sie als Kind mißbraucht worden sind. Wäre es nicht besser für sie gewesen, sie hätten es gar nicht erfahren?«

»Die Art von Besprechen meine ich nicht. Ich will ja keine Therapie.«

»Man soll im Hier und Jetzt leben«, erwiderte Dorothea.

Leo, vermutete Mary, hätte zugehört und die richtigen Fragen gestellt, hätte Geduld mit ihr gehabt, wenn nötig stundenlang zugehört, wie sie von ihrer Großmutter erzählte, die ihr Mutter und Freundin und ein großer Trost bei den Widrigkeiten des Lebens gewesen war und die niemand ersetzen konnte. Doch inzwischen fürchtete sie fast, Leo nie wiederzusehen.

Schon vor der Beerdigung ging sie wieder arbeiten. Besser, im Museum zu sitzen als allein zu Hause. Ein abendliches Gespräch mit Cecilia Tratton, die am Vortag aus Kreta zurückgekehrt war, ließ sie ruhiger werden, eher bereit, das Geschehene zu akzeptieren. Die Anzahl der Touristen im Museum war gesunken, seit der Mord nicht mehr Gesprächsthema Nummer eins war und nichts mehr davon in den Zeitungen stand, und so nutzte Mary eine besucherfreie halbe Stunde dazu, Leo anzurufen.

Eine Menge Selbstüberwindung war nötig gewesen, bis sie sich dazu durchgerungen hatte. Sie hatte sich alles, was er gesagt hatte, noch einmal durch den Kopf gehen lassen, die freundlichen, schmeichelhaften Dinge, denn fast alles, was er bei jenem ersten Treffen und am Freitag danach gesagt hatte, hatte sie glauben lassen, er wolle mit ihr Freundschaft schließen. Seine letzten, etwas ungehaltenen Worte versuchte sie zu vergessen. Sie bemühte sich nach Kräften, das Bild von seinem überstürzten Abschied aus ihrem Gedächtnis zu tilgen. Etwas war geschehen, was ihn daran hinderte, mit ihr Kontakt aufzunehmen. Vielleicht hatte es mit seinem Bruder zu tun. Womöglich hatte er versucht, sie anzurufen, dann aber aufgegeben, weil die Leitung seit dem Tod ihrer Großmutter so oft besetzt gewesen war. Eingedenk dieser Tatsache hatte sie am Abend zuvor dreimal versucht, ihn unter der Nummer seines Bruders zu erreichen, doch es hatte sich niemand gemeldet. Hatte sie ihm eigentlich genau erklärt, wo sie arbeitete? Er hatte ihr nur erzählt, daß er für seinen Bruder Teilzeit arbeitete. Ob zu Hause oder in einem Büro, hatte er nicht gesagt. Daran war bestimmt nichts Mysteriöses, es hatte sich nur nicht ergeben, daß er sich über die Details seiner Arbeit ausließ.

Inzwischen überlegte sie sich, was sie sagen würde, falls er sich doch meldete: Warum haben Sie denn nichts von sich hören lassen? Können wir uns treffen? Ich möchte Sie gern wiedersehen? Diese Fragen konnte jemand wie sie unmöglich stellen. Sie wollte eine Erklärung, wußte jedoch, daß sie einen Mann, den sie erst dreimal gesehen hatte, nicht fragen konnte, weshalb er sich von ihr abgewendet hatte. Er ließ sich wohl kaum mit einem unzuverlässigen Liebhaber auf eine Stufe stellen. Vielleicht könnte sie ihn einfach fragen, wie es ihm ging, eine unverfängliche, bedeutungslose Frage stellen. Sie wählte die Nummer, und wieder meldete sich niemand.

Am Tag des Begräbnisses regnete es. Alistair nahm sich frei und war bei ihr, um ihr den Regenschirm zu halten. Der Mann, den sie bei Fredericas Dinner kennengelernt hatte und der sie ins Kino hatte einladen wollen, kam mit einer Frau zur Kirche, offensichtlich seiner Freundin. Die alten Herrschaften, Fredericas Freunde, waren bis auf Sir Stewart und Lady Blackburn-Norris vollzählig anwesend. Mary nahm sich vor, sie in ihrem Hotel in Acapulco anzurufen und ihnen die traurige Nachricht schonend beizubringen. Fredericas Anwalt, der mit seiner Frau damals bei dem Dinner ebenfalls dabeigewesen war, saß in einer der vorderen Kirchenbänke, und als alles vorbei war, auch die bedrückende Trauerfeier im Haus in Belsize Park, blieb er noch da.

Mary wunderte sich und überlegte schon, ob es vielleicht nicht in Ordnung gewesen war, daß sie die Trauergäste in ein Haus eingeladen hatte, das ihr zumindest rechtmäßig noch nicht gehörte. In Charlotte Cottage eine Feier abzuhalten wäre ihr aber noch gräßlicher vorgekommen. Mr. Edwards war jedoch aus einem ganz anderen Grund dageblieben, über den

Alistair, der sich nun sein Sherryglas neu füllte, genau informiert zu sein schien.

Plötzlich wirkte die Begräbnisatmosphäre gekünstelt. Mr. Edwards flüsterte Alistair etwas ins Ohr, worauf dieser sagte: »Ich bin sicher, meine Verlobte ist nun in der Lage, es zu erfahren.«

Die beiden zogen sich gemessenen Schrittes in Fredericas Speisezimmer zurück. Mary war dermaßen entrüstet, weil Alistair sie als seine Verlobte bezeichnet hatte, daß sie kaum merkte, wie sich die Tür hinter den beiden schloß. Nach ein paar Sekunden ging sie wieder auf, und Alistair streckte den Kopf heraus und fragte Mary mit leiser, sehr ernster Stimme, ob sie nun hereinkommen wolle.

Mr. Edwards hatte am Kopfende des Tisches Platz genommen, Alistair saß am unteren Ende. Doch bei Marys Eintreten erhob er sich, schob einen Stuhl für sie zurecht und baute sich dahinter auf. Auch nachdem sie sich gesetzt hatte, blieb er dort stehen. Wie ein Ehemann auf einem viktorianischen Hochzeitsfoto, dachte sie.

»Mr. Edwards wird nun das Testament deiner Großmutter verlesen, mein Liebes.«

»Mein Liebes« war auch so eine Entgleisung. Die beiden Männer bevormundeten sie auf eine herablassende, väterliche Art und Weise, und sie dachte, wenn Leo hier wäre, würde er dem Einhalt gebieten. Doch sie nahm sich zusammen, nickte Mr. Edwards zu und bat ihn anzufangen.

Nach einem leichten entschuldigenden Räuspern eröffnete er ihr, was sie ohnehin bereits wußte: daß das Haus nun ihr gehörte. Aber dann sagte er etwas, womit sie nicht im Traum gerechnet hatte. Ihre Großmutter hatte ihr ihr gesamtes Vermögen von knapp zwei Millionen Pfund vermacht.

Falls Mary auch nur einen Augenblick in Betracht gezogen hatte, Alistair hätte Bescheid *gewußt* – woher, hätte sie nicht sagen können – und mit dem Anwalt unter einer Decke gesteckt, so belehrte ein Blick über ihre Schulter sie eines Besseren. Sein Gesicht war völlig verändert, er sah aus wie ein Fremder: zusammengefallene Züge, weit aufgerissene Augen, der Mund schlaff herunterhängend. Er zog den Stuhl neben ihr heraus und setzte sich. Sie rechnete damit, daß er gleich die Arme über den Tisch werfen und den Kopf darauf betten würde, doch er blieb einfach reglos sitzen und starrte das Bild an der gegenüberliegenden Wand an.

Mr. Edwards redete von unbedeutenden Summen, die kleinen, wohltätigen Organisationen zukommen sollten. Sie hörte kaum hin, sondern fragte sich, weshalb sie nie auf den Gedanken gekommen war, ihre Großmutter könnte reich sein. Auf einmal hielt er inne und lächelte sie so freundlich, beinahe fröhlich an, als hätte er nicht vor etwa zwei Stunden der Beerdigung einer geschätzten, alten Freundin beigewohnt.

»Danke«, sagte Mary.

Alistair ergriff ihre Hand und hielt sie ganz fest. Sie bemerkte, daß Mr. Edwards sie beide wohlwollend betrachtete; er hielt sie zweifellos für ein junges Paar an der Schwelle zum Eheleben, dem ein unverhoffter Glücksfall von gewaltigen Ausmaßen beschert worden war. Sie können es kaum fassen, mochte er denken, der freudige Schreck hat sie überwältigt, aber in ein paar Minuten …

Sogar seine Stimme hatte sich verändert, als er über die gerichtliche Testamentsbestätigung zu sprechen begann, über die langsam mahlenden Mühlen des Gesetzes. Mary nickte. Da fand Alistair die Sprache wieder – die Zunge muß ihm am Gaumen festgeklebt haben, dachte sie – und sagte: »Ja, selbstverständlich. Meine Verlobte hat im Moment noch keinen Bedarf. Aber später – ich bin im Bankgeschäft, wie Sie sicher wissen – später kann ich mich ja um alles kümmern.«

Es hatte wieder angefangen zu regnen, als Mr. Edwards schließlich ging. Er spannte seinen Schirm auf und trottete auf die Straße und zu einem Taxi. In dem Taxi, das Alistair bestellt hatte, fuhren sie schweigend zum Charlotte Cottage zurück. Nachdem er die Haustür hinter sich zugezogen hatte, wandte er sich ihr zu und wollte sie umarmen. Würmer winden sich, dachte sie, und ich habe mich nicht einmal wie ein Wurm verhalten, eher wie ein gefangenes Insekt, das immer noch stechen kann. Sie nahm seine Hände von ihren Schultern und trat einen Schritt zurück.

»Sehr komisch«, sagte sie, »als wir noch zusammengelebt haben, war ich deine Freundin, und jetzt, wo ich dich verlassen habe, bin ich deine Verlobte. Wie erklärst du dir das?«

»Nun wirst du gleich sagen, es ist wegen dem Geld, stimmt's?«

»Nein, Alistair, das werde ich nicht. Du hast es gesagt. Du hast etwas ausgesprochen, was ich mich nicht getraut habe zu sagen.«

»Vielleicht ist dir bereits entfallen, daß ich mich seit dem Tod deiner Großmutter praktisch um alles gekümmert habe. Ich hatte keine Ahnung, wieviel Geld sie hinterläßt.«

»Du hast eben gut geraten. Du als Banker, wie du Mr. Edwards versichert hast, kennst dich in diesen Dingen ja aus.«

»Liebling«, sagte er, »Liebling, ich will dich heiraten. Na gut, das ist mir erst klargeworden, seit du weg bist. Und – ist denn das so schlimm? Ich habe dich nicht genügend geschätzt, als wir noch zusammen waren, aber als du weg warst, hast du mir entsetzlich gefehlt.«

»›Liebling‹, ›Verlobte‹ – das sagt man, wenn man den Namen nicht aussprechen will.«

Wütend erwiderte er: »Was hat denn das damit zu tun? Ich sagte, ich will dich heiraten, und ich habe dir auch gesagt, warum. Du hast kein Recht, mir die Vergangenheit zur Last zu legen. So etwas kommt nie wieder vor, das habe ich dir doch versprochen.« Er ballte die Fäuste. »Du hast es nicht einmal gemerkt, oder?«

»Was denn?«

»Daß ich die Transplantation mit keiner Silbe erwähnt habe, die Sache mit dem Harvest oder wie das heißt. Das habe ich alles hinter mir. Ich habe mir geschworen, nie mehr davon zu reden, und habe mich auch daran gehalten. Was willst du denn noch?«

Mit jedem Satz fiel es ihr leichter. Ihre Stärke wuchs mit beinahe beängstigender Geschwindigkeit. »Gar nichts will ich, Alistair.«

»Was soll das heißen?«

»Von dir – will ich gar nichts. Ich dachte, ich hätte es dir erklärt.«

»Nein. Du hast ja alles, stimmt's? Alles, was du wolltest. Deine Unabhängigkeit. Du *brauchst* mich nicht mehr, das willst du damit doch sagen.«

Es sah aus, als wollte er sie anspringen, und sie wich überrascht zurück. Er packte sie an den Schultern und begann sie zu schütteln. Sein Gesicht war wieder ganz wie früher, hochrot, die Augen tiefschwarz.

»Du gehörst mir, so leicht kommst du nicht von mir los. Bloß weil du jetzt reich bist, meinst du, du brauchst mich nicht mehr, nach allem, was ich für dich getan habe, nach allem, was wir einander bedeutet haben ...«

Es läutete an der Haustür. Sein Griff wurde härter und lokkerte sich dann, so daß sie sich ihm entwinden konnte. Sie klapperte mit den Zähnen und hielt sich die Hand vor den Mund, als ob der Druck das Zittern beenden könnte. Es läutete erneut, und sie ging zur Tür, sprachlos, bebend, unfähig, zu Bean auch nur ein Wort zu sagen, der auf der Schwelle stand und sein höfliches, liebedienerisches Lächeln zur Schau trug.

»Guten Tag, Miss. Na, ist der kleine Bursche soweit fertig zum Gassigehen?«

Der Barsoi, der Beagle, der Golden Retriever, der schokoladenbraune Pudel und der Scottie waren am Torpfosten angebunden. Ein großer Pflasterverband bedeckte den kahlen Teil von Beans Schädel. Mary warf einen zerstreuten Blick darauf, dann holte sie Gushi. Alistair folgte ihr bis an die Tür, rief Bean einen herzhaften Gruß zu und daß das Wetter heute ja wohl alles andere als ideal für einen Hundespaziergang sei.

»Was sein muß, muß sein, Sir«, entgegnete Bean etwas hintergründig.

Mary machte die Tür zu. Alistair stand vor ihr an die Wand gelehnt. »Hör mal, tut mir leid wegen vorhin. Du kannst einem aber auch echt auf die Nerven gehen! Da raste ich eben aus. Vielleicht denke ich, ich kann dich zur Vernunft bringen, wenn ich dich mal ordentlich schüttele.«

»Inzwischen solltest du gemerkt haben, daß das nicht funktioniert.«

Sie machte wieder die Tür auf. Sie kämpfte mit den Tränen, was ihr bei geöffneter Tür besser glückte – mit Bean und den Hunden im Blickfeld und dem Nachbarn von gegenüber, der sich in den Regen hinausgewagt hatte, um an seinen Rosen die verblühten Blätter abzuzupfen.

»Ich möchte, daß du gehst. Geh jetzt bitte.«

Einen Augenblick, nicht länger als ein paar Sekunden, schien es ihr, als wollte er sie von der Tür weg drängen, die Tür zuknallen und sich bedrohlich vor ihr aufbauen. Bestimmt hatte er auch daran gedacht und es auf einen späteren Zeitpunkt verschoben. Irgend etwas hatte ihm die Sprache verschlagen, wie ihr vorhin bei Bean, vielleicht die verspätete Einsicht, was er da angerichtet hatte, daß er wieder in das Verhalten zurückgefallen war, das er angeblich abgelegt hatte. Er nahm seinen Regenmantel vom Garderobenständer und ging mit forschem Schritt im Regen davon.

Jetzt, wo sie endlich allein war, hätte sie weinen können, hatte aber kein Bedürfnis mehr danach. Sie ging ins Wohnzimmer hinüber, setzte sich an den Schreibtisch von Lady Blackburn-Norris und fing an, Leo einen Brief zu schreiben.

Die Nonnen oben in Primrose Hill hatten um fünf Uhr nachmittags Tee ausgeschenkt, an Pharao – den Mann mit den Schlüsseln –, an Racker und Dill, ein paar von den Fuseltrinkern und ihn selbst. Das alles erzählte Roman der Polizei, auch daß er sich mit Pharao unterhalten habe, soweit dies mit einem Mann möglich war, der so zerstreut und absonderlich und realitätsfern war wie der Mann mit den Schlüsseln. Man gab ihm zu verstehen, daß er Pharao damit für irgend etwas ein Alibi verschafft hatte, was sich um fünf zugetragen hatte, verriet aber nicht, worum es sich handelte.

Als er sich in seiner gesetzten, *bürgerlichen* Art erkundigte, von offizieller Stelle eine Erklärung erwartete, bekam er zur Antwort, das könnten sie ihm nicht sagen. Für einen kurzen Augenblick dachte er sogar, der Beamte würde ihn gleich »Sir« nennen. Verblüfft über seinen Akzent und vielleicht auch, weil er sich völlig anders benahm als die Fuseltrinker, hätte der junge Polizist ihn tatsächlich um ein Haar mit »Sir« angesprochen, bis ihm wieder einfiel, daß er es mit einem Nichtseßhaften zu tun hatte.

Roman hätte der Polizei vielleicht etwas über Pharaos Leben erzählen können, doch man hatte ihn nicht danach gefragt, und das Leben auf der Straße hatte ihn gelehrt, nicht freiwillig mit Informationen herauszurücken. Sie hatten keinen Grund, ihn für den Hüter von Pharaos Geheimnissen zu halten, wenn er es denn wirklich war, wenn die Geschichte stimmte, die er eines Nachts am Kanalufer erfahren hatte. Roman glaubte es jedenfalls. Francie Quin, der sie zum besten gegeben hatte, war nicht besoffener als sonst auch und hatte die Geschichte erzählt, ohne dabei in das für die Fuseltrinker typische irre Gelächter oder gelegentliche aggressive Knurren auszubrechen.

Alle wußten, daß Pharao mit richtigem Namen Jimmy Clancy hieß, doch nur Quin hatte herausgefunden, woher sein Spitzname stammte. In den siebziger Jahren, als Pharao noch sehr jung war, noch keine Zwanzig, war er einer religiösen

Sekte beigetreten, die in klapperigen Kombis und Lastwagen durchs Land zog und wie die fahrenden Schausteller in alten Zeiten am Straßenrand oder auf einem Feld Wunder- und Mysterienspiele aufführte. In so einem Spiel, einer dramatisierten Version von »Moses im Schilfrohr«, hatte Clancy den König von Ägypten gespielt, dessen Tochter Moses entdeckt und aufzieht. Der Titel war an ihm hängengeblieben, und von da an hieß er Pharao.

Einer damaligen Mode folgend, hatte er damit angefangen, sich die Haare und den Bart blau zu färben. Besser gesagt, seine Schwester, die Friseuse war, hatte sie ihm gefärbt. Quin nahm an, daß er schon als Jugendlicher schizophren gewesen war, noch bevor er der Sekte beitrat. Da die meisten Mitglieder Gott zu sich reden hörten, fand niemand etwas Auffälliges an Pharaos Verhalten.

»Obwohl, wenn du mich fragst, es war eher Satan als Gott«, meinte Quin. »Ein fieser Zwerg von einem Satan hat ihn gepeinigt. Er hatte den Auftrag, die Schlüssel zum Himmel zu finden, oder so ähnlich.«

»Ich will dir die Schlüssel des Himmelreichs geben, soll Christus zu Petrus gesagt haben«, sagte Roman, und weil er nicht allzusehr als Quell der Weisheit erscheinen wollte, fügte er hinzu: »Hab' ich jedenfalls gehört. Die hat heute dann wohl der Papst.«

»Ach, dann sind die also echt? So wie die, mit denen sie den Park absperren?«

Das glaube er nicht, sagte Roman, es sei eher ein Symbol, also eine Redensart, doch Quin schien ihn verstanden zu haben. Im dunklen Kanalwasser spiegelte sich der Vollmond. Es sah aus, als hätte jemand unter Wasser ein rundes, weißes Licht angezündet. Die Bäume ließen ihre dünnen Äste über die Wasseroberfläche streifen, als wollten sie den Mond in ihrem Netz auffangen. Sie hätten auch an einem breiten, träge dahinfließenden Strom sitzen können, wo üppiges Buschwerk bis zum Wasser hinabwucherte, ein Dschungel aus grünem Laub, der sich – soweit das bloße Auge es beurteilen konnte – auch meilenweit über die Stadt erstrecken und die Gebäude unter einer dunklen Wildnis hätte begraben können. Vielleicht hatte der Nil einst so ausgesehen, als Moses dort in seinem Binsenkörbchen dahingetrieben war.

Über den rötlichen Londoner Himmel jagten schwarze Wolkenfetzen. Vom bleichen Neonlicht erleuchtet, schimmerten die hohen, Anfang des Jahrhunderts errichteten Wohnblocks in der Ferne wie Paläste, wie Schlösser im schlafenden Wald. Die Geräusche der Großstadt, die zu dieser Stunde am leisesten waren, pulsierten dünn und vereinzelt durch die Erde.

Die anderen Fuseltrinker waren schon in ihr Übernachtungsheim in Camden gegangen, das Quin nach Möglichkeit zu umgehen suchte, wenn er der Polizei entwischen und im Park schlafen konnte. Da er an dem Tag seine Stütze abgeholt hatte, leistete er sich ein dunkles Bier statt Fusel und reichte Roman die Flasche. Der nahm einen Schluck, um nicht als hochnäsig zu gelten.

»Als er ausflippte, haben sie ihn weggetan, und in den Achtzigern war er dann die meiste Zeit in der Klapse. Vor vier, fünf Jahren kam er raus, in die sogenannte Gemeindepflege.« Quin stieß ein leises, verächtliches Lachen aus. »Seine Mum hat ihn zwei Nächte zu Hause schlafen lassen. Dann haben sie und der Stiefvater die Schlösser ausgewechselt, damit er nicht mehr reinkonnte. Er hatte keine Ahnung, kommt hin und probiert die Schlüssel. So hat es angefangen, als er mit den Schlüsseln bei ihr nicht mehr reinkam.«

»Wo hat er die eigentlich alle her? Die anderen Schlüssel, meine ich?«

»Geklaut, was weiß ich. Benutzen tut er sie nie. Sind ja nicht die richtigen, die machen ihm ja nicht die Türen auf.«

»Machet die Tore weit«, murmelte Roman und wünschte gleich, er hätte nichts gesagt.

Doch Quin schien es zu gefallen. »So ist es. Und weiter?« Also fuhr Roman fort: »Machet die Tore weit und die Türen in der Welt hoch, daß der König der Ehren einziehe!«

»Das solltest du mal Pharao sagen«, meinte Quin. »Das würde ihm gefallen, dem Pharao.«

Roman dachte an die religiöse Kultgemeinschaft und meinte: »Das kennt er bestimmt schon.«

Ob die Polizei mit Pharao gesprochen hatte, wußte er nicht. Er las die Wandzeitungen, rechnete fast damit, etwas über einen weiteren Mord zu entdecken, doch da stand nichts. Von Effie war keine Spur, seit sie damals John Dominic Cahills Leiche gefunden hatten und er ihr geraten hatte, den Kirchhof zu verlassen. Doch spürte er unter den Männern und wenigen Frauen, die am Parkrand im Freien lebten, eine ganz neue Spannung, ein Bewußtsein für Gefahr und Bedrohung, als wäre Nemesis, die Göttin der Vergeltung, herabgestiegen, um den unsicheren Frieden zu stören.

Draußen war es mild, wenn auch nachts noch ziemlich kalt. Er brachte seine Kleider und eine von den Decken in den Waschsalon in der Baker Street. Seine alten, im Laufe des Winters ausgetretenen Turnschuhe warf er weg und kaufte sich ein Paar neue. Für die Obdachlosen kam jetzt die beste Jahreszeit. Nur wer einmal auf der Treppe vor einem Hauseingang geschlafen hat, achtet darauf, daß der Sommer in England an sich erst nach der Sonnwende beginnt und es in diesen kurzen Monaten vielleicht gerade einmal vier oder fünf warme Nächte gibt.

Diesmal hatten sie bereits in der ersten Juniwoche eine solche Nacht. Er schlief im Freien auf dem Primrose Hill und hoffte, die Sterne sehen zu können. Doch sogar hier oben auf dem Hügel war der Himmel von einem unnatürlichen Dunst bedeckt und von unten von rötlichem künstlichem Licht erhellt. Er lag lange wach. Er dachte an Elizabeths Interesse für Astronomie und daß er sich in das Thema erst hatte einlesen müssen, um mit ihr Schritt halten zu können, ebenso wie er sich ein Buch über Teichtiere und -pflanzen gekauft hatte, um zu verstehen, wovon Daniel redete. Allerdings waren in den Teichen Englands kaum noch Lebewesen zu finden, dafür hatten Düngemittel und Insektizide schon gesorgt, und von ihrem Garten in West Hampstead aus waren auch keine Sterne mehr zu sehen.

Er konnte sich die drei Gesichter so ins Gedächtnis rufen, wie er sie zuletzt gesehen hatte, doch als er es nun tat, ging ihm auf, daß er sie im Eis seiner Gegenwart eingefroren hatte. Wenn sie weitergelebt hätten, sähen sie heute nicht mehr so aus. Sally schon, aber Elizabeth wäre inzwischen eine junge Frau von fast siebzehn Jahren und Daniel – wenn das Babyalter einmal vorüber ist, ändert sich ein Gesicht vielleicht nie mehr so stark wie zwischen acht und zehn – Daniel wäre heute zehn. Was ihr Vater demnach vor sich hatte, waren Trugbilder, veraltete Fotos, verlorengegangenes Leben, das sich niemals mehr wirklich ins Gedächtnis zurückrufen ließ.

Zum erstenmal, seit er angefangen hatte, auf der Straße zu leben, dachte er an die Zukunft. Bis zu diesem Augenblick hatten für ihn nur Vergangenheit und Gegenwart existiert, denn er nahm an – wenngleich er es nie in Worte gefaßt hatte –, daß er nicht lange leben würde, daß ein Mensch so viel Qual nicht ertragen würde. Die Menschen sind von Zeit zu Zeit gestorben, zitierte er in Gedanken, und die Würmer haben sie verzehrt, aber nicht aus Liebe. Aus Kummer anscheinend auch nicht. Vor ihm erstreckte sich die Zukunft, die Tür zu ihr war endlich aufgegangen, und auf der anderen Seite erblickte er eine endlose Straße, die sich weiß bergan zog und auf der die Heimatlosen schliefen – und er zwischen ihnen.

Nicht einmal, bestimmt schon hundertmal hatte Carl gesagt, Hob solle nicht heraufkommen. Auf einen nachbarschaftlichen Besuch schon, aber solche Besuche pflegte Hob nicht zu machen. Er hatte es nur auf eins abgesehen, und Carl war auch durchaus bereit, es ihm zu geben, aber nicht zu Hause, nicht vor Leos Augen.

Hob wußte das alles, doch er mußte es unbedingt haben. Er litt nicht nur unter Entzug – er hatte einen totalen Affen. So schlimm war es nicht mehr gewesen, seit er damals die ganze Nacht in der Ausnüchterungszelle zugebracht hatte und sie ihm nichts geben wollten, nicht einmal eins von diesen neumodischen Antihistaminen. Sie hatten sich über ihn lustig gemacht; so eine komische Figur wie ihn hatten sie wohl seit Monaten nicht mehr gesehen.

Er wußte, daß er auf Entzug war, wenn er die Mäuse hören konnte. Carl behauptete, auf jeden Bewohner der Britischen Inseln käme eine Maus, das machte also ungefähr achtundfünfzig Millionen, und die meisten von ihnen hausten in den Wänden von Redferry House. Zumindest hatte Hob diesen Eindruck. Außerdem hatte er einmal gehört, wo man sich auch aufhielt, ob in der Stadt oder auf dem Land, nie sei man weiter als zwei Meter von einer Ratte entfernt. Seine Schwester hatte ihm erzählt, man könne in einem wirklich todschicken Hotel an der Bar sitzen, und hinter einem in der Wand oder draußen vor dem Fenster mit den Samtvorhängen lauere eine Ratte. Doch was Hob nun herumlaufen und hinter der Fußbodenleiste scharren hörte, waren Mäuse. Wenn er einen Affen hatte, hörte er sie. Während der übrigen Zeit hörte er sie nicht oder scherte sich nicht darum. Es fing damit an, daß er sich zittrig, schwach und alt fühlte, dann begannen seine Muskeln zu zukken, und dann hörte er das Scharren.

Schwer zu sagen, was zuerst kam, die Panikattacke, bei der ihm alles eine höllische Angst einjagte – Luft, Licht, allein die Augen offenzuhalten, jede Bewegung –, oder das Scharren der Mäuse. Seine Wohnung im ersten Stock war spärlich möbliert: nur eine braune Kunstledercouch mit Mickymaus-Sofakissen und die Matratze, auf der er schlief, und natürlich der Fernseher. Zu essen war nie viel im Haus. Normalerweise hatte er je eine Packung Weetabix und Cracker da, wegen der Gesundheit. Doch am Vorabend hatte er, in Ermangelung eines Besseren, eine Menge Wodka getrunken und dazu ein Weetabix gegessen, um überhaupt etwas im Magen zu haben, und war darüber eingeschlafen.

Als er im Morgengrauen oder irgendwann aufwachte, jedenfalls war es schon hell, waren Scharen von Mäusen um seine Füße herumgewuselt und hatten die Krümel aufgefressen. Er hatte laut aufgeschrien, und sie waren geflohen, doch danach war ihm so elend gewesen, daß er sich gefragt hatte, ob es echte Mäuse waren oder nicht. Falls sie echt waren, hätte er dann fünfzig Stück sehen können, wie er glaubte?

Wegen der Mäuse und weil außer dem letzten Rest Wodka und den sechs Morphiumtabletten, die der Arzt der Exfrau seines Stiefvaters gegen ihren Krebs verschrieben hatte, nichts im Haus war, mußte er nach oben und mit Carl sprechen. Ihm blieb gar nichts anderes übrig. Ausnahmsweise funktionierte der Aufzug. Andernfalls hätte er sich wahrscheinlich auf den Boden gelegt und wäre gestorben. Seine fünfundneunzigjährige Uroma sang immer ein Liedchen, das so ging:

Mir tut nichts weh, mein Mütterlein,
Doch geht mein Durst nicht fort,
Dann bring mich in 'ne Brauerei
Und laß mich sterben dort.

Eine Brauerei brauchte Hob zwar nicht, eher ein Chemielabor, aber sonst hatte der Dichter die Sache schon richtig erfaßt. Im Aufzug brummte er das Lied vor sich hin, mußte dann aber aufhören, weil er plötzlich kreischte. Carl und Leo wohnten im siebten Stock. Carl hatte die Wohnungstür in einem recht hübschen gelben Farbton gestrichen, doch dann hatte jemand versucht, bei ihm einzubrechen. Geschafft hatte er es zwar nicht, aber vom Schlüsselloch bis zum Briefkasten war ein langer Holzspan herausgerissen.

Es dauerte ziemlich lange, bis Carl kam und ihm aufmachte. Er musterte Hob von oben bis unten und sagte dann: »Ich habe dir doch gesagt, du sollst hier nicht raufkommen.«

»Ich hab 'nen Affen«, sagte Hob.

»Meine Wohnung ist tabu, Hob«, sagte Carl. »Das weißt du.«

»Ich hab' aber 'nen Affen. Ich brauch' 'n bißchen Crack, damit ich es übers Wochenende schaffe.« Er drängte sich an Carl vorbei in die Wohnung. »Ich muß das haben, du kennst mich doch.«

»Mit einem bißchen Crack würdest du es nicht mal durch eine Drehtür schaffen«, erwiderte Carl säuerlich. »Sag Leo guten Tag. Dem geht's heute nicht besonders gut.«

Leo lag auf dem Sofa. Er sah nicht viel schlechter aus als sonst, fand Hob. Wenn Hob auf Entzug war, hatte er nicht viel übrig für die Wehwehchen anderer Leute. Leo las gerade einen Brief. Es sah schrecklich aus, wenn er lachte, denn dann hatte sein Gesicht noch mehr Ähnlichkeit mit einem Totenschädel als sonst.

»Wenn du nun schon mal da bist, setz' dich. Mach' einen Besuch draus. Willst du einen Tee?«

Hob schüttelte schwach den Kopf. In der Wohnung der Brüder kam er sich manchmal vor wie in einer freundlichen Suchtklinik. Auf dem Boden lag ein Teppich, Sessel standen herum, und auch wenn das übrige Mobiliar nicht ganz so nett war wie die Sachen, die vor den Läden in der Kilburn High Road zum Verkauf angeboten wurden, so waren es immerhin Möbel, und sie verliehen der Wohnung eine fast heimelige Atmosphäre. Wegen Leo heizte Carl auch immer gut ein. Kurz bevor Leo letztes Jahr aus dem Krankenhaus gekommen war, hatte Carl angefangen, das Zimmer zu streichen, die Arbeit dann aber mittendrin liegengelassen, so daß nun zwei Wände grün, eine weiß und eine halb weiß und halb grün waren.

Hobs Mutter, die Leo schon von klein auf kannte, fand, daß

Carl eigentlich eher wie ein Vater als ein Bruder zu ihm war. Auf den läßt er nichts kommen, sagte sie, vergöttert ihn ja fast – was Hobs Erfahrungen mit Vätern nicht eben entsprach. Anderen gegenüber war Carl nicht besonders zartfühlend. Inzwischen hatte er Hob in einen Sessel geschoben, ihm einen Becher Tee hingestellt und unterhielt sich wieder mit Leo, als wäre sonst niemand im Zimmer.

Hob hatte keine Ahnung, wer diese Frau war, um die es dabei ging. Es war ihm auch egal. Außerdem schmeckte der Tee nach Mäusepisse. Die Frau hatte Leo anscheinend geschrieben und war schon fast so was wie seine Freundin, eigentlich verrückt, weil Leo ja sowieso am Abnippeln war. Vor Hob wollte Carl anscheinend nicht darüber reden. Hob mochte auf Entzug sein, doch Carls leichtes Kopfschütteln in Richtung Leo entging ihm nicht. Vielleicht sagte er was von wegen, die Wände hätten Ohren, doch das konnte Hob nicht sehen. Seine Stimme klang weinerlich.

»Ich brauche jetzt was, Carl.«

»Am Trinkbrunnen dann, an dem alten Trinkbrunnen. Um zehn. Wenn es dunkel ist. Wenn ich nicht da bin, dann Gupta.«

»Jetzt gleich hast du nichts? Bißchen Shit vielleicht?«

Abweisend erwiderte Carl: »Absolut keinen Shit, Hob, in jeder Beziehung.«

»Ein paar Ecstasys? Oder Cycles?«

»Du kennst dich aus, Hob. Ich weiß nicht mal, was Cycles sind, aber ich möchte wetten, die stehen auf der Verbotsliste.«

»Paar Jellybeans vielleicht?« fragte Hob hoffnungsvoll.

»Du hast zu viel Schiß vor der Nadel, weißt du?« sagte Carl. »Wird Zeit, daß ich mich wieder in Naturalien auszahlen lasse.« Er nahm Leo den Brief aus der Hand. »Nette Schrift hat die.«

»Was sie schreibt, ist auch nett.«

Carl lachte und steckte den Brief in die Tasche. »Ich habe noch nie Gewalt angewendet«, sagte er im Plauderton. »Nie einen Tropfen Blut vergossen oder jemandem im Zorn Schmerzen zugefügt. Der Schmerz, den ich bereitet habe, hat dem Empfänger unendliche Wonne verschafft. Was hast du eigentlich für ein Gefühl bei dem, was du machst, Hob?«

»Weiß ich doch nicht«, sagte Hob. »Ich hab' 'nen Affen, Mann. Ich bin im Arsch.«

»Ich hätte demnächst einen Job für dich, Hob. Wie findest du das? Was ganz Großes. Dann bist du für den Rest deines Lebens mit Crack und Jumbos versorgt!«

Hob sagte so eifrig, wie er konnte: »Ein Job für mich, Carl? Mir macht's nicht aus zu arbeiten, ich kann von morgens bis abends arbeiten.«

Carl fing an zu lachen. »Na, das glaub' ich. Du bist zum Schießen, weißt du das? Kennst du den alten Typ mit den Hunden, den mit der Baseballmütze, der immer die Hunde ausführt?«

»Kenn' ich nicht. Woher soll ich den kennen?«

»Weiß ich doch nicht, Hob. Hör endlich auf zu zittern. Du bringst ja den ganzen Raum zum Wackeln, und Leo geht's überhaupt nicht gut. Der alte Knacker hat vielleicht was für dich, wenn du so um halb fünf heute nachmittag im Park bist. Wohlgemerkt, ich kann mir nur denken, daß er was hat. Ich hab' da was läuten hören. Und jetzt hau ab! Ich sehe dich dann später, oder Gupta.«

Als ihn die großen, glasigen Augen aus Leos Totenschädel ansahen, wurde Hob fast schlecht. Er wußte, daß er sich nicht übergeben würde, denn er hatte ja nichts gegessen, doch er mußte sofort an die frische Luft. Carl heizte in der Wohnung wegen Leo immer tüchtig ein.

»Verabschiede dich schön von Leo«, sagte Carl. »Er fühlt sich nicht so toll.«

Unten angelangt, vergaß Hob die Sache mit der frischen Luft. Ihm war etwas eingefallen. Es war nur eine Vermutung, nichts als die schwache Vermutung, daß er in irgendeiner Hosentasche noch eine Ecstasy oder ein bißchen Crack hatte – aber wem machte er hier eigentlich etwas vor?

Alle seine Klamotten lagen in Haufen auf dem Boden verstreut, manches war auf die Decken am Fußende seiner Matratze geschichtet, um ihn in kalten Nächten zusätzlich warmzuhalten. Die besten Sachen hatte er aus dem Wohlfahrtsshop, die schlechtesten – seine Alltagskluft – stammten aus Abfalleimern und Müllcontainern. Er begann in dem Wust herumzuwühlen, in den Taschen einer alten, roten Strickjacke, steif vor Schmutz und Lebensmittelflecken, in Jeans mit abgerissenen Knien und ausgefransten Säumen, in einer abgeschabten Lederjacke, die vor Jahrzehnten einmal seinem Großvater gehört hatte. Außer abgebrannten Streichhölzern und alten Rubbellosen enthielten die Taschen nichts.

Seine Suche wurde immer verzweifelter. Frustriert warf er das Zeug im Zimmer umher, uralte angegraute oder schwärzliche T-Shirts, ausgebeulte Unterhemden, eine gestreifte Pyjamahose. Der ganze Umtrieb mußte die Mäuse aufgeschreckt haben, denn nun begannen die Kratzgeräusche wieder und das emsige Umherhuschen und leises, hohes Quieken.

Als die Panikattacke anfing, legte sich Hob auf die Matratze und vergrub das Gesicht in den alten Klamotten. Inzwischen wußte er nicht mehr, ob das Geräusch, das er hörte, von den Mäusen kam oder von ihm selbst. Eine große, leere Einsamkeit umfing ihn, und er fing an zu wimmern. Mit geballten Fäusten bearbeitete er die Bodenplanken, so daß die Mäuse gleich einer Armee geschlossen den Rückzug antraten.

13

Boris und Ruby zerrten Bean an der Ampel zwischen Park Square und Park Crescent über die Marylebone Road. Für seinen Geschmack war dort nie lange genug rot, und er bleckte die Zähne und reckte den ungeduldigen Autofahrern seine geballte Faust entgegen. Durch den Tunnel würde er auf dem Rückweg auf keinen Fall gehen, solange der Kerl mit den Schlüsseln noch frei herumlief.

Er hatte der Polizei eine genaue Personenbeschreibung gegeben, von dem langen, schwarz-blauen Haar und dem grell kobaltblau gefärbten Bart bis zu den Füßen in den aufgerissenen, verdreckten Lederstiefeln. Die Schlüssel, glaubte er, waren mit Sicherheitsnadeln an seiner Kleidung befestigt, und er beschrieb sie als eine Art Ritterrüstung, eine Art schützender Kettenpanzer. Weil keine Festnahme erfolgte und anscheinend nichts unternommen wurde, ging Bean noch ein paarmal auf die Wache, um Dampf zu machen. Er verlangte eine Gegenüberstellung, um den Mann mit den Schlüsseln heraussuchen zu können. Sie teilten ihm mit, sein Fall werde untersucht und sobald es etwas Neues gebe, würden sie sich bei ihm melden. Bean hatte kein Zutrauen zu ihnen.

Obwohl er eine Menge Leute kannte, hatte er nur wenige Freunde, und auch das waren nur Bekannte, die er an seinen Freitagabenden, den einzigen Abenden, an denen er ausging, im Globe traf: Freddie Lawson, der bei Crown Estates Hilfsarbeiter war, und Peter Carrow, ein Parkwächter, dessen Leben sich schlagartig zum Besseren gewendet hatte, als ihm zur Abfallbeseitigung auf dem Broad Walk und um die Pavillons herum ein Sauggerät zur Verfügung gestellt wurde. Lawson, ein Witwer, und Carrow, dem die Frau schon lange davongelaufen war, tranken beide weitaus mehr als Bean; allabendlich versoffen sie im Globe oder im Allsop Arms ihren Lohn. Am Freitagabend hatte Bean sie im Globe getroffen und ihnen von seinem Erlebnis mit dem Mann mit den Schlüsseln erzählt. Carrow, der die meisten Penner wenigstens vom Sehen her kannte, identifizierte den Mann mit den Schlüsseln auf Beans Beschreibung hin und konnte ihm sogar sagen, wie er hieß.

Inzwischen war Bean fest davon überzeugt, daß er Clancy bei dem Überfall gesehen hatte. Die beiden Begegnungen waren in seinem Kopf durcheinandergeraten, und nun erzählte er Lawson und Carrow, kurz nachdem er im Tunnel an Clancy vorbeigegangen sei, hätte sich der Mann mit den Schlüsseln von der Wand gelöst und ihn auf den Hinterkopf geschlagen. Ein paar andere Gäste, darunter die unvermeidlichen Touristen, hörten es.

»Und das Gesetz unternimmt nichts in dieser Sache?« fragte Lawson.

So nannte Lawson immer die Polizei. Carrow nannte sie Abschaum.

»Die decken ihn«, sagte Bean, »aus unerfindlichen Gründen.«

Er versuchte, Valerie Conways Unterstützung zu gewinnen. Seit der Auseinandersetzung um ihren Vornamen hatte Bean sie überhaupt nicht mit Namen angesprochen. Er hatte allerlei Anreden und Titel in seinem Repertoire – Miss, Madam, Ma'am und Mrs. oder Miss Soundso –, benutzte jedoch keinen davon, und sie mußte eingestehen, daß er diese Runde gewonnen hatte. Deshalb war sie auf der Hut, als er von ihr wissen wollte, ob es nicht stimme, daß er Clancy ihr gegenüber als »Marsmenschen« bezeichnet hatte.

»Aber nicht das eine Mal, als Sie beraubt wurden«, wandte Valerie ein.

»Ich bitte Sie«, sagte Bean. »Erzählen Sie mir doch nichts.

Ich bin mit dem Hund hergekommen, und Sie haben mir ausnahmsweise die Haustür aufgemacht, weil ich so durcheinander war. Ich war am Boden zerstört, ich konnte nicht mal mehr klar denken.«

»Kann schon sein, aber Sie haben nicht gesagt, wer es war. Wenn Sie mich fragen – Sie verwechseln da was. Sie können von mir nicht verlangen, daß ich mich vor der Polizei zum Narren mache und denen eine Geschichte auftische, die Sie sich ausgedacht haben.«

»Gehen Sie jetzt und holen Sie den Hund«, sagte Bean.

Sieg für Valerie, dachte sie, als sie die Souterraintür hinter den beiden zumachte. Bean überquerte die Straße, um am St. Andrew's Place Charlie, den Golden Retriever, abzuholen. Mr. Barker-Pryce, dem eine nasse, erloschene Zigarre im linken Mundwinkel hing, brachte den Hund an die Tür. Bean riet ihm zur Vorsicht, falls er vorhatte, aus dem Haus zu gehen. Draußen laufe ein gefährlicher Penner herum, leicht erkennbar an seinen blaugefärbten Haaren und den Schlüsseln, mit denen er über und über behängt sei. Barker-Pryce sagte, hoffentlich habe Bean nicht zu viel getrunken. Er hatte dem Geschwätz eines Angehörigen der Arbeiterklasse noch nie Glauben geschenkt und würde es auch in Zukunft nicht tun, solche Leute waren schon immer geistig minderbemittelt und heute durch Fernsehen und Drogen noch zusätzlich beschränkt.

Bean erzählte seine Geschichte Mrs. Goldsworthy und Lisl Pring.

»Ich möchte nicht, daß Marietta etwas zustößt«, war alles, was der Pring dazu einfiel.

Wutentbrannt vergaß Bean seine übliche Ehrerbietung. »Na, herzlichen Dank. Machen Sie sich um mich bloß keine Gedanken«, sagte er und fügte ein verspätetes »Miss« hinzu.

Lisl Pring fing an zu lachen. Wenn sie lachte, zog sie ihr Zwerchfell so ein, daß man die Rippen zählen konnte. Bean sollte sagen, was er wollte, Hauptsache, ihr Pudel bekam seinen Auslauf.

»In der ersten Augustwoche fahre ich zu meiner Schwester nach Brighton in Urlaub«, sagte Bean und sah zu, wie ihr die Kinnlade herunterfiel. »Ich gebe Ihnen schon mal weit im voraus Bescheid, damit Sie Ihre Vorkehrungen treffen können.«

Am Park Village oben zeigte Miss Jago mehr Mitgefühl. Sie erkundigte sich, ob er sich schon völlig erholt habe und ob die Polizei inzwischen den Schuldigen ausfindig gemacht habe. Bean überlegte, was sie damit bezweckte. Er glaubte nicht an Altruismus. Vielleicht war ihr während der Abwesenheit von Sir Stewart und Lady Blackburn-Norris das Geld knapp geworden, und sie hoffte, mit ihrem Gesäusel bei ihm einen Rabatt herauszuschinden.

»Es gibt keinen Zweifel, wer schuld ist, Miss«, sagte er dumpf und schüttelte den Kopf wie einer, der Frustriertheit und Enttäuschung signalisieren will. »Eine Art Marsmensch, der einer Dame wie Ihnen nicht mehr auffallen würde als der Dreck auf der Straße. Ich würde Sie gar nicht erst fragen, ob Sie ihm schon einmal begegnet sind.«

Sie holte den Hund, den sie wie ein Baby auf dem Arm hielt.

»Alles, was ich bei mir hatte, hat er mir abgenommen, jeden Penny. Meine Kamera ebenfalls. Zum Glück war der Film mit den Aufnahmen von den schönen Tierchen schon voll. Hätten Sie vielleicht Interesse an einem Porträt von dem kleinen Shih-Tzu?«

Sie sagte, es sei nicht ihr Hund und das sollten Sir Stewart und Lady Blackburn-Norris entscheiden. Damit hatte er schon gerechnet und scherte sich nicht weiter darum. Mrs. Goldsworthy hatte gesagt, sie hätte liebend gern ein Porträt von McBride oder sogar ein kleines Fotoalbum von ihm.

Es war allgemein bekannt, daß er sich jeden Morgen etwa um halb neun und jeden Nachmittag um halb fünf im Park aufhielt; er kam Viertel nach und ging Viertel vor. Später fiel Bean ein, daß das wohl die folgende Begegnung erklärte. Doch bevor der Mann auf ihn zutrat, hatte Bean die Hunde losgemacht und schritt den offenen Pfad entlang auf die Brücke und den neu angelegten Teich beim Hanover Gate zu. Es war so warm, daß er die Bomberjacke auszog und sie sich an den Ärmeln um den Bauch knotete, wie er es bei jungen Leuten beobachtet hatte. Für die Baseballmütze, den flotten Sonnenschutz für seinen armen Schädel, empfand er inzwischen größere Zuneigung als jedem menschlichen Wesen gegenüber. Sie hatte ihm wahrscheinlich das Leben gerettet, als Clancy ihn attackiert hatte.

Entlang dem schmiedeeisernen Gitter um das Gelände von »The Holme«, dem großen Gebäude oberhalb des Sees, ging die Frau mit ihrem Dutzend Hunden spazieren. Obwohl keiner angeleint war, marschierten alle brav und gesittet einher, die kleinen dicht bei Fuß, die größeren so ordentlich, als wären sie dazu abgerichtet. Waren sie vielleicht auch. Die Frau trug eine Reithose und ein kariertes Hemd, und ihr langes, dunkles Haar hing ihr wehend über den Rücken. Sie hatte anscheinend auch eine von diesen Pfeifen dabei, die das menschliche Ohr nicht hören kann, denn als ein Labrador etwas zurückfiel, sah Bean, daß sie etwas an die Lippen hielt, woraufhin der Labrador folgsam herbeigerannt kam.

Drei seiner Hunde dicht neben sich, die anderen drei am Seeufer, wo Marietta gerade eine Rotkopfente verbellte und der Shih-Tzu und der Scottie das braune Brackwasser soffen, betrat Bean die Brücke, die an dieser Stelle eine seitliche Ausbuchtung des Sees überspannte, in der eine kleine Insel lag. Es war schattig und etwas düster, ein staubiger Weg, über den sich hohe Bäume neigten. Allerlei Vogelarten drängten sich in dem fast stehenden Gewässer: Tafelenten, Mandarinenten, Schwäne, Stockenten, Spießenten, Wasserhühner und Taucherenten. Selbst im Winter stieg ein säuerlicher Geruch aus dem Wasser, und in der leicht feuchten Juniluft stank es nun gewaltig nach vermoderndem Grünzeug. Bean hatte die Brücke halbwegs überquert, als ihm vom anderen Ende her ein Mann entgegentrat und um Feuer bat.

Bean hätte sagen können »Tut mir leid« oder »Ich habe leider keins dabei«, doch er sagte: »Ich rauche nicht« in einem Ton, als wollte er Rauchen auf eine Stufe mit Kokainschnupfen stellen.

Statt weiterzugehen, sah ihm der Mann direkt ins Gesicht. Er war jung, mager, hatte aber ein rundes Gesicht mit Hängebacken und einen kugelförmigen Schädel mit Bürstenschnitt. Er war zu jung und zu kräftig, als daß sich Bean an ihm hätte vorbeidrängen können. Solche Augen, wußte Bean, stumpf und mit stecknadelkopfgroßen Pupillen, hatten Drogensüchtige. Er verspürte ein ängstliches Flackern in der Brust. Doch er war ja nicht allein. Auf dem sonnenbeschienenen Rasen am Hanover Pond konnte er die sonntäglichen Grüppchen sehen, hinter ihm näherten sich Schritte, und vor ihm hatten gerade zwei Arm in Arm gehende Mädchen die Brücke betreten.

»Mein Kumpel hat gehört, wie Sie das Maul aufgerissen haben«, sagte der Mann. »Oder hat es um paar Ecken erfahren.«

»*Was* habe ich?«

Der Mann achtete nicht auf ihn. »Jetzt mal ohne Scheiß. Wenn Sie den erledigt haben wollen, kostet das *Hawaii Fünf-Null.*«

Bean gelang es, sich das Gesagte halbwegs zusammenzureimen, doch die letzten Worte gingen über seinen Horizont.

»Fünfzig Eier.«

»Sie sind gut«, sagte Bean. »Ich habe sie nicht. Der hat mir dreimal soviel abgeknöpft. Und die Kamera. Der blauhaarige Scheißkerl mit den Schlüsseln.« Er versuchte sich zu konzentrieren. »Fünfzig – das ist eine Menge Geld.«

»Meinetwegen. Falls Sie sich's anders überlegen, ich bin nächsten Sonntag wieder hier. Gleiche Welle, gleiche Stelle.«

Es stimmte nicht ganz, daß er das Geld nicht hatte, doch er

konnte sich die Ausgabe nicht so ohne weiteres leisten. Wieder dachte Bean, daß es absolut unumgänglich war, neue Möglichkeiten zur Einkommensaufbesserung zu finden. Er sah, daß der Mann mit dem Kugelschädel den gleichen Weg zurückging, den er gekommen war, und auf das Hanover Gate zusteuerte.

Die Vorstellung, ein junger, kräftiger Bursche könnte den Mann mit den Schlüsseln »erledigen«, was vermutlich bedeutete, ihn zusammenzuschlagen, war durchaus verlockend. In Erinnerung an gewisse Episoden in Maurice Clitheroes häuslichem Leben – der einmal drei Tage im Bett gelegen hatte, das Ergebnis einer Begegnung mit einem jungen Riesen aus der Salisbury Street – stellte Bean sich Clancy sehnsüchtig in einem ähnlichen Zustand vor. In Clitheroes Fall war es allerdings *Spiel* gewesen. Lediglich der Preis hielt ihn davon ab, dem Kugelkopf hinterherzulaufen. Es war natürlich ein günstiges Angebot, aber nur, wenn ihm der Abschied von dem Geld nicht allzu schwer fiel.

Die goldene Kuppel der Moschee, die sich nun in sein Blickfeld schob, hatte etwas Beruhigendes. Am nächsten Sonntag würde der Mann wiederkommen.

Eine Woche war verstrichen, seit sie ihm geschrieben hatte, und er hatte nicht einmal angerufen. Das gleiche wie nach dem ersten Brief, in dem sie ihre Identität und ihre Adresse preisgegeben hatte, passierte nun wieder. Dorothea, der sie sich bis zu einem gewissen Punkt anvertraute, meinte, vielleicht gehörte er zu den Männern, die eine Frau nur interessierte, wenn sie nicht so leicht zu kriegen war. Frauen, die auf sie zugingen und Annäherungsversuche machten, schreckten sie ab. Das war kein großer Trost für Mary, die sich beschämt an die herzlichen Worte in ihrem Brief erinnerte und daran, daß sie ihn noch einmal auf die besondere Freundschaft hingewiesen hatte, die sie beide verband. Es war gewissermaßen ein

Appell gewesen, in dem sie ihre eigene Einsamkeit und die Trauer über den Todesfall zur Sprache gebracht hatte.

Am Samstag hatte sie die Hoffnung schließlich aufgegeben. Er wollte nichts mehr von ihr wissen. Irgend etwas mußte sie gesagt oder getan haben, was ihn aufgeregt hatte, oder er hatte es sich einfach anders überlegt. Alistair hatte angerufen und gefragt, ob sie mit ihm essen gehen wollte, und obwohl sie abgelehnt und nach einem hastigen Gruß aufgelegt hatte, fragte sie sich, ob sie beim nächsten Mal nachgeben würde, ob Alistair mit seinen kleinen Gewalttätigkeiten, seiner engstirnigen Aggressivität und herrischen Art nicht vielleicht besser war als überhaupt niemand. Als sie an die kleinen Gewalttätigkeiten dachte, schoß ihr das Blut ins Gesicht und erhitzte die Wange, auf die er sie geschlagen hatte.

Sie betrachtete ihr Gesicht im Spiegel, das seltsame Phänomen der sich rötenden Wange, von der die Farbe nun allmählich wieder wich, als es plötzlich an der Haustür läutete. Diesmal fragte sie sich nicht, wer das wohl sein mochte. Sie hörte ein Taxi wegfahren, während sie die Tür öffnete.

Auf der Schwelle stand Leo. Er war bleicher als je zuvor, sogar seine Lippen waren blutleer.

»Ich war im Krankenhaus«, sagte er. »Ich wollte nicht, daß Sie es erfahren.«

Die Erklärung, die ihr hätte einfallen sollen. »Warum denn nicht, Leo?«

Er zögerte. »Kann ich hereinkommen?«

»Natürlich. Aber natürlich.« Dorotheas Worte fielen ihr wieder ein, doch sie konnte nicht anders. »Ich freue mich, daß Sie da sind.«

Unschlüssig trat er ein. Noch während sie die Tür zumachte, fragte sie sich, wie sie nur auf Dorotheas Einwände hatte hören können, statt ihrem eigenen Urteil zu folgen.

»Ich hatte das Gefühl, Sie enttäuscht zu haben«, sagte er. »Ihre Erwartungen nicht erfüllt zu haben. Sie haben so viel für mich getan, und ich habe Sie im Stich gelassen. Offensichtlich hatte ich mich in letzter Zeit überanstrengt, das weiß ich, das ist mir völlig klar. Aber Sie wissen bestimmt, warum ich es getan habe.«

Sie schüttelte den Kopf.

»Wie soll ich es sagen? Ich will Sie nicht aufregen, Mary.« Er schwieg und schien zu überlegen, wie er sich ausdrücken sollte, ohne ihr weh zu tun. »Ich habe mich übernommen, weil ich Ihnen begegnet bin«, sagte er dann. »So, jetzt ist es heraus. Ich hatte mich nicht getraut, es auszusprechen. Ich wollte gern ein – ein ganz normaler Mann für Sie sein.«

»Leo ...« Sie ergriff seine beiden Hände.

Er ließ sie gewähren. Seine Augen leuchteten hell, zu hell, fast fiebrig. »Ich wollte – die Sache einfach im Sand verlaufen lassen. Lautlos aus Ihrem Leben verschwinden, verstehen Sie? Mir liegt so viel daran, daß Sie mich nie undankbar oder gleichgültig erleben, andererseits war mir das aber lieber, als daß – Sie – mitkriegen sollten, daß Ihre Spende vergeblich war.«

»Sie sagten aber doch, es geht Ihnen gut. Sie sagten – ich glaube, Sie sagten – die Leukämie sei nicht wieder aufgetreten.«

»Ich habe es erst erfahren, als sie mich wieder dabehalten haben.« Er wandte sich ab. »Ich hatte solche Angst, Mary.«

Sie verstärkte den Griff um seine schlaffen Hände. Diesmal erwiderte er ihn mit einem leichten Druck. »Dann kam Ihr Brief. Es stand gar nicht viel drin, aber ich glaube, ich weiß, was Ihre Großmutter Ihnen bedeutet hat. Ich mußte mich einfach melden.«

Ihre Gesichter näherten sich einander. Er beugte sich ein wenig vor und küßte sie auf die Lippen. Genau so einen Kuß hätte sie ihm gegeben, wenn sie den – unvorstellbaren – ersten Schritt gemacht hätte: leicht, sanft, trocken, aber genüßlich. Er umfing sie in einer brüderlichen Umarmung. Durch seine magere Gestalt konnte sie die fast vogelhaft zarten Knochen spüren. An seinem Hals pochte das Blut in raschen Schlägen. Mit federleichtem, fast geisterhaftem Griff ihre Schultern umfassend, sah er ihr ins Gesicht.

»Ich habe Angst, ich sage zuviel, Mary. Wenn man so krank war wie ich, so nah am Tod und dann noch einmal dachte, es geht zu Ende, werden die Gefühle sehr – sehr fieberhaft, ganz wild und heiß, und man stellt sich alles mögliche vor. Aber man darf sie nicht – *ich* darf sie nicht zu früh ausdrücken. Ich muß mir immer wieder sagen, ich habe noch *Zeit*, vor mir liegen noch *Jahre*.«

Leo ging ins Wohnzimmer und setzte sich völlig ruhig, fast wie in Trance auf das Sofa. Anders als sonst streckte er keine Hand aus, um den kleinen Hund zu kraulen, der sich an seine Beine drängte.

In einem seltsam eindringlichen Tonfall sagte er: »Erzähl mir von deiner Großmutter. Erzähl mir alles über sie und über deine Kindheit. Ich möchte alles wissen.«

Darauf hatte sie gewartet. Sie fing an, ihm Dinge zu erzählen, die sie noch nie ausgesprochen hatte. Die Vorstellung, Alistair von dem Tag zu erzählen, an dem sie – eben Waise geworden, aber noch ohne es zu wissen – zu ihren Großeltern gebracht worden war, vor Alistair von ihren damaligen Gefühlen zu sprechen, war undenkbar. Doch Leo konnte sie es sagen, der ihr aufmerksam zuhörte, dessen Blick sich manchmal mit dem ihren traf, dessen Lippen sich manchmal zu einem Lächeln öffneten. Sie sprach von jener ganz frühen Zeit. Frederica war ihr damals alt vorgekommen, doch wenn man acht ist, kommen einem alle Erwachsenen alt vor. Kinder sind leicht zu erobern, und ihre hingebungsvolle Liebe ist leicht zu erwekken. Am merkwürdigsten war, daß Frederica von Anfang an netter zu ihr war, als ihre eigene Mutter je gewesen war.

»Das klingt nicht sehr loyal. So etwas sagt man nicht, man sagt doch nicht, daß die Adoptiveltern besser sind als die leiblichen Eltern. Bei mir war es aber so. Meine Eltern waren noch sehr jung, meine Mutter war erst einundzwanzig, als ich geboren wurde. Sie hatten nur geheiratet, weil ich unterwegs war. Und danach wollten sie so weiterleben wie bisher. Meine Mutter hat mich sicher abgelehnt. Ich erinnere mich, daß sie mir gegenüber immer gleichgültig und ziemlich abweisend war. Warum erzähle ich dir das eigentlich alles?«

»Weil ich dich darum gebeten habe.«

»Reicht das als Grund? Vielleicht. Meine Eltern starben, als das Privatflugzeug, mit dem sie von Essex nach Frankreich fliegen wollten, im Ärmelkanal abstürzte. Zuerst war ich untröstlich, das ist doch klar. Ich glaube, meine Großeltern waren sehr unglücklich, sie hatten ihr einziges Kind verloren, doch sie zeigten es mir gegenüber nie. Sie hieß Helen, meine Mutter. Deshalb habe ich den Namen gewählt, als ich dir die Karte schreiben sollte. Aus Schuldgefühl, nicht aus Liebe, glaube ich.

Ich liebte meine Großeltern. Ich vergötterte meine Großmutter. Weißt du, der Flugzeugabsturz war schrecklich für sie und hätte es für mich wohl auch sein sollen – einmal hörte ich eine Frau zu meiner Großmutter sagen, dies sei die große Tragödie, die meine Kindheit zerstört hätte. Aber ich fand es romantisch, es war etwas ganz Eigenes, mit dem man ein bißchen angeben konnte, es hob mich von den anderen Mädchen in der Schule ab. Wenn mich irgendeine höhere Macht, eine Fee oder so ähnlich, gefragt hätte, ob ich meine Eltern wiederhaben wollte, hätte ich dankend abgelehnt. Aber das hätte ich vor niemandem zugegeben, dazu hätte ich mich zu sehr geschämt.«

»Aber jetzt schämst du dich nicht, es mir zu sagen?«

»Nein. Komisch, nicht?«

Er sagte: »Ich möchte, daß du das Gefühl hast, du kannst mir alles erzählen. Ich möchte derjenige sein, mit dem du reden kannst.« Er stand auf, etwas schwankend, fand sie, und hielt sich für einen Augenblick die Hand an die Stirn. »Ich muß jetzt gehen. Darf ich morgen wiederkommen?«

»Jetzt habe ich dich ermüdet«, sagte sie.

»Nein, du bist der letzte Mensch, der mich ermüden könnte. Du erfrischst mich.« Er sprach wie ein Kind, wie ein kleiner Junge. »Bekomme ich einen richtigen Kuß?«

Sie nickte. Er legte die Arme um sie und küßte sie, ganz leicht und zart. Sein Mund schmeckte nach einem aromatischen Gewürz, nach Zimt vielleicht oder Kardamom. Später dachte sie, daß sie so einen Kuß noch nie bekommen hatte, und wenn sie es näher hätte beschreiben sollen, hätte sie gesagt, es war ein unkörperlicher Kuß, ein Kuß wie in Gedanken, als hätte sie jemanden geküßt, der gar nicht von dieser Welt war, ein Gespenst, einen Geist, einen geisterhaften Besucher.

»Kommst du wieder?« fragte sie erwartungsvoll.

»Ich versprech's dir.«

Am nächsten Tag sah er schon weniger krank aus, obwohl seine Magerkeit extrem war. Sie hatte das Gefühl, durch ihn hindurchsehen zu können, als er durch die Eingangshalle ins Wohnzimmer kam, es schien ihr, als könnte sie die Umrisse der Möbel und die Farben der Stoffe durch seine transparente Gestalt hindurch erkennen. Sie tranken Wein, und sie machte Mittagessen. Er erzählte ihr von seiner Beziehung zu seinem Bruder.

»Ich liebe ihn, und er liebt mich«, sagte er. »Hört sich das schrecklich an, wenn es von einem Mann kommt?«

»Natürlich nicht.«

»Er hat alles für mich getan. Und auch alles aufgegeben. Er war auf der Schauspielschule, er ist ein ganz toller Schauspieler, aber er hat es aufgegeben, um jeden Tag bei mir sein zu können, als ich so krank war, damit ich nie allein war. Er ist mehr als ein Vater für mich.«

»Ich würde ihn gern kennenlernen.«

Darauf gab er keine Antwort, sondern sagte ziemlich unvermittelt: »Ich ziehe dort aus, ich habe mir eine eigene Wohnung gesucht.«

»Aber warum denn, ihr versteht euch doch so gut!«

»Weil es ihm gegenüber nicht fair ist, Mary. Ich ziehe ihn doch nur herunter, er hat gar kein Privatleben mehr. Obwohl es seine Wohnung ist, überläßt er mir das Schlafzimmer und schläft auf dem Sofa.«

Er hatte in Primrose Hill in der Edis Street eine Wohnung gefunden, nicht viel mehr als ein Zimmer mit Kochnische und Dusche, doch es würde genügen.

Sie suchte nach den richtigen Worten, und schließlich meinte sie: »Leo, ich werde ziemlich reich sein. Meine Großmutter hat mir sehr viel Geld hinterlassen. Wenn ich dir irgendwie helfen kann ...«

Er ließ sie nicht einmal ausreden. Es war wie damals in dem italienischen Restaurant, als er so kategorisch auf ihr Angebot reagiert hatte, sich die Rechnung zu teilen. »Kommt gar nicht in Frage. Bitte, das darfst du nicht einmal denken.«

Sie waren vom Tisch aufgestanden und saßen wieder nebeneinander auf dem Sofa, Gushi zu ihren Füßen.

»Die Vorstellung, daß du reich bist, behagt mir gar nicht«, sagte Leo. Ungekannter Widerwille schwang in seiner Stimme mit, die, statt lauter zu werden, fast zu einem Flüstern abgesunken war. »Du wirst sagen, es geht mich nichts an, aber ich – ich will, daß deine Sachen auch mich etwas angehen, Mary.«

Er sah ihr tief in die Augen. Sie spürte, wie die Farbe ihr Gesicht überflutete. Als er sie erröten sah, streckte er den Finger aus und berührte ihre Wange. Er nahm ihr Gesicht in beide Hände und küßte es mit der zarten Sanftheit einer Frau, die ihr Kind küßt. Als sie ihn nicht abwehrte, begann er sie ganz zart zu küssen, seine Lippen auf ihre zu legen, ihre Wange mit den Lippen zu streifen, die Nasenspitze und wieder ihren Mund. Seine behutsame Bedächtigkeit erregte sie. Sie erwartete jeden Augenblick eine stürmische Umarmung, harte Lippen, eine Zunge, die ihren Mund aufzwingen und sich erstikkend wie bei einer medizinischen Untersuchung in ihre Kehle drängen würde. Leo küßte sie auf die Lippen und streichelte ihr über die Wange. Sie merkte, wie ihr Körper, der wochenlang steif und verkrampft gewesen war, sich allmählich löste und weich wurde.

»Etwas würde ich jetzt furchtbar gern tun«, flüsterte er. »Darf ich fragen? Wenn du nicht willst, bleiben wir einfach so sitzen, aber wenn du ja sagst...«

»Was denn, Leo?«

»Ich würde mich gern mit dir hinlegen und dich im Arm halten. Mehr nicht, nur dich im Arm halten.«

Sie nickte.

»Ich meine, nur umarmen«, sagte er. »Mehr nicht.« Er stieß ein kurzes, unglückliches Lachen aus. »Mehr geht ja wohl nicht.«

Sie gingen nach oben. Offensichtlich unbefangen streifte er seine Straßenkleidung ab. Sie sah einen zum Skelett abgemagerten, aber dennoch schönen Körper vor sich, aufrecht, glatt, ebenso weiß wie ihr eigener.

Vorher oder im nachhinein betrachtet, wäre ihr die Vorstellung lächerlich erschienen, in Unterwäsche mit einem Mann ins Bett zu gehen, er in Unterhose, sie in BH und Strumpfhose, doch als es geschah, war es ganz natürlich. Sie überlegte, wo er die Knochenmarkspende bekommen hatte, konnte aber die Stelle nicht erkennen.

Im Bett hielt er sie in den Armen. Mit Alistair hatte sie diese Position immer schwierig gefunden, denn wenn sie eine Zeitlang so liegenblieben, schlief ihr der Arm unter seinem Körper ein, ihm übrigens auch, wogegen ihr die andere Möglichkeit – den einen Arm um ihn gelegt und den anderen hinter ihrem Rücken plaziert – unerträgliche Schulterschmerzen bereitete. Leo dagegen hielt sie im Arm, ohne von ihr das gleiche zu erwarten. Sie legte einen Arm über seine Brust, den anderen auf ihre eigenen Brüste. Er hielt sie fest, aber nicht zu fest, und wenn sein Arm unter ihrem Körper gefühllos wurde, ließ er es sich nicht anmerken. Er sprach kein Wort. Sie mußte sich in Erinnerung rufen, daß er sechs Jahre jünger war als sie, denn er umarmte sie wie ein unschuldiger Vater sein Kind.

Seit ihrer Kindheit, seit jenen Tagen, als sie zu einem Nachmittagsschläfchen hingelegt worden war – von ihrer Mutter, die, ehrlich gesagt, nur zu froh war, eine Stunde lang ihre Ruhe zu haben –, hatte Mary tagsüber nicht mehr geschlafen. Doch nun schlief sie, und Leo schlief ebenfalls. Sein Schlaf, dachte sie, als sie volle zwei Stunden später aufwachte, war der tiefe Schlummer eines Menschen, der zu lange nicht mehr richtig geschlafen hat und hundert Stunden nachholen muß. Sie stützte sich auf einen Ellbogen und betrachtete sein Gesicht: die schmalen, im Schlaf völlig entspannten Lippen, die blasse, an manchen Stellen vorzeitig gealterte Haut, die von Äderchen durchzogenen Lider über den geschlossenen Augen, Membranen wie violette Blätter. Als Kind mußte sein Haar richtig weiß gewesen sein, denn sogar jetzt hatte es nur die leichte Tönung von sonnengebleichtem Stroh.

Irgendwie mußte er gemerkt haben, daß sie von ihm weggerückt war, denn im Schlaf griff er blindlings nach ihr. Aber nicht wie andere Männer, nicht wie Alistair früher, der sie grob packte und hart in seine Arme zog und so schmerzhaft küßte, daß ihre Lippen wund wurden und ihr Zahnfleisch anfing zu bluten. Ohne die Augen aufzuschlagen, tastete Leo nach ihrer Hand und führte sie an seine Lippen. Er küßte ihr zärtlich die Hand, das Handgelenk, den Handrücken, die Knöchel. Was geschieht mit mir, dachte sie? Verliebe ich mich etwa in ihn? Ist es seine Andersartigkeit, die mich fasziniert, oder verspüre ich allmählich ein Bedürfnis, ihn zu umsorgen?

Das brauche ich. Ich brauche es, ihn hierzuhaben und mich um ihn zu kümmern. Es ist, als müßte ich den einmal begonnenen Heilungsprozeß nun auch zu Ende führen. Bald muß ich ihn loslassen, ihn nach Hause gehen lassen, aber ich habe Angst, wenn er geht. Wenn ich ihn nicht bei mir habe und pflege, schafft er es nicht, dann bekommt er einen Rückfall und wird wieder krank. Ach, wenn ich ihn bloß hierbehalten könnte, ich könnte ihn sicher gesundpflegen, und eines Tages …

Bean war wieder da. Es klingelte einmal, dann noch einmal etwas hartnäckiger. Sie zog einen Morgenmantel über, nahm Gushi auf den Arm und ging nach unten an die Haustür. Bean hatte sein unterwürfiges Lächeln aufgesetzt, die Augen kalt und ausdruckslos. Er drückte ihr ein Päckchen in die Hand.

»Fotos von dem kleinen Burschen, Miss«, sagte er. »Schauen Sie einfach mal rein. Keine Verpflichtung zum Kauf.«

14

Während seiner Dienstjahre bei Maurice Clitheroe war Bean ein starker Trinker gewesen. Manchmal hatte er es bis zum Exzeß getrieben. Es war immer reichlich Alkohol im Haus, und er hatte sich eben bedient. Falls Clitheroe es wußte, und bestimmt hatte er es gewußt, sagte er jedenfalls nie etwas. Vielleicht begriff er, daß Bean seine Arbeit nur mit Hilfe von Aufputsch- und Beruhigungsmitteln leisten konnte. Es war nämlich nicht witzig, wie Bean sich oft sagte, Gefährte, Diener, Zuhälter und Pfleger eines überzeugten Masochisten zu sein.

Die meisten jungen Leute, die ins Haus an der York Terrace kamen, hatten es nur auf das Geld abgesehen. Sie empfanden nicht mehr Vergnügen daran, einen fetten, alten Mann zu prügeln, als Bean am Einkaufen und Zubereiten seiner *Tournedos*. Ein paar von ihnen waren jedoch anders. Bean, der sie hereinließ, sah es an ihren Gesichtern, an dem starren Blick aus ihren halb hypnotisierten Augen. Sie waren Sadisten, und wenn sie die Peitsche oder den Rohrstock in der Hand hatten, konnte niemand sie in ihrer wütenden Raserei aufhalten.

So kam es, daß Bean, wenn er Clitheroes Schreie hörte und Schmerz und Lust nicht mehr voneinander zu unterscheiden wußte – oder waren sie etwa ein und dasselbe? –, sich mit dunklem Bier und einem Glas billigen spanischen Branntweins nach dem anderen zuschüttete. Manchmal war er so weggetreten, daß er es kaum mehr schaffte, den jeweiligen Besucher zur Tür zu bringen, doch er mußte es durchstehen und sich, so gut es ging, auf den Beinen halten, denn danach war Clitheroe zu verarzten.

Einmal fand er ihn ohnmächtig daliegen. Ein andermal wollte er seinen Dienstherrn umgehend in die Notaufnahme schaffen, doch Clitheroe, der keuchend auf dem Fußboden lag, während ihm das Blut aus den offenen Striemen am nackten Rücken auf den zum Glück sowieso schon vorherrschend scharlachroten Perserteppich troff, untersagte ihm unter Androhung der Entlassung, einen Krankenwagen zu rufen. Später wurde Bean vom Brandy und dunklen Bier ebenfalls ohnmächtig.

Ein junger Mann ohne Namen, den Bean immer den Prügler nannte, war ihm ganz besonders im Gedächtnis geblieben. Wenn die Augen der Spiegel der Seele sind, wie Anthony Maddox immer behauptet hatte, so hatte dieser Mensch keine Seele, denn beim Blick in seine Augen sah man nur zwei leere Höhlen. Dahinter lag nichts. Seine Nasenspitze und die Oberlippe waren gerötet, als hätte er sie mit Schmirgelpapier abgerieben. Er hatte einen anmutigen Gang, aufrecht und entspannt, die Schultern immer leicht hochgezogen und die Knie ein klein wenig gekrümmt. Nach seinen Besuchen befand sich Maurice Clitheroe jedesmal in noch schlimmerem Zustand, als wenn er von den anderen geprügelt oder die Treppen hochgeritten wurde oder scharfe Gegenstände in die Weichteile gebohrt bekam.

Er war siebenundsechzig, so alt wie Bean selbst. Sein Körper war wie der eines ständig mißhandelten Sklaven mit Narben übersät. Bean hatte so etwas noch nie gesehen. Er riet Clitheroe, den Prügler nicht mehr zu bestellen, doch sein Arbeitgeber hörte nicht auf ihn. Bean war nicht besonders phantasievoll – er gab mit einiger Genugtuung zu, daß er keinerlei Vorstellungskraft besaß –, doch insgeheim dachte er, obgleich es ihm ziemlich merkwürdig vorkam, daß Clitheroe in den Prügler *verliebt* war. Er war besessen von ihm. Er brauchte ihn unbedingt. Und der Prügler war es dann auch, der ihn schließlich tötete.

Das war zumindest Beans Ansicht. So schlimm, wie Clitheroe an jenem Abend geschlagen worden war, hatte Bean es noch nie erlebt. Er war natürlich nicht selbst Augenzeuge gewesen, das war er nie, und als die Schreie einsetzten, trank er den Brandy in großen Schlucken direkt aus der Flasche und verkroch sich in sein Bett, wo er sich mit der Steppdecke die Ohren verstopfte. Der Prügler fand danach selbst nach draußen, und Bean sah ihn nie wieder. Clitheroe erlitt einen Schlaganfall.

Sein Arzt aus der Harley Street direkt gegenüber wußte über Clitheroes Neigungen Bescheid. Er sah sich den Körper des alten Mannes unterhalb des Halses nicht einmal an. Als Clitheroe nach zehn Tagen schließlich starb, waren die schlimmsten Spuren bereits verblaßt, obwohl Bean sich manchmal fragte, was die Leute vom Bestattungsinstitut wohl gedacht haben mochten.

Hauptsache, man macht *mich* nicht dafür verantwortlich, lautete seine Devise, und das tat auch niemand. Nach der Beerdigung gab er das Trinken allmählich auf. Ihm lag sehr daran, fit zu werden, bevor es zu spät war, und mittlerweile war sein Pensum auf einen Whisky und zwei Flaschen dunkles Bier pro Woche gesunken, die er sich Freitagabend im Globe genehmigte. Freddie Lawson bezeichnete das Globe als »echtes Pub mit Spucke und Sägemehl auf dem Boden und Sandwich mit Würstchen«, doch Beans freitägliches Abendessen bestand nicht aus Würstchen, sondern aus einem vegetarischen Burger mit Branston Pickles und gelegentlich einem Teller Pommes frites.

Er wollte herauskriegen, wer der Kerl mit dem Kugelkopf war, der ihn letzten Sonntag auf der Brücke um Feuer gebeten hatte. Freddie hatte keine Ahnung, und Peter Carrow verweigerte jede Auskunft, bis Bean ihm verriet, weshalb er es wissen mußte. Die Luft im Globe war rauchgeschwängert. Bean wurde heiser und mußte lauter sprechen. Einige Leute stierten neugierig herüber.

»Was gibt's denn da zu glotzen?« fragte Bean streitlustig.

Ein amerikanischer Tourist drehte sich weg. Bean funkelte die anderen wütend an, die immer noch herstarrten. Womöglich war der Kumpel des Kugelkopfs unter ihnen.

»Hast du woanders schon was getrunken?« wollte Carrow wissen.

»Ich bin nicht blau, also spar dir deine Bemerkungen.« Bean tunkte ein Pommes frites in seine Branston Pickles und schob es sich in den Mund. »Ich suche da so einen Burschen. Hat einen Kumpel mit einem Kopf wie Mussolini.«

»Wie wer?« sagte Carrow, der erst fünfundvierzig war, und fuhr fort, ohne die Antwort abzuwarten: »Was willst du von dem?«

Bean sagte es ihm, wobei er die Stimme nicht sonderlich senkte. »Der Kerl muß mich hier was sagen gehört haben.«

Freddie Lawson fing an zu lachen.

»Hawaii Fünf-Null! Wo hat er denn das her? Hawaii Fünf-Null!«

»Kann ich mir nicht leisten«, sagte Bean. »Schade! Ich glaube nämlich, Mussolini hätte seine Sache recht gut gemacht.«

»Ist doch furchtbar«, meinte Carrow, »wenn ein arbeitender Mensch dem Abschaum die Arbeit machen muß.«

Der amerikanische Tourist flüsterte Bean beim Hinausgehen zu: »Hawaii Fünf-Null, die Krimiserie, hab' ich recht?«

»Halten Sie sich da raus«, erwiderte Bean.

Der Freund des Kugelkopfs gab sich nicht zu erkennen, und Bean mußte sich unverrichteter Dinge auf den Heimweg machen. Am nächsten Morgen beim Einkaufen überlegte er, ob er kurz am Geldautomaten der Barclay's Bank in der Baker Street vorbeigehen sollte. Vielleicht wollte Mussolini nicht die ganze Summe auf einmal, sondern würde auch fünfundzwanzig vor dem Überfall auf Clancy und den Rest nach vollbrachter Tat akzeptieren. Er wollte rasch die Marylebone Road überqueren, bevor die Ampel auf Rot schaltete, doch es war zu spät, und er trat verärgert zurück, als ein Lieferwagen ihn fast umgenietet hätte. Der Fahrer streckte als Antwort auf Beans gereckte Faust zwei Finger in die Luft.

Vor einigen Jahren war ungefähr an dieser Stelle *tatsächlich* jemand überfahren worden. Eigentlich in der Luxborough Street, doch das kam aufs gleiche raus. Ein Lieferwagen der chemischen Reinigung war es gewesen, und es hatte einen Penner erwischt, war also nicht weiter schlimm. Danach war der Wagen ins Schleudern geraten und gegen eine Mauer geprallt. Der Fahrer, der nicht angeschnallt war, war herausgeschleudert worden, und die Rettungsfahrer fanden ihn über die spitzen Eisengitterstäbe vor den Mietshäusern drapiert. Bean war der Fall noch gut in Erinnerung. Mr. Clitheroe hatte es ihm aus der Zeitung vorgelesen, wie er es oft tat. Er las gern vor.

Der Bettler war sofort tot gewesen – hatte bestimmt gar nichts gespürt –, doch der Fahrer, der sich dabei immerhin drei Rippenbrüche zugezogen hatte, war wegen Totschlags, nicht nur wegen unvorsichtiger Fahrweise, verurteilt worden und wanderte ins Gefängnis. Er mußte zwar nicht lange einsitzen, aber Bean betrachtete es trotzdem als monströse Ungerechtigkeit, daß er überhaupt eingesperrt worden war. Daran konnte man sehen, wie gefährlich der Verkehr hier in der Gegend war.

Wenn Clancy erst einmal unschädlich gemacht war, dachte er, konnte er den Tunnel wieder benutzen.

Diesmal kam Mr. Cornell an die Tür. Während Bean Boris spazierengeführt hatte, war Valerie Conway nämlich in ihren Sommerurlaub abgezwitschert. Cornell, jeder Zoll ein Gentleman, kam an die vordere Haustür und erwartete von Bean nicht etwa, daß er ins Souterrain hinunterstieg. Als Bean ihm von den Fotos erzählte, die er von Boris gemacht hatte, meinte Mr. Cornell interessiert, wenn Bean einmal eine Auswahl mitbringen könnte, würde er sie sich gern ansehen.

Ohne die gegenseitigen Sticheleien mit Valerie und das

Treppensteigen war er fünf Minuten vor der Zeit in der Devonshire Street und sah durch ein Fenster im Erdgeschoß, wie Erna Morosini gerade einen Mann küßte. Beide trugen Morgenmäntel. Bei dem Mann handelte es sich nicht um ihren Ehemann, da war Bean sich sicher, und vielleicht war daraus etwas zu machen, vielleicht ließen sich damit seine Finanzen etwas aufstocken. Das Problem war nur, daß Mrs. Morosini überhaupt nicht beunruhigt schien, als sie ihm auf sein Läuten hin öffnete, sondern übers ganze Gesicht strahlte. Er hatte sie noch nie so glücklich gesehen.

»Ich würde schrecklich gern ein paar Fotos von Ruby sehen. Bringen Sie sie doch mal vorbei. Aber keine unanständigen!«

Das entschied die Sache. Er konnte es sich leisten. Er würde sein Einkommen aufbessern, eine neue Kamera kaufen und fünfzig Pfund für Mussolini abheben. Der Bettler mit dem Beagle saß vor dem Kino in der Baker Street, als Bean dort ankam, und mit ihm unterhielt sich, besser gesagt, neben ihm stand, mit seiner typischen fiesen Fratze – Clancy, der Mann mit den Schlüsseln! Sein Haar schimmerte blau wie eine Pfauenfeder, und die Sonne schien auf seine Schlüssel, so daß sie wie ein Brustpanzer funkelten und Clancy wie einen Dämon in einem billigen Horrorfilm aussehen ließen Bean betrat einen Souvenirladen mit Sherlock-Holmes-Artikeln und erstand die rote Baseballmütze aus dem Schaufenster, auf der Holmes in einem weißen Kreis abgebildet war. Es war die sommerlich leichte Ausführung mit luftdurchlässiger Hutkrone.

Am Sonntag war er ziemlich aufgeregt. Er hatte kaum den Park betreten, als es zu regnen anfing. Diesmal trug er seine wärmere Mütze und hatte über die Jacke eine Regenhaut aus durchsichtigem Plastik gezogen, war also gut gerüstet. Trotzdem wäre er lieber unter den Bäumen entlanggegangen, aber das hätte bedeutet, in dem Teil des Parks zu bleiben, in dem man die Hunde nicht frei laufen lassen durfte, zum Beispiel in Queen Marys Rosengarten oder in der Gegend um den See.

Doch sobald sie Gras unter den Pfoten fühlten, fingen Charlie und der Barsoi so heftig an zu ziehen, daß Bean Mühe hatte, seinen Stand zu halten. Er mußte die beiden losmachen und die anderen auch.

Ein Regenschleier aus tiefliegenden Wolken verdunkelte die Mappin Terraces am Zoo, künstlich angelegte Erdhügel, und die Reihenhäuser von St. John's Wood mit ihrem roten und weißen und dem für die sechziger Jahre typischen grauen Rauhputz. Vereinzelt erhoben sich Hochhäuser aus dem Dunst, und südlich davon ragte der obere Teil des Post Office Tower wie eine Mondrakete in die Luft, klar umrissen, aber grauer und häßlicher als an einem sonnigen Tag. Bean steckte die Hände in die Hosentaschen und befühlte die zusammengerollten Geldscheine. Vom Schild seiner Mütze begann Wasser zu tropfen, und er drehte ihn nach hinten, wie er es bei den Kids in amerikanischen Fernsehserien gesehen hatte.

Bean hielt sich zugute, seine Arbeit ordentlich zu machen, doch alles hatte seine Grenzen. Mittlerweile war der Regen stärker geworden, und die Mappin Terraces und alle Bäume im Norden waren hinter einem grauen Vorhang verschwunden. Keiner der Hunde schien das schlechte Wetter zu bemerken, bis auf Gushi, der dicht neben Bean stehengeblieben war und sich wimmernd schüttelte. Bean begann, sie zu rufen.

Wie bei allen Hunden – außer bei denen der Frau mit den Reithosen – gab es folgsame und unfolgsame. Aus Erfahrung wußte er, daß Charlie nicht von selbst kommen würde. Er stieß einen schrillen Pfiff aus, während er Gushi, Marietta und McBride anleinte. Ruby kam angesprungen und warf sich sogleich in einem simulierten Paarungsakt auf den Scottie. Geschlechtsspezifisches Verhalten spielte bei Hunden offenbar keine große Rolle.

Bean rief Ruby zur Ordnung und pfiff noch einmal. Alle Hunde schüttelten sich ausgiebig, so daß ihre schlaff herunterhängende Haut schlackerte. Bean wünschte, er hätte beim

Kauf der Regenhaut noch zusätzlich in wasserdichte Hosen investiert. Von Charlie war immer noch nichts zu sehen, dafür tauchte Boris plötzlich aus dem Nebel auf wie der Hund von Baskerville in einem Sherlock-Holmes-Film, den Bean einmal gesehen hatte. Mit gesenktem Kopf und triefenden Ohren kam er angetrottet und knurrte unwillig, als Bean ihn am Halsband packte.

Er glaubte, genug Zeit eingeplant zu haben, doch als er auf seine Uhr sah, stellte er fest, daß es fast zwanzig vor fünf war. Mit den fünf Hunden an der Leine stand er da, unschlüssig, welche Richtung er einschlagen sollte. Wo war Charlie wohl hingelaufen? Vielleicht zu einem Imbißstand, um in einem Abfalleimer herumzuschnüffeln oder einen Bissen zu erbetteln. Allerdings saß bei diesem Wetter wohl kaum jemand draußen zum Essen.

Keine der beiden Möglichkeiten lag auf Beans Weg. War er bisher noch unschlüssig gewesen – einerseits hatte er gehofft, Mussolini zu treffen und ihm grünes Licht zu geben, andererseits hatte er sich vor den Treffen gefürchtet –, so war nun jeder Zweifel verflogen. Er wollte den Mann unbedingt wiedersehen, zur Brücke gelangen, mit ihm verhandeln und die Sache in Gang bringen. Während er von seiner Hundemeute vorangezerrt wurde, sah er den Mann mit den Schlüsseln wieder im Geiste vor sich, die blauen Haare und den Bart, die grausamen Augen, das Klirren des Kettenpanzers. Er durfte sich die Gelegenheit nicht entgehen lassen, dem Mann eine Lektion zu erteilen...

Aber auch in der Umgebung des Restaurants war kein Charlie. Hieß das etwa, er mußte die ganze Strecke bis zum Broad Walk zurücklatschen? Vor ihm führte der Pfad zur Long Bridge hinunter und über einen anderen Seitenarm des Sees, nicht den, über den Mussolini bald kommen würde, wo er womöglich bereits wartete... Bean hatte noch nie einen Hund verloren, nie hatte ein Hund länger als ein paar Minuten gefehlt.

Doch Charlie war verschwunden, fehlte nun bereits seit einer Viertelstunde. Es war fünf vor fünf.

An der Nordseite des Sees, wo die Enten sich im durchweichten Gras tummelten oder auf den leichten Wellen munter auf und ab schaukelten, blieb Bean stehen und fluchte. Die Hunde nutzten die Pause, um sich ausgiebig zu schütteln. Bean begann erneut zu pfeifen. Egal, wie es weiterging, egal, was er verpaßte – ohne Charlie konnte er Mr. Barker-Bryce mit dem bitterbösen Blick und der Zigarre unmöglich unter die Augen treten.

Plötzlich ein Spritzen und Raufen, ein Quaken und Schreien, und mit panischem Flügelschlagen flogen drei rosafüßige Gänse und eine weiße Ente vom Rand des Gewässers auf. Charlie sprang fröhlich hinterher, die Pfoten bis obenhin voller Schlamm, seine Gestalt durch das Bad dermaßen verändert, daß er so dünn wie der Barsoi und so dunkel wie der Pudel aussah. Bean griff hastig nach ihm, und der Retriever, der erkannte, daß das Spiel zu Ende war und die Freuden der Freiheit vorüber, krümmte seinen Körper zusammen und entspannte ihn gleich mit einem kräftigen, ausgiebigen Schütteln. Bean und die anderen Hunde wurden über und über mit Wasser und fliegendem Schlamm bespritzt. Sogar Beans Gesicht trug Schlammsprenkel, seine Hände waren rot und naß, und das Wasser quatschte in seinen durchweichten Schuhen.

Doch er rannte los. Die sechs Hunde galoppierten wie ein Gespann Schlittenhunde vor ihm her – wenn er nur einen Schlitten hätte! –, während er auf die Brücke über den Seitenarm des Sees zusteuerte. Der Himmel klarte auf, und der Regen verzog sich allmählich. Unter den Bäumen auf dem Weg zur Brücke war es fast trocken. Bean atmete tief durch und ballte die Faust mit der Leine. Aber Mussolini war natürlich nicht da. Vielleicht war er dagewesen, aber natürlich hatte er nicht bis fünf nach fünf, eine halbe Stunde nach der vereinbarten Zeit, gewartet.

Er rannte das letzte Stück über die Brücke. Der Regen hatte fast aufgehört, und durch das Nieseln lugte die Sonne heraus. Bean steuerte auf die Moschee zu, deren goldene Kuppel im Sonnenlicht blinkte wie eine Münze aus alten Zeiten, als Münzen noch aus hochwertigen Metallen gemacht wurden. Letztesmal hatte Mussolini diesen Weg genommen, dachte er. Doch von ihm war keine Spur zu sehen. Bis auf den Mann, der auf der Insel im Hanover Pond die Paddelboote festmachte, war kaum jemand unterwegs.

Er war niemals spät dran, doch diesmal würde er sich verspäten, wenn er die Hunde zurückbrachte. Ihre Besitzer würden sich schon Sorgen machen. Seine Ausrede, Charlie hätte sich unerlaubt entfernt, würden sie sich gar nicht anhören. Bean eilte zu dem Weg, der parallel zum Outer Circle auf das Clarence Gate zuführt, und als er den Blick hob, um den grünen Horizont und das Seeufer nach dem kugelköpfigen Kerl abzusuchen, bemerkte er den Regenbogen, der sich in einem leuchtenden Halbkreis von Madame Tussaud's bis zum weit entfernten Camden Town spannte.

15

Einmal, an einem kalten Wintersamstag, Daniel war damals fünf, Elizabeth zwölf gewesen, hatte er die beiden mit ins Planetarium genommen. Sein Sohn war dafür noch etwas zu klein gewesen, doch seiner Tochter hatte es gefallen. Später, nach dem Mittagessen in der Baker Street, war die Sonne herausgekommen, und sie waren zu Fuß durch den Park zur U-Bahnstation St. John's Wood gegangen. Rauhreif bedeckte noch den Rasen, und an schattigen Stellen lag Schnee.

Der See war zugefroren. Elizabeth, die Schlittschuhläuferin, hatte zu Weihnachten ein Paar neue Schlittschuhe bekommen und wollte wissen, weshalb niemand auf dem Eis war. Roman erzählte ihnen, ohne wegen des kleinen Daniel zu sehr ins Detail zu gehen, von der Katastrophe auf dem Eis, die sich im Februar 1867 zugetragen hatte, so daß das Schlittschuhfahren dort seither verboten war. Mehrere hundert Menschen waren auf dem Eis gewesen, als es angefangen hatte zu brechen, denn sie hatten nicht auf die Warnungen des Mannes von der *Humane Society* gehört, der ihnen zugerufen hatte: »Gehen Sie um Gottes willen vom Eis herunter, sonst gibt es noch ein Unglück!«

»Sind sie ertrunken?« fragte Daniel.

»Manche schon.« Wie viele, verriet Roman nicht. Er erzählte ihnen nicht, daß hundertfünfzig Menschen ins Wasser gefallen und vierzig umgekommen waren. »Damals war der See noch tiefer, dreieinhalb Meter tief zwischen den Inseln, und das Eis war nie richtig dick. Der Tyburn ist durch den See geflossen, und bei starker Strömung kann sich ja keine dicke Eisschicht bilden.«

Die Kinder hatten über den See zu dem großen Anwesen »The Holme« und den Inseln davor hinübergesehen. Dort hatten sich an den Uferböschungen Schwäne und Gänse und Enten versammelt. Elizabeth wollte wissen, wie man die Leute aus dem Wasser geholt hatte.

»Sie haben Taucher hinuntergeschickt. Später wurde der See trockengelegt und dann neu gestaltet, und heute ist er an keiner Stelle tiefer als einszwanzig.«

»Gibt es da Geister?« fragte Daniel. »Kommen die Geister von den toten Leuten in der Nacht aus dem Wasser?«

»Es gibt keine Geister, Daniel«, sagte Roman.

Inzwischen war er sich nicht mehr so sicher, denn in seinen Winterträumen hatte er manchmal die im Eis verunglückten Menschen aus dem schwarzen Wasser und von den Eisschollen aufsteigen sehen, wie auf dem Gemälde des Präraffaeliten, auf dem das Meer seine Toten preisgibt, und einmal waren unter den Gesichtern auch die seiner Kinder und seiner Frau gewesen, totenbleich.

Als seine Kinder noch lebten, hatte er oft bedauert, Daniel auch nur die zensierte Fassung der Ereignisse gegeben zu haben, denn wenn es draußen kalt war, sprach der Junge immer wieder davon, und Roman nahm an, daß er auch davon geträumt hatte. Der Bombenanschlag auf den Musikpavillon, ein anderes schreckliches Ereignis, hatte sich zugetragen, als Elizabeth schon lebte, doch sie war damals erst ungefähr drei gewesen und hatte nichts von der Bombe der IRA gewußt, durch die so viele Orchestermitglieder getötet oder verletzt worden waren. Zum Glück hatte er ihnen davon nie etwas gesagt, und sie waren auf ihren Spaziergängen im Park nie an der Stelle am nördlichen Seeufer vorbeigekommen, an der das inzwischen von Trauerweiden flankierte Musikpodium stand.

War das, was nun passierte, eine weitere Tragödie im Park? Ihm war aufgefallen, daß die Morde – die offensichtlich miteinander in Verbindung standen – beide außerhalb des Parks verübt worden waren, wenn auch in unmittelbarer Nähe. Er fragte sich, ob diese Tatsache auch anderen aufgefallen war. Auf einer Anschlagtafel gegenüber der U-Bahnstation Baker Street direkt vor dem Globe hatte er zum erstenmal etwas über den zweiten Mord gelesen. Bezeichnenderweise war die Nachricht etwas verschwommen ausgedrückt. Man mußte sich die Zeitung kaufen, um die genauen Tatsachen zu erfahren. »Zweiter Horror um Obdachlosen«, stand auf der Tafel. »Horror« konnte alles mögliche bedeuten. Die Eiskatastrophe und der Anschlag auf den Musikpavillon waren auch ein Horror.

Roman hätte sich die Zeitung kaufen sollen, unterließ es aber. Er war auf dem Weg zum Waschsalon in der Paddington Street und wollte sich danach in der Männertoilette am Broad Walk gründlich waschen und ein frisches Hemd, Jeans und Pullover anziehen. Vierzig Minuten vor den rotierenden Maschinen, weitere zehn im Secondhand-Buchladen, wo er *Die toten Seelen* gegen *Kim* eintauschte – dann entschloß er sich, auf dem Rückweg eine Zeitung zu besorgen.

Vor dem Bahnhof kaufte sich Roman den *Standard* und setzte sich zum Lesen auf das Mäuerchen neben dem Zeitungsstand. Der Name des Toten wurde nicht erwähnt. Man hatte seine Leiche – wie die von John Dominic Cahill – in der Nähe des Regent's Park auf die schmiedeeisernen Gitter gespießt entdeckt, doch wie im Fall von Decker war der Tod vermutlich nicht durch das Aufspießen eingetreten. Er war zuerst mit einem Messer mit fünfzehn Zentimeter langer Klinge erstochen worden. Ein Mann, der in den frühen Morgenstunden von einer Geburtstagsparty nach Primrose Hill heimkehrte, hatte ihn gefunden. Der Name dieses Mannes wurde ebenfalls nicht genannt.

Roman hoffte, daß es nicht Dills Leiche war. Er faltete die Zeitung zusammen, steckte sie sich in die Tasche und ging unter dem Baugerüst an Madame Tussaud's vorbei. Das Gebäude wurde nun schon seit Monaten neu eingerichtet, dekoriert und renoviert. Er merkte, daß er die ganze Zeit den Atem angehalten hatte, und stieß ihn nun erleichtert aus. Dill saß auf dem Bürgersteig, neben sich seinen Beagle und eine Tüte mit Hundekuchen, aus der das Tier gierig fraß. Roman ließ sich neben Dill nieder und zeigte ihm die Zeitung. Dill sagte, er habe es schon im Fernsehen gesehen. In dem Wohnheim, in dem er manchmal übernachtete, hatten sie einen Schwarzweißfernseher.

»Von Eisengittern haben die aber nichts gesagt«, meinte Dill. »Eine Mauer mit Glasscherben obendrauf, hat es geheißen.«

»Wo ist es passiert?«

»Irgendwo in Primrose Hill. Gesagt haben sie es nicht. Ich hab mächtig Angst gekriegt.«

Dill hatte ein schmales, blasses Gesicht und Augen mit geschwollenen, heruntergezogenen Lidern, so daß es aussah wie die Mongolenfalte, doch für einen Asiaten war er zu weiß und sein dünnes Haar zu hell. Roman hatte ihn nie trinken sehen. Er schien oft ängstlich, aber nun hatte sich seine Angst so gesteigert, daß die Haut über seinem ausgedörrten Gesicht spannte. Roman schätzte ihn gerade mal auf fünfundzwanzig.

»Das mit dem Glas gefällt mir nicht«, sagte Dill. »Lazer-Lazeration durch Glas, haben sie gesagt.«

Eine Frau warf ein Fünfzigpencestück in den Hut auf dem Bürgersteig. »Haben Sie vielen Dank«, sagte Dill. Der Hund schnüffelte an der Münze und wedelte mit dem Schwanz. »Der hat es auf uns abgesehen«, sagte Dill. »Auf unsereins.«

Er ließ sich nicht weiter darüber aus, benutzte keinen jener anschaulichen Begriffe, doch Roman verstand. In der Zeitung hatten sie sich genauso ausweichend ausgedrückt. Die beiden Männer, die in einem Monat nacheinander ermordet wurden, waren obdachlos ...

»Du gehst doch ins St. Anthony's, oder?« So hieß das Übernachtungsheim in Lisson Grove. »Schlaf mal lieber jede Nacht dort, bis sie ihn gefaßt haben. Da bist du sicher.«

An Dills wehmütigem Blick merkte Roman, daß er im Sommer lieber draußen übernachtete. Wenn es nicht naß oder zu kalt war, schlief er lieber unter freiem Sternenhimmel – oder unter der rötlichen Milchstraße aus widerspiegelnden Lichtern, die hier als Sternenhimmel gelten mochten. Doch er nickte sichtlich getröstet und streckte die Arme nach dem Hund aus, um ihn zu sich auf den Schoß zu ziehen.

Durch das York Gate betrat Roman den Park und wandte sich zum südlichen Seeufer. Eine alte Frau in Trainingsanzug fütterte einen schwarzen Schwan und seine Jungen mit zerbrochenen Keksen. Ein Reiher flog von einem Baum auf der Insel hoch und floh mit weit ausgebreiteten Schwingen und S-förmig gebogenem Hals gen Westen. Die Sonne hatte die Leute ins Freie gelockt, und sie schlenderten gemächlich am Seeufer entlang oder ließen sich auf den Parkbänken nieder. In keinem Gesicht war Furcht zu lesen, nichts deutete darauf hin, daß in der vorigen Nacht ganz in der Nähe ein Mensch gewaltsam zu Tode gekommen war.

Es war der bisher wärmste, ja heißeste Tag des Jahres. Es war richtig Sommer geworden, würde eine Besucherin oder ein Tourist sagen, der nicht wußte, daß es vielleicht nie richtig Sommer wird, richtig Winter übrigens auch nicht, und daß das Wetter hier immer unbeständig und wechselhaft ist – heute heiß und morgen kalt, einmal trocken und dann wieder naß. Der Park bildete ein grünes Muster aus Licht und Schatten, andere Farben gab es kaum. In heißen Gegenden tragen Männer und Frauen helle, leuchtende Farben, doch hier kleiden sie sich in Blau und Grau, Braun, Schwarz und Kieselbeige. Das Wasser im See glänzte grau, gläsern und still.

Roman überlegte, ob er Dills Furcht teilte. Er war ebenso verletzlich wie Dill (oder Pharao, Effie und die Fuseltrinker) – hatte er Angst zu sterben, davor, daß man ihn durch Herz und

Lunge und die Gefäße rund ums Herz stach und dann auf einen Zaun aufspießte? Er wußte keine Antwort darauf. Früher hätte er sie gewußt, hätte den Tod durch fremde Hand freudig willkommen geheißen. Hatte er etwa Angst vor dem Sterben? Es beunruhigte ihn, daß er sich verändert hatte, daß er die Frage nicht mehr mit einem bedingungslosen Nein, sondern fast mit einem Ja beantwortete.

Denn das Gegenteil von Nein lautete ja wohl: »Ich will leben ...«

Auf der Männertoilette wusch er sich gründlich von oben bis unten. Er wartete, bis es dämmerte und die meisten Besucher gegangen waren, dann wusch er sich an einem Waschbecken, zuerst den Oberkörper, dann – sein frischgewaschenes Handtuch diskret um die Mitte geschlungen – die unteren Regionen. Zwei Männer kamen herein, doch aus Erfahrung wußte er, daß sie ihn nicht beachten, eher vor ihm *Angst* haben würden. Er war ein Penner, der sie anbetteln oder die Arme schwenken und vor sich hin brabbeln oder Flüche ausstoßen könnte. Nachdem sie gegangen waren, wusch er sich die Haare und fönte sie unter dem Handtrockner.

Das Gefühl, sauber zu sein, verschaffte ihm unvermitteltes Behagen. Die schmutzigen Sachen zusammengerollt und in seinem Karren verstaut, trat er ins Freie und setzte sich am oberen Ende des Broad Walk beim Parsenbrunnen auf ein Bänkchen und betrachtete die Vögel und anderen Tiere, die in die verwitterten rosafarbenen Marmorsäulen eingemeißelt waren. Er trank seinen mitgebrachten halben Liter Milch, wünschte sich, es wäre Wein, und las *Kim*.

Um halb zehn kam die Polizei und scheuchte ihn fort, doch bis dahin war es sowieso zu dunkel zum Lesen. Er hatte keine Ahnung, wo er übernachten sollte, erwog kurz den überdachten Eingang vor dem Irene-Adler-Museum oder die Regent's Park Road, verwarf aber beide sogleich wieder. Ersterer befand sich zu nah am Schauplatz des ersten Mordes, letztere wahrscheinlich zu nah am zweiten. Bevor er den Park durch das Gloucester Gate neben dem verwaisten Kinderspielplatz verließ, blieb er wie immer vor dem Bronzestandbild von Joseph Durham stehen. Es stellte ein junges, reizvolles Mädchen mit lieblichem Gesicht dar, das auf ein paar kunstvoll angeordneten Felsbrocken stand. Sie hatte eine Hand über die Augen gelegt und schien zu den eleganten Reihenhäusern von Gloucester Terrace hinüberzublicken. Sie war einer früheren Freundin von ihm – das war vor Sallys Zeit – wie aus dem Gesicht geschnitten. Beim Anblick dieses Mädchens, das seit hundertzwanzig Jahren auf seinem felsigen Sitz thront, mußte er wieder an seine Freundin denken, und bei der Erinnerung überkam ihn ein Gefühl von Wehmut. Ein paarmal hatte er sich bei der Betrachtung des Mädchens schon gefragt, wie er wohl reagiert hätte, wenn sie Sallys oder Elizabeths Gesicht trüge. Würde er vor der Statue verweilen oder sie meiden, sich vor dem Blick in ihre Augen scheuen?

Er überquerte den Weg und spähte in die belaubte Senke hinunter, die wohl früher ein Ziergarten gewesen war, die sogenannte Grotte. Das niedrige Mäuerchen auf der Brücke, die einen toten Seitenarm des Kanals überspannte, trug ein Fresko, auf dem das Martyrium des heiligen Pankratius dargestellt war: der Heilige mit erhobenem, strahlendem Gesicht, von einer Löwin angegriffen, die sanft und freundlich wie ein Hund an ihm hochsprang.

Dort unten lagen Felsbrocken und ein mit Mauersteinen eingefaßtes, achterförmiges Becken, in dem das braune Wasser mit einer netzartigen Schleimschicht bedeckt war. Jede Menge Müll – zerrissene Plastiktüten, mehrmals aufgeweichte und wieder getrocknete Zeitungen, Bierflaschen und dunkle Stofffetzen – lag zwischen den Lorbeer- und Rhododendronbüschen auf dem Boden oder steckte auf Zweigen. Ein Gewirr von Stacheldraht und Maschendrahtzaun war scheinbar ohne jeden Grund auf der Erde aufgehäuft.

Roman sah sich nach einem Zugang um. Er ging an dem Fresko vorbei und ein Stück in die Park Village East hinein. Dort wurde gerade eine viktorianische Villa restauriert; überall waren Bauschuttmulden, Leitern, eine Betonmischmaschine und Holzbretter. Er stieß ein Tor in der Mauer auf und betrat den verwilderten Garten, der die Grotte überblickte.

Wenn man aus dieser Richtung kam, konnte man das Drahtgewirr größtenteils umgehen. Er hatte längst herausgefunden, daß Stacheldraht keine sehr wirkungsvolle Methode ist, Eindringlinge abzuhalten, wenn es den Eindringlingen nichts ausmacht, daß ihre Kleider zerrissen werden. Er gelangte an einen verwahrlosten, zerfallenden, abgeschiedenen Platz und entfernte gleich ein paar Trinkstrohhalme – oder eigentlich einen in zwei Hälften geschnittenen Strohhalm – aus den Blättern eines Busches. Dann breitete er seine Isoliermatte auf dem Laubuntergrund aus und richtete sich, durch die Rhododendronbüsche von der Brücke und durch das Geäst eines höheren Baumes vom Nachthimmel abgeschirmt, ein Nachtlager her. Im feuchten Schatten der Bäume war es kalt, und er zog sich einen Pullover über, bevor er in seinen Schlafsack kroch.

Zu dieser Jahreszeit dämmerte es bereits vor halb fünf Uhr morgens. Durch das Laub hindurch sah er strahlend die Sonne aufgehen, ein weißes Leuchten hinter schwarzem Flechtwerk, doch das erste, was ihm einfiel, war der Tod von »unsereinem«, und er staunte, daß er so friedlich hatte schlafen können. Es kam ihm so vor, als hätte er sich eben erst hingelegt und die Augen zugemacht, als wäre die Nacht in Sekundenschnelle verflogen.

Oft nahm er morgens nichts zu sich, doch heute ging er in eins dieser Cafés in Camden Town, die schon in aller Frühe geöffnet hatten, um wie ein Verurteilter, der er ja war, ein herzhaftes Frühstück zu verzehren: Eier mit Speck, Würstchen und geröstetes Brot. Dazu bekam man ein Glas mit einer bitteren, dünnen Flüssigkeit, die er inzwischen als Orangensaft zu bezeichnen gelernt hatte, und starken, hennaroten Tee. Früher hätte er an so einem Ort Hemmungen gehabt, doch die Zeiten waren vorbei. Die meisten Gäste sahen aus wie er. Wenigstens hatte er sich am Vortag gewaschen und die Kleider gewechselt.

Bei der Talisman Press hatten sie einmal ein Buch über die ehemaligen Landbaugebiete im Norden Londons veröffentlicht. Das fiel ihm nun wieder ein, als er die Prince Albert Road entlangging und sich die Stiche von Chalk Farm und Primrose Hill in Erinnerung rief. Nur der Hill selbst, der aus der Ebene ragte und eher einem künstlich angelegten Grabhügel ähnelte als einer natürlichen Erhebung, sah im großen und ganzen noch so aus wie damals. Einmal hatte er dort hinaufgesehen und eine Gestalt auf dem Gipfel entdeckt, die die Hände zum Himmel streckte. Plötzlich hatte sich die Gestalt auf den Boden geworfen, die Arme geschwenkt und mit den Füßen wild um sich getreten, um dann wieder aufzustehen und erneut Hilfe vom Himmel zu erflehen. Roman vermutete, daß es Pharao gewesen war, doch der Mann war zu weit entfernt gewesen, als daß Roman das Blau in seinen Haaren oder das Gleißen seiner Schlüssel hätte erkennen können.

Die alten Feldbäume waren irgendwann im neunzehnten Jahrhundert verschwunden. Inzwischen standen nur Platanen und ein paar Weißbuchen da, Zierbäume, die so gar nicht zu dem üppigen, hohen Gras passen wollten, das ihre Stämme umwucherte. Er nahm den Weg an der Ostseite des Hügels und dachte an den Bericht über einen Mord, den er im gleichen Buch gefunden hatte. Gegen Ende des siebzehnten Jahrhunderts hatte man Sir Edmund Godfreys Leiche in einem Graben an der Südseite von Primrose Hill entdeckt. Obwohl sein Körper von einem Schwert durchbohrt war, war sein Tod durch Erdrosseln herbeigeführt worden. Er war nicht bestohlen worden, sein Geld steckte noch in der Tasche, doch sein Körper war übel zugerichtet und das Genick gebrochen. Man hatte Gedenkmünzen geprägt, von denen eine ihn mit gebrochenem Genick und vom Schwert durchbohrt darstellte.

Roman meinte, gelesen zu haben, daß man mehrere Menschen des Mordes bezichtigt und hingerichtet hatte und daß auf dem Hill auch Duelle ausgetragen worden waren. Er redete sich zwar ein, er sei hierhergekommen, um an einem beschaulichen Plätzchen in Ruhe seinen Kipling zu lesen, doch ihm war klar, daß er noch einen anderen Grund gehabt hatte. Das erklärte auch, warum er dauernd an Fälle in der Vergangenheit denken mußte, bei denen Menschen gewaltsam zu Tode gekommen waren.

Auf dem Hügel war heute niemand. Ein kräftiger Wind blies durch das dünne Geäst der Platanen und zauste die Blätter der Weißbuchen. Auf der nördlichen Umrandung entlanggehend, sah er in der Ferne das blau-weiße Absperrband an den Eisengittern wehen. Ein gutes Stück davor trat er auf die Primrose Hill Road hinaus. Dort parkte eine Reihe von Wagen; einige davon waren offensichtlich, andere höchstwahrscheinlich Polizeifahrzeuge. Von der gegenüberliegenden Straßenseite sah eine kleine Menschenmenge abwartend herüber, obwohl es nichts zu sehen gab.

Das Absperrband riegelte den Gehweg mehrere Meter ab, und das Eisengitter war zusätzlich mit einer Stoffplane verhüllt. Auf dem Bürgersteig außerhalb der Absperrung lag ein in Klarsichtfolie gewickelter Blumenstrauß. Also hatte doch jemand ein Herz für diesen Ausgestoßenen gehabt, und Roman fragte sich, wer wohl. Er blickte umher und sah überall Eisengitter. In der Umgebung des Parks mußte es Meilen von diesen schmiedeeisernen Gitterzäunen geben, mit Stachelspitzen bewehrt wie hier oder mit stumpfen Spitzen. Hier trennten Eisengitter die Vorgärten von den Gehsteigen und die einzelnen Gärten voneinander, umgaben Kirchen und bildeten Absperrbarrieren entlang der Spazierwege. Wo sich andernorts Zäune, Hecken oder Mauern befanden, ragten hier gerade, schlichte, meist schwarz gestrichene schmiedeeiserne Gitterstäbe empor, mit jeweils zwei waagrechten Streben am unteren und oberen Ende und von scharfen Spitzen gekrönt.

Der Mörder hatte bestimmt keine Mühe gehabt, einen Tatort zu finden. Geeignete Orte gab es im Überfluß. Wenn ein Obdachloser und ein Stück Gitterzaun alles war, was er brauchte, hatte er ein unendliches Betätigungsfeld. Roman stand bei der Menge und sah sich die Gesichter an. Doch sie ließen nichts erkennen, waren ausdruckslos, apathisch, ergeben. Ein Polizist, der sich an dem Absperrband zu schaffen gemacht hatte, es zurechtgerückt, gekürzt oder in eine andere Richtung gezogen hatte, stieg in seinen Wagen und fuhr davon. Der Fahrer im rotweißen Lieferwagen von Tikka & Pizza-Expreß drosselte die Geschwindigkeit ein wenig, als er die Stelle passierte, fuhr dann aber rasch weiter. Eine Frau in der Menge zündete sich eine Zigarette an.

Roman ging wieder zum Hill zurück und setzte sich auf eine sonnige, windgeschützte Parkbank. Er versuchte zu lesen, konnte sich jedoch nicht recht konzentrieren, und seine Gedanken schweiften wieder zu Sir Edmund Godfrey, dessen Ermordung ihm ebenso sinnlos vorkam wie die Morde hier, dessen mutmaßliche Mörder bis zuletzt ihre Unschuld beteuert hatten und dessen Geist, wie es hieß, immer noch auf dem Hill umging. Das erinnerte ihn an seinen Sohn Daniel, der halb geglaubt hatte, die Geister der Ertrunkenen seien durch das eingebrochene Eis emporgestiegen.

Kurz darauf machte er sich wieder auf, um sich wie am Vortag eine Tageszeitung zu beschaffen. Es war zwar erst kurz nach zehn, doch der *Standard* war bereits erhältlich. Er kaufte sich einen und las, an ein langgestrecktes Eisengitter gelehnt, daß das zweite Opfer des Mannes, den sie nun den Aufspießer nannten, inzwischen identifiziert worden war.

Es war James Victor Clancy, sechsunddreißig Jahre alt, ohne festen Wohnsitz, einigen bekannt als der Mann mit den Schlüsseln und anderen als Pharao.

16

Der amerikanische Tourist bat darum, daß ihm und seiner Frau eine Reihe von Gegenständen nach Cincinnati geschickt würden: Irene Adlers bestes Teeservice, das gerahmte Bild, das aussah wie von Klimt, das Foto, das sie Holmes geschenkt hatte, zwei Spitzentischdecken und ein wächsernes Früchtesortiment unter einer Glasglocke. Mary klärte ihn vorsichtshalber noch einmal darüber auf, daß es sich bei allen Artikeln um Nachbildungen handelte, nicht um Antiquitäten, also Sachen, wie Irene Adler sie 1885 besessen haben *könnte*, als Stacey hereinkam und ihr sagte, ein Mann sei für sie da.

»Er will dich nach Hause bringen«, sagte Stacey. »Na, es ist ja schon fünf vorbei.«

»Wie heißt er? Hat er seinen Namen nicht gesagt?«

»Ich habe nicht danach gefragt.«

Bestimmt war es Leo. Er hatte zwei Tage freigenommen, um sich in seiner neuen Wohnung einzugewöhnen, und machte an so einem schönen Nachmittag einen nicht besonders anstrengenden Fußmarsch von der Edis Street in die Charles Lane. Sie errötete, und an der Art, wie der Amerikaner lächelte, merkte sie, daß es ihm aufgefallen war und er sich seinen eigenen Reim darauf machte.

»Ich komme, sobald ich hier fertig bin.«

Sie schrieb die Bestellungen ins Buch. Der Mann aus Cincinnati gab ihr seine Visitenkarte. Als er gerade gehen wollte und schon fast an der Tür des Museumsshops war, fragte er noch, wo ihrer Meinung nach der nächste Mord stattfinden würde. Jemand aus seiner Reisegruppe tippte auf den Zoo, und sie hatten schon Wetten abgeschlossen.

»Ich würde sagen, hinter dem Freilichttheater, und meine Frau ist für das große Tor da am Rosengarten.«

Mary wußte nicht, was sie sagen sollte, und zwang sich zu einem Lächeln. Dorothea war bereits gegangen. Mary drehte das »Geöffnet«-Schild an der Ladentür um und hoffte, daß Stacey das gleiche am Museum getan hatte. Sie und Leo könnten heute abend essen gehen, und vielleicht übernachtete er danach bei ihr. Das hatte er zwar noch nie getan, hatte auch noch nie mit ihr geschlafen, doch bald wäre es soweit. Sie fand diese langsame Annäherung quälend, wollte den Zeitpunkt jedoch andererseits hinauszögern, um die wachsende sexuelle Erregung noch zu verstärken.

Inzwischen hatten sie schon dreimal nebeneinander in Charlotte Cottage im Bett gelegen, und endlich hatte er angefangen, sie sehr sanft und zartfühlend zu streicheln, mit einem Interesse, das ihr mehr wie Vergnügen als wie Geduld vorkam. Sie hatte ihn flüsternd gebeten, doch nicht aufzuhören, es würde alles gut, er bräuchte keine Angst zu haben.

»Nächstes Mal«, hatte er erwidert.

Diesmal war nächstes Mal. Ihr war bewußt, daß sie älter war als er und daß er ihr sehr viel schuldete, doch gelang es ihr zumindest vorläufig, dies als unwichtig abzutun. Sie betrachtete sich in einem von Irene Adlers goldgerahmten, mit Putten und Schnörkeln verzierten Spiegeln und fand, daß sie seit der Nachricht vom Tod ihrer Großmutter nicht mehr so jung und hübsch ausgesehen hatte. Die Sonne hatte ihr weizenblondes Haar in Gold verwandelt. Sie trat in die Eingangshalle hinaus, um Leo lächelnd und mit ausgestreckten Händen zu begrüßen.

Der Mann, der dort wartete, war Alistair.

Das nicht für ihn bestimmte Lächeln ermunterte ihn dazu, sie in die Arme zu schließen. Er hätte sie auch noch auf den Mund geküßt, wenn sie sich nicht rasch abgewandt und ihm die Wange hingehalten hätte. Stacey beobachtete sie neugierig.

»Überrascht?« fragte er.

»Dich habe ich nicht erwartet, Alistair.«

»Bis sie den Kerl geschnappt haben, läufst du mir nicht allein in der Gegend herum.«

Sie zuckte die Achseln; ihr fiel nichts ein, was nicht schon gesagt worden war.

»Ich denke dabei nur an dich und deine Sicherheit. Solange du noch hierherkommst, nimmst du ein Taxi, wenn ich dich nicht abhole, hast du mich verstanden?«

Manche Frauen hätten sich vielleicht von dieser herrischen Art geschmeichelt gefühlt; davon, daß man ihnen sagte, was sie zu tun hatten, und sie dann fragte, ob dieser einfache Befehl ihre Auffassungsgabe überstieg. Niemand, weder ihr Großvater noch – soweit sie sich erinnern konnte – ihr Vater, hatte je in so einem Ton mit ihr gesprochen. Unmöglich, sich vorzustellen, Leo wäre zu solchen Worten oder einem derartigen Tonfall fähig, ohne unwillkürlich in Gelächter auszubrechen.

»Du wirst es kaum glauben, Alistair«, sagte sie und versuchte, gleichmütig zu klingen, »aber ich kann gut auf mich selber aufpassen.«

»Ich frage mich, wie viele dumme Frauenzimmer das schon gesagt haben und dann unter die Räder gekommen sind! Warum wolltest du letzte Woche eigentlich nicht mit mir essen gehen, Mary? Ich finde, du schuldest mir eine Erklärung.«

»Tut mir leid«, sagte sie. »Aber ich habe keine. Ich habe dafür keine Erklärung.«

Sie ging vor ihm aus dem Museum und überlegte fieberhaft, wie sie mit seiner Anwesenheit umgehen sollte und den Plänen, die er zweifellos für den Abend gemacht hatte. Auf keinen Fall würde sie mit ihm essen gehen und ihn auch nicht mit zu sich nach Hause nehmen. Sie mußte ihn irgendwie loswerden.

Er eilte auf die Straßenecke von St. John's Wood Terrace zu, den rechten Arm bereits erhoben, um ein Taxi anzuhalten.

Über die Schulter hinweg sagte er: »Darüber müssen wir uns noch genauer unterhalten, aber du gibst es natürlich auf, dieses ...« – er suchte nach einem höflichen Ausdruck – »den Shop, das Museum oder wie man es nennen will. Du hast es doch nicht mehr nötig zu arbeiten.«

»Alistair«, sagte sie.

Etwas mußte in ihrem Ton gelegen haben, was er noch nie gehört hatte. Das hatte sie beabsichtigt, und scheinbar hatte sie ihr Ziel erreicht, denn er fragte verblüfft: »Ja, was ist?«

»Ich fahre nicht mit dir im Taxi. Ich gehe nicht nach Hause. Ich bin auf dem Weg zu einem Freund.«

»Was für ein Freund?« fragte er zerstreut und sah dem davonfahrenden Taxi enttäuscht nach.

Sie holte tief Luft. »Zu dem Mann mit meiner Spende.« Sie versuchte es noch einmal, ohne ihn dabei anzusehen. »Dem Mann, der meine Knochenmarkspende erhalten hat.«

»Das ist doch wohl nicht dein Ernst.« Seine Stimme war kalt und glatt wie Wasser. Sie paßte nicht zu den dicken Lippen, dem rot angelaufenen, erhitzten Gesicht.

Hier draußen kann er mich nicht packen und durchschütteln, dachte sie. Er kann mich ja nicht auf offener Straße schlagen. »Es ist mein voller Ernst. Ich habe ihn kennengelernt, und ich – ich mag ihn, und wir ...« Wie sollte sie es sagen? Wie sollte sie sich ausdrücken? »Wir sind uns nähergekommen.«

Er trat auf sie zu. Sie sah, daß er die Hände bewegte, als ob er sie packen wollte, sie dann aber wieder senkte, da sein Gefühl für Konventionen ihn daran hinderte. Er zitterte vor ohnmächtiger Wut.

»Man kann dich einfach nicht allein lassen; man sieht ja, was dabei herauskommt.«

»Dir steht darüber kein Urteil zu, Alistair.« Sie sprach tapfer, doch ihre Stimme war leise. »Ich will nicht, daß du – über alles, was ich tue und denke, dein Urteil verkündest.«

Er klang schrill vor Entrüstung. »Irgend jemand muß es tun. Du selbst bist dazu ja nicht fähig.«

Sie schüttelte abwehrend den Kopf. »Ich will dich nicht mehr sehen, Alistair.«

»Das habe ich nicht gehört«, gab er zurück.

»Wir haben voneinander Abschied genommen, als ich ausgezogen bin. Wir haben doch alles durchgesprochen und beschlossen – *beide beschlossen* –, daß es so am besten ist. Es war aus und vorbei, weißt du das nicht mehr? Du bist froh, daß ich gehe, hast du gesagt. Und dann bist du wieder dahergekommen. Ich wollte es nicht, und ich will es auch jetzt nicht. Ich hoffe, wir können eines Tages Freunde sein, aber jetzt ist es noch zu früh. Ich will dich nicht mehr sehen – verstehst du das denn nicht?«

»Ich glaube, Mary, im großen und ganzen kann man sagen, daß du nicht weißt, was du willst.«

»Wir sollten diesen – diese Diskussion nicht hier draußen in aller Öffentlichkeit führen.«

»Warum tun wir es dann? Du hast angefangen.«

Sie zögerte. »Weil ich Angst davor hätte, sie drinnen zu führen. Verstehst du das? Weil du mir angst machst.«

Er machte eine ungeduldige Geste. »Wo wohnt er?«

Sie schüttelte erneut den Kopf.

»Du hast doch gesagt, du gehst jetzt zu ihm, also frage ich dich, wo wohnt er?«

Hatte er eigentlich schon immer so einen autoritären Ton gehabt? Nicht, solange alles nach seinem Willen ging, dann natürlich nicht. Und als sie noch zusammenlebten, war ja fast immer, später dann immer, alles nach seinem Willen gegangen. Wenn er die Hand nie gegen sie erhoben hätte, wäre sie jetzt seine treu ergebene Ehefrau.

Sie fürchtete, er könnte sie an sich reißen, in ein Taxi drängen, mit ihr nach Hause fahren und versuchen, sie einzuschüchtern und vielleicht sogar zu schlagen. Sie wandte sich ab und begann ohne ein rechtes Ziel die Charlbert Street entlang auf den Park zuzulaufen. Alistair folgte mit energischen, entschlossenen Schritten. Er packte sie am Arm und führte sie mit festem Griff vorwärts. So hatte sie manchmal einen Vater oder eine Mutter ein vielleicht achtjähriges Kind wegführen sehen, das sich im Supermarkt schlecht benommen hatte, und der Anblick hatte ihr äußerst mißfallen. Wie so ein Vater zerrte Alistair sie nun mit, während er ihren Arm mit einer Hand an ihre Seite drückte. Seine Stimme klang schroff und abgehackt.

»Sag mir jetzt, wo er wohnt, dein Schaumschläger.«

»Warum sprichst du so über ihn?«

»Ich bitte dich. Wach endlich auf! Wie lange ist es her, daß du dem Harvest Trust gesagt hast, sie könnten diesem Oliver deine Adresse geben? Sechs, sieben Wochen? Und in der Zeit hat er sich nicht bloß mit dir bekannt gemacht, sondern ist dir sogar schon – wie hast du dich ausgedrückt? – ›nähergekommen‹. Heißt das, er hat mit dir geschlafen? Ich will doch schwer hoffen, daß dem nicht so ist, Mary, um deinetwillen und um seinetwillen. Inzwischen ist deine Großmutter gestorben, und du bist eine reiche Frau. Merkst du denn nicht, worauf es der abgesehen hat?«

»Ich merke, worauf du es abgesehen hast, Alistair«, sagte sie ruhig. »Vielleicht immer schon. Oliver – seinen Namen will ich dir nicht sagen – wäre es lieber, wenn ich arm wäre, nur bin ich es eben nicht, und er muß mich so nehmen, wie ich bin. Läßt du jetzt bitte meinen Arm los?«

Sie blieb einen Augenblick reglos stehen, machte sich dann von ihm los und fing an zu laufen. Die Geste kam so unerwartet, daß er verblüfft innehielt und nicht reagieren konnte. Ihre ungewohnte Entschlossenheit und abweisende Haltung lähmten ihn momentan. Sie rannte über die Straße, und er konnte ihr wegen des Verkehrs von der Parkseite her nicht folgen, wo drei Autos dicht hintereinander angefahren kamen. Ein

Fahrer wollte in zweiter Reihe parken und hielt dadurch die anderen auf.

Mary lief ziellos in östlicher Richtung die Allitsen Road entlang. Vor Alistair zu behaupten, sie wolle zu Leo, war nichts weiter als ein Trick gewesen, und, wie sie nun feststellte, kein besonders schlauer. Sie hatte nicht wirklich die Absicht gehabt, Leo in seiner neuen Wohnung zu besuchen, und hatte es auch jetzt nicht vor. Sie wollte lediglich Alistair loswerden und sich irgendwo verstecken, bis er aufgab und nach Hause ging. Doch während sie über die Avenue Road rannte – er hatte die Verfolgung wieder aufgenommen, war aber erneut vom dichten Feierabendverkehr aufgehalten worden, der auf den Park und die Macclesfield Bridge zufloß –, überlegte sie, weshalb sie eigentlich nicht zu Leo gehen sollte? Weshalb schüttelte sie Alistair nicht einfach ab und ging zu Leo?

Es war lange her, seit sie mit ihrer Großmutter jene Freundin in Primrose Hill abgeholt hatte, und sie wußte nicht genau, wie sie in die Edis Street finden sollte. Sie erinnerte sich nur dunkel daran, daß die Straße von der Gloucester Avenue abzweigte. Seit dem zweiten Mord beunruhigte sie allein der Gedanke an die weiten, offenen Rasenflächen von Primrose Hill, doch noch war es hellichter Tag, und die Sonne schien freundlich vom Himmel. Falls sie vor vielleicht zwanzig Jahren schon einmal hiergewesen war, hatte sie es jedenfalls vergessen.

Der Mann mit dem Bart, den sie damals bei der Lektüre von *Die toten Seelen* gesehen hatte, überquerte gerade den Rasen in Richtung Ormonde Terrace. Er lächelte ihr zu, sie sagte atemlos: »Hallo«, und wollte ihn schon bitten, Alistair in die andere Richtung zu schicken, falls er ihn sah. Doch das ging natürlich nicht. Sie hatte nicht genug Zeit, stehenzubleiben und den Lageplan an der Pforte zu studieren. Nach einem kurzen Blick zurück lief sie rasch in den Park und versteckte sich hinter den Platanen im hohen Gras.

Der Hill war anders als Regent's Park, wilder, dichter an

Hampstead Heath gelegen. Zwischen den grünen Hängen und Ebenen erhob sich der Hügel zu einem imposanten grünen Berg, an dessen Fuß hohe Bäume und Gras und verblühter Wiesenkerbel standen. An der Stelle, wo sie jetzt hockte, roch das Gras wie auf dem Land. Auf einem Löwenzahnblatt sah sie eine Grille sitzen.

Wenn Alistair auf den Hill gekommen war, dann nicht durch dieses Tor. Sie gab ihm noch zehn Minuten, und als er danach immer noch nicht aufgetaucht war, ging sie auf dem Weg parallel zur Prince Albert Road weiter. Ihre naturfarbenen Schuhe trugen grüne, schmierige Streifen, und Dornen hatte an ihrem Rocksaum Fäden herausgezogen. Sie achtete nicht darauf. Um Alistair auf keinen Fall in die Arme zu laufen, mußte sie die Regent's Park Road umgehen. Sie begann wieder zu rennen. Die leichte, nicht zu schnelle Bewegung befreite sie. Ihr ging auf, daß sie Alistair tatsächlich gesagt hatte, sie wolle ihn nicht mehr sehen. Sie hatte ihm gesagt, daß es zwischen ihnen aus sei, und ihm auch erklärt, warum. Sie war zufrieden mit sich, sie war mutig gewesen, fand sie. In letzter Zeit hatte sie oft über ihr passives, sanftmütiges Wesen nachgedacht, über ihre Unfähigkeit, nein zu sagen, ihre Höflichkeit und Duldsamkeit. Dabei hatte sie sich gefragt, ob sie vielleicht zu den Menschen gehörte, von denen es heißt, sie seien die geborenen Opfer. Sie fühlten sich zu starken, aggressiven Menschen hingezogen, und die wiederum zu den Opfertypen. Aber vielleicht war sie seit ihrer Begegnung mit Leo dabei, sich zu ändern, sich zu behaupten, ihre Opferbereitschaft aufzugeben. Es war beängstigend, sich dazu verdammt zu fühlen, von anderen ausgenutzt und mißhandelt zu werden, anstatt frei und Herrin des eigenen Schicksals zu sein.

Die Regent's Park Road zu umgehen erwies sich als unmöglich, und so überquerte sie rasch die Straße und lief in die Fitzroy Road hinein. Wo Alistair auch sein mochte, in diese Gegend würde er sich wohl kaum verirren. Sie war überzeugt, daß er sich hier noch weniger auskannte als sie. Sie verlangsamte allmählich ihr Tempo, bis sie zur Chalcot Road kam, dem Rückgrat von Primrose Hill. Irgendwo hatte sie einmal gelesen, daß hier früher das alte Herrenhaus von Chalcot gestanden hatte und daß Chalk Farm die Verballhornung dieses Namens war. Hier hätte sich Alistair bestimmt verirrt und wäre längst umgekehrt.

Während Mary die hübsche, aber etwas heruntergekommene staubige Straße entlangging, fand sie die Idee, bei Leo einfach so hereinzuschneien, plötzlich nicht mehr besonders klug. So gut kannte sie ihn schließlich noch nicht, daß sie ihn unangemeldet überfallen konnte. Alistairs unfreundlicher, voreingenommener Kommentar hatte in ihr Zweifel aufkommen lassen, die sie natürlich wegstecken, einfach vergessen sollte. Solche Unterstellungen erwuchsen aus seiner Eifersucht und seinem unerklärlichen Haß auf »Oliver«, die er schon lange vor ihrer Begegnung mit Leo empfunden hatte. Aber war ihr Vorhaben nicht trotzdem etwas gewagt?

Sie stellte sich vor, Leo wäre nicht allein. Nicht unbedingt mit einer anderen Frau zusammen, aber vielleicht mit seinem Bruder, dem er so nahe stand, oder mit seiner Mutter oder einem Freund, dem er sie nur ungern vorstellen wollte, oder er war – nachdem er erst gestern eingezogen war – einfach umgeben von Unordnung und Chaos und hatte Angst, daß ihm alles über den Kopf wuchs.

Die Aussicht, kehrtzumachen, nach Hause zu gehen und einen einsamen Abend mit Gushi zu verbringen, trieb sie vorwärts. Auf einmal stand sie an der Edis Street, und dort war es: eine Querstraße, die nach links abzweigte und in der kleine, wie Villen angelegte Reihenhäuser aus den siebziger Jahren des letzten Jahrhunderts standen, mit üppigen Stuckverzierungen, Rankenmustern, ungepflegten, blühenden Vorgärten und am Zaun angeketteten Fahrrädern. Drei Stufen führten zu einer dunkelgrünen Haustür hinauf. Doch davor, zur Abtrennung des Vorgärtchens vom Bürgersteig – schwarzgestrichene, spitzenbewehrte schmiedeeiserne Gitter. Ein Schauer durchfuhr sie. Ob alle Leute in diesem Teil Londons nun Gitterzäune sahen, die ihnen vorher nie aufgefallen waren?

Noch war Zeit umzukehren. Unwillkürlich stellte sie sich vor, beim Betreten seines Zimmers eine Frau in ihrem Alter dort sitzen zu sehen, die Schuhe abgestreift, in der Hand ein Glas Wein. Eine Dunkelhaarige, dachte sie, ganz anders als sie selbst, mit wirrem Haarschopf und strahlendem Gesicht. Bei der Vorstellung wurde ihr beklommen zumute. Sie drückte auf den Klingelknopf neben dem frischgeprägten Schildchen: L. Nash. Aus der Sprechanlage kam nur Schweigen. Doch er mußte sie vom Fenster aus gesehen haben, denn die Tür erzitterte und ging knarrend auf, als sie von außen dagegendrückte. Sie begann die Treppe hochzusteigen und beschleunigte ihren Schritt, als er ihr von oben zurief: »Komm rauf. Wie schön, daß du kommst!«

Er stand in der offenen Tür. Inzwischen wußte sie, daß er sie bei der ersten Begegnung nicht küssen oder auch nur berühren mochte, sondern daß sie einen Augenblick dicht voreinander stehenbleiben und einander in die Augen sehen würden. In ihrem Gesichtsausdruck spiegelte sich der seine mit einem leichten, verschwörerischen Lächeln wider.

Sie trat in ein schlichtes kleines Zimmer. Durch zwei geöffnete Türen konnte man den Rest seines kleinen Reiches überblicken. Es wirkte so, als lebte ein sehr ordentlicher Mann, bei dem jeder Gegenstand seinen Platz hat und dort auch aufbewahrt wird, seit etwa einem halben Jahr dort. Gartenrosen, nicht welche aus dem Blumenladen, standen in einer blauen Vase auf dem Fensterbrett. Er war gerade damit beschäftigt gewesen, Gardinen aufzuhängen. Eine hing bereits, die andere lag mit zur Hälfte eingehakten Ringen über der Rückenlehne seines einzigen Sessels.

»Ich wollte gerade anrufen und dich bitten herzukommen«,

sagte er. »Aber das war nicht nötig, du hast meine Gedanken erraten.«

Sie sah sich um, und ein warmes, freudiges Gefühl durchströmte sie von Kopf bis Fuß, bis es schien, als müßte es sich mit einem glücklichen Lachen Luft machen. »Ich hatte befürchtet – na ja, ich traute mich nicht so recht zu kommen. Ich dachte, vielleicht bist du davon nicht sehr angetan.«

Er umarmte sie und schmiegte sein Gesicht an ihre Wange. Als er sie in den Arm nahm, bekam sie wieder dieses merkwürdige Gefühl, ihrem Zwilling gegenüberzustehen, dem sie fast unheimlich ähnlich war, älter zwar, aber körperlich so ähnlich, mit der gleichen Zaghaftigkeit, Vorsicht, Scheu, Sanftheit und fingerspitzenzarten Sensibilität.

»Ich werde immer davon angetan sein«, sagte er. »Zu angetan für Worte, für alles. Ich kann dir gar nicht sagen, wie angetan.« Er bemerkte ihren Arm und sah mißbilligend auf die leuchtenden roten Flecke. »Wer hat dir da weh getan?«

»Das ist doch egal, Leo«, sagte sie. »Das ist doch jetzt völlig egal.«

17

Aus alter Gewohnheit hatte Bean nach Maurice Clitheroes Tod die Zeitung weiter im Abonnement behalten und war eines Tages auf einen Artikel über sechzehn Homosexuelle gestoßen, die auf Grund von besonders brutalen sadomasochistischen Praktiken zu einer Gefängnisstrafe wegen tätlichen Angriffes verurteilt worden waren. Obwohl sämtliche Beteiligten in gegenseitigem Einvernehmen gehandelt hatten, waren die Männer eingesperrt worden.

Bean stimmte dem Urteil aus vollem Herzen zu. Seiner Meinung nach – Einvernehmen oder nicht – mußte man die Leute vor den Perversionen ihrer Mitmenschen schützen, und er, sagte sich Bean, mußte es ja wissen. Trotzdem fand er es abscheulich, daß so etwas in der Zeitung stand und ihn an Dinge erinnerte, die er für immer hinter sich gelassen glaubte. Nun konnte es jeder lesen und auf Ideen kommen, die ihm sonst nie in den Sinn gekommen wären. Es war das letztemal, daß er diese Zeitung lesen würde, oder überhaupt irgendeine Zeitung. Wozu gab es schließlich das Fernsehen, wenn nicht, um einem eine angenehmere und für das Auge viel bekömmlichere Alternative zu all den *Times*- und *Daily*-Käseblättern zu bieten?

Konzentration war dafür nicht annähernd im gleichen Ausmaß erforderlich. Man konnte zwischendurch aufstehen und sich eine Tasse Tee machen oder ein Sandwich mit Kresse und Marmite holen, und wenn man wiederkam, sprudelten immer noch die Nachrichten heraus mit den gleichen Gesichtern und der gleichen Musik, und wenn die Bilder einmal wechselten, merkte man es kaum, weil man sich an die vorherigen nicht mehr erinnerte. So kam es, daß Bean zwar alles über den Mord im Park von Primrose Hill erfuhr – daß auch dieses Opfer ein Obdachloser gewesen sei und auch er auf die spitzen Eisengitterstäbe gespießt worden war –, sich jedoch gerade in dem Moment in der Küche eine große Tasse Earl Grey braute, als die Identität des Mannes bekanntgegeben wurde. Die Geschichte hatte ihn aber auch nicht sonderlich interessiert. Wenn er sich überhaupt Gedanken machte, dann darüber, daß die Polizei Cahills Mörder immer noch nicht geschnappt hatte und es so aussah, als gebe sie sich nicht besonders viel Mühe, weil das Opfer ja nur einer von diesen Bettlern war.

Er hatte das Vormittagsprogramm eingeschaltet, während er sein Frühstück verzehrte: Orangensaft, Müsli, Plundergebäck und eine Tasse Tee. Morgens wurden in der BBC Nachrichten geboten; um Viertel nach sieben waren einem all die Teenager und Trickfilmbären und Dinosaurier nämlich etwas zuviel. Nichts über den zweiten Toten auf dem Eisengitter, das war wohl eine Eintagsfliege gewesen. Bean ließ den Apparat nur deswegen eingeschaltet, weil er seinen Tee noch nicht ganz ausgetrunken hatte. Er trug bereits seine Baseballmütze und die flaschengrüne Strickjacke von Marks & Spencer, denn frühmorgens war es noch recht kühl, und wollte gerade ausschalten und sich auf den Weg zu Mrs. Morosini machen, als es an der Wohnungstür klingelte.

Zu dieser Stunde kam doch sonst niemand, rätselte er herum, während er – den Schlüssel schon in der Tasche – hinausging, um aufzumachen. Vor der Tür standen zwei Männer, beide noch recht jung. Bean schätzte den einen gerade mal auf siebzehn. Der ältere hatte ein narbenübersätes, scharfgeschnittenes Gesicht, wie es bei Popstars oder in Cowboyfilmen Mode war. Sie sahen ihm nicht nach Polizeibeamten aus, behaupteten aber, sie seien Inspector und Sergeant, und hielten ihm ihre Dienstausweise unter die Nase, während sie ihre Namen sagten, die er aber nicht verstand.

Bean dachte sofort an Sado-Masochismus, auch heute noch,

nach all den Jahren. Nun hatten sie ihn erwischt, obwohl er doch nur getan hatte, was man ihm befohlen hatte.

»Was wollen Sie?« fragte er mit kieksender Stimme.

»Dürfen wir hereinkommen?«

»Ich wollte gerade mit der Arbeit beginnen.«

Sie schienen über seine Arbeit bestens Bescheid zu wissen und fanden es aus irgendeinem Grund amüsant. Der Ältere sagte, heute morgen müsse er die Arbeit eben mal sausenlassen, denn wenn er es sich recht überlege, hätten sie es doch lieber, daß er sie auf die Polizeiwache begleitete. Der Jüngere meinte, es könnte aber nichts schaden, einen Kunden anzurufen – wohlgemerkt nur einen – und den Morgenspaziergang abzusagen.

Bean wußte nicht recht, wen er anrufen sollte, wer ihm am geeignetsten dünkte. Er mußte sich rasch entscheiden und kam auf Valerie Conway, die am Vortag aus dem Urlaub zurückgekehrt war und ihm in Klasse und Beruf am nächsten zu stehen schien. Die beiden Polizisten standen herum und beobachteten ihn auf betont lässige Art.

»Mir geht es nicht gut«, sagte er, als sie sich meldete. Er wußte nicht, was er gesagt hätte, falls Mr. oder Mrs. Cornell abgehoben hätten. »Könnten Sie vielleicht die anderen anrufen und es ihnen sagen?«

»Was, alle fünf?«

»Das haben Sie gleich. Also, Mrs. Morosini hat die Nummer...«

»Die rufe ich an«, sagte Valerie. »Sie kann dann ja die anderen informieren. Was haben Sie denn? Kehlkopfentzündung? Hört sich ganz danach an, Sie können ja kaum sprechen.«

Die Polizisten eskortierten Bean zu ihrem Wagen. Er beteuerte, nie etwas mit diesen Perversen zu tun gehabt zu haben, er habe sie nur hereingelassen und sich danach um Mr. Clitheroe gekümmert, wenn er verletzt war, und denen das Honorar ausgehändigt, wenn er ohnmächtig war. Sie schmunzelten, schienen aber keine Ahnung zu haben, wovon er redete. Erst als er auf der Wache im Vernehmungsraum saß, dämmerte ihm ganz allmählich, was los war.

»Sie haben Ende letzter Woche fünfzig Pfund von Ihrem Konto abgehoben«, sagte der Inspector, der – wie Bean inzwischen begriffen hatte – Marnock hieß.

Woher wußten sie das? Wie konnten sie das wissen? Er nickte, und sein Kopf fuhr fort zu nicken wie bei einem von diesen Spielzeughunden, die man früher auf der Hutablage im Auto stehen hatte.

»Wofür war das denn gedacht?«

Bean fiel plötzlich irgendwoher eine Phrase ein. »Laufende Kosten«, sagte er und versuchte ein Räuspern.

»Haben Sie Husten?« fragte der Jüngere.

»Das hat man davon, wenn man bei feuchtem Wetter Hunde ausführen muß«, sagte Marnock. »Komisch, aber vorher haben Sie noch nie was für diese laufenden Kosten abgehoben. Vor, Moment mal...« – er zog das Notizbuch zu Rate, das vor ihm auf dem Tisch lag –, »vor sieben Monaten genau. Vor sieben Monaten haben Sie zum letztenmal von diesem Konto Geld abgehoben.«

Da er sich mittlerweile ziemlich sicher war, daß dies hier nichts mit Clitheroe und seinen Praktiken zu tun hatte, wurde Bean keck. Er räusperte sich energisch. »Ich weiß gar nicht, mit welchem Recht Sie in meinem Privatkonto herumschnüffeln«, sagte er. »Worum geht es hier eigentlich?«

»Na endlich«, sagte der Jüngere. »Wer ist Mussolini, Leslie? Ich darf doch Leslie sagen, oder? Oder ist Ihnen Les lieber?«

Wenn es ihn nicht so erschreckt hätte, den Namen Mussolini ausgesprochen zu hören, hätte Bean sich mit aller Macht dagegen verwahrt, mit seinem Vornamen angeredet zu werden. Seit seiner Schulzeit in jenem Dorf in Hampshire hatte er ihn gehaßt, und seither hatte ihn niemand mehr benutzt. Alle nannten ihn Bean. Bean – dieser Name hätte genausogut sein

Taufname sein können. Doch mit Leslie angeredet zu werden war nichts gegen den Schock, den Namen ausgesprochen zu hören, den er persönlich, er allein dem anonymen Schlägertyp verpaßt hatte, den er auf der Brücke am Hanover Gate getroffen hatte.

Er versuchte, den Unschuldigen zu spielen. »Der Italiener, äh, der Führer von Italien im Krieg. Wie Hitler.«

Die Veränderung, die mit Marnock vorging, war erschrekkend. Er schien wie elektrisiert. Er sprang auf, baute sich vor Bean auf und schrie: »Erzählen Sie mir keinen Scheiß. Schluß jetzt mit Ihren Spielchen! Wer ist der Kerl, den Sie Mussolini nannten, als Sie im Globe das Maul aufgerissen haben?«

»Seinen Namen weiß ich nicht.« Beans Stimme klang immer noch fest, doch nun fing er an zu zittern. Er versuchte zu verhindern, daß seine Knie aneinanderschlugen. »Ich weiß nicht, wie er heißt. Ich habe ihn Mussolini getauft, weil er so aussieht wie der. Wie aus dem Gesicht geschnitten, bloß jünger.«

Sie hatten eine fiese Art, das Thema zu wechseln, gerade wenn man dachte, es würde vorangehen. »Obdachlose können Sie nicht ausstehen, stimmt's, Les?«

Bean bediente sich der, wie er dachte, politisch korrekten Ausdrucksweise. »Es steht einer großen Nation wie der unseren nicht an, Bettler auf ihren Straßen zu haben.«

Marnock lachte. Es klang, als hätte er sein Lachen lieber unterdrückt. »Sie würden das Problem also auf Hitlers Art lösen, was? Ethnische Säuberung kann man es ja nicht nennen – aber Endlösung, hab' ich recht?«

Der Jüngere merkte vielleicht, daß Bean keinen Schimmer hatte, was Marnock damit meinte, denn er versuchte es wieder mit der vorherigen Taktik.

»Wofür haben Sie das Geld ausgegeben, Les?«

»Für Mussolini, stimmt's?« sagte Marnock. »Was sollte er dafür tun?«

»Nichts. Keine Ahnung. Ich habe ihn gar nicht getroffen.«

»*Was* haben Sie?« Marnock baute sich wieder vor ihm auf.

»Ich meine, ich habe ihn nur einmal getroffen, und dann kam er nicht wieder, ich habe ihn nicht *noch einmal* getroffen. Ich war wieder dort, aber er kam nicht. Ehrlich, ich schwör's.«

»Was sollte er denn tun«, erkundigte sich Marnock, »für diese fürstliche Summe?«

»Ich sag' doch, ich habe ihn nicht getroffen.«

»Clancy umbringen, das war's doch, hab ich recht?«

»Nicht umbringen«, wandte Bean ein. »Das nicht. Das hätte ich nicht gewollt. Ihn ein bißchen aufmischen – warum nicht? Er hat mich schließlich überfallen, weit über fünfzig Pfund hat er mir abgeknöpft. Mussolini, oder wie der heißt, sollte es ihm heimzahlen, mehr nicht, der ...« Allmählich dämmerte ihm die schreckliche Wahrheit. Das Eisengitter, der zweite Penner, die entscheidenden Minuten der Nachrichten, die er verpaßt hatte, weil er Tee gekocht hatte. »Ich will einen Anwalt«, sagte er. »Ich kann mir doch einen Anwalt nehmen, oder?«

»Aber natürlich, Leslie«, sagte Marnock. »Das finde ich eine ausgezeichnete Idee.«

Es war wunderschön zu entdecken, wie verblüffend sie sich in ihrer Art und ihrem Verhalten ähnelten, jede gemeinsame Emotion, Reaktion, jede Art, mit Dingen umzugehen, war eine Entdeckung. Nicht nur, daß er sein Zuhause genauso pfleglich und sauber in Ordnung hielt wie sie, sich schlicht kleidete, früh aufstand, morgens nach dem Aufstehen ebenso ausgeglichen und warmherzig war wie abends, wenn sie endlich das Licht löschten, nein, sie schienen auch die gleichen Dinge zu mögen, zu brauchen und zu wollen. Sie brauchte nur eine Vorliebe oder Neigung zu erwähnen, und er bekannte sich zu einer ähnlichen Präferenz. Er hatte sogar die gleichen Lebensmittel im Kühlschrank wie sie. In seinem Badezimmer, bemerkte sie beim Duschen einmal, lag die Seifenmarke, die sie auch benutzte.

Er schien es beinahe darauf angelegt zu haben, sich in die gleiche Person zu verwandeln. Wenn bei ihm das Telefon klingelte, meldete er sich wie sie mit seiner Nummer, er sagte förmlich »Goodbye« und nicht salopp »Bye-bye«, und wenn jemand unten die Haustür zuknallte, zuckte er zusammen und lächelte gleich darauf über seine Schreckhaftigkeit, genau so, wie auch sie reagiert hätte.

Als sie endlich miteinander ins Bett gingen, war ihr Liebesspiel so, wie sie es sich immer sehnsüchtig vorgestellt, aber eigentlich nie erlebt hatte. Mit Alistair und einem oder zwei Vorgängern hatte sie das Ideal zu erreichen versucht, das sie sich selbst lange vorher aufgebaut hatte. Widerwillig hatte sie jedoch bald die vermeintlich allgemeingültige Wahrheit erkennen müssen, daß ihre eigenen Wünsche und Bedürfnisse von Männern nicht akzeptiert wurden. Männer mochten zwar nicht gewalttätig oder aggressiv sein, doch sie waren hartnäkkig, fordernd, sie legten entschlossen die Regeln fest und wußten selbst am besten, was richtig war. Wenn sie auf sie eingingen – was bisweilen durchaus geschah –, hatte sie immer das Gefühl, sie taten es, um sie bei Laune zu halten, sie gaben »geduldig« nach, um beim nächstenmal ihre eigenen Wünsche durchzusetzen. Jeder von ihnen hatte sie in einem Anfall von Wut schon einmal frigide genannt.

Bis Leo kam, war sie schon fast soweit gewesen, die Schuld bei sich zu suchen und allen Alistairs dieser Welt recht zu geben. Sie hatte sich schon beinahe damit abgefunden, beim nächstenmal – wann oder mit wem immer das sein mochte – die männliche Haltung zu akzeptieren und irgendwie zu lernen, daran Gefallen zu finden. Zweifellos war das, wie alles andere, erlernbar. Doch bei Leo hatte sie überhaupt nichts lernen oder verlernen oder entscheiden müssen. Sie mußte ihn um nichts bitten, seine Hände nicht führen, sein Drängen nicht abwehren und sich nicht von harten Lippen und Zähnen zurückziehen. Er war ebenso sanft wie sie, ebenso träge genießerisch und – bis aufs Ende, wo sie ausnahmsweise fordernd und beherrschend wurde – so langsam und behutsam mit seinen Zärtlichkeiten wie sie. Doch am Ende hatte sie aufgeschrien, wie jene anderen es immer von ihr erwartet hatten, und im nachhinein erschrak sie wegen ihrer festen Umarmung, denn vielleicht war ihre Kraft größer als seine.

Das war vor drei Nächten gewesen, nach ihrer Flucht vor Alistair. Am nächsten Abend kam Leo zu ihr, und obwohl sie befürchtete, Alistair könnte auftauchen, vergaß sie ihn ziemlich schnell. Alles vergaß sie, während sie Leo entdeckte, in seinen Armen lag, zärtlich mit ihm sprach. Das Gefühl, ihn liebevoll umsorgen zu müssen, kam unausweichlich, das Bewußtsein, er brauchte sie ebensosehr als Hüterin seiner Gesundheit und seines zerbrechlichen Körpers wie als Geliebte.

In der warmen Abendluft lagen sie nebeneinander, beide weiß wie Marmorstatuen, ohne auch nur einen Fleck, einen Makel, einen Hauch von Farbe auf der milchigen Blässe. Im Dämmerlicht konnte sie kaum erkennen, wo die Haut seines Schenkels aufhörte und ihre anfing. Nur sein Gesicht wirkte mit den geschlossenen bläulichen Augenlidern matter und – fand sie – älter als ihres. Aber vielleicht war es nur die Wunschvorstellung einer dreißigjährigen Frau, die den Altersunterschied zu ihrem jungen Liebhaber gern verringert hätte.

Sie hatten beinahe dieselbe Haarfarbe, nur daß ihr Haar etwas feiner strukturiert und von klarerem Gold war. Sie hatte den gleichen federweichen Flaum auf den Armen wie er. Beide hatten sie ein paar blaßgoldene Sommersprossen auf der Nase. Falls ihre Züge sich voneinander unterschieden, so nur wie die von Bruder und Schwester, die jeweils die Gene des anderen Elternteils geerbt haben. Sie hatten die gleiche zarte, mattweiße Haut, eine Haut, die vielleicht früh faltig wurde, wenngleich ihre, obwohl sie die Ältere war, weniger Falten aufwies als seine. Voller Zärtlichkeit betrachtete sie die Linien und berührte sie mit ihrer warmen Fingerspitze.

Vorher hatten sie sich über diese Ähnlichkeit unterhalten, und Leo hatte sie auf etwas hingewiesen, was ihr eigentlich auch hätte auffallen müssen, daß nämlich Menschen, deren Blut- und Gewebetypen so perfekt zueinander passen, sich höchstwahrscheinlich auch ähnlich sehen. Wäre es nicht viel seltsamer gewesen, wenn einer von ihnen dunkel und die andere hell, der eine schwer und grobknochig und die andere zierlich gewesen wäre? Sie hatte unter den Informationsbroschüren des Trust einen Prospekt hervorgesucht, auf dem zwei lächelnde junge Männer, Spender und Empfänger, abgebildet waren, und Leo hatte recht gehabt: Die beiden waren ungefähr gleich groß, hatten die gleiche Haut- und Haarfarbe und das gleiche Lächeln.

»Vielleicht sind wir sogar entfernt miteinander verwandt«, sagte sie.

»Ich bin dein Geliebter«, erwiderte Leo. »Ich will nicht dein Cousin sein.«

Er blieb über Nacht. So gut wie in dieser Nacht hatte sie in Charlotte Cottage noch nie geschlafen. Frühmorgens kam Gushi herauf und kuschelte sich in die Kuhle zwischen ihren Füßen. Leo hatte nichts dagegen. Er stand als erster auf und machte ihr Tee. Es war acht Uhr vorbei, und sie lag noch im Bett, als das Telefon klingelte. Er nahm den Hörer und reichte ihn ihr. Es war die Stimme von Edwina Goldsworthy. Sie sagte, Bean würde die Hunde heute nicht ausführen, und vielleicht die nächsten Tage auch nicht. Er sei krank. Eine Art Halsentzündung, hatte sie von Lisl Pring erfahren.

Also waren sie mit Gushi in den Park gegangen, und Mary war im Grunde recht froh über Beans Halsweh, denn das bedeutete, daß sie bei Leo übernachten konnte. Den Hund würde sie natürlich mitnehmen. Zum erstenmal merkte sie, wie einengend ihre Tätigkeit als Haussitterin war. Sie hatte sich verpflichtet, bis September in Charlotte Cottage zu bleiben, und sobald Bean wiederhergestellt war, mußte sie wegen

Gushi jede Nacht dort verbringen. Alistair an Leos Stelle hätte ihr geraten, sich den Blackburn-Norris' gegenüber nicht verpflichtet zu fühlen, sie hatten ja keinen offiziellen Vertrag abgeschlossen, doch für Leo kam das nicht in Frage. Seiner Meinung nach war die Vereinbarung ebenso gültig wie vom Notar aufgesetzt und von Zeugen bestätigt. Kurzum, darin waren sie sich einig.

»Ich glaube auch nicht, daß ich zu dir ziehen könnte«, sagte er. Sie hatte es zwar nicht vorgeschlagen – sie kannten einander ja erst seit ein paar Wochen –, wünschte es sich aber.

»Es wäre irgendwie – nicht direkt unfein, aber nicht gerade das, was ich mir für uns vorstelle, wenn sie zurückkämen und uns – dort fänden. Es ist besser, wir warten noch bis September.« Sein Ton war tiefernst. »Ich möchte, daß alles ganz korrekt ist.«

Leise fragte sie: »Was stellst du dir denn für uns vor, Leo?«

»Im Augenblick«, sagte er, »kann ich es noch kaum fassen, was geschehen ist. Daß du so bist, wie du bist – die Frau, die mir das Leben gerettet hat –, daß ich dir begegnet bin und daß du...« – er zögerte, er errötete ebenso leicht wie sie, – »meine andere Hälfte bist.«

»Ja«, sagte sie, »ja.«

»Ich bin dabei, mich in dich zu verlieben, klar, aber mir ist, als wäre ich schon in dich verliebt gewesen, bevor wir uns begegnet sind. Ich habe mir ein Idealbild von dir gemacht, und wie durch ein Wunder ist dieses Bild in dir nun lebendig geworden.« Er umarmte sie mit einem Lächeln. »Es ist nicht leicht, sich daran zu gewöhnen«, sagte er. »Ich wünsche mir, daß wir keine Geheimnisse voreinander haben, Mary. Sollen wir uns alles übereinander erzählen, unser ganzes Leben?«

Also hatten sie damit angefangen. Er erzählte ihr von seiner Kindheit, seinen ehrgeizigen, aber auf der Verliererseite stehenden Eltern: einem Vater, dessen Sportlerkarriere durch eine gerissene Achillessehne ein jähes Ende nahm, als er für die

Olympiamannschaft trainierte, und einer Mutter, die nach Fernstudium und Abendkursen zweimal durch die Prüfung gefallen war und den sehnlich erwünschten Abschluß nicht bekam.

In der Folge hatten sie all ihre Hoffnungen, die sich für sie selbst zerschlagen hatten, in ihn und seinen Bruder gesetzt. Die beiden Söhne mußten große Sportler oder große Gelehrte werden, am liebsten beides. Sein Bruder Carl war auf die Schauspielschule gegangen, sehr zum Ärger und Verdruß ihres Vaters. Die Schauspielerei war doch keine Arbeit für einen Mann. Lange fand Carl nur Arbeit als Modell, was mit noch mehr Empörung quittiert wurde. Dann starb ihr Vater, und Leo erfuhr, daß seine Mutter all die Jahre einen Liebhaber gehabt hatte. Nach dem Tod ihres Mannes zog sie zu ihm nach Schottland. Von ihren Söhnen hatte sie sich kurz und schmerzlos verabschiedet. Es hatte Leo sehr weh getan, denn sie hatte seine Krankheit nie ernst genommen und es schlankweg abgelehnt, ihr Gewebe auf Kompatibilität untersuchen zu lassen. Ohne Carls rührende Hingabe hätte er gar nicht gewußt, was aus ihm hätte werden sollen ...

»Und der Rest ist Geschichte. Denn dann kamst ja du.«

»Ja, dann kam ich.«

»Ich fürchte, meine Mutter hat mir nie verziehen, daß ich keine Meile in drei Minuten laufen konnte und keinen exzellenten Schulabschluß machte. Leukämie ist nämlich nicht erblich. Das ist inzwischen allgemein bekannt.«

Sie sah ihn fragend an. »Das verstehe ich nicht ganz.«

»Sonst hätte sie sich und meinen Vater dafür verantwortlich machen können. Es wäre natürlich nicht ihre Schuld gewesen, wenn einer von ihnen ein krankes Gen getragen hätte, aber die Menschen machen sich nun mal Vorwürfe, wenn sie ihren Kindern schlechtes genetisches Material vererben. Umgekehrt, habe ich festgestellt, ist es ihnen recht, wenn sie keinen Grund haben, sich verantwortlich zu fühlen.« Er klang nicht verbittert, eher amüsiert und resigniert. »Unterschwellig schwingt natürlich immer der Vorwurf mit, ich hätte es mir irgendwo eingefangen oder etwas Verbotenes getan, das es zum Ausbruch gebracht hat. Einmal sagte meine Mutter sogar zu mir, Carl wäre so was nie passiert.« Sein wehmütiges Lachen nahm der Bemerkung den Stachel. »Trotzdem – es ist nicht gut, wenn erwachsene Menschen noch zu Hause bei ihren Eltern wohnen, was meinst du?«

»Ich kenne mich in solchen Sachen nicht aus«, sagte sie, »aber, ja, du hast recht.«

Sie war entsetzt über das, was sie soeben gehört hatte. Von dieser Mutter, die er ihr nicht hatte vorstellen wollen, es aber auch nicht direkt abgelehnt hatte, wollte sie nun gehörig Abstand halten, bis es soweit wäre, daß sie und Leo ...

»Sobald deine Zeit in Charlotte Cottage vorbei ist«, sagte er, »möchte ich gern, daß du zu mir ziehst. Ich kündige es dir hiermit schon einmal an. Hast du Lust, in dieser winzigen Wohnung mit mir zu hausen?«

»Das müssen wir nicht, Leo. Ich bin doch reich – hast du das schon wieder vergessen?«

Sein eben noch begeistertes, erwartungsvolles Gesicht veränderte sich. »Ich glaube, ja«, sagte er. »Ich würde es gern vergessen.«

Am nächsten Morgen kamen zwei Briefe. Der eine, sie konnte es an der Handschrift erkennen, war von Alistair. Sie öffnete zuerst den anderen. Er war von Mr. Edwards, der sich erkundigte, ob sie »finanzielle Mittel« benötige, es sei völlig problemlos, ihr von der Erbmasse ihrer Großmutter eine angemessene Summe vorzustrecken. Bean kam, als sie den Brief gerade las. Er wirkte müde und alt. Man sah ihm an, daß er krank gewesen war. Zum erstenmal fiel ihr auf – vorher hatte sie vielleicht nicht darauf geachtet –, daß er ein alter Mann war, zwar sportlich und vital, aber alt.

Er erging sich in wortreichen Entschuldigungen. Es habe

alles mit gewissen Umständen zu tun, auf die er keinen Einfluß habe, es würde nicht wieder vorkommen. Mary verstand nicht ganz, wie man dafür garantieren konnte, nicht mehr an einer Halsinfektion zu erkranken, doch von seinem Hals sagte Bean nichts. Zu ihrem großen Erstaunen meinte er, hoffentlich müßten Sir Stewart und Lady Blackburn-Norris »es nie erfahren«.

»Was denn, daß Sie krank waren?«

»Daß ich verhindert war, den kleinen Burschen auszuführen, Miss. Mir wäre sehr viel wohler, wenn sie es nicht erfahren.«

Ein Jammer, die Traurigkeit des Alters. »Ich werde es ihnen nicht sagen«, sagte Mary herzlich. »Bis sie zurückkommen, habe ich es schon wieder vergessen.«

Als sie Leo davon erzählte, mußten sie beide lachen. Er war über Nacht geblieben, wartete aber, bis Bean gegangen war, ehe er herunterkam. Früher hätte sie Alistairs Brief erst aufgemacht, wenn sie allein war, doch nun waren sie so vertraut miteinander, daß sie damit nicht wartete. »Hier«, sagte sie und hielt den Brief in die Höhe. Er legte den Arm um sie und las über ihre Schulter mit.

Alistair wollte wissen, weshalb sie letzte Woche vor ihm davongelaufen war. Wovor fürchtete sie sich denn? Er frage sich, ob sie vielleicht eine Therapie machen sollte, sie sei so merkwürdig, so unausgeglichen. Ob ihr überhaupt klar sei, daß sie in einem Anfall von Hysterie gesagt hatte, sie wolle ihn nicht mehr sehen? Er habe beschlossen, die Sache mit der Nachsicht zu behandeln, die sie sich inzwischen sicher wünschte. Mit anderen Worten, er würde nicht mehr davon reden. Ob er für sie einen Termin beim Therapeuten machen solle? Das würde er gern tun. In der Zwischenzeit sollten sie sich einmal treffen und über Geld unterhalten. Wo wollte sie wohnen, welcher Betrag erschien ihr angemessen für den Erwerb einer Wohnung oder – in Anbetracht ihrer veränderten Lebensumstände – eines Hauses?

»Am liebsten würde ich den Brief wegwerfen und gar nicht darauf antworten.«

»Das wirst du aber nicht«, sagte er. »Dazu sind wir uns viel zu ähnlich. Wir sind zu höflich und zu vernünftig. Du wirst ihn beantworten und freundlich, aber sehr bestimmt wiederholen, daß du ihn nicht mehr sehen willst.« Seine Stimme wurde fester. »Du wirst ihn doch nicht mehr sehen, Mary?«

»Nicht, wenn es sich vermeiden läßt.«

Er umarmte sie. »Bitte, Mary. Meinetwegen.«

Bei der Polizei hatten sie ihm ein Telefonbuch gegeben, damit er sich einen Anwalt aussuchte. Er kannte die Namen der Anwälte, die Anthony Maddox beziehungsweise Maurice Clitheroe vertreten hatten, doch das letzte, was er jetzt wollte, war, Marnocks Aufmerksamkeit auf seine verstorbenen Arbeitgeber zu lenken. Er fand eine Kanzlei in der Melcombe Street, rief dort an, und kurze Zeit später erschien eine junge Frau. Bean wurde schon viel wohler, als sie anfing, die Beamten darauf hinzuweisen, daß sie ihren Mandanten ohne Haftbefehl nicht länger als vierundzwanzig Stunden festhalten konnten. Ob sie vorhätten, ihn zu verhaften? Sie wies energisch darauf hin, daß sie gegen ihn keine Beweise in der Hand hatten.

Doch Bean wußte, daß das Gegenteil der Fall war. Bis die Anwältin eingetroffen war, hatte er ihnen alles erzählt, was sie wissen wollten: über den Raubüberfall, über Mussolini und dessen Angebot, über das Geld und den schiefgegangenen Versuch, Mussolini wieder zu treffen. Er hatte zugegeben, Clancy mißhandeln lassen zu wollen, und als sie nachhakten, daß es ihm nicht darauf angekommen sei, ob die Sache ernst oder gar tödlich verlief. Er hatte eigentlich gar nicht vorgehabt, überhaupt etwas zu sagen, doch sie zogen es ihm aus der Nase, und als er erst einmal angefangen hatte, schien es sinnlos, etwas zu verschweigen.

Was ihn rettete, dachte er später, war die Tatsache, daß er das Geld noch hatte. Er hatte es sogar bei sich. Sie konnten natürlich kaum wissen, daß es dasselbe Geld war, doch schon der Besitz der Scheine wirkte sich zu seinen Gunsten aus. Er war geschlagene vierzehn Stunden auf dem Revier und hätte die Hunde am darauffolgenden Tag ausführen können, war in der Tat schon auf seine nachmittägliche Pflichterfüllung eingestellt, doch dann statteten sie ihm erneut einen Besuch ab. Sie hatten Mussolini ausfindig gemacht.

Es verging ein weiterer Tag mit Fragen, Spott, Hänseleien, Hohngelächter und – seitens Marnocks – gewaltigen Wutausbrüchen. Mussolini habe ihnen alle möglichen Geschichten über Bean erzählt, behaupteten sie. Bean wußte, daß das nicht stimmte, denn Mussolini, der in Wirklichkeit Harvey Bennett hieß, hätte die Geschichten gar nicht wissen können, hätte sie erfinden müssen. Beispielsweise hatte Bean niemals – selbst in seinen wildesten Träumen nicht – gesagt, daß er Clancy töten lassen wollte. Er hatte vor Bennett nie damit angegeben, er hätte einmal einen Mann umgebracht, sei mittlerweile aber zu alt für solche Sachen. Als ihm das vorgehalten wurde, fuhr ihm blitzschnell der schreckliche Gedanke an Anthony Maddox' Totenbett durch den Kopf, doch davon hatte er anderen gegenüber nie ein Sterbenswörtchen erwähnt, das entsprang alles Bennetts Phantasie.

Auch die Unterstellung, er habe Bennett fünfzig Pfund geboten, wenn er Clancy umbrachte, und noch mal fünfzig nach vollbrachter Tat, war falsch. Ebensowenig hatte er sich diesen Bennett ausgesucht, indem er im Globe diskrete Erkundigungen eingezogen hatte, wer einen Job für ihn erledigen könnte. Seine Anwältin kam wieder und legte sich mit Marnock an, den sie daran erinnerte, daß es so etwas wie richterliche Statuten gab.

Nachdem er stundenlang in einer Zelle gehockt hatte, ließen sie ihn laufen. Er wußte zwar nicht, warum, und würde auch nicht fragen – die Erleichterung darüber, frei zu sein, war ihm genug –, doch hatte ihn die Sache ziemlich mitgenommen. Immerhin hatte er seine fünfzig Pfund noch und wußte, was er damit machen würde: Er würde sich eine neue Kamera kaufen.

Das Geschäft, in dem Maurice Clitheroe vor etwa zehn Jahren die erste erstanden hatte, befand sich in der Spring Street in Paddington. Der Laden existierte noch. Er fand ihn im neuen Telefonbuch und rief an, um ihre Modelle und Preise zu erfragen. Da es mitten in der Touristengegend lag, war das Geschäft durchgehend geöffnet, und er fuhr die zwei Stationen mit der U-Bahn hin.

Die Kamera war aus zweiter Hand und daher günstiger als erwartet. Der Geschäftsführer legte noch einen Film dazu, und Bean – in doppelter Hinsicht von seiner Gewohnheit abweichend – leistete sich eine Flasche Whisky und eine Abendzeitung. Selbst wenn nur etwas über die Freilassung eines Mannes drinstand, »der der Polizei bei ihren Ermittlungen behilflich gewesen war«, wollte er etwas über sich lesen. Paddington war weitaus schäbiger, verdreckter und mit mehr Abfall übersät als die Marylebone Road, und er war froh, daß er nicht in der Gegend wohnte.

Er trat gerade aus der Weinhandlung, als er das Mädchen wiedersah, das damals immer zu Maurice Clitheroe gekommen war und dem er in der Baker Street eine Grimasse geschnitten hatte. Sie stand in der Eingangstür eines heruntergekommenen Videoladens. Um ein Haar wäre ihm das nun Folgende entgangen, wenn er sich nicht aus irgendeinem Grund umgedreht hätte, nachdem er ein Prachtexemplar von einem Highland Collie geknipst hatte, der von einer alten Frau an der Leine geführt wurde.

Ein roter Mercedes fuhr über die Bordsteinkante, und das Mädchen lehnte sich zu dem Fahrer in den Wagen. Sie war etwas anspruchsvoller gekleidet als beim letzten Mal: rotes, paillettenbesetztes Oberteil, enger, weißer Mini, weiße Stilettos. Nuttenaufmachung, aber nicht billig. Dann sah Bean den Fahrer. Es war James Barker-Pryce, Parlamentsabgeordneter, dessen rotes schnurrbärtiges Gesicht, diesmal ohne die im Mundwinkel festgeklemmte Zigarre, vom Wagenfenster eingerahmt wurde. Bean machte ein Foto. Er knipste gleich zweimal. Dann wurde der Wagenschlag von innen aufgestoßen, und das Mädchen stieg ein.

Bean ging nach Hause und las die Zeitung. Über ihn stand nichts drin, nur ein langer Artikel von einem angeblich hochberühmten Psychiater, von dem Bean aber noch nie etwas gehört hatte, über verrückte Obdachlose im allgemeinen und Clancy im besonderen. Der Psychiater sagte, man habe gewisse Theorien darüber aufgestellt, weshalb der Tote Schlüssel gesammelt hatte. Manche besagten, um damit einbrechen zu können, andere behaupteten, es handle sich um einen Schutzpanzer gegen potentielle Angriffe. In Wahrheit seien es in Clancys verwirrtem Hirn die Schlüssel zu erträumten Häusern gewesen. Da er ein Mensch ohne eigenes Heim sei, habe er die Schlüssel zu den Heimen anderer Menschen gesammelt, da Schlüssel Hausbesitz symbolisierten, Besitz und Privatsphäre, deren Genuß ihm selbst verwehrt war.

Bean hatte noch nie solchen Mist gelesen. Während er seine Sammlung an Hundefotos durchsah und die Negative für Vergrößerungen heraussuchte, trank er viel zu viel Whisky und wachte mit einem Kater auf. Er setzte seine Baseballmütze auf, zog ein über und über mit bedrohten Tierarten bedrucktes T-Shirt an und wartete wie auf glühenden Kohlen, ob ihn die Polizei wieder holen würde. Immerhin waren sie zwei Tage hintereinander dagewesen, warum also heute nicht? Doch es kam niemand, so daß er fünf Minuten vor der Zeit bei Erna Morosini eintraf.

Sie war ziemlich kurz angebunden, erkundigte sich nicht einmal nach seinem Befinden, sondern jammerte herum, wie erschöpft sie sei, weil sie Ruby selbst spazierenführen mußte. Es war unverkennbar, daß die Beagledame noch jede Menge überschüssige Energie hatte. Keuchend machte Ruby einen

Satz nach vorn und zog ihn wie ein Gespann munterer Kutschpferde in Richtung Park Crescent davon. Bean wechselte einen raschen Blick mit dem Herzog von Kent, der nicht so aussah, als ob er sich von ein paar Polizisten einschüchtern lassen würde, bevor Ruby ihn weiterzerrte. Valerie Conway erschien mit Boris an der Souterraintür.

»Ein Mr. Barker-Soundso hat gestern hier angerufen und gefragt, was für Scherze Sie eigentlich treiben. Er meinte, nachdem Sie sich nicht gemeldet hätten, könnten Sie sich die Mühe schenken und bräuchten gar nicht mehr hinzugehen. Er würde andere Vereinbarungen treffen.«

»Was soll denn das heißen?«

»Er meint, die Schulabgänger hier würden sich nach so einem Job die Finger lecken. Die wären mit einem Bruchteil dessen zufrieden, was Sie berechnen. Eins von den Mädchen will Charlie sogar gratis ausführen, weil er so hübsch sei.«

Boris trottete die Treppe hinauf, und seine Pfoten hörten sich auf den metallenen Trittstufen wie Hagelkörner an. Ruby, die oben am Geländer angebunden war, empfing ihn verliebt und ließ sich auch von Boris' leisem Knurren und gefletschtem gelbem Gebiß nicht sonderlich abschrecken. Schade, daß es keinen Markt für Hundepornos gibt, dachte Bean. Er führte die Tiere in die Anlage und durch den Tunnel unter der Marylebone Road hindurch. Jetzt, wo Clancy tot war, konnte er es wieder wagen, ohne jene Beklommenheit zu verspüren, bei der seine Muskeln sich verhärteten und die Nerven sich anspannten.

Im Park lief Marietta unruhig umher. Sie vermißte Charlie und hatte keine Lust, allein herumzurennen, sondern wanderte ziellos durch die Gegend und blieb bisweilen stehen, um sich zu kratzen. Bean knipste sie, als sie mit sehnsüchtigem Blick auf der Kopfsteinumrandung am Parsenbrunnen stehenblieb. Die Aufnahme war bestimmt gelungen. Bean beruhigte sich allmählich. Seit Valerie Conway ihn von Barker-Pryces

Entschluß unterrichtet hatte, schäumte er innerlich vor Wut über so viel Ungerechtigkeit. Der hatte vielleicht Nerven, nach allem, was Bean in Paddington gesehen hatte!

Na warte, Bürschchen, was du kannst, das kann ich auch, dachte er.

18

Hob wurde von der Polizei überrascht. Er hatte zwar damit gerechnet, daß sie kommen würde, aber nicht aus diesem Grund. Womöglich wurde er auf seine alten Tage allmählich schwachköpfig. Er hatte am Vortag Geburtstag gehabt, den zweiunddreißigsten, glaubte er jedenfalls, aber sicher war er sich nicht, es konnte auch der dreiunddreißigste sein. Er hatte seine Mum gefragt, aber die wußte es auch nicht. Ein paar Jährchen jünger als sie, aber nicht viel, hatte sie bloß gesagt, denn als er geboren wurde, sei sie selber noch ein Kind gewesen.

Aber alt genug, um geistig allmählich abzutreten, war er anscheinend, denn er meinte, die Polizei käme wegen der Krawalle. Er dachte, sie wollten sich *entschuldigen*, weil bei dem Zwergenaufstand am Vorabend all seine Fensterscheiben zertrümmert worden waren. Das hatte er nun davon, daß er im ersten Stock wohnte, weiter oben wäre es sicherer gewesen. Er hatte immer noch keine Ahnung, was eigentlich los gewesen war. Ein paar Jungs um die dreizehn oder vierzehn waren, mit Wagenhebern und Milchflaschen bewaffnet, draußen herumgerannt, aber als dann einer der Väter mit einer Armbrust herauskam und ein anderer mit etwas, was aussah wie eine Schrotflinte, war es brenzlig geworden.

Hob beobachtete das Geschehen von seinem Fenster aus. Von Lew hatte er ein paar Ecstasy, die gelben, aber ihm war klar, wenn er sich eine einwerfen würde, wäre er im nächsten Moment da draußen bei den Krawallmachern. Sie schrien etwas von einem Jungen, der angeblich von der Polizei in der Zelle verprügelt worden war, ein Kumpel von ihnen, den man beschuldigte, vom obersten Stockwerk aus einem alten Mann einen Betonklotz auf den Kopf geworfen zu haben. Hob beschloß, sich aus der Sache herauszuhalten.

Seine erste Fensterscheibe ging zu Bruch, als er sich in der Küche gerade einen Wodka holte, die Vorspeise vor dem Hauptgericht, der Crackration fürs Wochenende. Inzwischen warfen sie draußen mit Ziegelsteinen. Hob bückte sich, um den Stein vom Fußboden aufzuheben. Er überlegte, ob er ihn zurückwerfen sollte, ließ es aber bleiben. Der stammte bestimmt von dem Haufen, den die Maurer liegenlassen hatten, als sie das Mäuerchen um das erhöhte Blumenbeet an der Parkplatzeinfahrt errichtet hatten. Total für die Katz, denn über Nacht waren sämtliche Blumen herausgerissen worden, und jemand hatte sogar angefangen, das Mäuerchen einzureißen. Er nahm einen großen Schluck Wodka und schlenderte zum Sofa hinüber.

Bevor er sich hingesetzt hatte, hörte er, wie ein Ziegelstein oder eine Flasche durch das Fenster im Schlafzimmer geschleudert wurde. Inzwischen mußte jemand den Notruf gewählt haben, denn zwei Streifenwagen kamen heulend angerast, während er die Scherben mit dem Zeh herumschob und dann in eine Ecke stieß. Die Polizisten hatten Schutzschilder dabei. Hob traute seinen Augen nicht. Schutzschilder wegen einer Armbrust und ein paar Ziegelsteinen! Er war zwar nicht direkt auf Entzug, fühlte sich aber durch den Wodka ein bißchen »on the rocks«. Er mußte über sein witziges Wortspiel lächeln und ging zu seiner Jacke hinüber, um den roten Samtbeutel hervorzukramen.

Von draußen ertönte ohrenbetäubender Lärm. Seine Vorderfenster waren alle hin – zum Glück wurde es allmählich warm. Er scherte sich nicht darum, sondern machte sich an sein Ritual, schnitt den Strohhalm in zwei Hälften, zerbröselte den Jumbo, schraubte die Russische-Zarenhof-Verschlußkappe auf und zog endlich den lebensspendenden Rauch ein.

Etwa eine Stunde später kam die Polizei, oder noch viel später. Er wußte es nicht genau. Er war ein bißchen im Zimmer umhergetanzt, hatte ein paar Power-Ranger-Übungen gemacht, Luftboxen und Karateschläge. Dann hatte er die drei Ziegelsteine, die durchs Fenster geflogen waren, zusammen mit den Glasscherben zu einer Pyramide aufgeschichtet und sich dabei geschnitten, aber nicht so schlimm, daß es groß aufgefallen wäre. Irgendwann mußte er eingeschlafen sein, denn er wurde von Kratzgeräuschen geweckt. Mäuse! Er lag mit gespitzten Ohren da und fand, daß es sich nett anhörte, so friedlich, nicht wie bei Ratten – er hatte noch nie gehört, daß man sich von Mäusen eine Krankheit einfangen konnte –, als plötzlich ein überhaupt nicht nettes Geräusch ertönte, ein paar laute Schläge gegen die Wohnungstür.

Er warf einen Blick aus dem zerbrochenen Fenster und sah weiter unten ihren Wagen stehen. Natürlich kein Streifenwagen, aber für ihn deutlich als Polizeiauto erkennbar. Sie klopften erneut, und er machte ihnen auf – breit lächelnd, überzeugt, daß es sich um einen Routinebesuch handelte, keine Sorge, Sir, alles im Griff, entschuldigen Sie die Belästigung.

Aber weit gefehlt! Sie schoben sich an ihm vorbei in die Wohnung und blickten mit zugehaltener Nase um sich, als wären sie in einer Kloake gelandet. Sie wollten wissen, ob er Harvey Owen Bennett sei und wo er am soundsovielten Juni gewesen sei, in der Nacht, in der Cahill umgebracht wurde.

»Hier«, sagte Hob. »Allein. Wo sonst?«

Als sie nicht lockerließen, begann er zu überlegen. Ein Donnerstag war es gewesen. Sein Gedächtnis war schon seit Jahren nicht mehr besonders gut. Vielleicht war es der Tag gewesen, an dem er von Leos Apparat aus mit seiner Mutter telefoniert und sie nach seinem Alter gefragt hatte und sie ihm sagte, er sei jünger als sie und sie müßte jetzt aber gehen, sie ginge mit seinem Stiefvater ins Pub, da hätte sie zur Feier ihrer Silberhochzeit eine Party. Was denn für eine Silberhochzeit, hatte er wissen wollen, mit seinem Dad sei sie doch nicht länger als fünf Minuten verheiratet gewesen, und sie hatte gesagt, na und, wenn sie sich nicht hätte scheiden lassen, hätten sie jetzt Silberhochzeit gehabt, und die ganze Familie sei da, auch sein Dad.

»Nein, gelogen«, sagte er. »Ich war bei Mums und Dads Silberhochzeit.«

Er war von seinem Alibi nicht recht begeistert, aber irgend etwas mußte er ja sagen. Sie ließen ihn nicht in Ruhe irgendwo telefonieren, sondern nahmen ihn gleich mit. Auf dem Weg zum Wagen sah er, daß das Blumenbeet völlig verschwunden war, nicht ein Ziegelstein war übriggeblieben, nicht einmal eine Handvoll Erde. Vielleicht kapierten sie es jetzt endlich!

Dann geschah so etwas wie ein Wunder. Wer Familien miesmachte, sollte erst mal scharf nachdenken. Seine Familie war einfach einsame Spitze, fest wie ein Felsblock, eine tragende Stütze, das war der Ausdruck, den er suchte. Er brauchte sie gar nicht zu fragen, kein Wort brauchte er zu sagen – konnte er auch nicht, er saß im Polizeiauto, und der Fahrer glotzte ihn wütend an –, sie rückten ohne zu zögern damit heraus, erzählte ihm sein Stiefvater später am Telefon. Aber selbstverständlich war Hob bei dem Fest dabeigewesen! Und zwar von neun bis zum verlängerten Schankschluß um halb zwei. Übernachtet hatte er bei ihnen. Zwei seiner Halbbrüder und der Exmann seiner Stiefschwester und dessen Freundin hatten ihm Rükkendeckung gegeben, und der Exmann seiner Stiefschwester, ein Ausbund an Phantasie, hatte behauptet, Hob hätte beim Aufschneiden der Torte eine wunderbare Interpretation von »Ich werd dein Schätzchen sein« zum besten gegeben.

»Jederzeit, Hob, das weißt du doch«, sagte sein Stiefvater. »Du brauchst gar nicht erst zu fragen.«

Offensichtlich brauchte er das nicht.

Effie war oben auf dem Hill und ließ sich bei den Nonnen den Tee schmecken, ebenso wie Dill und Teddy und der Mann, den sie Nello nannten. Als Roman letztesmal dort gewesen war, ging es nur um Pharao und sein schreckliches Ende, um Pharao und Decker. Wer war wohl der nächste? Vielleicht einer von ihnen? Inzwischen sprach keiner mehr davon. Sie waren wieder wie immer, oder fast wie immer. Roman fand sie jedoch stiller als sonst, argwöhnischer. Sie, die sich nie vor den Dingen gefürchtet hatten, die Leuten mit einem Dach über dem Kopf angst machten – die Straße, die Dunkelheit –, fürchteten sich nun davor.

Inzwischen hatte er sich angewöhnt, seinen Karren unter dem Torbogen an der Grotte stehenzulassen. Früher oder später würde er dort gestohlen werden, doch das war ihm egal. Was für eine Erleichterung, ihn nicht mehr mit herumziehen zu müssen. Sooft sie einander begegneten, wies ihn Nello, der wie der Inbegriff des liebenswürdigen Einfaltspinsels, des Dorftrottels, fast des heiligen Narren wirkte, auf das Risiko hin, das er da einging.

»Die werden ihn dir noch mal klauen, Rome«, sagte er. »Die werden ihn dir klauen. Warum läßt du ihn auch herumstehen? Die würden ihn sogar klauen, wenn du ihn ankettest. Warum nimmst du ihn auch nicht mit?«

Effie nickte grinsend und deutete mit dem Finger auf die leere Stelle etwa einen Meter vor ihm, an der ihrer Meinung nach der Karren stehen sollte.

»Geh, hol dir deinen Karren wieder, Rome«, sagte Nello. »Dein Glück, wenn er noch da ist. Für den würde mancher 'ne Stange Geld zahlen.«

Hier ging ein Killer um, der Obdachlose umbrachte, und er sollte sich über den möglichen Verlust eines billigen Handkarrens Sorgen machen! Bei den Psychologen hieß so etwas Verdrängung. Sie gingen zusammen den Hang hinunter, Effie und er, Nello und Dill und der Beagle. Dill hatte ihm erzählt, als er einen neuen Onkel bekam – der alte war gegangen, und seine Tante hatte einen Ersatz gefunden –, hatte der neue ihn aus dem Haus gejagt – na ja, eigentlich war es nur eine Wohnung in Woodberry Down gewesen, aber das lief auf das gleiche hinaus. Er hatte ihm vierundzwanzig Stunden Zeit gegeben und gesagt, den Hund solle er auch mitnehmen. Es war eigentlich der Hund seiner Tante gewesen, aber die war anscheinend froh, ihn vom Hals zu haben, und so waren Dill und der Beagle gemeinsam losgezogen.

»Wie Dick Whittington und seine Katze in dem Weihnachtsspiel«, hatte Dill unvermutet gesagt und dabei seine asiatischen Augen zusammengekniffen. Doch die Straßen waren nicht mit Gold gepflastert, und der Beagle hatte nicht einmal einen Namen. Alle nannten ihn einfach Beagle. Anstelle einer Leine benutzte Dill ein Stück Seil, doch sobald sie im Park waren, ließ er den Hund frei laufen. In der Ferne sah Roman das hellhaarige Mädchen auf den Broad Walk zugehen, neben ihr ein Mann, der ebenso hellhäutig und zierlich war wie sie, nicht der dunkle, stämmige, den er in die falsche Richtung geschickt hatte.

Bei der Erinnerung daran mußte er unwillkürlich schmunzeln. Vor ein paar Wochen war es gewesen, ungefähr zu dieser Tageszeit. Auch damals hatte er sich oben bei den Nonnen Tee geben lassen und überlegt, ob die mildtätigen Schwestern vielleicht etwas mit der Kirche zu tun hatten, an der er oft vorüberging und die den Mägden des Heiligen Kreuzes geweiht war. Der Name gefiel ihm und blieb ihm im Gedächtnis haften, und er dachte gerade über die Nonnen nach, die Mägde der Armen und Verstoßenen, als plötzlich das nette Mädchen angelaufen kam, als würde sie verfolgt, und ihn völlig außer Atem grüßte.

Dies setzte einen anderen Gedankengang in Bewegung, diesmal über Russells These – oder Russells Zitat der These eines anderen Philosophen –, daß es zu bestimmten Zeiten und unter bestimmten Umständen moralisch sein kann zu lügen.

Wenn man beispielsweise einen Menschen ängstlich um sein Leben rennen sieht und kurz darauf seine Verfolger auftauchen und fragen, wohin er gelaufen ist, dann ist es zulässig, zu lügen und in die linke Richtung zu deuten, wenn der Flüchtende nach rechts abgebogen ist. Diese Überlegung fiel ihm in dem Moment ein, als er am unteren Ende von Ormonde Terrace herauskam und der dunkle, stämmige Bursche im Laufschritt auftauchte, hochrot im Gesicht und offensichtlich fuchsteufelswild.

Roman hatte beinahe laut losgelacht über die unvermutete Gelegenheit, die sich ihm plötzlich bot. Ob der Mann ihn gefragt hätte? Wahrscheinlich nicht.

Er deutete an der Häuserzeile hinunter auf die Primrose Hill Bridge und zum Park. »Dahin ist sie gelaufen.«

»*Was?*«

»Die Dame, hinter der Sie her sind, ist dort unten in den Park gelaufen.«

Der Mann blieb unschlüssig stehen. Er war inzwischen noch röter geworden. »Leck mich am Arsch«, sagte er zu Roman. »Kümmer dich um deinen eigenen Dreck.«

Trotzdem machte er kehrt und lief an der Häuserzeile entlang davon. Roman sah ihm lachend nach. So hatte er schon ewig nicht mehr gelacht, seit dem Unglück nicht mehr, seit dem Verlust. Er wollte noch kurz abwarten, wie sich die Sache weiterentwickelte, ob der Mann vielleicht wieder auftauchte, ob das freundliche Mädchen zurückgeschlichen kam, doch nichts geschah. Seit jenem Nachmittag hatte er sie zweimal mit dem neuen, strohblonden, helläugigen Mann gesehen, der recht nett aussah, der sie an der Hand hielt und ihr einmal zärtlich den Arm um die Schulter legte.

Es befreite ihn von einer Last, denn nachdem die Belustigung über den Vorfall der nachdenklichen Überlegung gewichen war, ob sie vielleicht in Not sei, hatte er sich beinahe zu ihrem Bewacher oder Beschützer aufgeschwungen. Er sah sie so oft, ihre Wege kreuzten sich ständig, daß er fand, er könnte gut ein Auge auf sie haben und für ihre Sicherheit sorgen. Aber Sicherheit wovor? Wenn der Eisengittermörder, der Aufspießer, wie die Zeitungen ihn nannten, sich junge Frauen als Opfer ausgesucht hätte, hätte Roman sich sofort zu ihrem Wachhund ernannt. Doch sie war meilenweit entfernt von dem Typ Mensch, auf den es der Mörder bisher abgesehen hatte. Sie hatte ein Zuhause, wahrscheinlich ein sehr gemütliches, außerdem war sie eine Frau. Ob ihr Geschlecht sie ausschloß? Er sah zu Effie hinüber – Effie mit ihren bandagierten Beinen und der Männerhose und den grünen Bündeln – und hätte gern eine Antwort gewußt.

Als sie den Inner Circle betraten, sagte er ihnen, an dieser Stelle, wo der Ring eine Fläche von einigen Acres umschloß, habe Nash, der Architekt des Prinzregenten, einen Sommerpalast geplant. Mehr wollte er nicht sagen, er wollte sie nicht belehren, doch Nello bat ihn weiterzusprechen, und Dill sagte, er solle sich setzen und ihnen eine Geschichte erzählen. Nur Effie starrte stumm vor sich hin, ihre Augen so leer und verzweifelt wie immer.

Also erzählte er ihnen, daß der Prinzregent und spätere King George IV. diesen Park entworfen hatte, beziehungsweise Nash nach seinen Anweisungen, und daß Nash mit Decimus Burton die Villen und Herrenhäuser für die Höflinge des Prinzen gebaut hatte. Er sprach von der breiten Straße, die vom inneren Ring bs zum Trafalgar Square angelegt werden sollte und daß man mit den Arbeiten am Portland Place begonnen hatte, die Pläne dann aber aus Geldmangel hatte aufgeben müssen. Das konnten sie nachvollziehen – mit der Verschwendungssucht der Regierung und fallengelassenen Vorhaben kannten sie sich aus. Nachdem Dill den Beagle wieder an die Leine gelegt, beziehungsweise das Seil wieder an seinem Halsband befestigt hatte, durchquerten sie den Rosengarten, der mittlerweile in voller Blüte stand. Die Sonnenhitze und der würzige Duft ließen Roman an die berühmten Gärten des Orients denken, Shalimar vielleicht.

Ein ziemlich abgerissenes Häufchen war es, das da die makellos gepflegten Gehwege entlangschlurfte, und die Leute warfen ihnen verstohlene Blicke zu. Die ehrbaren Bürger befürchteten beleidigende Kommentare und Flüche, die unverhohlenes Starren hervorrufen konnte. Obwohl Hunden der Zutritt strengstens untersagt war, mischte sich niemand ein, als der Beagle an einer Rose namens Sexy Rexy das Bein hob. Effie kniete sich vor dem schönsten Rosenbeet nieder und vergrub das Gesicht in den kräftig leuchtenden Blüten der Royal William, sog ihren Duft ein und hob den Kopf, um sich dann erneut tief zu den üppig duftenden Blütenblättern hinunterzubeugen.

Roman fiel nichts mehr ein, was er ihnen noch hätte erzählen können, obwohl sie ihn weiter bedrängten. Der Sommerpalast war nie gebaut worden – wie der wohl ausgesehen hätte? Wie der Pavillon in Brighton? –, und die breite Straße war heute von häßlichen Querstraßen zerschnitten, nachdem die Regent Street später ziemlich zerstört und wiederaufgebaut worden war. Der Inner Circle hatte eine Zeitlang zur Königlich Botanischen Gesellschaft gehört, bevor er Queen Marys Rosengarten wurde. An dieser Stelle verabschiedete sich Roman von den anderen, Effie und Nello ließen sich auf einer Parkbank neben dem Musikpodium nieder, und Dill machte sich mit dem Beagle auf den Weg zu ihrem Stammplatz vor Madame Tussaud's. Roman wollte sich noch etwas zum Abendessen kaufen und dann zur Grotte zurückkehren.

Die Abendsonne weckte in ihm Erinnerungen an warme Londoner Nächte. Sie waren selten genug, denn meist kühlte es sich ab, aber manchmal hatten er und Sally die Kinder einem Babysitter überlassen und draußen im Freien vor einem Restaurant in Bayswater oder Notting Hill zu Abend gegessen. Er hatte Sallys Gesicht nicht mehr deutlich vor sich, wenn er sich an diese Begebenheiten erinnerte. Er erinnerte sich an Einzelheiten, eine Linie, einen Gesichtszug, aber der Teil seines Gedächtnisses, der für diese Aufgabe zuständig war, konnte sie nicht mehr zu einem Ganzen fügen. Nicht, daß sie oder die Kinder ihm entglitten wären, es kam ihm eher so vor, als ob sich zwischen ihnen und ihm ein Nebel oder Schleier niedergelassen hätte.

Etwas Merkwürdiges geschah mit ihm: Die Erinnerung fühlte sich weniger schmerzlich an, eher wie eine süße, wehmütige Sehnsucht. Etwas, womit er nie gerechnet hatte, eine Art Resignation stellte sich nun ein. Er hatte nicht direkt Hoffnung geschöpft, auf keinen Fall Heilung erhofft, doch im Zusammenhang mit dem Erlittenen sagte er sich mittlerweile mit Winston Churchill: Es war weder das Ende noch der Anfang vom Ende, sondern das Ende des Anfangs.

Hatte er sich etwa mit dem Ziel, geheilt zu werden, auf die Pilgerreise begeben? Nein. Eine Flucht war es gewesen, keine Therapie, doch vielleicht war die Therapie ganz von selbst gekommen. Er hatte gelernt, sein Schicksal nicht als etwas zu betrachten, was er voller Wut und Pein bekämpfen mußte – warum ich? warum ich? –, sondern als etwas, was ihn zum Mitglied jener – mancherorts gar nicht so seltenen – Gruppe von Menschen machte, deren gesamte Familie mit einem Schlag ausgelöscht wurde. Inzwischen konnte er sich voller Gelassenheit als einen der ihren betrachten, als jemanden, der sich von der übrigen Menschheit unterschied wie ein Zwerg oder Gliedamputierter, dazu bestimmt, für immer mit seiner Andersartigkeit zu leben und sie zu akzeptieren.

Er betrat einen Laden in der Camden High Street, kaufte sich ein Sandwich, einen Apfel und eine Banane und – weil er letzthin Lust darauf verspürt, aber nur Milch dagehabt hatte – eine Flasche Wein. Er hatte einen Korkenzieher im Karren, falls ihn inzwischen niemand mitsamt Inhalt gestohlen hatte, wie Nello prophezeit hatte.

Wie gewöhnlich blieb er stehen, um sich Durhams Bronzefigur zu betrachten, die zu den Stadthäusern von Gloucester Terrace hinüberschaute. Sie hatte die Augen seiner früheren Freundin, und er fragte sich, wo sie wohl heute war und was aus ihr geworden war. Würde er sie überhaupt wiedererkennen, wenn sie sich begegneten? Ob sie immer noch so aussah wie dieses wassertragende Mädchen? Sie hatte keinerlei Ähnlichkeit mit dem netten Mädchen, von dem er sich einbildete, es sei schutzbedürftig. Er hatte nicht die Absicht, einer dieser Männer zu werden, die ständig Frauen nachstellen und sie belästigen, nahm sich jedoch vor, während er in die Grotte hinunterstieg, von weitem ein wenig auf sie aufzupassen.

Weshalb er das Gefühl hatte, sie brauche einen Schutzengel, wußte er auch nicht genau. Sie hatte doch den Mann, der ihr so verblüffend ähnlich sah. Vielleicht war es ihr Bruder? Der stämmige dunkle Kerl war nur ein Dummkopf, der bestimmt keine echte Gefahr darstellte. Während er den Wein entkorkte, malte er sich ein kleines Szenario aus. Ihr Bruder war aus dem Ausland zurückgekehrt und wollte zu ihr ziehen, hatte dort aber den dunkelhaarigen Kerl vorgefunden, und sie hatten sich zerstritten… Er fand keinen Schluß für die Geschichte, konnte sich nicht vorstellen, wie es weitergehen würde, und fand auch keine Erklärung für die Verfolgungsjagd am Eingangstor von Primrose Hill. Doch er nahm sich vor, auf sie »aufzupassen« und am nächsten Morgen damit anzufangen, denn er war sich sicher, daß sie immer hier am Gloucester Gate den Park betrat und an dem gemeißelten Turm des Schweigens vorüberging.

Bean fiel eine Unterhaltung ein, die er einmal mit Clitheroe geführt hatte. Sein Dienstherr lag im Bett und erholte sich von besonders üblen Schlägen. Beim Verarzten von Clitheroes Rücken mußte er an James Fox in *Performance* denken, einem Film, den er während seiner Zeit bei Anthony Maddox einmal gesehen hatte, nur daß Fox Schauspieler war und man ihm die Striemen und Wunden auf den Rücken geschminkt hatte, wogegen sie bei Clitheroe echt waren. Als Bean über Chas in dem Film eine Bemerkung machte, erwiderte Clitheroe, apropos schauspielern, der Kerl sei ein recht guter Schauspieler.

Was er mit Schauspieler meine, hatte Bean wissen wollen. Daraufhin hatte Clitheroe den Namen des Prüglers genannt, der Bean aber nicht mehr einfiel. Dann sagte Clitheroe: »Er hat sich zu dem gemacht, was ich anscheinend haben will, und er hat recht, ich will ihn so, ich will einen Wilden, Bean. Ich will einen, dem es einen Heidenspaß macht, einen anderen Menschen zu verprügeln. Der dabei die höchste Wonne empfindet, dem es wichtiger ist als Sex oder Drogen oder Geld, weil es für ihn nämlich *ist* wie Sex oder Drogen oder Geld. Verstehen Sie das?«

»Klar«, sagte Bean, »natürlich verstehe ich es.« Daß ihm beim Verstehen übel wurde, verschwieg er.

»Ich liebe dieses erregende Gefühl, Bean. Wissen Sie, ich glaube, ich liebe *ihn*, und warum auch nicht? Das sieht einem perversen Irren wie mir doch ähnlich. Ich möchte ihm etwas Gutes tun, damit er für sein ganzes Leben ausgesorgt hat. Er soll wissen – wenn ich einmal nicht mehr bin –, daß ich wirklich etwas für ihn empfunden habe.«

»Drehen Sie sich um«, sagte Bean, »zeigen Sie mal her.« Um den Zeitpunkt, als der Prügler zum erstenmal ins Haus kam, hatte Bean aufgehört, Clitheroe »Sir« zu nennen. »Himmel«, sagte er, »hoffentlich fängt das nicht an zu eitern.«

»Das muß aber schnell heilen, denn (es folgte wieder der Name) kommt am Samstag auf einen Drink und fünfzig Peitschenhiebe vorbei.«

»Der bringt Sie eines Tages noch um«, sagte Bean, nicht wissend, wie nahe er damit der Wahrheit kam.

»Ich sehe es ihm an den Augen an, daß er schauspielert«, erwiderte Clitheroe wohlig erschauernd – vor Schmerz oder vor Wonne, oder war das ein und dasselbe? »Er hat so etwas Totes in seinem Blick. Und ich bin froh darüber, Bean, es wäre einfach zuviel für mich, wenn es echt wäre, es wäre zu schön, ich könnte es nicht aushalten.« Er erschauerte, und zwischen den Wunden bildete sich Gänsehaut. »Er könnte alles spielen. Ich frage mich, warum er es nicht macht. Damit Geld verdienen, meine ich. Vielleicht hatte er nie Gelegenheit dazu. Oder vielleicht spielt er lieber im Leben als auf der Bühne. Sagen wir so: Er möchte lieber *sein* als scheinen.«

Bean war das alles viel zu hoch. Er haßte diese geschwollenen, sinnlosen Spekulationen. Der Prügler war tatsächlich auf den Drink und das andere vorbeigekommen, und am darauffolgenden Samstag ebenfalls, und als er gegangen war, hatte Maurice Clitheroe einen Schlaganfall erlitten. Manchmal gratulierte sich Bean zu seinem Glück, daß Clitheroe ihm die Wohnung hinterlassen hatte, denn er hätte sie ja auch dem Prügler vermachen können.

Die Erinnerung daran war ihm zwar eine Genugtuung, nützte aber nichts. Jeden Morgen um etwa diese Zeit rechnete Bean immer noch damit, daß die Polizei ihn wieder holte, obwohl es inzwischen eine Woche her war, seit sie ihn zur zweiten Vernehmung abgeschleppt hatten. Während er sich anzog und frühstückte, lief er mehrmals ans Fenster, um nachzusehen.

»Referenzen? So was habe ich ja noch nie gehört«, brummte Bean verdrossen, als ihm Valerie Conway mitteilte, Mrs. Sellers verlangte zusätzlich zu Valeries Empfehlung noch zwei weitere Referenzen, bevor sie ihm ihren Dalmatiner anvertraute.

»Machen Sie, was Sie wollen«, sagte Valerie. »Aber Sie brauchen nicht zu erwarten, daß ich noch mal was für Sie tue.«

Bean sagte, er würde Mrs. Goldsworthy und Miss Pring bitten, versprechen könne er aber nichts. Diese Mrs. Sellers sollte merken, daß er auf sie nicht angewiesen war. Ein zuverlässiger Hundeausführer sei Gold wert, zum Teufel mit Barker-Pryce und seinen Schulabgängern.

»Meine Güte, Sie haben vielleicht Sorgen!« sagte Valerie und knallte die Tür zu.

Da Lisl Pring zur Zeit auf einem Dreh war, schloß Bean sich selbst die Wohnung auf, um Marietta abzuholen. Er bat Mrs. Goldsworthy um ein Empfehlungsschreiben, was sie ihm zusagte, natürlich, überhaupt kein Problem, sie würde später etwas schreiben, und falls sie es vergaß, solle er sie ruhig daran erinnern. Bean rechnete nicht mit ihr, sie gehörte zu der Sorte von Leuten, die so viel Geld hatten, daß sie sich nie um etwas scherten. Er band die Hunde am Torpfosten vor Charlotte Cottage fest und tat so, als merkte er nicht, was Ruby mit McBride anstellte. Nur weiter so! Er bat Miss Jago um ein Empfehlungsschreiben. Eine Empfehlung von Sir Stewart hätte zwar besser ausgesehen, aber da war nun nichts zu machen. Sie sagte es ihm für den nächsten Morgen zu, und irgendwie hatte er das Gefühl, daß sie es tatsächlich fertigbringen würde.

Es war ein schwülwarmer Julimorgen, später würde es wohl ein Gewitter geben. Schwärme von Stechmücken tanzten über der Wasseroberfläche des Sees auf und ab, und auf der Brücke über die Insel stieg ein übler Geruch aus dem Wasser hoch. Auf den weitläufigen Rasenflächen war das Gras niedergetreten und von der Sonne gebleicht. Bean führte die Hunde über die Brücke bis fast ans Hanover Gate. An diesem Morgen war das Dach der Moschee matt und stumpf wie ein alter Kupfertopf. Während er Boris und Marietta beim Herumtollen zusah, überlegte Bean, ob er wirklich noch einen so großen Hund wie den Dalmatiner dabeihaben wollte. Große Hunde waren ungezogen und gerieten leicht außer Kontrolle. Schade, daß nicht alle so sein konnten wie der kleine Gushi, der immer dicht bei Fuß lief und nur gelegentlich auf ein welpenhaftes Abenteuer mit McBride davonsauste.

Ein Mann kam vom Zoo her den Broad Walk herunter. Bean war noch ziemlich weit von ihm entfernt. Blumenbeete und Ziersträucher und kleine Brunnen und üppig bepflanzte Blumenschalen trennten sie voneinander. Doch den Prügler hätte Bean überall und aus jeder Entfernung erkannt – an seinem lässig schlendernden Gang, dem vorgereckten Kinn, den eleganten Körperbewegungen wie bei einem Schwarzen und den lässig herunterhängenden Armen. Bean hatte inzwischen alle Hunde wieder an der Leine und kam näher. Er hatte nichts dagegen, daß der Prügler ihn sah. Im hellen, warmen Tageslicht hatte er die nächtlichen Ängste verloren.

Als ihre Blicke sich kreuzten, ließ der Prügler sich nicht anmerken, ob er ihn erkannt hatte. Doch er war schließlich Schauspieler! Bean starrte ihn durchdringend an, bevor er sich abrupt abwandte. Wie alt er wohl war? Das war immer ein Geheimnis gewesen, doch an die fünfunddreißig war er bestimmt. Als er sicher war, daß der Prügler nicht hersah, drehte er sich um und musterte die Jeans, die Jeansjacke, das relativ lange Haar. War es denn möglich...? Er wirkte recht ordentlich, aber manche von denen *waren* auch ordentlich. Heutzutage gab es solche Heime, wo sie sich duschen und die Haare waschen konnten.

War der Prügler etwa so tief gesunken, daß er nun auf der Straße lebte?

Bean hatte eigentlich keinen Grund für diese Vermutung, nur daß sie hier in den Park kamen und herumlungerten, und der Prügler ziellos umherzustreifen schien. Woher sollte er schon kommen, wohin gehen? Falls er wirklich einer von ihnen war, fand ihn vielleicht der Aufspießer, und er endete irgendwo ermordet und auf ein schmiedeeisernes Gitter gespießt. Für den Prügler sähe wohl alles anders aus, wenn er Clitheroe nicht ganz so schlimm verprügelt hätte und Clitheroe noch ein Weilchen gelebt und sein Testament geändert hätte...

Als er zur York Terrace zurückkehrte, erwarteten ihn Marnock und sein Sergeant bereits vor dem Haus. Sie saßen in ihrem Wagen im absoluten Halteverbot. Sie waren bedeutend höflicher als die vorigen Male, was Bean zu einem großspurigen, gereizten Tonfall verleitete.

»Was ist es denn diesmal?«

Sie wollten von ihm alles über den Mann wissen, der ihn im Nursemaids' Tunnel überfallen hatte. Er bräuchte nicht mit aufs Revier zu kommen, wenn er nur so gut wäre, sie hereinzubitten. War er sich sicher, daß es Clancy war? Bestand irgendein Zweifel an der Identität des Angreifers?

Bean mußte sich die ganze Sache noch einmal genau durch den Kopf gehen lassen. Vielleicht war es gar nicht Clancy gewesen. Er überlegte, ob er ihnen eine Beschreibung des Prüglers geben sollte, fand es dann aber zu riskant und sagte, er könne sich nicht mehr erinnern. Sie blieben fast zwei Stunden, behandelten ihn durchweg höflich, und als sie gingen, war keine Rede von einem Wiedersehen.

Zum Mittagessen machte er sich ein Birdseye-Schlankheitsmenü und sah sich die Emmerdale-Show an. Gutgelaunt sagte er sich danach: Wer wagt, gewinnt! In seinem Kontoführungsbuch waren sämtliche Telefonnummern seiner Kunden aufgelistet. Während er die Nummer von Barker-Pryce wählte, überlegte er: Falls sie abhebt oder eine Sekretärin oder sonstwer, lege ich einfach wieder auf. Als er die Stimme von Barker-Pryce hörte, wurde sein Hals trocken.

»Ja, wer ist da?«

»Bean, Sir«, stieß er mühsam hervor. »Der Hundeausführer.«

»Heraus damit, was wollen Sie?«

»Ich dachte mir«, sagte Bean, und die wachsende Wut kräftigte seine Stimme, »Sie würden sich vielleicht gern ein paar sehr schöne Fotos von Charlie ansehen, die ich gemacht habe. Wirklich erstklassig, Sir, sie werden Ihnen bestimmt gefallen.«

Den Namen Barker trug er zu Recht, denn der kläffende Laut,

den er nun ausstieß und der vermutlich ein Lachen sein sollte, hörte sich fast so an wie McBrides Bellen, wenn er eine Mandarinente aufgescheucht hatte.

»Das ist ja allerhand. Was Sie sich erlauben! Sie haben das Vieh spazierengeführt, ja? Seit wann habe ich Ihnen die Erlaubnis erteilt, ihn als Fotomodell zu benutzen?«

Bean holte tief Luft und stieß dann hervor: »Apropos Fotomodell, Sir, fast hätte ich was von den Bildern gesagt, als ich Sie in Paddington mit der jungen Dame gesehen habe.«

Schweigen. Bean konnte den Zigarrenrauch förmlich riechen.

»Ich hatte mir gerade die Zeitung gekauft, Mr. Barker-Pryce. Um den Artikel über den Gentleman von der Regierung und die Dame im Hotel zu lesen. Ich nehme an, Sie kennen den Herrn, Sir?«

Diesmal war die Stimme etwas leiser und der Ton etwas höflicher. »Was genau wollen Sie?«

»Unter anderem ein Empfehlungsschreiben, Sir, wenn Sie so gut sind. Für eine Dame mit einem Dalmatiner. Ich dachte, ich komme vorbei, wenn ich die *anderen* Hunde spazierengeführt habe. Sagen wir, so um halb sechs?«

19

Roman brauchte einige Zeit, um herauszufinden, wo sie wohnte. Eigentlich widerstrebte es ihm instinktiv, hinter ihr herzuspionieren. Doch an einem Samstag sah er sie in Primrose Hill und folgte ihr in diskretem Abstand bis nach Hause.

In einer Secondhand-Buchhandlung in der Regent's Park Road hatte er ein altes, 1840 veröffentlichtes Buch mit dem Titel *Colburns Vergnügungsalmanach* entdeckt. Weil es schon ziemlich zerfleddert und abgegriffen war, wollte der Buchhändler nur zwei Pfund dafür haben. Roman blieb in der Ladentür stehen und las eine Stelle, die ihn sehr berührte, denn sie beschrieb auf verrückte Art fast seinen eigenen Zustand.

Der Löwe im Bestand des Zoologischen Gartens war mit seiner Löwin aus Tunis hergebracht worden, und wie uns der Wärter versicherte, lebten die beiden in liebevoller Eintracht zusammen. Ihre Gehege waren nur durch ein niedriges Eisengitter voneinander getrennt, das sie mit Leichtigkeit überspringen konnten. Eines Tages, als die Löwin übermütig zwischen den beiden Gehegen hin- und hersprang, während ihr Herr und Meister, offensichtlich hocherfreut über ihre Ausgelassenheit, zusah, stieß sie sich unglücklicherweise am oberen Teil des Geländers den Fuß so an, daß sie stürzte und nach hinten fiel. Der Fall endete tödlich, denn bei der nachfolgenden Untersuchung wurde festgestellt, daß sie sich das Rückgrat gebrochen hatte. Der Kummer ihres Gefährten war übergroß und erwies sich ebenfalls als tödlich: Eine tiefe Niedergeschlagenheit ergriff von dem Tier Besitz, so daß es ein paar Wochen später verendete.

Tiefe Niedergeschlagenheit mochte zwar Löwen umbringen, aber keine Menschen. Nicht einmal der tiefste Kummer kann sie töten, denn die Menschen sind von Zeit zu Zeit gestorben, aber nicht aus Liebe … Ohne jeden Zusammenhang fiel ihm plötzlich ein, daß die Telefonzentrale des Zoos früher, als er ein kleiner Junge gewesen war, Primrose geheißen hatte und er sich einen Spaß daraus gemacht hatte, Primrose Eins-Null-Null-Null zu wählen und einen Mr. Löwe zu verlangen. Er hob den Blick und sah sie auf dem gegenüberliegenden Bürgersteig vorbeigehen.

Vielleicht war sie gar nicht auf dem Nachhauseweg, doch er nahm es an. Er steckte das Buch in seine Hosentasche und ging in die gleiche Richtung, die sie eingeschlagen hatte. Falls sie sich umdrehte, dachte er, würde er die Verfolgung sofort aufgeben, denn sie sollte auf keinen Fall Angst vor ihm bekommen. Wie sehr, wie unendlich er sich wünschte, Sally vom Schicksal des unglücklichen Löwen vorzulesen, denn ihm schien, als würde niemand auf der Welt, dem er es vorlas oder erzählte, mit dem gleichen Mitgefühl reagieren wie sie. Doch sie war nicht auf der Welt, sie war nirgends, alterslos, verloren, zusammen mit ihren toten Kindern.

Das hellhaarige Mädchen vom Irene-Adler-Museum ging vor ihm über die Straße und überquerte die Prince Albert Road. Über die St. Mark's Bridge führte sie ihr Weg in den Park, über den Outer Circle und von dort auf den Broad Walk. Sie hatte sich kein einziges Mal umgeblickt. Wieso sollte sie auch? Sie war ja nicht Lots Weib vor den Toren von Sodom oder Orpheus, der hoffte, daß Eurydike ihm folgte. Hier war der Weg schattig und von überhängenden Bäumen gesäumt, dichtbelaubten Kastanien und Platanen. Die beiden hinter doppeltem Maschendrahtzaun eingesperrten Wölfe erkundeten wie Hunde schnüffelnd ihr Revier. Er sah, wie sie sich nach ihnen umdrehte, aber nicht stehenblieb, und den ersten der beiden linker Hand abzweigenden Wege zum Gloucester Gate nahm.

Seit fast drei Wochen hatte er nun schon sein Nachtlager in der Grotte aufgeschlagen, die längste Zeit, die er bisher an einem Ort verbracht hatte. Und die ganze Zeit war sie offensichtlich gar nicht weit von ihm entfernt gewesen, denn nun ging sie über den Outer Circle in die Albany Street. Park Village West! Wenn sie dort hineinging, mußte sie dort wohnen, denn es war eine halbmondförmige Anliegerstraße, die am anderen Ende wieder auf die in nördlicher Richtung verlaufende Verkehrsader führte. Es war ruhig in dieser grünen, duftenden Laube aus Bäumen und Blumen, doch die Blätter waren ein wenig staubig, denn sie befanden sich schließlich in der Nähe des Zentrums von London.

Sie hatte sich kein einziges Mal umgeblickt, doch als sie nun vor einem hübschen Haus im italienischen Stil ankam, drehte sie sich um. Sie sah ihn, und da sie nicht wußte, daß er ihr von Primrose Hill bis hierher gefolgt war, hob sie die Hand und winkte ihm zu.

Nur eine Frau unter Millionen, dachte er, würde mich grüßen, mir zulächeln und mir nach dem wiederholten Austausch von Grüßen und Lächeln zuwinken. Er überlegte, ob er noch eine Weile dableiben und warten sollte, bis ihr Bruder nach Hause kam, doch das konnte Stunden dauern, oder vielleicht war der Bruder auch schon im Haus. Er machte kehrt, schlug sein Buch auf und ging lesend davon.

Jemand war dagewesen und hatte seine Fenster mit Brettern vernagelt. Hob wußte nicht, wer, er war fast den ganzen Tag unterwegs gewesen, um der unbarmherzigen Bande von Bekannten oder Verwandten das abzuquetschen, was er haben wollte. Er war spät nach Hause gekommen, ganz benommen und übel drauf nach dem Valium-Kindersirup, den er seiner Halbschwester hatte abluchsen können. Mehr war nicht drin gewesen. Außer, daß es ihn schläfrig machte, zeigte das Zeug keine große Wirkung, doch immerhin war er nun so müde, daß er die Intensität der Entzugserscheinungen nicht sonderlich spürte.

Erst hatte er sich hilfesuchend an den Freund seiner Halbschwester gewandt. Dieser, der Vater ihres jüngsten Kindes, produzierte sein Crack selbst, indem er Kokain und Natriumbikarbonat miteinander vermischte und die so entstandene Paste in der Mikrowelle buk. Er bot es Hob mit zehn Prozent Ermäßigung auf den Markwert an, oder behauptete jedenfalls, es seien zehn Prozent. Hob konnte es nicht nachprüfen. Aber er hatte bereits seine gesamte Sozialhilfe unter den Gingkobäumen an Lew ausgehändigt und war pleite. Der Freund zuckte bedauernd die Achseln. Weil seine Halbschwester Mitleid mit ihm hatte – oder wohl eher, weil sie ihn loshaben wollte –, sagte sie, sie hätte eine Flasche Kindervalium da, die er haben könne. Man sollte den Kleinen das Zeug im Fläschchen verabreichen, aber sie und ihr Freund fänden Whisky viel effektiver.

Danach zog er zu einem Cousin weiter, der in einem der Wohnblocks in der Nähe von Lisson Grove wohnte. Der Cousin und zwei Kumpels schauten sich gerade einen Hardcoreporno an und rauchten Gras. Sie reichten den Joint wie selbstverständlich an Hob weiter, aber Geld wollte ihm keiner geben oder auch nur vorstrecken. Der Cousin sagte, er habe in der Kneipe einen Mann getroffen, der einen Auftrag zu vergeben hätte. Er verriet Hob, wo er ihn finden konnte, und machte ein komisches Gesicht, als er ihn aus einer Flasche mit Kindermedizin einen Schluck nehmen sah.

Das Kindervalium schmeckte sehr süß und erinnerte Hob an etwas aus seiner Kindheit. Was es war, wollte ihm nicht einfallen, aber er war sowieso zu schläfrig zum Denken. Danach lungerte er ziemlich lange an dem Zeitungsladen herum, den der Mann angeblich frequentierte, und kaufte sich ein paar Rubbellose – bis auf ein paar Tüten Chips und zwei Diät-Cola natürlich lauter Nieten. Dann setzte er sich draußen auf eine Bank, aber es kam niemand, auf den die Beschreibung, die ihm sein Cousin gegeben hatte, auch nur im entferntesten paßte. Fruchtbonbons, das war es. Es fiel ihm plötzlich wieder ein, als er nach Hause trottete, der Sirup schmeckte nach Fruchtbonbons, seine Uroma hatte Zuckerchen dazu gesagt. Die hatte sein erster Stiefvater ihm immer gekauft, wenn er ihm wieder einmal eine besonders schlimme Tracht Prügel verabreicht hatte.

Er schaute am benachbarten Häuserblock hoch, Blackwater House, um zu sehen, von wo aus der Junge den Stein auf den alten Mann geworfen hatte. Deshalb sah er auch seine Fenster erst, als er schon fast an der Tür war. Rohe Holzplanken waren quer über seine vorderen Fenster genagelt, vor die beiden am Wohnzimmer und das Schlafzimmerfenster. Es war ein warmer Abend, und in der Wohnung herrschte eine Hitze wie im Backofen. Er ließ sich auf dem Sofa nieder und legte den Kopf auf eins der Mickymauskissen.

Sobald die Lichter in den gegenüberliegenden Wohnungen und auf dem Parkplatz ausgingen, wäre es hier drinnen stockfinster. Im Augenblick drangen noch dünne Streifen orangefarbenen Lichts durch die Ritzen in den Holzbrettern. Im Schlafzimmer war es bestimmt auch nicht viel besser. Hob trank noch etwas Valiumsirup, bis er hinüberdöste, und hatte wohl ein wenig davon auf den Boden verschüttet, denn im Schlaf und im Halbschlaf merkte er, daß die Mäuse zu seinen Füßen es aufleckten.

»Wir könnten hier wohnen«, sagte Mary, »wenn meine Zeit in Charlotte Cottage vorbei ist.«

Sie war mit Leo in Frederica Jagos Haus, einem großen spätviktorianischen Backsteingebäude mit Türmchen, das in einem überwucherten, ziemlich düsteren Garten stand. Seit der Beerdigung ihrer Großmutter und dem Treffen mit Alistair und Mr. Edwards war Mary nicht mehr hiergewesen. Es roch muffig und stickig, und sie wollte eigentlich herumgehen und überall die Fenster aufmachen, doch sobald sie das Haus betrat, wurde sie lethargisch und scheute sich vor konkreten Schritten. Das ganze Haus war von der Gegenwart ihrer Großmutter erfüllt. Dies war an sich nichts Neues, so würde sich jeder in ihrer Situation fühlen, doch sie rechnete jeden Augenblick damit, daß die Tote lächelnd hereinkam, etwas sagte und grüßend die Arme ausstreckte.

»Hier bin ich aufgewachsen. Heute sieht es unfreundlich aus, aber damals war es das nicht. Ich weiß noch, wie stolz ich war, in einem so *ungewöhnlichen* Haus zu wohnen. Ich glaube, in der Schule habe ich ziemlich damit angegeben. Ich muß ein schreckliches Kind gewesen sein.«

Leo hatte seit dem Betreten des Hauses kein Wort gesagt. Normalerweise hätte er auf ihre letzte Bemerkung sofort etwas entgegnet, ihr umgehend widersprochen, und sie fragte sich, ob sie sie nicht vielleicht aus dem Grund gemacht hatte: um von ihm zu hören, daß sie nie schrecklich gewesen sein konnte. Es verlangte sie zusehends nach Lob aus seinem Munde. Doch er sagte nichts, zuckte nur leicht die Achseln. Sie nahm ihn mit nach oben und führte ihn durch alle Zimmer. In einem zog sie eine Kommodenschublade auf, doch das Aroma von Vanille und Rosen, das ihr entgegenströmte, erinnerte sie so sehr an den typischen Duft ihrer Großmutter, daß sie mit einem leisen Aufschrei zurückwich.

Vor dem großen Erkerfenster im Schlafzimmer ihrer Großmutter drehte sie sich zu ihm um und legte den Kopf an seine Schulter. »Leo, was ist denn? Was hast du?«

»Nichts«, erwiderte er. »Gar nichts.«

»Du hast doch was. Gefällt es dir hier nicht? Wir müssen ja nicht hier leben. Ich weiß gar nicht, ob ich es überhaupt will. Es kommt einem vor wie ein Rückschritt, wieder in einem Haus zu wohnen, in dem man aufgewachsen ist.«

Mit zusammengekniffenen Augen stieß er mühsam hervor: »Dein Reichtum. Ich glaube, mir wird jetzt erst richtig klar, wie reich du bist. In diesem Haus habe ich es kapiert.«

»Ich habe es dir aber doch gesagt.«

»Ich weiß. Aber jetzt sehe ich es selber.«

Ihr war plötzlich nicht mehr danach, ihm den Rest des Hauses zu zeigen, und sie führte ihn wieder hinunter in Frederica Jagos Salon. Er warf die ganze Zeit argwöhnische Blicke um sich. Sie bemerkte, daß er die Bilder, das Glas, das Porzellan aufmerksam musterte, bis sein Blick an einer hohen französischen Kaminuhr in einem Gehäuse aus Messing und Glas hängenblieb, die in dem Moment vier Uhr schlug.

»Wenn du es gewußt hättest, als wir uns trafen«, sagte sie bang, »hättest du mich dann trotzdem näher kennenlernen wollen? Hättest du dich weiter bemüht? Oder hättest du gesagt, danke, vielleicht treffen wir uns zufällig wieder mal?«

Er schwieg eine geraume Weile. »Ich weiß nicht«, sagte er dann. »Das kann ich nicht beantworten.«

Ihr Herz schien in einer eiskalten Rinne durch ihren Körper nach unten zu schlittern. »Aber zuerst dachtest du doch, Charlotte Cottage würde mir gehören. Als du zum erstenmal von mir gehört hast, stand doch die Adresse von Charlotte Cottage in dem Brief.«

»Ja, und ich war total erleichtert, als ich erfuhr, daß es dir nicht gehört, das kannst du mir glauben.«

»Was soll ich denn machen, Leo? Ich kann ja nicht alles verschenken. Ich möchte eine schöne Wohnung für uns finden. Ich will, daß wir so leben, wie es uns gefällt, und daß du nicht mehr unbedingt für deinen Bruder arbeiten mußt – außer natürlich, du willst. Ich will ein Auto kaufen, ich habe ja nicht einmal ein Auto und du auch nicht.« Sie merkte, daß sie sinnloses Zeug daherredete. »Ich kann uns ja was Kleineres kaufen, eine Wohnung vielleicht oder ein Häuschen.«

Sie streckte die Hand aus, um seine zu berühren, doch er reagierte nicht. Ein Gedanke – zwar immer vorhanden, doch meistens verdrängt, begraben unter angenehmeren Dingen – kehrte nun zurück.

»Warum hast du mich damals in Covent Garden stehenlassen?«

Er sah sie verständnislos an. »Was?«

»Wir waren zusammen aus. Es war bei unserem zweiten, nein, dritten Treffen, als du plötzlich sagtest, du müßtest gehen, du hättest eine Verabredung mit deinem Bruder. Du hast dich verabschiedet und bist gegangen.«

»Dann mußte ich mich wohl mit meinem Bruder treffen.«

Eine vorsichtige innere Stimme riet ihr, nicht weiter in ihn zu dringen. Sie stand auf. »Gehen wir.«

Draußen war es stockdunkel. Den ganzen Nachmittag über hatten sich Wolken zusammengezogen, und nun grollte der Donner wie eine weit entfernte Explosion hinter Hampstead und Highgate. Auf dem Weg hierher hatte er ihre Hand gehalten, doch nun hielt er Abstand. Mit hängendem Kopf ging er neben ihr her, so mißmutig, wie sie ihn noch nie erlebt hatte.

Nach einer Weile sagte er tonlos, fast bedauernd: »Ich liebe dich.«

Das hatte er bisher noch nie so direkt gesagt.

Die Worte an sich waren herzerwärmend. Das waren sie vielleicht immer, egal, wer sie aussprach. Plötzlich war sie sich unsicher; sie glaubte, sie liebe ihn, sie liebte das Zusammensein mit ihm, sie liebte es, wenn sie miteinander schliefen, doch konnte sie ihm die Antwort geben, die er von ihr erwartete? Weshalb zögerte sie auf einmal? Wegen einer schmollenden, kindischen Laune, weil er mit dem Unterschied ihrer Einkommen nicht klarkam?

Sie saßen schweigend im Taxi, und erst als sie Charlotte Cottage erreichten, machte er den Mund wieder auf. Inzwischen wütete der Sturm mit voller Macht, Blitze zerrissen die riesigen schwarzen Gewitterwolken am Himmel, und der Regen drückte in den Vorgärten der Umgebung alle Blumen nieder. Sie hatte wie an einem Winterabend Licht angemacht. Gushi saß verschreckt unter dem Sofa und drückte seine kalte

Nase an ihre Fesseln. Bei diesem Wetter war fast anzunehmen, daß Bean nicht kommen würde.

Plötzlich stieß Leo mit untypischer Schärfe hervor: »Ich ertrage es nicht, daß dir dieser – wie heißt er? – dieser Alistair schreibt, ihr würdet zusammenziehen und euch gemeinsam ein Haus kaufen.«

»Aber nein, ich habe dir doch gesagt, das ist alles vorbei.«

»Er will dich heiraten, stimmt's?«

»Kann sein. Aber ich will ihn nicht heiraten.«

Ein Donnerschlag schien das Haus zu erschüttern. Gushi fing an zu wimmern. Sie kniete sich auf den Boden und kraulte ihm unter dem Sofa beruhigend das Chrysanthemenköpfchen.

»Wirst du *mich* heiraten?«

Sie wandte den Kopf. Es war lächerlich, so auf allen vieren.

»Hast du das wirklich gesagt?«

»Wirklich!« Er sah fast beschämt aus. Er hatte den gleichen Gesichtsausdruck wie sie, wenn ihr etwas peinlich war oder sie sich schämte.

»Leo, ich bin älter als du. Wir kennen uns noch keine zwei Monate. Und ...« – sie konnte nicht anders – »ich bin reich.« Sie sah, wie er zusammenzuckte. »Wir können zusammenleben, das hatten wir ja auch vor, und uns erst einmal kennenlernen.«

»Wir kennen uns doch schon.« Er ließ sich neben ihr auf dem Boden nieder und faßte sie an den Schultern. Seine Augen waren dicht vor ihren. »Jeder von uns ist Teil des anderen, mehr als bei anderen Liebenden, auf eine ganz besondere Art. Du bist in meinen Knochen, Mary. Du bist in meinem Blut. Wen könnten wir denn sonst heiraten? Verstehst du denn nicht, daß es falsch wäre, jemand anders zu heiraten, nach allem, was wir einander bedeuten?«

Ihr schwindelte ein wenig. Immer wieder schüttelte sie den Kopf.

»Heirate mich, Mary, bevor er dich heiraten kann. Heirate mich sofort.«

»Leo, du weißt, wir sind uns in den meisten Dingen einig, aber das ist – ist das nicht ein bißchen lächerlich? Ich will mit dir zusammensein, ich will mit dir zusammenziehen, sobald ich hier wegkann, aber warum muß es gleich eine Ehe sein? Später, ja, in ein paar Jahren vielleicht. Wenn wir beide wissen, was wir wollen.«

Ruhig erwiderte er: »Ein paar Jahre habe ich vielleicht nicht mehr.«

»Was meinst du damit?«

»Ich glaube nicht, daß ich noch sehr lange lebe.«

Es war, als hätte sie die Hand nach etwas Warmem ausgestreckt und statt dessen Eis berührt. Sie war praktisch und vernünftig gewesen und merkte nun, daß er todernst war.

»Was meinst du damit?«

In seiner Stimme schwang Furcht mit. »Genau das, was ich sage.«

Das Eis berührte ihr Rückgrat und glitt hinunter. »Haben sie dir das gesagt? Haben sie dir das im Krankenhaus gesagt?«

»Na ja«, meinte er, »wenn ich frage, kriege ich keine Antwort. Am Mittwoch war ich bei der Nachuntersuchung.«

»Davon hast du mir gar nichts gesagt.«

»Ich hätte es dir gesagt, wenn das Ergebnis – günstig gewesen wäre. Eine Weile wird es noch gehen. Sie sagten, eine Weile.«

Atemlos fragte sie: »Noch eine Transplantation?«

»Würdest du es noch mal für mich tun?«

»Wenn es sein muß, ja. Natürlich.«

Diesen wilden Ausdruck in seinen Augen hatte sie noch nie gesehen.

»Ich hätte nie gedacht, daß du es tun würdest. Ich bin gar nicht auf die Idee gekommen.« Er wirkte unverhältnismäßig bedrückt. Es war, als hätte sie etwas gesagt, was sein Leben und seine Pläne verändern könnte – und das stimmte ja auch –, aber nicht im positiven Sinn, nicht in einem wünschenswerten Sinn. »Wenn ich das gewußt hätte«, sagte er bei sich und fügte hinzu: »Du würdest es tun?«

»Das habe ich gerade gesagt, Leo. Für den Spender ist es keine große Sache, bloß eine Narkose, und die ist relativ sicher, wenn man gesund und kräftig ist.«

Sie legte die Arme um ihn und fühlte den Pulsschlag an seinem Hals – regelmäßig, aber rasch. Ihr Entschluß stand noch nicht fest, doch sie wußte, daß sie so tun mußte, als wäre er endgültig.

»Wenn du noch eine Transplantation brauchst, dann doch am besten von deiner Ehefrau!«

20

Auf dem Weg zum St. Andrew's Place ging Bean noch kurz in der Drogerie vorbei und holte die zehn Vergrößerungen ab, die er dort in Auftrag gegeben hatte. Teuer, aber es hatte sich gelohnt! Die Hundefotos – Charlie Schnauze an Schnauze mit McBride, Charlie auf Gänsejagd, Charlie elegant auf sonnenbeschienenem Rasen liegend – lagen in einer Mappe aus Pappkarton, und er steckte eine der Vergrößerungen dazu. Die anderen schloß er in Maurice Clitheroes Safe ein.

Seine frisch errungene Macht bewog ihn dazu, James Barker-Pryce zu ersuchen, beim Gespräch mit ihm das Zigarrenrauchen zu unterlassen. Dadurch käme sein Asthma wieder, das er seit zwanzig Jahren überwunden glaubte. Sie hatten sich in ein kleines Büro oder Studierzimmer begeben, von dessen hohem Fenster aus man einen Blick auf das Royal College of Physicians hatte. Auf dem Schreibtisch lag ein Stapel Briefpapier, auf das in grünen Lettern »Unterhaus« und irgendein gitterartiges Symbol gedruckt war, das wahrscheinlich bedeutete, daß es Eigentum der Regierung war. Die Zigarre wurde im Flur zurückgelassen, um dort in einem Aschenbecher vor sich hin zu glimmen.

Bean schlug die Mappe auf und zeigte zwei Fotos von Charlie und dann die Vergrößerung. Barker-Pryce griff hastig danach.

»Ich habe noch mehr davon, Sir«, sagte Bean.

Barker-Pryce warf nicht einmal einen Blick auf die Aufnahmen von Charlie. Manche Leute sollten überhaupt keine Hunde halten dürfen! Er nahm seinen dunkelgrünen Montblanc-Füllfederhalter in die hellbraun gefleckten Finger und schrieb auf dem wappengeschmückten Briefpapier ein Empfehlungsschreiben aus. Seine Handschrift war anders, als Bean erwartet hätte: klein, deutlich und vollkommen leserlich. Über die Schulter konnte Bean die höchst erfreulichen Worte »zuverlässig«, »ein wahrer Tierfreund« und »immer absolut pünktlich« ausmachen.

»Ich habe für Charlie andere Vorkehrungen getroffen«, sagte Barker-Pryce in einem Ton, den er gegenüber einem Nachbarn oder einem ehrenwerten Freund im Unterhaus benutzt hätte. »Das kann ich jetzt nicht mehr rückgängig machen, wenn Sie verstehen. Aber die Bilder von meinem Retriever hätte ich doch gern.«

Das Geld lag schon bereit. Es wurde ihm in die Hand gedrückt, die Geldscheine säuberlich Kante auf Kante mit dem Briefumschlag, der das Empfehlungsschreiben enthielt. Bean zählte nicht nach, er sah, daß es hundert Pfund waren. Mit dem häßlichen Versuch eines verschwörerischen Lächelns – ein Augenzwinkern, ein Hochziehen der dicken, behaarten Oberlippe, was Zähne von ebensolcher Farbe und Form wie die Zierkante des Mahagonischreibtisches entblößte – sagte Barker-Pryce: »Na, dann kaufen Sie sich doch ein paar Videos statt einer Zeitung, he?«

Darauf erwiderte Bean: »Ich melde mich in einer Woche wieder.« Das »Sir« ließ er weg. Die Bilder – Charlie und die Gans zuoberst – ließ er liegen. Der Gesichtsausdruck von Barker-Pryce war scheußlich, also sah er nicht mehr hin. Was diese Mädchen alles durchmachten! Kein Wunder, daß sie sich von den Freiern nicht küssen ließen.

Aus einem der hinteren Zimmer stürzte ihm Charlie im Flur ausgelassen entgegen. Armes, unschuldiges Geschöpf, dachte Bean. Er legte dem Retriever flüchtig die Hand auf den Kopf, ähnlich wie Queen Victorias Vater die Hunde in Sidmouth getätschelt haben könnte. Ohne ein weiteres Wort blieb Barker-Pryce in der Tür zum Studierzimmer stehen und beobachtete ihn. Bean zog die Haustür hinter sich zu.

Mrs. Sellers und ihr Dalmatiner wohnten am Park Square, was recht praktisch wäre, da es mehr oder weniger auf dem Weg von den Cornells zu Lisl Pring lag. Der Dalmatiner (eine Hundedame namens Spots, »bitte nicht Spot!« sagte Mrs. Sellers) war folgsam und gelehrig und fand Bean von dem Augenblick an, als er die Wohnung betrat, sympathisch. Die Unterredung verlief günstig, und es sah ganz danach aus, als könnte Bean seinen Schützlingen bald einen neuen Hund hinzufügen. Das Empfehlungsschreiben auf dem Unterhaus-Briefpapier machte großen Eindruck auf Mrs. Sellers, hielt sie jedoch nicht davon ab, ihn um ein zweites zu ersuchen.

Miss Jago in Charlotte Cottage war eine Person, die ihre einmal gegebene Zusage auch hielt. Außer in diesem Fall. Bean hatte sie schon zweimal an ihr Versprechen erinnert. Was seine Kunden betraf, war er sehr aufmerksam, und daher entging ihm auch der Verlobungsring nicht, den Miss Jago an der linken Hand trug. Nichts Besonderes, ein neunkarätiges viktorianisches Ding mit Turmalinen, wie man es am Flohmarkt in Camden Lock für vierzig Pfund kriegen konnte. Eins der zahlreichen Mannsbilder, mit denen sie sich abgab, würde anscheinend endlich eine ehrbare Frau aus ihr machen. Er fragte sich – ständig auf Ausschau nach Möglichkeiten, ein bißchen Geld zu verdienen –, ob Sir Stewart und Lady Blackburn-Norris wohl Bescheid wußten, ob sie etwas dagegen hätten, ob sie es ihnen gesagt hatte. Ob sie wohl bald heiraten und mit Männe *hier* wohnen würde? Vielleicht sprang für ihn dabei etwas heraus?

Weit dringlicher war die Sache mit seinem Empfehlungsschreiben. Nachdem er zunächst gezögert hatte, ob er sich wirklich noch einen Hund aufhalsen wollte, noch dazu einen so großen, war er nun ganz versessen auf Spots. Er sagte sich, er brauchte die zusätzlichen Einkünfte, die Spots ihm bringen würde. Außerdem wurmte ihn die Vorstellung, daß Mrs. Sellers mittlerweile bestimmt dachte, niemand sonst würde für ihn bürgen wollen.

Dreiundzwanzig Tage waren zwischen dem ersten und dem zweiten Mord vergangen, und nun war es gerade dreiundzwanzig Tage her, seit sich der zweite Mord zugetragen hatte. Bean rechnete jeden Moment mit einem dritten. Er war überzeugt, daß Psychopathen von den Mondphasen gesteuert wurden, daß ihr Irrsinn in Zyklen verlief, ihre Blutrünstigkeit von einem Vielfachen der Zahl Sieben gelenkt wurde, so über den Daumen gepeilt. Es konnte also jederzeit ein neuer Mord geschehen.

Er war sicher, daß sie bei der Polizei auch daran glaubten. Darum waren sie so nervös und höflich. Er hatte zwar das Zeitunglesen aufgeben, doch im Fernsehen brachten sie ein Programm über zwanghafte Killer, Killer mit Sendungsbewußtsein oder Obsessionen, in dem ein Psychiater – wahrscheinlich der, der Pharaos Wahnsinn analysiert hatte – über Mörder dozierte, die Prostituierte oder Nonnen umbrachten oder sonst irgendwelche Leute, solange sie sich nur in Kategorien einordnen ließen.

Der dreiundzwanzigste Tag verging und der vierundzwanzigste, ohne daß einer von den Obdachlosen oder Fuseltrinkern oder Bettlern umgebracht wurde. Wer immer der Täter war, hatte sich wohl davongemacht, dachte Bean, in den Norden vielleicht – komischerweise gingen sie immer in den Norden. Er stellte oft Spekulationen über den Prügler an und überlegte, ob er den Polizeibeamten von ihm erzählen sollte, wenn sie ihm das nächstemal einen Besuch abstatteten. Nachdem sie noch zweimal dagewesen waren, um ihn über den Tunneldieb auszufragen, betrachtete er sich mittlerweile durchaus als ihr Berater, als echte Hilfe bei ihren Ermittlungen. Doch was konnte er ihnen schon sagen? Daß der Prügler alles spielen konnte, was er wollte, in jede Rolle schlüpfen? In die des Sadisten oder – zweifelsohne – auch die des ehrbaren Bürgers?

Statt regnerisches Wetter zu bringen, hatte das Gewitter die Hitze nur noch gesteigert. Endlich war der Sommer gekommen. Der viele Regen hatte das Gras im Park kräftig grün werden lassen und den Rosen Nahrung gegeben, so daß sie wuchsen und gediehen und ihr Blattwerk glänzte. Die Sonne schien auf die samtigen Rasenflächen und glitzernden Tautropfen, und bis zur Mittagszeit war das Thermometer auf fünfundzwanzig Grad und höher geklettert. Abends besuchten die Leute in ärmellosen Kleidern und T-Shirts die Vorstellungen im Freilichttheater.

Als er am ersten wirklich heißen Morgen – der Himmel war wolkenlos, die Luft klar – den kleinen Gushi abholte, bat er Miss Jago zum drittenmal um das Empfehlungsschreiben. Sie wirkte ehrlich betroffen, das mußte er ihr zugute halten.

»Ach, das tut mir aber leid. Ich mache es Ihnen bis heute nachmittag fertig.«

»Nachmittags sehe ich Sie ja nicht, Miss«, sagte Bean in seinem ehrerbietigsten Ton.

»Ich versuche, zu Hause zu sein, wenn Sie die Hunde wieder bringen. Anderenfalls können Sie sicher sein, daß es bis morgen früh fertig ist.«

Die Frau mit den zehn Hunden war gerade mit ihrem Trüppchen unterwegs. Sie konnte es sich leisten, sie war keinen Tag älter als fünfunddreißig. Seit Bean ihren Gruß damals mit seiner gräßlichen Grimasse quittiert hatte, winkte sie ihm nicht mehr zu. Doch ihre Hunde ließen sich durch nichts vom Fraternisieren abhalten. Ruby hatte sich den Spaniel zur Beute auserkoren. Er war beträchtlich kleiner als sie, aber diese Viecher sahen ja nicht besonders gut. Bean mußte das Tier vor einer Massenvergewaltigung retten, denn McBride und Boris wollten es Ruby nachmachen.

Die Frau sah ihm bei seinen Bemühungen ungerührt zu, ohne ihre Hilfe anzubieten. Dann entdeckte McBride einen Pferdehaufen – wie kam überhaupt ein Pferd hier herein? Unter einem berittenen Polizisten? – und wälzte seinen dicken, nassen Körper darin, um Bean gleich danach die stinkende braune Brühe über die Hose zu spritzen. Das war doch keine Art, seinen

Lebensunterhalt zu verdienen, sagte er sich. Im September wurde er einundsiebzig! Doch er brauchte ein Einkommen, von der Rente konnte er nicht leben, vor allem nicht in einer Luxuswohnung, die auf einen Mann zugeschnitten war, der im Jahr fünfzigtausend verdiente.

Valerie Conway erwartete ihn – natürlich gut vor dem Regen geschützt – in der Souterraintür. Allein würde Boris nie die Treppe hinuntergehen, Bean mußte ihn führen, andernfalls würde sich der Barsoi auf die oberste Stufe legen und sich nicht mehr rühren.

»Haben Sie den Dalmatiner schon auf Ihrer Liste?« fragte Valerie, als er herunterkam.

»Wieso fragen Sie?«

»Nur so. Übrigens hoffe ich, daß Ihre Geschäfte blühen. Mr. Cornell hat mir nämlich eine Nachricht für Sie aufgetragen.«

»Was für eine Nachricht?«

»Er kündigt Ihnen hiermit zwei Wochen im voraus. Nach dem achtundzwanzigsten werden Ihre Dienste nicht mehr gebraucht.«

Bean starrte sie verblüfft an. Er nahm die Hand langsam von Boris' Halsband, und der Hund schlich mit eingezogenem Schwanz durch die Tür und drückte sich so an Valerie vorbei, daß er sie nicht berührte.

»Wie kommt denn das?«

Valerie konnte ihre triumphierende Freude kaum zügeln, das war offensichtlich. »Sie wollen ganz in ihr Landhaus übersiedeln. Und ich ziehe mit meinem Freund zusammen.«

»Na, herzlichen Dank auch. Und herzlichen Dank für die Freundlichkeit, mir *zwei* Wochen im voraus zu kündigen.«

»Ich finde, Sie können sich über mich nicht beklagen, Leslie Bean oder wie Sie auch heißen. Was glauben Sie, warum ich Ihnen eine neue Kundin besorgt habe? Sie sollten mir auf den Knien dafür danken.«

Er starrte sie durchdringend an. Gern hätte er gesagt, sie

könne sich ihre zwei Wochen Kündigungsfrist an den Hut stecken, sie solle bloß nicht denken, daß er mit diesem miesepetrigen Hund noch etwas zu tun haben wollte, diesem kaltschnäuzigen, fiesen Russen, diesem blöden Vieh, das keinerlei Anstalten zu seiner Verteidigung gemacht hatte, als er damals überfallen worden war. Doch das konnte er nicht, er brauchte das Geld.

»Danke, Valerie«, sagte er und wollte noch hinzufügen, dann bis später, doch sie hatte bereits die Tür zugeknallt.

Gegen halb vier war es fast unerträglich heiß geworden. Bean hätte nie gedacht, er könnte sich einmal über Hitze beklagen, doch nun hätte er den Nachmittagsspaziergang gern ausfallen lassen. Marietta, schon immer die ungezogenste von den Hunden, die lebhafteste, die munterste, geriet in die Nähe einer jungen Schwanenfamilie, und die Schwanenmutter hackte nach ihr. Sie jaulte wie vom wilden Affen gebissen auf, doch Bean konnte keine Wunde entdecken. Der kleine Gushi schwitzte unter seinem dicken Zottelfell und schnaufte und wimmerte so lange, bis Bean ihn schließlich auf den Arm nahm und trug. Er war für seine Größe ziemlich schwer und keuchte mit heraushängender Zunge.

Dies alles führte dazu, daß Bean etwas später am Charlotte Cottage eintraf. Er klingelte an der Haustür und hoffte, daß Miss Jago wie versprochen zu Hause war. Doch als niemand öffnete, schloß er sich auf und brachte Gushi hinein. Sie hielt das Haus immer peinlich sauber, war ihm aufgefallen. Am liebsten hätte er Marietta mit hereingenommen, damit sie sich ordentlich schüttelte und die hellen Wände und seidenen Sesselbezüge mit Schlammwasser bespritzte. Doch er dachte an das Empfehlungsschreiben und ließ die anderen Hunde draußen. Er trug Gushi in die Küche und füllte ihm frisches Wasser in seinen Napf.

Alles in allem war es kein besonders erfreulicher Tag gewesen. Bean war noch nicht wieder im Globe gewesen. Nicht, daß er sich davor scheute, wieder hinzugehen, oder glaubte, die Polizei würde ihn beobachten, aber er wollte das Lokal dadurch bestrafen, daß er es mied. All seine Schwierigkeiten verdankte er dem Globe und seiner geschwätzigen Gästeschaft. Irgendwie war Bean der Ansicht, daß ein gutgeführtes Pub keine solchen Gäste hätte.

Die letzten drei Wochen war er daher freitags ins Queen's Head & Artichoke gegangen. Daß er dort keinen kannte, störte ihn recht wenig. Er ging hin, um zu trinken, und an diesem Abend verspürte er ein besonderes Bedürfnis danach.

Jemand hatte ihn in der vergangenen Woche dort zu fassen gekriegt und ihm die ganze Geschichte des Pubs erzählen wollen: daß das ursprüngliche Haus, das dort gestanden hatte, von einem Gärtner Elizabeths I. gebaut worden war, daher der Name. Bean interessierte sich nicht dafür und schaute sich daher vorsichtig um, damit er rechtzeitig einen weiten Bogen um den Historiker machen konnte, doch der Bursche war an diesem Abend nicht da. Er bestellte sich einen doppelten Whisky – Bell's – und Ginger Ale und nahm beides mit an einen Tisch in der Ecke.

Ohne den Whisky wäre er vermutlich nie auf die Idee gekommen, zum Park Village hinaufzugehen. Ein zweiter Doppelter machte ihm Mut. Schließlich war er schon in der Albany Street, und es war ein schöner Abend. Es war kurz nach halb zehn, und der Himmel war klar und wolkenlos, violett und im Westen noch rot gefleckt. Hier in der Nähe des Parks roch die Luft nach den Aromen, die die Sonne aus Gras und Blättern und Rosen gefiltert hatte.

Um zwanzig vor zehn – die Uhrzeit, zu der er dort eintreffen würde – war es für einen Abendbesuch noch nicht zu spät. Er erinnerte sich an Anthony Maddox' diesbezügliche Regel – er hatte das Telefon gemeint, doch das kam auf das gleiche heraus – »nie vor neun Uhr morgens und nach zehn Uhr abends.« Im übrigen sollte sie sich nicht beklagen, sie hatte ihm das Empfehlungsschreiben ja mehrmals versprochen. An Ort und Stelle würde er darauf warten, er würde hinter ihr stehen, bis es geschrieben war. Nun ja, stehen und vielleicht einen Drink angeboten bekommen, während sie es schrieb.

Als sie ihr erzählte, daß sie heiraten würde, dachte Dorothea zuerst, es handele sich um Alistair.

»Ich heirate Leo.«

Dorothea mußte kurz überlegen, wer das war. »Ach, das ist ja schrecklich romantisch«, sagte sie.

»Ja, findest du nicht? Ich bin so froh, daß du das sagst, ich dachte, du hättest Bedenken. Wir kennen uns ja noch nicht sehr lang.«

»Jemanden lang zu kennen ist nicht unbedingt wichtig. Man kann es auch im Gefühl haben, ob jemand der Richtige ist.«

»Ja, genau. Ich habe es im Gefühl. Ach, wenn doch meine Großmutter noch leben würde und uns sehen könnte, *ihn* sehen könnte.«

»Du dachtest, ich hätte Bedenken, aber sie nicht?«

»Vielleicht liegt es daran, daß man in ihrer Generation erwartet hat, daß jemand heiratet, damals drehte sich ja alles um die Ehe, im Gegensatz zu unserer Generation. Ich glaube, ich heirate, um – wie man so sagt – vor der Öffentlichkeit eine Verpflichtung einzugehen.« Und – dachte sie, sagte es aber nicht – weil er vielleicht nicht mehr lange lebt. »Ich bin älter als er. Warum soll ich noch warten?«

»Weißt du, was ich gern hätte, Mary? Ich würde dich furchtbar gern in einem von Irenes Kleidern sehen. Wieso nicht in ihrem *Hochzeitskleid*?«

Sie sahen es sich im Glaskasten an. Irene Adler hatte nie existiert, ebensowenig wie Godfrey Norton, sie hatte ihn nie geheiratet und daher auch kein Hochzeitskleid gehabt. Das Kleid hatte irgendeine längst verstorbene Braut Anfang des Jahrhunderts getragen. Es war aus weißer Spitze mit hohem, steifem Kragen und einer langen, bestickten Schleppe. Mary lachte.

»Ich werde im Standesamt in Camden getraut. Kannst du dir *das* Ding dort vorstellen? Ich kaufe mir nicht einmal etwas Neues dafür. Wir legen keinen Wert auf solche Dinge, er genausowenig wie ich. Und eine Hochzeitsreise machen wir auch nicht. Es geht nicht, ich muß doch noch fünf Wochen in Charlotte Cottage bleiben. Er geht wieder in seine Wohnung und ich in meine, denke ich – und dann, keine Ahnung. Aber ich glaube, wir werden glücklich, Dorrie.«

»Und was ist mit Alistair?« fragte Dorothea.

Seit sie vor ihm davongelaufen war und sich im Park von Primrose Hill zwischen den Bäumen versteckt hatte, hatte sie, abgesehen von dem Brief, nichts mehr von ihm gehört. Sie hatte sich noch nicht dazu aufraffen können, ihm zu antworten.

»Er will, daß ich ihm erlaube, das Geld meiner Großmutter anzulegen. Er behauptet, jemand Kompetenteren und Vernünftigeren würde ich nicht finden. Aber ich habe das Geld noch gar nicht, ich kriege es erst viel später.«

»Hört sich an, als ob du es gar nicht willst.«

»Das wäre dumm, oder? Geld will doch jeder. Jetzt, wo ich Leo heirate, will ich eine schöne Wohnung oder ein Haus.«

Sie verabschiedete sich von Dorothea und nahm den Weg quer durch den Park, doch wegen der Unterhaltung hatte sie sich verspätet, und erst als sie am Gartentor ankam, fiel ihr wieder ein, daß sie Bean gesagt hatte, sie käme heute früh nach Hause, sie käme vor seiner Ankunft nach Hause und würde ihm das Empfehlungsschreiben geben. Er war bestimmt noch nicht lange weg. Gushi lag vor seinem randvoll mit frischem Wasser gefüllten Napf erschöpft auf dem Küchenboden.

Mary setzte sich mit dem Hund auf dem Schoß hin, um Beans Empfehlung zu schreiben. Da sie so etwas noch nie gemacht hatte, dauerte es ziemlich lang. Sie hatte keine Ahnung, was verlangt wurde. An wen sollte sie es richten? Sie hatte gerade »Zeugnis für Mr. Bean« geschrieben – sollte sie versuchen, seinen Vornamen herauszubekommen? –, als Leo hereinkam. Er sah weiß und müde aus, er habe einen schweren Tag gehabt, sagte er, und wolle sich ein Weilchen hinlegen.

Als sie die Empfehlung fertig hatte, beschloß sie, an Alistair zu schreiben. Sie wollte ihm mitteilen, daß sie in drei Wochen Leo heiratete, und hatte gerade angefangen, »Mein lieber Alistair« durch ein schlichtes »Lieber Alistair« zu ersetzen, als Leo von oben nach ihr rief. Sie ging ins Schlafzimmer, und er sagte ziemlich verdrossen, sie hätte doch versprochen, sich um ihn zu kümmern, ihn zu pflegen, doch obwohl sie wüßte, daß er erschöpft war, hätte sie ihn seit seiner Rückkehr regelrecht ignoriert... Aber dann mußte er plötzlich über sich selbst lachen, entschuldigte sich und meinte, es sei lächerlich, er suche ja nur nach Ausreden, weil er mit ihr schlafen wollte.

Sie legte sich zu ihm, und nach einer Weile begann er, sie auf seine sanfte, zärtliche Art zu lieben. Seine Finger hatten die hauchzarte Berührung eines Nachtfalterflügels, seine Lippen waren kühl wie Blütenblätter, so daß es ihr vorkam, als wäre sie mit einem Phantom im Bett. Sie schloß die Augen und dachte, wenn ich sie wieder aufmache, wird nur noch ein Schatten vorhanden sein. Dann wurden seine Bewegungen heftiger, sein Körper wurde wirklich, schien wie von einer plötzlichen starken Hitze durchströmt. Der Laut, der sich ihm entrang, klang wie ein schmerzerfülltes Stöhnen.

Sie schliefen ein, und als sie aufwachten, sahen sie die Sonne hinter den nahen Bäumen und den Doppeltürmen von St. Katherine's untergehen. Der rote Schein verblaßte, und den Himmel überzog ein mit winzigen rosa Federn bedecktes Blau. Mary stand auf, duschte, schlüpfte in eine weite Baumwollhose und ein T-Shirt und fing an, das Abendessen zu machen. Sie zupfte gerade den Kopfsalat zurecht, als Leo hereinkam und sie sachte beiseite schob, er wolle es machen, er sei wieder ganz in Ordnung, er sei nicht krank.

Er deckte den Tisch und entkorkte den Wein, den er gekauft hatte. Sie schrieb ihren Brief an Alistair fertig. Alles, was sie sagen wollte, stand ihr klar vor Augen, sie hatte keine Schwierigkeiten mehr, und was ihr vorher wie ein unüberwindliches Problem vorgekommen war, entpuppte sich nun als eine schlichte Mitteilung von Tatsachen, freundlich, präzise und emotionslos.

Es wurde neun, bevor sie sich zum Essen hinsetzten, da sein spezielles Nudelgericht mit schwarzen Oliven gewissenhafte Vorbereitungen erfordert hatte. Beim Essen beobachtete sie ihn, erfreut über seinen herzhaften Appetit, mit dem er sich eine zweite Portion und noch eine Scheibe *ciabatta* nahm. Alistairs Vorschlag fiel ihr wieder ein, und sie fragte, ob sie an diesem Wochenende mit der Haussuche anfangen sollten. Es würde bestimmt Spaß machen, denn sicher gefielen ihnen – wie immer – die gleichen Dinge. Wenn er einverstanden sei, würde sie das Haus in Belsize Park verkaufen, ihr Entschluß stehe ziemlich fest.

Die Idee schien ihm zu gefallen, und er stellte Spekulationen über Häuser an. In die Verlegenheit, ein Haus oder überhaupt Grundbesitz zu erwerben, sei er noch nie gekommen, gestand er, das war etwas für Erwachsene. Sie lachte, weil es ihr genauso ging. Es paßte nicht zu ihnen, sie waren Kinder, die mit solchem nüchternen Erwachsenenkram noch nie zu tun gehabt hatten, doch nun mußten sie notgedrungen Ernst zeigen, sie mußten sich darüber klarwerden, daß sie im Grunde haben konnten, was sie wollten. Er war aufgestanden und um den Tisch herumgekommen, hielt sie von hinten in einer festen Umarmung umschlungen, als es plötzlich an der Haustür klingelte.

Mary sagte: »Das ist Alistair.«

»Ja, das glaube ich auch.« Leo zögerte für den Bruchteil einer

Sekunde. »Ich geh' schon. Wird Zeit, daß wir uns kennenlernen.«

Sie sprang auf. »Ich will nicht, daß er dich schlägt!«

Leo lachte. »Er wird mich schon nicht schlagen.«

Sie fragte sich, wie sie nebeneinander aussehen würden, der eine schmal und hell, mit dieser unirdischen Blässe, der andere dunkel und stämmig, cholerisch. Leo kam zurück. Der Mann neben ihm war Bean.

»Ohne Druck machen zu wollen, Miss, aber ich gehe doch in ein paar Wochen auf Urlaub ...«

»Ihr Empfehlungsschreiben«, stammelte Mary. »Ihr – ja, ich – ich habe es hier. Ich hol' nur noch schnell einen Umschlag.«

Als sie zurückkam, saß Bean an einem Tischende, Leo ihm gegenüber am anderen. Sie gab Bean das Zeugnis.

»Es ist für einen Dalmatiner«, erläuterte Bean.

Das brachte Leo zum Lachen. Er warf den Kopf in den Nakken und lachte wie verrückt, und als Bean gegangen war, brüllte er immer noch lachend die Worte heraus. »Es ist für einen Dalmatiner! Einen Dalmatiner! Ein Empfehlungsschreiben für einen Dalmatiner! Was der wohl damit macht, was meinst du? Fressen? Verbuddeln?«

Sie hatte ihn noch nie so laut gesehen, so wild. Sie legte ihm beruhigend die Hand auf die Schulter, doch er schrie mit verzerrtem Gesicht immer weiter: »Ein Dalmatiner? Kannst du dir vorstellen, wie der das liest? Mit Brille womöglich? Ein Dalmatiner!« Dann weinte er plötzlich, Tränen rannen ihm übers Gesicht. Er klammerte sich an sie, zog sie zu sich hinunter und kniete mit ihr auf dem Boden. Seine Arme hielten sie so fest, daß sie fast aufgeschrien hätte.

»Mary, Mary, ich will nicht sterben. Ich will leben, ich will leben mit dir. Warum kann ich nicht leben und alt werden wie andere auch? Ich will nicht sterben!«

An einem bestimmten Punkt seiner Pilgerreise hatte Roman beschlossen, nie länger als ein paar Nächte an einem Ort zu verweilen, immer weiterzuziehen, um Annäherung an ein häusliches Leben von vornherein auszuschließen. Und nun war er schon seit drei Wochen in der Grotte, hatte sie sogar recht heimelig gestaltet, seinen Karren an der Rückseite des Torbogens verstaut, wo er auf seiner Isoliermatte schlief, und in einer Höhle unter den Büschen einen Vorrat an Lebensmitteln angelegt. Weil der Müll ihn störte, hatte er ihn nach und nach beseitigt, die Trinkstrohhalme aus den Büschen entfernt und die zerbrochenen Flaschen und Verpackungskartons in Einkaufstüten gepackt, die er im Lebensmittelladen bekam. Der Regen hatte alles saubergewaschen, die abgerundeten Kanten des Beckens blank gescheuert und es mit frischem Wasser gefüllt.

Wenn die Sonne herauskam und bereits morgens um sieben heiß herunterbrannte, saß er, an das eiserne Brückengeländer gelehnt, und betrachtete seinen Garten mit den Rhododendren und den Holunderbüschen. Das Wasser im vorderen Becken war nun so klar, daß er sein schmales, bärtiges Gesicht und die hagere Gestalt in der gläsernen Oberfläche gespiegelt sah und sich wie aus einem Waschbecken Gesicht und Hände benetzen konnte. Den Becher, den er als Trinkgefäß für Milch und Wein benutzte, und sein einziges Werkzeug, ein Messer, konnte er ebenfalls darin waschen. Doch diese Häuslichkeit brachte ihn auf einen unwillkommenen Gedanken: Obdachlosigkeit ließ sich nicht künstlich konstruieren, sondern mußte aus einer echten Notlage und echtem Mangel entstehen. Wieder schimpfte er sich einen Schwindler und Heuchler, der sich am Elend anderer schadlos hielt, weil es eben existierte und verfügbar war.

Er sollte gehen. Er sollte weiterziehen. Sein Zögern, den anheimelnden Ort zu verlassen – als nächstes würde er noch Gardinen aufhängen und aus Pappkartons Raumteiler bauen – löste ein ironisches Lachen aus, und das zeigte ihm, daß er sich amüsieren, ja sogar lachen konnte. Hatte er denn nicht voller Schadenfreude über die Verwirrung des Mannes gelacht, ihres Freundes, den er in die falsche Richtung geschickt hatte?

Wenn er wegging, konnte er sie nicht mehr so leicht im Auge behalten. Aber jetzt hatte sie ja ihren Bruder, er hatte die beiden ein paarmal miteinander gesehen. Ihr Bruder würde sie vor dem dunklen, rotgesichtigen Verfolger beschützen. Vielleicht blieb er doch noch eine Woche. Er wußte, wo sie wohnte und wo sie arbeitete, daß sie einen kleinen Hund hatte, den der Mann mit der Baseballmütze mit den anderen Hunden spazierenführte, daß ihr Bruder sie jeden Tag besuchte und daß sie von einem dunkelhaarigen Mann mit, gelinde gesagt, aggressivem Gebaren belästigt wurde. Seine Tochter, dachte er manchmal, hätte ihr als Erwachsene wahrscheinlich ziemlich ähnlich gesehen. Elizabeth war vom selben schlanken, hellen Typ, mit dem gleichen feenhaften Gesicht und sah ebenfalls oft so aus, als überraschte sie der Gang der Dinge.

Er erinnerte sich an einen gemeinsamen Campingurlaub mit Sally und Elizabeth. Daniel war damals noch nicht auf der Welt gewesen. Sie waren in den Highlands, es sah überhaupt nicht aus wie in dieser Grotte, in diesem verwahrlosten Londoner Garten, doch es gab auch eine Höhle und ein kleines Wasserbecken. Dahinter erhoben sich die Berge, und der See hatte einen silbernen Sandstrand. Elizabeth, mit der kindlichen Leidenschaft für liebgewordene Orte, hatte für immer dort bleiben wollen. Es war unmöglich, ihr begreiflich zu machen, daß sie zurückkehren mußten, daß der Lebensunterhalt verdient, das Haus versorgt werden mußte, daß sie wieder zur Schule mußte. Eines Abends erfüllte er ihr ihren Herzenswunsch und ließ sie statt im Zelt oder dem gemieteten Wohnwagen draußen in der Höhle schlafen. Doch als besorgter Vater war er unruhig gewesen und hatte sich, weil er nicht schlafen konnte, vor den Höhleneingang am Berg gelegt und die ganze Nacht dort Wache gehalten.

Nun tat er an einem anderen Ort und für einen anderen Menschen das gleiche. Er schloß die Augen und sah seine Tochter, seine Frau und seinen Sohn vor sich. Obwohl ihre Gesichter undeutlicher waren als zuvor, blieben sie ihm als Persönlichkeiten erhalten, waren für immer seine Gefährten, und in Abwandlung des Zitats dachte er: *Auf ewig lieben wirst du, und sie bleiben schön.* Die Zeit konnte sie nicht verändern oder sie ihm wieder wegnehmen, und auch wenn er sich mit seinem Schicksal aussöhnte, eine Art Zufriedenheit erlangen könnte – denn Zufriedenheit fühlte er fast schicksalshaft über sich kommen –, sie wären für ihn nie verloren oder weiter entfernt als jetzt und niemals vergessen.

Mit dem Kopf auf den Knien am Beckenrand sitzend, weinte er stille, ergebene Tränen um sich und die Seinen. Dann stand er auf und postierte sich unterhalb der Mauer, um sie im Auge zu haben, wenn sie den Park betrat.

21

»Dein Vater war Arzt«, sagte Leo.

»Und deiner Beamter.«

Sie saßen in der düsteren Vorhalle des Standesamtes und lasen sich gegenseitig ihre Geburtsurkunden vor.

»Das ist eine höfliche Art zu sagen, daß er hinter einem Schalter im Arbeitsamt saß.«

»Meiner war praktischer Arzt, also nichts Großartiges.« Mary ertappte sich oft bei solchen Beteuerungen. Sie war sehr erpicht darauf, zwischen ihnen eine Gleichheit herzustellen. Leo war, wie sie feststellte, 1971 geboren worden, und sie wies ihn beherzt auf ihr eigenes Geburtsdatum – 1965 – hin. »Als meine Eltern gestorben sind, warst du noch ein Baby.«

Ihr Hochzeitstermin war auf den 17. August festgesetzt, einen Donnerstag. Nachdem alle Formalitäten erledigt waren, fragte sie Leo, ob sein Bruder auch zur Hochzeit käme.

»Ich glaube nicht. Er ist nicht besonders scharf auf Hochzeiten.«

»Wir brauchen zwei Trauzeugen, da wäre es doch naheliegend. Ich dachte, ich bitte meine Cousine Judith, und meine Freundin Anne und Dorothea und Gordon kommen auch. Fragst du deinen Bruder?«

»Wenn du willst.«

»Ich würde ihn vorher gern kennenlernen, Leo. Geht das?«

Sie setzten sich in der Marylebone High Street in ein Straßencafé und bestellten Kaffee. Leo sah aus, als hätte ihn der lange Spaziergang ermüdet, und Mary beschloß, für den Heimweg ein Taxi zu nehmen. Er hatte den Kopf an die Stuhllehne gelehnt und schloß erschöpft die Augen

»Kann ich deinen Bruder kennenlernen, Leo?«

»Wieso denn?«

»Weil er dein Bruder ist. Ich selber habe ja kaum Verwandte.«

Er schwieg. Sie betrachtete ihn reuig, sein ermattetes Gesicht, sein verbrauchtes Aussehen.

»Gehe ich dir auf die Nerven?« fragte sie.

Er berührte ihre Hand. »Du kannst niemandem auf die Nerven gehen.«

»Es ist nur – du hängst doch so an deinem Bruder, du redest dauernd von ihm. Wenn er in deinem Leben so wichtig ist, ist er dann nicht auch für mich wichtig?«

Der Kaffee kam – schwarz für sie, ein Cappuccino für ihn.

»Wenn ich verheiratet bin, breche ich die Beziehung zu meinem Bruder ab«, sagte er schroff und sah zur Seite. »Ich will nicht, daß du ihn kennenlernst. So – jetzt ist es heraus. Ich will es nicht.«

»Aber du liebst ihn doch so. Er hat so viel für dich getan. Ich verstehe dich nicht, Leo.«

Leo sagte gleichgültig: »Früher habe ich ihn geliebt. Das war einmal. Er kommt nicht zu unserer Hochzeit.«

Auf einem der Hügel von Kemptown in Brighton besaß Beans Schwester ein kleines Reihenhaus mit zwei Schlafzimmern. Wenn man sich im Garten auf einen Stuhl stellte, konnte man zwischen zwei Hochhäusern ein Zipfelchen Meer sehen. Jedes Jahr im August fuhr sie zur Schwägerin ihres Exmannes in den Peak-District, und während ihrer Abwesenheit wohnte Bean in ihrem Haus. Die meisten Jahre bekamen sie einander überhaupt nicht zu Gesicht. Seit Maurice Clitheroe gestorben war, hatte er bis auf ein kurzes Telefonat nicht mehr mit ihr gesprochen. Bean bereitete seinen Urlaub sorgfältig vor. Seinen Kunden versicherte er, nicht einmal, sondern immer wieder, daß er eine Woche nach seiner Abreise wieder da wäre.

»Freitag, den elften stehe ich wieder auf der Matte«, sagte er ihnen nacheinander.

Erna Morosini meinte, sie hätte da eine junge Frau ein paar Hunde ausführen sehen. Die Frau sei immer in Reithosen, hätte langes, dunkles Haar und sähe jung und kräftig aus. Ihr Name sei Walker. Ob Bean das nicht komisch fände, daß sie Walker hieß und Hunde spazierenführte? Ob Bean vielleicht etwas über sie wüßte? Ob er denke, sie könnte während seiner Abwesenheit Ruby übernehmen?

»Würden Sie ihr wirklich Ihren vielgeliebten Beagle anvertrauen, Madam?« fragte Bean. »Sie nimmt doch offensichtlich viel zu viele Hunde in Obhut. Man sieht doch, daß sie alle außer Rand und Band sind.«

»Na, wenn Sie es so sagen...«

Mrs. Goldsworthy beunruhigte ihn noch mehr, als sie ihm mitteilte, der Schulabgänger, der den Golden Retriever von Barker-Pryce übernommen habe, würde auch McBride auf den Auslauf mitnehmen – »nur vorübergehend.«

»Ich schaff' das nicht mit meinem Knie.«

Von Mrs. Goldsworthys Knie hatte Bean vorher noch nie gehört. Kichernd sagte Lisl Pring und führte dabei ihren Brustkorb vor, sie habe ein perfektes Arrangement gefunden. Sie brauche keine Bewegung, aber ihr Freund, und deshalb würde er mit dem Fahrrad um den Outer Circle radeln und Marietta hinter sich herziehen.

Bean war entsetzt. »Das ist aber gesetzlich untersagt, Miss.«

»Die Bullen werden sich gerade darum scheren! Die sollen lieber den Mörder fangen!«

Mrs. Sellers meinte, sie würde es einfach machen wie vorher, als Bean noch nicht engagiert war, und den Dalmatiner selbst spazierenführen. Doch sie schien gekränkt. Vielleicht fand sie, in dem Empfehlungsschreiben hätte erwähnt werden müssen, daß er auch Urlaub nahm.

Um die Mittagszeit oder am späten Vormittag war Barker-

Pryce gut zu Hause anzutreffen, bevor er ins Unterhaus ging. Auf der Treppe begegnete Bean dem Schulabgänger, der mit Charlie auf dem Weg nach draußen war. Bean hielt nichts von Leuten, die einen Hund nicht vor Mittag ausführten, und bedachte den Sechzehnjährigen mit einer seiner zähnefletschenden Grimassen.

Diesmal sagte Barker-Pryce überhaupt nichts. Er öffnete die Tür, trat beiseite, um Bean hereinzulassen, schloß die Haustür, öffnete die Tür zum Arbeitszimmer, ließ Bean den Vortritt und machte die Tür zu. Wo war eigentlich seine Frau? Sein Diener? Die Putzfrau?

Bean hatte weitere Fotos dabei, doch als er sie ihm anbot, schüttelte Barker-Pryce nur stumm den Kopf. Er hatte das Geld schon bereitliegen, fünf Zwanzigpfundscheine lagen säuberlich aufgestapelt neben dem offiziellen Briefpapier auf dem Schreibtisch. Bean hielt die Hand auf, und Barker-Pryce legte das Geld wortlos hinein. Dann öffnete er die Tür zum Arbeitszimmer, trat beiseite, damit Bean durchkonnte, und ließ ihn allein den Weg nach draußen finden. Während er die Haustür zumachte, hörte Bean, wie ein Feuerzeug anging und die Flamme herauszischte, als die Zigarre angezündet wurde.

Mit dem Prügler würden die Verhandlungen weniger reibungslos vonstatten gehen – glaubte er zumindest. Er hatte keine Ahnung, wo der Prügler wohnte, noch wie er wirklich hieß, und es hatte auch keinen Sinn, ihn dort aufzusuchen, wo sie sich zuvor begegnet waren, denn das würde den Zweck seines Unterfangens vereiteln. Er konnte natürlich an einem Ort auf ihn warten, an dem er voraussichtlich aufkreuzen würde, und seine Forderung stellen, doch auf dem Nachhauseweg fragte er sich, ob es überhaupt nötig war, zu diesem Zeitpunkt schon etwas zu unternehmen.

Sie hatten einander angesehen, ohne ein Wort zu sagen. Es war jedoch eine vielsagende Stille gewesen, und Bean war überzeugt, daß jeder die Gedanken des anderen erraten hatte. Der

Prügler wußte bestimmt, daß Bean die ganze Situation durchschaut hatte und sich über seine Position im klaren war. Bei dem Prügler waren keine weiteren Erklärungen nötig. Er wäre noch schweigsamer als Barker-Pryce. Auch jetzt, in diesem Augenblick, dachte er bestimmt darüber nach, was Bean alles wußte und auf welch entsetzliche Weise Bean – so er wollte – sein Leben und seine Zukunftsaussichten zu ruinieren imstande war.

Bean ging nach Hause und riß sämtliche Fenster auf. Bei diesem Wetter wünschte er manchmal, Clitheroe hätte vor seinem Tod noch eine Klimaanlage einbauen lassen. Er gab je eine Packung gefrorene Bombay-Kartoffeln und Pilaw in die Mikrowelle, deponierte die hundert Pfund von Barker-Pryce sorgfältig in dem Koffer, mit dem er zu reisen gedachte, und fand, wenn es so weiterging, wäre er bald in der Lage, sich sein Essen vom Tikka & Pizza-Expreß kommen zu lassen.

Während im Fernsehen die Einuhrnachrichten auf BBC 1 liefen, ließ er sich, an einer Dose Diät-Sprite nippend, die Sache mit dem Prügler noch einmal durch den Kopf gehen. Ihm wurde immer klarer, daß er zunächst gar nichts zu unternehmen brauchte. Der Prügler würde sich schon bei ihm melden. Er wußte, wo Bean wohnte, weil er sich sicher Hoffnungen gemacht hatte, Maurice Clitheroes Wohnung selbst zu erben, und genau beobachtet hatte, wer nach Clitheroes Tod dort lebte.

Der Prügler konnte jederzeit auftauchen.

Der Gedanke war etwas unangenehm. In eben dem Zimmer sitzend, in dem sich so viele unappetitliche Dinge zugetragen hatten, war es Bean, als könnte er die Schreie seines Dienstherrn, das Zischen der Gerte und das Klatschen des Rohrstocks wieder hören. Der Prügler war nicht nur ein vollendeter Schauspieler, sondern auch ein kräftiger Kerl. Daß er dünn war, hatte nicht viel zu bedeuten, denn was zählte, waren die Muskeln. Bean nahm an, daß er ziemlich unerbittlich und brutal wäre.

Vielleicht war es keine gute Idee, ihn in die Wohnung zu lassen, er sollte vielleicht besser ein Treffen in einem Pub oder einfach eine Unterredung auf der Straße vorschlagen.

Das würde er tun. Wenn der Prügler auftauchte – und Bean war sich sicher, daß dies vor seiner Abreise nach Brighton am Samstag geschehen würde –, wäre er vorbereitet, würde nichts dem Zufall überlassen, und – vor allem – nie mit dem Prügler allein sein, ohne andere Leute, Lichter und Leben.

Wie üblich machte er sich um Viertel vor vier auf den Weg. Ruby wollte nicht laufen und ließ sich die ganze Strecke zum Portland Place ziehen. Erst an einer Parkuhr, mit der sie eine flüchtige Liebesbeziehung unterhielt, zeigte sie wieder gewisse Anzeichen von Leben. Als er am ehemaligen Domizil der Cornells vorbeikam, bemerkte Bean, daß an allen Fenstern die Rolläden heruntergelassen waren und drei schwarze Plastiksäcke mit Müll im Souterrainvorplatz standen, aus denen beißender Fäulnisgeruch zum Bürgersteig heraufzog.

An diesem heißen Nachmittag trug er die rote Baseballmütze mit der luftdurchlässigen Krone, Jeans und ein kurzärmeliges T-Shirt, über das eine Elefantenherde marschierte, schwitzte aber trotzdem. Wenn er in Brighton war, würde er sich ein Paar Shorts zulegen. Man sah sie jetzt immer häufiger, sogar an Männern in seinem Alter. Hinein in die Anlage von Park Crescent, wo die Rasenflächen, die letzte Woche noch grün und weich gepolstert waren, nun rasch austrockneten und gelb wurden. Ideal wäre, wenn er in dieser Gegend noch einen Hund fände, damit er den einen nicht die ganze Strecke von der Devonshire Street bis zum Park Square allein führen müßte. Dies bewog ihn, Mrs. Sellers zu fragen, ob sie vielleicht noch jemanden wüßte, doch sie sah ihn nur geistesabwesend an, als hätte sie keine Ahnung, wovon er redete. Kaum waren sie auf der Straße, fing Spots an zu keuchen.

Ein heißer Wind blies durch die Bäume und wehte staubige Wolken von Abfall hoch. McBride wankte schlaftrunken aus dem Haus in der Albany Street, hatte keine Lust auf einen Spaziergang und blieb alle naselang stehen, um sich zu kratzen. Doch Marietta war recht munter, und ihre schokoladenbraune Haut sah aus wie frisch rasiert, war sie vielleicht auch. Lisl Pring brauchte er gar nicht erst zu fragen.

Sie hatte seinen Anschnauzer aber anscheinend schon wieder vergessen oder ihn nie zur Kenntnis genommen. Sie sagte, sie hätte gerade einen Anruf von einer Freundin erhalten, die krank sei. Diese Freundin hätte einen lebhaften jungen Spaniel und zerbräche sich den Kopf darüber, wie sie ihm seinen Auslauf verschaffen sollte.

»Wo wohnt sie denn bitte, Ihre Freundin, Miss Pring?« erkundigte sich Bean. »Hoffentlich nicht zu weit von hier.«

»Lassen Sie mich mal nachdenken. Ich war nämlich noch nie bei ihr. Gloucester Avenue? Oder war es Gloucester Place? Ach, das macht doch keinen Unterschied.«

Das fand Bean nun nicht. Es machte sehr wohl einen Unterschied – er betrug etwa eine halbe Meile.

»Ich kann Sie gern bitten, daß sie Sie mal anruft.«

»Haben Sie vielen Dank, Miss«, sagte Bean, doch der Sarkasmus in seiner Stimme entging ihr natürlich.

Miss Jago war noch in der Arbeit. Er schloß das Haus auf, trat ein – Gushi wuselte ihm um die Füße herum und sprang an seinen Beinen hoch – und sah sich kurz um: eine Ansichtskarte von Lady Blackburn-Norris, alles über das Wetter an irgendeinem exotischen Ort, aber sonst nichts Interessantes, ein Haufen Wurfsendungen, Reklamezettel von einer Reinigung. Bean nahm Gushi unter den Arm und ging wieder hinaus zu den anderen Hunden.

Im Park machte er ein Foto von Spots und McBride, die nebeneinandersaßen und ganz allerliebst aussahen. Plötzlich tauchte von irgendwoher ein Bettler auf – wie diese Leute es so an sich hatten –, ein älterer Mann mit braunen Zähnen und Stoppelbart. Er hielt eine Hand auf, die eher an einen dieser

Pilze denken ließ, die an Baumstämmen wachsen, als an Gliedmaßen eines menschlichen Wesens.

»Bißchen Kleingeld für 'ne Tasse Tee, Chef?«

»Verzieh dich«, sagte Bean. Am liebsten hätte er sie alle miteinander umgebracht. Man mochte über den Aufspießer sagen, was man wollte, er konnte den Mann durchaus verstehen.

Es war der heißeste Tag des Jahres. Kein Mensch würde freiwillig über die weiten Rasenflächen des Parks laufen, die baumlos der Sonnenhitze ausgesetzt waren. Auf dem Nachhauseweg hielt sie sich auf dem schattigen Outer Circle. Zwei Männer trainierten auf der ovalen Bahn bei der Primrose Hill Bridge, doch sie waren dunkelhäutig und empfanden die Hitze womöglich als angenehm. Sie überquerte den Circle am Gloucester Gate und warf einen Blick auf das niedrige Mäuerchen. Der Mann mit dem Bart lag schlafend zwischen den beiden runden, seichten Becken auf einer Matte, ein aufgeschlagenes Buch umgekehrt neben sich und eine Flasche mit irgendeinem Getränk zur Kühlung im Wasser.

Sollte sie ihm, wenn sie sich das nächstemal begegneten, Geld geben? Sie hatte Bettlern schon immer etwas gegeben, und nun, da sie es zu Reichtum gebracht hatte, trug sie zu diesem Zweck Fünf- und Zehnpfundscheine mit sich herum. Gehörte er wohl zu denen, die Almosen annahmen? Er schien seelenruhig zu schlafen, als hätte er überhaupt keine Sorgen oder aber irgendein Geheimnis des Lebens entdeckt. Sie ging weiter und kam offensichtlich früh zu Hause an, denn Gushi war noch unterwegs.

Fünf Minuten später trottete er, sichtlich angeschlagen von der Hitze, herein. Auf Beans glänzendem Gesicht standen Schweißperlen. Bei Temperaturen über dreißig Grad sollte so ein alter Mann eigentlich nicht spazierengehen. Sie gab ihm sein Geld für eine Woche Hundeausführen. In der Küche schlabberte Gushi geräuschvoll sein Wasser. Mary begleitete Bean bis zum Tor und wurde mit dem Dalmatiner bekannt gemacht, einer folgsamen Hundedame, die ihr gleich die Hand leckte.

»Ein Mitglied der Kompanie – dank Ihrer freundlichen Fürsprache, Miss«, sagte Bean. »Ihr Empfehlungsschreiben kam bei Mrs. Sellers ausgezeichnet an.«

Seine servile Art war ihr jedesmal peinlich. Doch nun gesellte sich ein anzüglicher Blick dazu, den man eher von einem viel jüngeren Mann erwarten würde. Er musterte sie wie abschätzend oder berechnend von Kopf bis Fuß. Rasch ging sie wieder ins Haus.

Zum Essen war es zu heiß, jedenfalls für menschliche Wesen. Gushi hatte sich genügend erholt, um eine Dose Cäsar hinunterzuschlingen, während sie selbst nur in ein bißchen Brot, Käse und Salat herumstocherte. Wenn es Zeit zum Abschiednehmen war, würde ihr der kleine Hund sicher fehlen. Vielleicht konnten sie und Leo sich auch einen Shih-Tzu zulegen. Sie schrieb einen Brief an Judith in Guildford, in dem sie sie zur Hochzeit einlud, und einen an Anne Symonds, mit der sie zusammen auf dem College gewesen war, dann ging sie mit Gushi an der Leine los, um die Briefe einzuwerfen.

Der Briefkasten an der Ecke war außer Betrieb, die beiden Schlitze waren zugeklebt. Der einzige andere, den sie kannte, befand sich am Hauptdurchgang von Cumberland Terrace. Es war fast neun Uhr, aber immer noch sehr warm, eine laue Sommernacht, wie sie nur auf einen ungewöhnlich heißen Tag folgt. Vor ein paar Tagen war plötzlich Wind aufgekommen und hatte vorzeitig die Blätter heruntergeweht, Platanenblätter, die nun gelb auf den Gehsteigen lagen. Oder vielleicht war es gar nicht vor der Zeit gewesen, vielleicht geschah es immer zu dieser Jahreszeit, ein Vorbote des Herbstes. Das trockene, welke Laub raschelte unter ihren Füßen. Sie ging durch die Passage zwischen den Stadthäusern von Cumberland Terrace hindurch.

Über dem Park hing weicher, geheimnisvoller Dunst. Die Bäume hatten sich in reglose, lilagraue Gebilde verwandelt. Die Luft roch nach Dieselöl und Lavendel – eine seltsame Mischung. Es waren nur wenige Leute unterwegs. Die meisten saßen wohl an Tischen in Straßencafés oder in Bierlokalen. Sie warf ihre Briefe ein und sah zu, wie die Parktore abgeschlossen wurden. Die Parkpolizei, hieß es, las die Penner auf, die dort drinnen im Schutz der Restaurants und Pavillons übernachten wollten. Einige entgingen ihrem wachsamen Auge jedoch immer und schliefen zwischen den Büschen oder an der Rückseite des Zoos. Dabei mußte sie wieder an den Mann denken, den sie am Nachmittag schlafend daliegen hatte sehen, und mit Gushie auf dem Arm – »Du bist ein richtiges Baby«, murmelte sie in sein Fell – ging sie über die Gloucester Bridge zurück auf die Albany Street.

Schwärme von Stechmücken tanzten über den Wasserbekken. Die Luft war erfüllt von kreisenden Insekten, Nachtfaltern mit staubigen Flügeln, Mücken und Schmeißfliegen. Sie schienen ihn nicht zu stören. Er saß zwischen den Felsbrocken, den Kopf auf einen zusammengerollten Schlafsack gebettet, und las. Ihr fiel wieder ein, daß sie ihn damals, als sie ihn bei der Lektüre von Gogol beobachtet hatte, den Namen Nikolai gegeben hatte. Als er sie bemerkte, stand er auf, wie ein Mann, der sich erhebt, wenn eine Frau das Zimmer betritt.

»Guten Abend«, sagte sie.

Er lächelte. »Guten Abend.«

Es war eine Gelegenheit. Er war ein Stückchen den Hang heraufgekommen und sah sie mit einem Blick an, den sie als Besorgnis interpretierte, was aber nicht sein konnte. Sie könnte hinuntergehen, sich zu ihm setzen und reden. Doch worüber und warum? Die Idee war absurd. Außerdem würde Leo in zehn Minuten nach Hause kommen. In Anbetracht dessen, was sie gerade gesagt hatte, war das folgende noch absurder.

»Gute Nacht.«

Er nickte, wie als Bestätigung seiner Vermutungen. Er hatte sehr blaue, kluge, freundliche Augen.

»Gute Nacht«, sagte er.

Beim Weggehen fiel ihr ein, daß sie ihm Geld hatte geben wollen, doch sie hatte keines bei sich, und inzwischen kam ihr die Idee auch lächerlich vor, unsensibel und unpassend.

Die Stimme am Telefon gehörte einem Mann, und irgendwie hatte er mit einer Frau gerechnet. Eigentlich hatte er überhaupt nicht damit gerechnet, von der Sache noch etwas zu hören. Nicht wenn diese flatterhafte Person Lisl Pring damit zu tun hatte! Das Komische daran war, daß sie gerade im Fernsehen kam. *Eastenders* war eine seiner Lieblingssendungen, und er verpaßte keine Folge. Lisl Pring hatte ihre Nummer abgezogen – sie sah ganz anders aus als in Fleisch und Blut, falls dieser Ausdruck auf so ein knochiges Geschöpf überhaupt paßte, dicker vor allem, kurvenreich und wohlverhüllt –, und gerade als der Abspann kam, klingelte das Telefon. Wenn die Sendung nicht so gut wie zu Ende gewesen wäre, hätte er gar nicht abgehoben.

Die Stimme sagte den Namen ihres Besitzers, dachte er jedenfalls, und dann etwas über einen Hund.

»Sind Sie mit Miss Pring befreundet?« hatte er gefragt, weil er den Namen nicht verstanden hatte.

»Sag' ich doch gerade. Es ist wirklich dringend. Ich möchte Sie so bald wie möglich sprechen.«

Bean hatte der Ton gar nicht gefallen. »Ich *Sie* auch«, hatte er erwidert, »und den Hund. Ich bin mir nicht so sicher, ob ich einen lebhaften jungen Spaniel nehmen kann. Es *ist* doch ein Spaniel, oder ein Welpe?«

»Kein Welpe. Er ist zwei Jahre alt und war mit mir in der Hundeschule.«

»Ach so, verstehe«, sagte Bean widerstrebend. »Sie sagte

etwas von Gloucester Avenue.« Oder hatte sie Gloucester Terrace gesagt? »Das liegt überhaupt nicht auf meiner Route, müssen Sie wissen.«

»Um es genau zu sagen, ich wohne am Gloucester Place, ganz oben.«

Das obere Ende wäre vielleicht nicht so schlecht. Er wollte das gerade – nicht allzu enthusiastisch – sagen, als die Stimme fortfuhr: »Aber ich ziehe um. In einem Monat ziehe ich in die Upper Harley Street.«

Genau dahin, wo er noch einen Hund suchte, auf halbem Weg zwischen Ruby und Spots.

»Ich könnte morgen mal vorbeischauen«, sagte Bean. »Ungefähr um diese Zeit?«

»Sagen wir, eine halbe Stunde später.«

Ihm wäre in Brighton viel wohler, wenn er wüßte, daß ihn bei seiner Rückkehr sechs Hunde erwarteten. Sechs war eine schöne runde Zahl, eine Zahl, bei der er bleiben sollte.

»Dann also um neun?«

»Neun Uhr wäre mir sehr recht.«

Bean schaltete den Fernseher aus und machte sich wieder ans Packen. Vor einer Reise packte er immer eine Woche lang jeden Abend ein bißchen, um sicherzugehen, daß er nichts vergaß. Die rote Baseballmütze und das Elefanten-T-Shirt ließ er draußen. Die würde er auf der Reise tragen.

22

Wieder ein Auftrag für den Alten mit den Hunden! So ausgedrückt, brachte es Hob zum Lachen. In letzter Zeit brauchte es nicht viel, um ihn zum Lachen zu bringen. Und diesmal wäre es der größte Auftrag aller Zeiten. Wenn er an das Geld nur dachte, das dabei heraussprang, wurde ihm schon richtig schwindlig. Das wäre das Ende aller Entzugserscheinungen; mit so einer Wahnsinnssumme konnte er sie sich ein für allemal vom Leib halten. Er würde immer das sein, was er bisher kaum einmal gewesen war – der glückselig tanzende Witzbold, der Power Ranger, der lässige Typ, der Lachsack.

Er war ziemlich tief gesunken: Vor der Damentoilette in der Chester Road hatte er auf der Lauer gelegen, und als er eine Frau hineingehen sah, war er ihr – nachdem er sich vergewissert hatte, daß sie allein war – gefolgt, hatte sie beim Händewaschen überrascht und ihr, während sie loskreischte, die Handtasche abgenommen. Siebzig Pfund in bar! Alles andere hatte er in der Tasche gelassen und sie auf eine Parkbank gestellt, wo er sicher war, daß sie sie finden würde. Er hatte das Bargeld gegen Crack getauscht und war nach Hause gegangen, hatte die Wohnungstür entriegelt und war in die heiße Dunkelheit gestolpert. Die hellen Lichtstreifen auf den Dielen sahen aus wie mit orangefarbener Kreide aufgemalt. Zuerst hatte er den Zettel gar nicht gesehen. Das zusammengefaltete Stück Papier lag direkt innen an der Wohnungstür auf dem Boden. Ein Umschlag war auch dabei.

Im Lesen war Hob nicht besonders gut. Irgendwie hatte er da nie ganz durchgeblickt, und wenn er einen Affen hatte, so wie jetzt, war es noch schlimmer. Zettel und Umschlag neben sich auf dem Fußboden, zerkrümelte er ein Crackklümpchen und ließ es durch die Öffnung der Gießkannenbrause fallen, dann kamen der Schraubdeckel, die Strohhalme und der Blechdekkel, und schließlich wurde das brennende Feuerzeug an die Löcher gehalten. Er zog die Luft in einem langen, gedehnten Atemzug ein, als wäre seine Lunge eine Zug- und Rupfmaschine. Der Rauch in der Luftröhre fühlte sich an wie damals, als er zum ersten Mal Eiscreme probiert hatte.

Quietschvergnügt und wunschlos glücklich, war er mit seinen Lesekünsten in Hochform. Der Umschlag enthielt einen Brief von der Sozialverwaltung: Am fünfzehnten um neun sollten neue Fenster eingebaut werden, und er solle dafür sorgen, daß die Handwerker hereingelassen wurden. So etwas Ähnliches stand jedenfalls drin, meinte er. Der Zettel stammte von Carl und war schwerer zu lesen, weil er handgeschrieben war. Hob solle heute abend mal raufkommen, Carl hätte vielleicht was für ihn. Carl und Leo hatte Hob schon lange nicht mehr gesehen. Er dachte, Leo sei weg, und hätte sich nicht gewundert, wenn Carl auch gegangen wäre, obwohl er keinen Schimmer hatte, wohin. Sicher kam er ab und zu noch her. Leo war am Sterben, da mußte man kein Arzt sein oder Carls schlaues Köpfchen haben, um das zu kapieren. Hob stand auf und vollführte ein Tänzchen, boxte in die Luft, sang eins von den komischen alten Liedern seiner Uroma und dann »Ich werd' dein Schätzchen sein« und »Night Train to Memphis«, denn *er* würde nicht abkratzen, ganz egal, was mit Leo passierte.

Tagsüber schliefen die Mäuse anscheinend. Er stellte sich vor, wie sie hinter der Fußbodenleiste schnarchten und aussahen wie Jerry in dem Tom-und-Jerry-Cartoon oder wie die Mickymaus auf seinem Kissen, aber schön pelzig und weich. Vielleicht lagen Hunderte dort zusammengerollt und aneinandergeschmiegt. Wegen der zugenagelten Fenster bekam man keine Luft hier drin, doch in der Küche roch es frischer als im übrigen Teil der Wohnung. Er nahm zwei Weetabix aus der Packung und zerbröselte sie vor dem Fernseher auf dem Wohnzimmerboden. Das Geräusch brachte ihn zum Kichern: Vielleicht waren die Weetabix für die Mäuse das, was Crack für ihn war. Dann ging er nach oben.

Daß der Aufzug noch funktionierte, wäre zuviel verlangt gewesen. Er war hin. Wenn er gut drauf war, war die Treppe für ihn ein Kinderspiel, und er hüpfte die zwölf Treppenläufe leichtfüßig hinauf, wobei er anscheinend ziemlichen Krach machte. Carl mußte ihn gehört haben, denn er stand oben und hielt ihm die Tür auf. Er sah aus wie gekotzt, und sein Gesicht war so blaß wie das von Leo.

»Wie geht's denn Leo?« fragte Hob, was er nie gemacht hätte, wenn er nicht fit und voller Tatendrang gewesen wäre.

Carl gab keine Antwort, sondern wandte sich achselzuckend ab.

»Ich muß gleich weg«, sagte er. »Dafür brauchst du nicht lang. Du kannst dir zwei große Lappen verdienen, mehr hab' ich nicht, das sind meine gesamten Mittel, bis übernächste Woche jedenfalls.«

»Zwei große Lappen? Du meinst, zwei *Riesen*?«

»Rumschachern nützt nichts, weil ich, wie gesagt, nicht mehr habe.«

»Ich schacher' ja nicht«, sagte Hob.

»Und fünfhundert Gramm Ecstasys, wenn du auch gelbe nimmst.«

»Mir schon recht, Carl.«

Der Schweiß lief ihm in Strömen herunter. In seinem medizinischen Fachbuch stand zwar, daß Schweiß, wenn man älter wurde, nicht mehr so roch, aber Bean wollte auf Nummer Sicher gehen. Er hatte sein Leben lang einen regelrechten Horror vor Schweiß gehabt, doch sein Abscheu war nach den Prügelszenen noch gewachsen, wenn das Haus mit dem fleischigen Zwiebelgestank erfüllt war, dem Ergebnis wild verausgabter Energie.

Er duschte zum zweitenmal an diesem Tag, besprühte sich mit Deodorant und zog saubere Sachen an, schön gebügelte Jeans, das Elefanten-T-Shirt und die rote Baseballmütze. Das T-Shirt würde er nach der Rückkehr kurz auswaschen, dann wäre es für die Zugfahrt am nächsten Morgen wieder trocken.

Im August wurde der Park um neun abgesperrt. Also hatte er gerade noch genug Zeit, um am See vorbei und durch das Kent Gate ans obere Ende von Gloucester Place zu gehen. Er verließ das Haus um halb neun. Warm und feucht wie in Florida, dachte Bean, der nie dort gewesen war.

Die andere Route wäre kürzer gewesen, aber dort hätte er die Kreuzungen und den Verkehr gehabt. Im Park war es friedlich und still, der See lag gläsern da, und die Luft wurde schwer. Als er aufblickte, verblaßte das Dunkelblau des Himmels unter einem Dunstschleier. Die blasse Scheibe des Mondes war aufgegangen, verschwommen und rissig wie eine Leiche, die lange im schlammigen Wasser gelegen hatte.

Die Vögel hatten sich zum Schlafen niedergehockt. Der schwarze Schwan, der schlafend auf einem Bein stand, den Hals und das andere Bein in das Federkleid auf seinem Rücken gesteckt, sah von weitem aus wie ein riesiger Pilz. Grün und kastanienrot gefiederte Enten hatten sich am Ufer zu seidigen Kissen zusammengerollt. Doch die Dämmerung entzog allem die Farbe, das Gras wurde grau, das Wasser zu schwarzem Glas, und die Bäume ähnelten eher formlosen Gebilden und Schatten als lebendigen Wesen.

Ein Bettler kam auf ihn zu. Bean hielt ihn für den, der ihn am Vortag um Geld angegangen hatte, doch jetzt, wo sonst niemand unterwegs war und sie einander allein auf dem Weg am See begegneten, wandte Bean den Blick in die andere Richtung und gab vor, ihn nicht zu sehen. Die meisten Fahrzeuge waren im Park nicht zugelassen, nur ein Polizeiauto der Royal Parks

Constabulary fuhr langsam vorbei, eins von denen, die man Salat-Sandwich nannte, weil es weiß mit einem dunkel- und hellgrünen Seitenstreifen war.

Links von ihm funkelten die türkischen Kuppeln von Sussex Place wie ein Zeltlager im Abendlicht. Die Boote waren alle an der Insel im Hanover Pond vertäut und schaukelten sanft auf dem Wasser. Er warf einen kurzen Blick hinüber, denn er konnte nie an der Stelle vorbeigehen, ohne an Mussolini zu denken. Als er sich also umwandte, um über den Rasen auf das Tor zuzugehen, und plötzlich Mussolini auf sich zukommen sah, wollte er erst seinen Augen nicht trauen. Er rieb sich die Augen, als wollte er sie zum richtigen Sehen stimulieren.

Mussolini schien auf ihn gewartet zu haben, denn er ging nirgends hin, stand einfach da, die Polizei nannte so etwas Herumlungern. Bean konnte die Straßenlaternen am Outer Circle erkennen. Dort gingen Leute spazieren, Autos fuhren auf die Macclesfield Bridge zu. Er sah zu Mussolini hinüber und erkannte die schwammigen Gesichtszüge, den dünnen Körper und die verdreckten, alten Klamotten im warmen, düsteren Licht.

»Sie haben sich aber Zeit gelassen«, sagte Bean.

Mussolini war ganz schön eingepackt für so einen heißen Abend, in mehrere Schichten dunkle, verfilzte Lumpen, wie sie Bettler gewöhnlich tragen. Er kaute irgend etwas, das Bean aber nicht für Kaugummi hielt. Was es auch war, er schob es nun gemächlich mit der Zunge in die Backentasche.

»Sie war'n spät dran«, sagte er. »Sie haben mich hängenlassen.«

»Kann schon sein, aber jetzt sind *Sie* zu spät dran. Meinen Auftrag hat schon jemand anders erledigt. Bißchen gründlicher allerdings, als ich es mir gewünscht habe.«

»Könnte ja was anderes machen«, sagte Mussolini. »Gibt doch immer mal einen Auftrag, den jemand erledigt haben will.«

Bean zuckte die Achseln. Er war kurz stehengeblieben, steuerte aber nun weiter auf das Tor zu, ein breites Tor mit etwa fünfundzwanzig Spitzen auf den eisernen Stäben. Mussolini ging neben ihm her, und Bean bemerkte sofort seinen Geruch. Es war nicht der Geruch von frischem Schweiß, sondern von eingetrocknetem Schmutz, ungewaschenen Kleidern, Ungezieferkot und der scharfen, beißenden Kälte von Chemikalien. Bean versuchte, von ihm abzurücken, doch Mussolini war nun dicht vor ihm, beugte den Kopf zu ihm hinunter und stierte auf seinen Brustkorb.

»Echt geil, die Elefanten«, sagte er, und dann: »Jumbo, Jumbo«, und dann fing er an zu lachen: »Jumbo, Jumbo.«

Sein Gelächter scholl unheimlich und irr durch den stillen Park.

23

Die Park Road verläuft auf der Westseite des Parks vom oberen Ende der Baker Street bis zur Kreuzung von St. John's Wood Road und Prince Albert Road und ist über das Hanover Gate und die Kent Passage mit dem Outer Circle verbunden. Die Londoner Moschee befindet sich in der Park Road, ebenso das Rudolf-Steiner-Haus, ein ehemaliges Pub namens Windsor Castle, Dillon's Fachbuchhandlung für Wirtschaftswissenschaften und eine Reihe von indischen Restaurants. Es gibt Sandwich-Bars, eine Weinstube und ein Pelzgeschäft, in dem anscheinend nie jemand einkauft.

Die Buchhandlung liegt in der Nähe der London Business School, der Wirtschaftsfachschule, die in Decimus Burtons spektakulärstem Ensemble von Stadthäusern am Sussex Place untergebracht ist. Die halbmondförmige Straße zweigt vom Outer Circle ab, und die vornehme Häuserzeile dort weist eine erstaunliche Aufreihung korinthischer Säulen, polygoner Jochbogen und quaderförmiger Kuppeln auf, so leicht und luftig, daß sie eher wie seidene Zelte als wie steinerne Türme wirken. Die Doktoranden brauchen auf ihrer Büchersuche nicht erst bis zur Baker Street hinunter und an der Park Road wieder hinauf zu laufen, um in die Buchhandlung zu kommen, sondern können an der Häuserzeile links abbiegen und finden gleich hinter der Fakultät für Geburtshilfe und Frauenheilkunde den Eingang zu einem Durchgang namens Kent Passage.

Der Durchgang ist schmal und lang und absolut gerade und wird von schattigen Bäumen und hohen Hecken hinter Maschendrahtzäunen – nicht schmiedeeisernen Gittern – begrenzt. Auf der Südseite wird er von den hellen Backsteinmauern der Königlichen Fakultät der Geburtshelfer und Frauenheilkundler überschattet. Auf beiden Seiten des Durchgangs gedeihen Platanen und Sumach, Geißblatt und die Rose von Scharon. An der Park Road mündet der Durchgangsweg auf einen ovalen Platz, verjüngt sich dann wieder, und schon ist man auf dem Bürgersteig an der breiteren Durchgangsstraße angelangt. Die Buchhandlung befindet sich ein paar Schritte weiter auf der linken Seite, während rechts die Häuserzeile von Kent Terrace liegt.

Es ist die einzige Reihe von Stadthäusern, die nicht auf den Outer Circle hinausgeht, eine schlichte Reihe von Gebäuden mit ionischen Säulen. Anthony Maddox hatte Bean einmal erzählt, diese Stadthäuser seien 1827 erbaut und nach dem Herzog von Kent, Bruder von George IV. und Vater von Queen Victoria, benannt worden; da der Herzog zu diesem Zeitpunkt jedoch schon tot war, habe kein Bedarf an allzugroßer Pracht oder Originalität bestanden. Dies hatte er recht gehässig gesagt, fand Bean, den Maddox auf seine Ähnlichkeit mit dem Standbild des Herzogs bereits hingewiesen hatte, doch ging er nie an der Häuserzeile vorbei, ohne sich an das Gesagte zu erinnern und sich zu fragen, ob die Boshaftigkeit beabsichtigt gewesen war.

Kent Terrace besitzt eine besondere Eigenheit. Außer den üblichen schwarzen, schmiedeeisernen Gitterzäunen stehen auch Säulen auf dem Platz, die von eisernen Spitzen gekrönt werden.

Zwei solcher Säulen flankieren das Tor, von dem aus Treppen zur Kent Passage hinunterführen. Sie sind mannshoch, viereckig und sehr stabil, und von jeder Spitze spreizen sich fünf eiserne Krallen ab, von denen jede noch einmal in fünf Stacheln endet. Sie wirken eher wie gebüschelte dornige Äste, sehen jedoch häßlich und bedrohlich aus, und es ist schwer zu sagen, welchem Zweck sie dienen und was sich der Mensch dabei dachte, der sie entworfen hat.

Auf diese eisernen Dornen war die Leiche eines Mannes aufgespießt.

Sie war so angebracht, daß sie von der Kent Passage aus nur zu sehen war, wenn man den Blick in den Himmel hob, und von der Häuserzeile aus nur sichtbar wurde, wenn man hinter die Säule spähte. Im übrigen hing seit Tagesanbruch dichter Nebel über dem Park und seiner Umgebung und verbarg selbst nahegelegene Gegenstände unter weißen, dampfenden Hüllen.

Die Leiche wurde von den durch ihre Brust gebohrten Stacheln in Position gehalten, der Kopf schlaff vornüberhängend, die Arme seitlich herabbaumelnd, die Beine frei hängend. Ein relativ kleiner Mann war es gewesen, barfuß in Jeans mit ausgerissenen Säumen und fehlenden Knien, zerrissenem grauem T-Shirt mit verwaschenem schwarzem Emblem und dunkelroter, von Lebensmittelresten und Blutflecken steifer Strickjacke. Arme und Beine waren dünn, die weißen Füße wirkten erbärmlich. Zweifellos betrug sein Gesamtgewicht nicht mehr als hundertdreißig Pfund. Trotzdem waren beträchtliche Anstrengungen erforderlich gewesen, um ihn so hoch hinaufzuheben.

Eine Menge Leute gingen an diesem Morgen daran vorbei. Niemand schaute zur Spitze der Säule hinauf. Obwohl sich der Nebel schließlich aufgelöst hatte und die Sonne herausgekommen war, wurde die Leiche erst am Mittag entdeckt. Ein Polizeibeamter auf Streife betrat den Durchgang vom Outer Circle her. Vorher war er um den Teich herumgegangen, in dem die Vergnügungsboote vertäut lagen, hatte den gelblichen, kahlnarbigen Rasen betreten und den Park durch das Hanover Gate verlassen. Er hatte einen Penner in Tarnhose und grauem Unterhemd im Visier gehabt, der verdächtig nahe an einem geparkten Auto mit offenstehenden Fenstern in einem Abfallkorb wühlte.

Der Polizist sah abwartend herüber, bis der Penner, nachdem er die Überreste eines Hamburgers aus dem Korb gefischt hatte, in nördlicher Richtung zur Macclesfield Bridge davongeschlurft war. Dann trat er in den Durchgang und schlenderte ihn gemächlich entlang. In einem Gebäude zur Linken schüttelte jemand aus einem der hohen Fenster ein Staubtuch aus. Der Durchgang lag zu drei Vierteln in tiefem Schatten, dann schien die Sonne durch die Blätter und malte ein gesprenkeltes Muster auf den Boden, und schließlich waren keine Blätter mehr zu sehen, nur noch eine offene, sonnenbeschienene Fläche.

Auf diese Fläche fiel ein Schatten.

Der Schatten sah aus wie eine Krabbe oder der Teil einer Krabbe oder vielleicht wie eine Tatze, wie ein ausgestrecktes Froschbein. Er hob den Blick. Die Leiche hing wie ein Sack in Kleidern da oder wie eine Vogelscheuche, schlaff und weich, und zwischen den Fingern ihrer herunterhängenden Hand zog sich eine Spur von getrocknetem Blut.

24

Dill und der Beagle saßen auf einer Bank auf der Südwestseite des Sees und sahen einer alten Frau im Trainingsanzug beim Gänsefüttern zu. Es gab in diesem Jahr nicht so viele Gänse wie im Vorjahr, und das Gerücht ging um, daß die Obdachlosen Jagd auf sie machten, sie töteten und am Kanalufer über dem Lagerfeuer brieten. Dill redete mit dem Beagle immer wie mit einem Menschen. Er sagte, so gern er Gänsebraten einmal probieren würde, denn er habe so was noch nie gegessen, er hätte überhaupt keine Ahnung, wie man Gänse fängt, geschweige denn tötet. Und wie bekam man die Federn ab? Und die Eingeweide raus? Er redete über die Gans, damit das verängstigte Zittern wegen des Toten endlich aufhörte. Der Beagle wedelte mit dem Schwanz und klopfte damit auf die Latten der Parkbank. Roman tätschelte ihm den Kopf, streichelte ihn und setzte sich neben Dill, und Dill erzählte ihm die Gänsegeschichte, wie er sie gerade eben dem Beagle erzählt hatte. Doch es half nichts, Dill konnte nicht aufhören zu zittern.

»Was ist denn los?« fragte Roman. »Es hat wieder einen erwischt, stimmt's? Ist es das?«

»Die Bullen haben mich geholt, Mann. Ich sollte ihn mir ansehen.«

»Um ihn zu identifizieren?«

Dill nickte. Er hielt sich am Halsband des Beagles fest, um seinen Händen Halt zu geben. »Die haben gesagt, sie hätten mich mit ihm gesehen, aber das stimmt gar nicht.« Er sah auf und verdrehte argwöhnisch den Hals. Seine asiatischen Augen waren geschwollen, als hätte er geweint.

»Die waren schon okay«, sagte er. »Die haben mir nichts getan.«

»Was ist geschehen?«

»Also, ich bin da hin.« Er schniefte. »Da war so 'n Typ, der hat ein Tuch hochgehoben und mir gezeigt, was drunter ist. War bloß ein totes Gesicht, Mann, keine Schnitte und nichts. Ich kannte den nicht, nie gesehen. Da haben sie gefragt, ob ich mir sicher bin, und dann hat der Typ das Tuch wieder drübergelegt. Die waren schon okay. Ein Typ hat dem Beagle 'n Brötchen gegeben.«

»Vielleicht einer von den Fuseltrinkern«, sagte Roman.

»Glaub' ich nicht. Ich weiß nicht, was ich denken soll, Mann. Ich dachte, ich kenn' hier herum jeden Typen. Hast du schon mal 'nen Toten gesehen, Rome?«

»Meine Mutter.« Und Sally und seine Kinder, aber das erwähnte er nicht. Daniels Gesicht war völlig zerschnitten gewesen. »Meine Mutter hab' ich gesehen.«

»Sehen die immer aus, wie wenn sie aus Wachs wären? Wie wenn sie nie gelebt hätten?«

»Keine Ahnung. Du schläfst doch noch im St. Anthony's, Dill, oder?«

»Mit dem Beagle lassen die mich da nicht rein. Was soll ich denn machen mit dem Beagle?«

Roman ging in Richtung Clarence Gate weiter. Blumenbeete und Rasen waren hier mit einer weichen, grauen Schicht aus Gänsedaunen bedeckt. Gänsefedern schwebten auf die Blütenblätter der Blumen herunter. Am Kiosk oben an der Baker Street kaufte er sich eine Zeitung. Die Titelseite und vier Innenseiten waren dem Mord und den beiden vorausgegangenen Morden gewidmet. Auf der Titelseite prangte über vier Spalten das Foto eines Eisengitterzauns, angeblich – aber nicht unbedingt – der, auf dem die Leiche gefunden worden war. Das Bild zeigte schwarze, spitze Gitterstäbe und dahinter im sich auflösenden Dunst Gras und formlose Bäume. Auf den Innenseiten waren weitere Fotos: Cahill und Clancy, schmiedeeiserne Gitterzäune im Park, eine Gruppe von Fuseltrinkern, die am Kanalufer saßen oder herumstanden.

Wie verlautete, war es die Leiche eines Mannes in »späten mittleren Jahren«, was das auch heißen mochte, ohne feste Adresse. Er war noch nicht identifiziert worden. Die Taschen seiner Jeans und seiner Strickjacke waren leer. Seine Füße waren nackt gewesen. Die Polizei bat die Bevölkerung um ihre Mithilfe ...

Roman beschloß, diesmal nicht wegzugehen. Er wollte bleiben, und früher oder später würden sie ihn vernehmen. Sie würden jeden Penner in der Umgebung des Parks, womöglich in ganz London vernehmen. Er würde bleiben, ihre Fragen nach bestem Wissen beantworten, ein braver Bürger sein. Das war alles Teil der Veränderungen in seinem Leben, das sich wieder auf sich selbst besann, ihn zurückverwandelte in das, was er einmal gewesen war.

Das blauweiße Band mit der Aufschrift *Polizei – Kein Zutritt* bildete eine dürftige, aber abschreckende Grenzlinie um die kräftige Säule mit der spitzdornigen Krone. Kent Terrace wirkte belebter als sonst, die meisten Fenster standen offen, und bisweilen spitzte aus einem von ihnen ein Kopf heraus. Doch von einer wartenden, auf neue Anblicke hoffenden Menge wie damals, als man Pharaos Leiche gefunden hatte, war hier nichts zu sehen. Ein uniformierter Polizist schlenderte gemächlich auf dem Hofplatz umher.

In der Park Road dröhnte wie gewöhnlich der Verkehr gleichmäßig vorüber. Verschleierte Frauen, Männer in blütenweißen Hemden, die in Zweiergruppen lebhaft miteinander – jedoch nie mit den Frauen – schwatzten, waren auf dem Weg in die Moschee. Roman war hier heraufgekommen, weil ihn die Beschreibung der Säule – von der er überall hörte, die er jedoch nie gesehen hatte – neugierig gemacht hatte.

Ein dunkles Bächlein in der Farbe von verbranntem Umbra rann wie Tränen an dem cremefarbenen Stuck unter den Eisenstacheln herunter.

»Es ist nicht, was Sie denken«, sagte der Polizist. »Es ist Rost.«

»War ganz schön viel Kraft nötig, um eine Leiche da hinaufzuhieven. War er ganz da oben?«

»Stand alles in der Zeitung, Mann«, gab der Polizist zurück und wandte sich reserviert, oder einfach gelangweilt, ab.

Am nächsten Tag baten sie ihn aufs Polizeirevier, um sich ausführlich mit ihm über die Bewohner der Umgegend des Parks zu unterhalten, und gerieten dabei zusehends in Verwunderung über seine Redeweise und seinen Akzent.

Als sie wissen wollten, ob er sie zur Identifizierung des jüngsten Mordopfers in die Leichenhalle begleiten würde, sagte er: »Sicher. Wenn Sie es wünschen.«

Der Sergeant – Roman war ihnen offensichtlich keinen höhergestellten Beamten wert – warf erst ihm und dann dem Wachtmeister neben ihm einen Blick zu. Er verdrehte die Augen zwar nicht tatsächlich, deutete die Geste aber an. Roman wurde mit dem Wagen zur Leichenhalle gefahren. Er merkte genau, daß die beiden Polizisten erwarteten, daß er roch, sich schon auf das Spielchen einrichteten, betont zurückzuzucken, wegzurücken und die Fenster zu öffnen, und fast enttäuscht waren, als sie feststellen mußten, daß er nichts Abstoßendes an sich hatte.

Die Leiche lag, mit einem grünen Tuch bedeckt, in einer Art Schublade. Roman fiel ein, was Dill über das wächserne Aussehen gesagt hatte. Er mußte an die Schnitzereien aus Seifenstein und weißer Jade denken, die er einmal gesehen hatte. Das Gesicht hätte jedem Mann über vierzig gehören können. Es war etwas hannoverisch geschnitten, mit einem kleinen Mund und vollen Wangen, und obwohl er es nicht identifizieren konnte, war ihm, als hätte er den Mann schon einmal irgendwo gesehen.

Mehr konnte er dem Sergeant nicht sagen.

»Sie kennen ihn, aber Sie wissen nicht, wer es ist?«

»Ich würde nicht behaupten, daß ich ihn kenne, aber ich habe ihn schon einmal gesehen.«

»Wo denn?«

»Wahrscheinlich im Park. Ich verbringe mein Leben im Park.«

Schließlich fragte ihn der Sergeant, was ein Mann wie er eigentlich auf der Straße mache.

»Es ist mir lieber«, sagte Roman, der ihm nicht die Einzelheiten seines Privatlebens offenbaren wollte. »Es paßt mir so.«

»Sind wohl eine Art Exzentriker, was?«

»Vielleicht.«

Er unterdrückte die Frage, ob er damit entlassen sei, und setzte sich wartend in das Großraumbüro, während der Sergeant mit Papieren hantierte und ihm von Zeit zu Zeit einen vielsagenden Blick zuwarf. Früher wäre Roman in einer derartigen Situation angespannt und unsicher gewesen, hätte krampfhaft überlegt, welche geringfügige Verkehrssünde er sich hatte zuschulden kommen lassen, doch nun empfand er außer gelinder Langeweile gar nichts.

Der Sergeant sagte: »Das wär's dann. Sie können gehen«, und fügte hinzu, weil er es sich nicht verkneifen konnte: »Na, dann reißen Sie sich mal am Riemen, legen Sie sich ins Zeug, suchen Sie sich ein Dach über dem Kopf. Die Straße ist doch nichts für Leute wie Sie, das muß Ihnen doch klar sein.«

Roman nickte. Er ging hinaus, und keiner machte den Versuch, ihn aufzuhalten. Er kehrte zur Grotte zurück, die zwischenzeitlich von der Polizei gesäubert worden war. Sie hatten ihre Arbeit besser gemacht als er, jedes Stückchen Papier, jeden Stoffetzen hatten sie auf der Suche nach Beweismitteln mitgenommen. Sein Karren war verschwunden, gestohlen wahrscheinlich, den hatten sie wohl nicht an sich genommen.

Es war drückend heiß hier im Reich der fliegenden Insekten.

Sie schwärmten über dem Becken, dessen Wasser nicht mehr klar und frisch, sondern mit schmutzigem Schleim überzogen war. Er ließ sich im Schatten auf dem ausgetrockneten, staubigen Erdboden nieder. Bald würde er nach Camden Town gehen müssen, um Ersatz für den Inhalt des Karrens zu finden: Secondhand-Kleidung, eine Isoliermatte, ein paar Decken, eine Wasserflasche und eine Reihe anderer Dinge. Es kam ihm lächerlich vor, absurd, weil er sich diese Sachen auch *kaufen* konnte, in einem gewissen Rahmen konnte er sich alles kaufen, was er wollte.

Die Bemerkungen des Sergeants bekräftigten eigentlich nur, was er selbst schon gedacht hatte. Sein Unternehmen hatte seinen Zweck erfüllt und war inzwischen nur noch künstlich, eine primitive Donquichotterie, die weiterzuführen an Selbstmitleid grenzte.

Die echte Mutprobe würde nun darin bestehen, ins wirkliche Leben zurückzukehren.

Leo verbrachte jeden Abend mit ihr, aber nicht die Nächte. Zur Begründung meinte er, sie seien sich doch schon vorher einig gewesen, daß Charlotte Cottage das Zuhause von Sir Stewart und Lady Blackburn-Norris war. Morgens war sie also allein und führte Gushi auch allein spazieren. Er vermißte seine Gefährten und ließ sich wie das verwöhnte Baby, das er war, oft wie ein Kissen aus Chrysanthemen ins Gras fallen, um sich dann nicht mehr vom Fleck zu rühren. Sie trug ihn nach Hause, einen pelzigen Muff in der Augusthitze.

An den Abenden, wenn Leo kam, führten sie ihn gemeinsam spazieren. Leos Stimmung schwankte zwischen bekümmertem Grübeln und einer fast manischen Heiterkeit. Er habe vor, diese obligatorischen Spaziergänge in ein Abenteuer zu verwandeln, sagte er und verkündete seine Absicht, Mrs. Sellers und Spots aufzustöbern.

Einmal ging er tatsächlich auf eine Frau zu, die einen gefleckten Hund von zweifelhafter Herkunft spazierenführte. »Hat meine Verlobte Ihrem Dalmatiner ein Empfehlungsschreiben gegeben?« fragte er sie.

Sie sah ihn erschrocken an und wich zurück. Eine andere Hundebesitzerin deutete nach der gleichen Frage zum Inner Circle hinüber und fragte, ob Leo wisse, daß dort drüben ein Polizeirevier sei. Zuerst fand Mary es lustig, aber dann war es ihr peinlich. Auf dem Rückweg fragte sie ihn noch einmal, was los mit ihm sei.

»Hast du Angst, weil du heiratest?«

»Davor habe ich am wenigsten Angst. Dich zu heiraten ist mir wichtiger als alles andere auf der Welt.«

»Und wovor hast du dann am meisten Angst?« fragte sie ihn sanft.

»Vor dem Tod«, sagte er, in schrilles Gelächter ausbrechend.

Sobald sie im Haus waren, begann er sie zu küssen. Er küßte ihren Mund und ihren Hals, machte ihre Bluse auf und küßte ihre Brüste. Leidenschaft war sie von Leo nicht gewohnt, eher beherrschte, sanfte Zärtlichkeiten, reagierte jedoch lustvoll. Es war wie etwas, was zwischen ihnen immer gefehlt hatte.

Er flüsterte: »Nicht oben, hier drin«, zog sie ins Wohnzimmer und stieß mit dem Fuß die Tür hinter sich zu.

Schon einmal hatte er sie hier umarmt, als sie beide auf dem Boden knieten und er sie gefragt hatte, ob sie ihn heiraten wolle. Nun begann er sie zu lieben, als wäre es das erste Mal. Ihr ganzer Körper schien in eine einzige warme Sehnsucht zu zerfließen. Nicht mehr leicht und phantomhaft, sondern kräftig und drängend hielt er seinen Mund auf den ihren gepreßt, die Arme fest um sie geschlungen. Beim Läuten des Telefons entfuhr ihr ein Aufschrei des Unwillens angesichts dieser grausamen Unterbrechung.

Leo fluchte. »Laß es. Geh nicht dran.«

Sie schüttelte nur stumm den Kopf. Das Läuten ging endlos weiter. Sie horchten still und reglos. Als es aufhörte, streichelte Leo ihr übers Haar und über die Schulter, drehte sie auf die Seite und drang in sie ein, die Hände über ihre Brüste gewölbt. Sie stieß einen hellen Lustschrei aus und bog den Rücken zurück, als er gedehnt aufseufzte.

Kurz vor zehn verließ er sie, um in die Wohnung nach Primrose Hill zu gehen. Den Rest des Abends hatten sie dagesessen, die Arme umeinander geschlungen, und über die Zukunft gesprochen und wo sie leben wollten. Sein Ungestüm von vorhin war einer ruhigen und – wie sie meinte – hoffnungsfrohen Stimmung gewichen. Nachdem er gegangen war, nahm sie Gushi auf den Schoß und kraulte ihn und bemühte sich, es dem kleinen Hund nicht übelzunehmen, daß er sie daran hinderte, mit zu Leo zu gehen.

Bean müßte inzwischen aus seinem Urlaub zurück sein und würde am nächsten Morgen um Viertel nach acht vor der Tür stehen. Das Telefon klingelte erneut, als sie gerade auf ITN die Zehnuhrnachrichten anschaute. Sie schaltete den Fernseher aus und nahm den Hörer ab. Alistairs Bariton klang tiefer und weicher als sonst. Sie war wunderbar entspannt gewesen, doch als sie ihn reden hörte, verkrampfte sie sich.

»Ich habe vorhin schon mal angerufen«, sagte er in anklagendem, vorwurfsvollem Ton.

Sie hatte mit Leo oft über jene Leute gelacht, die anscheinend erwarten, daß man den ganzen Tag neben dem Telefon sitzt und auf ihren Anruf wartet. Sie beschloß, ihn nicht zu beschwichtigen.

»Ja, ich habe es klingeln hören. Ich bin nicht drangegangen. Ich war – beschäftigt.«

»Findest du es nicht ziemlich verantwortungslos, nicht ans Telefon zu gehen? Es könnte ja was Ernstes sein. Ein Unfall von jemandem, der dir nahesteht.«

»Jetzt, wo meine Großmutter tot ist«, sagte sie ruhig, »steht mir niemand nahe außer Leo, und der war bei mir.« Es stimmte, und als sie es sagte, überkam sie das Gefühl der

Einsamkeit plötzlich mit Macht. Dorothea und ihre Cousine hatte sie gern, doch im Grunde gab es nur Leo. Sie holte tief Luft. »Hast du meinen Brief bekommen, Alistair?«

»Deswegen rufe ich natürlich an. Na endlich, wirst du sagen. Ich habe mir Zeit gelassen, stimmt! Es war ein schwerer Schlag, Mary, ein schwerer Schlag.«

Was sollte sie sagen? Nicht, daß es ihr leid tat, das auf gar keinen Fall. »Früher oder später mußte ich ja jemanden kennenlernen. Das wird dir auch so gehen.«

Das gefiel ihm nicht. »In deinem Fall wohl eher früher als später, was? Und was jemanden für mich betrifft, wie du es so überaus romantisch ausdrückst, glaub bloß nicht, ich hätte wie ein Mönch gelebt, seit du weg bist. Die Art von Mann bin ich ja wohl kaum.«

Sie glaubte ihm nicht. Es war ihr egal. Er machte es ihr unmöglich, eine Entschuldigung zu unterdrücken. »Es tut mir leid, daß ich dir weh getan habe.«

Er ging gar nicht darauf ein. »Dann sage ich jetzt wohl besser, weshalb ich anrufe. Du hast mich abgelenkt. Als zivilisierter Mensch möchte ich dir gratulieren. Ich hoffe, du wirst sehr glücklich.«

»Danke, Alistair, das ist sehr nett von dir.«

»Außerdem wollte ich dir sagen, daß ich etwas für dich habe. Ein Hochzeitsgeschenk.«

Sie war verblüfft. »Du schenkst mir etwas zur Hochzeit?«

»Ist das denn so komisch? Hast du nicht vor ein paar Wochen, bevor du plötzlich einfach so davongelaufen bist, diese abgedroschene Phrase von dir gegeben, daß du hoffst, wir könnten Freunde sein?«

»Natürlich hoffe ich das. Ich dachte, du willst nicht.«

»Mary«, sagte er, »ich habe ein Hochzeitsgeschenk für dich. Sag bitte nicht, ich soll es dir schicken. Ich will es dir persönlich überreichen.«

Sie merkte, daß sie nicht die geringste Lust verspürte, ihn zu treffen, ihn hierherkommen zu lassen, damit er ihr das Wochenende mit Leo verdarb. Schon auf ihn zu warten, zu befürchten, was er wohl tun würde, würde sie stundenlang in Aufregung versetzen. Sie erinnerte sich an den Abend, an dem Bean unerwartet aufgetaucht war und sie, bevor Leo an die Tür gegangen war, gedacht hatte, es sei Alistair.

»Am Montag«, sagte sie zögernd. »Wäre dir Montag recht? Aber nicht hier. Könntest du nach der Arbeit am Museum vorbeikommen? Wir könnten ja was essen oder trinken.«

»Du rennst mir aber nicht mehr davon?«

Es war beunruhigend, wie viel Gehässigkeit er in diese harmlosen Worte legen konnte. Ihr üblicher Hang zur Versöhnlichkeit kam und verschwand auch gleich wieder, vertrieben von aufkeimender Wut.

»Ich habe gesagt, daß ich mich mit dir treffe, Alistair. Es wird das letzte Mal sein.«

Nachdem sein Karren verschwunden und die von der Polizei zertrampelte Grotte keine angenehme Wohnstätte mehr war, machte sich Roman auf, um für die Nacht einen anderen Schlafplatz zu finden. Seine gesamte Habe hatte er in einem Rucksack verstaut, den er sich gekauft hatte. Der Rucksack aus blauem Plastik war zwar spottbillig gewesen, doch man sah, daß er neu war und offensichtlich Geld gekostet hatte. Jeder seiner Schritte schien nun unausweichlich zurück in die Welt zu führen.

Auf einem der Hausboote im Cumberland Basin feierten ein paar Leute gerade eine Party. Er blieb auf der Brücke stehen und sah zu ihnen hinunter. Sie waren jung, einer der Männer hatte den Oberkörper entblößt, eine Frau hielt eine schäumende Flasche Sekt in die Höhe, eine andere hatte eine Gitarre, der sie stumpfe, widerhallende Töne entlockte. Ein junges Mädchen, das sein Glas hinhielt, um es neu füllen zu lassen, sah zu ihm hinauf und winkte. Nichts hätte ihm deutlicher sagen können, daß das Ende seines Lebens auf der Straße offensichtlich gekommen war.

Die St.-Mark's-Kirche in der Prince Albert Road am Rand von Primrose Hill war ein düsterer neugotischer Bau, bei dessen Anblick er sich fragte, weshalb die Menschen im viktorianischen Zeitalter so darauf bedacht gewesen waren, in ihren Gotteshäusern die gespenstischen und finsteren Elemente der mittelalterlichen Architektur wiederaufleben zu lassen. Kirchhoftor und Portal waren himmelblau gestrichen, eine unpassende Farbe, die vielleicht die düstere Wirkung etwas abschwächen sollte. Das Gebäude umgab kein Friedhof, sondern eher ein Garten mit spätblühenden Sträuchern und bauschköpfigen Disteln. Er überquerte die Straße, die über das Wasser führte, denn hier bog der Kanal auf seinem Lauf zur Schleuse von Camden nach Norden ab. Er stand an der Stelle, die man »Water Meeting Bridge« nannte.

In einem grünen Rechteck auf der Brücke war eine goldene Tafel angebracht mit der Inschrift: *Mit Klugheit und Mut.* Es waren die Eigenschaften, die er brauchte und gern gehabt hätte. Vielleicht besaß er sie heute mehr als früher. Von der Brüstung ließ er den Blick den Kanal entlang bis zur nächsten Brücke schweifen. Zwischen den beiden Brücken reichten Gras und Unkraut bis an den Rand des Treidelpfads, über den sich die Bäume vom Kirchhof neigten.

Er bog auf den St. Mark's Square ein und von dort in die Regent's Park Road, wo sich die andere Brücke befand. Mit einem Schauder des Entsetzens bemerkte er die Reihe spitzenbewehrter Eisenstäbe am Chor der Kirche und eine weitere Reihe als Balustrade an der Treppe, die wahrscheinlich zur Sakristei führte. Jemand – vielleicht eine Gruppe Kinder – hatte ein paar bunte Luftballons an einen Eisenstab gebunden. Während er an Daniel dachte, der Luftballons gern gehabt hatte, aber den Lärm verabscheute, den sie beim Platzen machten, öffnete er das Kirchhoftor und ging drinnen auf dem Pfad weiter.

Weiße Anemonen schimmerten in der Abenddämmerung. Es wimmelte von Mücken und all den kleineren, aber wilderen Verwandten der Mückenfamilie. Stechmücken und Schnaken tanzten in der warmen Luft. Eine Fledermaus stieß hernieder, dann noch eine. Er erinnerte sich an Sallys Furcht vor Fledermäusen, an ihren sonderbaren – einzigen – Aberglauben, daß Fledermäuse sich mit Vorliebe in die Haare von Frauen stürzen und sich in ihrer Kopfhaut verbeißen. Er störte sich nicht an den Fledermäusen, die dichte Konzentration von Stechmükken war jedoch unerträglich. Nirgends waren Grabsteine, was ihn verwunderte. An ihrer Stelle standen grüne Gartenbänke, auf denen ein Dutzend Leute Platz gehabt hätte. Unter ihm war nichts außer den Bäumen, den Geißblattsträuchern und dem hohen Gras, das bis an den Pfad und das dunkelgelbe Wasser hinunterreichte. Ein Maschendrahtzaun bildete eine beachtliche Barriere zwischen dem Garten und dem Kanalufer, ließ sich aber überwinden. Er kletterte mühsam darüber, den Blick auf die andere Brücke gerichtet, ein abgeschiedenes Fleckchen. Obdachlose bereiteten sich seit jeher ihr Bett unter Brücken – gab es darüber nicht einen Song? Einen Country-Song von Merle Haggard über ein Königreich unter den Brücken?

Er sprang auf den Pfad hinunter. Es wurde schon langsam dunkel; ein Licht auf der Brücke spiegelte sich unten im öligen Wasser. Ein Metallgeländer bot Spaziergängern, die sich zu nahe an den Wasserrand unter der Brücke wagten, notdürftig Halt. Das Licht schimmerte auf der silbrigen Oberfläche. Er war nur wenige Meter entfernt, als er entdeckte, daß der Platz unter dem braunen Mauerwerk schon besetzt war. Leute, die auf der Straße wohnen, scheinen – ganz egal, was sie tragen oder was sie ursprünglich einmal getragen haben – immer in düstere Farben gekleidet. Alles an ihnen ist geschwärzt, durch Zeit und Schmutz zu Schattenfarben abgestumpft, so daß sie als Gruppe von weitem wie Bronzefiguren wirken.

In seiner Anfangszeit auf der Straße war Roman nicht anders

gewesen, und dieser Mann war auch nicht anders. Er war die Inkarnation von Schmutz – trotz des warmen Abends hatte er sich in viele Schichten dunkle, speckige Lumpen gehüllt und sie mit einer Schnur festgezurrt; seine Haut hatte fast die gleiche Farbe wie der Stoffetzen um seinen Hals oder die rissigen Stiefel. Sein Gesicht lugte zwischen dem geknoteten Halstuch und dem verbeulten Hut hervor, ein Gesicht so dunkel wie das eines Schwarzen, doch im Profil sichelförmig, mit langer Hakennase und rauher, narbiger Haut.

Er hätte beim Anblick von Roman etwas sagen, ihn als seinesgleichen erkennen können, doch er tat es nicht. Roman wurde sich im gleichen Moment seiner eigenen Sauberkeit bewußt, seiner gewaschenen, teilweise sogar neuen Kleider, seines neuen Rucksacks. Ihm war zum Lachen, als der Mann unter der Brücke ihn anknurrte und in einer abwehrenden Geste die Faust ballte. Wofür hielt er ihn? Für einen Touristen, der sich verirrt hatte? Da verstand er: Er sah aus wie ein Tourist, er hatte sich tatsächlich verirrt, und nun blieb ihm nur der Ausweg des Touristen übrig.

»Okay«, sagte er. »Ich will Sie nicht stören. Gute Nacht.«

Es war das letzte Zeichen. Er kletterte wieder die Böschung hinauf, über den Zaun in den Kirchhof, ging durch das blaue Tor hinaus und machte sich auf den Weg nach Camden Town, wo man ihm in seiner neuen seriösen Kluft in einem der billigen Hotels ein Nachtlager geben würde.

25

Als Bean um halb neun immer noch nicht aufgetaucht war, ging sie selbst mit Gushi in den Park. Es war schon sehr warm. Der Rasen war völlig aufgeweicht, und auf den Grashalmen saßen Tautropfen. Kein Lüftchen regte sich in den Bäumen, deren Laub müde herabhing und wie eine dicke, zähflüssige Masse von den Ästen tropfte. Die Sonne, die Rasenflächen und Blumenbeete in eine Wüste verwandelte, legte sich ihr wie eine brennende Haut auf Arme und Gesicht.

Sie überquerte den Broad Walk, ging am Restaurant vorbei und über die Long Bridge. Stechmücken hatten bereits ihren Tanz über dem brackigen, braunen Wasser begonnen. Früher, als sie die ersten paar Male hierhergekommen war, hatte das ungleiche Verhältnis von Outer und Inner Circle sie verwirrt, und sie hatte sich in den Gartenanlagen oft verlaufen. Inzwischen hätte sie vom Park mit geschlossenen Augen einen Plan zeichnen können. Sie bog auf den Pfad hinter dem Freilichttheater ab und begegnete einer Frau, die sie nie gesehen hatte, mit deren Hund Gushi aber offensichtlich gut bekannt war.

Er und der Scottie begrüßten einander schwanzwedelnd und nasereibend und beschnüffelten sich gegenseitig die Hinterpartie. Knurrend und im Gras herumrollend, begannen die beiden einen verspielten Kampf. Die Frau drehte sich um und lächelte unsicher. Mary fiel ein, daß sie den lustigen, kleinen, schwarzen Hund schon mit den anderen am Torpfosten von Charlotte Cottage angebunden gesehen hatte.

Die Frau stellte sich auch dann nicht vor, als Mary ihren Namen sagte. »Dieser dämliche Bean hat uns wieder hängenlassen.«

»Ich dachte, ich hätte mich vielleicht im Datum geirrt«, sagte Mary.

»O nein, heute morgen hätte er wieder dasein sollen. Findet es wohl zu schön am Meer. Morgen kommt er dann mit eingeklemmtem Schwanz wieder angekrochen.«

Die unfreiwillige Metapher war so passend, daß Mary sich beherrschen mußte, um nicht loszukichern. Sie rief nach Gushi, mußte ihn schließlich davonzerren, und ging weiter, ohne den Namen von McBrides Besitzerin erfahren zu haben. Als sie auf dem Weg ins Museum später wieder durch den Park ging, war es dort noch heißer geworden. Der blaue Himmel wurde schon weiß, und die Feuchtigkeit hing schwer in der Luft. Den Zootieren, an denen sie vorüberkam, schien die Hitze nicht mehr auszumachen als die Kälte – sie trampelten schwerfällig herum und kauten friedlich vor sich hin. An der Prince Albert Road roch man den heißen, bitteren Gestank von Dieselöl und Abgasen. Im Kirchhof sah sie ein Grüppchen Obdachloser im Gras liegen. Man hätte sie für Sonnenanbeter halten können, wenn die Lumpen nicht gewesen wären, die bis auf die schmerzerfüllten Gesichter und rauhen Hände jeden Zentimeter ihres Körpers bedeckten.

Dorothea fand, sie solle doch die ganze nächste Woche freinehmen, Gordon würde für sie einspringen. Sie solle sich eine ganze Woche für die Hochzeit freihalten. Doch dann fiel Mary wieder ein, daß Alistair am Montag vorbeikommen und ihr sein mysteriöses Hochzeitsgeschenk überreichen wollte, und sie sah voraus, daß es schreckliche Schwierigkeiten mit sich bringen würde, wenn sie die Verabredung verschob. Außerdem gab es sowieso nicht viel für die Hochzeit vorzubereiten. Also sagte sie, sie würde ab Mittwoch vormittag freinehmen, wenn Dorothea und Gordon einverstanden seien.

»Dann geh doch heute nachmittag früher heim«, schlug Dorothea vor. »Bei diesem Wetter kommt ja doch niemand, um sich Korsette und Reifröcke anzuschauen.«

Tatsächlich tauchten wenig Leute auf. Um vier Uhr war Mary bereits wieder zu Hause, rechtzeitig vor Beans Eintreffen um Viertel nach. Doch Bean kam wieder nicht. Sie wartete eine halbe Stunde, dann wählte sie seine Nummer in York Terrace. Niemand meldete sich. Kurz nach fünf kam Leo, und sie setzten sich draußen in den Schatten, tranken Tee und teilten sich dann eine Flasche Wein. Im Garten wimmelte es von braunen und orangeroten Schmetterlingen und kleinen, kupferflügligen Nachtfaltern. Gushi lag mit heraushängender Zunge und theatralisch japsend unter einem Fliederstrauch.

Leo fiel der Name von Spots Besitzerin wieder ein, und sie schlugen ihre Nummer im Telefonbuch nach. Doch Mrs. Sellers hatte Bean seit einer Woche weder gesehen noch von ihm gehört. Mary und Leo führten Gushi spazieren, als es sich ein wenig, wenn auch nicht sehr, abgekühlt hatte. Auf dem Rückweg, Arm in Arm gehend, fragte er sie, ob sie diese Nacht mit zu ihm in die Edis Street kommen würde. Aber dann wäre sie am nächsten Morgen nicht da, um Bean zu empfangen, sie war sich sicher, daß er am nächsten Morgen auftauchen würde. Leo widersprach nicht. Er küßte sie und sagte, bevor sie aufwachte, wäre er wieder bei ihr. Er wollte leise ins Haus und, wenn sie es gern hätte, zu ihr ins Bett kommen.

»Das hätte ich gern«, sagte sie lächelnd.

Sie mußte verschlafen haben. Sie lag schlaftrunken in Leos Armen, nachdem sie genüßlich im halbwachen Zustand mit ihm geschlafen hatte, ihre nackten, feuchten Körper vom Schweiß gekühlt, als sie endlich auf die Uhr sah. Es war fast neun.

Bean war wieder nicht gekommen! Sonst drückte er immer mit der Faust auf die Klingel und lehnte sich mit dem ganzen Gewicht seines Körpers dagegen, bis jemand aufmachte. Sie hätte es bestimmt gehört. Dafür hätte er schon gesorgt.

Sie schlüpfte in ihren Morgenmantel und ging hinunter. Leo hatte beim Hereinkommen die Post von der Türmatte aufgelesen und sie ihr auf den Tisch im Flur gelegt. Der in Cape Cod abgestempelte Brief war von Sir Stewart und Lady Blackburn-Norris und kündigte an, daß sie früher als erwartet zurückkehren würden. Am 19. August wollten sie wieder in London sein.

Sie machte Tee, brachte ihn Leo hinauf und zeigte ihm den Brief. »Das Entlassungsschreiben.«

»Ich dachte mir schon, daß es das ist«, sagte Leo. »Dann kannst du ja schon zwei Tage nach der Hochzeit zu deinem Mann ziehen.«

Es lenkte sie für etwa eine Stunde von dem Problem mit Bean ab. Um halb elf rief sie dann aber Mrs. Sellers an, die ihn ebenfalls nicht gesehen hatte, und – nachdem Mrs. Sellers ihr die Nummer gegeben hatte – die Schauspielerin Lisl Pring. Lisl war nicht nur verärgert, sondern machte sich Sorgen. Die schokoladenbraune Pudeldame Marietta war versorgt – Lisls Freund ließ sie zweimal täglich hinter seinem Fahrrad hertrotten. Auf seine Figur wirkte es wahre Wunder, und von ihm aus konnte es ruhig so weitergehen. Aber was war bloß mit Bean passiert? Er würde doch nie so lange wegbleiben, außer er stand an der Schwelle des Todes. Sie gab Mary die Namen von Beans anderen Kunden.

Mary und Leo gingen mit Gushi wieder hinaus. Für einen weiten Spaziergang war es viel zu heiß. Wieder zu Hause, trank Gushi fast einen halben Liter Wasser und legte sich erneut unter den Fliederstrauch. Nachdem sie bei Pizza & Tikka-Expreß telefonisch zweimal *Thali* mit Pickles und Fladenbrot zum Mittagessen bestellt hatte, rief sie Erna Morosini an.

Nein, sie war es nicht gewesen, die Mary am gestrigen Vormittag im Park getroffen hatte. Ihr Hund war kein Scottie.

»Meine ist die sexy Beagledame«, sagte Mrs. Morosini. »Die kennen Sie bestimmt. Mein Lebensgefährte sagt, ich soll sie sterilisieren lassen, aber ich hoffe eben immer noch, daß sie vielleicht mal Junge kriegt.«

»Bean ...«, begann Mary, aber Mrs. Morosini schnitt ihr das Wort ab.

»Ach ja, der ist spurlos verschwunden, stimmt's? Er hat mir seine Nummer in Brighton dagelassen, darauf habe ich bestanden, aber als ich dort anrief, war seine Schwester dran. Sie hat ihn seit einer Ewigkeit nicht mehr gesehen. Sie ist selbst erst gestern zurückgekehrt, aber in ihrer Wohnung hat er keinerlei Spuren hinterlassen.«

Als hätte Bean sich in einen streunenden Terrier verwandelt, der abgehauen war, um dann ohne Halsband und mit blutendem Ohr wieder aufzutauchen.

Kurz vor eins kam ihr Mittagessen. Der Mann, der es im rotweißen Lieferwagen brachte, hatte seine Kochmütze abgenommen und trug nichts außer Shorts und einem rotweißen Unterhemd. Sie verzehrten ihre *Thalis* draußen im Schatten unter dem Goldregen und der japanischen Kirsche, und alles verlief friedlich, bis Leo Himbeeren und Nektarinen zum Nachtisch herausbrachte. Sofort trieben die Wespen sie ins Haus. Sie setzten Gushi an das kühlste Plätzchen in eine Fensternische im Schlafzimmer an der Nordseite. Mary hatte noch gar nicht gefragt, wie sie den Nachmittag nun verbringen sollten, doch Leo ahnte ihre Frage schon voraus. Er zog sie zu sich aufs Bett.

»Komm, wir gehen nicht mehr hinunter.«

Die Tore waren erst seit einer Stunde geöffnet, und die Hitze war noch nicht hereingebrochen, als sie den Hund in den Park führten. Dort fand gerade ein Marathonlauf statt: um den Outer Circle herum, hinein in die Chester Road, um einen Teil des Inner Circle, bei der York Bridge wieder heraus und wieder um den Outer Circle. Dann das gleiche noch einmal – oder zweimal? Oder dreimal? Sämtliche Läufer waren männlich, dünn, die Gesichter vor Anstrengung oder Qual verzerrt. Ihre T-Shirts, die ihnen an den knochigen Brustkörben klebten, waren tropfnaß, als kämen sie geradewegs aus der Wäsche.

Ihr Anblick mache ihn müde, sagte Leo, richtig krank.

Sie sah ihn besorgt an. »Du fühlst dich doch okay? Wird dir das Spazierengehen nicht zu viel?«

»Es ist das Mitgefühl«, lachte er. »Ich *fühle* mit den Armen.«

Doch als sie Arm in Arm, Hüfte an Hüfte zurückgingen, mußte sie an die Transplantation denken. Sie hatte das seltsame Gefühl, daß es immer weiterging, daß der stärkende Strom – wenn sie so zusammen waren oder nebeneinander im Bett lagen – von ihr immer noch in ihn floß, wie ein Serum in eine ständig offene Vene injiziert wird. Sie beugte sich zu ihm und küßte ihn auf die Wange und spürte, wie er seinen Arm fester um sie legte und ihr mit der Hand über die Taille streichelte.

»Wenn Bean jetzt kommt, müssen wir ihn mit leeren Händen wegschicken«, sagte Leo, als sie wieder im Haus waren und Gushi sich erschöpft auf dem Küchenboden ausstreckte. »Aber ich glaube nicht, daß er kommt, was meinst du?«

»Nein, ich glaube kaum. Weißt du, Leo, vielleicht liegt er bei sich in der Wohnung, zusammengebrochen, tot. Vermutlich war noch niemand dort und hat nachgesehen. Er ist doch ein alter Mann, älter, als er aussieht.«

»Etwas über siebzig.«

Mary sah ihn erstaunt an. »Woher weißt du das?«

»Woher ich das weiß? Warte mal – das muß er mir an dem Abend gesagt haben, als er sein Zeugnis abholte. Schau mich mal an, Mary. Magst du Bean?«

»Ob ich ihn mag? Darüber habe ich noch gar nicht nachgedacht. Nein, eigentlich nicht. Überhaupt nicht.«

»Dann ist es ja gut. Dann kannst du aufhören, dir über ihn Sorgen zu machen. Vergiß ihn.«

Leo ging los und kaufte die Sonntagszeitungen. Sie durchforsteten die Immobilienseiten nach geeigneten Häusern in St. John's Wood und Hampstead, und Leo rief sogar eine der Nummern in den kleinformatigen Anzeigen an, doch es meldete sich niemand. Bean war immer noch nicht gekommen. Kurz vor Mittag rief Lisl Pring an, ganz begeistert von der neuen Hundeausführerin, die sie gefunden hatte. Eine Frau namens Amelia Walker – Walker, *the dog walker,* war das nicht zum Schreien?

Mary bedankte sich, meinte aber, sie könne Gushi niemandem anvertrauen, den seine Besitzer nicht kannten. Vorerst würde sie ihn eben selbst spazierenführen. Leo fand es viel zu heiß, um irgend etwas zu tun, außer sich hinzulegen, und meinte, das Bett sei doch viel bequemer als das Blackburn-Norris'sche Sofa. Das Thermometer stieg auf fünfunddreißig Grad.

»Warum geben sie eigentlich immer nur die Temperaturen im Schatten an?« wollte er wissen. »Das ist doch völlig unerheblich. Warum nicht die in der Sonne? Dort sind es bestimmt vierzig.«

»Vermutlich, weil die Sonne nicht immer scheint.«

»Du klingst so traurig, Liebes – sei doch nicht traurig.«

»Na gut«, sagte sie. »Ich hör' auf.«

Sie liebten sich, ihre glitschigen Körper machten leise saugende Geräusche, wenn sie sich vereinten oder voneinander abließen. Schweiß wurde ein neues Liebessekret, dünner, kälter und sehr salzig. Sie schmeckte sein Salz auf der Zunge und spürte das leichte Brennen in den Augen. Sie verfielen in einen leichten Schlaf, nasse Handflächen spannten sich über die nasse Haut von Bauch und Schultern. Ein Fluß strömte zwischen ihren Brüsten herunter.

Obwohl das Fenster weit geöffnet war, bewegte kein Lufthauch die schwer herunterhängenden, zugezogenen Gardinen. Vom Summen einer verschreckten und dann wieder beruhigten Hummel wachte sie auf. Sie beobachtete das Tier, bis es schließlich durch einen Schlitz zwischen den Gardinen den Weg in die Freiheit fand. Leo schlief immer noch. Sie stand auf, duschte und kam in ein Badetuch gehüllt wieder ins Zimmer.

Was sie sah, verschlug ihr den Atem. Tränen rannen über Leos schlafendes Gesicht. Es waren keine Schweißtropfen, sondern echte Tränen. Er weinte im Schlaf.

Sie mußte es ihm unbedingt sagen, mußte ihn fragen, doch sie verschob die Frage auf später. Er wirkte so glücklich beim Aufstehen, schlug vor, später irgendwo essen zu gehen, wenn die warme Abenddämmerung der Dunkelheit gewichen war. Wie wäre es mit dem kleinen italienischen Restaurant, in dem sie das erste Mal gegessen hatten, einen Tag nachdem sie sich kennengelernt hatten?

Inzwischen mußte Gushi wieder spazierengeführt werden. Es war zu heiß für einen großen Auslauf. Die meisten Leute im Park lagen ausgestreckt auf dem Bauch im gelblichen Gras.

»Die sehen aus wie tot«, sagte Leo. »Wie Leichen, wenn die Schlacht vorbei ist.«

Das war eine Gelegenheit. Sie sprach ihn sanft und liebevoll an. »Warum weinst du im Schlaf, Leo? Dein Gesicht war naß von Tränen.«

»Naß vom Schweiß«, entgegnete er leichthin.

Wäre er ein verängstigtes Kind gewesen, ihre Stimme hätte kaum zärtlicher sein können. »Es waren Tränen, Liebes. Du hast wirklich geweint.«

»Ich hatte einen Alptraum. Das hat doch jeder mal.«

»Es muß ein sehr schlimmer Traum gewesen sein.«

Er wollte nichts mehr sagen und begann statt dessen, über die Leute zu reden, die dort in der Sonne lagen, über die Sonnenanbeterei, die er eine blöde Masche des zwanzigsten Jahrhunderts nannte, die ebenso schnell wieder verschwinden würde, wie sie aufgekommen war. Sie legten Gushi an die Leine und machten kehrt, am Kinderspielplatz vorbei zum Gloucester Gate. Vor dem Haus stand ein Polizeiauto. Die Beamten waren ausgestiegen und hatten sich unter das schattige Vordach gesetzt. Als Mary und Leo an die Tür kamen, zeigte der ältere der beiden seinen Dienstausweis.

»Detective Inspector Marnock.«

Der andere, ein Sergeant, murmelte einen Namen, den Mary nicht verstand. »Können wir reinkommen?«

Darauf sagte Leo: »Worum geht es denn?«

»Sie heißen, Sir?«

»Leo Nash.«

»Nun gut, Mr. Nash, es geht um Leslie Bean. Kennen Sie einen Mann namens Leslie Bean?«

Mary griff erschrocken nach Leos Arm. »Was ist mit ihm?«

Sie saßen im Wohnzimmer. Gushi, ein heißes Pelzbündel, sprang dem Sergeant auf den Schoß und blieb dort liegen, mit abgöttischer Unterwürfigkeit in ein nicht besonders einnehmendes Gesicht hochblickend.

»Können Sie uns sagen, was mit ihm passiert ist?« fragte Leo.

»Vielleicht. Mit Ihrer und Miss Jagos Hilfe. Ich nehme an, Sie kennen ihn. Er hat ja Ihren Hund ausgeführt. Haben Sie ihn häufiger gesehen?«

»Ja, jeden Tag.«

»Sie würden ihn also wiedererkennen?«

»Selbstverständlich.«

Sie hatte das Gefühl, als kämpfte Marnock innerlich gegen seine Hemmungen, der Öffentlichkeit zu viel zu verraten. Sicher hätte er normalerweise automatisch gesagt: »Darf ich Ihnen nicht sagen« oder »Darauf können wir Ihnen keine Antwort geben«, doch er überlegte offensichtlich, wie viel er offenlegen durfte, ohne völlig indiskret zu werden, und wie viel er offenlegen mußte, um ihre Mitwirkung zu erreichen.

»Eine Miss Bean hat bei uns angerufen und ihren Bruder als vermißt gemeldet. Er wurde seit Freitagabend, den vierten nicht mehr gesehen.«

»Und?« sagte Leo schneidend.

»Am Samstag, den fünften wurde die Leiche eines unbekannten Mannes in der Umgebung von Kent Terrace gefunden.«

»Aber das war doch einer von den Obdachlosen«, sagte Mary.

»Das dachten wir zunächst auch. Seit ein paar Tagen sind wir anderer Ansicht. Glauben Sie bloß nicht alles, was in der Zeitung steht. Wir gehen auch nicht davon aus, daß es die Tat des Mannes war, den die Boulevardpresse den Aufspießer nennt.«

»Warum nicht?«

»Das«, sagte der Sergeant, da Marnock zögerte, »dürfen wir Ihnen nicht sagen.« Der Sergeant, offensichtlich ein Hundefreund, kraulte Gushi hinter den Ohren.

»Die Kleider, die der Tote trug, waren nicht seine eigenen. Sie wurden ihm angezogen, als er bereits tot war.«

»Es sollte zweifellos ein Scherz sein«, sagte Marnock. »Psychopathen haben manchmal einen etwas seltsamen Sinn für Humor. Nun, Miss Jago, Mr. Nash, wir waren Ihnen gegenüber ungewöhnlich offen. Das hat natürlich einen Grund. Wir möchten Sie bitten, uns einen Gefallen zu tun. Mr. Beans andere Kundinnen empfinden einen gewissen Abscheu ...«

»Wogegen?« fragte Leo.

»Die Leiche zu identifizieren, Sir.«

Entsetzt stieß Mary aus: »Das kann aber doch seine Schwester tun!«

»Sie ist achtzig«, sagte der Sergeant. »Außerdem hat sie ihn seit fünfundzwanzig Jahren nicht mehr gesehen.« Plötzlich wurde er etwas vertraulicher und lachte. »Ja, wir wissen, es hört sich etwas merkwürdig an, ist es ja auch. Er hielt sich in ihrem Haus auf, während sie verreist war, und fuhr ab, bevor sie zurückkehrte. Jedes Jahr. Jahrein, jahraus. Sie haben sich seit gut einem Vierteljahrhundert nicht mehr gesehen.«

Sie gingen zusammen hin.

In der Leichenhalle war es kalt, ein starker, eisiger Geruch lag in der Luft. Mary hielt es für den Geruch des Todes, für Verwesungsgeruch, der sich nicht überdecken ließ, doch Leo sagte ihr, es handle sich um Formaldehyd.

Sie war hergekommen, um, wenn möglich, den Toten zu identifizieren, und Leo, um sie zu stützen und zu trösten. Er hatte Bean nur einmal gesehen, und dann auch nur abends, bei künstlichem Licht.

Die Leichen lagen in grünen Metallschubladen, die wie Aktenschränke aussahen. Entsetzlich, ein Menschenleben so abzulegen, dachte sie, obwohl es ja nicht der endgültige Ruheplatz war. Eine der Schubladen wurde aufgezogen und das Plastiktuch zurückgeschlagen.

Sie hatte erwartet, einen gewaltigen Schock und Abscheu zu empfinden, hatte sich schon auf dem Weg hierher dagegen zu wappnen versucht, doch nun sah sie sich das Gesicht an und war ganz ruhig, ohne besondere Gefühle. Der Tote war Bean, daran bestand kein Zweifel, doch es sah eher aus wie eine Wachsfigur von Bean bei Madame Tussaud's. Der wie gemeißelte Kopf und das starre Gesicht schienen nie lebendig gewesen zu sein, sondern wirkten wie in eine Form gegossen und nach dem Hartwerden herausgelöst.

»Ja«, sagte sie. »Das – das ist Mr. Bean.«

»Ohne Zweifel, Miss Jago?«

Hatte sie sich unsicher angehört? Unmöglich, diesem Polizeibeamten das Gefühl von Ehrfurcht zu erklären, das der Tod einem an diesem elenden Ort einflößte, das Staunen, das sie überkam, als sie sah, was der Mensch am Ende wird: eine Lumpenpuppe in einer Metallschublade.

»Ich bin mir ganz sicher«, sagte sie.

Der Anblick hatte sie beide erschüttert. Beklommen lehnten sie das Angebot des Polizisten ab, sie nach Hause zu fahren; sie hatten das Bedürfnis, von hier wegzukommen und über den toten Bean zu sprechen. Sie würden schon allein nach Hause finden. Vom erneuten Besuch des kleinen italienischen Restaurants war keine Rede mehr, denn Mary hatte keinen Appetit. Hand in Hand gingen sie nebeneinander her und warfen sich bisweilen niedergeschlagene Blicke zu, bis Leo auf einmal sagte: »Lächle doch, bitte. Für mich. Du warst großartig da drin. Seelenruhig, kühl und gelassen. Wie ein alter Hase. Wieso eigentlich alter Hase? Warum nicht Fuchs oder Wolf?«

»Da mußt du einen Zoologen oder einen Jäger fragen.«

»Wirklich blöde an der Sache ist bloß, daß ich morgen auf eine Beerdigung muß.«

Sie sah ihn erstaunt an, mehr abgelenkt von dieser beiläufigen Bemerkung als von all seinen Ablenkungsversuchen. »Davon hast du mir gar nichts gesagt.«

»Nein. Es ist ein alter Freund meiner Familie. Lästig – die Beerdigung, meine ich, nicht der Freund.«

Er schwieg, bis sie im Haus waren. Sie bemerkte, daß seine Augen geschwollen waren, als hätte er Tränen unterdrückt. Seine Stimme klang abgehackt.

»Die Beerdigung findet am Nachmittag statt. Meine Mutter kommt auch, und ich muß sie danach begleiten. Ich werde dich wahrscheinlich den ganzen Tag nicht sehen.«

»Leo, wenn deine Mutter in London ist, kann ich sie dann nicht kennenlernen? Möchte sie denn nicht zu unserer Hochzeit kommen?«

Er winkte sie zu sich her und nahm ihr Gesicht zärtlich in beide Hände.

»Du bist so schön. Ich kann nie genug davon kriegen, dein Gesicht anzuschauen. Es vergeht kein Tag, an dem ich dich nicht wieder und immer wieder anschauen will.«

Sie lächelte. »Ich habe dich nach deiner Mutter gefragt.«

»Wenn diese Sache morgen vorbei ist, lasse ich meine Familie hinter mir. Morgen verabschiede ich mich von ihnen. Sie werden nicht wissen, daß es das letzte Mal ist, aber das ist es.« Sie kniete sich vor seinen Stuhl, und er beugte sich vor und legte die Arme um sie. »Deshalb gehe ich heute abend nicht nach Hause. Keine zehn Pferde brächten mich jetzt nach Hause.«

»Dann lassen wir die zehn Pferde auch nicht«, sagte sie.

26

In dieser Nacht weinte er wieder im Schlaf. Er machte kein Geräusch, doch als er ihr sein Gesicht zuwandte, spürte sie es naß an ihrer Wange. Im schwachen Licht der Morgendämmerung konnte sie es gerade eben sehen. Die Tränen glänzten.

Morgens stand er vor ihr auf und brachte ihr den Tee und die Post ans Bett: die Zeitung, die ewigen Reklamezettel, eine Steuerforderung für Sir Stewart, Reklame für Mietwagen. Er war so heiter, machte zwar ab und zu ein bekümmertes Gesicht, ging aber mit leichter Miene über die bevorstehende Tortur hinweg, so daß sie beschloß, nichts zu sagen. Daß er vorhatte, zur Beerdigung einen dunklen Anzug zu tragen, gefiel ihr. Es entsprach ihren eigenen Vorstellungen von dem, was sich für einen kultivierten Menschen ziemte.

Doch er wollte immer noch nicht über die Beerdigung sprechen – wer dieser Freund war, weshalb seine Mutter dort sein würde. Sie fragte sich, ob Leo seine nächtlichen Tränen vielleicht um diesen Freund vergossen hatte. Sie hatte das Gefühl, daß sie ihn nicht fragen konnte. Eines Tages würde er es ihr vielleicht sagen. Am Frühstückstisch hielt er ihre Hand. Zusammen gingen sie mit Gushi in den Park, und beim Parsenbrunnen verließ Leo sie schließlich und ging in Richtung St. Mark's Bridge und Primrose Hill davon.

Beim Abschied fiel ihr jener Nachmittag in Covent Garden wieder ein. Wie damals sah sie nun wieder zu, wie seine Gestalt allmählich verschwand. Er hatte ihr nie eine ausreichende Erklärung gegeben, weshalb er gegangen war, nachdem er offensichtlich vorgehabt hatte, den Tag mit ihr zu verbringen. Aber war es inzwischen nicht egal? Diesmal hatte er sie zärtlich geküßt, sie in den Arm genommen und ihr ins Ohr geflüstert, daß er sie liebte.

Um vier kam eine elfköpfige Kindergruppe ins Museum. Es waren Schotten aus Lanark auf einem Schulausflug nach London, die – nachdem sie das Sherlock-Holmes-Haus abgehakt hatten – in ihrem Minibus hier heraufgefahren waren. Mary zeigte ihnen alles und gab ihnen eine Führung, weil die genervte Lehrerin das einem Walkman mit Kassette für jedes Kind vorzog.

Es war einer jener Tage, an denen sie sich nach einer Klimaanlage sehnte, was in diesem Häuschen mit den kleinen Zimmern und in einem Klima, in dem die Hitze nur kurze Zeit andauerte, natürlich vollkommen unsinnig war. Obwohl die Tür zur Straße und das Ladenfenster offenstanden, war es immer noch beinahe unerträglich heiß. Die Sonne brannte herunter, und kein Lüftchen regte sich. Im Shop, wo die Kinder – nicht anders als die meisten Besucher – mehr Interesse an den zum Verkauf stehenden Kunstgegenständen zeigten als an den Ausstellungsstücken im Museum, begannen sich die Papiere und Drucke in der Hitze bereits zu wellen.

Bis fünf hatte es sich immer noch nicht abgekühlt, und Alistair war noch nicht aufgetaucht. Mary fand sich damit ab, auf ihn warten zu müssen. Inzwischen schämte sie sich, daß sie damals vor ihm weggerannt war. Es war kindisch gewesen, ein Charakterzug, den sie ablegen wollte, sie wußte jedoch, daß es Alistair gefallen hatte, obwohl er sie dafür getadelt hatte. Schwäche und törichtes Verhalten bei Frauen gaben ihm das Gefühl, stärker und mächtiger zu sein, boten ihm sozusagen eine Rechtfertigung dafür, sich überlegen zu fühlen.

Sobald Stacey gegangen war, setzte sich Mary draußen im Schatten auf das niedrige Mäuerchen, das den Innenhof eingrenzte. An warmen Sommerabenden wie heute erwachte in London auf den Bürgersteigen das Leben. Die Betreiber der

Restaurants stellten Tische und Stühle und gestreifte Sonnenschirme auf, um sich auf die Gäste vorzubereiten, die lieber im Freien speisten. Ladenbesitzer setzten sich in der halben Stunde vor Geschäftsschluß auf die Stufen vor der Tür. Jede Jalousie war heruntergelassen, und auf der anderen Seite, vor dem Café an der St. John's Wood Terrace, schüttete jemand eimerweise Wasser über die Steinfliesen.

Sie sah zu, wie der Dampf von dem nassen Pflaster hochstieg. Ihre Gedanken beschäftigten sich fast den ganzen Tag schon mit Leo. Irgendwie hatte sie das Gefühl, daß für ihn das Zusammensein mit seiner Mutter und seinem Bruder genauso problematisch und schmerzlich war wie die Beerdigung selbst. Die Beziehung, die er zu seinem Bruder hatte, wurde täglich mysteriöser. Wenn er ihn so liebte, weshalb wollte er dann mit ihm brechen? Gerade als sie beschlossen hatte, Leo nie mehr zu fragen, ob sie seine Mutter oder seinen Bruder kennenlernen könnte, sah sie Alistair von Ordnance Hill aus der Richtung der U-Bahnstation herkommen. Das Geschenk war offensichtlich sehr klein. Er trug kein Jackett und hatte nur die dünne, flache Aktentasche dabei, die sie ihm einmal geschenkt hatte und die ihr schon damals zu klein vorgekommen war, um mehr als ein paar Blätter Papier und einen Taschenkalender aufzunehmen.

Als er sie sah, winkte er, beschleunigte seine Schritte aber nicht. Für eilige Bewegungen war es zu heiß. Unwillkürlich mußte sie daran denken, daß ihr Herz beim Anblick seiner näher kommenden Gestalt einmal einen Sprung gemacht und ein rauschhaftes Gefühl ihren Körper durchströmt hatte. Nun empfand sie gar nichts für ihn, keine Spur mehr von Bedauern. Er sah aus, als wäre ihm schrecklich heiß, der Schweiß perlte auf seinem geröteten Gesicht, und sein schweißnasses Haar klebte ihm an der Kopfhaut. Die erhitzte Hand fühlte sich durch den dünnen Stoff ihrer Bluse naß an, als er sie ihr auf die Schulter legte. Sie machte sich los und ging zum Museum zurück. Dann dachte sie, wie sie es so klar noch nie gedacht hatte: Dies ist vielleicht das letzte Mal, daß wir uns begegnen, höchstwahrscheinlich werden wir einander nie wieder sehen. Wir waren ein Liebespaar, glaubten einmal, wir würden uns lieben, liebten uns vielleicht sogar, wenn auch nicht auf Dauer. Wie traurig und schrecklich, es so zu beenden...

»Alistair, laß uns in ein Café gehen und was trinken.«

Er hob die Augenbrauen. Bisher hatte sie noch nicht darauf geachtet, doch nun fiel ihr auf, wie unfreundlich und grimmig sein Gesichtsausdruck war. »Klar«, sagte er, »und während ich uns drinnen zwei Perrier bestelle, vollführst du wieder eine deiner berühmten Flitzaktionen.«

»Nein. Ehrlich nicht.« Sie waren umgekehrt und überquerten nun die Straße, er immer noch etwas widerwillig. »Ich finde«, sagte sie, »wir sollten uns nicht trennen ohne...«

»Eine feierliche Zeremonie?«

»Ich wollte sagen, ohne uns richtig zu verabschieden, ohne vielleicht zu sagen, daß wir nicht böse aufeinander sind.«

Er lachte. Als die Kellnerin kam, bestellte er, ohne Mary zu fragen, was sie haben wollte. »Du denkst anscheinend«, sagte er bedächtig, »daß ich für dich noch das gleiche empfinde wie früher. Das schmeichelt wohl deiner Eitelkeit. Nun, das tue ich nicht. Das hab' ich hinter mir. Und außerdem bin ich dir wirklich böse! Das ist alles, was ich für dich noch empfinde. Im übrigen kannst du mir absolut gestohlen bleiben.«

Sie wußte nicht, was sie sagen sollte. Der Perrier kam in einer großen Flasche, mit Eis und Zitrone in zwei Gläsern. Er schenkte ihnen ein. Sie hatte plötzlich das schreckliche Gefühl, er könne noch ein Glas mit Wasser füllen und es ihr ins Gesicht schütten. Sie rückte sogar mit ihrem Stuhl ein wenig zurück. Ihr Leben, stellte sie fest, war schon lange von Vorstellungen durchsetzt, was Alistair alles tun könnte, und ihre Phantasien gingen weit über das hinaus, was er dann tatsächlich tat. Er trank sein Glas bis auf den letzten Tropfen aus, griff unter den Tisch, öffnete die Aktentasche und nahm ein kleines, flaches Päckchen heraus.

Es war ungefähr so groß wie eine Videocassette, rechteckig, keine zwei Zentimeter dick. Obwohl es in pink- und silberfarbenes Geschenkpapier mit schmalem Silberband verpackt war, das sich in Schnörkeln vom Knoten kringelte, wirkte es wie selbst eingepackt. Die Ecken waren ungeschickt gefaltet, das Band verdreht. Auf eine Karte hatte er in ziemlich großen, aber ungelenken Großbuchstaben ihren Namen »Mary« geschrieben.

»Danke«, sagte sie schwach.

»Eins will ich noch sagen, zum Abschluß. Und zwar das: Glaub bloß nicht, du kannst zu mir zurückkommen. Wenn es dann schiefgeht, meine ich.«

In einem Anflug von Kampfgeist, nach dem ihr zwar nicht zumute war, zu dem sie sich jedoch zwang, sagte sie: »Meinst du nicht vielmehr, *falls* es schiefgeht?«

»Nein, Mary, das meinst *du*. Nur damit das klar ist. Ich stehe nicht zur Verfügung. Den schmachtenden Verehrer kannst du dir abschminken. Ich habe bis dahin jemand anders gefunden.«

Vor diesem Treffen hatte sie sich in Gedanken alles mögliche zurechtgelegt, was sie sagen wollte: wohlmeinende Wünsche für seine Zunkuft, sogar die unwahrscheinliche Hoffnung, sie könnten weiterhin gute Bekannte bleiben. Doch nun fehlten ihr die Worte; sie empfand in seiner Gesellschaft nur Verzweiflung, die sicher völlig verschwinden würde, sobald er weg wäre. Vor dieser Art Mann, dachte sie, würde sie immer davonlaufen, und sie fragte sich, weshalb sie es eigentlich nicht schon viel früher getan hatte.

Er bezahlte. Dann sprang er auf und warf sich in eine theatralische Pose. Sie sah ihn entgeistert an und wurde nervös. »Ob wir uns wiedertreffen, weiß ich nicht«, deklamierte er. »Drum laßt ein ewig Lebewohl uns nehmen. Gehab dich wohl, meine Mary, für und für!«

Ein paar Touristen, die gerade auf den Nachbartisch zugingen, drehten sich verdutzt um. Er wiederholte seine Worte.

»Gehab dich wohl, meine Mary, für und für!«

Er stieß seinen Stuhl so heftig zurück, daß der über das Pflaster schlitterte und umkippte. Dann ging er rasch davon. Jemand lachte. Mary war verlegen und ziemlich durcheinander. Sie nahm das Päckchen, aber es war zu groß für die kleine Tasche, die sie dabeihatte. Sie mußte es in der Hand tragen. Es war zu heiß für lange Fußmärsche, doch sie wollte zu Fuß nach Hause gehen. Sie würde sich auf der schattigen Straßenseite halten und hoffen, daß es stimmte, daß bei körperlicher Bewegung Endorphine freigesetzt werden, die eine beruhigende, wohltuende Wirkung entfalten.

Mehr als alle Endorphine wünschte sie sich jemanden, der sie tröstete. Natürlich Leo. Doch sie wußte, daß sie in Wirklichkeit ihre Großmutter wollte. Ihre Großmutter würde sie im Arm halten wie früher, als sie noch ein kleines Mädchen gewesen war, würde sie in der warmen Stille umarmen, doch ihre Großmutter war tot, war zu Asche und Staub geworden. Leo war da, später jedenfalls, obwohl er diesen Abend mit seiner Familie verbrachte. Wenn Leo zur Haustür hereinkam, würde sie ihm still entgegengehen, und er würde sie in die Arme schließen.

Der Mann, den sie Nikolai nannte, fiel ihr ein, und sie dachte, daß er seltsamerweise einer der wenigen Menschen war, mit dem sie gern reden würde, der ihr zuhören könnte, dem sie gern anvertrauen würde, was sie selbst kaum begriff. Doch als sie ans Gloucester Gate kam, die Straße bei der bronzenen Mädchenfigur überquerte und in die Grotte spähte, war niemand dort, und nichts deutete darauf hin, daß er dort wohnte. Ein Zigarettenpäckchen, das jemand über die Mauer geworfen hatte, schwamm auf der Wasseroberfläche im Bekken. Ansonsten war es dort so reinlich wie in einem Vorstadtgärtchen.

Sie legte das Päckchen auf den Tisch in der Eingangshalle. Gushi schwitzte dermaßen, daß er nicht einmal herauskam, um sie zu begrüßen. Mit hängender Zunge lag er auf dem kalten Küchenboden und schnaufte. Es hatte wenig Sinn, jetzt mit ihm spazierenzugehen; vielleicht würde sie abwarten, bis Leo nach Hause kam, so daß sie ihn gemeinsam ausführen konnten. Sie streichelte Gushi über den Kopf, gab ihm frisches Wasser und ging dann nach oben, um zu duschen und Hosen und ein T-Shirt anzuziehen.

In dem Moment klingelte das Telefon. Es war Leo. Vor einigen Jahren hatte sie einmal mit Dorotheas Mann Gordon telefoniert, nachdem er gerade aus der Narkose aufgewacht war. Leos Stimme hörte sich an wie Gordons damals – belegt, kehlig, halb erstickt, um Jahre gealtert.

»Ich kann heute abend nicht weg«, sagte er. »Ich weiß noch nicht, wann ich weg kann. Es ist alles nicht so – gut gelaufen. Wir sehen uns dann morgen.« Es entstand eine Pause, während der sie unterdrücktes Schluchzen zu hören glaubte. »Ist das okay?«

»Natürlich, Leo. Aber kann ich nicht...?«

»Nein, ich weiß nicht, was du sagen wolltest, aber du kannst gar nichts tun. Niemand kann das. Ich komme schon klar. Hast du dich mit Alistair getroffen?«

»Zum letztenmal, da bin ich sicher. Er hat uns ein Hochzeitsgeschenk gemacht.«

»Was denn?«

»Keine Ahnung. Ich hab's noch nicht ausgepackt.«

»Pack es lieber nicht aus. Womöglich ist eine Bombe drin.« Seine Stimme klang leicht hysterisch. Hatte sie ihn schluchzen hören? »Mary, es tut mir leid, daß ich heute abend nicht mehr kommen kann.«

»Das macht nichts«, sagte sie. »Das kann ich verstehen.«

Doch sie war sich dessen gar nicht so sicher. Sie war bitter enttäuscht. Wieso ist es schlimmer, an schönen Sommerabenden allein zu sein, als bei kaltem oder nassem Wetter? Das Essen im Kühlschrank sah nicht sehr einladend aus. Sie trank etwas Mineralwasser, aß einen Pfirsich und setzte sich hin, um letzte Hand an die Irene-Adler-Broschüre zu legen, die Ende der Woche in die Druckerei sollte. Bis sie herauskam, würde sie nicht mehr Mary Jago, sondern Mary Nash heißen.

Wollte sie das, oder würde sie ihren Mädchennamen behalten? Darüber hatte sie noch gar nicht nachgedacht. Irgendwo sollte in der Broschüre eine Zeile stehen, in der es hieß: »Entwurf: Mary Jago« oder »Entwurf: Mary Nash«. Sie schrieb den neuen Namen aus, um zu sehen, wie er aussah, wie er sich anfühlte. Manche Leute würden sagen, es bringe Unglück, wenn eine Frau ihren neuen Namen schreibt, bevor er ihr gehört, bevor sie verheiratet ist. Sie probierte ihre neue Unterschrift aus – sie gefiel ihr nicht, und sie war schon fast entschlossen, den Namen Jago beizubehalten.

Vom Hauseingang her ließ Gushi ein scharfes Kläffen hören. Sie ging hinaus, um nachzusehen, was ihn aufgeschreckt hatte, und fand wieder einmal einen Reklamezettel vom Tikka & Pizza-Expreß auf der Türmatte. Alistairs Geschenk lag auf dem Tisch am Eingang, wo sie es hingelegt hatte, mit dem pink- und silberfarbenen Papier, dem gekringelten Geschenkband, den ungeschickt umgeklappten Ecken. Sie nahm es mit ins Wohnzimmer. Gushi sprang ihr auf den Schoß und rollte sich wie eine Katze zusammen.

Das Päckchen war unter dem Geschenkband mit Klebestreifen zusammengehalten. Er war erstaunlich schwer zu entfernen. Sie mußte den Hund aufscheuchen, um eine Schere zu holen. Leos Worte kamen ihr wieder in den Sinn, das Geschenk könnte eine Bombe sein. Das war natürlich absurd, er hatte nur Spaß gemacht; trotzdem hielt sie sich das Päckchen ans Ohr, um zu hören, ob es darin tickte. Sie schüttelte es. Es war nichts Loses darin, nichts, was klapperte.

Sie schnitt das Klebeband auf, dann die Ecken. In dem Papier befand sich eine flache, silberne Schachtel, wie man sie in der Geschenkpapierabteilung in Schreibwarenläden kaufen kann. Der Deckel war am Unterteil festgeklebt. Noch ein Schnitt, und sie konnte den Deckel abnehmen. Plastikfolie, Watte, eine Handvoll Papiertaschentücher zum Abpolstern und eine Karte in einem Umschlag.

Eine merkwürdige Wahl, die Alistair da getroffen hatte. Das war ihr erster Gedanke beim Anblick des Brautpaars auf dem Bild: Zwei puppenhafte Figuren, der Mann in Zylinder und Cut, die Frau in weitem Reifrock und Schleier, standen auf der verschnörkelten Zuckergußdekoration einer bändergeschmückten Torte. Die Inschrift darunter lautete: *Herzlichen Glückwunsch zur Hochzeit*.

War das etwa sein Geschenk? War das alles? In der Karte lag noch etwas – offensichtlich ein Brief, ein doppelt gefaltetes Blatt Papier. Er hatte nichts auf die Karte geschrieben, nicht einmal seinen Namen. Einen Augenblick spielte sie mit dem Gedanken, den Brief gar nicht zu lesen, ihn ungelesen wegzuwerfen, sie fürchtete sich vor seinen Beleidigungen und Vorwürfen. Doch es wäre feige, ihn nicht zu lesen. Was konnte er ihr schon anhaben – es waren doch nur Worte, noch dazu von jemandem, der ihr nichts mehr bedeutete. Sie hielt den ungeöffneten Brief zwischen Daumen und Zeigefinger, als das Telefon klingelte, und als sie abhob, hatte sie ihn immer noch in der Hand, ein schlichtes, doppelt gefaltetes Blatt Papier.

Leos Stimme sagte: »Entschuldige. Es tut mir leid wegen – dem Getue von vorhin. Ich bin bei meinem Bruder, aber er ist gerade rausgegangen, und ich dachte, ich ruf' dich so schnell wie möglich zurück. Verzeihst du mir?«

»Da gibt es doch nichts zu verzeihen. Ist alles in Ordnung?«

»Ganz okay.«

Sehnsüchtig sagte sie: »Ach, kannst du denn jetzt nicht heimkommen?«

»Mary, meine Mutter will, daß ich über Nacht bleibe. Sie ist auch hier. Ich sehe sie vielleicht jahrelang nicht mehr, vielleicht nie mehr. Du erinnerst dich, was ich gesagt habe. Daß es das letzte Treffen ist.«

»Schon gut«, sagte sie. »Dann mußt du natürlich bleiben. Mach dir keine Sorgen. Ich komm' schon zurecht.« Später wußte sie nicht recht, weshalb sie es ihm gesagt hatte. »Ich hab' das Geschenk ausgepackt. Es war gar keine Bombe. Nur eine Karte und ein Brief und eine Menge Polstermaterial.«

»Ich liebe dich«, sagte er. »Ich wollte bloß anrufen und dir das sagen. Am Donnerstag wirst du meine Frau. Es ist zu schön, um wahr zu sein.«

»Es ist wahr«, sagte sie.

Sein Bruder mußte wieder ins Zimmer gekommen sein. Er verabschiedete sich, sagte, er würde sie am darauffolgenden Abend sehen, und legte auf. Die Andeutung, daß er zum letzten Mal mit seiner Familie zusammen war, war beunruhigend. Es erschien ihr plötzlich unnatürlich, unnötig. Sie wünschte, sie hätte ihn nach den Gründen gefragt, einfach mehr darüber erfahren. Nun war es jedenfalls zu spät. Sie würde ihn morgen fragen. Sie entfaltete das Blatt, das sie immer noch in der Hand hielt.

Das Logo des Harvest Trust, der blutrote Pilz, die Adresse in Battersea und gegenüber ihre eigene Anschrift: Ms. Mary Jago, Chatsworth Road, NW10. In der Zeile darunter stand, daß das Schreiben von Deborah Cox stammte, der Referentin für Spenderbetreuung.

Ihr erster Gedanke war, daß der Brief nicht an ihre alte Adresse hätte gehen sollen. Dann fiel ihr wieder ein, daß sie dem Trust nie eine feste Adressenänderung mitgeteilt und nur darum gebeten hatte, daß der letzte Brief, den sie von ihnen zu bekommen glaubte, an die Adresse ihrer Großmutter geschickt würde. Sie las:

Liebe Ms. Jago,

wahrscheinlich ist die Nachricht, die ich Ihnen überbringe, für Sie nicht neu, da Sie meines Wissens mit Mr. Nash korrespondiert und ihn auch kennengelernt haben. Diese Annahme sehen wir dadurch bestätigt, daß von Ihnen keine Antwort auf unsere letzten Anschreiben eingegangen ist, in denen wir Sie über die Verschlechterung seines Zustands und seine Krankheit informierten.

Deshalb hoffe ich, daß es für Sie kein allzu großer Schock ist – wenngleich es Ihnen sicher Kummer bereitet –, zu erfahren, daß Mr. Nash gestern verstorben ist. Gestern nacht ist er im Hospiz, wo er die letzten zwei Wochen verbrachte, friedlich eingeschlafen. Seine Mutter und sein Bruder waren bei ihm.

Obgleich Sie dieser Umstand gewiß sehr traurig stimmt, wissen Sie ja, daß Sie es durch Ihre großzügige Spende ermöglicht haben, sein Leben zu verlängern und zu bereichern, denn andernfalls ...

Mary ließ den Brief in den Schoß sinken. Sie war völlig verwirrt. Wie konnte Leos Tod ein Schock für sie sein, wenn sie vor fünf Minuten mit ihm gesprochen hatte? Denen war ein Fehler unterlaufen. Sie verwechselten sie mit jemand anderem und Leo auch, sie hatten die Akten vertauscht.

Sie nahm den Brief und las ihn noch einmal. *Diese Annahme sehen wir dadurch bestätigt, daß von Ihnen keine Antwort auf unsere letzten Anschreiben eingegangen ist...* Was für letzte Anschreiben? Berichte über die Transplantation, die Alistair erhalten und geöffnet hatte? Ihr wurde plötzlich eiskalt, und sie setzte sich ans offene Fenster in die Sonne, um die Hitze auf der Haut zu spüren. *...daß Mr. Nash gestern verstorben ist.*

Jetzt war es sieben, also zu spät, um dort anzurufen und um eine Erklärung zu bitten. Wut und Empörung traten an die Stelle des anfänglichen Schocks. Alistair war genauso schuld wie der Trust; seinetwegen war der Irrtum nicht aufgeklärt worden. Er hatte das bestimmt aus Boshaftigkeit getan. Er hatte ihr diesen Brief zur Hochzeit geschenkt – der rachsüchtigste Akt, den er je gegen sie begangen hatte.

Sein Telefon klingelte und klingelte. Endlich hob er ab und sagte: »Alistair Winter.«

»Alistair, hier ist Mary. Du weißt sicher, weshalb ich anrufe...«

Er legte auf. Der Signalton ertönte. Ungläubig starrte sie den Hörer an. Das Blut stieg ihr in die Wange, auf die er sie geschlagen hatte, und sie legte einen kalten Finger an die Stelle, um die Hitze zu spüren. Nach einer Weile schenkte sie sich einen Brandy ein und trank ihn pur hinunter. Sie verschluckte sich fast, doch er erfüllte sie mit Wärme, als ob ein Heizkörper in ihrem Inneren seine Strahlen an ihre Haut ausschickte. Sie zwang sich, ein paarmal tief durchzuatmen. Alistairs Boshaftigkeit hatte sie schwer erschüttert. Ihr war, als hätte sie aus dem Schweigen am anderen Ende Genugtuung und Schadenfreude herausgehört.

Doch dann sagte sie sich, daß ja nicht *er* diesen Brief geschrieben hatte. Er hatte ihn nur weitergeleitet. Es war ein echter Brief, von einer wirklichen Einrichtung, keine Fälschung von Alistair. Er war nur das Werkzeug gewesen, das sicherstellte, daß sie ihn erhielt.

Jetzt war nicht die Zeit für ihr altes Zögern und Zaudern. Entschlossen wählte sie die Nummer von Leos Bruder in der Redferry Road. Es klingelte und klingelte – niemand würde sich melden. Leo hatte gesagt, er sei dort, aber er war nicht dort. Das hatte im Grunde nicht viel zu bedeuten. Vielleicht war er mit seinem Bruder etwas trinken gegangen oder war mit seiner Mutter dahin gegangen, wo sie wohnte. Es kam ihr nur etwas komisch vor – es erschien ihr plötzlich verdächtig und sehr merkwürdig –, daß er erst sagte, er würde den Kontakt zu seinem Bruder abbrechen, seine Mutter nie mehr wiedersehen, und dann mit ihnen ausging, bei ihnen übernachtete...

Mary mußte mit jemandem reden, um diesen Brief, diese Ereignisse etwas objektiver und sachlicher sehen zu können. Nach kurzer Überlegung rief sie Dorothea an, doch anstatt mit allem herauszurücken, fragte sie dann doch nur, ob es in Ordnung sei, wenn sie morgen nicht ins Museum käme. Sie hatte vereinbart, ab Mittwoch eine Woche freizunehmen, fragte aber, ob sie ihren Urlaub vielleicht schon morgen beginnen könne?

»Klar, warum nicht?« sagte Dorothea. »Gordon wird es schon schaffen. Ist was mit dir? Du klingst ein bißchen durcheinander. Ist es die Aufregung vor der Hochzeit?«

»Wahrscheinlich«, sagte Mary und lächelte unsinnigerweise in den Hörer, als könnte Dorothea sie sehen. »Danke, Dorrie.«

»Es ist deine Hochzeit, Mary, nicht deine Beerdigung.«

»Ja.«

Es wäre unmöglich, ja grotesk gewesen, Dorothea den Brief oder auch nur ein paar Stellen daraus vorzulesen. Wem könnte sie ihn vorlesen? Als sie ihn in die Hand nahm und noch einmal las, entdeckte sie etwas, was ihr vorher nicht aufgefallen war. Unter der Adresse des Harvest Trust war Deborah Cox' Privatnummer angegeben. Mary war inzwischen ziemlich übel. Vielleicht von dem Brandy oder weil sie so lange nichts gegessen hatte. Sie fragte sich, weshalb sie Dorothea eigentlich gesagt hatte, sie würde morgen nicht ins Museum kommen. Womit rechnete sie denn? Welches Schreckgespenst erwartete sie?

Allmählich bekam sie mehr Angst davor, alles zu erfahren, als davor, es nicht zu erfahren. Angenommen, sie würde den Brief jetzt vernichten, ihn zerfetzen und die einzelnen Teile in einem Aschenbecher verbrennen? Oder draußen im Freien ein Feuerchen veranstalten? Dann könnte sie so tun, als wäre er nie angekommen, als hätte Alistairs Päckchen nur eine Karte enthalten. Leo würde sie nichts davon sagen ... Sie wählte die Nummer von Deborah Cox.

Nach dem zweiten Läuten wurde abgehoben. Ohne überhaupt abzuwarten, was Mary sagen wollte, fragte Deborah Cox, ob sie psychologische Beratung in Anspruch nehmen wolle. Der Trust sei gern bereit, ihr etwas zu vermitteln. Sie würde es empfehlen, vor allem weil Mary Leo Nash ja geschrieben, ihn sogar kennengelernt habe.

»Sie haben sich doch persönlich getroffen?«

Mary zögerte. Ein Schauer durchfuhr sie, ihre Knie hatten angefangen zu zittern. Wie sie die glatte Lüge herausbekam, war ihr schleierhaft. »Nein«, sagte sie. »Nein, wir haben uns nie getroffen!«

»Aber Sie standen doch miteinander in Kontakt? Brieflich?«

»Ja, wir standen in Kontakt.« Mary mußte sich räuspern. »Wie sah er aus?«

»Wie bitte?«

»Wie sah er aus – Leo Nash?« Ihre Stimme war heiser, doch das Lügen fiel ihr nun leichter. »Ich habe ihn um ein Foto gebeten, aber er hat keins geschickt.«

»Blond, klein, etwa einsachtundsechzig, dunkle Augen. Vielleicht ist es ganz gut, daß Sie sich nie begegnet sind. Manchmal entsteht eine ziemlich starke emotionale Bindung zwischen Spender und Empfänger. Das hat mit der Art der Transplantation zu tun, und dann ist es um so schlimmer, wenn der Empfänger stirbt.«

»Sie sagten, er hat einen Bruder...«

»Ja, richtig. Über zehn Jahre älter. Sie haben zusammengewohnt. Aber ich würde Ihnen nicht raten, Kontakt mit ihm aufzunehmen, falls Sie das vorhaben. Also, um noch mal auf die psychologische Beratung zurückzukommen...« Mary lehnte dankend ab. Lautlos legte sie den Hörer auf.

27

Hob war gut drauf.

Über eine Woche war er nun nicht mehr auf Entzug gewesen. Er hatte schon fast vergessen, wie es sich anfühlte, einen Affen zu haben oder auch nur ein bißchen down zu sein, denn er ließ es nie so weit kommen. Er war reich, so reich, daß er auf Monate, vielleicht ein ganzes Jahr, gut drauf sein konnte und auch nicht zu arbeiten brauchte. Das Paradoxe an der Geschichte war, daß mehr Arbeit hereinkam als in den letzten paar Jahren und damit automatisch auch mehr Geld, das ihm ermöglichte, gut drauf zu sein.

Er überlegte, woher das wohl kam, und eines Tages fragte er Lew. Jemanden anders zu fragen, traute er sich nicht, nachdem Carl spurlos verschwunden war. Lew war alt und ziemlich komisch. In den Siebzigern, als er jung war, hatte er sich mit allem möglichen Zeug beschäftigt und meinte jetzt, es läge bestimmt an Hobs positiver Einstellung. Er sei so positiv und in Kontakt mit seinem Ich. Das würden die Leute merken, und deshalb kämen sie zu ihm, wenn es etwas zu erledigen gab. Drei Aufträge hatte er schon wieder ausgeführt seit dem großen – dem größten aller Superaufträge –, und einer davon war witzigerweise gewesen, den hirnverbrannten Kerl, der in St. Mark's Crescent wohnte, noch mal fertigzumachen.

Zu Hause war Hob in letzter Zeit nicht oft gewesen. Seine Wohnung war sowieso das reinste Loch. Trotz aller Versprechungen waren die von der Sozialverwaltung nicht gekommen, um die Fenster zu reparieren. Vielleicht hatte er den Brief auch nicht richtig gelesen, vielleicht hatten sie gar nicht versprochen, daß sie kämen. So oder so, er konnte unmöglich in dieser vernagelten Kiste wohnen, in der man sich vorkam wie in einer Mikrowelle, nicht bei dieser Hitze. Also war er mehr oder weniger ins Freie gezogen, und es war soweit richtig toll gewesen, wie auf Urlaub, eigentlich besser als Korfu, er ging ja sowieso nicht gern ins Wasser.

Er wanderte im Park und in Primrose Hill und auf dem Friedhof von St. John's Church herum, saß auf Parkbänken oder lag im Gras. Tagsüber setzte er sich meistens an einen der Tische draußen vor den Erfrischungsständen und trank etwas, aß aber selten mehr als ein Magnum oder eine Packung Chips. Wenn er gut drauf war, machte er sich nicht viel aus Essen. Er trank hauptsächlich Wodka oder zur Abwechslung auch mal Tequila. Nach ein paar Tagen kaufte er sich davon je eine Flasche und trug sie mit sich herum, aber in einem richtigen Rucksack, nicht in einer Papiertüte vom Supermarkt wie die Bettler. Im Rucksack hatte er auch seine Utensilien verstaut – die Gießkannenbrause, das Feuerzeug, einen Vorrat an Strohhalmen – davon bediente er sich an der Theke, wenn er seinen Drink bezahlte – und Reservestoff. Er sorgte immer rechtzeitig für Nachschub, damit er ja nie auf dem trockenen saß. Die Vorstellung, daß Entzug auch nur am Horizont lauerte, ließ ihn erschaudern.

Die Strohhalme landeten überall im Park. Leise kichernd überlegte er manchmal, ob es jemandem auffiel, ob jemand es merkte und sich fragte, was da eigentlich vor sich ging: Strohhalme, die in Rosenbüschen steckten, Blumenbeete verunstalteten, unter den Brücken auf dem brackigen Wasser dahintrieben. Weil er so ein Witzbold war, steckte er dem bronzenen Mädchen einen in den Mund und machte aus sechs anderen eine geflochtene Krone für Sir Cowasjee Jehangirs Trinkbrunnen. Ihm ging es gut. Einmal kaufte er eine Ansichtskarte mit dem See und Booten drauf und schickte sie an sich selbst. Irgendwann einmal mußte er nach Hause, um Kleider zu wechseln und im Fernsehen ein bißchen Leichtathletik in Trent

Bridge zu gucken, und als er sich in diesen Backofen von einer Wohnung schlich, fand er seine Postkarte auf der Matte und las: »Wetter is doll, wünschte, du wärs hir. Grüse, Hob«.

Darüber mußte er unheimlich lachen. So was Witziges hatte er noch nie erlebt, von sich selber eine Postkarte zu bekommen, auf der er sich wünschte, er wäre woanders. Lachend stolperte er umher und regte sich dabei so auf, daß er unbedingt einen Schluck Wodka zur Beruhigung brauchte. Er hatte in letzter Zeit abgenommen. Nicht am Kopf oder im Gesicht – da war er so dick und schwer wie eh und je –, doch sein Körper war dünn, und die Haut hing ihm um die Mitte wie eine alte Socke, wenn der Fuß herausgezogen wird. Leo hatte ihm mal von einem Mädchen erzählt, das er kannte, das war furchtbar dick gewesen – fettleibig, hatte Leo gesagt – und dann aus irgendeinem Grund magersüchtig geworden. Die Haut hing ihr wie drapierter Stoff auf dem Knochengestell, und sie hatten sie operiert, Stücke rausgeschnitten und sie wieder zusammengenäht, und alles auf Kosten der staatlichen Krankenversicherung. Er hatte schon überlegt, ob er das nicht auch in Anspruch nehmen könnte, bloß ginge das nicht, im Krankenhaus wäre er nie gut drauf und hätte gleich am ersten Tag einen Affen.

Jetzt, wo er reich war, hatte er sich nach Herzenslust Crack und Ecstasy gekauft und Angel Dust, wenn er es zu fassen kriegte. Heroin ging nicht, weil er das mit der Nadel nicht packte, deswegen war ja die Entdeckung von Crack so ein Segen gewesen. Einmal hatte er die Spritze probiert und war gleich in Ohnmacht gefallen. Weiß Gott, was sie als Kind mit ihm angestellt hatten, als sie ihn gegen Kinderlähmung und so impfen wollten. Seine Mutter hatte er nie danach gefragt, aber wahrscheinlich war die sowieso zu besoffen bewesen, um mit ihm hinzugehen, oder hatte den Hintern nicht hochgekriegt.

Er dachte ungern an die Zeit zurück – vor ein oder zwei Jahren war das gewesen –, wo ihm nichts anderes übriggeblieben war, als ozonfeindlichen Aerosol-Fleckenentferner zu schnüffeln. Da dachte er lieber an seine beiden anderen Aufträge: Wie er dem Typ in Chalk Farm das Bein gebrochen und hinter dem Bahnhof Lisson Grove einen sauber versengt hatte. Für jeden hatte er ein Hawaii Fünf-Null gekriegt, obwohl er sich für die Arbeit in Chalk Farm unterbezahlt fühlte – ein Bein zu brechen war nämlich keine leichte Nuß zu knacken. Er freute sich über sein Wortspiel und lachte sich wieder schief.

Abends vollführte er meistens sein Ritual am Teich in der Grotte. Der Bettler mit der vornehmen Stimme war ausgezogen. Die Besitzer des Hauses, das die Handwerker renovierten – das ging jetzt schon seit Monaten – hatten in ihrem unerklärlichen Bemühen, Eindringlinge fernzuhalten, noch mehr Stacheldraht ausgelegt und Zäune gezogen. Das kapierte er nicht, das würde doch weder ihn noch einen anderen Großstadtindianer abhalten. Er setzte sich in dem halbdunklen Insektengewimmel an den Beckenrand, ließ sein Crack in die Gießkannenbrause fallen, schraubte den Deckel zu, steckte zwei frische Strohhalme hinein, entzündete das Feuerzeug und stellte das Ganze in den Blechdeckel.

Der kristalline Klumpen zischte und knackte. Obwohl er überhaupt nicht auf Entzug gewesen war, steigerte sich sein Zustand auf schwindelerregende Weise, als er den weichen, süßen Rauch in die Lunge einzog. Später wollte er eine Ecstasy einwerfen oder vielleicht ein bißchen Angel Dust nehmen, und wenn er davon zu aufgeregt wurde, würde er sich vielleicht mit ein paar Cycles wieder runterholen – Calcium-Cyclobarbiton für euch ignorante Arschlöcher, dachte er. Man muß Alkoholiker sein, um sich mit Alkoholismus auszukennen, und Drogenabhängiger, um die Reise ins Vergessen nachvollziehen zu können.

Er fing an, hysterisch zu kichern. Er lachte hemmungslos, bis es ihn fast zerriß, warf sich auf den Boden und wälzte sich auf der staubigen Erde und den trockenen, knackenden Blättern. Ein Gesicht sah von der Brückenbrüstung auf ihn herunter. Er konnte es im Dämmerlicht gerade noch ausmachen, ein schmales Gesicht mit narbiger Haut, das ihn lange anstarrte, fasziniert vom Anblick dieses Mannes, der sich auf dem Rükken wälzte wie ein Hund in einem Haufen Scheiße.

Als er genug gelacht und sich herumgewälzt hatte, hörte er auf. Er hatte sich völlig unter Kontrolle. Er nahm einen Schluck Wodka, verstaute seine Utensilien wieder im Rucksack und bemerkte dabei etwas, was er seit über einer Woche mit sich herumgeschleppt hatte: eine rote Baseballmütze und ein T-Shirt, über das ein paar Elefanten marschierten. Der größte Witz wäre, dachte er, wenn er die Sachen morgen in den Oxfam-Shop in der Camden High Street brächte und dafür sorgte, daß sie sie im Schaufenster ausstellten.

Während er aus der Grotte kletterte und an der Ampel oben die Albany Street überquerte, fing er bei dem Gedanken daran wieder an zu kichern. Nachdem er sich vergewissert hatte, daß er nicht beobachtet wurde, kletterte er immer noch kichernd über die spitzen Eisengitterstäbe am Gloucester Gate und verschwand in der weichen, stillen Dunkelheit des Parks.

Ihre Einsamkeit machte sie schutzlos und verletzlich. Sie kam sich vor wie ein Mensch, der auf einer öden Insel an Land gesetzt wird und zusehen muß, wie das Boot über die leere See entschwindet; niemand auf der Welt weiß oder sorgt sich darum, wo man ist und was mit einem passiert.

Sie hielt Gushi auf dem Schoß. Später, viel später sagte sie manchmal, ohne den kleinen Hund, der sich in ihre Arme gekuschelt hatte und ihr die Finger leckte, hätte sie den Verstand verloren. Während sie ihn trotz der Hitze wärmesuchend im Arm hielt, begriff sie, daß man sie entsetzlich betrogen hatte, aber wie und weshalb, wußte sie nicht. Sie wußte nicht einmal, wer es getan hatte, denn sie hatte keine Möglichkeit, Leos Identität herauszufinden. Ihre Versuche, das Rätsel zu lösen, ließen sie erschauern, als wäre es draußen kalt, als bedeckte Schnee den Park.

Über eine Stunde mußte sie so dagesessen haben, still, fast ohne zu denken, in einem Schockzustand, denn als sie wieder auf die Uhr sah, war es neun und draußen bereits dunkel. Sie schaltete eine Tischlampe an, und sofort kam ein Schwarm Nachtfalter ins Zimmer, braune und gelbe und ein wie ein Dalmatiner schwarzweiß gefleckter. Angezogen vom Licht, umschwirrten sie den Lampenschirm. Sie mußte an sein Gelächter denken – »Ein Empfehlungsschreiben für einen Dalmatiner« – und stieß einen leisen, schmerzerfüllten Schrei aus. Sie knipste das Licht aus, damit die Falter den Weg ins Freie fanden, und wählte im Dunkeln noch einmal die Nummer von Redferry House. Ihre Kehle war trocken und wie zugeschnürt. Niemand meldete sich. Sie beschloß, nicht mehr anzurufen. Es war lächerlich, aber sie hätte sowieso nicht gewußt, was sie sagen sollte.

Der Gedanke an die bevorstehende Nacht war schrecklich. Lang und einsam würde sie sein, die frühen Morgenstunden unerträglich. Sie ging nach oben und fand im Badezimmer in der Hausapotheke der Blackburn-Norris' ein Tablettenröhrchen mit der Aufschrift: *Lady Blackburn-Norris – Bei Schlaflosigkeit*, dem Namen der Arznei und der Anweisung, zur Schlafenszeit ein bis zwei Kapseln einzunehmen.

Sie ließ Gushi in den Garten hinaus. Es war eine warme, sanfte Nacht, und am violetten, samtigen Himmel über ihr waren – ein seltener Anblick in London – sogar ein paar Sterne zu sehen. Als Gushi anfing, die über ihn hinwegsegelnden Fledermäuse anzukläffen, holte sie ihn wieder herein. Nachdem sie überall abgeschlossen und ihn ans Fußende ihres Bettes gesetzt hatte, machte sie die Schlafzimmerfenster sperrangelweit auf, zog sich aus, holte sich ein Glas Wasser und schluckte eine Kapsel, dann noch eine. Sie hatte kaum Zeit, sich hinzulegen. Der Schlaf übermannte sie wie ein schwarzes, wandelndes Gespenst im Kapuzenmantel, packte sie und hüllte sie in seine weiten, flügelartigen Arme.

Frühmorgens, zwischen fünf und sechs, wachte sie auf, mit schweren Gliedern und immer noch geschwächt von dem Mittel, doch sie erinnerte sich, daß er neben ihr gelegen und sie mit ihm geschlafen hatte. Wieder und immer wieder hatte er, wer immer er sein mochte, mit ihr geschlafen, mit süßen, zärtlichen Berührungen und starker, unaufhaltsamer Leidenschaft und leise gemurmelten Liebesworten. Sie stand auf und schaffte es gerade noch bis ins Badezimmer. Ihr war schlecht, das schmerzhafte Würgen zerriß ihr die Kehle. Sie übergab sich mehrmals, bis sie schließlich ausgelaugt auf den Fußboden sank.

Nach einer Weile legte sie sich wieder hin und schlief, bis Gushi kam und hinauswollte. Seine Nase an ihrer nackten Schulter fühlte sich wie ein Eiswürfel an. Sie stand auf und schlüpfte in einen Bademantel. Draußen war wieder ein prächtiger Tag mit blauem Himmel und strahlendem Sonnenschein, nur die feurige Sonne selbst blieb unsichtbar.

Als sie gerade wieder vom Garten hereinkam, fing das Telefon an zu klingeln. Diese Nummer hatte niemand außer Leo, außer dem Mann, der sich für Leo ausgab. Alistair hatte sie zwar auch, doch es war so sicher wie ein Naturgesetz, daß Alistair sie nie wieder anrufen würde, daß sie und Alistair nie wieder miteinander sprechen würden. Sie starrte den Apparat an und ließ es mehrmals läuten. Dann nahm sie den Hörer ab.

Es war Deborah Cox.

Die unwichtigste Frage war die erste, die sie ihr stellte.

»Woher haben Sie diese Nummer? Ich habe sie Ihnen nicht gegeben.«

»Ich habe die Nummer gewählt, bei der einem die Stimme sagt, wer zuletzt angerufen hat.«

»Ja. Ach ja, natürlich. Was wollen Sie denn?« So einen rüden Ton hatte sie noch nie angeschlagen. »Entschuldigung. Ich wollte sagen, was kann ich für Sie tun?«

»Ich wollte Ihnen noch etwas sagen, Mary. Sie schienen sich so für Leo Nash zu interessieren, was für ein Mensch er war, wie er aussah und so weiter. Ich weiß nicht, ob ich es Ihnen sagen dürfte, es bleibt aber unter uns, ich weiß, Sie sind diskret.«

Diese Frau wußte eigentlich überhaupt nichts über sie ...

»Was denn?«

»Leo«, begann Deborah Cox, »als Leo wieder krank wurde, weigerte er sich, Sie um eine zweite Spende zu bitten. Sie waren die einzige mögliche Spenderin, doch er verbot uns ausdrücklich, Sie zu fragen.«

Mary sagte kalt: »Das verstehe ich nicht.«

»Er sagte, er wolle nicht, daß Sie das alles noch einmal durchmachen müssen, den Krankenhausaufenthalt, die Vollnarkose, die ja immer ein gewisses Risiko in sich birgt, die nachfolgende Rekonvaleszenz. Er wollte es einfach nicht. Wir taten alles, was in unserer Macht stand, um ihn umzustimmen, doch es nützte nichts. Ich dachte mir, das interessiert Sie vielleicht.«

»Sie meinen, er war ein Held«, sagte Mary. »Ein Ritter in glänzender Rüstung, ein selbstloser Heiliger – wollen Sie das damit sagen? Jemand, der sein Leben opfert, um mir eine Woche Beschwerden zu ersparen?«

Im darauffolgenden Schweigen schwang Entrüstung mit.

»Hören Sie, Mary«, sagte Deborah Cox schließlich, »ich wußte gar nicht, daß es Sie so mitgenommen hat. Sie sind zweifellos therapiebedürftig, also, die Beratung ...«

Während sie überlegte, ob all diese Vorgänge sie von einer wohlerzogenen, höflichen Frau in eine ungezogene verwandelten, legte Mary leise den Hörer wieder auf die Gabel.

Dieser Mann, wer immer er sein mochte, dieser Betrüger, der Mann, der sie hintergangen hatte, würde ins Haus kommen wie immer, wenn er über Nacht fortgewesen war. Schon drang die Hitze herein, und es war, als stülpte man über eine dampfende Pfanne einen riesigen Deckel. Als Mary aus dem verhältnismäßig kühlen Haus hinaus in die Hitze trat, umhüllte sie sie sogleich wie eine Decke. Gushi ließ sie im Haus. Weil es für seinen Spaziergang zu heiß war, mußte er sich damit begnügen, zweimal täglich in den Garten gelassen zu werden. Sie verließ das Haus, um dem Mann aus dem Weg zu gehen, der ihr Geliebter gewesen war, an den sie jetzt aber nicht mehr in diesem Zusammenhang zu denken wagte, für den Fall, daß ihr dann wieder schlecht wurde.

Inzwischen bereute sie, daß sie Dorothea gebeten hatte, ihr den Tag freizugeben. Im Museum hätte sie immerhin Zuflucht gefunden, dort würde er sie nicht finden. Also blieb ihr nur noch der Park, doch schon als sie ihn durch das Chester Gate betrat – weiter nördlich, näher am Zoo, würde sie ihm vielleicht begegnen –, wußte sie, daß sie nicht ewig vor ihm davonlaufen konnte. Irgendwann würden sie sich treffen. Er konnte ja nicht wissen, daß Alistair ihn enttarnt hatte und sie ihn durchschaute. Heute wahrscheinlich, irgendwann heute mußten sie sich begegnen. Sie fing wieder an zu zittern. Sie fühlte sich schwach, ermattet, die Wirkung der Schlaftabletten hielt immer noch an, und sie setzte sich am Broad Walk auf eine Bank in den Schatten.

Übermorgen hätte ihr Hochzeitstag sein sollen. Er hätte sie natürlich geheiratet, das war ja der Zweck des Unternehmens gewesen: sie wegen ihres Geldes und des unheimlichen Monstrums von einem Haus in Belsize Park Gardens zu heiraten! Tränen traten ihr in die Augen und liefen ihr übers Gesicht. Er war so überzeugend gewesen, so *nett*, so zärtlich – ein hervorragender Schauspieler. Aber wer war er, daß er dem Standesbeamten Leo Nashs Geburtsurkunde zeigen und Carl Nash zum Bruder haben und ihr Knochenmark bekommen und *sterben* konnte und trotzdem lebte?

Der Mann, den sie Nikolai getauft hatte, hatte sich am anderen Ende der Parkbank niedergelassen. Sie hatte ihn nicht kommen hören, vielleicht saß er schon seit fünf oder zehn Minuten dort. Ihre Tränen, ihre Gedanken hatten sie von der Außenwelt abgeschnitten.

»Weinen Sie nicht«, sagte er. »Was ist denn?«

Sie hob den Kopf und schaute ihn an. Ihre Augen waren tränenverschleiert, aber trotzdem hatte sie den Eindruck, daß er irgendwie anders aussah. Die Veränderung war subtil, nicht greifbar, denn er hatte immer noch seinen Bart und trug noch die gleichen Jeans, die Jeansjacke, das zerschlissene T-Shirt und die abgestoßenen Turnschuhe. Doch er war ein Mann, kein Penner mehr. Die Veränderung mußte in seinen blauen Augen liegen oder der selbstsicheren Schulterhaltung.

Die abgedroschene Antwort, doch was konnte sie zu einem Fremden sonst sagen? »Ach, nichts.«

»Sie sind sehr unglücklich«, sagte er. »Soll ich gehen? Sie möchten vielleicht, daß ich gehe.«

Ihre neu entdeckte Ruppigkeit hatte Grenzen. »Nein, nein, natürlich nicht.« Sie wandte sich ab. »Ich bin unglücklich. Niemand kann etwas dagegen tun.«

Er war sehr behutsam. »Möchten Sie es mir sagen? Ich meine, nur um es jemandem zu sagen?« Er erkannte plötzlich, daß er keinem Menschen von seiner Frau und seinen Kindern erzählt hatte. Nur mit dem anderen Ich in seinem Kopf hatte er über sie gesprochen. Wenn die anderen Obdachlosen überhaupt etwas wußten, dann nur, daß es in seinem Leben eine Tragödie gegeben hatte, wie es im Leben jedes einzelnen von ihnen eine Tragödie gegeben hatte. »Es ist zwar eine Binsenweisheit«, sagte er, »aber manchmal fällt es einem leichter, mit einem Fremden zu sprechen.«

Sie schüttelte den Kopf. Sie stand auf, und als er einwandte, er würde gehen, er wolle sie auf keinen Fall vertreiben, schüttelte sie erneut den Kopf und bedeutete ihm mit einer Geste, sitzen zu bleiben.

»Ich kann nicht darüber reden«, sagte sie. »Es sind nicht nur – Hemmungen. Ich wüßte gar nicht, was ich sagen sollte. Ich *weiß* nichts, verstehen Sie, ich *weiß* nichts.«

Er sah sie unbestimmt an, weder ermutigend noch entmutigend.

»Ich weiß nicht, was man mir angetan hat, nur daß es böse und grausam ist.«

»Manchmal«, sagte er, »hilft es, zornig zu werden. Versuchen Sie es einmal mit Zorn.«

Sie nickte zerstreut. Er sah ihr nach, als sie davonging. Er war überzeugt, daß ihr etwas Schreckliches zugestoßen war, und spürte gleichzeitig, daß er versagt hatte. Er hatte die absurde Vorstellung gehabt, sie durch seine Gegenwart, seine Nähe von ihrem Leid retten zu können, sie vor dem Leben schützen zu können. Für wen hielt er sich eigentlich? Er hatte ja nicht einmal sich selbst retten können, wie konnte er da hoffen, einen anderen Menschen zu retten?

Doch von jetzt an würde er sie, wenn sie draußen war, nicht mehr aus den Augen lassen.

28

Auf ihrem Weg vom St. Barbara's House, dem Wohnheim für Frauen in der Camden High Street, in dem sie manchmal übernachtete, warf Effie einen Blick ins Schaufenster des Oxfam-Shop. Sie betrachtete es, wie andere Frauen sich die Auslagen bei Selfridges oder D. H. Evans ansehen würden. Die meisten Preise bei Oxfam überstiegen Effies Verhältnisse, waren aber durchaus der Überlegung wert, nicht so lachhaft hoch wie im Pseudo-Harrods. Sie brauchte bei dieser vertrackten Hitze unbedingt ein T-Shirt. Das einzige, das dort im Schaufenster lag, hatte Elefanten vorne drauf, ein Elefantenehepaar, die anderen sollten wohl ihre Babys sein. Die Eitelkeit hatte sich zwar schon längst aus Effies Leben verflüchtigt – aber sie mit vier Elefanten auf dem Busen? Daß ich nicht lache! Im übrigen war es um etwa sechzehn Größen zu klein.

Auf eine Baseballmütze konnte sie verzichten. Wie ein Pikkel auf einem Ei würde die zu ihrem Mopsgesicht aussehen. Vielleicht schaute sie mal im Sue-Ryder-Laden vorbei, wenn ihr wieder einfiel, wo der war. Die schwereren Bündel von der linken in die rechte Hand verlagernd, wanderte sie weiter auf das Gloucester Gate zu.

Dill kam später auf dem Weg vorbei, um seinen Sozialhilfescheck einzulösen, beim Oxfam-Shop sah er jedoch nicht ins Schaufenster, weil er sich nie Kleider kaufte. Die Nonnen mit dem Stand in der Eversholt Street, wo man an fünf Abenden in der Woche Suppe mit Brötchen bekam, verteilten abgelegte Sachen kostenlos. Ihm lag mehr an dem Hundefutter für den Beagle, das ihm ausgegangen war. Er band den Hund an einer Parkuhr fest und betrat den indischen Minimarkt, wo er fünf

Schälchen Cäsar kaufte, ein Feinschmeckermenü, aber in den kleinen Folienbehältern leicht zu transportieren. Die würde der Beagle nur so hinunterschlingen.

Roman kam auf seinem Weg vom Hawley Hotel nach Lisson Grove, wo sich das Sozialamt und das Arbeitsamt befanden, dort vorbei – ein langer Fußmarsch, doch nicht der Rede wert für einen, der im Laufe der letzten zwei Jahre täglich mehrere Meilen zurückgelegt hatte. Etwas peinlich berührt vermied er es, im Vorbeigehen einen Blick in den Oxfam-Shop zu werfen. Er wandte seine Augen bewußt in die andere Richtung. Am Vortag hatte er all seine Sachen dort abgegeben, die er in seiner Zeit auf der Straße getragen hatte – jedenfalls die, die überlebt hatten und noch in recht passablem Zustand waren –, nachdem er sie gewaschen und mit dem uralten Hotelbügeleisen bearbeitet hatte. Sie lagen nun höchstwahrscheinlich im Fenster. Er hatte kein Geld dafür genommen, doch der Gedanke war ihm unangenehm, daß es Leute gab, die seine abgelegten Sachen tragen und dafür auch noch Geld bezahlen würden. Also sah er nicht hin.

Ebensowenig Nello, der ebenfalls auf dem Weg zum Sozialamt war, um seinen Scheck einzulösen und die Hälfte davon im Red Lion zu verprassen. Der Schulabgänger, der Beans Hunde geerbt hatte, zerrte seine Schützlinge am Schaufenster vorbei und steuerte auf die Apotheke zu, in der ihm immer auf Rezept die Schlafmittel für seine Mutter ausgehändigt wurden. Meistens bekamen die Hunde das Gras im Park überhaupt nicht mehr zu Gesicht, denn der Schulabgänger war zu sehr mit seinen Einkäufen oder den Glücksspielautomaten beschäftigt.

Er hatte nur zwei Tage gebraucht, um den frühen Auslauf um zwei Stunden zu verschieben. Vor der Apotheke band er die Hunde so kurz an, daß Ruby die anderen nicht mehr besteigen und Spots nicht mehr an Charlies Hinterpartie schnüffeln konnte. Bitte wieder hundert Stück Chlorme-Dingsbums und die Medizin für seinen kleinen Bruder, der sie alle bei Nacht kein Auge zutun ließ. Das Rezept lautete auf Kindervalium in Sirupform. Der Schulabgänger wollte es neu abfüllen und in Röhrchen à vierzig Milliliter verkaufen. Es fand reißenden Absatz bei den Süchtigen, wenn sie Speed einwarfen, durchdrehten und wieder runterkommen wollten. In die Vallergon-Flasche kam Hustensaft, und der kleine Bruder würde bestimmt wieder die halbe Nacht brüllen.

Einer von Beans Stammkunden hätte das T-Shirt und die Baseballmütze entdecken müssen, doch von denen warfen die wenigsten jemals einen Blick in Wohlfahrtsläden, und hinein gingen sie erst recht nicht. Auf jeden Fall war Camden High Street nicht fein genug oder einfach zu unkonventionell für die Barker-Pryces, Erna Morosini, Mrs. Sellers und Edwina Goldsworthy und nicht genügend *chi-chi* für Lisl Pring. Zum Glück für den Schulabgänger, denn sonst hätten sie gesehen, daß ihre Hunde an den Laternenpfosten vor der Spielhalle festgezurrt waren. Die einzige, die hinsah, aber nicht vorhatte, hineinzugehen, war Valerie Conway.

Sie lebte nicht weit von der Camden High Street mit ihrem Freund zusammen und war gerade auf dem Weg zu ihrem neuen Job als Empfangsdame in den Ausstellungsräumen von Peugeot. Die Nachbarn in der Jamestown Road waren ganz platt gewesen, als sie erfuhren, daß sie Bean recht gut gekannt hatte, ihn täglich gesehen und gesprochen hatte. Ein Wunder, daß die Polizei nicht sie geholt hatte, als es darum ging, Beans Leiche zu identifizieren.

»Die wußten ja nicht, wo sie mich suchen sollen«, sagte Valerie. Doch sie war nicht ohne Gemeinsinn. Und zu fein für Oxfam-Shops war sie sich auch nicht. Ihre Schwester hatte dort einmal ein wirklich hübsches Stretch-Oberteil erstanden und es auf ihrer Hochzeitsreise nach Bodrum getragen. Valerie suchte ein rückenfreies Oberteil. Mitten in der Auslage war eins; es war anscheinend so gedacht, daß man es zu der roten

Baseballmütze tragen sollte, die dort auf dem Gipspuppenkopf saß. Mit unbehaglich pochendem Herzen betrat Valerie den Laden.

»Wissen Sie noch, woher Sie das haben?«

»Wenn Sie meinen, wer es gebracht hat«, brummte die ehrenamtliche Mitarbeiterin mittleren Alters sauertöpfisch, »an den Mann erinnere ich mich noch, aber wir geben die Namen unserer Spender normalerweise nicht heraus.«

»Machen Sie, was Sie wollen«, sagte Valerie. »Ich nehm' das rote Top. Wegen der Baseballmütze habe ich nur deswegen gefragt, weil ich die das letztemal noch auf dem Kopf von einem der Typen gesehen habe, die sie auf die Eisengitter gespießt haben.«

Der Tag kam und ging vorüber. Der Hochzeitstag. Da er nicht gekommen war, nahm Mary an, daß er von seiner Enttarnung irgendwie erfahren haben mußte. Das betrügerische Spiel war aus. Falls er dem echten Leo Nash nahegestanden hatte – was anzunehmen war –, hatte ihm der Harvest Trust vielleicht mitgeteilt, daß man sie informiert hatte. Schließlich hätte sie den besagten Brief schon viel früher erhalten, wenn Alistair ihn nicht unterschlagen hätte.

Daß er sich nicht sehen ließ, war einerseits erleichternd, andererseits enttäuschend. Erleichternd, weil sie sich der Dinge schämte, die sie gesagt hatte, ihrer Vertrauensseligkeit, ihrer Liebesbezeugungen, ihrer verhältnismäßig raschen Bereitschaft, mit ihm zu schlafen, und später ihrer genießerischen Lust daran. Enttäuschend, weil sie zornig war. Obwohl sie auf Nikolais Rat damals gleichgültig reagiert hatte, hatte sie ihn sich zu Herzen genommen. *Versuchen Sie es mal mit Zorn.* Sie hatte es versucht, vielleicht zum erstenmal im Leben.

Der Zorn war gekommen und gewachsen, und während er größer wurde, hatte er in gewissem Maß befreiend gewirkt. Warum hatte sie sich vorher nie gestattet, Zorn zu zeigen?

Zum Beispiel Alistair gegenüber? Doch sie mußte den Zorn, den sie jetzt nährte, auch herauslassen, und das konnte sie nur *ihm* gegenüber. Aber er kam nicht, würde nie kommen.

Statt dessen kam die Polizei. Sie hatten noch Fragen zur Identifizierung und wollten wissen, ob Bean eine rote Baseballmütze und ein T-Shirt mit Elefantenmotiv besessen hatte. Ob sie Bean die Sache hatte tragen sehen?

»Oft«, sagte sie. »Bei heißem Wetter hatte er die Mütze jeden Tag auf. Das T-Shirt habe ich nur einmal gesehen, aber es war seins.«

Sie hatte offensichtlich recht energisch und entschlossen gewirkt, denn Marnock, dachte sie, hatte sie ein paarmal überrascht angesehen. Hatte sie Bean einmal in Begleitung gesehen? Hatte ihn zum Beispiel jemand begleitet, wenn er Gushi abholte oder zurückbrachte? Ohne zu zögern, verneinte sie beide Fragen, worauf sich die Polizisten bedankten und wieder gingen.

Abends wollte Dorothea vorbeikommen. Mary hatte sie am Vorabend angerufen und gesagt, die Hochzeit sei abgeblasen, aber keine weiteren Erklärungen abgegeben. Ihrer Cousine in Guildford gegenüber war sie ebenso zugeknöpft gewesen. Wie hätte sie etwas erklären können, was sie selbst nicht begriff? Sie fand eine Flasche Wein, den Chardonnay, den Leo so gemocht hatte, und bestellte beim Tikka & Pizza-Expreß für acht Uhr Hühnchen *Korma* mit Pilaw und Bombay-Kartoffeln.

Eine der Eigenschaften, die sie an Dorothea schätzte, war, daß diese bereitwillig akzeptierte, wenn man etwas nicht erklären wollte. Widerspruchslos fügte sie sich dem Gebot, über ein bestimmtes Thema zu schweigen. Sie war diskret, konnte Geheimnisse für sich behalten und zeigte Verständnis, wenn jemand nicht an private Dinge rühren wollte.

»Frag nicht«, sagte Mary. »Das sage ich, weil ich selber nicht weiß, was los ist. Eines Tages habe ich vielleicht eine

Erklärung dafür, dann sag' ich's dir. Und dann willst du es vielleicht gar nicht mehr wissen, dann ist es dir egal.«

Dorothea hatte ein Körbchen Pfirsiche und einen Becher extra dicke Sahne mitgebracht. »Stell das mal in den Kühlschrank, bis es dafür Zeit ist.« Im gleichen Tonfall fragte sie: »Bist du sehr unglücklich?«

»Ich weiß nicht. Das ist vielleicht eine seltsame Antwort, aber ich weiß es wirklich nicht. Ich bin zornig. Noch nie habe ich so einen Zorn auf jemanden gehabt, es fühlt sich ganz ungewohnt und neu an. Aber ich kann ihm meinen Zorn nicht *zeigen*, weil ich nicht weiß, wo er ist.«

Sie saßen auf der Terrasse und tranken Campari mit Eis und Orangensaft und Limonenscheibchen. Gushi lag halb unter dem Fliederstrauch, halb im Gras und schnappte nach jedem Falter, der in seine Nähe kam. Der Himmel war blaßblau, als wäre er der sengenden Sonne zu lange ausgesetzt gewesen und ausgebleicht. Es roch nach Rauch. Nicht nach einem verbotenen privaten Feuerchen, dachte Mary, sondern nach einem richtigen Feuer, vielleicht an der Böschung der Bahnlinie, die aus dem Bahnhof Euston führte. Immer wieder einmal brachen Feuer aus, weil jemand eine Zigarettenkippe auf das strohtrokkene Gras geworfen hatte.

»Ich habe dir eine Zeitung mitgebracht«, sagte Dorothea, »zur Ablenkung. Na ja, so ein Revolverblatt eben. Hast du schon mal was von einem Abgeordneten namens Barker-Pryce gehört?«

»Ich glaube nicht.«

»Dieser Bean, den sie umgebracht haben, hat immer seinen Hund ausgeführt. Der war doch bestimmt mit Gushi zusammen. Er hieß Charlie, ein Golden Retriever.«

»An den Hund erinnere ich mich.«

Dorothea reichte ihr die Titelseite herüber. Es gab nicht viel Text, hauptsächlich Fotos und die Schlagzeile: *Der Abgeordnete und sein Häschen Bunny*. Darunter stand: *In welcher*

Verbindung stand er zu dem Ermordeten? Ein Foto zeigte einen jähzornig aussehenden älteren Mann mit struppigem Schnurrbart und schlecht geschnittenem Haar, der an einem Tisch in einer Art Club saß, es konnte aber auch in einem Privathaus sein, neben ihm ein junges, grell geschminktes Mädchen mit hüftlangem Haar. Eine Zigarre mit herabhängender Aschenspitze zog ihm den einen Mundwinkel schief. Dicke Wurstfinger begrapschten die Schulter des Mädchens von hinten. Ihr Kopf lag an seiner Schulter. Die Bildunterschrift lautete: *Ein Bunny ist eben nur ein Bunny, aber eine gute Zigarre ist dazu auch noch ein Rauchgenuß. James Barker-Pryce, Konservativer Abgeordneter für Somers Town und South Hampstead, beim Feiern mit einer Freundin.* Das andere Foto, ein Schnappschuß an irgendeinem Strand, zeigte Bean.

Mary war nicht besonders aufnahmebereit. Ablenkung lenkt nicht immer ab. Sie konnte sich kaum konzentrieren. Die gedruckten Zeilen tanzten vor ihren Augen.

»Da, lies du mir vor.«

»Also gut, ich lese gern vor. *Das fehlende Bindeglied. Es wird Zeit, daß die Öffentlichkeit davon erfährt. Welche Verbindung bestand zwischen dem Abgeordneten James Barker-Pryce und Leslie Arthur Bean, dem ermordeten Hundeausführer? Vor einigen Tagen ließ die Polizei verlauten, daß es sich bei Bean nicht um das jüngste Opfer des Aufspießers handelt, sondern um eine Nachahmungstat. Leslie Bean war ein guter Bekannter von Mr. Barker-Pryces Freundin Miss Bunny Townsende (23), die der Polizei verriet: ›Ich lernte Les in seiner Zeit als Butler kennen. Das war vor drei oder vier Jahren im Haus meines Freundes Mr. Maurice Clitheroe. Les hatte von meinem Freund James Barker-Pryce den Auftrag, seinen wunderschönen Retriever namens Charlie spazierenzuführen, aber ich glaube, es muß eine Unstimmigkeit zwischen ihnen gegeben haben, da das Hundeausführen ein Ende hatte, wenngleich Les Mr. Barker-Pryce in dessen Domizil am Regent's*

Park weiterhin Besuche abstattete...‹ Kannst du dir vorstellen, daß jemand so geschwollen daherredet?«

»Hört sich nach Verleumdung an. Wie wollen die damit ungestraft davonkommen?«

»Vielleicht ist es ihnen egal. *Am Telefon erklärte Mr. Barker-Pryce (68) heute, er habe keinerlei Erinnerung an ein Foto von ihm und Miss Townsende. Er räumte jedoch ein, daß sie möglicherweise die junge Dame war, die ihm vor zwei Monaten in der Paddington Street, London W1 ein eindeutiges Angebot machte, als er gerade seinen Bentley einparken wollte. Mrs. Julia Barker-Pryce (62), seit dreiunddreißig Jahren verheiratet mit Mr. Barker-Pryce, stand für einen Kommentar nicht zur Verfügung. Sie verbringt mit ihrem Mann... Lesen Sie weiter auf Seite Zwei.*

Hier ist ein Foto von dem Mädchen in einem Tangahöschen. Die heißt doch unmöglich Bunny, was meinst du? *Sie verbringt mit ihrem Mann gerade das Wochenende auf ihrem Landsitz in Upper Slaughter, Gloucestershire...* Upper Slaughter? Das darf doch nicht wahr sein.«

»Es gibt wirklich einen Ort, der ›Oberschlachthof‹ heißt. Dorrie, hat es da nicht gerade geklingelt?«

»Ich glaube nicht. Paß auf, es geht noch weiter. *Mr. Barker-Pryce teilte unserem Reporter* – die haben sich bestimmt alle vor seinem Landhaus verschanzt – *später mit: ›Es gab zwischen mir und Mr. Bean keinerlei Streitigkeiten. Das wäre ein Ding der Unmöglichkeit. Er entstammte der Arbeiterklasse und war meines Wissens ein ehemaliger Diener. Ich entließ ihn aufgrund von Unfähigkeit, und die Gerüchte, er habe mich weiterhin besucht und von mir Zahlungen erhalten, entbehren jeglicher Grundlage...‹* Ach, es war doch die Türklingel!«

Der Mann vom Tikka & Pizza-Express hatte sie gesucht und war seitlich ums Haus herumgekommen. Er trug sein rotweißes T-Shirt und die roten Jeans und hielt ein Tablett mit zugedeckten Speisen vor sich, das mit Tragriemen wie an einem Rucksack um seinen Oberkörper geschnallt war.

»Das tut mir aber leid«, sagte Mary. »Wir waren uns nicht sicher, ob es geläutet hatte.«

»Soll ich es Ihnen in die Küche stellen?«

»Ja, danke.«

Er ging hinein, und als er wieder herauskam, warf er Dorothea einen fragenden Blick zu, dann lächelte er und sagte: »Irre ich mich vielleicht, Madam?«

»Nein, nein. Sie haben doch früher den Wagen von der chemischen Reinigung gefahren, stimmt's? Ach, das ist bestimmt schon fünf Jahre her.«

»Ja, stimmt. Genau. Und Sie wohnen in der Charles Lane in St. John's Wood.«

Sie fingen an, von früher zu erzählen. Mary ging hinein, schaltete den Ofen auf eine niedrige Temperatur und stellte Korma, Reis und Gemüse hinein. Leos Verlobungsring, den er ihr in einem Laden in der Camden Passage gekauft hatte, steckte immer noch an ihrem Finger. Sie streifte ihn ab und überlegte, was passieren würde, wenn sie ihn in den Abfallzerkleinerer steckte und einschaltete. Dann ging vielleicht das Gerät kaputt. Lieber schenkte sie ihn einem armen Penner, der sollte ihn verkaufen. Sie warf ihn in die Besteckschublade. Dann schälte sie zwei Pfirsiche, schnitt sie in Scheiben und suchte nach einem Likör zum Beträufeln. Den Amaretto, den Leo letzte Woche gekauft hatte ...

Auch in Gedanken sollte sie lieber aufhören, ihn so zu nennen. Leo war nicht sein richtiger Name, Oliver auch nicht, sie konnte ihn nicht einmal mit dem Pseudonym nennen, unter dem sie den Empfänger ihrer Spende so lange gekannt hatte, denn er war nicht der Empfänger, es waren nicht seine Knochen, in die ihr Mark injiziert worden war, sondern die eines toten Unbekannten.

Sie nahm den Wein aus dem Kühlschrank, suchte einen

Korkenzieher heraus und stellte alles mit zwei Gläsern auf ein Tablett. Dorothea hatte sich auf einem Liegestuhl ausgestreckt und sah versonnen in den blassen Himmel hinauf, der nun mit einem Netzwerk von Kondensstreifen überzogen war. Gushi war ihr auf den Schoß geklettert. Der Tikka-Mann war inzwischen gegangen.

»Der Arme«, sagte Dorothea und richtete sich auf. »Er mußte ins Gefängnis, weil er damals, als er noch Wäsche ausfuhr, jemanden überfahren hat. Das habe ich natürlich nicht angeschnitten. Aber ich weiß es noch gut. Ich finde, man sollte nicht ins Gefängnis müssen, wenn man nicht mit *Absicht* getötet hat, was meinst du?«

»Manchmal denke ich, es sollte überhaupt niemand ins Gefängnis müssen, für nichts«, sagte Mary. »Aber das ist nicht besonders vernünftig. Hatte er Drogen genommen oder getrunken oder was?«

»Er war betrunken«, antwortete Dorothea. »Apropos, soll ich die Flasche aufmachen?«

Der Verkehr in der Marylebone Road fließt an den Wochenenden etwas zügiger. Es gibt weniger Autos, weniger Hindernisse, die ihn verlangsamen oder ganz zum Erliegen bringen. An den Sonntagen Mitte August wird diese Straße von weniger Autos benutzt als an anderen Tagen im Jahr und scheint daher wie eine Autobahn in den fünfziger oder sechziger Jahren, als das Autofahren noch ein Vergnügen und die Luft relativ sauber war.

Doch an den Samstagen Mitte August, wenn viele Leute im Urlaub sind und die meisten Touristen unmotorisierte Fußgänger, rauscht der Verkehr dreispurig vorwärts, dröhnt zum Bahnhof Euston oder zur Unterführung hoch oder zischt zur Chapel Street, der Marylebone-Überführung und der Autobahn London-Oxford hinunter. Manchmal quietschen Bremsen, wenn jemand an den Ampeln an der Baker Street oder am Park

Crescent abrupt anhalten muß. Wochentags erinnert der Verkehr an einen langsam vorrückenden Rammbock, der sich mit fünfzehn Meilen pro Stunde dahinschleppt, an einem sommerlichen Samstagnachmittag wird jedoch ein geschwind dahinbrausender und daher viel gefährlicherer Sturmangriff daraus.

All das ging Mary durch den Kopf, als sie am Samstag morgen von der Bäckerei in der Marylebone High Street nach Hause ging. Gushi saß auf ihrem Arm. Sie hatte ihn auf einen außerplanmäßigen Spaziergang mitgenommen, doch er fürchtete sich vor dem Verkehrslärm und hatte das Gesichtchen in ihrer Handfläche vergraben. Rasch überquerten sie die Straße, dann setzte sie ihn auf dem Rasen im Park ab. Er rannte die Böschung hinunter und trank gierig aus dem See. Schon hing heißer Dunst über den weiten Grünflächen, die an manchen Stellen gelb ausgebleicht oder von der Dürre sogar vollkommen kahl waren. Das Wasser, mit dem die Blumenbeete frühmorgens regelmäßig gesprengt wurden, war inzwischen verdunstet, und einige Pflanzen ließen erschöpft die Köpfe hängen. Sie hielt sich auf der schattigen Seite des Weges.

Ein Mann auf einer Parkbank las *Der Fänger im Roggen* in einer Taschenbuchausgabe, die Frau am anderen Ende der Bank hatte eine großformatige Zeitung vor sich mit der Titelschlagzeile: *Abgeordneter erhebt Anklage wegen Mord- und Sex-Unterstellungen.* Mary versuchte über ihre Zukunft nachzudenken, wo sie wohnen sollte, was sie tun würde. Leo, Oliver, wer immer der Mann sein mochte, hatte gesagt: *Dann kannst du ja schon zwei Tage nach der Hochzeit zu deinem Mann ziehen ...*

Da fiel es ihr ein: Heute kamen Sir Stewart und Lady Blackburn-Norris zurück! Er hatte es gesagt, weil die Blackburn-Norris' zurückkamen und sie frei sein würde. Sie sah sich suchend nach Gushi um. Er befreundete sich gerade nasereibend und schwanzwedelnd mit einem Jack Russell. Sie ging ihn holen, leinte ihn an und scheuchte den anderen Hund freundlich weg. »Heute kommen sie nach Hause«, sagte sie zu ihm. »Dein Frauchen und dein Herrchen, deine Leute, deine Besitzer oder wie du das nennst. Komm, schnell, nach Hause.«

Soweit ist es mit mir also gekommen, dachte sie, daß ich in aller Öffentlichkeit mit einem Hund rede. Gushi leckte ihr die Finger. Nein, du tust ihm nicht leid, er versteht dich nicht, sagte sie sich, er ist ein netter Hund, aber er ist bloß ein Hund.

Sie gingen durch das Cumberland Gate an den Stadthäusern von Cumberland Terrace vorbei auf die Albany Street. Als sie am Park Village West ankamen, fuhr das Taxi der Blackburn-Norris' vor dem Gartentor von Charlotte Cottage gerade weg.

Weil er den Horrorfilm *Der Satan mit den tausend Masken* sehen wollte, hatte er am Freitag in seiner Wohnung übernachtet. Die rohen Buchenholzbretter, die einen starken Harzgeruch verströmten, verrammelten die zerbrochenen Fenster und verwandelten das Innere der Wohnung in einen staubigen Brennofen. Lüften war unmöglich, außer man ließ die Tür offenstehen, und das traute sich niemand. Er hatte sein kleines Ritual vollführt und vor dem Film zwei Klümpchen Crack verbraucht, war dann auf Wodka umgestiegen, pur mit einem Spritzer Tabasco und einer Prise Senfpulver. Obwohl er sich selber ja nichts vorzumachen brauchte, redete er sich ein, es würde ihn von dem Gestank in der Wohnung und von der Hitze ablenken. Der Gesundheit zuliebe knabberte er zu seinem Drink ein Duchy Original mit Ingwergeschmack.

Als er aufwachte, lief der Fernseher immer noch. Seine Uhr war stehengeblieben, so daß er keine Ahnung hatte, wie spät es war. Hell oder dunkel, hier drin kam es aufs gleiche heraus, fast jedenfalls. Die Sonne, die bereits hoch am Himmel stand, drang durch die Ritzen in den Buchenholzbrettern und legte breite Lichtstreifen über das schmutzige Teppichstück auf dem Boden. Der Geruch, merkte er plötzlich, kam von ihm selbst. Er stank wie die Hamburgerbude draußen vor Madame Tussaud's, über die sich die Bewohner der Luxuswohnungen zwischen dem Wachsfigurenkabinett und dem Park beschwerten, weil die Zwiebel- und Hackfleischdünste von dort in ihre Wohnungen zogen. Er überlegte, ob es ihm egal war oder ob er etwas dagegen unternehmen sollte. In der Dunkelheit lief ihm etwas über den Fuß.

Hob ließ einen Schrei los. Er sprang auf, hieb mit der flachen Hand auf den Schalter, so daß das Licht anging, und sah die Mäuse eilig huschend auf die löcherige Fußbodenleiste zuflüchten. Es waren nur Mäuse, das war alles. Sie hatten sich die Krümel von dem Duchy Original schmecken lassen. Er stolperte ins Bad, um ausgiebig Wasser zu lassen. Sein Halbbruder hatte ihm mal gesagt, von Crack müßte man unheimlich viel pinkeln – recht hatte er gehabt. In der Badewanne türmte sich das schmutzige Geschirr, seit Wochen hatte er nicht mehr gespült. Schon längst hatte er sein ganzes Geschirr benutzt, und da stand es nun aufgehäuft, inzwischen staubüberzogen und mit Fliegeneiern bedeckt, kleinen, wachsweißen Kügelchen, die aussahen wie Samenkörner. Hob meinte, zwischen einem Teller und einem Glas habe sich etwas bewegt, und drehte sich um. Komisch, er hatte doch sonst nie Halluzinationen, er hatte sich nie für Acid interessiert oder Mikrotrips oder Mushrooms oder das ganze Zeug.

Er entschied sich gegen ein Bad. Wo sollte er denn das ganze Geschirr hintun? Er ging wieder hinein und schaltete den Fernseher aus. Das Licht machte er ebenfalls aus und legte sich auf dem Sofa nieder. Unwillkürlich mußte er an seinen Schwager denken, seinen ehemaligen Schwager, bevor seine Schwester sich von ihm hatte scheiden lassen. Hob hatte ihn recht gern gehabt, er hatte ihm leid getan, weil er als Teenager mal Acid genommen hatte, bloß einmal, und Jahre später immer noch Halluzinationen von Ratten hatte. Sie tauchten plötzlich auf und krochen ihm über den ganzen Körper. Hobs Exschwager hatte eine Heidenangst vor Ratten, eine richtiggehende Phobie, und hatte deshalb ein ganz erbärmliches Leben. Echt eine

Schande, dachte Hob. Doch er dachte nie besonders lange über etwas oder jemanden nach. Genau wie Säufer nur an ihren Alkohol denken, so dachte er nur an die Substanzen, die er nahm, führte Selbstgespräche darüber, stellte Überlegungen darüber an und staunte darüber. Gern hätte er sich mit anderen darüber unterhalten, aber es war niemand da. Die Mäuse waren zurückgekehrt. Er konnte sie herumhuschen hören. Eine Frau aus dem Stockwerk unter ihm hatte mal erzählt, sie sei eines Nachts aufgewacht und hätte so ein Klappern gehört, und als sie mit der Taschenlampe unters Bett leuchtete, hätte sie gesehen, wie eine Maus ein Smartie, das sie einmal hatte fallen lassen, mit der Schnauze auf ein Loch in der Wand zuschob. Das war doch zum Piepen! Er sah einen dünnen Lichtstrahl auf dem Boden, dann noch einen. Es war wohl Morgen.

Im Lauf des Tages mußte er noch einen Typ in Agar Grove fertigmachen, der sich etwas erlaubt hatte, was Lew die Nase raufgegangen war – aber nicht das, was Lew gerne in der Nase hatte. Der Typ hatte versprochen, zu seinem Dope noch einen Beutel Heroin dazuzunehmen, und war wortbrüchig (Lews eigener Ausdruck) geworden. Hob sollte hundert kriegen dafür, daß er den Scheißer für ein paar Wochen außer Gefecht setzte, und noch vier Klümpchen Crack als Dreingabe. Seine Gedanken wanderten zu dem Crack, aber er hatte nur noch zwei im Haus, und als es ihm zuviel wurde, daran zu denken, statt etwas zu nehmen, ging er den Stoff suchen, den er am Abend vorher mitgebracht hatte. Das rote Samtbeutelchen – das Zeug war im Beutelchen, vielleicht in der Küche...

Er fand es und schüttete das Pulver in den Alubeutel, der einmal irgendein lichtempfindliches Teil eines Fotokopierers enthalten hatte. Wie die meisten seiner Utensilien hatte Hob ihn in einem Abfalleimer in einem der etwas feineren Viertel gefunden. Er schlitzte den Beutel unten auf und stülpte ihn über das auf eine Untertasse aus dem Bad gehäufte Pulver, drehte das offene obere Ende zusammen und hielt den Mund über die Öffnung. Es war zwar nicht so clever oder so befriedigend wie die Gießkannenbrause, doch für diesmal würde es reichen. Immer noch besser als ein gewöhnliches Pfeifchen jedenfalls. Er hielt ein brennendes Streichholz an das Pulver.

Es war Angel Dust oder Phencyklidin, keine Modedroge und deshalb relativ billig. Aus dem Fernsehen wußte Hob, daß man damit hauptsächlich Nashörner und Elefanten per Pfeil betäubte, wenn sie vor Elfenbeinjägern gerettet werden sollten. PCP war mal was anderes, er mochte es, weil er sich dadurch so unwirklich fühlte, wie einer aus dem Film *Der Satan mit den tausend Masken*, der in der Glotzkiste wohnte, wo er von Millionen gesehen wurde oder aber unsichtbar und unbeobachtet war. Beides recht angenehme Vorstellungen.

Plötzlich brach ihm am ganzen Körper der Schweiß aus. Das und das Schwebegefühl waren die Auswirkungen von Angel Dust. Er stand auf und ging im Raum umher, machte ein paar Tanzschritte und fühlte sich auf einmal wie ein langer, dünner Kerl mit winzigem Kopf und Ballettänzerfüßen. Vielleicht sollte er jetzt gleich raus und den Scheißer fertigmachen, bevor es richtig Tag wurde.

Er spürte, wie sein Herz klopfte. Die Vorstellung, daß man sein Herz nicht immer klopfen hörte, fand er witzig. Lachend tanzte er durch die Wohnung und hob unterwegs die Sachen auf, die er mitnehmen mußte. Undenkbar, ohne den roten Samtbeutel aus dem Haus zu gehen, ohne etwas, was ihm guttat, und etwas anderem, was ihn runterholte, wenn der Herzschlag so stark wurde, daß es weh tat. Die Idee, zu baden oder sich umzuziehen, hatte sich verflüchtigt. Wer hatte so eine Scheiße schon nötig?

Sein Herz war stehengeblieben. Einen Augenblick hielt er schreckgebannt inne, denn er hatte vergessen, was ihn zum Lachen gebracht hatte: daß man ein schlagendes Herz normalerweise nicht spürt. Er tänzelte wieder umher, boxte in die Luft, bis das Tick-Tick-Tick seines Herzens sich durch seinen

Körper wieder nach oben in seine Ohren drückte. Lachend hämmerte er sich auf die Brust, auf die Stelle, an der unter Haut und Rippen die tickende Uhr pumpte.

Mit dem roten Samtsäckchen in der Jackentasche verließ er die Wohnung und trat hinaus auf den gepflasterten Gehweg. Ein ausgeschlachteter Kombi stand reifenlos auf dem spärlichen Grasflecken, und Glasscherben verunstalteten die leeren Stellflächen auf dem Parkplatz, dick wie Strandkiesel aufgehäuft. Hier in der Gegend benutzten sie für ihre Graffiti Farbe aus Spraydosen, rote Farbe, rot wie Blut. Trotz allem war es ein schöner Morgen, der Himmel schimmerte durchsichtig wie eine blaue Perle, die Luft war noch kühl und fast frisch, als wäre in der Nacht ein Hauch davon aus dem Park herübergeweht. Hob bemerkte nur die absolute Leere, keine Menschenseele war unterwegs. So war es nur in den ganz frühen Morgenstunden; es konnte nicht viel später als halb sieben sein.

Er ging die betonierte Treppe hinunter und überlegte, wie er in die Agar Street kommen sollte, doch vor seinem inneren Auge sah er immer nur die Bahnlinie, die über das Brachland an der Euston Station führte. In seiner Vorstellung wirbelten die Brücken und Überführungen und Baukräne mit Hälsen wie Saurier wild durcheinander. Er mußte unbedingt runterkommen, er brauchte etwas, was ihn runterholte. Die Downers oder Valium – mal sehen, was er hatte. Er nahm zwei Nembutal in die hohle Hand und schluckte sie mit Spucke.

Die Straßen waren immer noch verlassen, als die Polizei eine halbe Stunde später kam und ihn suchte. Es war nicht später als sieben. Das Polizeiauto knirschte über die Glasscherben und blieb neben dem entstellten Kombi stehen. Marnock hatte noch einen Sergeant bei sich und einen uniformierten Kollegen, der den Wagen fuhr. Beim Anblick der vernagelten Fenster sahen sie sich an und zuckten die Achseln. Eine Türklingel gab es nicht. Der Sergeant betätigte den

Türklopfer. Zweimal klopfte er, dann riefen sie durch den Briefkastenschlitz: »Aufmachen, Polizei!«

Als niemand öffnete, traten sie die Tür ein, was keine Schwierigkeiten machte. Zweimal mit der Schulter dagegengerammt, ein kräftiger Tritt mit dem Fahrerstiefel – und sie gab nach. Der Geruch, der ihnen entgegenschlug, war so ekelhaft, daß sie erst dachten, es läge eine Leiche drin.

29

Sie hatten einen Camcorder dabeigehabt und, wie es Mary vorkam, jede kleinste Begebenheit ihrer langen Reise gefilmt. Marys Bereitschaft, sich den Videofilm anzusehen, erfüllte sie mit kindlicher Freude. Sie wunderten sich auch; vielleicht hatten sie mit Ausreden gerechnet, mit denen sie sich die Erfahrung ersparen wollte. Doch Mary war froh um eine Gelegenheit, still und stumm bei zugezogenen Vorhängen im Wohnzimmer sitzen zu können. Den Blick auf Sir Stewart und Lady Blackburn-Norris in greller, ungünstiger Badekleidung, am Rand eines Hotelschwimmbads, in Ponchos auf Eselsrükken, in die Betrachtung der Überreste der Inka-Kultur versunken, und beim Hummeressen in einem sich drehenden Turmrestaurant gerichtet, konnte sie sich in Gedanken ihrer Zukunft widmen: was sie tun würde, wohin sie gehen würde.

Sie war froh, daß sie den beiden von ihrer bevorstehenden Hochzeit weder etwas gesagt noch geschrieben hatte, dadurch ersparte sie sich Fragen und mögliche Beileidsbekundungen. Sie waren liebenswürdig und ganz reizend zu ihr, sahen in ihr gleichzeitig aber lediglich eine Empfängerin ihrer Neuigkeiten, eine willige Zuhörerin für ihre Urlaubserinnerungen und die wunderbarste Haushälterin und Hundehüterin, die sie je hätten finden können.

Erst als der Videofilm zu Ende war, kamen sie auf den Tod ihrer Großmutter zu sprechen und beklagten dann auch nur den Verlust einer Freundin, anstatt Mary ihr Mitgefühl auszudrücken, deren einzige nahe Verwandte auf der Welt nun tot war. Doch um kein Selbstmitleid aufkommen zu lassen, wechselte sie das Thema und erzählte ihnen die Sache mit Bean.

Sie waren alt, und trotz der tiefen Sonnenbräune, die ihren Gesichtern das Aussehen von abgenutztem Leder verlieh, wirkten beide angeschlagener und zerbrechlicher als vor ihrer Abreise. Die Nachricht von einem gewaltsamen Tod sollte ihnen schonend beigebracht werden. Sie versuchte es, indem sie zuerst sagte, Bean sei nicht mehr in der Lage, weiter Hunde auszuführen. Doch als sie auf Sir Stewarts verärgerten Ausruf »Zum Teufel, warum denn nicht?«, leise erwiderte, Bean sei tot, und hinzufügte, daß er eines unnatürlichen Todes gestorben sei, wirkten sie plötzlich nicht mehr zerbrechlich, sondern bekundeten lebhaftes Interesse.

»Meinen Sie damit, er wurde umgebracht?«

»Ja, das meine ich.«

»Von diesem Aufspießer?«

Sie mußten es irgendwie erfahren haben. Möglicherweise aus amerikanischen Zeitungen. Hatte man dort eine Ausnahme von der ungeschriebenen Regel gemacht und drei Morde im Regent's Park einer Berichterstattung für würdig befunden?

»Anscheinend nicht«, antwortete sie. »Sie haben Beans Mörder noch nicht geschnappt, aber sie wissen, daß es nicht derselbe war, der die beiden anderen getötet hat.«

»Bean«, sagte Lady Blackburn-Norris, die bis jetzt sprachlos vor Verwunderung dagesessen hatte. »Bean«, wiederholte sie. »Was er wohl getan hat, um umgebracht zu werden, Mary, mein Liebes? Weiß man das schon?«

Es dauerte eine Weile, bis ihnen die anderen Konsequenzen dieses Todes schwanten, doch schließlich war es soweit. Sir Stewart, der seiner Frau und Mary vor dem Mittagessen einen Sherry und sich selbst ein schönes Quantum Whisky einschenkte, sagte plötzlich – wobei er die Worte langsam aussprach, als würde ihm erst dadurch das ganze Ausmaß des Entsetzens klar: »Wer hat dann den verdammten Hund spazierengeführt?«

»Na ja, ich.«

»Ach, liebste Mary«, rief Lady Blackburn-Norris aus, »wie furchtbar für Sie! Und dabei hatten Sie Ihre Arbeit und weiß Gott was noch alles. Wir hätten Sie doch nie hergebeten, wenn wir gewußt hätten, daß sie das kleine Mistvieh spazierenführen müssen.«

Ihre mangelnde Begeisterung beim Wiedersehen mit Gushi hatte sich in dessen Apathie bei ihrem Anblick widergespiegelt. Lady Blackburn-Norris hatte ihm den Kopf getätschelt und nur nebenbei bemerkt, wenigstens sei er nicht dicker geworden, während Sir Stewart ihn völlig ignoriert hatte.

»Es hat mir nichts ausgemacht, ihn spazierenzuführen. Er ist ein lieber kleiner Hund. Und es war ja auch nur für ein paar Wochen. Es gibt da einen Jungen, einen Teenager, der anscheinend Beans Job übernommen hat, aber ich wußte nicht – Sie müssen ihn sich selbst ansehen.«

»Aber wem kann man ihn denn anvertrauen?« Lady Blackburn-Norris machte eine hilflose Geste. Einen Moment lang dachte Mary, sie meinte den Shih-Tzu. »Den Schlüssel? Um ins Haus zu kommen?«

Sir Stewart schenkte sich nach. »Kommt überhaupt nicht in Frage, irgendeinen blöden jungen Kerl hier hereinzulassen, den kein Mensch kennt.«

»Ich kann ihn nicht ausführen«, sagte seine Frau. »In meinem Alter! Und mit meiner Arthritis.«

»Der verdammte Hund macht mehr Probleme, als er wert ist.«

Sie baten Mary, zum Mittagessen zu bleiben. Diese ausdrückliche Einladung zum Essen führte es ihr deutlich vor Augen: Sie mußte ja aus Charlotte Cottage weg, und zwar heute noch. Sie war lange genug vorgewarnt worden. Sie hatten sie über ihre Rückkehr lange im voraus informiert. Über mangelnde Fairneß konnte sie sich schwerlich beklagen. Oben in der Handtasche, die sie fast nie benutzte, lag der Schlüssel zu

Lamballe House, Belsize Park Gardens, dem großen, dunklen, verstaubten Haus, nach dem seit Wochen niemand gesehen hatte. Aber immerhin hatte sie eine Bleibe, im Gegensatz zu den vielen da draußen, die nichts hatten und nirgendwo hinkonnten ...

Der Mann in Agar Grove machte den Versuch, sich zu wehren, und riß Hob dabei die Lippe auf und verpaßte ihm ein blaues Auge. Seine Bemühungen nützten ihm aber nichts, er hätte besser gleich nachgegeben und seinem Angreifer freie Hand gelassen. Hob rächte sich für das Auge und die Lippe, indem er dem Scheißer einen Tritt in die Magengrube und vor den Brustkorb gab und erst von ihm abließ, als er eine Rippe knacken hörte.

Er war mit der U-Bahn hergefahren, ging nun aber zu Fuß zurück. Er war schon ein gutes Stück gelaufen, als er plötzlich an seinen Schuhspitzen Blut bemerkte. Womöglich hinterließ er sogar blutige Spuren. Auf einmal stürzten tausend Ängste über ihn herein, und er kam sich vor wie gebrandmarkt. Alle Augen ruhten auf ihm. Hinter ihm lief einer – er drehte sich immer wieder um, um zu sehen, wer ihn verfolgte, wer der Spur seiner Fußstapfen folgte. Ganz egal, wohin er ging, ob er wieder umkehrte in die hinteren Gefilde von Kentish Town – der Mann würde ihm folgen. Wenn das so weiterging, müßte er ihn noch kaltmachen. Er müßte ihn an ein abgeschiedenes Plätzchen führen, in eine schmale, baumgeschützte Straße, und ihn kaltmachen.

Doch als er sich erneut umdrehte, war der andere verschwunden. Das Wettbüro an der Ecke hatte ihn geschluckt. Hob fiel ein, daß heute Samstag war, Lottotag. Wenn er im Lotto gewann, konnte er den gesamten Weltvorrat an Kokain aufkaufen und genug PCP, um einen ganzen Safaripark zu benebeln. Aber er kaufte keinen Schein. Einen Schein zu kaufen würde bedeuten, mit jemandem zu reden, das Geld herauszuziehen, sich unter Leute zu mischen. Die Vorstellung war irgendwie unangenehm.

Er betrat einen Laden, einen Supermarkt an der Ecke, der bis auf den indischen Eigentümer und ein kleines indisches Mädchen menschenleer war, nahm sich eine Cola aus dem Getränkekühlschrank und bezahlte – alles, ohne ein Wort zu sagen. Man fragte ihn, ob er ein Rubbellos wolle, er nickte, kratzte es frei, und es war natürlich ein Reinfall. Die üblichen zwei Packungen Chips und zwei Wochenendreisen nach Teneriffa. Er machte die Coladose auf. Er war nicht scharf auf das Getränk, er brauchte nur etwas im Mund, um die beiden Biphetamin-Kapseln und ein Methedrin in Kristallform hinunterzuspülen. Er brauchte etwas zum Aufpeppen.

Vom vielen Trinken mußte er pinkeln. Man konnte wieder nirgends, aber bis zur Männertoilette am Broad Walk hielt er es nicht aus. Er ging in einen Durchgang und ließ es wie ein Hund über einen Mülleimer laufen. Im Park versuchte er, auf dem Gras das Blut von seinen Schuhen zu wischen, doch es war schon angetrocknet. Es war sowieso alles egal, und im grellen Sonnenlicht konnte man das Blut nicht sehen. An der St. Mark's Bridge rutschte er zum Treidelpfad hinunter. Ein Boot kam gerade unter der Prince Albert Road hindurch von der Schleuse in Camden herauf, und eine Frau winkte ihm vom Oberdeck aus zu. Die Sonne hatte ihr Gesicht hummerrot gebrannt. Hob winkte nicht zurück. Er hielt Ausschau nach Lew oder Carl. Gupta zeigte sich nie bei Tageslicht.

Bis auf ein paar Fuseltrinker war niemand am Kanalufer, und die zählten ja nicht, die waren Abschaum. Einer von ihnen lag auf dem Rücken und ließ die Hand im Wasser schleifen; eine leere Flasche war ihm gerade aus den schlaffen Lippen gefallen und klemmte nun in seiner Armbeuge. So mochte ein Baby daliegen, die Nahrungsquelle leergesaugt, vom Schlaf übermannt, kurz bevor sein Mund vollends die Brustwarze losläßt. Hob wiederstand der Versuchung, ihm im Vorbeigehen einen Tritt in die Eier zu verpassen. Was genug war, war genug.

Er fand ein abgeschiedenes Plätzchen, setzte sich unter die Bäume und vollführte mit dem Inhalt des Samtsäckchens sein Ritual. Zwei Klümpchen Crack – warum nicht? Aber mehr hatte er nicht. In einem seltenen Augenblick der Erleuchtung begriff er: Wie viele er auch haben mochte, wie viele Plastikbeutelchen mit Reißverschluß – er würde es nie schaffen, sie aufzusparen und auf Vorrat zu halten. Er würde so viele rauchen, wie er gekauft hatte, egal, wie viele das waren, es würde kein Ende nehmen, seine Sucht nie befriedigt werden. Doch diese Erkenntnis verflog, als der Rauch aus den zwei Klumpen seine Wirkung zeigte. Sie verflog und verlor sich wie der Rauch in der dieselgeschwängerten Luft und dem Kanalgestank und dem heiteren blauen Himmel.

Er fühlte sein Herz schlagen, er hörte es. Wieder unterwegs, nicht mehr gelangweilt oder unruhig, die Paranoia vergessen, tanzte er am Kanalufer entlang. Die Fuseltrinker würdigten ihn keines Blickes. Sie sahen den ganzen Tag weit merkwürdigere Dinge als einen herumhüpfenden Mann mit magerem Körper und großem Kopf. Mit der Zeit vergaß er alles bis auf die Energie, das Glücksgefühl und die Droge, die ihm dies alles verschaffte. Er würde zu Lew gehen. Das sollte er zwar nicht, doch er würde es trotzdem tun.

Lew stand an der Tür seiner Sozialwohnung und weigerte sich, ihn hereinzulassen, er habe Frau und Kinder, außerdem sei Samstag, doch er verkaufte ihm sämtlichen Crack, den er hatte, fünfzehn Klümpchen, am Nachmittag würde er Nachschub holen. Hob bekam einen Rabatt, besonders weil er sich gern bereit erklärte, noch ein paar Tuinal dazuzunehmen. Er fuhr mit dem Taxi zurück und ignorierte das lautstarke Geschniefe des Fahrers und dessen wiederholte Aufforderung, die Rückfenster herunterzukurbeln. Kurz vor der Abzweigung von der Prince Albert Road bat er den Fahrer, ihn dort abzusetzen.

Er hatte keine Lust, nach Hause zu gehen – meine Güte, was sollte ihn dort schon groß erwarten?

»He, Sie, wir hatten aber eine mündliche Abmachung«, sagte der Fahrer.

»Was?«

»Ein Gentlemen's Agreement, daß ich Sie zur Plangent Road fahre, also Euston.«

»Ich steig' an der Ampel aus«, sagte Hob. »Ihr Pech, wenn Ihnen das nicht paßt.« Er fing an zu lachen. »Ich muß ja nicht zahlen, kommt auf Sie an.«

Er stieg aus. Der Fahrer brummte etwas von einem Pfund sechzig, und Hob gab es ihm. Kein Trinkgeld.

»Und waschen Sie sich mal, Bürschchen«, rief ihm der Fahrer nach. »Meinen Wagen muß ich entgiften lassen.«

Hob fand das alles unheimlich witzig. Das Ulkigste war doch, sich vorzustellen, er würde sich in anderer Leute Häusern rumtreiben und sich in ihre Autos setzen, und die müßten dann für teures Geld zusehen, daß sie seinen Gestank wieder rauskriegten. An der Ampel ging er über die Straße und spuckte dem wartenden Jaguar kurz auf die Kühlerhaube. Der Fahrer konnte sein Luxusvehikel nicht verlassen und ihm hinterherrennen, das war das Schöne dran.

Falls die Handwerker überhaupt an dem viktorianischen Haus arbeiteten, wie aus dem herumliegenden Material zu schließen war, dann jedenfalls nicht samstags. Überrascht stellte er fest, daß es bereits zwei Uhr nachmittags war. Wo war nur die Zeit geblieben? Wo blieb überhaupt die Zeit? Er stieß das Gartentor auf und kletterte in die Grotte hinunter, umging dabei vorsichtig den Stacheldraht, duckte und wand sich hinunter und blieb mit den Kleidern an den spitzen Stacheln hängen.

Ein halb mit Wasser gefülltes Kondom schwamm in dem achterförmigen Becken. Er nahm es heraus und warf es in die Büsche. Plötzlich war er hundemüde. Das Gefühl kannte er schon, es passierte ihm andauernd, es war Teil des Rückzugs, das Anfangsstadium der Entzugserscheinungen. Doch er blieb reglos sitzen und starrte nur ins Wasser, das trotz des grünen Zeugs, das darin schwamm, ziemlich klar war und durch das man die Ziegelbrocken und Glasscherben auf dem Beckengrund sehen konnte.

Das Gefühl in seinem Kopf konnte man nicht direkt als Schmerz bezeichnen. Es war eher so, als hätte ihm jemand eine Mütze übergestülpt und zog die durch den Rand gefädelte Kordel immer fester zu. Ein paar Minuten lang kam es ihm so vor. Währenddessen saß er da, sah in das Becken hinunter und begann auf einmal zu zittern. Dann setzte der Schmerz ein – Kopfschmerzen, die recht leicht anfingen, dann aber rasch stärker wurden und schließlich gewaltige Ausmaße annahmen. Es war, als würde ihm ein Metallhelm über die Mütze geschraubt, ein viel zu kleiner Helm für seinen riesigen Schädel, als würde sein Kopf gewaltsam hineingequetscht und durch seitliche Hebel und Klappen und Bolzen festgeklemmt und angeschraubt.

Mit zitternden Fingern öffnete er den roten Samtbeutel und machte sich ans Werk. Es war nur noch ein halber Strohhalm übrig. Er hatte sich eigentlich Ersatz besorgen wollen, es dann aber vergessen. Es gelang ihm nicht, das eine Loch in dem Wodkaflaschenverschluß zu blockieren, und so schloß er den Mund über das ganze Ding, entzündete den zerbröckelten Crack durch die perforierte Fläche und sog den weißen Rauch ein. Es schmeckte schärfer als sonst, nicht so angenehm. Er begann zu husten, stieß sich aber den Flaschenverschluß gleich wieder in den Mund.

Und dann passierte etwas. Seine Hände hörten auf zu zittern, der Kopfschmerz verflog, doch dann verspürte er ein nie gekanntes Gefühl im Kopf. Es hörte sich an, wie wenn ein Zug rasend schnell aus einem Tunnel fährt oder ein Auto hinten auf ein anderes auffährt. Es war ein Klirren und Rauschen und eine langgezogene Explosion, alles gleichzeitig.

Er spürte, wie sich sein Körper veränderte. Es machte ihm angst, denn er hatte keine Ahnung, was es mit der Veränderung auf sich hatte. Er war einfach nicht mehr derjenige, der er eben noch gewesen war. Vor einer Weile war er noch das eine gewesen, und nun war er etwas anderes. Er versuchte, die Hände auszustrecken, doch die Linke war leblos. Es war so ähnlich, wie wenn einem morgens beim Aufwachen der Arm eingeschlafen ist. Nur daß das Gefühl allmählich zurückkehrt, wenn man ihn reibt und drückt. Diesmal kam das Gefühl nicht zurück. Er konnte auch keine Formen mehr sehen, nur Helligkeit, und dann, als seine Beine langsam ins Wasser glitten, den wie ein Regenbogen aufspritzenden Schwall.

Mir tut nichts weh, mein Mütterlein,
Doch geht mein Durst nicht fort,
Dann bring mich in 'ne Brauerei
Und laß mich sterben dort...

Am Nachmittag wurden Sir Stewart und Lady Blackburn-Norris von dem Zeitunterschied und ihrem fortgeschrittenen Alter eingeholt. Als Sir Stewarts Augenlider heruntersanken, riß er sie verärgert wieder hoch. Seine Frau sagte: »Sie gehen doch noch nicht? Sie werden uns doch noch nicht verlassen?«

Zögernd fragte Mary: »Sie meinen, ich soll noch eine Nacht bleiben?«

»Ach, Liebling, von mir aus könnten Sie für immer dableiben!« Aber rasch verdarb sie die Wirkung wieder. »Was machen wir bloß mit dem blödsinnigen Hund? Wir haben ihn damals nur genommen, weil der Besitzer gestorben ist. Ich kann ihn nicht spazierenführen.« Sie deutete auf ihren schlafenden Gatten. »Und er *denkt* ja nicht daran.«

»Dann bleibe ich noch bis morgen, wenn es Ihnen recht ist. Ich könnte ja diese Frau ausfindig machen, die die Hunde ausführt, oder den Jungen, und Sie könnten mal mit ihnen reden – was denken Sie?«

»Am liebsten würde ich gar nichts denken«, sagte Lady Blackburn-Norris. »Ich bin so müde, ich glaube, meine innere Uhr ist völlig durcheinander.«

Mary sah zu, wie sie einschlief, und zog zum Schutz gegen die Nachmittagssonne die Vorhänge zu. In der Eingangshalle lag Gushi und japste. Sie hob ihn hoch und trug ihn in die Küche, gab ihm Wasser und legte ihn auf die kühlen Fliesen. Er leckte ihr die Finger. In der kurzen Zeit ihrer Bekanntschaft hatte sie gelernt, Lady Blackburn-Norris' Gedanken zu lesen und vorauszusehen, welche Richtung sie nehmen würden. Wenn ihr das Angebot, das sie erwartete, unterbreitet wurde, würde sie es annehmen.

Noch eine Nacht im Charlotte Cottage, dann würde sie gehen. Was für ein Schicksal sie auch erwartete, sie hatte jedenfalls nicht vor, die nächsten Monate oder Jahre als Gesellschafterin eines reichen, alten Ehepaares zuzubringen. Sie ging nach oben und packte ein paar Sachen in einen ihrer Koffer. Es war beinahe sechs, lange nach Gushis üblicher Auslaufzeit. Die Blackburn-Norris' schliefen immer noch. Gushi schlief. Sie nahm sich ein Glas kaltes Leitungswasser, trank die Hälfte, lauschte dem Dröhnen eines Flugzeugs über ihr und dem näheren, stärker vibrierenden Summen einer Wespe an der Fensterscheibe. Es schien nichts mehr zu tun zu geben, nichts zu lesen, zu sehen, zu besorgen, niemanden, mit dem sie reden oder einfach zusammensein konnte. Wenn ich hierbleibe, dachte sie, fange ich noch an zu weinen.

Sie steckte sich den Hausschlüssel in die Jeanstasche, warf noch einen Blick auf die schlafenden alten Leute – Sir Stewart hatte angefangen, geräuschvoll zu schnarchen – und verließ das Haus in Richtung Albany Street. Inzwischen war es kühler geworden, und die Schatten waren länger. An der Ampel bei dem Fresko des heiligen Pankreas überquerte sie die Straße, und als sie sich umdrehte, sah sie Nikolai hinter sich über die Straße gehen. Ein vollbesetzter Touristenbus fuhr nach Primrose Hill hinauf. Beim Anblick des Union Jack an einer Fahrradlenkstange fiel ihr ein, daß heute die Feiern zum Kriegsende stattfanden. Nationale Ereignisse waren in den letzten paar Tagen unbemerkt an ihr vorübergegangen.

Sie winkte Nikolai zerstreut zu. Auf dem Kinderspielplatz am Gloucester Gate war immer noch viel los. Alte, ordengeschmückte Männer in Khakiuniform marschierten vor ihr her und sahen aus, als wären sie bei einer Prozession verlorengegangen. Sie fragte sich, weshalb sie überhaupt hier war und wohin sie wollte. Dann rief jemand ihren Namen, eine vertraute Stimme, eine Stimme, bei der sich eine Welle in ihrem Körper brach.

»Mary!«

Auf den grauen Granitstufen am Parsenbrunnen saß der Mann, den sie einmal als Leo gekannt hatte.

30

Marnock selbst war es, der Hob schließlich fand.

Seit den frühen Morgenstunden hatten sie an all seinen Stammplätzen nach ihm gesucht. Zuletzt war er von einem Mann in Agar Grove gesehen worden, der ihnen von seinem Krankenhausbett aus den Namen seines Angreifers nennen konnte. Er hatte vier Zähne verloren, hatte zwei angebrochene Rippen und einen Schlüsselbeinbruch, war jedoch scharf darauf, über Harvey Owen Bennett auszupacken.

Seiner Meinung nach war Bennett der Aufspießer. Bennett habe die beiden Obdachlosen ermordet. Marnock war anderer Ansicht, sagte aber nichts. Er gestand es dem Agar-Grove-Mann gern zu, mit Dreck um sich zu werfen und wilde Beschuldigungen auszustoßen. Vorerst jedenfalls. Der Kerl war auch kein Engel und hatte eine Vorstrafenlatte so lang wie der Broad Walk, und Marnock würde sie später noch länger machen. Marnock war überzeugt, daß der Agar-Grove-Mann damals im Nursemaids' Tunnel den Raubüberfall auf Bean verübt hatte.

Er freute sich immer diebisch, wenn die Gauner sich gegenseitig verpfiffen. Es gab ihm Hoffnung für die Zukunft. Zum Beispiel dieser Harvey Owen Bennett! Bennett hatte Bean umgebracht und ihn auf den fünfzackigen Eisenbaum gespießt, aber jemand hatte ihn dafür bezahlt, und nun hoffte Marnock, Bennett würde es ihm sagen. Der Agar-Grove-Mann hatte einen erfreulichen Präzedenzfall geschaffen.

An dem Tag stattete Marnock jedem Mitglied von Bennetts weitläufiger Familie einen Besuch ab. Die hatten zwar auch alle Dreck am Stecken, doch diesmal glaubte er ihnen, unter gewissen Vorbehalten, als sie sagten, sie hätten ihn nicht gesehen. Seine Mutter behauptete, sie hätte ihn seit einem halben Jahr nicht mehr zu Gesicht bekommen, was Marnock amüsierte, wenn man in Betracht zog, daß sie ihm damals im Juni erzählt hatte, Hob habe sich zum Zeitpunkt des Mordes an Pharao unter den Gästen einer bis in die Morgenstunden dauernden Silberhochzeitsparty in der Holloway Road aufgehalten.

Sie durchkämmten den Park auf der Suche nach ihm. Marnock hielt die Grotte für den mehr oder weniger exklusiv reservierten Schlupfwinkel des eingebildeten Penners mit dem Eliteschulakzent und hätte dort fast nicht nachgesehen. Ein Trinkstrohhalm – spiralförmig rot gemustert wie die Drehsäule vor einem Herrenfriseur –, der im Geäst eines Baumes steckte, war ihm vom Rücksitz des Wagens aus ins Auge gefallen. Für das Ritual, dem Harvey Bennett zu frönen pflegte, waren Strohhalme erforderlich ...

Er lag zur Hälfte in, zur Hälfte außerhalb des schmutzigen, kleinen Teiches. Sie hörten seinen Atem, lange bevor sie ihn erreichten, und wußten daher, daß er noch lebte. Marnocks Sergeant hing bereits an seinem Mobiltelefon, um einen Krankenwagen zu rufen, bevor sie Hob überhaupt angerührt hatten.

»Er ist jung«, sagte Marnocks Sergeant. »Na ja, sagen wir, relativ jung. Aber ich glaube, er hatte einen Schlaganfall.«

Der Sanitäter, der Hob auf eine Tragbahre verfrachtete, sagte überflüssigerweise, er sei kein Arzt. Dann sagte er, seiner Meinung nach habe Hob einen Schlaganfall gehabt.

»Oder mehrere«, bemerkte Marnock. »Ich kannte mal einen, der war bloß ein oder zwei Jahre älter als der, hatte auch ein Faible für das Zeug, der hatte ganz schnell hintereinander zwanzig Hirnschläge.«

»Meine Fresse«, sagte der Sanitäter. »Ist er daran gestorben?«

»Sozusagen«, meinte Marnock. »Nach ein paar Wochen haben sie die Maschine abgestellt.«

Sei zornig, sagte Mary zu sich, du mußt zornig sein. Du mußt an ihm vorbeigehen, so tun, als wäre er nicht da. Oder dich auf die Hinterbeine stellen und ihm sagen, was du von ihm hältst. Sie hatte die Fäuste geballt. Er war jetzt direkt vor ihr.

»Ich sitze schon seit heute morgen um acht hier«, sagte er, »und warte auf dich.«

»Ich war heute morgen nicht im Park«, erwiderte sie.

»Es war so heiß. Ich hab' eine Flasche Wasser mitgebracht, aber die ist ganz warm. Ich wollte wach bleiben, aber dann bin ich eingeschlafen, und als ich wieder aufwachte, dachte ich, ich hätte dich verpaßt.«

Sie wußte, daß er diesen Ton in ihrer Stimme noch nie gehört hatte.

»Was willst du?«

»So denkst du wohl über mich –, daß ich immer was will, daß ich alles nur tue, um was dabei herauszuschinden.«

»Stimmt das denn nicht?«

»Nicht ganz.«

Sie ging in den Schatten der Bäume hinüber, legte die Hände an die rauhe, kühle Rinde eines Baumes und senkte den Kopf. »Ich dachte, ich würde dich nie wiedersehen. Ich hoffte es. Ich weiß, was du getan hast, ich habe in den letzten Tagen viel darüber nachgedacht – ich hatte ja sonst nichts, worüber ich nachdenken konnte. Es gibt nichts, das du mir sagen könntest, um es abzuschwächen.« Sie drehte sich zu ihm um und sah ihn von der Seite an, erinnerte sich an etwas, woran sie seit ein paar Stunden nicht mehr gedacht hatte: wie sie miteinander geschlafen hatten. Bei dem Gedanken schoß ihr die Zornesröte ins Gesicht. Bestimmt sah er die brennende Farbe und wußte Bescheid. »Es bedeutet dir sicher nichts, wenn ich dir sage, daß es der schlimmste Verrat war, den ich je erlebt habe.«

Alistairs gelegentliche Ausfälle, was waren sie schon im Vergleich zu seinem Vergehen?

»Würdest du – könnten wir – könnte ich dich bitten, daß wir zusammen ins Haus zurückgehen?«

»Die Blackburn-Norris' sind wieder da.«

»Setzt du dich dann hierher zu mir oder auf eine Bank oder irgendwohin und redest mit mir?«

Wieder ließ sie den Kopf hängen und merkte, daß sie ihn langsam schüttelte. Die Worte kamen heiser heraus.

»Wie heißt du?«

»*Was?*«

»Ich habe dich gefragt, wie du heißt. Ich kann dich nicht Leo nennen. Du heißt nicht Leo.«

»Ich heiße Carl Nash«, sagte er. »Leo war mein Bruder.«

Sie setzte sich hin. Er ließ sich neben ihr im Gras nieder, rückte aber weg, als sie ihm mit einer abwehrenden Handbewegung bedeutete, daß er ihr zu nahe war. Zum ersten Mal sah sie ihn eingehend an, mit einem Blick voll tiefster Verachtung, und merkte, daß seine Augen voller Tränen waren.

»Ich habe Leo großgezogen. Er war über zehn Jahre jünger als ich. Ach ja, natürlich bin ich nicht dreiundzwanzig – ich bin älter als du, Mary, nicht jünger. Ich bin fünfunddreißig.«

»Man glaubt das, was einem gesagt wird«, sagte Mary. »Ich jedenfalls. Ich habe geglaubt, was du mir gesagt hast. Und ich habe deine Geburtsurkunde gesehen.«

»Du hast seine gesehen. Als sie Leukämie diagnostiziert haben und sagten, er müßte eine Transplantation haben, dachte ich erst, es wäre kein Problem. Schließlich war da unsere Mutter – die sich allerdings nicht die Bohne um Leo gekümmert hat, seit er zehn war, das hat sie mir überlassen – und ich selber und irgendwo noch ein paar Halbschwestern. Keiner von uns war kompatibel. Kannst du dir das vorstellen?«

»Das hast du mir schon gesagt. Bloß daß du mir erzählt hast, nicht dein Bruder, sondern du hättest die Transplantation gebraucht. Wenn du es mir schon erklären willst, solltest du ...«

»Dir sagen, warum ich mich für Leo ausgegeben habe?«

»Es war wegen meines Geldes«, sagte sie bitter.

Er hob die Schultern, ohne es abzustreiten. »Ich war früher mal Schauspieler. Aber es gab keine Arbeit. Dann war ich Lehrer. Komisch, was? Dann hab' ich ganz schön verdient«, sagte er. »Hauptsächlich mit Handeln.«

Sie wußte, daß sie naiv war, aber nicht, worauf sich diese Naivität bezog. Sein Blick sagte ihr, daß er nicht von Schrott oder Antiquitäten redete.

»Drogen«, sagte er unwirsch. »Ich brauchte doch Geld, um einen Spender für Leo zu finden. Das war noch vor dem Harvest Trust. Ich dachte, ich müßte vielleicht in die Dritte Welt fahren und dort einen Spender kaufen. Aber dann kamst du.«

»Damals war ich noch nicht reich«, sagte sie. »Ich habe in einer kleinen Wohnung in Willesden gewohnt und zwölftausend im Jahr verdient. Wie kamst du auf die Idee, ich sei reich?«

»Die Adresse auf dem Briefpapier«, sagte er schlicht. »Charlotte Cottage, Park Village West.«

Sie schloß die Augen. Als sie spürte, daß er näher gekommen war, rückte sie weg. Sie sah ihn an.

»Und als sich herausstellte, daß ich nicht dort wohne, hast du dich nicht mehr gemeldet. Du hattest vor, mich nie wiederzusehen. So war das also. Du warst nicht krank, du warst überhaupt nie krank.«

»Stimmt«, sagte er. »Es war eine bittere Enttäuschung.«

Fassungslos sah sie sein reuiges Lächeln. In den letzten paar Minuten war er gealtert. Er hätte vierzig, fünfundvierzig sein können. Das Lächeln durchfurchte sein blasses Gesicht und überzog es mit Falten.

»Ich brauchte doch Geld, verstehst du? Ich wußte, daß Leo wieder krank werden würde, ich erkannte die Symptome. Ich informierte mich eingehend über seine Krankheit.« Die ironische Belustigung wich aus seinem Gesicht. »Ich liebte ihn so sehr. Glaub mir, wenn du mir überhaupt noch etwas glauben kannst, glaub mir, ich hab's nicht auf dein Mitleid abgesehen, auf dein Mitgefühl, aber ich möchte, daß du mich nicht nur als absolutes Monster siehst. Ich liebte ihn wie mein eigenes Kind. Glaube ich jedenfalls – ich hatte nie ein eigenes Kind.«

»Das war dann also in Ordnung? Mich auszunutzen war in Ordnung, weil du deinen Bruder geliebt hast?«

»Nein, Mary, es war nicht in Ordnung. Aber mir wollte nichts anderes einfallen. Als ich erfuhr, daß deine Großmutter gestorben war, kam ich zurück. Du hast mir gesagt, was sie dir vererbt hat, und es war mehr, als ich mir in meinen kühnsten Träumen vorgestellt hatte.«

Sie war unwillkürlich neugierig geworden. Seine selbstmörderische Offenheit führte zu ihrer nächsten Frage.

»Ich hätte es doch jederzeit herauskriegen können. Vom Trust hätte ich erfahren können, daß Leo – dein Bruder – sie hätten mir doch sagen können, daß er wieder krank geworden ist. Was hättest du dann gemacht?«

»Was ich getan habe, als sie es dir sagten«, erwiderte er. »Verschwinden. Aber ich habe deine Post durchgesehen. Ich war – ich war ja meistens als erster auf.« Er hatte den Blick abgewandt.

»Also deshalb warst du mit mir zusammen«, sagte sie bitter, unfähig, die Worte auszusprechen. »Deshalb bist du über Nacht geblieben – damit du morgens die Post hereinholen konntest.«

Es fiel ihr schwer, die Worte auszusprechen, weil sie sie noch nie benutzt hatte. »Deshalb hast du mich gebumst, deshalb hast du mich *gefickt*.«

Mit einer Schlichtheit, die sie am Ende für Ehrlichkeit halten mußte, sagte er: »Zuerst schon. Dann habe ich mich in dich verliebt. Hast du das nicht gemerkt?«

Während der letzten halben Stunde war ihr die Anwesenheit anderer Leute im Park nicht bewußt gewesen. Das Kreischen eines Kindes, ein blauweißer Ball, der leicht über den Rasen hüpfte und vor ihren Füßen liegenblieb, riefen ihr wieder in Erinnerung, daß sie nicht allein waren. Sie stand auf, wischte die trockenen Grashälmchen von ihren Jeans und warf den Ball zurück. Er beobachtete sie gespannt.

»Was soll ich dazu sagen?« fragte sie matt.

»Nur, daß du mir glaubst.«

Wahrscheinlich hatte sie es gemerkt. An dem Punkt, an dem sich bei ihrem Liebesspiel die erschöpften Versuche eines Kranken in Begeisterung und Lust verwandelten, als ergebene Duldung in Leidenschaft umschlug, hatte sie es gemerkt, ohne zu fragen, warum. Er war krank gewesen, hatte sie gedacht, und nun ging es ihm besser, das war alles.

»Ich glaube dir.«

Sie sagte es gleichgültig, denn es dauerte einen Augenblick, bis sie erleichtert begriff, daß sie sich nicht mehr erniedrigt und beschämt zu fühlen brauchte. Er hatte sie begehrt, er hatte sich nicht dazu zwingen müssen.

»Da wollte ich dich heiraten«, sagte er. »Das hatte ich bis dahin nicht gewollt.« Er kniff die Augen zu und sprang auf. »Tust du mir noch einen letzten Gefallen? Gehst du noch ein Stück mit?«

»Ich weiß nicht.« Fast hätte sie ihn Leo genannt. »Ich weiß nicht, Carl.«

Beim Klang seines eigenen Namens errötete er. Er schien ihn als seinen wahren Besitzer zu bestätigen. »Erinnerst du dich noch an das Lokal, in dem wir mal essen waren? Beim erstenmal? Das italienische Restaurant?«

»Als du so getan hast, als ob du krank wärst?«

Er zuckte zusammen. »Es tut mir leid. Ich mußte. Ich dachte, ich muß. Mary, ich hab' schon schlimmere Dinge für Geld getan.«

»Ich will es gar nicht hören«, sagte sie.

»Ich dachte mir – ich wollte wissen –, ob ich dich heute

abend dorthin einladen darf. Wenn das ginge – es wäre das letztemal, nicht wahr?«

Sie nickte. Sie erwartete immer noch aufschlußreiche Antworten. »Ich geh' noch ein Stück mit.«

»Und kommst du mit mir in das Restaurant?«

»Vielleicht.«

Er hielt ihr die Hand hin, um ihr aufzuhelfen, doch sie lehnte kopfschüttelnd ab. Schweigend gingen sie über den Rasen, über die Chester Road und den Broad Walk hinunter.

»Leo wußte über alles Bescheid«, sagte er. »Am Anfang fand er es witzig. Wir dachten beide am Anfang, es sei witzig. Er wollte immer alle Einzelheiten wissen, aber ich – nach einer Weile habe ich ihm nichts mehr erzählt.«

»Nur so aus Interesse ...« – Mary wußte, daß sie keine Meisterin der Ironie war, sie fand es schwer, einen ätzenden Tonfall zustande zu bringen, doch sie versuchte es – »nur so aus Interesse, wieso wollte Leo mich eigentlich nicht selber kennenlernen, oder ist es nicht sehr witzig, ehrlich zu sein?«

»Ach, Mary, er war bloß ein Junge, klein, ungebildet, nie recht gesund. Ich liebte ihn, und wenn du ihn gekannt hättest, hättest du ihn vielleicht auch lieben gelernt, aber nicht so, nicht auf die Art. Den echten Leo hättest du nie heiraten wollen.«

Als sie den Weg entlanggingen und schon fast am See waren, hörte sie plötzlich auf, an sich zu denken, und begann widerstrebend, fast angstvoll, an ihn zu denken. Der Zorn – der nie sehr stark gewesen war – war verraucht. Sie legte die Hand auf seinen Arm und sah ihm in die Augen.

»Du mußt sehr unglücklich sein.«

»Danke, daß du das sagst.«

»Ach, Carl, es war doch, als hättest du dein eigenes Kind verloren!«

»Wahrscheinlich. Aber es war noch schlimmer. Ich habe ihn nämlich umgebracht.«

»*Was?*«

»Nein, nicht, was du denkst. Nicht direkt. Nicht wie der Aufspießer die Leute umbringt. Ich meine, ich habe ihn getötet, indem ich ihm seine einzige Chance genommen habe, wieder gesund zu werden.«

»Das verstehe ich nicht.«

»Du hättest doch noch einmal gespendet, nicht wahr? Wenn man dich darum gebeten hätte, hättest du es getan?«

»Ja, aber ...«

»Du hast es gesagt. Als wir im Haus deiner Großmutter waren, an dem Tag, an dem ich dich gefragt habe, ob du mich heiratest. Du hättest es mir gegeben, deinem Mann, aber nicht ich wollte es, sondern der echte Leo Nash.

Da lag Leo schon im Sterben. Du hättest ihn vielleicht retten können, aber ich konnte dich ja nicht darum bitten, oder? Ich konnte auch nicht zulassen, daß der Harvest Trust dich fragt. Ich dachte, wenn wir erst mal verheiratet sind und ich sage, ich bräuchte Geld, vielleicht fünfzigtausend, hättest du es mir gegeben, und ich wäre nach Indien gefahren und hätte das passende Knochenmark für Leo gekauft. Aber dann starb Leo.«

Sie dachte darüber nach. Sie hatte die Hand von seinem Arm genommen, als er gesagt hatte, er hätte seinen Bruder umgebracht, doch nun legte sie sie wieder ganz leicht darauf. Sie hatten den Park durch das York Gate verlassen, und die Kirchturmglocke an der Marylebone Church vor ihnen begann die volle Stunde zu schlagen. Vielleicht war der Verkehr wegen der Gedenkfeiern heute so dicht und flüssig.

»Was für eine monströse Ironie des Schicksals«, sagte er. »Ich, der ich Leo liebte, der ich für Leo alles getan hätte, der ich alles getan *habe,* habe seine Chance auf ein Weiterleben zerstört. Durch meine Entscheidung, auf diese Art für Leo ein Vermögen zu gewinnen, habe ich alles versaut! Also habe ich ihn umgebracht. Wenn jemanden umbringen heißt, daß derjenige ohne einen noch am Leben wäre. Wenn ich nicht gewesen wäre, würde Leo noch leben.«

Sie waren am Ende des Gehwegs angelangt und gingen auf die Ampel an der Harley Street zu. Der Verkehrslärm war so laut, daß er schreien mußte.

»Der Alte mit den Hunden«, begann er.

»Bean«, sagte sie. »Bean – was ist mit ihm?«

»Der wollte mich erpressen. Er wollte dir – Sachen über mich erzählen.« Er lächelte. »Nicht das, was ich dir gesagt habe. Andere Sachen, die dir noch viel weniger gefallen hätten. Das konnte ich nicht zulassen.«

»Ich kann dich nicht hören«, sagte sie. »Der Verkehr ist zu laut.«

»Auch egal«, sagte Carl leise und wie zu sich selbst. »Ich weiß, du wirst mir sowieso nicht verzeihen, aber du hättest nie darüber hinweggesehen, daß jemand bezahlt wird, um Bean fertigzumachen.« Er wandte sich zu ihr und packte sie an den Schultern. »Mary!« Es klang fast wie ein Schrei. »Kannst du mich jetzt hören? Mit dir habe ich auch alles versaut, das weiß ich. Nur so aus Interesse, wie bist du zu dem Brief vom Harvest Trust gekommen?«

Sie mußte ebenfalls die Stimme heben. »Alistair hat ihn mir geschenkt. Zur Hochzeit.«

»Dieses Arschloch.«

Sie drehte sich kein einziges Mal um. Roman sah, wie sie dem Mann die Hand auf den Arm legte, und für einen Augenblick glaubte er, alles sei in Ordnung, aber dann sah er, daß das ganz und gar nicht der Fall war. Eine schlimme Ahnung überkam ihn. Er hatte gerade umkehren wollen, beschloß nun aber, das Geschehen weiter zu beobachten.

Die emotionale Spannung zwischen ihnen war so groß, daß ihre Körper sich verkrampften. Er staunte darüber, als er im Abstand von einigen Metern hinter ihnen herging. Sie zog ihre

Hand erschrocken zurück und sprach den Namen – »Carl« – so laut aus, daß er es hören konnte. Er hieß also Carl? Aber wie hieß sie? Seltsam, nach so langer Zeit, nach so vielen kurzen, zufälligen Begegnungen wußte er es immer noch nicht.

»Was?« hörte er sie rufen. »Was?«

Carl erklärte ihr etwas. Sie schüttelte heftig den Kopf, doch nach ein paar Augenblicken lag die Hand wieder dort, ruhte auf Carls Arm, aber etwas distanziert, eher mitfühlend als zärtlich. Du redest dir da was ein, sagte sich Roman, außerdem spionierst du zuviel herum. Die können doch auf sich selber aufpassen. Es ist nur ein Streit zwischen Liebenden und die Versöhnung.

Trotzdem ging er ihnen auf der kleinen Straße hinter dem York Gate nach. Die Turmglocke von St. Marylebone schlug sieben. Die Bürgersteige auf der Marylebone Road waren verstopft mit Fußgängern, und der Verkehr floß zügig auf die Euston-Unterführung zu. Er war jetzt ganz dicht hinter ihnen, so dicht, daß er sich, wenn sie sich umgedreht und ihn gesehen hätte, eine Ausrede für seine Anwesenheit hätte einfallen lassen müssen, und er hatte keine Erklärung. Doch sie drehte sich nicht um. Sie blickte in Carls Gesicht, nicht voller Liebe, nicht voller Leidenschaft, aber immer noch so, als existierte sonst niemand auf der Welt.

Sie sprach leise, ihre Stimme wurde vom dröhnenden Verkehrslärm geschluckt, doch der Mann namens Carl übertönte ihn. Er schrie, als wäre es ihm egal, wer ihn hörte: »Versteh doch, ich will ohne ihn nicht mehr leben! Ich ertrage es nicht ohne ihn.«

Einen kurzen Augenblick war Roman so dicht neben ihr gewesen, daß er die Hand hätte ausstrecken und sie berühren können, dann – wie oft in Menschenmengen – drängten sich zwei Leute vor ihn, quetschten sich zwischen ihn und sie, und er mußte zurücktreten. Sie stellten sich zu einer Gruppe an der Bürgersteigkante, die darauf wartete, daß die Ampel umschaltete, um hinübergehen zu können. Hier dauerte es immer eine Ewigkeit, bis es für die Autos rot wurde, und dann war es so kurz, daß man es kaum auf die andere Seite schaffte. Sieben oder acht Leute standen sprungbereit da, und sie war mit Carl ganz vorn und wartete, während der Verkehr dreispurig vorbeibrauste.

Dann geschah alles ganz schnell. Roman, der größer war als die vor ihm Stehenden und den Hals reckte, sah, wie Carl sie sachte von der Bordsteinkante zurückschubste. Ein kleiner, schützender Stoß in die dahinter wartende Menge. Dann zog er den Kopf ein und stürzte sich auf die Straße, warf die Arme hoch und lief mitten in den Verkehr hinein, vor ein Auto, ein Taxi, in einen Containerlastzug, auf Kühlerhauben zu, unter Räder.

Eine Frau fing in dem Moment an zu kreischen, als er von der Bordkante losstürzte. Roman konnte seinen eigenen Atem rasseln hören, als er die Hände zu Fäusten ballte. Bremsen quietschten, und Hupen gellten. Carl wurde in die Luft geschleudert, sein Körper beschrieb vor der untergehenden Sonne einen Bogen in der blauen Luft, zersplittert von im Sonnenlicht grell aufblitzendem Chrom, dem vollen Lichtstrahl eines Scheinwerfers, der ihn grell anleuchtete, während er unter Räder stürzte und zwischen verkeilten Metallteilen zermalmt wurde.

Überall war Blut. Roman glaubte, einen langen Strahl davon gegen weißen Lack spritzen zu sehen. Er versuchte, sich zu ihr durchzukämpfen, sie im Fallen aufzufangen, doch die Menge hatte bereits einen Wall um sie gebildet, beugte sich über sie, kniete neben ihr nieder. Er trat tatenlos beiseite und stand, den gesenkten Kopf zwischen den Händen, auf der plötzlich leeren Straße.

Die Sirenen heulten schon.

31

Seit geraumer Zeit saßen Marnock oder sein Sergeant nun schon an Harvey Owen Bennetts Bett und hofften auf einen Namen, hofften, daß er wieder so weit zu sich kommen würde, um ihnen sagen zu können, wer ihn für den Mord an Bean bezahlt hatte. Meistens war auch das eine oder andere Mitglied seiner weitläufigen Verwandtschaft anwesend: ein Halbbruder oder eine Schwester, eine Stiefschwester, seine Mutter, seine Stiefväter und Männer, die sich als seine Onkels vorstellten. Einige von ihnen ergriffen bisweilen seine leblose Hand.

Er rührte sich nicht. Er wurde intravenös ernährt, eine Maschine ließ sein Herz weiter schlagen und seine Lungen weiter atmen. Gelegentlich brach ihm der Schweiß aus und floß über die breite Stirn und die flachen Wangen.

Drei Wochen nach seiner Einlieferung teilte der Arzt Marnock mit, daß Harvey Bennett nie wieder sprechen würde. Seine Augen waren geöffnet, und er würde sie nie mehr schließen. Man könne davon ausgehen, daß er weder denken noch sich erinnern oder Spekulationen anstellen oder Schmerz empfinden würde. Große Teile seines Gehirns seien zerstört.

James Barker-Pryce verklagte die Boulevardzeitung und bekam eine beträchtliche Summe Schmerzensgeld zuerkannt. Nicht wegen deren Unterstellungen, er habe mit einer stadtbekannten Prostituierten Umgang gepflegt – das hatte er zugegeben, und es war fraglich, ob ihn sein Wahlkreis bei den nächsten Parlamentswahlen wieder als Kandidat aufstellen würde. Die Klage hatte er angestrengt, weil der Journalist ihm unterstellt hatte, er sei in ein Mordkomplott verwickelt gewesen.

Der Schulabgänger kehrte auf die Schule zurück, besser gesagt auf eine Kollegschule, um die *A-Level*-Prüfung zu machen, und Beans Hunde wurden mit Ausnahme von Gushi nun von Amelia Walker ausgeführt, die offensichtlich keine Schwierigkeiten hatte, mit siebzehn Tieren gleichzeitig zu Rande zu kommen.

Mary Jago hatte eigentlich vorgehabt, das Haus ihrer Großmutter zu veräußern und ein neues zu kaufen, war aber, nachdem sie nach Carl Nashs Tod dorthin gezogen war, dort geblieben. Sie ließ die oberen Stockwerke zu eigenständigen Wohnungen umbauen, und ihre Freundin Anne Symonds war bereits in eine davon eingezogen. Der Harvest Trust hatte angefragt, ob sie bereit wäre, weiterhin in ihrer Kartei geführt zu werden, und im Dezember hatte sie wieder Knochenmark gespendet, diesmal einem sechzehnjährigen Mädchen, das sie als »Susan« kannte und dem sie als »Barbara« bekannt war.

Roman Ashton mietete sich zwei Zimmer in einem Haus in der Princess Road in Primrose Hill, wo er sich aber nicht sonderlich wohl fühlte. Sämtliche Erträge aus dem Verkauf seines Hauses hatte er in ein riskantes Unternehmen mit Tom Outram gesteckt, nachdem die Talisman Press von einem Großkonzern übernommen und eingegliedert worden war. Mit Unterstützung amerikanischer Geldgeber hatten sie einen Verlag gegründet, der ausschließlich Taschenbuch-Originalausgaben historischer Romane herausbrachte. Bisher war das Unternehmen erstaunlich erfolgreich verlaufen, doch wie lange der Erfolg anhalten würde, wußte niemand.

Der Verlag hatte seinen Sitz in der Marylebone Road, und wenn es nicht regnete, ging Roman zu Fuß durch den Park. Das blonde Mädchen sah er nie. Sie ging nicht mehr durchs Gloucester Gate und südlich des Zoos zur Charlbert Bridge. Sie überquerte nicht mehr die Chester Road oder eilte durch den Rosengarten.

Eines Tages sah er sie dann doch. Er ging auf dem Weg zur

Arbeit gerade über den Outer Circle, als sie mit ihrem kleinen Hund aus einem Auto stieg, das sie am Monkey Gate geparkt hatte.

»Hallo«, sagte sie.

»Hallo.«

»Wissen Sie, daß ich hier oft nach Ihnen Ausschau gehalten habe, Sie aber nie gesehen habe? Ich dachte, Sie sind vielleicht – weggezogen.«

»Ich habe auch nach Ihnen Ausschau gehalten«, erwiderte er.

Sie gingen durch das Tor auf den Broad Walk und überquerten den Rasen. Sie machte die Leine vom Halsband des Hundes los, ließ ihn laufen und streckte Roman die Hand hin.

»Mary Jago«, sagte sie.

»Roman Ashton.«

»Ich habe für jemanden das Haus gehütet, als wir uns das letztemal sahen. Sie haben mir ihren Hund geschenkt. Sie hatten ihn nicht besonders gern, wissen Sie, ich aber schon. Ich wohne jetzt in Belsize Park Gardens, und weil ich den Wagen habe, bringe ich ihn immer noch hier in den Park. Heute bin ich allerdings ziemlich spät dran.«

»Darum sind wir uns nie begegnet«, sagte er.

»Sind Sie denn nicht mehr auf der Straße?«

»Seit letzten August nicht mehr.« Als er sie bei diesen Worten zusammenzucken sah, fügte er rasch hinzu: »Ich mußte über etwas hinwegkommen. Etwas, worüber ich nie hinwegkommen werde, eigentlich will ich es auch gar nicht, aber ich bin froh um die zwei Jahre auf der Straße. Es hat mich – auf andere Gedanken gebracht. Ich habe jetzt Arbeit und suche noch eine Wohnung.«

»Als wir uns das letztemal sahen«, sagte sie, »haben Sie mir geraten, zornig zu sein.«

»Habe ich das? Das weiß ich gar nicht mehr. Und?«

»Es gab keinen, an dem ich meinen Zorn auslassen konnte«,

erwiderte sie und sah auf ihre Schuhe hinunter. »Außer an mir selbst. Ich glaube, ich bin dadurch stärker geworden. Ich rede den Leuten nicht mehr so nach dem Mund. Ich bin nicht mehr so vertrauensselig. Ach, wieso erzähle ich Ihnen das eigentlich alles? Das interessiert Sie doch sicher gar nicht.« Sie rief nach dem Hund. »Gushi, Gushi, wo steckst du denn?«

»Ich will Ihnen etwas sagen«, begann er. »Als Sie noch in Park Village wohnten, habe ich mich zu Ihrem Wächter ernannt. Ich dachte, ich könnte auf Sie aufpassen. Ich sagte mir, Sie brauchen einen Beschützer. Einmal habe ich einen Mann, der Ihnen hinterherrannte, in die falsche Richtung geschickt.«

Sie sah ihn an, erst ungläubig, dann begann sie zu lächeln.

»Aber ich habe Ihnen nicht viel genützt, stimmt's? Eigentlich gar nichts. Ich konnte Sie nicht retten vor dem, was dann passiert ist.«

Ihr Ausdruck wurde wieder ernst. »Davor konnten Sie mich nicht retten«, sagte sie. »Ich bin in etwas hineingeraten, weil ich einsam war, in etwas ganz Furchtbares. Das ist jetzt vorbei.«

Ich weiß, dachte er. Ich habe es gesehen. Der Shih-Tzu kam angerannt, setzte sich zitternd vor ihre Füße und sah zu ihr hoch.

»Er will immer getragen werden. So ein Baby!« Sie nahm den Hund hoch. »Sie sagten – Sie sagten doch, Sie suchen eine Wohnung. Ich – also, ich habe ein großes Haus, das ich gerade umbauen lasse, und ich dachte, wenn Sie eine Wohnung suchen – aber vielleicht...« – sie zögerte, als wollte sie sich bremsen, weil sie sich an frühere Unbedachtheit erinnerte – »vielleicht sollten wir uns erst mal ein bißchen besser kennenlernen.«

»Das finde ich eine sehr gute Idee«, sagte Roman.

Der Mann am Kanalufer war nun schon seit Wochen dort, seit Monaten, seit den heißen Augusttagen. Nicht die ganze Zeit –

er hatte schließlich auch noch seinen Beruf –, aber nachts, mindestens drei Nächte pro Woche saß er da und wartete. Er war schon dort gewesen, bevor man die Leiche von David George Kneller, genannt Nello, auf dem Eisengitter vor dem Zoo gefunden hatte.

Die Schuld daran schrieb er sich selbst zu. Wenn er wachsamer gewesen wäre, früher mit dem angefangen hätte, was er seit August tat, wäre Nello noch am Leben. Die Frage war müßig, ob das Leben, das Nello geführt hatte, lebenswert gewesen war – das Leben, das *er* nun führte –, darum ging es gar nicht.

Als er zum erstenmal abends hier heruntergekommen war, war der Mann, den sie Rome nannten, ebenfalls hiergewesen und hatte ein Plätzchen zum Pennen gesucht. Doch er hatte ihn faustschüttelnd und mit einem grimmigen Ausdruck auf seinem häßlichen Gesicht vertrieben. Es *war* häßlich – na und? Heutzutage gab es Mittel gegen Akne, Sachen aus dem Drugstore und so – Medikamente war ein *feinerer* Ausdruck dafür –, aber nicht, als er vierzehn gewesen war. Die Narben hatten ihn nicht daran gehindert, eine Frau zu finden und befördert zu werden oder die Berechtigung zu erhalten, das zu tun, was er jetzt tat.

Zum fünfzigstenmal – oder vielleicht noch nicht ganz so oft! – kletterte er nun vom Kirchhof durch die Dornenhecken und Brennesseln zum Kanalufer hinunter. Seine Kleider, uralte, schwarze, fleckige Lumpen, waren von den angeschimmelten Stiefeln bis zu der speckigen Arbeitermütze die Sachen von Toten. Manchmal fragte er sich, was er tun würde, wenn ein anderer sich an seinem Stammplatz zur Nachtruhe hinlegen wollte. Doch es kam nie jemand, auch heute nicht. Sobald er sich häuslich niedergelassen hatte, horchte er auf den über ihm vorbeirauschenden Verkehr. Er glaubte, daß er das Geräusch des Lieferwagens, den Diesellärm des größeren Fahrzeugs vom Gurgeln eines Taxis unterscheiden könnte. Zweifellos irrte er sich.

Die Brücke erbebte, wenn Autos über sie hinwegfuhren, und

erzitterte mit einem lauten Brummen, wenn etwas Größeres, zum Beispiel ein Lastwagen, darüberdonnerte. Es war schon seit Stunden dunkel, seit fünf Uhr nachmittags, aber nicht kalt. Unter der Brücke war es immer feucht, das Mauerwerk schwitzte die Feuchtigkeit aus, der Untergrund war klebrig, das Wasser im Kanal dunkel und mit den Ölstreifen in Regenbogenfarben glänzender, als er gedacht hatte. Ein Fluß, der nicht dahinfloß, sondern in dem das Wasser stand, hatte etwas Unheimliches an sich. Es war eigentlich nur Wasser, das man in einen von Menschenhand ausgehobenen Graben geleitet hatte. Erst seit er jede Nacht hierherkam und am Kanal saß, machte er sich über diese Dinge Gedanken.

Er bemühte sich immer krampfhaft, nicht einzuschlafen, doch oft vergebens. Wenn das, worauf er wartete, passierte, würde er auf jeden Fall aufwachen! Gewöhnlich erwachte er kurz vor Morgengrauen mit schmerzenden Beinen und steifem Rücken – das kam vom Liegen auf dem feuchten Beton – und fühlte sich dreckig, als hätte man ihn über Nacht mit einer klebrigen Masse beschmiert, die als Schicht zwischen Haut und Kleidern lag.

Unwahrscheinlich, daß er heute nacht einschlafen würde. Es war sein freier Tag gewesen, und er hatte den ganzen Nachmittag geschlafen. Seit jenem ersten Abend, wo er es vergessen hatte, war er nie ohne reichlich Proviant hergekommen: eine Pizza – das war nicht ohne Ironie! –, ein paar kleine Schweinefleischpasteten oder ein *samosa*, kalte Würstchen, eine Tüte Chips, Bananen. Seine Frau nannte Bananen den Plastikfraß unter den Obstsorten, und er begriff auch, warum – sie waren zwar nicht gerade schlecht für einen, aber sie waren so einfach zu essen. Er aß eine. Dann trank er aus der mitgebrachten Thermosflasche einen Schluck Kaffee.

Den Handkarren hatte er in der Grotte aufgelesen. Wer weiß, wer ihn dort abgestellt oder benutzt hatte. Der gehörte jetzt ihm, und er bepackte ihn mit einer Isoliermatte, einem Schlafsack, Kissen, einer Taschenlampe, den Zigaretten, die er eigentlich nicht rauchen sollte, sich aber vor Ende der Nacht noch genehmigen würde, etwas zu essen, der Thermoskanne mit Kaffee, einer Flasche Wasser, *Today*, dem neuesten Stephen King – wann schrieb Stephen King endlich einmal über Kanäle, über den entsetzlichen Anblick, wie sie einfach so dalagen, reglos, abwartend, still oder leicht bewegt? Vielleicht hatte er darüber sogar schon geschrieben.

In Camden Town begann ein Hund zu bellen. Erst bellte er ein Weilchen und fing dann an, wie ein Wolf zu heulen. Die Wölfe im Zoo heulten anscheinend nie. Er riß die Pizza in zwei Hälften und dann jede Hälfte noch einmal entzwei und begann zu essen. An der Dunkelheit konnte man es nicht erkennen, aber es war nach elf, es war fast Mitternacht. Der Verkehr über ihm war schwächer geworden, lange hörte man überhaupt nichts, und dann dröhnte und zitterte die Brücke wieder.

Bei der Dunkelheit konnte er sein Buch oder die Zeitung nicht lesen, und er war auf keins von beiden so scharf, daß er sich mit seiner Taschenlampe lang abgemüht hätte. Sinnierend blickte er in das leicht bewegte schwarze Wasser mit den gelegentlich aufleuchtenden hellen Flecken. Er begann, die Sekunden zwischen einem Geratter auf der Brücke und dem nächsten zu zählen – er nahm jedenfalls an, daß er bei mittlerer Zählgeschwindigkeit die Sekunden abmaß. Hundertzehn, beim nächstenmal hundertachzig. Als er beim drittenmal bis zweihundertsiebzehn gekommen war, beschlich ihn plötzlich das Gefühl, er würde von der Brückenbrüstung aus beobachtet.

Von seinem Sitzplatz aus konnte er die Brüstung nicht sehen, nur die Unterseite des mit grünlichen Flechten überzogenen Bogens, wo zwischen zwei röteren Mauersteinen ein Wassertropfen herunterfiel. Er wühlte mit den Fingern in der grasigen Erde, bis er ein flaches Kieselsteinchen fand, das er erst parallel zum Boden hielt und dann flach über die Wasseroberfläche hüpfen ließ. Es hinterließ eine Spritzspur wie ein Spielzeugrennboot. Er glaubte, über sich auf der Brücke Schritte zu hören.

Er gehörte einer Berufsgruppe an, deren Mitglieder eigentlich nie Angst haben dürfen. Das gleiche galt für die Streitkräfte. Doch heutzutage braucht man nicht mehr so zu tun, als hätte man keine Angst, man darf sie nur nicht zeigen. Er hatte Angst und kannte alle Arten, sie zu verbergen. Wenigstens zitterte die Hand nicht, die nun nach dem Zigarettenpäckchen griff, eine Zigarette herausnahm und sie an seinen Mund führte. Er zündete ein Streichholz an und sah den hellen Lichtstrahl unter der Brücke, das Glitzern auf dem Metallgeländer, die schwarzen Schatten, die ins Wasser flohen.

Aus welcher Richtung würde der Mann kommen?

Er lauschte, hörte, wie etwas auf dem Boden zermalmt wurde, ein Stück Abfall, Plastik, hart. Es knackte unter dem Druck eines herannahenden Schuhs. Er wandte sich in die Richtung, aus der das Geräusch kam, bereit, seine Rolle zu spielen, die Faust zum Verscheuchen des Eindringlings zu erheben, wie damals, als der Penner mit dem Eliteschulakzent heruntergekommen war.

Es war vorbei. So oder so, für ihn oder den Aufspießer – das Ende war gekommen. Kein Warten und Wachen mehr. Bevor er irgend etwas anderes sah, bemerkte er das Blitzen des Messers. Er rappelte sich auf. Gib dich ganz natürlich. Ein Penner am Kanalufer würde aufstehen, zurückschrecken, seine Zigarette ins dunkle Wasser fallen lassen. Er stand mit dem Rücken an der Brückenunterseite. Die Kälte drang durch seine dickgepolsterten Kleider. Der Mann kam herunter, wurde in der Dunkelheit, die nie ganz dunkel ist, sichtbar – groß, relativ jung, dunkle Army-Jacke über dem rotweißen Unterhemd, Tarnhosen über den roten Jeans. Die Zähne gefletscht wie bei einem Hund.

Die Bewegung, mit der er sich auf den Penner an der Wand warf, war abrupt, ein plötzlicher heftiger Reflex, der jedoch nicht unerwartet kam. Das Messer sank in etwas Weiches, Dickes, aber nicht Fleisch. Es gab kein Blut. Es wurde herausgezogen, um noch einmal zuzustechen, erreichte sein Ziel jedoch nicht. Der erhobene Arm wurde gepackt, in einem unnatürlichen Winkel hochgerissen, ein Bein kam unter dem schwarzen Lumpenbündel zum Vorschein, trat mit geübter Treffsicherheit an die richtige Stelle, und der Mann in der Army-Jacke stieß ein leises Stöhnen aus. Seine erhobene Hand erzitterte, öffnete sich, und das Messer fiel klappernd auf den Beton.

Dann noch ein Fußtritt, diesmal kräftiger, sicherer. Die Arme flogen hoch, und für einen Augenblick stand die Gestalt an der Böschung, nur ein kleines Stück vom Geländer entfernt, den Mund zu einem Schrei aufgerissen. Der Fuß im Stiefel rammte sich knapp unter den Brustkorb, und mit einem Aufschrei fiel er rückwärts ins Wasser. Bei dem Aufprall schwappte das Wasser in einem riesigen Schwall bis zur oberen Brückenkante und durchnäßte den Mann am Ufer, der sich fluchend schüttelte.

Er legte sich in die Nässe flach auf den Boden, um sich zu vergewissern, ob sein Opfer schwimmen konnte. Nicht gut, aber gut genug, um dort unten mit Hundepaddelbewegungen herumzuzappeln, das kalte Wasser zu treten, zu spucken und zu husten.

Ein weiterer Gegenstand, den der Karren enthielt, war ein Mobiltelefon. Er fischte es heraus und tätigte seinen Anruf. Während er ihnen sagte, wo er war, wie sie ihn fanden, dachte er an die Vermutungen, die alle angestellt hatten, weshalb der Aufspießer den Park mied. Was war so heilig an dem Park oder gefährlich? Weswegen war der Park tabu? Es war doch ganz einfach. Die Antwort war einfach. Im Park gab es keinen Verkehr; bis auf die Fahrzeuge der Parkpolizei und der Parkverwaltung war der Park für den Verkehr gesperrt – gesperrt für einen rotweißen Imbißlieferwagen.

Fünf Minuten hielt es der Mann im Wasser noch aus, das

würde genügen. In fünf Minuten, mittlerweile schon in weniger als fünf Minuten, wären sie hier, um ihm zu helfen. Er sah dem verzweifelten Ringen zu, dem wirkungslosen Kämpfen auf die Kanalböschung zu, dem schwachen Griff nach dem Stein.

Den Blick auf seine Uhr gerichtet, wartete er noch zwei Minuten ab. Dann kletterte er die Uferböschung hoch und sah sich suchend um, bis er einen zwei Meter langen Stock fand, einen Ast, an dem noch das abgestorbene Laub hing. Wieder hinunter auf den klatschnassen Pfad, den Ast lebensrettend ausgestreckt. Weiße, vom Wasser gebleichte Hände griffen hastig nach dem Holz. Er zog, stützte sich mit den Füßen an der Stelle ab, an der das Mauerwerk an den betonierten Gehweg grenzte. Er wies den Mann auf seine Rechte hin, sagte dessen Namen und dann:

»Ich verhafte Sie wegen Mordes an Dominic John Cahill, James Victor Clancy, David George Kneller und wegen versuchten Mordes an Inspector William Marnock...«

RUTH RENDELL

Die Herzensgabe

Buch

Mary Jago ist Ende Zwanzig und hat das Gefühl, noch nie in ihrem Leben etwas wirklich Sinnvolles geleistet zu haben. Daher entschließt sie sich zu einem selbstlosen Akt: Sie spendet Knochenmark, um das Leben eines anonymen Leukämiekranken zu retten. Alistair, ihr dominanter Lebensgefährte, ist entsetzt. Er befürchtet, mehr und mehr die Kontrolle über Mary zu verlieren. Als sie schließlich auszieht, um ihr Leben neu zu ordnen, überwacht er eifersüchtig jeden ihrer Schritte. Überdies hat Mary gerade Leo Nash kennengelernt, jenen jungen Mann, dem sie durch ihre Knochenmarkspende das Leben retten konnte. Sie fühlt sich auf Anhieb zu ihm hingezogen. Leo scheint wie ein Spiegelbild ihrer selbst: sensibel, freundlich, zurückhaltend – wenn auch etwas unberechenbar. Da erschüttert eine Mordserie an Obdachlosen die Bewohner ihres Viertels, und Mary stellt sich viel zu spät die Frage, ob die Morde möglicherweise mehr mit ihr und ihrem neuen Leben zu tun haben, als man vermuten könnte …

Autorin

Ruth Rendell, auch unter dem Pseudonym Barbara Vine bekannt, gilt als »Königin der Kriminalliteratur«. Ihre Bücher wurden in 22 Sprachen übersetzt und mit zahlreichen Preisen ausgezeichnet. Sie wurde 1930 in einem Londoner Vorort geboren und arbeitete als Journalistin, bis sie sich 1964 ganz auf den Schriftstellerberuf konzentrierte. Heute lebt sie mit ihrem Mann in Suffolk.

Außerdem bei Goldmann erschienen:

Das geheime Haus des Todes (42582) · Der Krokodilwächter (43201) · Der Kuß der Schlange (43717) · Der Liebe böser Engel (42454) · Der Mord am Polterabend (42581) · Der Tod fällt aus dem Rahmen (43814) · Die Besucherin (43962) · Die Brautjungfer (41240) · Die Tote im falschen Grab (43580) · Die Verblendeten (43812) · Die Werbung (42015) · Eine entwaffnende Frau (42805) · Lizzies Liebhaber. Stories (43308) · Mord ist des Rätsels Lösung (43718) · Mord ist ein schweres Erbe (42583) · Phantom in Rot (43610) · Schuld verjährt nicht (43482) · Stirb glücklich. Stories (41294) · Urteil in Stein (44225) · Flucht ist kein Entkommen (43815) · Der Herr des Moors (44566) · Leben mit doppeltem Boden (44590) · Alles Liebe vom Tod (43813) · Mancher Traum hat kein Erwachen (44664) · Wer Zwietracht sät (44672)

Ruth Rendell

Die Herzensgabe

Roman

Aus dem Englischen von
Cornelia C. Walter

GOLDMANN

Die Originalausgabe erschien unter dem Titel
»The Keys to the Street«
bei Hutchinson, Random House (UK) Ltd., London.

Umwelthinweis:
Alle bedruckten Materialien dieses Taschenbuches
sind chlorfrei und umweltschonend.

Der Wilhelm Goldmann Verlag, München,
ist ein Unternehmen der Verlagsgruppe Bertelsmann GmbH.

Einmalige Sonderausgabe März 2001

Umschlaggestaltung: Design Team München
Umschlagfoto: Zefa SIS/Connie Hayes
Druck: Elsnerdruck, Berlin
Made in Germany · Titelnummer: 44939

ISBN 3-442-44939-1

www.goldmann-verlag.de